岡田朝雄　　リンケ珠子

増補改訂版

ドイツ文学案内

朝日出版社

世界文学シリーズについて

あの作家はどういう人だろう，あの詩人はどういう人だろう，そしてどんな作品を書き，どの程度わが国に紹介されているのだろう――このような問いに，即座に，的確に，しかも簡明に答えてくれるのが，この世界文学シリーズです．これまでにも，世界文学関係の紹介書として，数多くのすぐれた文学史，文学案内，入門書，辞典などが出版されています．しかしそれらは，人や時代によって詳しすぎたり，簡単すぎたり，あるいは，伝記的記述と作品解説が入りまじったりして，知りたいことや調査したいことが，検索しにくいものも少くありません．この世界文学シリーズは，この点を特に考慮し，なによりも利用しやすいことを主眼として編まれました．たとえば，このシリーズの最大の特色は，各国の主要作家が若干の例外をのぞいて，すべて見開きに収められていることです．すなわち，左ページには，その生涯が簡潔にまとめられ，右ページには簡単な解説をつけた主要作品の一覧が収録されています．そのほか，思潮や作家，そしてそのかかわりあいがひと目でわかる文学史年表など，さまざまな工夫がなされ，多面的，立体的に各国の文学を展望できるように構成され，さらに明治時代から現在までの詳しい作家別翻訳文献目録が収められています．この世界文学シリーズは，文学を愛好する人びとの教養書として，読書案内として，便利な作家・作品事典として，また，学生の参考書として，さらに専門家の備忘録として，広くご利用いただけるものと確信しております．

なお，このシリーズをより完璧で利用しやすいものにするために，みなさまのご批判をあおぎ，新しい資料もとり入れて，機会あるごとに改訂・増補していきたいと思っております．

朝 日 出 版 社

凡　　例

A　本書の内容

■第一部「ドイツ文学とは」　ドイツ文学の地盤と特徴，およびドイツ文学史の概要を簡単に解説した．

◆第二部「作家解説Ｉ」　ドイツ文学の主要作家39人を選び，その生涯と主要作品の解説を記した．作家は年代順に配列し，原則として一作家を見開きの２頁に収めた．（ただし，ゲーテは６頁，シラーほか７名は４頁）

◆第三部「作家解説II」　第二部の作家168人の解説．これも年代順に記載して，通読すればおおよそ文学史の流れをつかめるように配慮した．特に文学に影響を及ぼした哲学者もとりあげて解説したが，この場合は巻末の翻訳文献を省略した．なお，重要性からみて当然「作家解説Ｉ」に入れるべき作家も，主として記述の都合でここに収録したものもある．

◆第四部「重要作品」　ドイツ文学の重要な作品59篇を選んでその内容を紹介し，簡単な解説を添えた．

◆第五部「文学史表覧」　各時代の文芸思潮や文学史上の事項を簡単に解説し，作家と作品の史的位置をあきらかにした表を添えた．

◆本書にとりあげた作家および作品の選定に当たっては，文学史的重要性と，わが国における受容とを考慮したが，著者の好みによって，多少の偏りがあることをあらかじめお断りしておきたい．

B　記述の方法

◆見出しの人名　原則として姓に相当する部分を太字で，名にあたる部分を細字であらわし，原名を付した．

　　例　**リルケ**　ライナー・マリーア　Rainer Maria Rilke

　ただし，中世の詩人の場合は，姓，名あるいは地名などをつづけて呼ぶ慣用にしたがって，すべて太字で表した．

　　例　**ゴットフリート・フォン・シュトラースブルク**

　また，一般にペンネームで通っている作家のうちで，名と姓とをつづけて呼ぶ習慣になっているものは，全体を太字で表した．

例　**ジャン・パウル**

◆発音の表記　人名，地名などの固有名詞や，ドイツ語のまま使われている事項名の表記には，わが国における従来の慣用に従わず，原音により近い表記を用いた．そのため一般の百科事典，人名・地名事典等と表記が異なるものがあるので注意していただきたい．

例(人　名)ズィークフリート（←ジークフリート），ベートホーフェン（←ベートーヴェン），ライプニッツ（←ライプニッツ），レッスィング（←レッシング）など．

(地　名)ヴァイマル（←ワイマール），ミュンヒェン（←ミュンヘン），ツューリヒ（←チューリヒ），ベルリーン（←ベルリン）など．

(事項名)ナツィス（←ナチス），ギムナーズィウム（←ギムナジウム）など．

ただし外国の人名・地名は，原則として原地の発音に従った．

(人　名)メアリ・ステュアート（←マリーア・シュトゥーアルト），サッポー（←ザッフォー）など．

(地　名)ヴェネツィア（←ベニス，ヴェニス，ベネチア，ヴェネーディヒ）など．

◆生歿年　人名原綴の次に西暦で記載した．生歿年があいまいなものには，？を付した．

◆本文の作品と年代　作品の年代は，原則として出版年を作品名の次に（　）内に記した．ただし，出版されなかった作品の場合は成立年，戯曲の場合は，出版年と初演年とを並記したものもある．なお，前後関係から容易にわかる場合は，世紀を示す数字を省略した．

◆記号　作家解説Ｉの主要作品のうち，◆印をつけたものは，第四部重要作品で内容を紹介した．そのページは，→××頁　として示した．

第二部主要作品の小見出しと翻訳文献を除いて，作品にはすべて『　』を用いて表し，引用，新聞，雑誌，詩などには「　」を用いた．

C　翻訳文献について

◆本書にとりあげた作品については，『翻訳文学目録』(国会図書館編)，『出版年鑑』（出版ニュース社編），『日本書籍総目録1999』（日本書籍出版協会）などを参照して，明治時代以降の翻訳文献を目にふれるかぎり記載したが，文献学的に完全なものではないことをお断りしておく．なお，本書にとりあげていない作品の翻訳文献は，余地がある場合にのみ記載した．

◆原則として作品別，出版年代順に配列し，個々の記載は，
　訳書名　訳者　叢書名　出版社　出版年　の順とした．

◆本書の訳語と翻訳書の標題が異なっていたり，翻訳書によって題名が異なるものには，混乱をふせぐために，主なものに原題をつけた．

著　　者

総 合 目 次

第一部　ドイツ文学とは ……………………15

第二部　作家解説Ⅰとその主要作品 ………31

第三部　作家解説Ⅱ……………………………131

第四部　重要作品………………………………243

第五部　ドイツ文学史表覧……………………323

第六部　翻訳文献………………………………349

第七部　索　　引………………………………423

目　　次

ドイツ文学とは……15
ドイツ文学史の展望……18

作家解説Ｉ（年代順）
レッスィング……32
ゲーテ……34
シラー……40
ジャン・パウル……44
ヘルダーリーン……46
ノヴァーリス……48
ホフマン……50
クライスト……52
アイヒェンドルフ……54
グリルパルツァー……56
ハイネ……58
メーリケ……60
シュティフター……62
ヘッベル……64
ヴァーグナー……66
ビューヒナー……68
シュトルム……70
ケラー……72
フォンターネ……74
マイヤー……76
ニーチェ……78
ハウプトマン……80
シュニッツラー……82
ヴェーデキント……84
ゲオルゲ……86
ホーフマンスタール……88
リルケ……92
マ　ン（トーマス）……96
ヘッセ……100
カロッサ……104
ムーズィル……108
ツヴァイク（シュテファン）……110
カフカ……114
ブロッホ……116
ツックマイヤー……118
ブレヒト……120
ケストナー……124
ベ　ル……126
グラス……128

作家解説II（年代順）
ハインリヒ・フォン・フェルデケ……132
ラインマル・フォン・ハーゲナウ……132
ハインリヒ・フォン・モールンゲン……132
ハルトマン・フォン・アウエ……133
ヴォルフラム・フォン・エッシェンバッハ……133
ゴットフリート・フォン・シュトラースブルク……134
ヴァルター・フォン・デル・フォーゲルヴァイデ……134
ルター……135
ザックス（ハンス）……136
ベーメ……137
オーピッツ……138
グリューフィウス……138
グリンメルスハウゼン……139
アンゲルス・ズィレーズィウス……139
ライプニッツ……140
ボードマー……140
ゴットシェート……141
ヴィンケルマン……141
カント……142
クロップシュトック……142
ハーマン……143
ヴィーラント……143
クラウディウス……144
ユング=シュティリング……145
ヘルダー……145
フォス……146
レンツ（ヤーコプ）……146
クリンガー……147
ヘーベル……147
フィヒテ……148
シュレーゲル（ヴィルヘルム）……149
シュライアーマッハー……149
アルント……150
ヘーゲル……150
シュレーゲル（フリードリヒ）……151
ヴァッケンローダー……152

ティーク ……152
シェリング ……153
フケー ……154
ブレンターノ ……155
アルニム ……155
シャミッソー ……156
グリム兄弟 ……156
ケルナー（ユスティーヌス） ……157
ウーラント ……158
ショーペンハウアー ……158
ライムント ……159
ケルナー（テーオドーア） ……159
シュヴァーブ ……160
スィールスフィールド ……160
ミュラー（ヴィルヘルム） ……161
プラーテン ……161
インマーマン ……161
ドロステ=ヒュルスホフ……162
ゴットヘルフ ……163
ホフマン・フォン・ファラースレーベン 163
グラッベ ……164
ネストロイ ……164
ハウフ ……165
レーナウ ……165
フォイアーバッハ ……166
ラウベ ……167
ロイター ……167
フライリヒラート ……168
グツコー ……168
ルートヴィヒ ……169
フライターク ……170
マルクス ……170
シュピーリ ……171
ハイゼ ……171
エーブナー=エッシェンバッハ……172
ラーベ ……172
アンツェングルーバー ……173
マイ ……174
ローゼッガー ……175
リーリエンクローン ……175
シュピッテラー ……176
フロイト ……177
ズーダーマン ……178
マイヤー=フェルスター……178
デーメル ……179
ホルツ ……179
バール ……180
シュテーア ……180
ハルベ ……181
フーフ ……181
エルンスト ……182
シュトラウス ……183
ダウテンダイ ……183
トーマ ……184
ザルテン ……184
モルゲンシュテルン ……185
マ　ン（ハインリヒ） ……185
ブッセ ……186
モンベルト ……186
ヴァッサーマン ……187
クラウス ……188
シュヴァイツァー ……188
ユング ……189
シュミットボン ……190
ル・フォール ……190
ボルヒャルト ……191
シュテルンハイム ……192
カイザー ……192
ヴァルザー（ローベルト） ……193
デーブリーン ……194
コルベンハイヤー ……195
シュレーダー ……195
ボンゼルス ……196
レーマン ……196
シュタードラー ……197
ヤスパース ……197
フォイヒトヴァンガー ……198
レルケ ……199
ウンルー ……199
ザイデル ……200
ベ　ン ……201
トラークル ……202
ヴィーヒェルト ……203
ギュータースロー ……204
ツヴァイク（アルノルト） ……205
ヴォルフ（フリードリヒ） ……205
シュナック ……206
ハイデッガー ……207
ハーゼンクレーファー ……208
ヴェルフェル ……208
ベッヒャー ……210
ザックス（ネリー） ……211
ベンヤミーン ……211
ヴァインヘーバー ……212
ペンツォルト ……213
ベルゲングリューン ……213

トラー ……………………………………………214
ロート ……………………………………………215
ヤーン ……………………………………………215
ユンガー（エルンスト） ………………………216
ドーデラー ………………………………………217
カーザック ………………………………………218
レマルク …………………………………………218
ユンガー（ゲオルク） …………………………219
ランゲッサー ……………………………………220
ケステン …………………………………………220
ゼーガース ………………………………………221
ノサック …………………………………………222
アドルノ …………………………………………223
カネッティ ………………………………………224
マ　ン（クラウス） ……………………………224
アイヒ ……………………………………………225
リンザー …………………………………………225
フリッシュ ………………………………………226
ホルトフーゼン …………………………………227
アンデルシュ ……………………………………228
ヴァイス（ペーター） …………………………228
ツェラーン ………………………………………230
ボルヒェルト ……………………………………230
デュレンマット …………………………………231
イェンス …………………………………………232
レンツ（ズィークフリート） …………………233
バッハマン ………………………………………234
ヴァルザー（マルティーン） …………………235
ハックス …………………………………………236
ミュラー（ハイナー） …………………………236
ヴォルフ（クリスタ） …………………………237
エンツェンスベルガー …………………………238
エンデ ……………………………………………239
ヨーンゾン ………………………………………240
ハントケ …………………………………………241

重要作品（年代順）

あわれなハインリヒ ……………………………244
ニーベルンゲンの歌 ……………………………245
パルツィヴァール ………………………………247
トリスタンとイゾルデ …………………………249
ズィンプリツィスィムスの冒険 ………………251
ミンナ・フォン・バルンヘルム ………………252
エミーリア・ガロッティ ………………………253
若きヴェルターの悩み …………………………254
群　盗 ……………………………………………256
ヴィルヘルム・マイスターの修業時代 …257
ヒュペーリオン …………………………………260
メアリ・ステュアート …………………………261
青い花 ……………………………………………262
ヴィルヘルム・テル ……………………………263
ペンテズィレーア ………………………………264
こわれがめ ………………………………………265
ファウスト ………………………………………266
悪魔の霊液 ………………………………………270
サッポー …………………………………………271
のらくら者の生活から …………………………272
画家ノルテン ……………………………………273
ダントンの死 ……………………………………274
マリーア・マクダレーネ ………………………275
ギューゲスとその指輪 …………………………276
晩　夏 ……………………………………………277
ユルク・イェナッチュ …………………………279
緑のハインリヒ …………………………………280
ツァラトゥストラはこう語った ………………282
白馬の騎者 ………………………………………284
日の出前 …………………………………………285
春のめざめ ………………………………………286
エフィ・ブリースト ……………………………287
沈んだ鐘 …………………………………………288
魂の一年 …………………………………………289
ベルタ・ガルラン夫人 …………………………290
トーニオ・クレーガー …………………………291
ペーター・カーメンツィント …………………293
マルテ・ラウリッツ・ブリッゲの手記 …294
イェーダーマン …………………………………295
変　身 ……………………………………………296
スィッダールタ …………………………………297
アモク ……………………………………………298
ドゥイノの悲歌 …………………………………300
ルーマニア日記 …………………………………301
魔の山 ……………………………………………302
審　判 ……………………………………………304
三文オペラ ………………………………………305
医師ビュルガーの運命 …………………………306
特性のない男 ……………………………………307
ファービアン ……………………………………309
肝っ玉おっ母とその子どもたち ………………310
ガラス玉遊戯 ……………………………………311
ウェルギリウスの死 ……………………………313
悪魔の将軍 ………………………………………314
凱旋門 ……………………………………………315
選ばれし人 ………………………………………316
旅人よ，汝スパルタに至りなば… ……………318
ブリキの太鼓 ……………………………………319
モ　モ ……………………………………………321

ドイツ文学史表覧
中世の文学 ……324
ルネサンス ……326
バロック ……326
啓蒙主義 ……328
シュトゥルム・ウント・ドラング ……330
ドイツ古典主義 ……330
ロマン主義 ……332
写実主義 Ⅰ ……334
写実主義 Ⅱ ……336
世紀末から20世紀初頭の文学 ……338
20世紀の文学 Ⅰ ……340
20世紀の文学 Ⅱ ……342
20世紀の文学 Ⅲ ……344
20世紀の文学 Ⅳ ……345
20世紀の文学 Ⅴ ……346

ドイツ文学主要作家一覧 ……347

翻訳文献
翻訳文献Ⅰ（作家解説Ⅰ） ……350
翻訳文献Ⅱ（作家解説Ⅱ） ……394

参考文献 ……417
あとがき ……421

索　引
人名（和文） ……424
書名・作品名（和文） ……431
事項，新聞・雑誌（和文） ……452
人名（欧文） ……456
書名・作品名（欧文） ……459

第一部

ドイツ文学とは

ドイツ文学の地盤と特徴
ドイツ文学史の展望

ドイツ文学とは

ドイツ文学の地盤と特徴

ドイツ文学の範囲　一般に広義の「ドイツ文学」は，「ドイツ」という一国の文学ではなく，ドイツ語で書かれた文学，言い換えれば「ドイツ語圏文学」という意味であることに注意しなければならない．したがってドイツ文学の範囲を国別に言えば，ドイツ語を母国語とする現在のドイツ，オーストリア，スイスなどである．また，これらの国々の国境は，歴史の流れの中でかなりの変動があったため，過去のドイツ文学の作家の中には，現在のロシア領，ポーランド領，チェコ領，ハンガリー領，フランス領などの出身者も含まれている．

ドイツ民族の形成　ドイツ民族の祖先はゲルマン民族である．民族大移動時代にローマを中心とするラテン文化とキリスト教に接触したゲルマン民族は，それらの影響を受けながら，独自の文化を形成していった．8世紀頃，ゲルマン民族の一部族であるフランク族が，はじめてゲルマンの諸部族を統一して一大王国を築いた．このころから彼らのあいだで，従来「民族の」という意味であった「ドイツ」の名のもとに，ゲルマン民族の統一的民族意識が生まれた．それとともに彼らの固有の言葉であるドイツ語の文学が発生した．

ドイツ語とその歴史　ドイツ語はさまざまな方言に分かれているが，北部の低地ドイツ語と南部の高地ドイツ語の二つに大別される．現在のドイツ標準語は主として高地ドイツ語を基準として生まれた．その発展過程は，750年頃から1050年頃までの「古高ドイツ語時代」，1050年頃から1500年頃までの「中高ドイツ語時代」，1500年頃から現在までの「新高ドイツ語時代」の三期に分けられる．新高ドイツ語の基礎を築いたのは，宗教改革者ルターである．万人に読まれることを願った彼の苦心のドイツ語訳聖書が広く普及して，共通の言葉の実現が促進されたのである．しかし，真に洗練された標準語の確立は18世紀後半に至ってからで，ゲーテ，シラーなどの偉大な文学者の手によってなされた．ドイツ文学が世界文学の仲間入りをしたのも，このころからである．

内面性の文学　森林に住み，狩猟や農耕に従事していたゲルマン時代以来，暗い北方的な風土にはぐくまれてきたドイツ民族は，内省的，思索的な性格をもつに至った．この傾向は文学にも強くあらわれており，文学的基盤を，外部的な世界よりも人間の魂におく自己中心の内面的文学がドイツ文学の大きな特徴となっている．したがってドイツの作家は自己の体験を非常に大切にし，好んで個人の内面的発展を描こうとする．小説に関して言えば，作者の体験を基調とした告白小説や教養小説が主流をなしている．『若きヴェルターの悩み』，『ヴィルヘルム・マイスター』，『緑のハインリヒ』，『魔の山』等世界的に有名な作品はみなこれらの系列に属するものである．このような自己中心の文学においては，自然や社会的事件などはつねに個人の目を通して，個人の発展とのかかわりあいにおいてのみ描かれるため，視野が狭く，取材範囲も限られてくるという欠点を必然的に伴うことも否定できない．雄大な社会小説やフィクションのたくみな小説は残念ながらドイツ文学には少ない．

二つの魂　「ああ，私の胸には二つの魂が住んでいて，その二つがたがいに相手から離れようとする」——これは『ファウスト』の中の有名な言葉であるが，ドイツ文学には二つの魂の対立，葛藤，離反，調和などをテーマとする作品がきわめて多い．人間の内面を深く掘り下げて人間存在を追求しようとすると，必然的に，精神と肉体，理性と感情など人間存在に内在する二元性，両極性につき当たるからである．この両極性の対立と相剋の認識を特によくあらわしているのが，トーマス・マンやヘッセの文学である．

ロマン的性格　ドイツ民族は本質的にロマン的性格を持っている．つまり，感情や空想を重んじ，規則や規範にとらわれずに，夢やあこがれを無限に発展させる傾向である．ロマン主義の文学に限らず，一般にドイツ文学はこれを反映して，主観的，感情的，情緒的，非合理的傾向をもつとともに，宗教的，哲学的，神秘的色彩を帯びている．また，思想や感情を一定の形式に当てはめることを嫌うドイツ人は，あざやかな色彩や明析な形式をもつ空間芸術よりも，流動的，音楽的な時間芸術を得意とするが，文学の形式においても，この傾向が強くあらわれている．

意志の強さと悲劇性　ドイツ民族はゲルマン時代から悲劇的な運命を背負ってきた．20世紀の二つの大戦もドイツ民族が主役であった．これは彼らが古来民族意識が強く，排他的，好戦的であったこと，そして一つの信念や道徳律に徹底的に固執する彼らの本質的性格などに関係があると思われる．ドイツ的誠実さもここから生まれてくるのであるが，自己内部の二元性の対立，あるいは自己と外的条件との葛藤をあくまでも戦いぬく強い意志は，しばしば死以外に解決を見出さず，悲劇的な結末を招くのである．ドイツ文学には悲劇的なものがきわめて多い．特に戯曲では，悲劇が圧倒的に多く，喜劇ですぐれたものは，五指に数えるほどしかない．

自然への愛情　ドイツ文学には，深い愛情をもって自然の風物を描いた作品が多い．これはドイツ文学の大きな魅力の一つになっている．ゲーテ以来の抒情詩とシュティフターやヘッセ等の小説に特にこの傾向が強く認められる．その自然愛は，郷土愛や人間愛につながるものである．20世紀の抒情詩も，自然抒情詩が主流をなしている．

ドイツ文学史の展望

＊印のある人名は第二部か第三部に解説がある

中世初期の文学（800-1050）

ドイツ文学は，古代ゲルマン文学に源を発すると考えられるが，古代ゲルマン時代の文献はほとんど残っていない．ゲルマン語で書かれた文献で最も古いものは，西ゴートの僧侶ヴルフィラ（311？-83？）がギリシア語からゴート語に訳した聖書である．しかし，ゴート語は，16世紀まで黒海のクリム半島で生き延びた西ゴート系のクリムゴート語のほかは，まもなくゴート民族とともに滅びてしまった．

最も古いドイツ語は，西ゲルマン語系統の古高ドイツ語（古代高地地帯の諸ドイツ語方言，高地とは，ドイツ中央部から南部にあたる）と古低ドイツ語（古代低地フランケンと古代ザクセン語，低地とはドイツ北部にあたる）である．古高ドイツ語や古低ドイツ語が使われていた時代は，政治史的に見れば，フランク王国を築いたカール大帝（742-814，在位768〜）の時代からハインリヒ三世（1017-56，在位768〜，神聖ローマ皇帝1039〜）の時代にあたる．この時代には歴代の皇帝が統治政策としてキリスト教を奨励したため，僧侶階級が文化の担い手となり，布教の目的で，宗教的内容の作品が書かれた．このうち現存するものは，天地創造をうたった『ヴェッソブルンの祈禱』(9世紀初頭)，最後の審判を描いた『ムスピリ』(830 頃)，オトフリート作の『福音書』（868頃）など古高ドイツ語で書かれたものや，ルートヴィヒ敬虔王（778-840，在位814〜）が低地ドイツにキリスト教を布教するためにつくらせたといわれる古低ドイツ語の『ヘーリアント』(830頃）などである．さらに短詩『メルゼブルクの呪文』(8世紀頃）や，民族大移動時代の伝説に取材した古高ドイツ語の英雄歌謡断片『ヒルデブラントの歌』(800頃）など，ゲルマン文学の特性をとどめた作品もわずかながら残っている．

初代神聖ローマ皇帝となったオットー大帝（912-73，在位936〜，皇帝962〜）の時代から，キリスト教的文化が支配的となり，ラテン語が教会と官庁の公用語となった．はなやかな宮廷生活が世俗的・現実的な風潮を誘発した上に，キリスト教がよく普及したため，文学は布教の目的で書かれるよりも知識人の楽しみのために書かれるようになった．こうして異教的，世俗的内容をラテン語で書いた作品が生まれた．騎士叙事詩『ルーオトリープ』(1030頃）や英雄叙事詩『ヴァルターの歌』(9〜10世紀頃）などがそれである．

中世中期の文学（1050-1250）

フランケン王朝からホーエンシュタウフェン王朝を経て，ハプスブルク王朝の初期に至るこの時代は，文化の担い手が僧侶階級から騎士階級に移って宮廷文学が全盛をきわめた時代である．

まず前代末期以来布教の目的でドイツ語を用いるようになった僧侶階級によって，フランス語の原典に拠った宮廷叙事詩『アレクサンダーの歌』（ランプレヒト作，1130 頃）や英雄叙事詩『ローラントの歌』（コンラート作，1170 頃）などが作られた．いずれも当時の現実的・世俗的風潮を反映した作品である．また中世初期以来，遍歴の職業歌人，いわゆる吟遊詩人が，人びとの集まる場所で物語を歌って聞かせるようになった．このような口承の物語詩から，叙事詩『ローター王』（12世紀末），冒険物語『エルンスト公』（12世紀末）や『ザルマンとモーロルフ』（13世紀初頭），聖者伝説に取材した『オスヴァルト』（1170 頃）や『オレンデル』（1190）などが生まれた．これらの作品の作者は不明であるが，主として僧侶によって書かれたものと推測されている．

一方，封建制度の確立と繁栄にともない，僧侶にかわって騎士階級が社会の指導層となった．彼らは，11世紀末以来の十字軍遠征に参加して，高度に発達した東方文化や，フランスの騎士階級に触れ，教養を高めるとともに独自の文化を形成していった．そして，ホーエンシュタウフェン朝の王たちの文芸保護政策によって，騎士の教養にとって詩作が必須の条件となり，騎士詩人が諸国の宮廷を遍歴するようになった．ここに「ホーエンシュタウフェン古典主義」と呼ばれる中世騎士文学の最盛期が出現し，ドイツ文学史上最初の黄金時代が訪れた．この時代は，政治的に，皇帝とローマ法王との対立が尖鋭化した時代であるが，文化の上でも，ゲルマン的なものがキリスト教信仰やラテン文化と対立しつつ調和へと向かった時代であって，当時の騎士階級をささえた倫理（騎士道）にも，それがよくあらわれている．

騎士文学の代表的ジャンルは，「宮廷叙事詩」と「ミンネザング」（恋愛抒情詩）である．

宮廷叙事詩の先駆者は，フランスの叙事詩を翻案した大叙事詩『エネイーデ』を完成したハインリヒ・フォン・フエルデケ*である．つづいて中世三大叙事詩人と呼ばれる偉大な詩人たちが現れる．その一人ハルトマン・フォン・アウエ*は，聖者伝説『あわれなハインリヒ』と『グレゴリウス』，そしてフランス語の作品を典拠としたアーサー王伝説『エーレク』と『イーヴェイン』を書いた．二人目のヴォルフラム・フォン・エッシェンバッハ*は，フランス語で書かれた聖杯伝説を典拠とする長編叙事詩『パルツィヴァール』を完成したほか，フランスの英雄叙事詩を翻案した『ヴィレハルム』（未完）を残した．三人目のゴットフリート・フォン・シュトラースブルク*は，未完ながら宮廷文学の頂点を示すといわれる恋愛を扱った叙事詩『トリスタンとイゾルデ』を残している．これらの作品は後世まで読み継がれただけでなく，多くの作家たちに作品の素材を提供した．

ミンネザングは，中世プロヴァンスの吟遊詩人の恋愛抒情詩が輸入されて発展したものである．ラインマル・フォン・ハーゲナウ*は，身分の高い婦人に捧げる敬慕を通して自己陶冶をめざす，いわゆる「高きミンネ」を一貫してうたって，先駆的詩人となった．ハインリヒ・フォン・モールンゲン*は，ミンネザングに高い音楽性を付与し，「高きミンネ」を崇高な，宗教的なものに高めた．ドイツ中世の最も優れた抒情詩人であるヴァルター・フォン・デル・フォーゲルヴァイデ*は，「高きミンネ」のほかに，思慕の情のかなえられる女性を対象としたいわゆる「対等のミンネ」をもうたって恋愛歌に新風をもたらした．また法皇と皇帝の対立の問題では，皇帝を支持する激越な政治的格言歌もつくっている．

宮廷文学末期には，ミンネザングは中世抒情詩を総称するものとなり，一部諷刺的な内容のもの（ナイトハルト・フォン・ロイエンタール）も現れた．

このような宮廷文学のほかに，ゲルマン的な内容をもつ英雄叙事詩もこの時代に生まれている．古代から民族移動時代までの種々の英雄伝説に取材した作者不明の大叙事詩『ニーベルンゲンの歌』（1200頃）や，北部ドイツの伝説に取材した『クードルン』（1230頃）などがそれである．

この時代には「メーレ」と呼ばれる韻文短篇物語も発生した．笑話，宮廷風恋愛小話，道徳的・教訓的小話などが主なものである．ほとんどが作者不明であるが，さまざまの社会層出身の作者が遍歴芸人の朗唱のためにつくったものや，芸人自身の創作によるものもあったといわれる．このジャンルの重要な作家デア・シュトリッカー（1220-50）は，長篇の韻文笑話『司祭アーミス』を残している．これは，いわゆる民衆本『ティル・オイレンシュピーゲル』（ヘルメン・ボテ作）の典拠のひとつとなった．さらに11世紀頃に動物叙事詩『狐ラインハルト』（ハインリヒ作）が書かれたことも注目に値する．

中世後期の文学（1250-1500）

これは後期中高ドイツ語から初期新高ドイツ語に移行する時期で，この時代になると，都市市民階級の台頭，封建制度の衰微にともない，文学は騎士階級から新興の市民階級の手に移った．ミンネザングは都市の職人階級に受けつがれて職匠歌となった．宮廷叙事詩や韻文物語は大衆向きの散文物語に書きかえられると同時に，独創の散文物語も作られた．また神秘主義者マイスター・エクハルト，ハインリヒ・ゾイゼ，ヨハネス・タウラーなどの著したドイツ語の宗教散文も，ドイツ語の発達に長期にわたって多大の影響を与えた．

前代末期に発生した韻文短篇物語は，この時期に最も盛んになり，ヘラント・フォン・ヴィルドニエ，コンラート・フォン・ヴュルツブルク，ハインリヒ・カウフリンガー，ハンス・ローゼンプリュート，ハンス・フォルツなどの重要な作家が輩出した．

この時代には演劇も盛んになった．宗教劇は10世紀以来ラテン語で書かれていたが，13世紀にはドイツ語でも書かれるようになり，王侯，僧侶，知識人，市民，乞食，文字の読めない人などすべての人びとに愛好されて，14世紀と15世紀にはフランス語の宗教劇と並んでその数と種類が最も多いものとなった．これには，教会の祝祭日に演じられたものと，祝祭日以外の時期に演じられたものとがある．前者には，キリスト降誕劇，受難劇，復活祭劇，聖体祝祭劇，聖母マリアの悲嘆劇などがあり，後者には，聖者劇，聖者列伝劇，死と世界の没落を主題とする劇，勧善懲悪劇などがあって，その目的は，宗教的教化だけでなく，キリスト教の社会的道徳，つまり支配者と被支配者の社会的・政治的責任と行動の指針を教示し，市民の良心を養成することであった．「演劇」は具象的で分かりやすいため，これと並んで当時の二大マスメディアのひとつであった「説教」に勝る効果をあげることができたという．

都市市民のあいだで発生し，発達した世俗演劇は，15世紀にはもっぱら娯楽の役割を果たした．主要なジャンルは謝肉祭劇で，前述のハンス・ローゼンプリュート，ハンス・フォルツが重要な作家である．

ルネサンス時代（1470-1600）

14世紀イタリアに起こったルネサンス運動と，それにともなう人文主義思潮とは，ヨーロッパ諸国に大きな影響を及ぼした．個人の自由を尊重し，古典文化の復興をめざすこの精神運動は，ドイツでも中世末期以来の現世肯定の動向と結びついて，非常な隆盛を見た．そして多くの人文主義者が輩出し，各地に大学が建てられるなど，自由な学問研究の気運が高まった．この思潮はまた，宗教界内部をも動かし，ルター*の宗教改革運動となって爆発した．個人の宗教感情を重んじ，教会の権威に反抗するこの運動は，全ヨーロッパを震駭させた．ルター*はまた，聖書の翻訳によって，ドイツ標準語の確立と普及に計りしれない貢献をなした．しかし，この時代のドイツ文学は，むしろ低調であった．それは，ルネサンス運動が，ドイツでは，文芸の復興という面よりも，個人や社会の更新という面において，より強く推進されたからであり，また，知識階級が古典研究のために再びラテン語を常用して，ドイツ語をかえりみなかったからである．したがって，ドイツ語で書かれた文学は，もっぱら学問のない民衆のものとなり，民衆のあいだで育てられた．騎士叙事詩から生まれたいわゆる民衆本は，この時代に入るといっそう普及して『ティル・オイレンシュピーゲル』や『ファウスト博士』など，ドイツ固有の伝説や市民生活に題材をとったものも生まれて愛読された．職匠歌や謝肉祭劇も前代からひきつづいて盛んで，ニュルンベルクの靴職人ハンス・ザックス*はこの分野でおびただしい作品を残した．また，イタリア，フランスから入ってきた散文物語形式を受けついで，ドイツ散文小説の先駆者となったヴィクラム（1520？-62？）や，すぐれた諷刺文学者フィッシャルト（1546？-90）などがこの時代に活躍した．

バロック時代（1600-1720）

バロックとは，元来ポルトガル語で「ゆがんだ真珠」を意味し，規格にあわぬ，異様なものに対して使われた言葉で，豊満，華美，変転，無形式，不調和を特徴とする17世紀ヨーロッパの美術，建築，音楽，文学などの芸術様式をさす言葉としても用いられるようになった．ドイツでは，この時代，カトリックとプロテスタント両派の対立抗争に端を発した三十年戦争（1618-48）のために，国土は分裂し，人口は三分の一に減るという極度の荒廃をきたした．このため人心は動揺し，極端な現世主義と来世信仰との対立・矛盾の中で苦悩しなければならなかった．この時代の文学は，主として学者詩人の手にゆだねられた．その代表的人物マルティーン・オーピッツ*は，国語浄化運動をおこしたり，独自の作詩法や演劇論を提唱して，ドイツ文学の振興につとめ，長いあいだ「ドイツ詩学の父」と仰がれた．抒情詩の分野では，ズィーモン・ダッハ（1605-59），パウル・フレーミング（1609-40），アンゲルス・ズィレーズィウス*，パウル・ゲールハルト（1607-76）などの詩人が輩出したが，彼らのすぐれた宗教詩や現世のよろこびを歌った詩は，バロック文学の特徴をよくあらわしている．小説では，騎士恋愛小説，牧人小説，悪漢小説などが外国から流入したが，悪漢小説の影響を受けたグリンメルスハウゼン*の『ズィンプリツィスィムスの冒険』は，ドイツの教養小説の系列に立つ作品として，この時代の最も重要なものである．戯曲では「ドイツのシェイクスピア」と呼ばれたアンドレーアス・グリューフィウス*によって，ドイツ語ではじめて本格的な作品が書かれた．

啓蒙主義（1720-1785）

啓蒙主義思潮は，18世紀ヨーロッパを支配した旧思想打破の精神運動で，なによりも理性を尊重して，旧来の教会の特権や神秘主義の迷信から文化を解放し，合理主義によって人間生活の進歩，改善をはかろうとした．この思潮は産業革命の最も進んだイギリス（経験哲学，ニュートンの物理学）に起こり，フランス（ヴォルテール，百科全書派）を経て，18世紀後半になってドイツに入ってきた．啓蒙君主と呼ばれたフリードリヒ大王（1740即位）は，フランス文化に心酔して，この機運を大いに助長した．啓蒙主義文学運動は，ライプツィヒ大学教授ゴットシェート*によって開始された．彼はフランス古典劇を範として，合理的，形式主義的な文学論を説いたが，文学における感情の優位を主張するボードマー*，ブライティンガー*などのスイス派と対立して，長年論争をつづけた．しかしこの時期の代表的文学者はレッスィング*である．彼は『ハンブルク演劇論』や『エミーリア・ガロッティ』等をあらわし，理論と実作の両面で啓蒙主義文学を完成して，ドイツ近代文学の偉大な先駆者となった．なおこの時代には，ギリシア詩人にならい，フランスのロココ様式を模倣した優雅，軽妙な作風をもつ「アナクレオン派」という一派が起こった．ヴィーラント*はこの派から出て，イギリス文学の影響のもとに，独自の文学を完成した．また，ゴットシェート*の文学論に反対する文学者グループ「ブレーメン寄与派」の詩人の中から，クロップシュトック*が出て，敬虔な宗教的感情をうたった宗教叙事詩『救世主(メスィアス)』や、すぐれた抒情詩を書いた.

シュトゥルム・ウント・ドラング（1767-1785）

シュトゥルム・ウント・ドラング（疾風怒濤）は，18世紀後半のドイツにおこった革命的な文学運動で，この派の作家クリンガー*の戯曲の名をとって命名されたものである．啓蒙主義の理性万能論に抗して，感情の解放，独創的人間（天才）の崇拝を標傍し，外国の模倣を脱した真の国民文学の創造をめざすこの運動は，ハーマン*を先駆者とし，ヘルダー*を理論的指導者として，ゲーテ*，シラー*をはじめとする若い作家たちによって熱狂的に推進された．彼らは主として戯曲の形式で，既成の権威と独創的人間との相剋を描き，社会の不正や因襲を峻烈に弾劾した．しかし当時のドイツでは，このような反逆的情熱は封建制の壁と衝突せざるを得ず，ほとんどの作家たちがそのはけ口を感情の惑溺に見出して身をほろぼしていった．ゲーテ*とシラー*だけは，このような情熱を自己完成に集中することにより，シュトゥルム・ウント・ドラングを克服して秩序と調和の世界に向かうことができた．そしてここに彼らを中心とするいわゆるドイツ古典主義の時代が到来するのである．

古典主義（1786-1805）

一般に古典主義とは，ギリシア・ローマの古典文化の復興をめざす運動をさすものであるが，ドイツ古典主義は特に，1786年のゲーテ*のイタリア旅行から，1805年のシラー*の死までの約20年間にヴァイマルに開花した文学運動の呼称である．これは，ヴィンケルマン*によって発見された古代ギリシアを範とし，カント*哲学の批判的理想主義を支えとして，18世紀のあらゆる精神的・文学的傾向を融合して，普遍的人間像の完成をめざすもので，ゲーテ*は『ファウスト』その他において，シラー*は『ヴァレンシュタイン』などの戯曲において，この芸術理念を実現し，真にドイツ的であると同時に，普遍的・世界的なすぐれた文学を生みだした．この時期は，ドイツ近代文学の一頂点をなすと同時に，ドイツ文学の黄金時代となった．

ロマン主義（1798-1835）

一般にロマン主義とは，啓蒙主義や古典主義に対する反動として18世紀末のヨーロッパに起こった精神運動である．ドイツでは，ヴァイマルで古典主義が全盛時代を迎えていた頃，シュレーゲル兄弟*，ノヴァーリス*，ティーク*らによって，イェーナでいわゆる「前期ロマン派」が結成された．シュトゥルム・ウント・ドラングの感情の解放，個人尊重の思想を受けつぎ，フィヒテ*の絶対自我の哲学をよりどころとして，感情と空想の解放，自我の無限的拡大，無限への憧憬を標傍するこれらロマン派の作家たちは，その文学を表現するための最もふさわしい形式として，詩，童話，散文断片を好んで用いた．

ノヴァーリス*の『青い花』は，前期ロマン主義を象徴する作品である．しかし，彼らはむしろ創作よりも文芸理論や哲学に力を注ぎ，ロマン主義の理論を確立する上で大きな役割を果たした．やがてノヴァーリス*の夭折を機として「前期ロマン派」は解体してしまった．

そののちロマン主義の文学者は，ハイデルベルクやベルリーンやシュヴァーベンを中心とするいくつかのグループに分かれて活動した．これらは，「後期ロマン派」と総称される．なかでも，アルニム*，ブレンターノ*，グリム兄弟*らを中心とするハイデルベルク派が有名である．フランス革命とナポレオンの台頭，神聖ローマ帝国の没落などを体験した後期ロマン派の作家たちは，民族意識にめざめ，童話，民話，民謡などに目を向けるようになり，ブレンターノ*，アルニム*，グリム兄弟*などは，民謡と民話の収集に大きな業績を残した．またアルント*などは，ナポレオンに対するドイツ独立戦争の詩人として，愛国的情熱をうたった．一般に，フケー*やアイヒェンドルフ*など後期ロマン派の作家たちは，理論よりも実作に力を注いだため，前期ロマン派に比して，多彩な作品を残している．シュヴァーベンでは，ウーラント*を中心として，J.ケルナー*，シュヴァープ*，ハウフ*などが活躍し，民衆的・牧歌的な作品を書いた．またホフマン*やシャミッソー*は，ロマン派の作家でありながら，ロマン主義からリアリズムへの過渡に立つ特異な作品を残している．

なお，古典主義やロマン主義と同時代に生きて，そのいずれの要素もあわせもちながら，流派的に定義づけるには，あまりにも大きく，かつ個性的な存在がある．すなわちドイツ文学史上最も多作の作家といわれ，豊富な想像力とリアリスティックな描写とによって，後世に多大の影響を及ぼした散文の巨匠ジャン・パウル*，汎神論的・ディオニュソス的ギリシアと，ゲルマンのキリスト教世界の統合を夢みた孤高の詩人ヘルダーリーン*，ロマン主義的天性をもちながら，リアリスティックな傑作を書いた天才的な劇作家クライスト*の三人である．

写実主義（1820-1890）

1830年のパリの７月革命は，ドイツの青年たちに大きな衝撃を与えた．自由と革命とにあこがれる青年たちは，メッテルニヒの反動政府のもとで自由を失った祖国ドイツのみじめな現実に失望せざるを得なかった．折からのヘーゲル*とゲーテ*の死（1831，1832）は，精神の優位を主張するドイツ観念論の時代がすぎ去ったことを告げるものであった．このような風潮を反映して，青年ドイツ派の文学運動が起こった．彼らは，古典主義の芸術理想やロマン主義の主観的傾向に背を向け，政治および社会の現実を，文学の対象としてとりあげて，写実的に描いた．ロマン主義詩人として出発し，パリに亡命した革命詩人ハイネ*をはじめとしてベルネ，グツコー*，ラウベ*などが，この派の代表的作家であるが，彼らは活発な言論活動によって，現実の政治を批判・攻撃したため，

1835年には，その著書は連邦議会によって出版を禁じられた．また青年ドイツ派に属してはいなかったが，共通の政治理念を抱き，シュトゥルム・ウント・ドラングとリアリズムを結びつけた劇作家ビューヒナー*は，戯曲『ダントンの死』など，すぐれた傑作を残している．

またこのような激動の時代にあって，政治や社会の改革運動に参加せず，孤独と平安とを愛し，身辺のささやかなものを愛情をこめて観察し，写実的に描きつづけた作家たちがある．それらの人びとは，一括してビーダーマイアーの作家と呼ばれている．「ビーダーマイアー」とは「質素な環境の素朴な描写」を旨とする工芸上の様式を表わす言葉である．ロマン派の影響から出発して，典雅な形式，リアリスティックな描写，明るい機智によって独自の文学を形成したメーリケ*，自然を愛し，平凡で日常的なささやかなものの中にこそ真実があると主張したシュティフター*，純粋な郷土性と宗教的な苦悩を表現したドロステ=ヒュルスホフ*，世界苦の詩人レーナウ*などがここに属している．

なおこのビーダーマイアー文学と同じ頃，オーストリアには，ヴィーン劇の近代化に貢献したグリルパルツァー*をはじめ，ライムント*，ネストロイ*などの劇作家が輩出して，ヴィーン劇の隆盛期が出現した．また祖国オーストリアを嫌ってアメリカに移住し，多くの作品を残したスィールスフィールド*もこの頃の人である．

1848年の３月革命の挫折によって，国民は自由への希望を打ちくだかれ，プロイセンによるドイツ統一政策は強化された．自由主義の風潮はすたれ，文学は再び政治から遊離し，自己中心的・諦念的なものとなっていった．一方科学技術の飛躍的な進歩によって資本主義が強大となり，資本家と労働者の対立が顕著となった．マルクス*，エンゲルスの『共産党宣言』が世に出たのはこの頃である．

このような風潮を背景として，詩的リアリズムの文学が起こった．ヘーゲル*左派の哲学者フォイアーバッハ*の唯物論的世界観の強い影響を受けたスイスの作家ケラー*が最もすぐれた代表者である．この時代の文学は，現実的・写実的ではあるが古典主義的規範を脱し切れないため，唯物論的人間観に徹し切ることができず，当時世に迎えられたショーペンハウアー*のペシミズムに支えられて現実逃避的・内省的な色彩をおびている．また環境描写を重視する点では，のちの自然主義文学につながるものである．この時期は，ドイツ文学の銀の時代と呼ばれ，ケラー*をはじめとして，ゴットヘルフ*，シュトルム*，ラーベ*，C.F.マイヤー*，ロイター*，ハイゼ*などのすぐれた散文作家や，ドイツ・リアリズム演劇の完成者ヘッベル*，「詩的リアリズム」の命名者ルートヴィヒ*などの劇作家が輩出した．なおこの時代最後の作家フォンターネ*は，リアリズムと自然主義の橋わたしの役目を果たした．

自然主義（1880-1900）

19世紀後半の資本主義の発展は，同時に自然科学の急激な進歩をうながし，それにともなって，自然科学的・唯物論的世界観がヨーロッパの社会および思想界を風靡した．文学の領域でも，自然科学の方法を用いて，新時代の現実に即した文学理念を樹立しようとする機運が高まり，その一環として自然主義の文学運動が起こった．この運動は，社会主義的，唯物論的，実証主義的世界観にもとづき，素材，手法，様式のすべてにわたって現代精神を反映する革新的文学の創造をめざすものであった．自然主義の作家たちは，社会問題，主としてプロレタリア階級の現状と社会的危機を文学の素材としてとりあげたが，文学において何よりも真実を求めた彼らは，伝統的古典主義美学を否定して，低俗なもの，醜悪なものを赤裸々に描いた．ドイツにも，1880年以来自然主義運動が起こったが，それはもっぱらゾラ，イプセン，トルストイ，ドストエフスキーなど外国の作家たちの強い影響を受け，それらの作家に学びながら推進されたのである．しかし，ゾラの批判から出発して「芸術の使命は自然の再現」にあると説き，純粋描写の手法を唱えて，いわゆる徹底自然主義の様式を確立したホルツ*，戯曲『日の出前』などによって世界的な自然主義作家となったハウプトマン*が出るにおよび，ドイツ自然主義の最盛期が出現した．ホルツ*はまた「純粋描写の手法」を抒情詩に適用して，印象主義の先駆となった．このように自然主義が，感覚的・情緒的な方向に向かって生まれた印象主義は，のちの象徴主義への橋渡しの役割を果たした．鋭敏な感受性をもつリーリエンクローン*，強い個性をもつデーメル*などの抒情詩人がこれに属している．

なお自然主義の手法にならって，田園や郷土の生活を描いたトーマ*，デルフラー等の郷土文学もこの時期に盛んになった．

反自然主義（1890-1920）

自然主義を生み出した社会的基盤は，また自然主義に反発する文学運動も生みだした．すなわち，自然科学的・唯物論的世界観によって，宗教は否定され，キリスト教的道徳を支柱とする従来の市民生活の秩序が根底からゆらぎ，人びとは生存のよりどころを失って，孤独と不安に直面することになった．このような状況をニーチェ*は「神が死んだ」という言葉で表現したが，この時代の危機を自覚した人びとは，生存のよりどころを神の代わりに自己の内面に求めようとした．ここから，内面的・心理主義的な反自然主義文学が生まれてきたのである．

このような文学は，ロマン主義的傾向が強いため，一括して新ロマン主義と呼ばれている．このうち最も大きな流れを形づくったのは「象徴主義」の文学である．これは，ショーペンハウアー*の厭世哲学を思想的基盤とし，さらにニーチェ*の能動的ニヒリズムの決定的な影響を受けて，非合理的，ペシミスティックな色彩をおびていた．ボードレール，マラルメ，ヴェルレーヌ，ランボーなどのフランス象徴派の詩人たちを師と仰ぎ，芸術形式を尊重したこの文学は，抒情詩を支配的なジャンルとしたのは当然のことであるが，散文や戯曲も詩的であることが強調された．そして，この派の中から三人の世界的な抒情詩人があらわれた．すなわち，芸術至上主義の雑誌「芸術草紙」に拠って，芸術は政治・社会から独立すべきであると主張し，厳正な詩形式を尊重して近代詩に指針を与えたゲオルゲ*，繊細な感覚でとらえた外界の印象を洗練された古典的形式に定着したホーフマンスタール*，象徴派の詩人たちと交わりつつ，魂の深淵において独自の芸術の境地をひらいたリルケ*である．ホーフマンスタール*とともに世紀末的な情緒にあふれる「若きヴィーン派」の中心人物となったシュニッツラー*，バール*なども有名である．またフーフ*は，新ロマン主義理論の開拓者としても大きな役割を果たした．さらに自然主義作家として出発したハウプトマン*は，自然主義の限界を意識して象徴主義に転じたし，同様に自然主義から出たヴェーデキント*は，象徴主義に歩みよりつつ，次の表現主義の先駆となった．またフロイト*の精神分析の方法は，小説の手法，特に心理描写の方法に大きな影響を与えた．ヴァッサーマン*の心理小説にもそれが見られるが，国際主義の作家 S.ツヴァイク*は，心理描写の手法を用いて，個性的な作品を書いている．新ロマン主義の作家として出発したマン，ヘッセ*，カロッサ*はさらに大きく発展して，それぞれ独自の文学をつくりあげ，20世紀前半のドイツ文学を代表する存在となった．

なお，スイスのシュピッテラー*は，このような潮流の中で，いずれの流派にも属さず，特色ある反自然主義文学をうちたてた．

このほか，エルンスト*，ショルツ，ビンディングらは簡素で高雅な古典主義的形式の復興を提唱して，いわゆる新古典主義の運動をおこした．

表現主義（1910-25）**と新即物主義**（1925-33）

表現主義とは，第一次大戦前後の約15年間にわたって，青年たちによって行なわれた革命的・戦闘的な文学運動である．時代の危機を深く感じて，これを内面的に克服しようとした青年たちは，自己の内面的体験を至上のものとし，一切の形式的・伝統的なものを攻撃し，その破壊を試みた．芸術は，外界を受動的に模写するものではなく，人間の内面を「表現」するものでなくてはならないと主張する表現主義の文学は，外面的形式ではなくて，自己を表現しようとする情熱の強さを重視した．表現主義の文学運動は一切の因襲や伝統からの自己解放をテーマとする抒情詩をもって開始されたが，第一次大戦を境として，次第に資本主義文明への攻撃，社会改革，平和主義が強く叫ばれるようになり，戯曲が支配的なジャンルとなった．いずれのジャンルにあっても，内容の著しい抽象化が見られ，表現は絶叫的なものとなっている．抒情詩人には，大戦の悲惨に耐え切れず若くして自殺した純粋な詩人トラークル*や戦死したシュタードラー*，戯曲作家には，ウンルー*，カイザー*，シュテルンハイム*，トラー*などが出た．なお表現主義の文学から出発して，その後さまざまに変容しながら，長い文学的生命を保った人たちには，ヴェルフェル*，デーブリーン*，ブレヒト*，ベッヒャー*，ベン*などがある．

新即物主義は，第一次大戦後の1925年ごろから起こった一名20世紀リアリズムとも呼ばれる文学運動である．表現主義の極端な情熱の奔騰に対する反動として起こったもので，冷静な目で現実をながめ，それを刻明に描写することを旨とした．19世紀的リアリズムを受け継ぎながら，20世紀の新しい文学の諸傾向の洗礼を受けたこのリアリズム文学は，主として，市民的社会秩序の崩壊や，戦中・戦後の社会における個人の内面的危機を，もっぱら日常会話に近い散文で描いたが，形式より内容に重きを置いたため，伝記風のものや新聞記事風のものまであらわれた．レマルク*の『西部戦線異状なし』，カロッサ*の『ルーマニア日記』，E.ユンガー*の戦記物など，第一次大戦の従軍の体験から生まれた戦争文学や，ケストナー*の『ファービアン』をはじめとして，ツックマイヤー*，A.ツヴァイク*，ゼーガース*らの，社会を諷刺あるいは批判した文学が，この時期の代表的なものである．

ナツィス時代（1933-1945）

1933年ヒトラーのひきいるナツィスが政権を掌握すると，政府は超国家主義政権強化の文化政策として，民族主義的国民文学の確立を企て，その文学理論に適合する作家に協力を要請する一方，反対の立場に立つ作家の著作活動を禁止し，著書を焚書の刑に処した．国際主義，社会主義，民主主義などそれぞれの立場から，ナツィス・ドイツのファシズムに抵抗した作家たちは，市民権剝奪，投獄などによって弾圧された．そしてますます言論統制がきびしくなるにつれて，マン兄弟*，ブレヒト*，ツックマイヤー*，ゼーガース*らは，暗黒のドイツをのがれて，世界各地に亡命した．また，反ユダヤ主義を標傍するナツィスは，ユダヤ人を徹底的にドイツから抹殺することをめざしたため，ヴェルフェル*，S.ツヴァイク*，H.ブロッホ*などユダヤ系作家のほとんどがドイツを脱出した．このような亡命作家は「作家同盟」を結成して提携し，ファシズムに対する抵抗を続けた．そして，この期間のドイツ文学の伝統は，これら亡命作家によって維持されたといっても過言ではない．しかし，Th.マン*や S.ツヴァイク*など高名な作家を除いて，ほとんどの亡命作家の生活は，精神的・物質的に苦しく，トラー*は困窮のはてに自殺をし，ヴェルフェル*，ムーズィル*などは亡命地で客死した．また，S.ツヴァイク*は平和への望みを失って自ら命を断った．

国内にとどまった作家のうち，ベン*，E.ユンガー*，ベルゲングリューン*，ヴィーヒェルト*，ケストナー*等は，次第にナツィスの文学理論から離反し，あるものは従軍し，あるものは投獄され，あるものは沈黙の抵抗を続けて，国内亡命派とよばれた．穏健なカロッサ*は，ナツィスから，なかば強制的に著作家連盟の会長をおしつけられて苦悩した．

国民文学の作家としてもてはやされた人びとの多くは「郷土文学」の傾向の作家であったが，完全な政府の御用文学に堕したかれらの文学作品には，見るべきものはほとんどなかった．

第二次大戦後の文学（1945 ～ ）

第二次世界大戦後のドイツは，東プロイセンおよびオーダー河，ナイセ河以東の領土を失い，残った国土は二つに分割され，西側はアメリカ，イギリス，フランスによって統治され，東側はソ連，ポーランドによって統治された．そして1949年９月，西側占領地区から「ドイツ連邦共和国」いわゆる「西ドイツ」が，さらに同年10月，東側占領地区から「ドイツ民主共和国」いわゆる「東ドイツ」が誕生した．文学に関しては，西ドイツでも東ドイツでもナツィズム批判と戦争責任問題が大きな関心事となり，亡命作家たちの抵抗文学がまず脚光を浴びた．また，従来かえりみられなかったカフカ*，ムーズィル*，ブロッホ*等の作品がにわかに注目を浴びて，世界的に大きな反響を呼んだ．第二次大戦前からスイスに住んでいたヘッセ*は，大戦中に発表した大作『ガラス玉遊戯』が注目され，これが機縁で1946年ノーベル文学賞を受賞した．Th.マン*は亡命中の作品や，『ファウスト博士』，『選ばれし人』などの新作を発表して世界の注目を集めた．

そのほか西ドイツでは，戦前すでに作家としての地位を確立していたヴィーヒェルト*，ケストナー*らが再び注目されるとともに，亡命から帰ったツックマイヤー*も人気を集めた．カロッサ*は『異質の世界』を発表して，ナツィス時代の苦悩を語った．E.ユンガー*，カーザック*，イェンス*等は，いずれも未来小説の大作によって名声を博し，夭折の作家ボルヒェルト*は，戦争のためにすべての夢を奪われた青年の心情を吐露した戯曲『戸口の外で』によって強く人びとの心を打った．形式への意志を至上のものとするニヒリズムの詩人ベン*は，早くからその存在を知られていたが，戦後の詩壇にいっそう確固たる地歩を占めた．レーマン*とともに自然抒情詩の運動を起こしたレルケ*は終戦に先立って他界したが，あとにつづく戦後の抒情詩人たちに大きな影響を与えた．ル・フォール*，ベルゲングリューン*らカトリック系の作家たちは，それぞれキリスト教の立場から時代の危機との対決を試みた．

ナツィス時代に亡命した作家のうち，社会主義的リアリズムの作家たち，ベッヒャー*，A.ツヴァイク*，ゼーガース*，F.ヴォルフ*らは，戦後東ドイツに帰って，精力的に創作活動を開始し，主として戦争とファシズムに対する抵抗をテーマとした諸作品を発表した．また，いったんスイスへ戻ってから東ベルリーンに帰ったブレヒト*は，劇団「ベルリーナー・アンサンブル」を結成して，思うがままに自作を演出，世界の演劇界に大きな影響を与えた．

50年代なかばから，Th.マン*，ベン*，ブレヒト*，カロッサ*，デーブリーン*，ヘッセ*等ドイツ文学を代表する作家たちが相次いで世を去り，一時ドイツ文学に大きな空白が生じたが，この間に戦後の新しい作家たちが成長していた．すなわち，西ドイツではノサック*，ベル*，オーストリアではドーデラー*が注目され，スイスではフリッシュ*とデュレンマット*がすぐれた小説や戯曲を発表して注目された．また，1947年に結成された文学者集団「47年グループ」の作家たち，アイヒ*，アンデルシュ*，バッハマン*，エンツェンスベルガー*，グラス*，ヨーンゾン*，レンツ*，M.ヴァルザー*，ヴァイス*らの活躍は，戦後のドイツ文学の振興に非常に大きな役割を果たした．ベル*やグラス*の小説は，ドイツ文学を再び国際的レベルにまで高めた．ベル*は，1972年，戦後派作家としてはじめてノーベル文学賞を受賞した．また，エンツェンスベルガー*の政治詩や評論は内外に大きな刺激を与えた．ヴァイス*らの記録演劇も国際的に有名になった．またスウェーデン，イギリス，フランスとそれぞれ外国に住みながらドイツ語で作品を発表した三人のユダヤ系の文学者，N.ザックス*，カネッティ*，ツェラーン*の活躍が注目される．N.ザックス*とカネッティ*は，その作品が国際的に認められてノーベル文学賞を受賞した．高い評価を受けた抒情詩人ツェラーン*は，70年，セーヌ河に投身自殺をした．大戦中に自殺した批評家ベンヤミーン*の著作が再評価され，社会学者アドルノ*の著作とともにこの時代の文学や思想に大きな影響を与えたことも忘れてはならない．M.エンデ*の童話小説『モモ』や『はてしない物語』が世界的なミリオンセラーとなったことも記憶に新しいことである．

ブレヒト*なきあとの東ドイツの演劇界では，P. ハックス*，H.ミュラー*らが問題作や実験的作品を発表して注目された．小説ではCh.ヴォルフ*やV.ブラウンらが，抒情詩ではJ.ボブロフスキーが注目された．オーストリアのP.ハントケ*も戦後最も成功した作家のひとりである．

1989年11月9日，東西ドイツを隔てていたベルリーンの壁が崩された．そして1年たらずであれほど困難だと思われていたドイツ統一が実現した．統一後のドイツ文学界で特に目につくことは，M.ヴァルザー*やグラス*の活躍であろう．グラス*は1999年ノーベル文学賞を受賞した．

第二部

作家解説 I

レッスィング
〜
グラス
生涯と作品

レッスィング ゴットホルト・エフライム

Gotthold Ephraim Lessing (1729-1781)

ドイツの劇作家・評論家

ドイツ市民文学の祖 レッスィングは，ドイツ啓蒙主義文学の完成者であるのみならず，ドイツ近代文学の偉大な先駆者である．当時ドイツ演劇は，フランス古典劇一辺倒で，その模倣の域を出なかったが，彼はギリシア古典劇やシェイクスピア劇こそドイツ精神にふさわしいとして，理論においてはもとより，実践面においてもその模範を示した．これによって，ドイツの市民文学ははじめて魂を得て，世界文学の仲間入りをすることになった．

型やぶりの秀才 ザクセンの田舎町カーメンツに，貧しいプロテスタントの牧師の子として生まれた．彼は12人きょうだいの長男であった．幼少の頃から読書を好み，学校の成績は抜群であった．12歳のときザクセン公国立聖アフラ校の給費生となり，5年間古典教育を受けたが，校長はこの頃の彼を「二倍のえさが必要な馬のようだ」と評したという．17歳でライプツィヒ大学の神学科に入ったが，人一倍知識欲が旺盛で活力にみちあふれた彼は，神学の世界のみに閉じこもろうとはしなかった．ジャーナリズムや演劇界への関心がめざめ，文学仲間や劇団と交渉をもつうちに，早くも喜劇の創作に手をそめた．そのひとつ『若い学者』はノイベリーン劇団によって上演され，好評を博した．

多方面の文筆活動 関係した劇団が破産したために，やがてベルリーンに移った彼は，以後約6年間，新聞の編集，創作，批評，翻訳等さまざまな分野にわたって，精力的な文筆活動を続けた．この成果は『著作集』となって世に出たが，特に『サラ・サムプソン嬢』は，ドイツにおける最初の市民悲劇として画期的な作品となった．経済的に窮迫しながら，文筆だけで生活してきた彼は，1760年司令官の秘書となってブレスラウへ移り，ようやく生活に余裕を見出して，美学論文『ラオーコオン』，喜劇『ミンナ・フォン・バルンヘルム』などの力作を書きあげた．

円熟期と晩年 1767年，ハンブルクに国民劇場が設立され，レッスィングは同劇場の顧問兼批評家として招かれた．この劇場は営業不振におちいり，翌年閉鎖されてしまったが，これが機縁で『ハンブルク演劇論』が生まれた．1770年40歳のとき，彼は初めて定職を得た．ブラウンシュヴァイクの地方都市の図書館長として招かれたのである．この地で，市民悲劇の傑作『エミーリア・ガロッティ』を完成，76年には旧友の未亡人と結婚し，長年の不遇がむくわれるかに見えたが，翌年，難産のため妻子を一挙に失うという不幸に見舞われた．晩年の彼は，神学に関心をよせ，ハンブルクの牧師ゲーツェと激しい論争をくり返した．韻文劇『賢者ナータン』は，相手の策謀によって論文発表を禁じられた彼が，劇作によって自分の所信を示したものとして有名である．

◈**「若い学者」** Der junge Gelehrte（成立1747/初演48/刊行54）３幕の喜劇．堅苦しい学者気質と自由な芸術家気質との相剋に悩んだ作者自身の体験を，主人公の学校教師に託して描いた．

◈**「サラ・サムプソン嬢」** Miss Sara Sampson（55）散文５幕の悲劇．純真な娘サラは，メレフォントに誘惑されて駈け落ちするが，この男とのあいだに子供まで生んだかつての愛人マルウッドの嫉妬によって毒殺される．男もサラのあとを追って自殺する．悲劇の主人公にはじめて市民を登場させ，しかも慣習を破って散文で書いたことは，画期的な試みであった．発表と同時にフランクフルトで初演され，空前の成功を収めた．

◈**「文学書簡」** Literaturbrief（59-65）雑誌に掲載された書簡体の評論．ゴットシェートのフランス古典劇追従を排撃し，シェイクスピア劇を讃えて，これをドイツ演劇の模範たるべきものとした点に大きな意義がある．

◈**「フィロータス」** Philotas（59-65）散文１幕の悲劇．敵軍の捕虜となった公子フィロータスが，愛国心から犠牲的な死を選ぶ話で，七年戦争に取材した．

◈**「ラオーコオン」** Laokoon（66）芸術論．ヴィンケルマンの『古代美術史』への批判として書かれたもので，空間芸術としての造形芸術と，時間芸術としての文学との相違，ならびにそれぞれの本質を詳細に論じ，のちの美学の発展に大きな影響を与えた．

◈**「ミンナ・フォン・バルンヘルム」** Minna von Barnhelm（67）５幕の喜劇．→252頁

◈**「ハンブルク演劇論」** Hamburgische Dramaturgie（67-69）ハンブルクの国民劇場の顧問として，同劇場の機関誌に発表した演劇論．アリストテレースの美学を信奉しつつ，それに新しい解釈を試み，さらにシェイクスピア劇を中心として，内外の戯曲を批判し，作劇論を展開した．これは，ドイツ国民演劇の発展のための確固たる基礎を築いた．

◈**「エミーリア・ガロッティ」** Emilia Galotti（72）散文５幕の悲劇．→253頁

◈**「賢者ナータン」** Nathan der Weise（79/83）韻文５幕の戯曲．宗教に関する作者の所信を披歴した思想劇．舞台は中世のイェルサレム．賢明なユダヤ人の豪商ナータンは財政に窮した回教王ザーラディンから，回教とユダヤ教とキリスト教のうちどれが最もよい宗教であるかと問われた．王は，ナータンが返答できなければ献金させるつもりであった．ナータンは，三つの指環のたとえ話に託して，宗派を超越した宗教的心情こそ真の宗教にかなうものだという，ヒューマニズムの理想を説いてこの難題に答えた．一方，ある事情からナータンがあずかってキリスト教徒として育てていた娘の恋愛事件から，その娘が回教王の姪であり，その恋人が彼女の兄であったことがわかり，戯曲の筋の上でも，ユダヤ教，キリスト教，回教の三教徒が，それぞれ宗派を超えて，あたたかい人間愛に結ばれる．

翻訳文献350頁

ゲーテ　ヨハン・ヴォルフガング・フォン

Johann Wolfgang von Goethe (1749-1832)

ドイツの詩人・小説家・劇作家

ドイツ文学の太陽　ゲーテは，ドイツ文学界をくまなく照らす太陽のような存在である．彼以後のドイツの文学者で，彼の影響を受けていない者はおそらく一人もいないであろう．ドイツに限らず，ひろく世界の文学者に与えた影響もはかり知れぬものがある．たとえばフランスの文豪アンドレ・ジッドは，ほかのすべての天才をあわせたよりもなおゲーテに負うところが大きい，と言っている．83年にわたる多彩な生涯に，じつに133巻（ヴァイマル版全集）の著作を残しているが，そのうちの『若きヴェルターの悩み』や『ファウスト』などは世界文学の宝となっている．彼の文学の大きな特質は，その作品が，一篇の詩に至るまで彼の実生活の体験から生まれている点にある．これは，彼の最大関心事がつねに「自己の形成」の一点にかかっていたためにほかならない．この意味で彼の文学は，作品に自己の影をとどめなかったシェイクスピアのそれとは好対照をなすものといえる．ともかく，歿後168年を経た今日，なお各国の学者によってますます盛んに研究されながら，しかもまだまだ究めつくされていないということは，大きな驚異であると共に，大ゲーテの面目を何よりも明瞭に物語るものといえよう．

めぐまれた環境と素質　経済的に非常な繁栄を見た帝国直属の自由都市，マイン河畔のフランクフルトに生まれた．父は職人の家の出で，各地の大学で法律学を学び，宮中顧問官にまでなったが，定職にはつかなかった．きちょうめんな性格で，息子の教育には非常に熱心であった．父より21歳年下の母は，市長の娘で，一族は代々法学者や市参事会員を出した名門であった．彼女は快活で，想像力の豊かな社交家であった．6人の子を生んだが，成人したのは，ゲーテとその妹の二人だけである．めぐまれた環境の中で，語学をはじめとするさまざまな教養を身につけながら，ゲーテは幸福な少年時代を送った．彼はまた，生涯にわたって物質的な心配をする必要がなかった．

学生時代　16歳のとき，法律を学ぶためにライプツィヒに遊学した．自由を得た彼は，法律よりも，文学や美術に熱中した．やがて3歳年上の少女に恋をしてはじめて創作を試みたが，この時代の詩や戯曲は，まだ習作の域を脱していない．3年後，奔放な生活がたたって身体を悪くし，喀血を見たために一時帰郷した．1770年，健康を回復した彼はストラスブール（当時フランス領）の大学で再び法律を学んだ．アルザスの美しい自然に囲まれたこの地で，彼は生まれ変わったような気持ちになって勉学に励んだ．

詩人ゲーテのめざめ　ストラスブール時代に，彼の発展にとってきわめて重要な二つの事件が起こった．一つは，ヘルダーとの出会いである．ゲーテは，眼病の手術のために滞在していたこの5歳年上の新進評論家から，民謡の美しさをはじめとして，ホメーロスやシェイクスピアの偉大さ，自然や感情の尊さ等について教えられ，深い感動を覚えた．

この二人の出会いは，シュトゥルム・ウント・ドラングと呼ばれる国民文学運動が展開される機縁となった．ヘルダーはこの運動の理論的指導者であり，ゲーテはやがて実作の上でその中心人物となるからである．もう一つの事件は，牧師の娘フリデリーケとの恋愛である．この恋愛を通して，ゲーテは時流の影響を脱した全く新しい抒情詩を生み出した．「五月の歌」などがそれである．ゲーテは結局彼女を捨てるが，この純真な少女を傷つけた罪の意識は生涯消えず，さまざまな形で後年の彼の作品に投影されることとなる．

苦悩の克服

法律得業士の資格を得て故郷に帰ったゲーテは，父の協力で弁護士を開業し、その余暇を詩作や劇作に費した．シュトゥルム・ウント・ドラング時代の代表的戯曲『ゲッツ』の初稿はこの時期に生まれた．1772年5月から三カ月ほど，法律家としての実務見習いのため，ヴェツラールに滞在したゲーテは，ある舞踊会でシャルロッテという女性を知り，激しい恋におちた．しかし彼女はすでに彼の信頼する友人の婚約者であった．苦しみに苦しんだゲーテはついに耐えきれず，逃げるようにして故郷に帰った．この体験を二，三の外部的事件に託して描いたものが，有名な『若きヴェルターの悩み』である．主人公は苦しみに耐えきれずに自殺を遂げるが，作者は体験を作品化し，より深く追体験することによって現実の苦悩を克服したのである．これはまさに新時代の渇望の書であり，反響すさまじいものがあった．主人公の衣裳が流行したり，ついには自殺する者まで現れたという．ゲーテの名はこの作品によって世界にとどろいた．また，この時期は詩作の面でも著しい進境を見せ，「プロメーテウス」や「ガニュメート」などが生まれた．

ヴァイマルでの政務

1775年，ゲーテは，彼に好意をよせていたカール・アウグスト公に招かれてヴァイマルの宮廷に入った．そして友人として親しく交際を重ねるうちに政治的な相談も受けるようになり，79年には枢密顧問官に推され，82年には貴族の称号を受けて，内閣の首班となった．こうして一時的に滞在するつもりだったヴァイマルは，彼の永住の地となった．政務のかたわらゲーテは，動・植物学，鉱物学などの研究に励み，後年この分野で多くの業績を残した．この時代には文学上のまとまった作品は見られないが，それは，政務と自然科学研究とに力を注いだためばかりでなく，彼が創作上で，シュトゥルム・ウント・ドラング的な熱狂から，古典主義への転換期を迎えていたためでもあった．この傾向を強めたのは，7歳年上のシャルロッテ・フォン・シュタイン夫人との恋愛であった．彼女は芸術に深い理解を持ち，優雅で節度のある女性であった．

イタリア旅行

政務の負担，人妻との不自然な恋愛，創作上の行きづまりなどのため，ヴァイマルでの生活に疲れを感じはじめたゲーテは，1786年，かねてからあこがれていたイタリアへひそかに旅立った．南国イタリアの風物は，ゲーテにはかり知れないほどの深い感銘を与えた．まず，古代美術の均斉と調和と節度ある美しさに接して，そこに自己の文学の規範を見出した彼は，それまで未完のまま放置していた戯曲『エグモント』や『イフィゲーニエ』を一挙に完成し，『タッソー』もほぼ完成することができた．また自然科学研究の面でも，原植物や植物の変態に関する重要な考察をまとめることができた．こうして別人のように生気をとりもどしたゲーテは，一年半のイタリア旅行を終えてヴァイマルにもどったが，宮廷の人びともシュタイン夫人も彼に冷淡な態度を示した．彼はアウグスト公に願い出て政務から身をひき，孤独のうちに自然科学研究に没頭した．当時唯一のなぐさめは，ふとしたことで知り合った造花づくりの娘クリスティアーネとの愛であった．ゲーテは彼女をひきとって同棲し，のちに正式に結婚した．

革命と動乱 1789年のフランス革命の後，戦乱はヨーロッパ中にひろがった．革命に対して冷淡であったゲーテも，アウグスト公に従って二度出陣した．最初は連合軍が敗退したが，翌年は革命軍をマインツに包囲した．後年書かれた『滞仏陣中記』や『マインツ攻囲』はこのときの記録である．直接革命に取材した作品もいくつか書かれたが，見るべきものはない．しかし革命を背景として書かれた叙事詩『ライネケ狐』と『ヘルマンとドロテーア』とは共にすぐれた作品である．

シラーとの友　　情 はじめのうちゲーテは，『群盗』や『たくらみと恋』の詩人シラーに対して回避的な態度をとっていたが，1794年たまたま学会で同席したことが機縁となり，二人のあいだは急速に接近した．こうして，いろいろな点で全く対蹠的な性格をもつ二人は，それぞれお互いのすぐれた点を認めてはげましあい，シラーが死ぬまでの約10年間文学史上稀に見る美しい友情で結ばれた．この時代はドイツ古典主義の最盛期となった．長い間停滞していた『ファウスト』に再び着手する一方，『ヴィルヘルム・マイスターの修業時代』を完成することができたのは，シラーの激励のおかげであり，数々のバラードの名品を生んだのも，シラーとの競作のたまものであった．1805年シラーが死んだとき，ゲーテは，「自分の存在の半分が失われた」と嘆いた．

老年の恋と創作 この頃ナポレオンは全ヨーロッパに戦雲をひろめ，ヴァイマルをもその渦中にまきこんだ．ゲーテは三度彼に会ったが，彼をドイツの敵として憎むよりは，むしろその人間としての偉大さに魅力を感じた．これはゲーテが，ドイツの統一を願う狭い愛国心よりも，世界国家の出現を望む広い心を持っていたためにほかならない．この頃ゲーテは60歳に近かったが，なお数回にわたって激しい恋を体験する．しかしその相手はすべてあまりにも年齢がかけはなれたうら若い女性であったため，ほとんどゲーテの一方的な恋情に終わり，彼はその苦しい思いを創作に託すほかはなかった．すなわち，58歳のときのミンナ・ヘルツリープ（18歳）に対する絶望的なあこがれは『親和力』を生み，65歳のときのマリアンネとの精神的恋愛は『西東詩集』の「ズライカの巻」となり，72歳のときのウルリーケ（17歳）への片恋からは「マリーエンバートの悲歌」が生まれた．さらにこの時期には，『詩と真実』や，『イタリア紀行』が執筆された．

淋しい晩年 すでに妻に先立たれたゲーテは，さらにシュタイン夫人やアウグスト公など親しかった人びとを，つぎつぎに失った．30年にはひとり息子のアウグストもイタリアで客死した．孤独になったゲーテは，ほとんど家にこもりきりで，自然科学の研究を続けるかたわら，長篇『ヴィルヘルム・マイスターの遍歴時代』を完成し，さらに31年，生涯の労作『ファウスト』の第二部を完成した．翌年３月22日，風邪がもとで，ゲーテは83年の生涯を閉じた．

◈**「鉄手のゲッツ・フォン・ベルリヒンゲン」** Götz von Berlichingen mit der eisernen Hand（刊行1773/初演74）5幕の戯曲．16世紀の農民一揆に指導的な役割を果たしたフランケンの騎士ゲッツの自伝に取材したものであるが，ゲーテは創意によって自伝の筋を改変し，いくつかの物語や副人物をつけ加えている．バイエルン継承戦争で右手を失って鉄の義手をつけていたため「鉄手のゲッツ」と呼ばれた主人公は，皇帝に対して忠誠をつくし，真理と正義と自由のために戦ったが，敵の陰謀と味方の裏切りとのために破滅する．この作品は，シェイクスピアの影響のもとに形式的にフランス古典劇の伝統を破っているだけでなく，内容的にも，ドイツの中世末期に取材し，ドイツ的誠実と正義感とを強調するなど，一切の伝統に対する反抗を試みた点で，シュトゥルム・ウント・ドラングの革命的風潮を直接的に表現している．

◈**「若きヴェルターの悩み」** Die Leiden des jungen Werthers（74/改訂版87）→254頁

◈**「タウリス島のイフィゲーニエ」** Iphigenie auf Tauris（87）5幕の戯曲．すでにアイスキュロス，ソポクレース，エウリーピデース，ラシーヌ等が戯曲化した素材を用いた．ギリシア軍の総帥アガメムノーンの娘イフィゲーニエ（イーピゲネイアー）は，父とともにトロイアー戦争から凱旋する途中，嵐にあったギリシア軍を救うため犠牲とされるところを，女神ディアーナに助けられて，タウリス島にある女神の神殿の巫女となった．ここに，母殺しの罪のため放浪の身であった弟が漂着した．二人は力をあわせさまざまな苦境をきりぬけて無事帰国する．ゲーテはギリシア悲劇をかなり変更して，イフィゲーニエを，崇高な人間的倫理を体現する理想的女性として描き，外的な事件よりも主人公の内面のドラマに重点をおいている．

◈**「エグモント」** Egmont（88/89）5幕の悲劇．16世紀，スペイン王フィリップ二世治下のオランダでは，新教弾圧に対する激しい抵抗運動が起こっていた．ブリュッセルの摂政領の知事エグモントは，最初はこの運動を支持したが，信仰の自由とひきかえに，この運動を鎮圧することを摂政に約束する．しかし時すでに遅く抵抗運動を激怒したフィリップ王は，アルバ公を派遣してこれを弾圧させ，エグモントもアルバに捕えられて処刑される．内容的にも形式的にも，シュトゥルム・ウント・ドラング期から古典期への過渡的作品．（『イフィゲーニエ』よりも早く着手されたが，完成と発表とが遅れた）．

◈**「トルクワト・タッソー」** Torquato Tasso（90/1807）5幕の戯曲．イタリアの詩人タッソーを素材とした古典主義の作品．夢想的詩人タッソーは，公爵の宮廷に仕えているが，人びとから奇異な人間として見られ孤独である．詩作以外に生きる道をもたない彼は，現実と衝突して破滅する．ヴァイマルの宮廷に仕えていたゲーテは，詩人としての自己の悩みをタッソーの姿に託した．タッソーは公爵の宮廷で失脚するが，ゲーテの場合は，彼の中にタッソーと現実的人間とが並存していたため破滅をまぬがれた．

◈**「ライネケ狐」** Reineke Fuchs（94）叙事詩．ヨーロッパに流布していたライネケ狐の伝説に取材した．弱い小鳥や獣たちをいじめ，悪事を働き，王様までたびたび欺きながら，捕えられるたびに，巧みな口実で窮境をきりぬけ，最後には大臣になって専横をきわめる狐ライネケの物語．フランス革命に対して批判的であったゲーテが，狐ライネケの姿に託して，フランス革命の指導者たちを諷刺した作品．

◈**「ヴィルヘルム・マイスターの修業時代」** Wilhelm Meisters Lehrjahre →257頁

◈**「ヘルマンとドロテーア」** Hermann und Dorothea (97) 叙事詩．1732年のザルツブルクのプロテスタント移民の挿話を，フランス革命当時の避難民の物語として改作したもの．避難民に救援物資をとどけに行った旅館の息子ヘルマンは，その中の一人の娘に惹かれて，妻にしたいと思う．貧しい娘を妻にすることを父は反対するが，母のとりなしで父も賛成し，ヘルマンは娘を迎えに行く．内気なヘルマンは思いを告げられず，家で奉公するよう娘にすすめたため，そのつもりでついて来た娘と，事情を知らずに嫁のつもりで遇する父とのあいだで話がもつれるが，結局二人はめでたく結ばれる．革命の混乱の中での市民たちの個人的な運命を描きながら，時代の姿を活写している．平穏な市民生活を破壊し，混乱させるものとして，革命を非難する立場から書かれた格調高い古典的牧歌．

◈**「親和力」** Die Wahlverwandtschaften (1809) 長篇．親和力とは，化学用語で，各元素の原子が，それぞれ独特の親和性をもって互いに結合するときの力をいう．二種類の化合物を混合したとき，一つの化合物を構成する各原子が，他の化合物の各原子に対して，より大きな親和力をもつような場合，両化合物は分解して新たな化合物をつくる．ゲーテはこのような原理を人間関係に適用した．エドゥアルトとシャルロッテという一組の夫婦が，オッティーリエという少女をひきとった．そこへ偶然エドゥアルトの友人である大尉が訪れた．まもなく親和力の原理に従って，エドゥアルトとオッティーリエ，シャルロッテと大尉が深く愛し合うようになり，やがて，エドゥアルトとシャルロッテとのあいだに生まれた子供は，オッティーリエと大尉との面影を宿している．最初は，シャルロッテと大尉との分別によってかろうじて均衡を保っていた４人の間柄は，エドゥアルトの無分別な情熱によって遂に破綻を来たし，子供もオッティーリエの過失で溺死する．オッティーリエは罪悪感にさいなまれて自殺し，エドゥアルトもその後を追って死ぬ．これは，18歳のミンナ・ヘルツリープに対する，60歳のゲーテの恋の苦しみから生まれた作品である．親和力という強烈な自然力と人間の意志との戦いを，オッティーリエは死によって，ゲーテは諦念によって克服したのである．

◈**「わが生涯より・詩と真実」** Aus meinem Leben. Dichtung und Wahrheit (第１～第３部11-14，第４部33)幼年時代からヴァイマルに移るまでの自伝．過去と現在の人物や文学，あるいは社会状況や体験等が，自己にどのような影響を与えて，現在の自己を形成するに至ったかを究める目的で書かれた．

◈**「イタリア紀行」** Italienische Reise (16-17)『詩と真実』の続篇として計画されたが，イタリア旅行の忠実な報告であるため，「詩と真実」の標題は不適当であるとの理由から，「イタリア紀行」と名づけられた．イタリアでのゲーテは，自己内面の苦悩や，シュトゥルム・ウント・ドラング的衝動を，南方的・形象的なものによってしずめようと試み，特に古代美術研究家として，古代とルネサンスの造形美術に関心をよせた．また，イタリアの自然に関する記述も多い．

◆「ファウスト・第1部，第2部」 Faust 1. Teil, 2. Teil（08，32）→266頁

◈抒情詩 生涯にわたって，折々の体験をうたったゲーテの詩を展望することは，同時にゲーテの生涯を展望することになる．10歳の頃から詩作をはじめたゲーテは，すでにライプツィヒ大学在学中に，恋や生のよろこびをうたったアナクレオーン風の詩集『アネッテ』Annette（67）や『新詩集』Neue Lieder（69）等を発表した．

ストラスブールでヘルダーの影響を受けた彼は，民謡に心を向けて「野バラ」など，民謡風の新しい調子をもつ詩を書くようになった．さらに，ゼーゼンハイムの美しい自然やフリデリーケとの恋の体験によって真の抒情詩人ゲーテが生まれ，「歓迎と別離」，「五月の歌」，「プロメーテウス」，「ガニュメート」などのすぐれた詩が書かれた．次いで，フランクフルトのリリー・シェーネマンとの恋は，「新しい愛，新しい生」，「ベリンデに」などの詩にうたわれた．

ヴァイマルに移ったのちのゲーテは，シュタイン夫人の影響と，政治的活動とによって若い奔放な情熱を制御して，次第に古典的沈静に向かった．この時期に生まれたのが，「憩いなき恋」，「旅人の夜のうた」，「月に寄す」，「航海」，「イルメナウ」，「人間性の限界」などであり，これらは『雑詩集』Vermischte Gedichte に収められて，89年に発表された．しかし，政治生活のわずらわしさからのがれたいという憧れは，「ミニョン」や「竪琴弾き」となってあらわれた．

イタリアでの官能的享楽と，帰国後のクリスティアーネとの同棲の体験は，明かるい生活の肯定をうたった『ローマ悲歌』Römische Elegien（95）として結実したが，その後は，宮廷での孤立と，詩作における不毛の月日が続いた．シラーは，このようなゲーテをはげまして，再び詩作に向かわせた．そしてシラーの影響で，従来の抒情的バラードを脱して，次第に叙事詩的，観念的な内容をもつバラードを作るようになったゲーテは，シラーと競作して，「宝掘り」，「魔法使いの弟子」，「コリントスの花嫁」，「神と遊女」，「トゥーレの王」，「魔法」などを書いた．これらは『バラード集』Balladen（98）におさめられている．13巻の抒情詩集『西東詩集』West-östlicher Divan（19）において，晩年のゲーテはふたたび青春の情熱をうたった．この中では，ペルシアの詩人ハーフィスの詩集刊行に刺激されて，東方への憧れをうたった「ハーフィスの巻」と，マリアンネ・フォン・ヴィレメルに対するプラトニックな恋と諦念から生まれた「ズライカの巻」とが最もすぐれたものである．しかし，17歳のウルリーケに対する72歳の老詩人ゲーテの激しい恋と失恋の悲しみとをうたった「マリーエンバートの悲歌」など3部から成る『情熱の三部曲』Trilogie der Leidenschaft（27）を最後として，ゲーテは，再び抒情詩を書こうとはしなかった．

翻訳文献→350頁

シラー　フリードリヒ・フォン

Friedrich von Schiller (1759-1805)

ドイツの劇作家・詩人

ドイツ最高の戯曲詩人　シラーは，ゲーテとならんで，ドイツ文学の黄金時代を築きあげた偉大な劇作家である．19世紀のドイツの戯曲は，彼の影響をぬきにしては考えられない．彼の文学は，カント哲学に立脚する美的・倫理的世界観を基盤としてドイツ理想主義の本質をみごとに表現している．また，綿密な歴史研究をふまえて比類ない構成力と豊かな想像力から生み出された彼の作品は，体験を基調とするゲーテの文学とは著しい対照をなしている．シラーはあらゆる面でゲーテのように恵まれてはいなかったが，つねに意志の力で実生活の不幸を克服しつつ，ひたむきに古典的完成をめざして努力をつづけた．

幸せな幼年時代　南ドイツ，ネッカル河畔のマールバハに生まれた．父は軍に勤務する外科医，母は旅館の娘で，ともに信仰厚い人であった．シラーは姉一人，妹二人の中の一人息子であったため，両親から大きな期待をかけられて成長した．父の勤務の都合で，一家はたびたび転地した．ロルヒ時代（4～6歳）は，彼の幼少期で最も幸福な時期であった．母から，聖書，詩，童話等に親しむことを教えられる一方，土地のモーザー牧師から規則的な教育を受けた．7歳のとき一家はルートヴィヒスブルクに移り，シラーはラテン語学校に通った．演劇への関心はこの学校時代に芽生えた．

オイゲン公の軍人養成所　シラーは牧師になるつもりであったが，14歳のとき，シュヴァーベンの専制君主カール・オイゲン公の命令で，軍人養成所（のちのカール大学）に強制入学をさせられた．貴重な青春時代の7年間，シラーはこの極端に厳格な軍隊式教育の学校で，奴隷のような絶対服従の日々を送らなければならなかった．しかしこの苦い体験は，シラーに不屈の反抗精神を植えつけ，「自由」の尊さを教えた．彼ははじめ法律を，ついで医学を学んだが，そのかたわらひそかにシェイクスピア，ルソー，ゲーテなどの作品に読みふけり，自らもきびしい監視の目をぬすんで，最初の戯曲『群盗』の筆をすすめた．1780年，「人間の動物的性質と精神的性質との関連について」という論文を提出してこの学校を卒業したシラーは，見習い軍医に任ぜられた．

放浪生活と創作　『群盗』は完成の翌年マンハイムで上演され，大きな反響をまきおこした．この再演を無断で見に行ったシラーは，オイゲン公の怒りを買い，禁固刑に処せられたうえ，文芸作品の執筆を禁じられた．しかし，すでに劇作家として立つ決意を固めていたシラーは，同年9月のある夜，二度と帰らぬ覚悟で故国を脱出し，劇団を頼ってマンハイムへ行った．けれども期待をかけていた劇団側は，オイゲン公への遠慮から彼を冷遇したため，苦しい放浪の生活を送らなければならなかった．その間にも創作の筆は休めず，『フィエスコの叛乱』，『たくらみと恋』などを完成した．これらの作品によってシラーは，シュトゥルム・ウント・ドラング（疾風怒濤）時代の代表的劇作家として世の信望を集め，その名声はドイツ全土に知れわたった．が，実生活の面では，経済的窮乏，病気，カルプ夫人との不倫の恋等の不幸に見舞われ，苦難の連続であった．1785年，友人G.ケルナーの好意でドレースデンの彼の家に寄寓したシラーは，ひさびさに平穏な生活を送り，創作に専念することができるようになった．ベートホーフェンの第9交響曲の合唱テキストに使われた有名な詩「歓喜に寄す」や，彼の創作上の大きな転期を示す戯曲『ドン・カルロス』などはこの時代の収穫である．

歴史・哲学研究時代

1787年，文芸の都ヴァイマルへ移ったシラーは，以後約10年のあいだ創作を断ち，歴史と哲学の研究に専念した．1788年の夏，主猟長レンゲフェルトの未亡人と知りあい，彼女の二人の娘と親しく交際した．この家で彼は，イタリアから帰ったゲーテと会ったが，すでに大きな変容をとげていたゲーテは，シラーに対して冷淡であった．この頃シラーはヴィーラントの影響によって，ホメーロスを初めとする古代文学に親しみ，幾篇かのすぐれた詩も作ったが，主として歴史研究にはげみ，『オランダ離反史』を書いた．この業績と，ゲーテの推挙とによって，シラーはイェーナ大学の歴史学の客員教授となることができた．はじめて安定した地位を得た彼は，レンゲフェルトの末娘シャルロッテと結婚した．ところが，まもなく彼は重い病気にかかり，一時は再起不能とまでいわれた．が，やがてこの窮状を，理解者のあたたかい援助によって救われ，『三十年戦争史』を書き上げた．この後はカントの哲学に興味を抱き，その研究から，『優美と品位』，『人間の美的教育に関する書簡』，『素朴文学と情感文学』などのすぐれた美学論文が生まれた．

巨匠時代

この間，以前は彼に対して無関心であったゲーテと，ふとした機会に深く知りあうようになった．以来，互いにその偉大さを認めあった二人は，厚い友情で結ばれた．長らく文学から遠ざかっていたシラーは，ゲーテの刺激をうけて，ふたたび詩作にはげみ，彼と競いあって「潜水者」，「イービュクスの鶴」，「人質」，「ヘーローとレアンダー」，「鐘の歌」等，バラードの傑作をつぎつぎに発表した．また，ドイツ最大の史劇といわれる『ヴァレンシュタイン』を手はじめに，スコットランドの王女を扱った悲劇『メアリ・ステュアート』，ジャンヌ・ダルク伝説に取材した『オルレアンの少女』，ギリシア古代劇風の創作劇『メッスィーナの花嫁』，スイス独立の伝説に取材した『ヴィルヘルム・テル』などの傑作を陸続と発表して，ドイツ古典主義文学の黄金時代をきずきあげた．さらに，『デメートリウス』の制作にとりかかったが，創作なかばにして病にたおれ，1805年5月9日，46歳で苦闘の生涯を終えた．

◇主 要 作 品◇

◆**「群盗」** Die Räuber（刊行1781/初演82）散文5幕→256頁

◆**「フィエスコの叛乱」** Die Verschwörung des Fiesko zu Genua（83）散文5幕．16世紀のイタリアに取材した史劇．主人公フィエスコは，共和政治を樹立するために叛乱を起こしてジェノヴァの君主ドーリアの専制政治を打倒するが，やがてみずから君主たらんとする野望を抱いて支配者の地位につく．しかし，第二の暴君の出現をおそれる同志の手によってあえない最期をとげる．構成や劇的技巧の点では，『群盗』よりも格段の進歩を見せているが，扱われた事件に対する世人の関心が薄かったせいか，上演の結果は不評であった．

◆**「たくらみと恋」** Kabale und Liebe（84）散文5幕．18世紀のドイツを舞台をする市民悲劇．宰相の息子フェルディナントと市民の娘ルイーゼとの階級をこえた清純な恋が，貴族社会の策謀の犠牲となって，悲惨な結末に至る．にせの恋文による巧妙なたくらみにかかったフェルディナントは，ルイーゼが自分を裏切ったものと誤解して，彼女に毒を盛るが，事の真相を知るや，みずからも毒杯をあおって死ぬ．この戯曲には粉本はなく，作者の自由な創作劇である．前二作にくらべて登場人物が少なくなり，それだけ筋が緊密なまとまりをみせ，すばらしい劇的効果を上げている．第一作に劣らぬ成功を収めた．

◆**「ドン・カルロス」** Don Carlos, Infant von Spanien（87）韻文5幕．スペインの王子ドン・カルロスは，自分の妻になるはずであった継母エリーザベトに思いを寄せている．王子をひそかに愛する公女エーボリが，嫉妬からこれを王に知らせたため，王は二人に疑惑の目を向ける．理想に燃える王子の親友ポーザ侯は，事の次第を知って王子をかばい，さまざまな努力をするが，ついに犠牲となって銃殺される．王子も宗教裁判にかけられ，ついに死刑の宣告を受ける．オランダに起こった新教徒の叛乱とその鎮圧という新旧勢力の政治的対立の事件を背景にして，宮廷内の愛をめぐる新旧の葛藤を描いた名作．後半，ポーザ侯の姿が大きく浮かびあがり，やや劇的統一が失われているが，シラーの古典主義への転向を示すきわめて重要な作品である．

◆**「ヴァレンシュタイン」** Wallenstein（初演98-99/刊行1800）「ヴァレンシュタインの陣営」1幕，「ピコロミーニ父子」5幕，「ヴァレンシュタインの死」5幕の三部からなる雄大な史劇．信望厚い皇帝軍の武将ヴァレンシュタインは，その名声ゆえに野心を抱き，叛逆の機会をうかがううちに，僚友ピコロミーニに動静を探られ，逆に奸計にはまる．気づいたときにはすでに遅く，信頼していた武将ブートラーにも裏切られ，その手先にかかって暗殺される．ピコロミーニの息子マックスと，ヴァレンシュタインの娘テークラとの，前途に希望のない恋愛が美しく配されている．三十年戦争史の研究から生まれた作品で，ゲーテによってヴァイマル宮廷劇場で上演された．

◆**「メアリ・ステュアート」** Maria Stuart（1800）韻文5幕．→261頁

◆**「オルレアンの少女」** Die Jungfrau von Orleans（01）韻文5幕．ジャンヌ・ダルク伝説に取材した悲劇．聖母マリアのお告げを受けて祖国救済に向かった少女は，劣勢の自

軍を指揮して，つぎつぎに敵軍を撃破する．しかしあるとき敵将に恋をおぼえて霊力を失い，人間的情熱と宗教的使命感の板ばさみとなって悩むが，結局崇高な使命感にめざめて祖国を救い，栄光につつまれて死ぬ．

◈**「メッスィーナの花嫁」** Die Braut von Messina（03）合唱団付5幕の悲劇．メッスィーナ王家の兄弟が，不吉な夢のお告げのために修道院にあずけられていた実の妹を，妹とは知らずに同時に愛し，嫉妬に狂った弟は兄を刺し殺す．しかし，真相を知ると，罪の重さに耐えきれず，みずからの胸を突いて自害する．ギリシアの運命劇を範として書かれたが，話の内容は作者の自由な創案である．また，兄殺しは，自分の意志で行なわれ，不可避的な運命ではなかった点に，ギリシアの運命劇との決定的な相違がある．

◈**「ヴィルヘルム・テル」** Wilhelm Tell（04）韻文5幕．→263頁

◈**「素朴文学と情感文学」** Über naive und sentimentalische Dichtung（96）美学論文．詩人とその文学とを二つのタイプに分けて論じている．素朴詩人とは，自然と調和し，分裂を知らぬ幸福な詩人で，ホメーロス，シェイクスピアなどがこれに属する．情感詩人とは，自然との調和を失い，分裂の中で苦闘しつつそれを求める詩人で，ミルトンやクロップシュトックらがこれに属する，というのである．ゲーテと自己との相違を念頭に置いて書いたもので，後世の文学論に大きな影響を与えた．

◈**「詩集」** Gedichte（友人G.ケルナーによって集大成され，1812年全集に収められた）初期からシュトゥルム・ウント・ドラング時代にかけての詩は，クロップシュトック，シューバルト，ビュルガー，ヴィーラントなど先輩詩人の影響が濃く，シラー独自の詩風はあまり見られない．80年代後半には，「歓喜に寄す」，「ギリシアの神々」，「芸術家」などのすぐれた讃歌や思想詩が生まれた．90年代の哲学研究時代には，思想詩が多くなる．「理想と人生」などがその代表的なものである．97年から98年にかけてのゲーテとの競作によって生まれたバラードにおいてシラーの詩は頂点に達する．「潜水者」，わが国では太宰治の『走れメロス』によってよく知られている物語「人質」，「イービュクスの鶴」，「竜との闘い」，「ヘーローとレアンダー」，「鐘の歌」などが有名．シラーの詩は非常に理念的である．

翻訳文献→357頁

ジャン・パウル

Jean Paul (1763-1825)

ドイツの小説家・評論家

影響力の強い大散文作家 古典主義とロマン主義との中間に孤立する作家で，その全著作は65巻に達する．彼の無限の想像力とあふれる感情とは，まとまった形式の枠にはおさまりきらず，微細な自然描写や心理描写，ユーモアと皮肉，現実と空想，形象と比喩等々，ありとあらゆる要素をつめこんだ合財袋のような文学を生み出した．その徹底した無形式は，古典主義と相容れず，その現実性は，ロマン主義とも異質のものである．彼は，後代の文学者に流派を超えてはかり知れない影響を及ぼした．

幸福な幼年期 旺盛な知識欲 本名，ヨハン・パウル・フリードリヒ・リヒター．フランケンのウンズィーデルに，貧しい牧師の長男として生まれた．13歳でギムナーズィウムに入るまで，学校へも行かず，自然を友として，幸福な幼少時代を送った．またオルガン奏者でもあった父からその素質を受けて，早くから音楽を愛した．14歳のときシュヴァルツェンバッハの学校に転じたが，知識欲の旺盛な彼は，この頃から古今東西の文学，哲学，科学等の書物を手あたり次第に読みあさった．16歳のとき父が亡くなり，一家は窮乏のどん底に陥った．18歳のとき家庭教師をしながらライプツィヒ大学へ入った．やがて著述で身を立てようと決心した彼は，当時の啓蒙思潮の影響のもとに，僧侶やスコラ神学者を嘲罵した論文や，貴族や小市民の俗物根性を諷刺したエッセイ等を書いたが，反響はなく，経済的にますますゆきづまった末，債権者に追われて故郷へ逃げ帰った．

貧困のどん底から流行作家へ 母は屑屋におちぶれ，弟の一人は浮浪人となり，他の一人は生活苦から入水自殺をとげるという極貧の中で，彼は家庭教師や私塾を開いて生計を立てながら多くの傑作を書いた．その中の長篇『ヘスペルス』を発表すると一挙に文名があがり，たちまち流行作家となった．これに続く数年は最もみのり豊かな時代で，『フィックスライン』や『ズィーベンケース』などのすぐれた作品が生まれた．彼の作品は特に上流の婦人たちに人気を得，貴族や文人たちからも迎えられた．

ヴァイマル時代と晩年 33歳のときヴァイマルへ行き，ゲーテやシラーとも相知った．しかし，形式美を尊重する古典主義は，彼にとっては，人間における神性ともいうべき感情を麻痺させるものとしか思われなかった．彼は，本質的に共通点をもつヘルダーに共感して，固い友情を結んだ．この時期に，ヴァイマルの宮廷生活を諷刺した代表作『巨人』を書いた．また，38歳で結婚した後，バイロイトに定住した彼は，『美学入門』や『レヴァーナ』などの力作のほか，フィヒテの絶対主観主義への反論として『生意気ざかり』を著わすなど精力的な創作活動を続け，52歳で歿した．

◈**「見えない建築小舎」** Die unsichtbare Loge (1793) 長篇小説．世俗をはなれて高い理想のもとに厳しく育てられた感じやすい少年グスタフが，宮廷生活の誘惑に屈する物語．魂の二元的分裂を描いた未完の発展小説．イギリスの諷刺小説の影響が見られる．

◈**「マリーア・ヴーツの生涯」** Leben des vergnügten Schulmeisterlein Maria Wuts in Auenthal (93) 短篇．前作の付録として出版．自分の平穏な生活に満足している片田舎の貧しい学校教師ヴーツが，結婚して幸福な家庭を築き，幸福な生涯にふさわしく，死をも満足して迎える．作者自身の幸福な幼年時代への憧れをこめた牧歌的作品．

◈**「ヘスペルス　あるいは45の犬の郵便日」** Hesperus oder 45 Hundsposttage (95) 長篇小説．ある島にいる作者のもとへ，ホフマンという犬が，ドイツのある小都市での事件を手紙を通して報告するという体裁の発展小説．作者の『ヴェルター』ともいうべき作品で，主人公の医者ヴィクトルに託して作者自身の体験を描いた．

◈**「第五学級教師フィックスライン」** Leben des Quintus Fixlein (96) 短篇小説．『ヴーツ風の牧歌的作品．休暇中に，故郷の村で花嫁を見つける町の平凡な学校教師の話．

◈**「ズィーベンケース」** Blumen-, Frucht- und Dornenstücke oder Ehestand, Tod und Hochzeit des Armenadvokaten F. ST. Siebenkäs (96-97) 長篇小説．無味乾燥な妻と別れるために死んで葬られたふりをし，自分とそっくりの友人になりすまして，新たに結婚をする弁護士兼作家ズィーベンケースの物語．魂の深淵を不気味なまでに描いている．

◈**「巨人」** Titan (1800-03) 長篇小説．代表作．『ヴィルヘルム・マイスター』にならった発展小説．情熱的天才児アルバーノが，一公国の公子である秘密をあかされぬまま，愛の試練や種々の教育によって，立派に成長してゆく過程を描く．ヴァイマル滞在中の体験にもとづき，宮廷生活や，宮廷人の俗物性をみごとに描いている．

◈**「美学入門」** Vorschule der Ästhetik (04) 文学論．作家としての体験から生まれた．『滑稽なものについて』，『諧謔的文学について』，『機智について』などの小論文を集めたもので，ドイツ文学に多大の貢献をした．ヘルダーへの傾倒がうかがわれる．

◈**「生意気ざかり」** Flegeljahre (04～05) 未完の長篇小説．夢想的なヴァルトと現実的なフルトという双生児が，愛し合い，助けあいながら生きて行く物語．この二人の姿に，作者自身の性格の二元性が象徴されている．アイヒェンドルフなどに影響を与えた．

◈**「レヴァーナ」** Levana, ein Erziehungsbuch (07) 教育論．ローマ神話の嬰児の守護神の名を標題とした2巻の書．ルソーの『エミール』を範とし，家庭教師の体験にもとづいて書かれた．誤った教育方針を批判し，愛と宗教とによる子供の訓育を目ざしている．斬新な内容をもっており，現代に至るまで愛読されている．

◈**「彗星」** Komet (20-22) 小説．ドン・キホーテのテーマを扱った写実的な作品．

翻訳文献→358頁

ヘルダーリーン　フリードリヒ

Friedrich Hölderlin (1770-1843)　**ドイツの詩人**

孤高の詩人　古典主義やロマン主義の時代に活躍したが，どの流派からも孤立した詩人として，ドイツ抒情詩の最高の作品を生み出しながら，生前には真価が認められなかった．20世紀になってにわかに注目されはじめ，その予言者的な格調高い詩や雄大な思想は，現代文化一般に深い影響を及ぼした．古代ギリシアを理想として，文明の荒廃し，精神の堕落した祖国ドイツの現実を憂え，その再興に努力することが詩人の使命であると考えた彼は，詩作を通して，ディオニュソス的なギリシアの神々と，キリスト教とを結びつけようとした．

生いたちと青春時代　シュヴァーベンのネッカル河畔，ラウフェンに生まれ，2歳のときに牧師であった父を失った．母は2年後に彼と妹とを伴い，ニュルティンゲン市長ゴックと再婚したが，第二の父も，彼が9歳のときに亡くなった．デンケンドルフおよびマウルブロンの神学校を経て，テュービンゲン大学に入学した彼は，ヘーゲル，シェリング等の学友とともに，哲学を語り，フランス革命を讃美しつつ学問にはげんだ．この頃書かれた詩は，クロップシュトックやシラーの影響が濃い．卒業後，聖職で生活を立てることを嫌って家庭教師となった彼は，イェーナへ行き，フィヒテの講義に感激したり，かねてから尊敬していたシラーと近づきになったりした．

ディオティーマとの出会い　26歳のとき，フランクフルトの銀行家ゴンタルト家の家庭教師となった．ギリシア型で典雅な，教養の高いゴンタルト夫人ズゼッテに，長年のあこがれの対象を見いだした彼は，プラトーンの『饗宴』に登場する女性の名をとって，彼女をディオティーマと呼び，多くの詩を彼女に捧げた．夫人も心から彼を愛したが，二人の愛は，純粋に精神的なものであった．この愛の体験によって，はじめて彼は詩作の上で独自の境地を開き，先人の模倣を脱した多くの詩をつくるとともに『ヒュペーリオン』を完成することができた．しかし，二人の親交は主人の誤解を招き，彼はまもなくゴンタルト家を去らなければならなかった．その後は友人の家に寄寓して，孤独に耐えながら詩作にはげみ，悲劇『エムペドクレース』の完成に力を注いだ．

悲惨な晩年　将来の計画や，職業のことが思うように運ばないため，1800年に彼は母のもとへ帰った．が，この頃から精神錯乱の兆候があらわれはじめた．以後2年間につくられた「パンとブドウ酒」，「帰郷」，「ライン河」，「パトモス」などの詩は，迫り来る深淵を前にした，異常な精神的緊張から生まれたもので，難解ではあるが，彼の詩業の最高峯と見なされている．その後家庭教師としてスイスや南フランスへおもむいたが，再び帰郷したときには，完全に発狂していた．以後一時小康を得た時期もあったが，37歳から73歳で死ぬまでの36年間は，完全な狂人として悲惨な日々を送った．

◈「ヒュペーリオン」 Hyperion（1797-99）→260頁

◈「エムペドクレースの死」 Der Tod des Empedokles（成立98-99）悲劇断片．紀元前5世紀のシチリアの哲学者エムペドクレースは，医術や魔術にも通じ，それによって多くの崇拝者を得たが，最後には彼の神性を信ずる信者たちの期待を裏切らぬために，エトナの火口に身を投げたという．ギリシアの原典によって，エムペドクレースの思想と運命とにふれて感動したヘルダーリーンは，1797年『エムペドクレース・5幕の悲劇』の執筆を計画したが，翌年書きはじめた初稿は『エムペドクレースの死』Der Tod des Empedokles と改題された．この初稿では，新しい宗教の告知者として多くの信者を得たエムペドクレースが，最後に自然を冒瀆した慢心の罪を償うために，エトナの火口に身を投ずることになっている．これは現在残っている原稿のうち最も量の多いものである．その後再度書き改められたが，その原稿はほとんど失われ，最後に，神にそむいた生都アクラガースの民衆の破滅を救うため犠牲となって死を選ぶ『エトナ山上のエムペドクレース』Empedokles auf dem Ätna が計画されたが，これも断片を残すにすぎない．これらの作品にも，ヘルダーリーンの，自然と人間との一体化へのあこがれ，人間の不完全さや民衆の卑屈さに対する絶望感等がうかがわれる．

◈ヘルダーリーンの抒情詩　ヘルダーリーンは不遇であったため，生前には1冊の詩集も出版できなかったが，死後しだいにその真価が認められ，現在ではドイツの第一級の抒情詩人と見なされている．彼の詩業はおおよそ，四つの時期に分けられる．

第1期　テュービンゲンの神学校在学中からの青春時代の作品．クロップシュトックやシューバルトの影響が濃く，押韻詩が多い．

第2期　フランクフルト時代．シラーにならったオード（頌歌）形式の詩が多い．「人類の理想の讃歌」と題する一連の「友情，愛，美，調和，自由」をたたえた讃歌がある．

第3期　ホンブルク時代．生涯で最もおちついた生活を送った時期で，文学の本質について深く思索し，詩人としての自己の使命を自覚した．それまで，古代ギリシアの熱烈な崇拝者であった彼は，西欧主義に転向し，祖国への愛をうたうようになった．壮重，厳粛な詩が，格調高いエレジー（悲歌）形式で書かれた．「帰郷」，「パンとブドウ酒」，「アルヒペーラグス」などが特に有名である．

第4期　1801年以後の詩で，自由韻律の力づよい言葉で書かれた幻想的，予言的，宗教的な詩．雄大で清冽で，孤独で高貴なヘルダーリーンの本質を最もよく発揮している．「ライン河」，「唯一者」，「パトモス」などが有名．

翻訳文献→358頁

ノヴァーリス

Novalis (1772-1801)

ドイツの詩人・小説家

ロマン派の象徴的存在　ノヴァーリスは，29歳で夭折し，詩人としての活動期間はわずか4年にすぎなかったが，ロマン派の人びとのうちで最も豊かな詩才にめぐまれていた．そして，フィヒテ，シェリング，シュライアーマッハー等の思想をふまえた深い宗教観，中世の讃美，無限への憧憬，冥想的神秘性，詩と童話の尊重等，あらゆる面でドイツ・ロマン派の特徴をそなえた詩人であった．

宗教的環境と学問　中部ドイツ，オーバービーダーシュテットの貴族の家に生まれた．本名はフリードリヒ・フォン・ハルデンベルクといい，ノヴァーリスは筆名である．きびしい，宗教的な家風の中で育った彼は，幼少時代につちかわれた信仰を生涯もち続けた．1790年，イェーナ大学に学び，歴史学を講じていたシラーに接して，大きな感化を受けた．さらに，ライプツィヒ，ヴィッテンベルクの両大学で，法律や自然科学を学び，卒業後は，テューリンゲンの小さな町テンシュテットで役所に勤務した．

運命を決した15分　1795年，出張先で，13歳の少女ゾフィー・フォン・キューンに会い，わずか15分のうちに彼女を心から愛するようになり，1年後には婚約を結んだ．しかし，2年後にゾフィーは不治の病にかかって世を去った．ゾフィーはノヴァーリスにとってすべてであった．彼はゾフィーのあとを追って死ぬことばかりを考えていた．しかし，やがてこの悲痛な打撃から徐々に立ちなおることができた．この体験は，彼を詩人として目ざめさせる契機となり，その後の彼の作品の中心的内容となった．

未完の名作『青い花』　1797年，フライブルクへ行き，地質学者ヴェルナーのもとで，鉱山学，自然科学の造詣を深めた．またこの地で，ユーリエ・フォン・シャルパンティエという鉱山長の娘を知って，あらたな恋が芽生え，翌年婚約した．ノヴァーリスは彼女にゾフィーの面影を求め，彼女も彼の深いゾフィー崇拝に共鳴したのである．この間しばしばイェーナを訪れ，シュレーゲル兄弟やティークらと交友を結び，雑誌「アテネーウム」の同人となって，哲学的断章『花粉』（のちに『断章』としてまとめられたものの一部）や，ゾフィー体験から生まれた長詩『夜によせる讃歌』などを発表した．これらはロマン主義の芸術運動に決定的な貢献をなした．このほか，象徴的なメールヒェン「ヒヤシンスとバラの花」を含む『ザイスの弟子』，シュライアーマッハーに刺激されて，自己の宗教的政治的目標を述べた論文『キリスト教界またはヨーロッパ』，『青い花』の通称で有名な『ハインリヒ・フォン・オフターディンゲン』などが書かれたが，いずれも未完成のまま，29歳の若さで世を去った．上記の諸作品は，死後1802年に，F．シュレーゲルとティークによって出版された．

◈**「夜によせる讃歌」** Hymnen an die Nacht (1800) 数篇の詩をまじえた6章の散文から成る作品．敬虔なキリスト教信仰とゾフィー体験から生まれた．夜を世界の母，神聖な世界の予言者として，昼に対する夜の優越を讃美し，また，夜を永遠の国，死の国とみなし，夜への憧れに託して愛人ゾフィーの住む死の国への憧れをうたい，死の国でゾフィーと一体になることを激しく求めている．さらに，昼を古代世界とし，夜をキリスト教世界にたとえて，夜を讃美することにより，キリストへの愛とキリスト教への帰依とをうたっている．

◈**「青い花」** Heinrich von Ofterdingen (02) 未完の長篇→262頁

◈**「讃美歌」** Geistliche Lieder (02) 聖歌として教会で歌うために書かれた．キリストへの愛と信仰とを歌ったものが多い．マリア讃歌にはゾフィーへの憧れが交錯している．

◈**「ザイスの弟子」** Die Lehrlinge zu Sais (02) 小説断片．ザイスの寺院では，すぐれた師の指導のもとに，弟子たちが自然の研究にはげんでいる．弟子の一人である主人公は，根源の真理を探究する哲学者であるため，師を心から尊敬しながらも，自然そのものを対象として扱う師の自然科学者的態度には同調することができない．さらに自然を解明する手段として，弟子たちのある者は芸術が，またある者は享楽が，そしてまたある者は宗教が適当であると信じている．しかし弟子の一人が語る童話『ヒヤシンスとバラの花』Hyacinth und Rosenblüte が，自然を解明する手がかりとなる．── 幸福な恋人同士のヒヤシンスとバラのもとに，見知らぬ旅の老人がやってきて，ヒヤシンスに不思議な本を与える．この本を読んで認識の欲望にめざめたヒヤシンスは，魂の不安にかられ，バラを見捨てて旅に出る．長い放浪ののち，ようやく宇宙の本源である女神イーズィスの神殿にたどりついたヒヤシンスが，女神の像のヴェールをめくってみると，それは恋人のバラであった．そして二人は，またもとのように幸福な生活を送るようになる ── この童話から主人公は自然の神秘を解く鍵が「愛」であることを悟る．この作品でノヴァーリスは彼自身のゲーテ的自然観と師ヴェルナーの自然観との相違を表明している．

◈**「断章」** Fragmente (02) 自然科学，法律，国家，歴史，宗教，哲学，人間，芸術，詩などあらゆる領域にわたる彼の思想を，1790篇におよぶ短文であらわしたもの．

翻訳文献→359頁

ホフマン　エルンスト・テーオドーア・アマデーウス
Ernst Theodor Amadeus Hoffmann (1776-1822)

ドイツの小説家

幻想と怪奇の文学　驚くべき多才な芸術家で，音楽，絵画，文学のそれぞれの分野で一流の仕事をした．特に音楽には半生をかけて打ちこみ，フケーの『ウンディーネ』の歌劇化，ベートホーフェンの初紹介など，記憶さるべき業績を残した．小説を書き始めたのは極めて遅かったが，晩年のわずか10年間に非常に豊富で多彩な作品を残している．その幻想的な怪奇小説は，むしろ国外で注目され，バルザック，ユゴー，ポー，ボードレール，ワイルド，ドストエフスキーなど，世界中の著名な作家に影響を与えた．ドイツ・ロマン派中最も特異な作家である．

法律家から音楽家へ　東プロイセンのケーニヒスベルク（現ロシア領カリーニングラード）に生まれる．2歳のとき父母が離婚したので，母方の里で育てられた．母がヒステリーであった上に，親がわりとなった伯父も変人であったため，暗い少年時代を過ごした．早くから芸術的才能をあらわしたが，一族がみな法律の仕事をしていたため法律を学び，24歳のとき陪審官となった．翌年筆禍事件のため左遷され，音楽に専念するようになる．やがてポーランド人マリーアと結婚してワルシャワに転勤し，幸福な一時期を送った．

苦難の時代少女への恋　30歳のとき，ナポレオン軍がワルシャワに侵入したため職を失って，各地を転々とし，劇団の楽長，ピアノ・声楽の家庭教師などを務めるかたわら，音楽評論や作曲をして，かろうじて生計を立てた．34歳のとき，声楽を教えていた20歳も年下のユーリア・マルクに激しい恋をした．彼女の可憐な美しさと，天成の美声とが，ホフマンの心を捕えたのである．この恋はホフマンの一方的なものであったらしいが，彼は幻想によって，かなえられない願望をみたした．この少女が2年後に富裕な商人と結婚したときのホフマンの絶望は大きく，酒と幻想とに明け暮れて苦悩をまぎらわそうとする日々が続いた．

超人的才能と二重生活　この体験を経てから，彼は憑かれたように小説を書き始めた．1815年までに『クライスラーの音楽的苦悩』，『ドン・ファン』，『黄金の壺』など10数篇の短篇を含む『カロ風の幻想作品集』4巻や，長篇『悪魔の霊液』を完成し，翌年にはオッフェンバックのオペラ『ホフマン物語』で有名な『夜の作品集』を書き，続いて1822年，病に倒れるまでに『ゼラーピオン同人集』4巻，『牡猫ムルの人生観』，『ブランビラ姫』などを矢つぎ早に発表した．しかもこの間，38歳のとき就職した大審院で忠実に職務を果たしながら，歌劇『ウンディーネ』の作曲によって大成功を収めたり，画家としてもめざましい活躍を見せたりして，まさに超人的な才能を発揮した．昼はきちょうめんに仕事を行ない，夜は打って変わって酒にひたり，夜を徹して語りあうという二重人格的生活を続けるうちに，しだいに病状が悪化して，46歳の生涯を閉じた．

◈**「カロ風の幻想作品集」** Phantasiestücke in Callots Manier (1814-15) 全4巻の中・短篇小説集．ホフマンの愛したフランスの銅版画家ジャック・カロの幻想的な画風にちなんで名づけられた．夢幻的，浪漫的な中にも，怪奇的な凄みをもつ作品が多い．『クライスラーの音楽的苦悩』Johannes Kreislers, des Kapellmeisters musikalisches Leiden その他数篇の『クライスレリアーナ』Kleislerianaという標題の短篇は狂気の楽長クライスラーに託して，ユーリアへの恋に苦しむ作者自身の心境を描いたものである．彼が敬愛したモーツァルトの『ドン・ジョヴァンニ』によせて，音楽の魔力にとらえられて破滅する者の悲劇を描いた『ドン・ファン』Don Juan にも，ユーリアへの恋の苦悩がうかがわれる．同様のことは中篇『黄金の壺』Der goldne Topf についても言える．これは，大学生アンゼルムスと，蛇の妖精セルペンティーナとの夢想的な恋を描いており，ロマン派的な理想にあふれた美しい童話風の作品である．この他，作曲家グルックを扱った『リッター・グルック』Ritter Gluck などが収められている．

◈**「悪魔の霊液」** Die Elixiere des Teufels (15，16) 小説．→270頁

◈**「夜の作品集」** Nachtstücke (16-21) 2巻の短篇怪奇小説集．目にみえない砂鬼への恐怖がつのって幻想のとりことなり，ついに発狂して自殺するナタナエルの物語『砂鬼』Sandmann，バルト海岸付近のR男爵家の古城にまつわる相続争いを描いた『世襲の領地』Majorat，その他を集めた．

◈**「ゼラーピオン同人集」** Die Serapionsbrüder (19-21) 全4巻の中・短篇小説集．自分が細工した宝石を奪うため，その持主を次々と殺してゆくカルディラクという金細工師の二重生活を描いた犯罪怪奇小説『スキュデリー嬢』Fräulein Scuderyをはじめとして，幻想的な童話『くるみ割りとネズミの王様』Nußknacker und Mäusekönig，その他の作品がおさめられている．

◈**「ブランビラ姫」** Prinzessin Brambilla (21) 長篇童話小説．『カロー風の狂想曲』という副題がついている．ボードレールによって「高級美学の教典」と称讃された作品．

◈**「牡猫ムルの人生観」** Lebensansichten des Katers Mull (20，22) 2巻の長篇小説．牡猫ムルの自伝と狂死した楽長クライスラーの伝記が錯綜している．それは，ムルが自伝を書く際，クライスラーの伝記を吸取紙や下書きに使ったためである．この二つの伝記は表面的には何の関連もないことになっているが，内面的には緊密なつながりをもち，ホフマン自身の自伝となっている．

◈**「蚤の親方」** Meister Floh (22) 長篇小説．ロマン主義から写実主義への過渡的作品．卑劣な警察長官カンプツを戯画化した童話風の物語で，ホフマンの人生観が諷刺的に表現されている．この作品は押収され，ホフマンは処罰された．

翻訳文献→359頁

クライスト　ハインリヒ・フォン

Heinrich von Kleist (1777-1811) **ドイツの劇作家**

悲運の天才劇作家　すぐれた才能をもち，数多くの傑作を残しながら生前には，わずかに『こわれがめ』と『ハイルブロンのケートヒェン』の二作品が上演されたのみで，ゲーテにも，ロマン派の詩人たちにも認められず，心身の病と貧窮に追いたてられて放浪と不遇のうちに生涯を終えたが，現在では19世紀最高の劇作家として認められている．

激しい性格　プロイセンのオーダー河畔のフランクフルトで，貴族の家に生まれた．10歳で父を，14歳で母を失い，異母姉ウルリーケと二人だけになった．代々軍人の家柄であったため，15歳で近衛軍に入り，中尉に昇進した．しかし，軍人としての生活に満足できず22歳で退役した．そして１年半ほど郷里の大学で哲学や数学を学び，特にカント哲学から大きな影響を受けた．彼は生来「すべてか無か」の両極端に走る激烈な性格をもち，妥協することを知らなかった．

放浪時代　1800年頃，彼は思想上の転換期を迎えた．従来の理想はすべて崩壊し，カント哲学すらも無価値に思えてきた彼は，焦燥の念に駆られて姉と共にパリへ向かう．そこにもおちつけず，すぐにスイスの山中にのがれる．以後，生涯にわたってつきまとう心身の病に悩まされ，追われるように各地を転々とする．スイス時代に最初の悲劇『シュロッフェンシュタイン家』を完成し，続いて『ロベール・ギスカール』を書き始めた．この作品はヴィーラントに激賞された．勢いを得た彼は「ゲーテの額から月桂冠を奪おう」との意気に燃え，これを完成しようと努めたが，三度書き上げた末に三度とも焼き捨ててしまい，結局最後に残ったものは，わずか数百行の文章にすぎなかった．

名作を残してピストル自殺　30歳のとき，ドレースデンで，友人ミュラーと雑誌「フェーブス」を発刊．この頃ドイツ喜劇の傑作『こわれがめ』をはじめとして，悲劇『ペンテズィレーア』，長篇小説『ミヒャエル・コールハース』，短篇『O侯爵夫人』その他の名作が書かれた．当時はナポレオンが権力をふるっていたが，愛国者クライストは，激しい憎悪を抱き，オーストリアがナポレオンに宣戦布告すると，狂喜して参戦しようとした．このような愛国心から書かれたのが『ヘルマンの戦い』や最後の傑作『ホンブルクの公子』であるが，これらは上演を拒否されたため，彼は経済的にはなはだしく困窮した．わずかにミュラー等と「ベルリーン夕刊新聞」の編集執筆にたずさわって生活を立てていたが，これも検閲がきびしくなるに従い，１年で廃刊のやむなきに至った．生活の困窮と，周囲の冷遇と，将来への絶望とに思い屈した彼は，ベルリーン近郊の湖畔で，人妻を道づれにして，ピストル自殺をとげた．

◈**「シュロッフェンシュタイン家」** Die Familie Schroffenstein (1803) 5幕の悲劇. 代々仇敵として憎み合ってきた二つのシュロッフェンシュタイン伯爵家の男女が恋仲となったが，共に，父親同士の憎悪の犠牲となって死ぬ.「ロミオとジェリエット」的テーマを扱った作品.

◈**「アムピトリュオーン」** Amphitryon (07/初演99) 喜劇. ギリシア神話に取材したモリエールの戯曲を粉本としている. 将軍アムピトリュオーンの妻アルクメーネーの美しさに惹かれたジュピターが，将軍に化けて彼女を誘惑する. 欺かれてジュピターの子を生むアルクメーネーを貞女の鏡として描いている.

◈**「ペンテズィレーア」** Penthesilea (08/初演76) 悲劇→264頁

◈**「こわれがめ」** Der zerbrochene Krug (初演08，刊行11) 喜劇→265頁

◈**「ロベール・ギスカール」** Robert Guiskard, Herzog der Normänner (08/初演1901) 悲劇断稿. ノルマンの公子ギスカールは，ビザンツィンの征服を目前にして，軍隊もろともペストで破滅する. その寸前の陣営を舞台として，人心の動揺と不安，ギスカールの苦悩を巧みに描いた.

◈**「ハイルブロンのケートヒェン」** Das Kätchen von Heilbronn (10) 5幕の騎士劇. 鍛冶屋の娘で15歳のケートヒェンは，夢を見て，シュトラール伯を未来の夫と信じこみ，父も婚約者も捨てて伯爵について行き，さまざまな苦難に耐え，徹底的な献身によって遂に伯爵の愛を得る. クライストにしては珍しく明るい，ロマンチックな作品である.

◈**「小説集」** Erzählungen 2巻 (10，11) 貴族から迫害されて，妻の命までも奪われた実直な博労コールハースが，徹底的な復讐を遂げたのち，断頭台で処刑されるまでのいきさつを描いた『ミヒャエル・コールハース』Michael Kohlhaas のほか『O侯爵夫人』Die Marquise von O.,『チリの地震』Das Erdbeben in Chili,『聖ドミンゴの婚約』Die Verlobung in St. Domingo,『ロカルノの女乞食』Das Bettelweib von Locarno などのすぐれた短篇を収録した2巻の全集.

◈**「ヘルマンの戦い」** Die Hermannsschlacht (21/初演60) 5幕の戯曲. ゲルマンの一部族の王ヘルマンのひきいる軍勢が，西紀9年にトイトブルクの森でローマ軍を撃破する. そのためローマはゲルマン民族の侵略を断念する. 史実に取材しているが，ナポレオンの圧迫から，ドイツが独立することを願う気持ちが込められている. 遺稿をティークが出版した.

◈**「ホンブルクの公子」** Prinz Friedrich von Homburg (21) 5幕の戯曲. 予備騎兵の指揮官ホンブルクは，主君の命令を無視して行動を起こし，大勝利を得る. が，軍法違反の罪で死刑を宣告される. 彼はそれを不当として助命を嘆願するが，しりぞけられ，苦悩の末に自分の非を悟り，すすんで刑に服することを決意する. その改悛を認めた主君は，彼に恩赦を与える. 国家の権威と個人の意志，義務と自由の問題をテーマとした作品で，主人公の心理の推移がみごとに描かれている.

翻訳文献→361頁

アイヒェンドルフ　ヨーゼフ・フォン

Joseph von Eichendorff (1788-1857)

ドイツの詩人・小説家

民衆に親しまれたロマン派の抒情詩人　後期ロマン派に属する詩人中最も人気のある詩人で，その詩のいくつかは，ドイツの代表的民謡として愛唱され，また，シューマン，メンデルスゾーン，ブラームス，ヴォルフ等の作曲によって有名である．ノヴァーリスが，ロマン主義の暗い，神秘的な，魔的な面における代表者であるとすれば，アイヒェンドルフは，その明るい，甘美な，楽天的な面での代表者といえる．人生の諸問題に，感情と気分をもって対処し，魂と自然の調和を求め，過去を無条件で理想化する点に彼の文学のロマン性がある．

幼少期と学生時代　オーバーシュレージエンのルボーヴィッツの城に，貴族の子として生まれた．少年時代から自然を愛し，仲良しの兄と山野を放浪するのが何より好きであった．13歳のとき，兄とともにブレスラウのカトリック系ギムナーズィウムに入学したが，たえずはげしい郷愁に苦しめられた．望郷の思いは成人してからも抱きつづけ，彼の詩の重要なモチーフとなっている．ハレとハイデルベルクの大学で法律を学んだが，この時期に，ノヴァーリスやティークらの文学を知って影響を受けた．そして，ブレンターノやアルニムらと交友を結び，『少年の魔法の角笛』の編集にも協力した．また，水泳，乗馬，狩猟等を好むスポーツマンでもあった．

旅行・軍役官吏生活　21歳のとき，ルイーゼ・フォン・ラリッシュと婚約した．その後，兄と共に，パリ，ベルリーン，ヴィーンなどを旅行して，文学上の多くの知己を得た．すなわち，ベルリーンでは，フケー，シャミッソー，ミュラー，クライストらを知り，ヴィーンでは，F.シュレーゲルと交際した．1813年，対ナポレオン戦争が起こると，自ら義勇軍に志願した．そして三年間兵役についていたが，実戦にはほとんど加わらず，この間にルイーゼと結婚したり，長篇『予感と現在』を発表したりした．その後はプロイセンの官吏となってブレスラウ，ダンツィヒ，ケーニヒスベルクなどを転々とした．この時代に両親を失い，彼の愛する故郷の城も人手に渡ってしまった．これは平穏な彼の生涯唯一の悲しい事件であった．

晩年の研究　1831年45歳のときベルリーンの文部省に入り，評議員として10数年間勤めた．退官後は，詩作，翻訳，文学研究等に没頭した．この時期の著述には『ドイツ近代ロマン主義文学の倫理的宗教的意義』，『18世紀のドイツ小説』，『ドイツ詩文学史』などの研究評論やカルデロンの翻訳がある．これらの作品には彼のおだやかなカトリック的な思想がうかがわれる．1855年の夏，病身の妻とともにナイセに隠棲したが，同年妻に先だたれ，２年後に自らも肺炎にかかって，70年の生涯を閉じた．

◈**「詩集」** Gedichte（1837）289篇の詩を収めた自選詩集．故郷の森や谷，あこがれや望郷の思い，古城，月の光，夕べや夜の気分，さすらい —— 等が，民謡風に美しく歌われている．彼の詩はどれも，ロマンチックという形容がぴったりするものばかりである．『少年の魔法の角笛』の民謡詩やゲーテ，クラウディウス等の影響が見られる．ドイツ人なら知らぬ人はないほどの有名な民謡になっている作品も少なくない．また多くの音楽家たちによって作曲された．特にシューマンの歌曲集「リーダー・クライス」は名高い．

◈**「予感と現在」** Ahnung und Gegenwart（15）長篇小説．『ヴィルヘルム・マイスター』を範とする一種の教養小説で，主人公フリードリヒは，理想と現実の矛盾に悩みながら，しだいに現実から目をそむけ，キリスト教信仰に救いを求めて修道院に入り，安息を見出す．当時の社会状勢が，詳しく，批判的に描かれている．「涼しき谷間に」など50篇をこえる詩がちりばめられており，むしろこの方が有名になった．

◈**「大理石像」** Das Marmorbild（19）短篇小説．青年詩人フローリオは，不気味にも生命を得た大理石の美しい女性像に，官能的な誘惑を受けるが，ついにその誘惑に打ち勝って，初恋の少女と幸福に結ばれる．

◈**「のらくら者の生活から」** Aus dem Leben eines Taugenichts（26）小説．→272頁

◈**「求婚者たち」** Die Freier（33）三幕の喜劇．シェイクスピアの『夏の夜の夢』を思わせるとりちがえの仮装喜劇．ギュンター・アイヒがラジオ・ドラマ化した．

◈**「詩人とその仲間」** Dichter und ihre Gesellen（34）小説．詩人，俳優，画家などさまざまな人物が登場し，詩人の世界と俗物の世界とが対立的に描かれる．主人公ヴィクトルは，詩の世界を超えて宗教につかえる．ここにもたくさんの詩がちりばめられている．

◈**「短篇集」** Kleinere Novellen（41）次の三篇を収める．

『デュランデ城』Schloß Dürande　フランス革命に取材した悲しい物語．

『誘拐』Die Entführung　ルイ15世時代のパリを舞台とする物語．

『幸福の騎士』Die Glücksritter　三十年戦争時代の学生の話．

翻訳文献→362頁

グリルパルツァー　フランツ

Franz Grillparzer (1791-1872) **オーストリアの劇作家**

暗い家系　オーストリア最高の劇作家グリルパルツァーは，首都ヴィーンに生まれた．弁護士である父は無口で観察眼の鋭い，厳格な人であった．母は社交的で，想像力ゆたかで，音楽を愛したが，どこか精神的欠陥があり，後年宗教的妄想に駆られて自殺した．また，三人の弟はみな精神的欠陥があり，末弟はドーナウ河で投身自殺を遂げた．このような暗い血を受けた彼は，やはり神経過敏で，多分に憂鬱症の傾向があり，この性格のため生涯苦しんだ．

官職と劇作　1809年に父が死亡したため，彼は大学で法律を学ぶかたわら，家庭教師をして母や弟たちを養わねばならなかった．13年宮廷図書館に職を得て以来，56年宮廷顧問官を最後として退職するまで，40年間官吏生活を続けた．一方彼は少年時代から演劇に興味を抱いており，図書館員時代には語学を学んで，各国の古典，特にカルデロン，シェイクスピア等を愛読した．26歳のとき，ブルク劇場の監督シュライフォーゲルのすすめに従い，戯曲『祖先の女』を書いた．姦通，殺人，発狂などの強烈な事件を織りこんだこの作品は，世人の注目の的となったが，批評家には当時流行の運命劇の一種としてしりぞけられた．次作『サッポー』は，前作にくらべてはるかに高い芸術的完成度を示した代表作で，上演の結果も大成功であった．そして作者は「サッポーの詩人」と呼ばれてたたえられた．また，卓越した心理分析によって，複雑きわまる人間の葛藤を描き分けた三部作『金羊毛皮』は，写実主義の先駆的作品として高く評価された．

不快な事件　このような輝かしい成功の後，彼の身辺には生来の憂鬱症をますますつのらせるような不快な事件が相次いで起こった．ローマの廃墟をうたった詩に関して，全くとるにたらぬ理由で，宮廷から危険思想の持ち主と見なされた．また労作『オットカール王の栄華と最期』が，批評家からは悪意にみちた酷評を受け，観客にも理解されず，ついには国家的圧力によって上演停止の処分を受けた．さらに，38年自信をもって発表した喜劇『欺く者に禍いあれ』も，さんざんな不評を買ったため，ただでさえ世評を気にする作者は，決定的な打撃を受けて，それ以後演劇界から完全に身を引いてしまった．

あきらめの晩年　晩年には，ブルク劇場の名監督ラウベによって，彼の作品がつぎつぎに上演されて大成功を収めたり，枢密顧問官の称号を贈られたりして名誉を回復した．しかし，すでにすべてをあきらめてしまった彼は，80歳の誕生日が国を挙げて祝福されたときも「もう遅すぎる」とひと言つぶやいただけだったという．そして翌年，50年も前に婚約してついに結ばれることのなかった許嫁（いいなずけ）にみとられて，息をひきとった．死後，『リブッサ』，『ハプスブルク家の兄弟あらそい』，『トレドーのユダヤ女』等のすぐれた作品が発見された．

◈**「祖先の女」** Ahnfrau（1817）５幕の悲劇．昔，姦通して夫に刺殺された伯爵夫人の亡霊が迷い出て，その呪いで一族が破滅する話．幼いとき誘拐された伯爵の息子が，長じてヤーロミーアという盗賊の首領となり，伯爵の娘ベルタを自分の妹と知らずに略奪して愛する．やがて彼は，自分を鎮圧しに来た伯爵を殺す．ベルタは彼を兄と知って発狂する．ヤーロミーアはベルタにそっくりの亡霊についてゆき，墓穴の中で亡霊に抱かれて絶命する．

◈**「サッポー」** Sappho（18）５幕の悲劇→271頁

◈**「金羊毛皮」** Das goldne Vlies（21）ギリシア伝説に取材した三部から成る韻文劇．客人を殺した王の一族が，呪いをもった金羊毛皮に導かれて罪を重ね，つぎつぎに身を滅ぼす．最後に残った王の娘で悪魔的な性格のメーデイアも，恋人イアーソーンの裏切りに対して残忍な復讐をとげたのち，彼とのあいだに生まれた二人の子供を殺して，自滅する．話の筋は伝説と大差ないが，人物に近代的性格が与えられ，冷徹な心理描写がみごとである．

◈**「オットカール王の栄華と最期」** König Ottokars Glück und Ende（25）５幕の悲劇．13世紀のハプスブルク王ルードルフと，その兄弟ベーメンのオットカール二世との争いを史実に則して描き，ナポレオンをオットカールに託して，その権力，慢心，名声，破滅に至るまでのいきさつなどを描いた．

◈**「主君の忠僕」** Ein treuer Diener seines Herrn（28）５幕の悲劇．

◈**「海の波・恋の波」** Des Meeres und der Liebe Wellen（31）５幕の悲劇．ギリシア伝説ヘーローとレアンダー（レアンドロス）の物語に取材．ヘーローは，愛欲を断った巫女の身でレアンダーとはげしい恋をする．レアンダーは深夜海峡を泳ぎ渡って，燈台を守るヘーローのもとに通う．疑いを抱いた司祭長が，すきを見て合図のランプを消したため，青年は荒波にのまれ，溺死体となって打ち上げられる．形式・内容ともに，古典的な美しさをもつ．

◈**「夢はうつし世」** Der Traum, ein Leben（34）４幕の童話劇．

◈**「欺く者に禍いあれ」** Weh dem, der lügt（38）５幕の喜劇．

◈**「ゼンドミールの僧院」** Das Kloster bei Sendomir（28）短篇小説．

◈**「あわれな辻音楽師」** Der arme Spielmann（48）短篇小説．傷つきやすい，やさしい心をもった，生活力のない一音楽師の物語．作者自身の性格が投影され，ヴィーン人の心と芸術家に関するさまざまな問題が，斬新な現実感覚をもって描かれている．

◈**「ハプスブルク家の兄弟あらそい」** Ein Bruderzwist in Habsburg（72）５幕の悲劇．皇帝ルードルフ二世を扱った性格悲劇．

◈**「トレドーのユダヤ女」** Die Jüdin von Toledo（72）５幕の悲劇．ユダヤ女の魅力のとりことなったスペイン王アルフォンスが，王妃に殺害された女の死骸を見て理性をとりもどし，宮廷をおおっていた暗黒が晴れる．

◈**「リブッサ」** Libussa（72）５幕の戯曲．ベーメンの女王リブッサとその夫によってプラハ市が建設されたいきさつを描いた作品．

翻訳文献→362頁

ハイネ　ハインリヒ

Heinrich Heine (1797-1856)　　**ドイツの詩人**

恋と革命の詩人　「ローレライ」や「歌の翼に」の作詞者として有名な彼は，ロマン派から出発した抒情詩人として多くの傑作を残し，特にその感傷的な恋愛詩は世界中の人びとに愛誦された．わが国にも，鷗外，柴舟，春月らによって早くから翻訳紹介され，明治・大正期の詩歌は少なからぬ影響を受けた．彼はまた，人類解放の理想にもえる革命詩人であり，自由のための闘士でもあった．ハイネは，ユダヤ人であった事情から，当時の封建的なドイツでは宿命的に不当な圧迫を受けなければならなかった．そのため自由に対しては人一倍強い憧れを抱きつづけた．

ドイツでの半生　デュッセルドルフの貧しいユダヤ商人の家に生まれた．19歳のときハンブルクの叔父の銀行に見習いとして勤め，従妹のアマーリエに，ついでその妹のテレーゼに熱烈な恋をした．この恋はみのらなかったが，この頃から詩人としての才能が芽生え，すぐれた恋愛詩がつぎつぎに生まれた．商売が性格に合わなかった彼は，弁護士を志して，ボン，ゲッティンゲン，ベルリーンなどの大学に学び，W.シュレーゲルやヘーゲル等の講義を聞いて，多大の影響を受けた．この頃までに作られた詩は『詩集』及び『抒情挿曲』の二冊にまとめられた．27歳のとき，ハルツへ旅行し，この旅の記録として『ハルツ紀行』を書いた．大学を卒業するにあたり，新教に改宗した．が，弁護士にはなれなかった．30歳のとき，イギリスに渡り『イギリス断章』を書き，帰国してから，それまでの詩を集めて『歌の本』を出版した．詩人としての名声が高まるにつれて，初期のロマンチックな作風は，しだいに政治や社会への批判を重んずる写実的なものに変わっていった．

パリへの亡命　『イタリア紀行』や『北海』を書いた旅行ののち，1830年のフランスの七月革命に強く刺激され，自由の国フランスにあこがれて，翌年にはついに封建的なドイツを捨ててパリへ亡命した．パリでは，華やかな市民文化を吸収し，ベルネなどの自由主義的なドイツ人亡命者たちと交わり，特にマルクス夫妻と親交を結んだ．彼はジャーナリストとして，祖国への呼びかけやフランスに祖国を紹介する内容の論文を，情熱をこめて書いた．35年には，祖国の議会において「青年ドイツ派」の仲間たちとともに，著述，出版の禁止を決定され，経済的な窮乏に陥った．が，貧困にあえぎつつも，作詩は中断せず諷刺詩『アッタ・トロル』，『新詩集』，革命的叙事詩『ドイツ・冬物語』などの傑作を続々と発表した．やがて，無理がたたって健康を害し，42年の二月革命を病床で迎えたのちは，ほとんど廃人同様の悲惨な境涯におちたが，なお一筋の詩心のみは燃えつづけ，晩年の大詩集『ロマンツェーロー』，『ルテーツィア』を相次いで発表した．その後，自伝的作品を書きながら，ついに50歳にしてパリで客死した．

◈**「旅の絵」** Reisebilder (1826-31) 旅行記．24年のハルツ旅行の際の『ハルツ紀行』Die Harzreise，25年北海沿岸を旅して書いた『北海』Die Nordsee，27年のイギリス旅行の所産『イギリス断章』Englische Fragmente，28年の北イタリアの旅の印象を記した『イタリア紀行』Italienische Reise を収録．すぐれた自然描写だけでなく，夢想的な詩や，鋭い諷刺と機知に彩られた政治，社会に対する批評が随所に織りこまれている．

◈**「歌の本」** Das Buch der Lieder (27) 詩集．愛を歌った青春の書．詩人としてのハイネの名声を確立した．第1部『若い悩み』Junge Leiden の中の「擲弾兵」，第2部『抒情挿曲』Lyrische Intermezzo の中の「歌の翼に」，第3部『帰郷』Die Heimkehr の中の「ローレライ」など，有名な音楽家によって作曲され，広く愛唱された詩も収録されている．第4部は『ハルツの旅』Aus der Harzreise，第5部は『北海』Nordsee．バイロンの影響を受けた厭世的感情があらわれている．

◈**「ロマン派」** Die romantische Schule (36) 文学評論．重要なロマン派研究の書．

◈**「アッタ・トロル ― 夏の夜の夢」** Atta Troll ― Ein Sommernachtstraum (43) 叙事詩．親方のもとから故郷の山中に逃げ帰った踊り熊アッタ・トロルが，政治談議をしてまわった末射殺されるという動物寓話に託して，ドイツの俗物的政治詩人を鋭く諷刺した．

◈**「新詩集」** Neue Gedichte (44) 抒情詩集．20代後半から20年間の詩作品を収録．多くの女性を対象として愛をうたった『新しい春』Neuer Frühling，パリでの愛欲生活をうたった『さまざまなこと』Verschiedenes，バラードや時局批評の詩をおさめた『物語詩』Romanzen，祖国への愛を基調として政治や社会の問題を扱った『時の詩』Zeitgedichte（この中の過激なものは，検閲当局から削除を命ぜられた）の4部から成る．

◈**「ドイツ・冬物語」** Deutschland. Ein Wintermärchen (44) 叙事詩．43年，一カ月余のドイツ滞在の印象を，パリに帰った後に書いた．祖国への憧れと憂国の情とにもとづいて，ドイツの現実を徹底的に暴露した諷刺的叙事詩．

◈**「ロマンツェーロー」** Der Romanzero (51) 抒情詩集．亡命詩人ハイネの晩年の詩を集めたもの．ほとんどが，病床で書かれたもので，苦悩と厭世的人生観に満ち，しだいに宗教的傾向を強めていった心境がうかがわれる．美のはかなさをうたった『歴史物語』Historien，自分の病苦と世界の悲惨とをうたった『嘆き』Lamentationen，ヘブライ，ユダヤの伝説を扱った『ヘブライのメロディー』Hebräische Melodien の3巻から成っている．

翻訳文献→363頁

メーリケ　エードゥアルト

Eduard Mörike (1804-1875)

ドイツの詩人・小説家

過渡期の抒情詩人　メーリケは，ロマン主義後期から写実主義への過渡期に位置する詩人で，その詩は，心にしみる恋愛詩や古代風の牧歌，素朴な民謡風のもの，古典的優美さをたたえたもの，近代印象派の詩を思わせるもの —— 等，おどろくべき多様性を持ち，きわめて質の高いものである．また，ブラームスやヴォルフによって作曲されているが，それらは詩と音楽とのすばらしい結合を見せている．詩作品のほか，すぐれた芸術家小説や，ユーモアにあふれた童話数篇がある．

僧職への道　シュヴァーベンのルートヴィヒスブルクに，医師の子として生まれた．13歳で父を失ってからは，牧師の娘であった母や親戚の希望で，僧職への道を歩むことになった．そしてウーラハの神学校に入ったが，詩や音楽や絵画に熱中し，学校では夢想にふけってばかりいる怠惰な生徒であったため，成績は振わなかった．1822年から4年間，テュービンゲンの神学校に学び，同郷の若い詩人たちと親交を結んだ．またこの時期にクラーラ・マイヤーという女性に激しい恋をしたが，世間知らずの彼にとって，彼女は理解しがたい存在であり，結局悲恋に終わった．しかし，この体験を経て彼の詩作は一段と深みを加えた．

不本意な職業　学校を終えると，副牧師として教区をめぐり歩いたが，たえず僧職をやめたいという願いを抱きつづけた．この頃，神学校以来の体験をもとにして，長篇小説『画家ノルテン』を書き，その第1部を1832年に発表したが，当時はほとんど反響がなかった．30歳のとき，主任牧師に任ぜられたが，彼はあいかわらず僧職になじめず，説教はもっぱら副牧師にまかせて，自分は日なたぼっこをしたり，子供を相手に遊んだり，詩や童話などを作ったりしていた．1838年『詩集』を出版．この頃，J.ケルナー，シュヴァープ，ウーラントらと親交を結んだ．39歳のとき，健康を理由についに牧師をやめ，その後8年間，メルゲントハイムの友人のもとで暮らした．

不幸な結婚 平穏な晩年　1851年，47歳のときシュトゥットガルトに移り，ある士官の娘と結婚した．そして生活を支えるために，土地の女学校で文学史を講じた．翌年にはテュービンゲン大学の名誉博士号を与えられるなど社会的地位や栄誉には恵まれながら，結婚生活は不幸であった．二人の娘が生まれたが，妻とは全く性格が合わず，受難者のような日々を送った．しかし彼は，生来温和で楽天的な性格であったため，これを運命として甘受し，決して破局へ向かうようなことはなかった．1856年，名作『プラハへの旅路のモーツァルト』を発表してからは，創作から遠ざかったが，シュトルムなどの友人にもめぐまれて，71歳で歿するまで平穏な晩年を送った．

◈**「画家ノルテン」** Maler Nolten (1832) 長篇小説→273頁

◈**「ルーツィエ・ゲルメロート」** Lucie Gelmeroth (34) 短篇心理小説．恩人を救うために自から殺人の罪を着るルーツィエの物語．

◈**「詩集」** Gedichte (38) テュービンゲン大学時代からクレーヴァーズルツバッハの牧師時代までの詩を収録した．初恋の体験をうたった「ペレグリーナに寄せる」と題する連詩をはじめとして，そののちの恋をうたった「ルイーゼ・ラウによせるソネット」，自然を題材とした「冬の朝」，「日の出前」，「わが流れ」，「春に」などの優れた詩や，宗教的な内容をもつ「新しき年に」，ローマの悲歌詩人やギリシアの牧歌詩人にならった古代風の詩「サッポーの追憶」，「美わしき灯火に」，バラード「アグネス」，民謡風の詩「棄てられた娘」などが収められている．ロマン派の詩人や『少年の魔法の角笛』等の影響を受けた民謡調と，古典的形式とが，豊かな自然感情と融合して，高い格調を生みだしている．

◈**「ボーデン湖の牧歌」** Die Idylle vom Bodensee (46) 牧歌的叙事詩．「漁夫マルティーン」Fischer Martin という副題がついている．友人トーネを裏切って結婚するトーネの恋人を，結婚式の夜誘拐して友のために復讐する漁夫マルティーンと，新しい恋人との愛によって傷心をなぐさめられるトーネの物語．

◈**「シュトゥットガルトの小人」** Das Stuttgarter Hutzelmännlein (53) 童話．ひと切れの干からびたパンと二足の幸福の靴をある小人からもらった靴職人が，小人の命令通りに一足を自分ではき，一足を路傍におく．美しいフローネがこの靴を見つけて，彼の妻となる．この物語の中に，ドーナウの妖精を描いた『美しいラウの話』Geschichte von der schönen Lau が挿入されている．ロマン派の文学者たちのあとを受けて童話の改作を試みたメーリケは，ロマン派の童話よりも素朴な，民話風の童話を創作している．

◈**「プラハへの旅路のモーツァルト」** Mozart auf der Reise nach Prag (55) 短篇．「ドン・ジョヴァンニ」初演のためにプラハへ赴く途中，ある貴族の館に立ち寄った芸術家モーツァルトの姿を生き生きと描写している．貴顕の支持者たちに囲まれて幸福の絶頂にある華やかなモーツァルトの姿を描きながら，まもなく訪れる彼の死を予告するような暗い影をそこはかとなく漂わせている．モーツァルトに対する，生涯変わらぬメーリケの愛と理解がうかがわれる作品である．ロマン派の芸術家小説の流れを汲みながら，歴史的人物を素材としている点に新しさがある．ただし事件そのものは虚構である．

翻訳文献→364頁

シュティフター　アーダルベルト

Adalbert Stifter (1805-1868)

オーストリアの小説家

自然と素朴な人生を愛しつづけた芸術家　嵐，落雷，地震などの激しい現象よりも，風のそよぎ，水のせせらぎ，星のきらめきといった平凡な現象の方に，自然のより偉大で本源的な力を見たシュティフターは，劇的で異常な事件よりも，ささやかな自然と，つつましい人生をこよなく愛し，それらをひたすら描き続けた．このような彼の文学は当時はあまり理解されず，同時代の巨匠ヘッベルからは嘲笑された．しかし，しだいにその真価が認められ，ニーチェやヘッセは最高の讃辞を贈った．ドイツ文学が世界に誇り得る作家である．

世に出るまで　ボヘミア（現在チェコ領）のモルダウ川の谷間にある小村オーバープラーンに生まれ，幼い頃から美しい自然の風物に親しみながら成長した．11歳のとき，亜麻布商人であった父を不慮の事故で失った彼は，父のあとを追って死のうと決心し，二日も食物に手を触れなかったという．これは，やさしい自然詩人シュティフターの奥に秘められた，激しい情熱的な一面を物語っている．僧院付属の学校を優秀な成績で卒業したのち，ドーナウ河をいかだで下ってヴィーンへ行き，大学で法律や自然科学を学んだ．この頃から詩作をはじめるとともに，絵画にも熱中した．学生時代の恋愛は失恋に終わったが，29歳のとき，美しいアマーリエ・モーハウプトと結婚した．経済的窮乏を，家庭教師をしたり，絵を売ったりしてきりぬけながら，幸福な生活を送った．

絵画と創作　はじめは画家になるつもりであったが，ゲーテやジャン・パウル等の影響で小説を書きはじめた彼は，40年に雑誌に発表した『コンドル』が世に認められると，作家として立つ決心を固めた．しかし，絵筆も生涯捨てなかった．44年から50年にかけて『喬木林』，『森の小径』などを収めた6巻の『習作集』を発表したが，そこに描かれた自然の風物は比類なく美しい．その正確でリアルな描写は，自然科学の知識と，すぐれた画家としての才能に負うところが多い．

おだやかな法則　48年，3月革命が起こったとき，はじめは彼も熱狂したが，結局はそれが流血と混乱を生み出しただけで，大自然の法則には何の変化も与え得ないことを知って，失望した．そして小学校の校長として教育に当たるかたわら，ひたすら自然に沈潜して，質朴な人生に大きな意義を見出そうとつとめた．こうした彼の人生態度や思想は，彼の青春時代の記念碑ともいうべき短篇集『石さまざま』の序文に「おだやかな法則」として述べられている．晩年の二大長篇，芸術家としての彼の理想を描いた『晩夏』と，政治的理想を主題として描いた『ヴィティコー』も，ともにこの思想に貫かれた傑作である．63歳のとき，肝臓癌の苦痛に耐えかねて，頸動脈をかみそりで切って自殺をはかり，二日後に息をひきとった．この作家にふさわしくない，いたましい最期であった．

◈**「習作集」** Studien（44-50）６巻の中篇小説集．40年から46年までに雑誌などに発表した13篇の作品，『コンドル』Kondor（40），『高原の村』Das Heidedorf（40），『野の花』Feldblume（41），『私の曽祖父の書類入れ』Die Mappe meines Urgroßvaters（41-42），『喬木林』Der Hochwald（42），『愚者の城』Die Narrenburg（43），『アブディーアス』Abdias（43），『古い封印』Das alte Siegel（44），『ブリギッタ』Brigitta（44），『ひとり者』Der Hagestolz（45），『森の小径』Der Waldsteig（45），『二人の姉妹』Zwei Schwestern（46），『落書きのあるモミの木』Das beschriebene Tännling（46）の諸篇を収録．いずれも美しい自然を背景にくりひろげられる人間の愛，孤独，幸福，破滅などを描いた簡潔で素朴な小説，または幻想的な童話風の物語である．ジャン・パウル，ホフマンらの影響が見られる．

『森の小径』 村人から変人扱いされている男が，高原の温泉へ保養に行き，森の小径を散策中，美しい苺摘みの娘と知りあう．世塵にまみれぬ純朴な心を持った二人は，意気投合して一年後に結婚し，人も羨む幸福な生活を送る．比類なく美しい自然描写が織りこまれている．

◈**「石さまざま」** Bunte Steine（53）中篇小説集．大部分はすでに別の題名で単独に発表したものを，石の名前に改題して収録した．『みかげ石』Granit(49)，『石灰石』Kalkstein(48)，『電気石』Turmalin(52)，『水晶』Bergkristall(45)，『白雲母』Katzensilber（52)，『石乳』Bergmilch（43）の６篇である．『習作集』の小説と同じようなテーマを扱っているが，はじめ子供向きの読み物として計画されたため，童話的な雰囲気を持つ．また，この書には「おだやかな法則」を説いた有名な序文がそえられている．これは「お前らが，虫や草花をありがたがるのは，人間を知らないからだ」というヘッベルの嘲笑に対して答えたもので，「真の偉大さは，激しい自然の猛威や感情の激動の中にあるのではなく，ささやかな自然や，素朴な人生の中にこそある」と説いている．

『水晶』 クリスマスの前日，峠を越えて母の実家へ遊びに行った幼い兄妹が，帰途，降り出した雪のために氷河に迷いこみ，雪と氷にとざされた岩室で，はげましあいながら一夜を明かす．やがて雪はやみ，満天の星空となる．そして暁の陽光が一面の雪をバラ色に染める頃，二人は山を下り，かがり火を焚いて捜索に来た村の人びとに救われる．クリスマスの鐘が鳴りわたり，人びとは雪にひざまずいて祈りをささげる．

◈**「晩夏」** Nachsommer（57）長篇小説．→277頁

◈**「ヴィティコー」** Witiko（65-67）長篇小説．ベーメンの王につかえた誠実で正直な青年ヴィティコーは，王の死後森に入って同志と共に開拓に従事する．王の甥と嫡子とのあいだに王位継承の争いが起こる．嫡子が愚か者で王位にふさわしからぬ人物であり，甥が正しい為政者であることを知ったヴィティコーは，裏切り者の汚名をものともせず，甥のベーメン統一を助ける．平和が訪れると，ヴィティコーは，同志たちと故郷の原始的な森に文化的な国をつくり，幸福な家庭を築く．

翻訳文献→365頁

ヘッベル　フリードリヒ
Friedrich Hebbel (1813-1863)

ドイツの劇作家・詩人

19世紀最大の悲劇作家　「人間は，その存在とともに罪を負っているので，罪をまぬがれることはできない」という汎悲劇主義的な根本理念から，歴史の流れや国家など全体的なものの意志と，個人の意志とのくい違いによって生ずる多くの悲劇の名作を生んで，ドイツ文学史上「銀の時代」と呼ばれる詩的写実主義時代の最大の劇作家となった．抒情詩人としてもすぐれた才能を示した．

貧困，独学女性の援助　北ドイツ，ホルシュタイン（当時はデンマーク領）のヴェッセルブーレンに貧しい煉瓦積み職人の子として生まれた．家庭は，その日その日のパンに事欠くほど貧しかった．食事のとき，父は子供たちを「オオカミども」と呼んだという．その父も早く世を去り，ヘッベルは14歳のとき，教区管理人にひきとられて，下男同様に扱われた．しかし，幼少の頃から人一倍感じやすく，空想力が豊かであった彼は，読書によって独学で教養を得て，詩作を試みたりした．23歳のとき，ハンブルクの女性作家ショッペの刊行する雑誌に投稿してその詩才を認められ，彼女の援助でハンブルク，ハイデルベルク，ミュンヒェンなどに遊学することができた．遊学といっても食うや食わずの生活であって，1839年の冬などは，ミュンヒェンからハンブルクまで吹雪の中を徒歩で帰らなければならなかった．この無理がたたって大病をわずらったが，この地で知りあった愛人エリーゼ・レンズィングの献身的な愛と援助とによって救われた．

創作活動　健康をとりもどした彼は，猛烈な創作欲にかられて，処女作『ユーディット』を完成した．これはベルリーン王立劇場で上演され，異常な反響をよんだ．しかし，当時演劇界を席巻していたグツコーの作風に対立する彼の戯曲は，あまり世間に迎えられず，その上エリーゼの愛情を重荷に感じていた彼は，デンマーク王から旅行奨学金を受けたのを機会に，1843年にパリへ行った．パリではハイネと知り合い，また市民悲劇の傑作『マリーア・マクダレーネ』を完成した．さらにローマやナポリを旅行し，ひさびさに解放感を味わったが，まもなく奨学金も乏しくなったので，帰途についた．途中立ち寄ったヴィーンで，ブルク劇場の名女優クリスティーネ・エングハウスと恋におちた彼は，恩人であり二人の子まで生んだエリーゼを棄てて，クリスティーネと結婚し，ヴィーンに定住した．その後ようやく生活は安定し，劇作の面でも円熟期に入って，『ヘローデスとマリアムネ』をはじめとして毎年のように傑作を発表した．彼の作品はヴィーンでよりも，ミュンヒェンやヴァイマルで好評を博し，三部劇『ニーベルンゲン』はシラー賞を受けた．その翌年シラーと同じように未完の『デメートリウス』を残して，病のため50歳の生涯を閉じた．

◈**「ユーディット」** Judith (1840) 旧約聖書に取材した5幕の悲劇．敵軍に包囲された都市国家ベトゥリヤの危難を救うため，神の啓示をうけた美しいユーディット（未亡人でありながら処女であった）は，敵将ホロフェルネスを討つために侍女を伴って敵陣へおもむくが，敵将の勇壮な男性的魅力にひかれて身を任せてしまう．が，その直後に彼の寝首を掻き，国難を救う．しかし，彼を殺した理由は愛国心のためではなく，自分の欲情を罰するためであり，一方欲情をめざめさせたホロフェルネスへの女としての復讐のためでもあった．

◈**「ゲノフェーファ」** Genoveva (43) 5幕の戯曲．十字軍に参加するズィークフリートから，その妃ゲノフェーファの保護を依頼された重臣のゴーロは，妃に求愛して拒絶されたことを恨み，彼女に不義のぬれぎぬを着せて帰国途中のズィークフリートに告げる．死刑を宣告された妃は幸いに命びろいをして，子供とともに森の洞穴で露命をつなぐ．一方妃の死を信じたゴーロは自責の念から自殺し，帰国したズィークフリートは妃の無実を知って悲しむ．七年ののち狩に出たズィークフリートは，山中で妃と子供にめぐりあう．

◆**「マリーア・マクダレーネ」** Maria Magdalene (44/46) 3幕の悲劇→275頁

◈**「ヘローデスとマリアムネ」** Herodes und Mariamne (50) 5幕の悲劇．出陣を迎えたヘローデス王は，妃マリアムネへの愛と独占欲から，もし自分が戦死したら妃を毒殺せよと重臣に命じる．夫に万一のことがあればすすんであとを追うつもりであった妃は，この命令を漏れ聞くと，女性の品位を傷つけられて悲しむ．しかし再度同じことがくりかえされるに至って，もはや夫の仕打ちを許せなくなった彼女は，不義をよそおって，凱旋してきた夫を怒らせ死刑になる．彼女の死後真相を知ったヘローデスは，後悔のあまり狂乱し，おりからの救世主誕生の知らせにベツレヘムの嬰児を皆殺しにすることを命じる．

◈**「アグネス・ベルナウアー」** Agnes Bernauer (55) 5幕の悲劇．バイエルンの公子アルブレヒトは，アウクスブルクの市民の娘で絶世の美女アグネスと愛し合って内密に結婚する．王家の存続と国情の危機とを憂えた彼の父エルンスト公は，アグネスを魔女の罪名で捕えさせ，死刑にする．父を恨んだアルブレヒトは，敵側と結び，軍隊をひきいて父を攻めた．しかし父は，国家や人民の安寧のためには，王者は個人的幸福を犠牲にしなくてはならないことをアルブレヒトに説いて彼と和解するに至る．

◆**「ギューゲスとその指輪」** Gyges und sein Ring (56/89) 5幕の悲劇→276頁

◈**「ニーベルンゲン」** Die Nibelungen (62) 戯曲三部作．英雄叙事詩『ニーベルンゲンの歌』(→245頁) を比較的忠実に劇化した．『不死身のズィークフリート』『ズィークフリートの死』『クリームヒルトの復讐』の三部から成り，完成に7年の歳月を要した．ヴァイマルでの初演は大成功というわけにはいかなかったが，これによってヘッベルは古典作家の列に加えられた．

翻訳文献→366頁

ヴァーグナー　リヒャルト

Richard Wagner (1813-1883)

ドイツの作曲家・劇作家

「楽　劇」の創始者　歌唱と舞踊に偏しがちな旧来のオペラを排し，音楽，詩歌，演劇等を一体化した綜合芸術「楽劇」を提唱して，数多くの壮大な作品を生み出した．救済を主題とする彼の文学は，民族の本質的なものを表現するために，そのモチーフのほとんどを，神話や中世の伝説等に求めているが，これらはもちろん音楽と切り離して考えることはできない．彼の作品は，音楽界のみならずニーチェ，ボードレール，Th. マンなど，思想界・文学界にも深い影響を及ぼした．

生いたちと遍歴時代　ライプツィヒに警察書記の第9子として生まれる．生後6カ月のとき父が世を去り，母は，俳優のルートヴィヒ・ガイヤーと再婚した．このルートヴィヒこそ実の父だという説もあるが，真偽は現在も不明である．この第2の父もヴァーグナーが8歳のとき死去した．早くからピアノを習ったが，あまり進歩せず，11歳頃からは，むしろギリシア文学やシェイクスピアに熱中した．15歳のときベートホーフェンを聞いて感動し，音楽家として立つ決心をした．20歳頃から作曲家兼指揮者として，ヴュルツブルク，マクデブルク，リガ，パリなどの各地を，経済的な窮乏に耐えつつ転々とした．ヴュルツブルクでは最初のロマン的なオペラ『妖精』を書き，マクデブルクでは女優ミンナ・プラーナーと結婚した．さらに『恋愛禁制』，『リエンツィ』，『さまよえるオランダ人』などを完成，後者二作品はドレースデンの宮廷劇場で上演され，長年の苦労がむくわれて，同劇場の指揮者となった．ドレースデン時代には，傑作『タンホイザー』，『ローエングリーン』などを創作して，楽劇理論も確立した．

亡命時代と円　熟　期　48年，2月革命が起こると，かねてから芸術と民衆の生活との向上のために社会を改革する必要があると考えていた彼は，革命運動に参加した．しかし，これは失敗に終わり，官憲に追われる身となった．あやうく逮捕をのがれて，友人リストの援助でスイスに亡命し，ヴェーゼンドンク家に身を寄せた．彼は，この家の美しい夫人マティルデと激しい恋におちたが，妻の嫉妬から悲恋に終わった．この体験から，名作『トリスタン』が生まれた．64年彼の音楽を熱愛するバイエルン王ルートヴィヒ二世の招きでミュンヒェンにおちつき『トリスタン』や『ニュルンベルクの職匠歌人』などの上演によって名声を博した．が，やがて彼の新教信仰や自由精神が人びとに嫌われた上，すでに人妻であったリストの娘コーズィマとの恋愛が不評を買ったため，コーズィマとともにスイスにのがれて結婚した．ニーチェと知己になったのもこの頃である．71年ルートヴィヒ二世の保護のもとに，バイロイトに自作上演のための大劇場を建設して，大作『ニーベルンゲンの指輪』や『パルズィファル』を上演した．69歳で保養先のヴェネツィアで急逝した．

◈**「ベートホーフェン詣り」**Eine Pilgerfahrt zu Beethoven (40) 短篇小説．ベートホーフェン詣りをするドイツの音楽家と，イギリス紳士の姿とに，富と貧困，誠実と不実，芸術性と俗物性等を対蹠的に描いた．熱烈なベートホーフェン崇拝から生まれた作品で，綜合芸術論の萌芽が見られる．

◈**「最後の護民官リエンツィ」** Rienzi, der Tribunen (成立38-40/初演42) 5幕の悲歌劇．ローマ市民の自由回復に貢献しながら，誤解を受けたために殺されてしまう14世紀のローマの護民官リエンツィを描いた悲劇．イギリスの小説に取材．フランス歌劇の影響を受けている．

◈**「さまよえるオランダ人」** Der fliegende Holländer (41/43) 3幕のロマン歌劇．世界の海を永遠にさまよわねばならぬという呪いを受けた幽霊船の船長が，純真な少女の自己犠牲的な愛によって救われる．救済をテーマとするヴァーグナー歌劇の最初のもので，ハイネの小説やハウフの『幽霊船の話』を参考にして作られた．

◈**「タンホイザー」** Tannhäuser (43-44/45) 3幕のロマン歌劇．官能的な快楽にまよい，法皇にさえ許されなかったタンホイザーが，エリーザベト姫の献身的な愛と自己犠牲によって救済される．中世の騎士歌人タンホイザーの伝説と，ヴァルトブルクの歌合戦の伝説に取材して，これを結合したもの．イタリア歌劇を脱して「楽劇」に近づいている．

◈**「ローエングリーン」** Lohengrin (46-48/50) 3幕のロマン歌劇．廷臣の陰謀によって弟殺しの罪をきせられた公女エルゼを救った白馬の騎士ローエングリーンは，彼女と結婚するが，エルゼが，約束にそむいて彼の素姓をたずねたため，「聖杯の騎士」であることを明かして，神の国へ去る．中世叙事詩『パルツィヴァール』や，「白馬の騎士」伝説に取材．

◈**「トリスタンとイゾルデ」** Tristan und Isolde (57-59/65) 3幕の楽劇．中世叙事詩『トリスタンとイゾルデ』(→249頁) を素材としているが，かなり改変され，筋は単純化されている．この素材に，マティルデとの悲しい恋愛体験が渾然と融和した名作．ノヴァーリス，ショーペンハウアー等の影響を受けている．

◈**「ニュルンベルクの職匠歌人」** Die Meistersinger von Nürnberg (62-67/68) 3幕の楽劇．職匠歌人ハンス・ザックスの伝説に取材．ザックスが，市民になりたがっている若い騎士を助けて歌合戦に勝たせ，恋人を得させる．喜劇的雰囲気の明るい作品．

◈**「ニーベルンゲンの指輪」** Der Ring des Nibelungen (53-74/76) 舞台祝祭劇．『ラインの黄金』Das Rheingold,『ヴァルキューレ』Die Walküre,『ズィークフリート』Siegfried,『神々のたそがれ』Götterdämmerung の4部から成り，上演に4晩を要する歌劇中最大の作品．

◈**「パルズィファル」** Parsifal (77-82/82) 3幕の祝典劇．中世叙事詩『パルツィヴァール』(→247頁) 等の聖杯伝説に取材．魔女の色香に迷って重傷を負った聖杯王が「潔き愚者」パルズィファルに救われる物語で，宗教的，神秘的雰囲気をもった楽劇．

翻訳文献→367頁

ビューヒナー　ゲオルク

Georg Büchner (1813-1837)　**ドイツの劇作家**

ずばぬけた近代性　戯曲『ダントンの死』に見られる近代感覚の横溢したせりふ，深い人間観察，正確な歴史的裏づけ等に接すると，これが若冠21歳の青年によって，わずか5週間のうちに書かれた作品とはとても信じられない思いがする．彼は生前この一作を発表したのみで病死したが，その存在は，その透徹したリアリズムと，ずばぬけた近代性とによって，ドイツ文学史上燦然たる光彩を放っている．革命家である彼の文学が強く人の心を打つのは，その思想が，借り物でなく，深い歴史的知識と，彼の誠実な生活意識とによって裏打ちされているからであろう．

恵まれた家庭環境　ヘッセンのダルムシュタット近郊，ゴッデラウに生まれた．父は外科医で，無神論者であった．母は文学好きで，特にシラーを愛読したという．ビューヒナーは長男で，三人の弟と二人の妹があり，いずれも頭脳は優秀であった．特に三男ルートヴィヒは，その著『力と物質』によって，マルクス以前の唯物論者として知られている．このような家庭に育ったビューヒナーは，すでにギムナーズィウム時代から文学や哲学に関心を抱き，また，物事を科学的に考える態度を身につけていた．

研究時代　31年から2年間，ストラスブール大学の医学部に籍を置き，動物学や比較解剖学等を学んだ．当時この地は，まだ30年の七月革命の興奮からさめきっておらず，その刺激を受けた彼は，フランス革命を中心とする歴史の研究にも精を出すようになった．が，健康を害したため，牧師の家に寄寓して看護を受けた．やがて牧師の娘ヴィルヘルミーネを愛して婚約した．33年，郷里の大学で学業を終えるという当時の慣習に従い，ギーセン大学に移って，哲学，臨床医学等を学んだ．

革命運動とその挫折　当時ヘッセンは，封建君主の悪政のために混乱し，農民は窮乏にあえいでいた．ビューヒナーは，同志たちと共に，この圧政打倒を目ざす秘密組織「人権協会」を結成し，公国の経済上の悪政をあばく政治パンフレット「ヘッセンの急使」を農民に配布して，彼らの決起をうながした．しかしこの計画は密告のために失敗に帰し，彼は官憲に追われる身となった．父の家に身をひそめた彼は，亡命の費用をつくるために『ダントンの死』を5週間で書き上げた．この作品はグツコーの推薦により出版された．

惜しまれる急逝　ストラスブールにのがれた彼は，再び研究に没頭し，「鯉の神経系統」という論文を書いて認められた．36年秋スイスに移り，ツューリヒ大学で学位を得て，同大学の講師となったが，一学期間教壇に立っただけで，翌年2月にチフスのため急逝した．『ダントンの死』以後の創作『レオンスとレーナ』，『レンツ』，『ヴォイツェック』等は死後遺稿として出版された．彼の文学は後年，ハウプトマン，ヴェーデキント，ブレヒト等に影響を与え，今日ますます高く評価されている．

◆**「ダントンの死」** Dantons Tod（刊行1835/初演1902） 4幕の戯曲→274頁

◈**「レンツ」** Lenz（執筆36/刊行39）短篇小説断片．ビューヒナーの死後グツコーによって発表された．シュトゥルム・ウント・ドラング時代の狂詩人レンツを素材としている．ビューヒナーはレンツの発狂の原因は，無神論から生まれた世界苦によるものと解釈し，詩的ヴィジョンに加うるに医学・心理学等の知識にもとづいてレンツの病状と心理状態とを適確に描写している．作品中の「観念主義は，人間の本性を最も軽蔑したものである」というレンツの言葉は，現実主義者ビューヒナー自身の芸術観を表明したものに他ならない．

◈**「レオンスとレーナ」** Leonce und Lena（完成36/刊行38/初演95） 3幕の散文喜劇．ロマンチックな童話劇で，シェイクスピア劇，ブレンターノの『ポンス・ド・レオン』，ミュッセの『ファンタズィオ」等の影響が見られる．親同士の約束で婚約の間柄となっていた王子と王女が，それぞれこの散文的な結婚をのがれようとして家を出るが，やがてめぐりあい，恋をしてめでたく結ばれる．――という筋の，ユーモアと機智にあふれた作品．生に倦怠した王子の憂鬱な性格は『ダントンの死』のダントンやデムーラン等の性格と相通ずる点がある．ペーター王の姿やその宮廷の状況，農民のシーンなどが，諷刺的に描かれている．1836年にコッタ書店の懸賞への応募作品として書かれたが，期日に遅れたため，書店から包を解かずにそのまま返送されたのを，ビューヒナーの死後，グツコーが発表したものである．

◈**「ヴォイツェック」** Woyzeck（刊行79/初演1913）戯曲断片．当時，実際に起こった事件に取材した．床屋で下級兵士のヴォイツェックは，内縁の妻マリーとひとりの子供と暮らす平凡な人間であるが，彼なりにマリーを心から愛している．正式に結婚したいが，貧しいため軍務のほかに医学研究の被実験体にまでなってわずかな報酬を得ている．ところがマリーはヴォイツェックの隊の鼓手長の誘惑に負けて身をまかせてしまう．ヴォイツェックはマリーが姦通した事を知って打ちのめされる．隊ではその鼓手長に虐待される．マリーが鼓手長と踊っているのを見た彼は，マリーを殺せという心の声を聞いてナイフを買い，マリーを池に連れ出して殺害する．そして自分も池に入って行く．主稿は，ヴォイツェックの自殺が暗示されるように終わっているが，他の断片には，ヴォイツェックが池から帰ってくる場面と，それに続く法廷の場面が書かれている．押しつけられた道徳観念に従って生きねばならぬ虐げられた庶民階級の世界を，戯画的に，しかもリアリスティックに描いている．シェイクスピアと，シュトゥルム・ウント・ドラング時代の演劇術やレンツの社会劇等の影響を受けたこの作品は，内容的にも形式的にも，ヴェーデキントやハウプトマンらに影響を及ぼした．アルバーン・ベルクは，この断片から20世紀を代表するといわれるオペラ作品『ヴォーチェック』Wozzeckを作っている．

翻訳文献→367頁

シュトルム　テーオドーア

Theodor Storm (1817-1888)

ドイツの詩人・小説家

短篇小説の名手　郷土の暗く淋しい北方的な風土に深く根ざし，哀愁と香気にみちた詩や短篇を書いたシュトルムは，わが国では明治以来親しまれており，木下杢太郎，立原道造らは原文で読んで少なからぬ影響を受けた．初期の作品は，感傷的で甘すぎるという評もあるが，あいかわらず多くの読者をもち，ドイツ文学のひとつの大きな魅力となっている．中期以後はきびしい現実に目を向けたリアルな作品が多くなる．ケラーやマイヤーとともに，詩的写実主義時代の代表的小説家である．

北方の風光　北ドイツ，シュレースヴィヒ=ホルシュタインの北海にのぞむフーズムに生まれた．淋しく広がる荒野，神秘的な沼沢池，シラカバやブナの林，ざわめく灰色の北の海，海沿いにはてしなくのびるダイヒ，── シュトルムは，彼が生まれ育ったこうした北ドイツ特有の自然をこよなく愛した．父親が弁護士であったため，彼も20歳のときキール大学やベルリーン大学で法律を学び，卒業後故郷の町で弁護士を開業した．大学時代から詩作をはじめ，歴史家モムゼン兄弟と共同で，『三人の友の詩集』を出したりした．この時期の作品は，アイヒェンドルフやハイネ等の影響が濃い．

亡命と懐郷　30歳のとき，久しく愛し合っていた従妹のコンスタンツェと結婚した．この頃から短篇小説に手をそめ，『イムメン湖』や『一枚の緑の葉』などの，思い出を通して青春時代を美化した，詩情豊かな作品を書いた．しかし，1853年，シュレースヴィヒ = ホルシュタイン問題にまきこまれて，彼は愛する故郷を去らねばならなかった．当時，この地方はデンマークの領土であったが，独立運動の際にドイツ側に加担した彼は，デンマーク側が勝ったとき職を奪われたのである．彼は，ポツダムやハイリゲンシュタットに亡命し，地方裁判所判事の職を得た．ポツダム時代には，フォンターネやハイゼらと交わり，敬愛するメーリケを訪問した．また，はげしい郷愁におそわれながら，『おそ咲きのバラ』，『大学時代』などの短篇小説を書きつづけた．

再婚と晩年　11年にわたる亡命生活ののち，1864年，シュレースヴィヒがドイツに帰属するとフーズムに帰って知事となった．その翌年妻コンスタンツェが六人の子を残して病歿した．一年後，彼はドロテーアと再婚した．この女性は幼い頃から彼を慕っており，一時彼の家にひきとられて，彼の結婚生活に動揺を与えたこともある．この再婚問題を扱った『三色スミレ』以後は，いっそう写実性の強い作品や，歴史や伝説等に取材した『溺死』，『グリースフース年代記』など，多くの傑作を書いた．63歳のとき，公職を退いて，ハーデマルシェンに隠棲した．ここで彼の作品の最後を飾る『白馬の騎者』を発表し，その年胃癌のために71年の生涯を閉じた．

◈**「イムメン湖」** Immensee（1850，改稿51）（邦訳『みずうみ』など）孤独な老人が，若い日のはかない恋とその後日物語とを回想する抒情と哀愁にみちた物語．ラインハルトは，幼なじみのエリーザベトにいつしか思いをよせるが，他郷の大学へ行っているあいだに，エリーザベトは母の希望で，財産家のエーリヒのもとに嫁いでしまう．数年後，エーリヒに招かれて湖畔の屋敷を訪れたラインハルトは，エリーザベトと二人で湖畔を散歩する機会にめぐまれるが，苦しい思いはつのるばかりで，翌朝早く蹌踉（そうろう）として愛人の住む湖畔の家を立ち去る．初期の代表的短篇．

◈**「詩集」** Gedichte (52) 北ドイツの自然を背景に，素朴な中にも，甘美で憂いにみちた夢想的な調子で，愛，あこがれ，追憶，日常の体験等をうたった詩が多い．ハイネ，アイヒェンドルフ，そして特にメーリケから大きな影響を受けた．「七月」，「海辺の町」，「ヒヤシンス」，「女の手」，「夏のまひる」などが有名．

◈**「海のかなたより」** Von jenseits des Meeres (67) 幼いとき母と別れて，父とともにヨーロッパで生活していた美しい混血の少女が，母を慕うあまり，恋人とも別れて，海のかなたの西印度を訪れる．しかし，再会した母には長年心に抱いていた面影を見出せず，異国の環境にも耐えられなかった彼女は，迎えに来た恋人とともにふたたび父の待つドイツへ帰って行く．リアリズム的作風への転機を示す中期の作品．

◈**「三色スミレ」** Viola tricolor (74) 若く美しいイーネスは，ひとりの女の子を残して愛妻に先だたれた大学教授の後妻になるが，まま子と夫の心を大きく占めている先妻の面影のために苦悩する．しかし，やがて彼女にも子どもが生まれ，その出産の苦しみとよろこびとを通して，まま子や夫ともはじめて心がふれ合い，一家に愛と平和が訪れる．作者自身の体験に基づいて書かれた中期の傑作．なお題名「三色スミレ」のドイツ名は，Stiefmütterchen で，「まま母」の意味がある．この言葉の露骨さをさけて，原題は学名を用いた．

◈**「プシケ」** Psyche (75) 溺れかかった美しい少女を助けた青年彫刻家が，彼女の面影を忘れることができず，彼女をモデルとした作品を展覧会に出品する．その展覧会場で，二人は偶然にめぐりあい，結ばれる．

◈**「溺死」** Aquis submersus (77) 身分ちがいの貴族の娘を愛したために追放された画家が，遍歴のすえ，すでに牧師の妻となっている恋人に再会する．彼は狂喜して彼女を抱擁するが，その時，そばで遊んでいた彼女の子供が水に落ちて溺死する．この子供は，牧師の子ではなく，画家の子であった．牧師の依頼で，画家は亡き子の肖像を描く．

◈**「グリースフース年代記」** Zur Chronik von Grieshus (84) 由緒ある貴族の家に生まれながら，身分の卑しい女を愛して結婚したため，一家をほろぼしてしまう男の話．

◈**「白馬の騎者」** Der Schimmelreiter (88) 中篇小説→284頁

翻訳文献→367頁

ケラー　ゴットフリート

Gottfried Keller (1819-1890)　**スイスの小説家・詩人**

さまざまな試み　スイス最大の作家ケラーは，ツューリヒの轆轤職人の家に生まれた．5歳のとき父を失い，妹と共に母の手で育てられた．工業学校に入ったが，15歳のとき同級生たちと教師に反抗し，その首謀者とみなされて退校処分を受けた．少年時代から絵が好きだった彼は，21歳のとき風景画家を志してミュンヒェンへ行った．しかし2年後，生活に困って目的を果たさずに帰郷した．ミュンヒェン滞在以来，彼は故郷の政治的な動向に大きな関心を抱いていた．当時はいわゆる二月革命前夜に当たり，「青年ドイツ派」の詩人たちがスイスに亡命していた．ケラーは彼らと交わって影響を受け，みずからも政治詩を作って新聞・雑誌に発表した．やがてそれらの詩に抒情詩を加えて，『詩集』を出版した．

フォイアーバッハの影響　この『詩集』が認められて，ツューリヒ州の奨学金を受けることになったケラーは，1848年ハイデルベルク大学に学ぶことができた．ここで唯物論の始祖フォイアーバッハの講義『宗教の本質』を聴き，決定的な影響を受けた．ミュンヒェン時代に愛読したロマン派文学の影響で，多分にロマンチックな一面のあったケラーは，人間こそ人間の神にほかならないというフォイアーバッハの思想に目ざめ，実人生の充実をめざす現実主義者として再出発したのである．

名作『緑のハインリヒ』　1850年，劇作家を志してベルリーンへ行ったが，経済的困窮や，ベティーという女性との不幸な恋愛のため，最初の目的は挫折した．しかし大都会の孤独は彼に自分自身を見つめる機会を与え，この苦しい時代に名作『緑のハインリヒ』の初稿4巻が生まれた．また『村のローメオとユーリア』などを含むすぐれた短篇小説集『ゼルトヴィーラの人びと』第1巻が生まれ，彼の文名はようやく高まった．1855年，7年ぶりに帰郷すると，革命後の諸問題に対して積極的に政治的発言を行なった．これが機縁で，1861年ツューリヒ州政府の一等書記官に任命された．こうしてようやく生活は安定したが，その後の10年間は職務遂行のため，創作活動は犠牲にせざるを得なかった．

1869年，50歳の誕生日に，ツューリヒ大学から名誉学位を受け，職務にも余裕ができて，『七つの聖譚』，『ゼルトヴィーラの人びと』第2巻等を完成した．

短篇小説のシェイクスピア　1876年，15年間にわたる公職を辞して創作に専念し，『グライフェン湖の代官』を含む『ツューリヒ小説集』，『緑のハインリヒ』決定稿，『寓詩物語』，『全詩集』などをつぎつぎに発表した．最後の長篇『マルティーン・ザランダー』は未完に終わった．70歳の誕生日には国をあげての祝福を受けたが，すでに健康を害していた彼は，翌年永眠した．ある新聞は追悼文で彼を「短篇のシェイクスピア」と評してその業績を称えた．

◈**「緑のハインリヒ」**Der grüne Heinrich（初稿版1854-55/決定稿版1879-80）→280頁

◈**「ゼルトヴィーラの人びと」**Die Leute von Seldwyla（第1巻1856，第2巻1874）1・2巻とも5篇ずつを収録した小説集．架空のスイスの町ゼルトヴィーラの人びとが織りなす風変わりな物語を集めたものであるが，個々の作品はもちろんそれぞれ独立した短篇小説である．題名は次の通り．

『ふくれ面のパンクラーツ』Pankraz, der Schmoller　作者の自画像．

『村のローメオとユーリア』 Romeo und Julia auf dem Dorfe　敵同士の農家の男女の悲恋．

『アムライン夫人とその末子』Frau Regel Amrain und ihr Jüngster　教育ママの話．

『律義な三人の櫛職人』Die drei gerechten Kammacher　親方の工場を狙う三人の職人の話．

『小猫シュピーゲル』Spiegel, das Kätzchen　人生問題を象徴的に語った童話．

『馬子にも衣裳』Kleider machen Leute　一着の晴着で幸運をつかむ仕立屋の話．

『幸運の鍛冶屋』Der Schmied seines Glückes　片隅の幸福に目ざめる山師の話．

『乱用された恋文』Die mißbrauchten Liebesbriefe　名声にふりまわされる三文文士の話．

『ディーテゲン』Dietegen　ディーテゲンが少年時代の恩人を救う話．

『失われた笑い』Das verlorene Lachen　純真な青年の恋と失恋とを描く．

◈**「七つの聖譚」**Sieben Legenden（72）短篇集．18世紀の新教の牧師が書いた無味乾燥な聖者伝説を，ケラーが健全で世俗的なおもしろい物語に改作したもの．機知とユーモアに富み，素朴なエロティシズムにあふれている．

◈**「ツューリヒ小説集」**Züricher Novellen（78）綿密な歴史研究にもとづく5篇の小説を収録．老代官が若い頃求婚した5人の婦人を招くに当たって，それぞれの女性との恋愛を家政婦に語り聞かせるオムニバス形式の小説『グライフェン湖の代官』Der Landvogt von Greifensee が最も有名．ほかに『七人の正義派の小旗』Das Fähnlein der sieben Aufrechten,『ウルズラ』Ursula などがある．

◈**「寓詩物語」**Das Sinngedicht（81）オムニバス小説．主人公ラインハルトは，ある本の中の寓詩「汝，いかにして白百合を紅薔薇に変えるや？　色白きガラテーにくちづけせよ，さすれば顔赤らめてほほえまむ」という文句に心ひかれて，そのような女性がいたら結婚したいと思い旅に出る．ある城の城主とその姪に旅の目的をうちあける．三人は愛や道徳や信仰をめぐって七つの物語を語りあう．結局城主の姪が，顔を赤らめてほほえみ，主人公と結ばれる．

◈**「マルティーン・ザランダー」**Martin Salander（86）長篇．政治・社会批判をテーマとして，対蹠的な性格をもつ二つの家族の運命を描いたもの．

翻訳文献→369頁

フォンターネ　テーオドーア
Theodor Fontane (1819-1898)

ドイツの小説家・評論家

写実主義と自然主義の過渡に立つ作家　60歳に近くなってから作家活動に入り死ぬまでの20年間に，18の長短篇を書いた非常に晩成の作家である．ベルリーンを舞台に，結婚，倦怠，姦通，決闘などを扱って，たくみな会話のうちに筋を展開してゆくフランス的なセンスにあふれた彼の社会小説は，ドイツ写実主義文学の中でも異彩を放っている，さらに，平凡な性格の人物をとりあげて，事件の背景や環境を詳細に描く手法は，自然主義文学の先駆をなすものである．劇評家としてもすぐれた才能を発揮して，新しい文芸思潮の擁護者となった．

フランス系のドイツ人　ベルリーン近郊のノイルピーンに生まれた．先祖は宗教的圧迫を逃れてプロイセンに移住したユグノー派のフランス人である．ベルリーンの実業学校を出てから，父のあとをついで薬剤師となった．1844年25歳のとき一年志願の兵役につき，そこで若い詩人たちと知り合い,「シュプレー・トンネル」の同人となって詩作をはじめた．また，幼少の頃からイギリス文学を愛読していた彼は，この頃2週間ほどあこがれのイギリスに旅行した．帰ってからスコットやバイロン等を研究し，作詩の上で影響を受けた．

ジャーナリストとしての半生　30歳で結婚してから，幾度か文筆家として立とうと志したが，苦しい生活に追われて果たさず，内務省の情報部に勤めた．51年「バラード集」を出版した．翌年，官命によって約半年間二度目の渡英を行なった．55年には，特派員として三たび英国に渡り，3年あまり滞在した．情報部の任務を果たしてからは，自由な立場で，ベルリーンの各新聞社へ英国通信を寄稿した． 帰国してから10年間保守的な「クロイツ新聞」の編集局に勤め，かたわら郷土をくまなく遍歴して，『マルク・ブランデンブルク周遊記』を書き続けた．また，記者として三度戦争に参加し，従軍記を書いた．これらの著作は，作家としての素地をつくる重要な基礎となった．72年「フォス新聞」に転じ，以後20年にわたって劇評欄を担当し，この分野でも文学史に残る業績を残した．

社会通念を批判した社会小説　78年，59歳の折に歴史に取材した最初の長篇『嵐の前』を発表してから経済的にも安定し，ようやく創作に専念し得るようになった．82年に発表した『不貞の女』あたりから，彼の本領である社会小説の傑作がつぎつぎに生まれた．彼は，これらの作品において，既成の倫理観や社会慣習にがんじがらめとなって破滅する人間を描き，没落貴族の無気力さや，成り上がりのブルジョアの俗物根性を諷刺することによって，間接的に社会に行なわれている慣習や倫理観を，ひいては，型にはまった倫理的人間をつくり出すプロイセンの国策を批判している．彼は，新しい文学を奉ずる若い作家たちに尊敬された．特にTh.マンは，手法の上で彼から大きな影響を受けている．

◈**「マルク・ブランデンブルク周遊記」** Wanderungen durch die Mark Brandenburg（62-82）ブランデンブルクの各地の風物やそれにまつわる挿話を集めたもの.

◈**「嵐の前」** Vor dem Sturm（78）長篇. 自由戦争直前のベルリーンと辺境地方とを舞台として，プロイセン貴族の生活を描き，貴族の価値と任務とを追求した.

◈**「不貞の女」** L'Adultera（82）長篇. 成り上がりの相場師を夫にもつ若く美しいメラーニーが，自分にふさわしい相手と恋におち，夫も子供も捨てて恋人のもとに走り，苦難の後に幸福な結婚生活に入る. ベルリーンの市民生活に取材した一連の社会小説の第１作.

◈**「シャッハ・フォン・ヴーテノー」** Schach von Wuthenow（83）長篇. 1806年頃のベルリーンを舞台に，愛する女のかわりに，その女のみにくい娘と愛なくして結婚したすえ，世間の嘲罵をおそれて自殺してしまう貴族の将校を描き，プロイセン貴族の無気力さと融通のきかない名誉心とを諷刺した.

◈**「セスィル」** Cécile（87）短篇. 侯爵の愛人であったセスィルは，自分を慕う男と結婚したが，嫉妬に狂った夫が，彼女と交渉のあった男をつぎつぎに殺すのを見て，自分の美貌がつくりだす罪の深さにおびえ自殺する. ベルリーンを舞台とした社会小説.

◈**「迷い，もつれ」** Irrungen, Wirrungen（88）短篇. 庭師の娘と貴族の士官が恋をするが，身分ちがいの結婚をする勇気のない二人は，やがてそれぞれふさわしい相手を探して結ばれる. 会話には自然主義的手法を用い，小市民の日常生活を写実的に描いた.

◈**「スティーヌ」** Stine（90）短篇. 前作とは反対に，貧しい縫子に恋をし，因襲を破って結婚しようとした病身の伯爵が，分をわきまえた縫子に拒絶されて自殺する.

◈**「とりかえしのつかぬこと」** Unwiederbringlich（91）長篇. 妻と離婚して恋人のもとに走った伯爵が，恋人に捨てられて再び妻のもとに帰る. 妻は，「とりかえしはつきません」と書いた紙片を残して入水自殺する.

◈**「イェニ・トライベル夫人」** Frau Jenny Treibel oder wo sich Herz zu Herzen find't（92）長篇. 成り上がりのブルジョア，イェニ夫人は，かねがね理想主義者をもって任じていたが，息子が貧しい学者の娘と結婚しようとするに及んで，その正体をあらわす. 息子は母のすすめる娘と結婚し，捨てられた娘は，貧しいけれども精神的に充実したわが家のよさを悟る. 適確な環境描写で，ブルジョアの俗物根性を批判した作品.

◈**「エフィ・ブリースト」** Effi Briest（95）長篇. →287頁

◈**「ポッゲンプール家」** Die Poggenpuhls（96）短篇. 斜陽貴族の生活を諷刺的に描く.

◈**「シュテヒリーン湖」** Der Stechlin（99）長篇. 古い世代と新しい世代の対立と交代，都会と田舎の生活を描く晩年の傑作.

翻訳文献→370頁

マイヤー　コンラート・フェルディナント
Conrad Ferdinand Meyer (1825-1898)

スイスの詩人・小説家

家庭環境　スイスのツューリヒの古い貴族の家に生まれた．高級官吏で法律家であった父は，彼が15歳のときに世を去り，名門の出で，美しく教養のある母は，後年憂鬱症がこうじて自殺した．両親の遺伝や環境のせいもあって，彼は少年時代から精神的欠陥に悩まされ，精神病院に入院したこともあった．人間嫌いで，積極的な生活意欲に欠け，生涯いかなる職にもつかなかった．

長い摸索の時代　そのような彼の心の支えとなったものは，読書であった．彼は父の豊富な歴史関係の蔵書を読みあさり，時には翻訳も試みた．また，早くから芸術にあこがれを抱き，自己を生かす道は創作以外にないと信じながらも，才能の点で，自信をもつことができなかった．32歳のときパリに行き，さらに翌年イタリアに行って，ルネサンスの美術に感動し，南国の風物によって新しい生命を吹きこまれた彼は，ようやく詩人として立つ勇気を得た．そして39歳のとき匿名で『あるスイス人のバラード20篇』を発表した．しかし，これは反響を見るには至らなかった．

すぐれた歴史小説群　各国語に通暁していた彼は，独語・仏語のいずれを用いて創作すべきかに迷っていたが，普仏戦争でプロイセンが勝ったのを機会に，ドイツ詩人として立つ決心を固め，同年，格調高い韻文体の小説『フッテン最後の日々』を発表した．その後約20年間に，『ユルク・イェナッチュ』，『聖者』，『僧の婚礼』，『ペスカーラの誘惑』等の歴史小説の傑作をつぎつぎに生み出した．彼が好んで歴史に題材を求めた理由は，ひとつには青年時代から歴史書に親しんできたことにもよるが，より根本的には，彼が自己の経験や感情を，直接的に表現することを嫌い，むしろそれらを歴史上の人物に託して表現することを好んだためである．登場人物のひとりに事件のいきさつを語らせる枠小説の形式を好んで用いたのも，同じ理由によるものである．

珠玉の抒情詩　マイヤーは，抒情詩の分野でも第一級の作品を残した．自分の住んでいたツューリヒ湖畔の風物をうたったものや，歴史に取材したものが多いが，なかでも「死せる友」などは，ドイツ語で書かれた最も美しい詩として知られている．表現に対して，彼ほどきびしい態度をもちつづけた詩人は稀であろう．推敲はつねに入念を極めた．有名な「ローマの噴水」などは，最終的な形にしあげるまでに，12年の歳月を要したという．

暗い晩年　67歳で短篇『アンジェラ・ボルジャ』を完成したのち，彼は重い憂鬱症にかかり，絶望して原稿を火中に投じたりした．そして一年間精神病院に入院したが，その後は詩作の情熱も失せて，キルヒベルクの自宅で暗鬱な晩年を送った．

◈**「フッテン最後の日々」** Huttens letzte Tage (1871) 叙事詩．病のためツューリヒ湖上のウーフェナウ島に隠棲した宗教改革の悲劇的闘士フッテンの死ぬまでの生活や，彼の胸に去来する戦いの日の感慨などが，格調高い二行詩でいきいきと描かれている．

◈**「ユルク・イェナッチュ」** Jürg Jenatsch (76) 長篇小説．→279頁

◈**「聖者」** Der Heilige (79) 英国王ヘンリー二世と，カンタベリー大司教聖トーマス・ア・ベケットとの対立抗争の裏面史を枠小説の形式で描いた作品．ベケットは，王の宰相であったころ，娘を愛欲の犠牲にされるなど，王のさまざまな横暴にあいながらも，ひたすら耐えしのんでいた．しかし大司教になると，王を破門して長年の恨みをはらし，みずからも叛逆者として刺客の手にかかって死ぬ．

◈**「詩集」** Gedichte (82) 歴史上の事件をはじめとして，人物・芸術・旅行の印象，自然の形象，青春時代の回想などが主な題材で，そのいくつかは，極度に簡潔な表現によって象徴的なものにまで高められている．この点でマイヤーは，ゲオルゲやリルケらの先駆者であったと言える．

◈**「少年の悩み」** Die Leiden eines Knaben (83) ジェズイト派の修道院の生徒で貴族出身の少年が，彼の父にうらみをもつ僧院の教師たちから残酷な虐待を受け，心痛のあまり死んでしまうという暗い物語．作者自身の苦痛にみちた少年時代の体験にもとづく．

◈**「僧の婚礼」** Die Hochzeit des Mönchs (84) 兄が事故で水死したため，一度世を捨てた僧侶アストッレは，瀕死の父に強制されて，家督をつぎ，兄の許婚者ディアーナと結婚することになる．しかし，彼はこの女性と性格があわず，別の少女を愛して結婚しようとする．婚礼の日，花嫁はディアーナに殺され，アストッレもディアーナの兄と争って破滅する．詩聖ダンテがある宮廷で物語るという，作者得意の枠小説形式で描かれた傑作．

◈**「女裁判官」** Die Richterin (85) すぐれた女裁判官ステンマには，父の強制で結婚させられた夫を，自衛のために毒殺したという暗い過去があった．結婚前の恋人とのあいだにできた娘と，亡夫の息子とが愛し合っていることを知った彼女は，良心の苛責にたえかね，二人が兄弟ではないことを明らかにして，自殺する．

◈**「ペスカーラの誘惑」** Die Versuchung des Pescara (87) 神聖ローマ皇帝カール五世の将軍ペスカーラは，皇帝の支配から独立しようとするイタリア諸侯や，ローマ教皇から，ナポリの王位を与えるという条件で，皇帝にそむくようにと誘惑される．しかし戦傷のために余命いくばくもないことを知っていたペスカーラは，身の栄達の無意味を悟り，あらゆる誘惑をしりぞけて皇帝のために戦い，ナポリをも占領して，黄金のベッドの上に倒れる．

翻訳文献→370頁

ニーチェ　フリードリヒ

Friedrich Nietzsche (1844-1900)

ドイツの哲学者・詩人

20世紀の先駆者　「神は死んだ」の叫びをもって，キリスト教世界における一切の意味と価値との根源であった神を否定し，「永劫回帰」，「権力への意志」，「超人」などに代表される生肯定の哲学思想によってその空白を埋めようとした哲学者ニーチェは，友人にさえ理解されぬまま，ついには精神錯乱に陥って20世紀の始まる直前に世を去ったが，その奔放華麗な表現による痛烈な文明批判と革命的な思想とは，20世紀の文学者や思想家に甚大な影響を与えた．

若き文献学教授　ライプツィヒ近郊の小村レッケンに，ルター派の牧師の子として生まれた．5歳のとき父を失い，妹と共に母の手で育てられた．幼少の頃から音楽に対する感受性が強く，孤独な影があった．ボン大学で神学や古代文献学を学び，のちライプツィヒ大学へ移った．この時ショーペンハウアーの哲学に深い感銘を受け，のちの思索に大きな影響を受けた．また抜群の成績を買われて，卒業前の24歳の若さでスイスのバーゼル大学の教授に抜擢された．翌1870年普仏戦争が起こると，志願看護兵として従軍したが，伝染病にかかってわずか二カ月でバーゼルに戻った．

ヴァーグナーとの交友　約10年間の教授時代の最も重要な体験は，ヴァーグナーを知ったことである．当時ヴァーグナーは愛人コーズィマとともにスイスに来ており，ニーチェはたびたび彼を訪ねて，人生における音楽や悲劇の役割について語りあった．ニーチェの最初の著作『音楽の精神からの悲劇の誕生』は，こうした雰囲気の中から生まれた．第二作『反時代的考察』では，ドイツ文化を鋭く批判するとともに，ヴァーグナーを熱烈に讃美して，彼のバイロイトでの劇場建設を成功させようとした．しかし，その後ニーチェはしだいにヴァーグナーの作品や世界観に失望し，『人間的な，あまりに人間的な』の発表によって，完全に彼と訣別した．このころ彼は頭痛と嘔吐を伴う眼病におそわれ，大学をやめなければならなかった．そしてわずかな年金でイタリア・南フランスなどを転々とした．ルー・アンドレーアス・ザロメとの不幸な恋愛事件があったのもこの頃である．

異常な多作そして発狂　1881年，アルプス山中で「永劫回帰」の霊感を得てから，ニーチェは異常な創作欲を示し，『ツァラトゥストラはこう語った』，『善悪の彼岸』，『道徳の系譜』などの大著を書き，1888年には実に四冊の著書を書き上げた．そしてこの年，著名な文学史家ブランデスがコペンハーゲン大学ではじめてニーチェの講義を行ない，ようやく彼の業績が世界に認められる機運が高まった．しかし翌年44歳の正月，ニーチェはイタリアのトリノの街頭で精神錯乱に陥り，ナウムブルクに連れもどされて，母や妹の看護を受けた．そしてついに回復を見ずに56歳で世を去った．

◈**「音楽の精神からの悲劇の誕生」** Die Geburt der Tragödie aus dem Geiste der Musik (1872) 評論．ギリシア悲劇が発生してから滅亡するまでの過程を，ショーペンハウアーの哲学にもとづいて解明し，従来アポロン的なものと解釈されてきたギリシア文化の，ディオニュソス的な側面を発見した．そしてこのディオニュソス的な芸術衝動こそ文化創造の原動力であることを強調し，新しいドイツ文化を創造するためには，ヴァーグナーを先達としてディオニュソス的精神に帰らなければならぬことを提唱している．

◈**「反時代的考察」** Unzeitgemäße Betrachtungen (73-76) 評論．同時代の楽観的な教養理想の批判の書．当時の精神界の指導者であったシュトラウス（神学者）を教養ある俗物として攻撃し，歴史意識を時代の病幣と断じ，この文化的混頓状態の救済者として，ショーペンハウアーとヴァーグナーを称えている．

◈**「人間的な，あまりに人間的な」** Menschliches, Allzumenschliches (78) 評論．文化と人間の問題を扱ったアフォリズムを収録．新しい理想的人間の創造をめざしている．

◈**「曙光」** Morgenröte (81) 評論．因襲的道徳観を批判し，新しい価値の創立を試みた．

◈**「よろこばしき知識」** Die fröhliche Wissenschaft (82) 哲学的論文．前作をさらに展開して道徳を超越した人間の形成を論じている．「超人」の思想の萌芽が見られる．

◈**「ツァラトゥストラはこう語った」** Also sprach Zarathustra (83-92) →282頁

◈**「善悪の彼岸」** Jenseits von Gut und Böse (86) 哲学論文．「哲学の偏見について」，「自由な精神」その他を収録．『ツァラトゥストラ』の散文的解説の書．従来のキリスト教的奴隷道徳に対して，善悪の彼岸にたつ支配者すなわち英雄の道徳を説き，「あらゆる価値の価値転換」の基礎を築いた．

◈**「道徳の系譜」** Zur Genealogie der Moral (87) 哲学論文．道徳の由来を解明してキリスト教的道徳を攻撃し，超人の道徳を説く．ニーチェ哲学を理解するのに最も適当な書．

◈**「偶像のたそがれ」** Götzendämmerung (88) 論文．従来の真理をすべて偶像として破壊し，あらゆる価値の価値転換を試みた．表題は，ヴァーグナーの『神々のたそがれ』に対する痛烈な皮肉から選ばれたという．

◈**「アンティ・クリスト」** Der Antichrist (88) キリスト教とヨーロッパ文化に対する批判の書．

◈**「この人を見よ」** Ecce homo (88) ニーチェ自身の思索体験を大胆に語った自伝．

◈**「権力への意志」** Der Wille zur Macht (1901，増補第二版06) 未完の遺稿．ニーチェの哲学的思想を総括的に表現したもの．ニヒリズムを克服して，新しい超人の価値創造を企図している．

◈**「詩集」** Gedichte「語るべきでなく，歌うべきであった」とゲオルゲが評したほど優れた抒情詩人であったニーチェは，生涯折に触れて詩作し，哲学的著述にも多くの詩を挿入している．「ヴェネツィアの夜」をはじめ，音楽的な旋律と繊細優雅な雰囲気をもった詩が多い．生前まとまった詩集はなかったが，死後，妹によって編集・出版された． **翻沢文献→370頁**

ハウプトマン　ゲーアハルト

Gerhart Hauptmann (1862–1946) **ドイツの劇作家・小説家**

ノーベル賞に輝く自然主義の巨匠　ドイツ自然主義を背負う存在として世界にその名をとどろかし，長い生涯のうちにさまざまな変貌をとげながら数多くの作品を書いた．わが国にも，明治，大正時代に盛んに紹介されて，当時の文壇に少なからぬ影響を与えた．生前に認められずに不遇な生涯を終わる作家の多いドイツにあって，彼ほど栄光につつまれ，高い人気を保った作家は少ない．が，今日ではほとんど読まれなくなってしまった．このことは，20世紀という時代の変転のはげしさをよく物語るものであろう．

挫折の青春時代　シュレージエンの保養地オーバーザルツブルンに，旅館主の三男として生まれた．彼は一家の心配の種で，実科学校を中退し，叔父のもとでの農業見習いも続かず，美術学校も中退するなど，何をやっても成果が上がらなかった．20歳の時，イェーナ大学の聴講生となり，哲学や進化論に興味をもったが，ここも一年で退学した．その後，二度イタリアへ旅行した．彫刻家になるつもりだったが，この望みも病気などのために挫折した．そしてむしろ，イタリアの貧民の悲惨な生活を見て深く同情し，社会問題に関心をよせるようなった．22歳のとき，将来の方向も定まらぬまま，豪商の娘と結婚した．

出世作『日の出前』　結婚後ベルリーンに移って，社会学に興味をもち，マルクスやダーウィンを研究し，かたわらイプセン，ゾラ，トルストイ等の作品に親しんだ．やがて，A. ホルツ，シュラーフらと交友を結び，彼らの主張する「徹底自然主義」に深く共鳴して戯曲に手をそめ，1889年『日の出前』を発表した．この作品は「自由劇場」によって上演され，観客がつかみ合いをするほどの興奮をよび起こし，一躍ハウプトマンを人気作家にした．続いて，わが国でも上演された『寂しき人びと』，自然主義作品の頂点を示す『織工たち』，クライストの『こわれがめ』とならぶ傑作喜劇『ビーバーの毛皮』などを発表して，ドイツ演劇界の支配的存在となった．

さまざまな変貌　その後『運送屋ヘンシェル』，『ネズミ』など，自然主義風の作品と『ハンネレの昇天』，『沈んだ鐘』などの象徴的，新ロマン主義的な作品とを交互に発表し，次第に後者の傾向を強めるようになった．こうして一世を風靡した自然主義も，わずか数年にして内部から崩れ去った．第一次大戦頃から，ふたたび作風は変わり，戯曲『オデッセウスの弓』，小説『ゾアーナの異教徒』，『偉大な母の島』などにおいて古代的な題材を扱い，エロスに支配される人間を描いた．総じて彼の作品に描かれた人物は，性格が弱く，環境や運命やエロスなど外的な力に動かされて苦悩するが，それを積極的に克服するような力強さに欠けている．叙事詩，自伝など多方面にわたって多くの作品を残し，ナツィス時代は国内にとどまり，第二次大戦終了の翌年，84歳の高齢で歿した．

◈**「日の出前」** Vor Sonnenaufgang (1889) 5幕の戯曲．→285頁

◈**「寂しき人びと」** Einsame Menschen (91) 5幕の戯曲．大学で神学を学んだが，今はダーウィンの進化論に没頭している秀才ヨハネスは，おとなしいだけがとりえの無教養な妻や，信心深い両親や，友人たちの無理解に対してたえずいら立っている．ある日偶然訪れたロシヤ系の知的な女学生アンナと激しく愛し合うようになった．彼の家庭の平和のために身をひいたアンナが去った日，彼は妻と生まれてまもない子供を残して自殺する．孤独な魂の悲劇を描いた作品．

◈**「織工たち」** Die Weber (92) 5幕の社会劇．機械の発達と木綿の輸入のために多くの失業者を出し，さらに資本家の搾取によって貧窮のどん底に落ちたシュレージエンの麻織工たちは，ついに一除隊兵の指揮のもとにストライキを起こす．史実に取材したこの戯曲は，労働争議を扱った最初の文学作品で，自然主義戯曲の傑作である．主人公がなく，群集（織工たち）によって筋が運ばれるという新しい手法を用いている．

◈**「ビーバーの毛皮」** Der Biberpelz (93) 喜劇．船頭ヴォルフの妻は，夫をそそのかして，娘の奉公先のクリューガー家から薪を盗ませた上，自分もそこからビーバーの毛皮を盗んでほかの船頭に売った．無能なくせに野心家の村長が，クリューガーの訴えで裁判を行なうが，ヴォルフの妻にいいくるめられて，犯人はわからずじまいになる．クライストの『こわれがめ』と似た諷刺的な裁判劇．

◈**「ハンネレの昇天」** Hanneles Himmelfahrt (93，改題96) 2幕の戯曲．乱暴な父から逃げるため，真冬の水の中に飛びこんで教師に救われ，救貧院に入れられた14歳の少女ハンネレの臨終のありさまを描いた．美しく夢幻的な象徴主義の戯曲．

◈**「フローリアン・ガイヤー」** Florian Geyer (96) 5幕の悲劇．農民戦争に取材．高潔な意図をもちながら，実行力に欠ける弱い性格のため，努力が報いられずに破滅する農民軍の指揮者フローリアン・ガイヤーを描く．登場人物が非常に多い．

◈**「沈んだ鐘」** Die versunkene Glocke (96) 5幕の童話劇．→288頁

◈**「運送屋ヘンシェル」** Fuhrmann Henschel (98) 5幕の戯曲．粗野で残酷な女中ハンネの手管に惑わされたヘンシェルは，病死した妻との約束を破って，ハンネと結婚した．ハンネは，先妻の生んだ子をいじめ殺した上に，姦通を働いてヘンシェルを裏切った．彼女の不実と裏切りを，自分の罪に対する裁きであると感じたヘンシェルは自殺する．

◈**「ゾアーナの異教徒」** Der Ketzer von Soana (1918) 小説．実妹を妻として数人の子どもを得た羊飼いを，罪の生活から救おうとして山中に出向いた若い牧師が，子どもたちの一人の美しいアガータに惹かれて結婚し，山中で羊飼いとなる．彼はこのような異端的な生活を後悔しないばかりか，はじめて生の歓びを知って，幸福感にみたされる．

翻訳文献→372頁

シュニッツラー　アルトゥーア

Arthur Schnitzler (1862-1931)

オーストリアの劇作家・小説家

心理描写にすぐれた生粋のヴィーン作家　シュニッツラーは，世紀の変わり目頃の爛熟した文化の中心地ヴィーンを舞台に，享楽的・頽廃的でしかも懐疑的なさまざまな男女の姿を巧みな筆致で戯曲や小説に描いた．近代医学に基礎をおくその鋭い心理描写は人間の心の奥にひそむ感情や欲望をあますところなくえぐり出した．特に愛欲をめぐる女性心理の描写にかけては，他者の追随を許さぬ筆の冴えを見せている．わが国でも明治時代に鷗外らによって紹介されて以来，現在に至るまで，非常に多くの読者をもっている．

医学研究　ヴィーンに生まれ，一生ヴィーンで過ごした．父はユダヤ人で，ヴィーン大学医学部の著名な教授であった．シュニッツラーも医学を学び学位を得てから，大学病院の精神料に勤めたり，父の助手として大学病院で診療にあたったりした．彼は特に，催眠術や暗示療法に興味をもっていた．一方，交際していた俳優やオペラ歌手等の影響から，文学や音楽にも深い関心を抱くようになり，短篇小説を書いたり，ワルツの作曲を試みたりした．

作家に転向　31歳のとき，父の反対をおしきって作家として立つことを決心し，戯曲『アナトール』，『恋愛三昧』，短篇『死』などを発表して一躍人気作家となった．特に『恋愛三昧』は，95年の初演以来，あらゆる舞台で上演され，この作品の主人公によって代表される「気軽なふさぎ屋」と「可憐なおぼこ娘」とは，ヴィーン人の一典型として有名になった．こうして彼は，ホーフマンスタールとならんで，反自然主義の文学者グループ「若きヴィーン」派の代表的な作家と見なされるに至った．

政治的圧迫と不遇な晩年　はなばなしい成功の時代につづいて，不快な政治的圧迫がくり返された．まず，一幕怪奇劇『緑のオウム』が上演禁止となり，男女の性愛を大胆に描いた『輪舞』が風俗壊乱の書として出版・上演を禁止され，さらに，独白体の小説『グストゥル少尉』が軍人を侮辱するものとして，シュニッツラーは軍医の官職を剥奪された．これらの事件は彼がユダヤ人であり，当時オーストリアではユダヤ人排斥運動が盛んであったことと無関係ではなかった．彼はいやでもユダヤ人であることを意識せざるを得なかった．『広野への道』や『ベルンハルディ教授』などは，この点からも興味深い作品である．彼は，「最も多くの完成された芸術作品によってドイツ国民に貢献した文学者」(ヴェーデキント)でありながら，その晩年は，社会的にも家庭的にも恵まれなかった．しかし彼は死ぬまでフロイト流の心理分析と，洗練された文体とによって，彼の一生の課題であった愛欲や死の問題を追究しつづけた．

◈**「アナトール」**Anatol (1893) 戯曲.「気軽なふさぎ屋」アナトールの女性遍歴を扱った七つの対話劇. 主人公の, 性愛をめぐる歓びや懐疑や倦怠や憂鬱が, 適度のユーモアをまじえて, 優美な会話のうちに巧みに描かれている. ウィンナワルツの雰囲気をもつ.

◈**「恋愛三昧」**Liebelei (95) 3幕の戯曲. 浮気な青年フリッツを恋い慕う「可憐な乙女」クリスティーネの悲劇. 人妻と通じていたフリッツは, その夫と決闘して倒れる. クリスティーネは, 愛する人が自分以外の女性のために死んだことを知って絶望する.

◈**「死」**Sterben (95) 小説. 一年しか生きられないことを宣告された肺を病む男が, 恋人を連れて転地療養に行く. 迫り来る死に男はあせり, 女へのはげしい執着にもだえる. 女の愛と同情はしだいに嫌悪の情に変わり, ついに瀕死の男を棄ててしまう. 死を目前にした男女の心の深淵をえぐった傑作.

◈**「緑のオウム」**Der grüne Kakadu (99) 1幕怪奇劇. バスチーユ獄破壊の前夜, 酒場「緑のオウム」で客寄せに演じられた犯罪劇がいつしか現実となり, 嫉妬に狂ったアンリが, 妻の情人の侯爵を刺殺する. 急速に劇的効果をもり上げ, 革命時の雰囲気を伝えた成功作.

◈**「輪舞」**Reigen (1900) 戯曲. 娼婦から伯爵に至るまでのさまざまな階級の10人の男女が, つぎつぎに関係を結び, 10景の愛欲の輪舞をくりひろげる. どんな身分も性愛に関しては対等であることを, ユーモラスに皮肉に描いた. 映画化され, 評判になった.

◈**「ベルタ・ガルラン夫人」**Frau Berta Garlan (01) →290頁

◈**「グストゥル少尉」**Leutnant Gustl (01) 独白体の小説. パン屋の主人に侮辱されたため, 軍人としての名誉を守るべく死を決意するグストゥルの, 心理の推移のみを描いた特異な作品.

◈**「広野への道」**Der Weg ins Freie (08) 享楽的な若い芸術家が, 失恋によって内面的に浄化され, 立派な人間に成長してゆく. 当時のオーストリアの時局的な問題, 特にユダヤ人問題がもりこまれている.

◈**「ベアーテ夫人とその息子」**Frau Beate und ihr Sohn (13) 息子の純潔を守ろうとして, みずから恋の冒険にまきこまれた結果, 苦しみと恥辱のゆえに息子とともに死を選ぶ未亡人の話.

◈**「令嬢エルゼ」**Fräulein Else (24) 避暑地のホテルに滞在中のエルゼは, 賭博で大金をすった父を救うため, 美術商に金策を頼んだが, 代償として裸体を見せるよう要求される. この申し出のため異常な興奮状態におちいった彼女は, 公衆の面前で裸になって失神する. 事件や周囲の状況を, すべてエルゼの心理の推移や独白を通して描いた小説.

◈**「テレーゼ, ある女の一生」**Therese. Chronik eines Frauenleben (28) 良家の出の16歳の女学生テレーゼが, ある道楽者に誘惑されたのを契機として転落してゆき, 生まれた子どものために苦労しながら不幸な一生を送る. 彼女の体験を通して, 愛と情欲の問題を追求した長篇.

翻訳文献→373頁

ヴェーデキント　フランク

Frank Wedekind (1864-1918)　**ドイツの劇作家**

性の解放を叫ぶ旧道徳への反逆児　ヴェーデキントが『春のめざめ』によって文壇に登場した頃は，自然主義の全盛期であり，また一方に新ロマン主義運動が起こっていた．が，彼はそのいずれにもくみせずに独自の作風をひらいて，表現主義の劇作家たちに強い影響を与えた．彼は，性欲を人間の運命を決定する最も重要な要素とみなし，これに対する誤った観念を打破するため，旧式な道徳を痛烈に批判した．またボヘミアンであった彼は，社会から逸脱したアウトサイダーの冒険的性格や，因襲にとらわれぬ強さを好んで描いた．

典型的なボヘミアン　父は医者で，早くから海外に渡り，トルコやアメリカ各地を転々としたのちサンフランシスコで結婚し，莫大な財産をつくった．母はハンガリー生まれの歌手で，やはり結婚前は南米諸国を渡りあるいた．二人はやがてドイツに帰ったので、ヴェーデキントはハノーファーで生まれた．その後，父はスイスのレンツブルクの城を買いとって地主となった．ヴェーデキントはこの地で少年時代を過ごし，ギムナーズィウムを卒業した．両親の血を引いて，彼も典型的なボヘミアン的性格をもっていた．

放浪時代　20歳のとき兄とともにミュンヒェンへ行き，父の希望通り法律を学んだが，文学者やボヘミアン仲間と交際して学業をおろそかにしたため勘当された．学資を断たれた彼は，スープ会社に勤めたり，サーカス団に加わってヨーロッパ各地の興行に出たりした．24歳のころ，ツューリヒでハウプトマン兄弟らと文学的なグループをつくった．その頃父と和解したが，まもなく父が死んだため莫大な遺産を相続した．しかしロンドンやパリに豪遊して奔放な生活を送ったため，遺産はまたたくまに使い果たしてしまった．

『春のめざめ』そのほか　26歳のときミュンヒェンに居を定め，戯曲『春のめざめ』を書いた．思春期の性の問題を取り扱って，無理解な大人たちや教育界に警告を与えたこの作品は，6年後に上演されるや，大きなセンセーションをまきおこし，世界的な評判になった．この間彼は，美術商の秘書となって，再びロンドンへ渡り，ダウテンダイと知己になった．戯曲『地霊』もこのころ書かれた．帰国後ミュンヒェンでキャバレー「11人の死刑吏」を開業し，自らも俳優として自作自演を行なう一方，雑誌「ズィンプリツィスィムス」の発刊に協力した．その後，ライプツィヒのイプセン劇場で，俳優兼演出家として活躍し，さらにミュンヒェンの劇場に移ったが，1904年，ラインハルトの招きで，ドイツ劇場の演出家兼俳優となった．ここで『パンドーラーの箱』，『死と悪魔』を書いた．また，女優ティリー・ネーヴェスと結婚し，夫妻で共演して人気を博した．1908年以後は，ミュンヒェンに戻って演出家として活躍したが，第一次大戦の終結の年に病歿した．

◈**「春のめざめ」**Frühlingserwachen（1891） 4幕の戯曲→286頁

◈**「地霊」**Erdgeist（95） 4幕の悲劇．本能のままに生きる美しく非情な女ルールのために，三人の男がつぎつぎに破滅してゆく．まずルールの夫，衛生局参事ドクトル・ゴルは，妻が若い画家シュヴァルツを誘惑している現場にふみこんで，卒中を起こして死ぬ．つぎにシュヴァルツは，ルールのとりこになって彼女と結婚するが，以前からルールと関係のあった編集長ドクトル・シェーンから，ルールの素性や過去を聞かされて，絶望のあまり自殺をとげる．そしてシェーンは，許婚者をもあきらめてルールとの結婚にこぎつけるが，彼も，手あたりしだいに男たちと淫欲にふけるルールに憤激して，彼女にピストル自殺を迫る．が，逆に彼女に射殺される．

◈**「ミネ・ハハ」**Mine-Haha（1903）小説．肉体的な面に限定したヴェーデキントの教育理想を，ひとりの少女の幻想的な物語を通して描いたもの．いろいろな分野の教育方法に関する諷刺も含まれている．

◈**「パンドーラーの箱」**Die Büchse der Pandora（04）『地霊』の続篇として書かれた3幕の戯曲で，ルールが破滅するまでの過程を描く．夫殺しの罪で投獄されたルールは，同性愛の伯爵夫人に助け出される．そしてまた多くの男たちにとりまかれるが，殺した夫の息子アルヴァを誘惑してパリにのがれ，結婚する．だが，彼女の犯罪を知る人びとにゆすられて，行方をくらます．ロンドンにのがれた彼女は街娼におちぶれ，客のひとり，ジャックという淫虐性殺人狂の手にかかって，無残な最期をとげる．『地霊』が欲望の勝利を扱ったのに対して，これは道義によって欲望が罰せられるというテーマを扱っている．出版・上演を禁止された．題名はギリシア神話に基づいている．

◈**「死と悪魔」**Tod und Teufel（09）はじめ『死の舞踏』Totentanz（06）と題された1幕物．官能的享楽の戦慄と不安とを描いた厭世的な作品．発禁となった．

◈**「ヴェターシュタイン城」**Schloß Wetterstein（10）ルール劇と似たようなテーマを扱い，性欲の破壊的な力や，結婚や愛にまつわる問題を描いた悲劇．

◈**「フランツィスカ」**Franziska（12）女性版ファウストともいうべきフランツィスカが，2年間ひとりの男の生命を自由にするが，その後は彼女のメフィストであるファイト・クンツに従う約束をする．実際の主人公はクンツで，彼には作者の姿が投影されている．

翻訳文献→375頁

ゲオルゲ　シュテファン

Stefan George (1868-1933)

ドイツの詩人

ドイツ象徴派の巨星　フランス象徴派の詩人たちに接して深い影響を受けた彼は，高踏的な芸術至上主義の雑誌「芸術草紙」を刊行して，自然主義や当時の生ぬるい文化一般に対する強烈な反抗運動を行なった．彼は極端なまでに形式美を重んじたが，単なる形式主義に陥ることなく，つねに現代人として深い苦悩と対決し，その求道的ともいえるほどのきびしい詩作を通して，ついに現代の虚無を克服し，思想と信仰とにおいて独自の境地を開くに至った．

芸術を求めて　ライン河畔のビューデスハイムに生まれ，この地方にしみこんでいる古代ローマ文化とカトリックとの香気を存分に享受しつつ成長した．ワインを販売し，旅館兼飲食店を経営していた生家は裕福であったため，彼には生涯経済的な苦労はなかった．生涯独身を通した彼は，定住の地を求めようとはせず，たえずヨーロッパ各地を遍歴して，ひたすら芸術に専念した．20歳でギムナーズィウムを卒業後，ロンドンへ行き，ミラノを経て3年後にパリに遊んだ．ここでヴェルレーヌやマラルメと相識り，マラルメの「火曜会」に出席したりして，フランス象徴主義を体得した．

「芸術草紙」とゲオルゲ派　1892年ベルリーンで，えりぬきの詩人を同人とし，限られた読者を対象とする雑誌「芸術草紙」を刊行し，自己満足に陥ることのない強力な芸術至上主義運動を展開した．彼は評論よりも，実作を通して，詩語を改革することによって，この運動を推進した．たとえば，名詞を小文字にしたり，できるかぎり句読点を省いたり，独特の活字を用いたりして，視覚的な面に至るまで心を配った．この雑誌は1912年まで続いたが，しだいに彼の周囲には，彼の強烈な個性，汎ヨーロッパ的な芸術上の知識そして高遠な理想等に敬服する詩人たちが集まり，いわゆる「ゲオルゲ派」を結成した．

虚無の克服　神の発見　ゲオルゲの詩は，言語の静力学的法則に基づく厳密な構成をもち，選びぬかれた言葉で書かれているため難解である．初期にはギリシアの牧歌的な風景や，中世の信仰の情熱や，東洋の姿等をうたった．神の失われた時代の心の苦悩を，自然の四季の変化にあわせてうたった『魂の一年』と，近代的虚無を克服した転期的作品『生の絨毯』とは，彼の作品中の頂点をなす詩集である．彼はミュンヒェンでマクスィミーンという美少年にめぐりあったが，これは彼にとっては，求め続けていた神との邂逅であった．早逝したこの少年を詩にうたうことによって，彼は人間の神性を把握し，またこの体験を通して，ギリシア的人間主義に基づく世界観を確立し，さらに民族の理念を歌うようになった．『第七輪』，『盟約の星』，『新しい国』等がこの期の詩集である．晩年に至って，ナツィスから協力を求められたが，これを拒否してスイスへおもむき，まもなく歿した．

◈**「讃歌・巡礼・アルガバル」** Hymnen・Pilgerfahrten・Algabal (1892) 詩集. 自然に寄せる讃歌をおさめた『讃歌』(90), 道を求めて出発した詩人の孤独な旅をうたう『巡礼』(91), ローマ皇帝アルガバルの姿に託して, 美と力の融合を求める主我主義をうたった『アルガバル』(92) の3部を収録した. フランス象徴派とニーチェの影響が見られる.

◈**「牧人歌と讃歌・伝説と歌謡・空中庭園」** Die Bücher der Hirten- und Preisgedichte, der Sagen und Sänge und der hängenden Gärten (95) 詩集. 『牧人歌と讃歌』は古代ギリシアを, 『伝説と歌謡』は中世の騎士と吟遊詩人を, 『空中庭園』は東洋の王侯の生活を題材として, 自然や歴史をうたい, 人間存在を追求した.

◈**「魂の一年」** Das Jahr der Seele (97) 詩集. →289頁

◈**「生の絨毯」** Der Teppich des Lebens (1900) 詩集. 「時間における動き――すなわち動詞」をテーマとする『序曲』, 「空間と時間における現象――すなわち名詞」を扱う『生の絨毯』, 「時間と空間のかなたの浮動――すなわち副詞」をうたう『夢と死のうた』の3部から成り, 生の根源的な多様な姿を, 絨毯の絵模様のように織り出した. ニーチェの生の哲学の影響を受けたゲオルゲは, 前作に見られる近代的虚無を克服し, 詩作によって美的人生を創造することを志した.

◈**「第七輪」** Der siebente Ring (07) 詩集. ダンテ, ゲーテ, ニーチェらを称えながら時代を批判するとともに, 自己の立場を宣言した『時代の賦』, 人類の指導者と誘惑者をうたう『群像』, 自然を背景に清純な恋人たちの愛をうたった『折にふれて』, マクスィミーン体験をテーマとする『マクスィミーン』, 天国と現実との中間にある夢の国を描いた『夢の暗闇』, 晴れやかな南国の自然を讃美する『歌謡』, 即興的な『題歌』, ――以上の7部から成り立っている. ニーチェの強い影響が見られる.

◈**「盟約の星」** Der Stern des Bundes (14) 詩集. 前作の『マクスィミーン』において人間の神性を発見したゲオルゲは, マクスィミーンを現代の神として, 新しい国, すなわち美的世界の建設を志す. そのため, みずから時代の精神的指導者たらんと決意し, この美的神話を実現するための協力を呼びかけている.

◈**「新しい国」** Das neue Reich (28) 詩集. ゲーテとヘルダーリーンとを始祖として, ギリシア文化とゲルマン文化, 肉体と精神, 美術と音楽が融合して生ずる新しい国を希求し, ドイツの没落や文明の崩壊を予言しつつ, 廃虚と化したドイツに力強く生まれ来る新しい世代への期待をうたっている. しかしこれは, ナツィスによって, ドイツ民族を戦争にかりたてるために悪用された.

翻訳文献→375頁

ホーフマンスタール　フーゴー・フォン

Hugo von Hofmannsthal (1874-1929)

オーストリアの詩人・劇作家・小説家

20世紀初頭を飾る多彩な芸術家　早くもギムナーズィウム時代に，何人も及ばぬ流麗な言葉で，典雅な形式をもち，しかも深い人生知をそなえた詩や韻文劇を書いた天才ホーフマンスタールの出現は，世界文学史上のひとつの奇蹟であった．はじめからすでに完成していたこの天成の詩人は，やがて時代との対決において表現上の壁につき当たり，深い苦悩を味わわねばならなかった．しかしこれは同時に新しい表現を求めて苦闘する20世紀文学の出発を象徴することでもあった．中期以後，初期の抒情性を放棄した彼は，古典劇の改作，オペラの台本，エッセイ，戯曲，小説など多方面にわたってすぐれた才能を発揮し，今世紀初頭における第一級の芸術家となった．

血統と環境　オーストリアの首都ヴィーンに生まれた．父はユダヤ系の富裕な銀行頭取であった．母はオーストリアの古いカトリックの家柄の出であり，また祖母は，イタリア人であった．このような血をひいた詩人は，幼少の頃から，父や，祖母や，家庭教師等から各国語を学び，ギリシアの古典文学やフランス近代文学などに親しんだ．そして十代にして早くも創作をはじめていた．当時ギムナーズィウムでは，生徒が公の創作活動をすることを禁じていたので，彼は，モレン，ルーイス，メリコフ，ロリスなどのペンネームを用いて，いくつかの雑誌に詩や論文を発表した．

早熟の天才　当時の文壇の指導者ヘルマン・バールは，自分の雑誌に投稿されたロリスという署名のある文章に接して，比類なく美しい言葉のうちに，豊かな思想が盛りこまれているみごとさに舌を巻き，ロリスとはいかなる人物であろうかと面会を求めたところ，半ズボンをはいた高校の生徒が現われたので，驚倒したという．S.ツヴァイクによれば，シュニッツラーも同様な経験をしている．たいした期待もなしに招待した少年ホーフマンスタールの自作朗読を仲間たちとともに聞いたシュニッツラーは，そのときの印象をこう述べている．「私たちは突然するどく聞き耳をたて，感嘆の，ほとんど驚愕のまなざしを交わした．このような完成，このような誤りのない造型性，このような音楽的感情の浸透というものを，私たちはいかなる人からも聞いたことはなかった．……しかも，この一回限りの形式の円熟よりも，いっそう感嘆したのは，その世界知であった……」．朗読した作品は，彼の最初の小さな韻文劇『昨日』である．また，これが機縁となって彼の詩が，シュニッツラーの出世作『アナトール』の巻頭を飾ることとなった．

抒情詩と韻文劇　こうして，はなばなしく文壇に登場した彼は，91年ゲオルゲと知り合い，翌年刊行された「芸術草紙」に韻文劇断片『ティツィアーノの死』や「早春」,「無常の歌」などのすばらしい抒情詩を発表して，その最も有力な協力者となった．しかし，この対照的な二人の交友は長続きしなかった．繊細な彼の神経は，ゲオルゲの強烈な精神と，度を越した激しい友情とに耐えられずに，絶交した．92年，ヴィーン大学に入学し，はじめは父の希望で法律を学んだが，やがて文学に転じ，98年卒業した．この間，『痴人と死』，『世界小劇場』，『白い扇』，『皇帝と魔女』，『窓の女』，『ゾベイーデの結婚』，『数奇者と歌姫』などの世紀末的憂愁と官能性とをたたえた韻文劇を発表して，自然主義に抗する新ロマン派の代表者となった．20代までに生まれた詩は，鋭敏な感受性によって瞬時の印象をとらえ，夢と現実との交錯する神秘的な陶酔をうたった象徴詩で，存在の秘密とおどろき，人間のはかなさとたよりなさなどが，やわらかく流れるような旋律と融け合っており，その数は少ないが，ドイツ近代詩に不滅のかがやきを添えている．

内面的危機 抒情性との訣別　世紀の変わる年，1900年は，彼の創作上の転換期でもあった．ホフマンの作品をもとにした戯曲『ファルーンの鉱山』を書きあげてから，しばらく彼の創作は途絶える．この間，パリへ旅行して文人や芸術家を訪問したのち，結婚して，ヴィーン郊外のローダウンに新居を構え，ヴィクトル・ユゴーに関する論文を書いて大学教授の資格を得ようとしたりしている．出発したときからすでに完成しており，行きつくところまで行きついてしまった彼は，突然言葉による表現の枯渇を来たし，深い懐疑と絶望に陥ったのである．この頃書かれた散文『チャンドス卿の手紙』や，ゴッホの絵を論じた『色彩』などは，こうした彼の内面の苦悩をよく物語っている．これ以後彼は，初期の抒情性ときっぱり訣別して，『詩についての対話』，『詩人と現代』などの現実に目を向けたエッセイや，『エーレクトラー』，『オイディプースとスフィンクス』など，古代劇を近代的に解釈して生命を吹きこんだ翻案に，新しい表現を見出そうとした．また，『イェーダーマン』は，中世以来の伝説に現代性を付与し，すばらしい宗教観を盛り込むことに成功した作品で，1920年以来ザルツブルクの野外劇場で毎年上演されている．作曲家リヒャルト・シュトラウスと組んで書かれたオペラの台本『バラの騎士』や『ナクソスのアリアドネー』等もこの時期の重要な作品である．

帝国の崩壊と 失意の晩年　第一次大戦と祖国の崩壊とによって大きな衝撃を受けた彼は，ヨーロッパの危機を憂い，言いしれぬ不安にかられながらも，詩人として時代に対する責任を強く感ぜずにはいられなかった．喜劇『気むずかしい男』，カトリックの伝統に立って，宗教の力強さを描いた『ザルツブルク大世界劇場』，時代との対決を象徴的に描き，何度も改作を試みながらついに決定稿が得られなかった『塔』，未完の小説『アンドレーアス』などの晩年の諸作品は，すべてこのような自覚のもとに書かれている．しかし同時に，ますます混乱の度を深める時代への絶望感や戦いに疲れた孤独感が色濃くにじみ出ている．ヨーロッパの文化遺産を守るという意図から行なわれた『ドイツ語読本』，『ドイツ語の価値と栄誉』などの編著，「保守的革命」を説いた講演『国民の精神領域としての文学』なども晩年のすぐれた業績である．また多くの著名人ととり交わされた書簡は，20世紀の精神の記録ともいうべきものである．ピストル自殺をとげた不幸な息子を埋葬する悲しみの中で，彼は突如脳卒中におそわれて急逝した．

◇主 要 作 品◇

◈**「昨日」**Gestern（1891/初演1928）韻文小戯曲．現実（今日）だけに生きる享楽主義者アンドレーアが，妻の不実によって，過去（昨日）の現実的意味を認識するにいたる過程を，円熟した筆致で描いた，憂鬱な雰囲気をもつ内省的な作品でイタリアのルネサンス時代を背景としている．ダヌンツィオの影響がみられる．

◈**「ティツィアーノの死」**Der Tod des Tizian（発表92/初演1901）韻文戯曲断片．瀕死の芸術家ティツィアーノの部屋の前に集まって不安と悲しみに沈む弟子たちの会話を通して，ティツィアーノの芸術と生涯を描く．芸術と人生との相剋や唯美主義の危機を，強烈な個性によって克服した彼の姿が，美しく夢幻的に描かれている．「芸術草紙」に掲載された．

◈**「痴人と死」**Der Thor und der Tod（発表93/初演98）韻文劇．悲しむことも感動することもなく生きてきた，自我の強い孤独な青年の臨終の床に，彼のために生涯憂い悲しんだ母や，彼に捨てられた恋人など，生前彼とかかわりのあった故人たちが現れて，生の意義を告げる．青年は「今こそ夢の如き生から覚めて，死に入るのだ」と言いながら死ぬ．初期の韻文劇を代表する傑作．

◈**「皇帝と魔女」**Der Kaiser und die Hexe（成立97/初演1900）童話劇．7年のあいだ美しい魔女のとりこになって愛欲に溺れていた皇帝が，魔女のさまざまな誘惑と戦って，耽美的享楽の生活から脱出する．

◈**「窓の女」**Die Frau im Fenster（発表97/初演1927）韻文劇．窓辺で若い恋人を待ちこがれていた女が，夫に発見されて，恋人のために用意していた縄梯子で，しめ殺される．

◈**「白い扇」**Der weiße Fächer（発表97）韻文劇．夫の墓参りに来た女が，墓をうずめた花の中に浮かぶ夫と話しているうちに，花も夫の顔もしおれてきたので，白い扇であおぐと，花びらが飛び散って夫の顔が消えてしまったという前夜の夢を，墓に向かって語る．この時，偶然亡妻の墓参りに来た従兄に会い，二人のあいだに幼い頃の恋がよみがえる．しかし，この情念を克服して二人は別れてゆく．

◈**「チャンドス卿の手紙」**Der Brief des Lord Chandos（1902）架空のイギリスの青年チャンドス卿が，フランシス・ベーコンに宛てた手紙の形式で，作者自身の内面的体験を語った作品．内面と外界との調和の崩壊を突然体験して，外界の印象を表現する言葉を失った詩人の苦悩と絶望とを描いた．20世紀散文の革命的作品．

◈**「エーレクトラー」**Elektra（初演03/刊行04）ソポクレースの作品の翻案．父アガメムノーンを殺した母を，殺すよりも，激しい憎悪を抱いて呪い続けることが，父への愛の証であると信ずるエーレクトラーを描く．この新解釈にはニーチェのギリシア観の影響が見られる．作者は，これをはじめとする古典劇の改作によって，初期の抒情主義を意識的に克服しようとした．

◈**「ファルーンの鉱山」**Das Bergwerk zu Falun（成立99/発表06）ホフマンの同名の小説に取材した韻文劇．世間や恋人などすべての束縛からのがれて，山の女王と結婚する水夫エリスの姿に，精神的人間の孤独の権利や芸術的人間と美との融合を象徴的に描いた．なお遺稿から同名の5幕の悲劇が33年に発表されているが，これには，別れねばならない恋人への愛のために苦しむエリスの姿が描かれている．

◈**「詩集」** Gesammelte Gedichte（07） すでに出版された『詩選』Ausgewählte Gedichte（03）をも含めて，生前に刊行された決定版ともいうべき唯一の詩集で，16歳頃から25歳頃までの詩が収録されている．かすかな印象をとらえる鋭敏な感受性と，知的認識への意志とをもって，夢と現実のさまざまな事象の本質をとらえ，それを典雅な形式と美しい韻律によって表現した．これらの象徴詩は，ドイツ近代詩を世界的水準に高めた．「早春」，「ふたり」，「外的生活のバラード」，「無常の歌」などが特に有名．

◈**「薔薇の騎士」** Der Rosenkavalier（11）歌劇台本．作曲はリヒャルト・シュトラウス．中年の公爵夫人の寵愛を受けている美少年オクタヴィアーンは，夫人の従兄の老男爵と婚約した少女のもとに，夫人の使いで祝いの銀製のバラの花を届けるが，この少女と相愛の仲になり，夫人のあたたかいはからいでめでたく少女と結ばれる．

◈**「イェーダーマン」** Jedermann（11）神秘劇→295頁

◈**「影のない女」** Die Frau ohne Schatten（19）小説．皇帝の妃となった妖精が，完全な人間になるために，永遠の若さと美しさを代償として，ある女性から，影と子供を生む能力とを買おうとする話．ゲーテやロマン派のメールヒェンの影響が見られる．

◈**「ザルツブルク大世界劇場」** Das Salzburger große Welttheater（22）神秘劇．カルデロンの作品に取材．神から，人生におけるいろいろな役割を委託されたさまざまな分野の代表者たちが，自由意志によってその役割を果たす．オーストリアのバロック劇の伝統を受けついでいる．

◈**「塔」** Der Turm（25）5幕の散文劇．舞台は17世紀のポーランド，王を殺すという予言のために，塔に幽閉された王子が釈放されたのち，権力欲にとりつかれた王や，革命をもくろむ人びとのあいだで，世界を救おうとして破滅する物語．オーストリア帝国崩壊後の危機の時代と対決して，崇高な使命感をもって書かれた国家悲劇．二度改作されたが，決定稿は得られなかった．カルデロンの『この世は夢』に取材した．

◈**「アンドレーアス」** Andreas（32）死後発表された小説断片．ヴィーンの貴公子が，ヴェネツィアへの旅の途上で自我にめざめ，愛の体験によって自己と社会とのつながりを自覚しながら成長してゆく過程を描いた教養小説．帝国崩壊後は書かれずに未完に終わった．

◈**「拾遺詩集」** Nachlese der Gedichte（34）生前の『詩集』にもれた詩を収録．

翻訳文献→375頁

リルケ　ライナー・マリーア

Rainer Maria Rilke (1875-1926)

オーストリアの詩人

純粋な内面空間を描いた至高の詩人　時代の不安と，その中に打ちすてられた居場所のない現代人の孤独と苦悩とを，リルケほど痛切に感じた詩人はいない．故郷をもたず，家をもたず，生涯一所不住の漂泊を続けながら，彼はひたすら詩作を通して人間存在の究極の意義を見出そうとした．感性のゆたかな印象派風の抒情詩から出発し，神を求めつつ，事物の中に深く沈潜してその真の存在に触れた中期の詩を経て，目に見えぬ世界，純粋な内面空間を描き出した晩年の詩へと，リルケの詩はしだいに深みを加えてゆき，言葉による表現に，無限の可能性を与えた．その影響は，文学のみにとどまらず，神学，哲学等の分野にも及んでいる．わが国においても，堀辰雄，立原道造ら「四季派」の作家・詩人たちをはじめ多くの詩人たちが影響を受けた．

灰色で孤独な幼　少　期　チェコの古都プラハ（当時オーストリア＝ハンガリー領）に生まれた．生まれたとき７カ月の未熟児で，以後ずっとひよわな体質であった．父は軍人であったが，病気のために退職し，鉄道会社に勤めていた．母は良家の出で，社交的で派手好きな性格であった．リルケには一人の姉があったが，幼いときに死んだ．母はこの娘への溺愛から，リルケを女の子のように育てたという．両親は性格の相違からリルケが７歳のときに離婚した．以後リルケは父の手で育てられ，灰色で孤独な幼少期を送った．11歳のとき，父の意志で陸軍幼年学校に入り，15歳のとき士官学校に進学したが，軍隊教育は，リルケの性格には全くそぐわず，わずか一年で退学した．

詩にめざめた頃　個人教授を受けて，ギムナーズィウム卒業資格を得たリルケは，プラハ大学，ミュンヒェン大学等に学んだ．この頃からさかんに詩作をはじめ，『人生と歌』，『家神への供物』，『夢を冠に』，『降臨節』などの詩集や，詩文集『菊苦菜』などを公にした．しかしリルケは後年，これらの初期詩篇の一部を深く恥じて全集には収録しなかった．彼の文学的発展にとって，きわめて重要な出来事は，この時期に，ヤコブセンの文学に傾倒したことと，終生の友ルー・アンドレーアス・ザロメ夫人と相識ったことである．ルー夫人は，かつてニーチェと恋愛関係にあった女性で，当時36歳であった．

二回にわたるロシア旅行　1899年，23歳のとき，ルー夫妻とともに，２カ月ほどロシアへ旅行した．モスクワ，ペテルスブルクなどに滞在し，モスクワではトルストイを訪問した．ロシアのおちついた町々，素朴な人びと，はてしなく広がる自然などに接して，リルケは心のふるさとに帰ったような思いがした．帰国後，彼はロシア研究に没頭した．その秋，詩集『時禱集』第１部，小説集『神さまの話』が生まれた．翌年ルー夫人と二人で再度ロシアへの旅にのぼった．後年リルケはこのロシアでの体験について，「私の今日があるのはロシアのおかげだ．私の内面へのあゆみはあそこで始まった．私の本源の一切があそこにある」と述懐している．

造型美術への関　　心　ロシア旅行を終えると間もなく，リルケは北ドイツのヴォルプスヴェーデの芸術家村を訪ねた．ここでクラーラ・ヴェストホーフという女流彫刻家を識り，結婚した．彼女はロダンの弟子であった．二人のあいだに，娘ルートが生まれたが，この家庭生活は長続きしなかった．リルケは依頼された『ロダン論』を書くためにパリへ出て，以後ふたたび家庭をもつことはなかった．この時期の著作には，『時禱集』第2部，風景画家論『ヴォルプスヴェーデ』，『形象詩集』などがある．

パリ時代ロダンへの傾倒　1902年，26歳のときパリに出た．このときから第一次大戦勃発の年まで無数の旅行をしたが，彼の仕事と生活の中心はだいたいパリにあった．まず彼は念願のロダンを訪問して，評論『オーギュスト・ロダン』を書きあげた．ロダンのアトリエには，前後4年間出入りして，1年間は秘書を務めた．感性と霊感の詩人リルケは，ロダンから，対象を見つめ，それを徹底的に理解して，忍耐強い手仕事で事物化することを学んだ．彼はこの教えを，詩作において実践した．『新詩集』，『新詩集別巻』には，そのすばらしい成果が見られる．一方，6年の歳月をかけて，パリ時代の総決算ともいうべき『マルテの手記』を完成した．

『ドゥイノの悲歌』と苦難の時代　1912年の冬，トゥルン・ウント・タクスィス侯爵夫人の好意で，アドリア海岸のドゥイノ城に滞在した．ある日，断崖の上を散歩していた彼の脳裏に，突如「ああ，たとい私が叫んでも，並びたつ天使たちのなかの誰がそれを聞いてくれよう？」という詩句がひらめいた．これは10章から成る有名な『ドゥイノの悲歌』の冒頭の詩句で，リルケは，その1章と2章をドゥイノの城で一気に書きあげた．その後断続的に書き続けたが，多くの章は断片のまま第一次大戦とその後の苦難の時代を迎えて中断のやむなきに至った．大戦はリルケの身心を極度に疲労させた．しかし，この時代は，ジッド，ロラン，ヴァレリー，ジャルーらフランスの文人たちの温かい友情に恵まれ，特にヴァレリーからは，晩年の詩に大きな影響を受けた．

『ドゥイノの悲歌』の完成と終焉　1919年の講演旅行が機縁となり，スイスは彼の永住の地となった．インゼル書店の社長キッペンベルクは，あの猛烈なインフレの時代，いつ脱稿するとも知れない原稿のために，リルケに金貨を与えてその生活を援助した．21年ヴァレ州の高原に，一切の文化から隔絶した孤塔「ミュゾットの館」を見出したリルケは，家政婦とともにそこに住みついた．翌年2月，10年近くもとだえていた『ドゥイノの悲歌』の第7，第8，第5章と，断片のままだった各章が一挙に完成を見た．また，思いがけない祝福のように，『悲歌』の完成に前後して，『オルフェウスに寄せるソネット』が生まれた．1926年，すでに白血病にかかっていたリルケは，バラのとげを刺した指の傷がもとで世を去った．ラロンにある彼の墓には，次のような墓碑銘が刻まれている．

薔薇よ，おお　純粋な矛盾，
こんなにもたくさんの瞼の奥で
誰のものでもない眠りのここちよさ

◇主 要 作 品◇

◈**「家神への供物」** Larenopfer (1896) 故郷プラハの風物をうたった青春時代の詩集.

◈**「夢を冠に」** Traumgekrönt (97), **「降臨節」** Advent (98) リルケの青春時代の夢をうたった詩集. 上記3詩集は, 1913年『第一詩集』Erste Gedichteとして, 1巻にまとめられた. 豊かな詩的感覚は認められるが, リルケ独自の詩風には到達していない.

◈**「わが祝いに」** Mir zur Feier (99) 詩集. 全体として初期の感傷的詩風を脱していないが, 詩人としての根本態度を明確にしている. これは, 1909年, 1幕劇『白衣の侯爵夫人』Die weiße Fürstin を収録し, 改訂増補して『旧詩集』Die frühen Gedichte として刊行された.

◈**「神さまの話」** Vom lieben Gott und Anderes (1900) 小説集. 最初のロシア旅行によって, ロシアの風物の中に, 万有の根源としての生を予感したリルケは, これを神と名づけた. そして, この万有に内在して一切を支配する神と人間との関係をテーマとして童話風の小説を書いた. このような小説13篇が収められている.

◈**「形象詩集」** Das Buch der Bilder (02) 詩集. 2回のロシア旅行とヴォルプスヴェーデの画家村での体験を経て, 単なる抒情を脱し, 形象を観照し, 造形へと向かうリルケの過渡期の詩集. 1906年の再版に際してつけ加えられた36篇の詩はパリで作られたもので, フランス象徴派の影響が見られる. 「秋の日」, 「秋」, 「観る者」 などは有名である.

◈**「ヴォルプスヴェーデ」** Worpswede (03) 美術評論. ヴォルプスヴェーデの体験にもとづき, この地方独特の風景とこの地の風景画家をとりあげ, 独自の芸術論を展開した.

◈**「オーギュスト・ロダン」** August Rodin (03) 評論. ロダンへの深い傾倒から生まれたロダン論.

◈**「時禱集」** Das Stundenbuch (05) 詩集. ロシア旅行の体験から生まれた汎神論的思想をうたった『僧院生活の書』Das Buch vom mönchischen Leben (99), ヴォルプスヴェーデ体験にもとづき, 来たるべき世代こそ, 一切の生命とともに生育する神であるとうたう『巡礼の書』Das Buch von der Pilgerschaft (99), パリ時代の体験から近代的大都市の悲惨な生活を歌った『貧しさと死の書』Das Buch von der Armut und vom Tode (03) を収録している. リルケがしだいに現実や事物の観照へと向かってゆく過程がうかがわれる.

◈**「旗手クリストフ・リルケの愛と死の歌」** Die Weise von Liebe und Tod des Cornets Christoph Rilke (06) バラード. リルケの家伝の古文書から詩想を得たという. 17世紀オーストリア軍の旗手として戦死したクリストフ・リルケの領地を弟オットーに遺贈する旨を記した古文書にもとづいて, クリストフの従軍と死のありさまを描いたこの書は, 第一次大戦の従軍兵士らに愛読され, リルケの作品中最も多く読まれた. 初版以来100万部以上発行されたという.

◈**「新詩集」** Neue Gedichte (07), **「新詩集別巻」** Der neuen Gedichte anderer Teil (08) パリ時代の代表的詩集. ロダンのもとで, 徹底的に対象を見つめ, 理解して, それを忍耐強い手仕事で事物化することを学んだリルケが，言葉によってこれを実践したみごとな成果がみられる．人物，動物，建物，彫像，絵画，噴水など，目に見えるものばかりでなく，邂逅，別離，死など，見えないものまでも，あるいは対象の背後まで見透すような鋭い目で迫り，あるいはみずから対象そのものと化しつつ，従来の言語表現の可能性をはるかに超えた絶妙な比喩を用いて詩につくりあげた．そしてその詩自体が，内容と形式が一体となって一つの完全な世界を形成している．

◆**「マルテの手記」** Die Aufzeichnungen des Malte Laurids Brigge (10) →294頁

◆**「ドゥイノの悲歌」** Duineser Elegien (23) →300頁

◈**「オルフェウスに寄せるソネット」** Sonette an Orpheus (23) 詩集．神話の詩神オルフェウスに託して，人間のあり方と詩人の使命をうたっている．この世界の事物や自然は，無常のもの，はかないものであるが，それらは同様にはかない存在である人間の伴侶である．人間は，これらの事物を愛し理解して，「目に見える」これらの事物をほめたたえ，詩にうたうことによって，「見えない」世界，精神の領域にまで高めてやらなくてはならない．そして，リルケ自身，詩業によってこの使命を果たしたのである．

◈**「果樹園　付ヴァレの４行詩」** Vergers suivi des Quatrains Valaisans (26) フランス語で書かれた詩集．折に触れてフランス語で詩作し，「アングルのヴァイオリン」と名づけて，雑誌や詩誌に発表していたものを，フランスの友人たちのすすめによって１巻にまとめ，死の直前に発表した．標題も，その友人たちが選んで命名したという．付録の「ヴァレの４行詩」は，リルケ晩年の滞在地であるスイスのヴァレ地方の風土や人びとへの愛着をうたった詩を収録した．朗らかで楽しい雰囲気の詩が多い．

翻訳文献→376頁

マン　トーマス

Thomas Mann (1875-1955)　**ドイツの小説家・評論家**

今世紀を代表する長篇小説家　『ブッデンブローク家の人びと』『魔の山』など，今世紀の世界文学を代表する長篇を書いたトーマス・マンは，北ドイツのハンザ同盟都市リューベックに，穀物を扱う豪商の次男として生まれた．兄は作家ハインリヒ・マンである．父は市参事会議員，副市長にもなった．母は南米生まれでポルトガル人の血を引く美人であり，音楽の才能があった．父方から市民の血を，母方から芸術家の血を受けついだマンは，自己の内面に宿る，健全な生の世界にあこがれる性質と，美と精神の世界へ傾く性質との対立に悩み，これを自己の文学的課題として半生をかけて追求しつづけなければならなかった．

一家の没落　幼少時代は幸福そのもので，特に7歳から16歳まで毎年夏期休暇を過ごしたトラーヴェミュンデ海岸での生活は，夢想的な少年の心に怠惰なよろこびと陶酔とを味わわせた．学校での規律ある生活を嫌った彼は，やがて詩作にふけるようになった．16歳の秋父が死んで，百年も続いたマン商会は解体してしまった．母は商会を整理して，子供たちとミュンヒェンに移った．しばらく学校生活を続けたマンも結局中退してミュンヒェンへ行った．ここで保険会社に見習い社員として勤めるかたわら小説を書き始めた．そのひとつ『転落』が「ゲゼルシャフト」誌に発表され，デーメルに認められた．

イロニーの文学　ジャーナリストを志したマンは，会社をやめて，ミュンヒェン大学の聴講生となった．その後ローマに滞在中の兄のすすめでイタリアに行き，1年半ほど滞在した．この間にミュンヒェン時代以来の短篇を集めた『小男フリーデマン』(98)が発刊された．この時期の短篇には，病人や不具や精神的欠陥のある人物が扱われ，それらの主人公があるいは市民的な幸福を，あるいは精神の世界のよろこびを求めながら，破滅してゆく過程を描いたものが多い．生の世界と精神の世界の双方にあこがれながら，そのどちらにも安住できず，しかも，ともするとその一方に傾いて行きがちな自分を，たえず批判的な眼で見ずにはいられなかったマンの苦悩が，早くもあらわれている．この自己批判からマン独自のイロニーが生まれ，これが彼の文学の大きな特徴となってゆく．

最初の長篇　ミュンヒェンに帰ったマンは，しばらくのあいだ，週刊誌「ズィンプリツィスィムス」の編集にたずさわったが，1900年，2年半を費して長篇『ブッデンブローク家の人びと』を完成した．一家四代にわたる没落の歴史を描いたこの作品は，長篇として異例の売れ行きを示し，マンの名を一躍世界的なものにした．のちのノーベル賞受賞も，この作品が対象になったのである．これによって作家としての生活も軌道にのり，マンは29歳のときに結婚するが，その前後，『トリスタン』，『トーニオ・クレーガー』，『太公殿下』，『ヴェネツィアに死す』などの名作を発表した．なかでも，『トーニオ・クレーガー』は傑出した短篇で，この期のマンの文学を知るのに最も適当な作品である．マンの文学に特に深い影響を与えたのは，ショーペンハウアー，ニーチェ，ヴァーグナーの三人であるが，そのほか，北欧，フランス，ロシヤの作家，ドイツでは，ゲーテや写実主義の作家等があげられる．

政治評論と『魔の山』 1912年，夫人が胸を病み，スイスのダヴォスにあるサナトリウムに入った．見舞いに行ったマンは，ここに約1カ月滞在した．このときの経験を，挿話にまとめようとしたが，それがしだいにぼう大なものとなり，12年後にようやく完成された．これが，彼の文学の頂点をなす『魔の山』である．この間，第一次大戦が勃発し，マンは，『フリードリヒ大王と大同盟』，『非政治的人間の考察』，『ドイツ共和国』などの政治評論を発表して，自己の立脚する精神的基盤や，市民的自由を擁護した．これらは彼のゲーテ的ヒューマニズムと，精神的コスモポリタニズムへの志向に基づいてなされたものである．『魔の山』はこのモチーフを芸術的に形象化した作品である．

ナツィスとの対決 その後いくつかの短篇を発表し，旧約聖書の物語に材を得た次の大作『ヨゼフとその兄弟』の執筆にとりかかったが，一方しだいに台頭するナツィスに危険を感じた彼は，まずナツィスを戯画化した『マーリオと魔術師』を発表し，翌年には『理性に訴える』と題した講演によって，市民に警告を発した．1933年，ヒトラーが政権を獲得すると，『リヒャルト・ヴァーグナーの苦悩と偉大』という講演を行ない，ヒトラーのヴァーグナー偶像化を攻撃した．その翌日，国外講演旅行に出た彼の留守中にナツィスが完全に独裁権力を掌握したので，彼はそのまま家族とともに亡命生活に入り，スイス，フランスなどに滞在した．この間，ナツィスに帰国をうながされたが応じなかったため，ドイツ市民権を剝奪された．

アメリカでの生活 1938年，アメリカのカリフォルニアへ移住した彼は，プリンストン大学の客員教授となったが，講演『来たるべきデモクラシーの勝利』や定期ラジオ放送『ドイツの聴取者諸君！』などによって，人類の敵ナツィス打倒を呼びかけた．また，『ヴァイマルのロッテ』，『すげかえられた首』，『ヨゼフ物語』第四部，『十戒』，『ファウスト博士』等を矢つぎ早に発表した．なお1944年にはアメリカ市民権を得た．

ヨーロッパの良心 マンはナツィスを嫌ってドイツを去り，アメリカ市民となったが，心の底ではつねにヨーロッパを，故国ドイツを愛していた．戦後，冷戦によって二つの世界が政治的に対立したときも，彼はこれを宥和する努力を続け，東欧の平和会議にも参加した．しかし，この努力をよそに，アメリカが極端な反共政策をとるに及んで，1952年，アメリカを去り，ヨーロッパに帰った．しかし東西に分裂した祖国には戻らず，スイスに住んだ．1955年，シラーの歿後150年祭にあたって，東西ドイツで世界平和と東西ドイツの統一とを願う講演を行なったが，こうした彼の晩年の諸活動は，「ヨーロッパの良心」として称えられた．また，1910年に手がけていた『詐欺師フェーリクス・クルルの告白』をふたたび書きはじめたが，第一部を完成したのみで，1955年70歳でスイスに歿した．

◇主　要　作　品◇

◈**「ブッデンブローク家の人びと」** Buddenbrooks (1901) 長篇．19世紀のリューベックの豪商ブッデンブローク家の四代にわたる変遷と滅亡とを描いた．穀物を手広く取り引きして繁栄の基礎を築いた初代のヨーハンは，有能で忍耐強く，生活力の旺盛な大商人であった．二代目は，オランダ領事の肩書をもつ，教養高く信心深い実業家である．その長男で，三代目のトーマスは，市参事会員，副市長などの名誉職につく一方，家業に励む勤勉な実業家であるが，彼の代からしだいに家運は衰退して行く．神経異常で生活能力のない弟クリスティアーンや，衝動的でわがままな妹トーニーに始終悩まされている上に，音楽の才能はあるが現実生活には到底耐えられないほどデリケートで虚弱な息子ハンノーに失望した彼は，わずかにショーペンハウアーの厭世哲学に慰めを見出していた．ついにある雪解けの日に，トーマスは路傍で卒倒して死んでしまい，商会は解散して，まもなくハンノーも夭折し，一家の男子の系統は絶えてしまう．健全な市民であった初代から代を重ねて，精神的・芸術的に洗練されてゆくに従って，退廃と崩壊にのめりこんで行く一族を描いたこの作品は，市民と芸術家との対立をテーマとし，精神的・芸術的動向は，市民的なものの崩壊現象にほかならないことをあらわしている．市民と芸術家との対立は，マンが，彼のほとんどすべての作品において追求している根本テーマでもある．

◆**「トーニオ・クレーガー」** Tonio Kröger (03) 短篇．→291頁

◈**「大公殿下」** Die Königliche Hoheit (09) 長篇．ドイツのある貧乏な公国の公子が，大金持のアメリカ娘と結婚するいきさつを描いた．

◈**「ヴェネツィアに死す」** Der Tod in Venedig (13) 中篇．市民と芸術家との対立を克服し，内面的調和を完成したといわれる高貴で厳格な芸術家グスタフ・アッシェンバッハは，旅行先のヴェネツィアの海浜で，美の化身ともいうべき少年タドゥツィオに会う．折しもこの地方にコレラが流行したため，避暑客たちはほとんどひきあげてしまう．が，美少年のとりことなって，内面の調和を失ってしまった彼は，死の魅惑と少年への執着とを断ち切ることができず，ここにとどまって，自分もコレラで死んでしまう．芸術家と市民との対立を克服して，内面的調和を得たとしても，それはつねに危険にさらされており，ひとたび美の魅力にとりつかれた者は，いつも破滅に瀕していることを描いた．71年，L.ヴィスコンティによって映画化され，わが国でも『ベニスに死す』の題名で公開された．

◆**「魔の山」** Der Zauberberg (24) 長篇．→302頁

◈**「マーリオと魔術師」** Mario und der Zauberer (29) 短篇．イタリアの海岸に家族づれで避暑した作者の，4週間の滞在の経験を語ったもの．この地方の人びとの，いわゆる国家的政治的意識ともいうべき不快な雰囲気のために，一家は最初から不快な思いをするが，その不快さは，チポッラという催眠術師が魔術を公演した晩の悲劇的破局によって頂点に達する．観衆の一人一人に，さまざまな術をかけたチポッラは，最後に，純情な少年給仕マーリオに術をかけて，彼の恋愛を嘲弄したために，術からさめたマーリオに，ピストルで殺されてしまう．マンは，この作品をみずから「ナツィズムの心理学」と呼んだ．

◈**「ヨゼフとその兄弟」** Joseph und seine Brüder (33-43) 長篇4部作．旧約聖書のヨゼフの物語に取材した．自然と精神，神話と歴史的現在との仲介者としての使命をもつヨゼフが描かれている．『父ヤーコプの物語』Die Geschichten Jaakobs (33),『若きヨゼフ』Der junge Joseph (34),『エジプトのヨゼフ』Joseph in Ägypten (36)『扶養者ヨゼフ』Joseph der Ernährer (43) の4部から成る．

◈**「ヴァイマルのロッテ」** Lotte in Weimar (39) 小説．『若きヴェルターの悩み』のロッテのモデル，シャルロッテ・ケストナーが，63歳の未亡人になって，娘とともにヴァイマルの親戚を訪ね，ゲーテと再会した折の物語．大成した文豪ゲーテの姿を主として描いている．市民と芸術家との調和を完成した芸術家ゲーテの姿が描かれている．

◈**「すげかえられた首」** Die vertauschten Köpfe (40) インドの伝説に取材した物語．

◈**「ファウスト博士」** Doktor Faustus (47) 長篇．天才的な作曲家アードリアーン・レーヴァーキューンの悲劇的生涯を，幼友だちの古典学者が物語るという形式で書かれている．意識的に感染した脳梅毒のため脳軟化症にかかったアードリアーンは，「梅毒感染後は誰も愛さない」ことを誓約した代償として，「芸術創造の感激」を悪魔から受けとったとみずから思い込んでいる．だが，彼もやはり人を愛さずにはいられない．けれども，彼が愛する相手は，必ず奪われてしまう運命にあった．彼は，大オラトリオ「ファウスト博士の悲歎」を発表したのち，脳マヒによって倒れ，以後は死ぬまで狂乱の中ですごした．この作品は，その罪と無能とのためにみずから破滅に向かって駆りたてられる19世紀末以来，半世紀にわたるドイツ市民社会の運命を，高い才能をもってはいるが，悪魔の手におちた音楽家レーヴァーキューンの運命に託して表現したものである．

◈**「選ばれし人」** Der Erwählte (51) 小説．→316頁

◈**「欺かれた女」** Die Betrogene (53) 小説．第二次大戦後の市民社会を背景に，更年期の婦人の性の悩みを描いた．

◈**「詐欺師フェーリクス・クルルの告白」** Die Bekenntnisse des Hochstaplers Felix Krull (54) 長篇．シャンペン工場主の息子フェーリクスは，父が破産し，自殺してしまったために，ホテルの給仕となる．が，天性の詐欺師としての素質に恵まれていた彼は，ある日貴族になりすまして世界旅行に出かける．そして，リスボンの大学教授夫人とその娘とを誘惑したのを手始めとして，一代の大詐欺師となってゆく．その過程を，フェーリクス自身の告白の形で描いている．

翻訳文献→378頁

ヘッセ　ヘルマン

Hermann Hesse (1877-1962)

ドイツの詩人・小説家

東西の思想に精通したヒューマニスト　戦前戦後の外国文学ブームの時期に，ドイツの作家の中でヘッセほどわが国の読者に愛された人はいない．特に自然や青春を扱った初期の作品は，若い世代に圧倒的な人気があった．これはヘッセが，自我と周囲との相剋に悩む若い人びとの最もよい理解者であり，代弁者だからであろう．生涯にわたって，自己内面の二元性および自我と世界との相剋にあえぎながら，その調和を求めて苦闘しつづけた彼の文学は，彼の人生のあゆみとともに発展・円熟し，その各年代・各時期における最も切実な問題を提示して，読む者の心を打つ．彼はまた，カフカ，ムーズィル，ヴァイス等の才能を誰よりも早く認めた批評家でもあり，西洋の文化や思想はもとよりのこと，深遠な東洋の哲学にも精通した大文化人であった．

家庭環境と幼少時代　南ドイツ，シュヴァーベンの田舎町カルフに生まれた．父はロシア生まれの宣教師で，若い頃インドで布教につとめたこともあり，孤独で，禁欲的な求道者であった．母は有名な牧師ヘルマン・グンデルトの娘で，インドで生まれ，最初の結婚で夫に先だたれ，ヘッセの父と再婚した．母方の従弟ヴィルヘルム・グンデルトは，長らく日本に滞在して教育に当たり，『禅仏教』の研究者として知られていた．ヘッセの東洋思想への傾倒やコスモポリタン的な性格は，このような家系と家庭環境とに根ざしている．幼少時代のヘッセは，空想力が豊かで聡明であった．また，音楽を愛し，動物や植物に愛着を示したが，その反面非常にわがままで，反抗心が強かったという．

強烈な自我　ラテン語学校を終えたヘッセは，14歳で困難な州試験に合格して，名門マウルブロン神学校に入学し，寄宿生活に入った．しかし，彼の目覚めた自我は，詰め込み主義の教育やさまざまの束縛とたびたび衝突して，彼は寄宿舎を脱走したり，神経衰弱になって自殺を図ったりしたあげく，1年もたたぬうちに退学してしまった．続いて入った高等学校もすぐに退学し，その後は書店の見習い，父の仕事の手伝い，機械工の見習いなどを経たのち，19歳のときに，再び書店に勤めた．ここでどうにか落ち着きを見出した彼は，孤独な余暇をひたすら読書にはげんで，内面の充実をはかった．このころから創作を試み，22歳のとき『ロマン的歌集』や，散文集『真夜中すぎの一時間』を自費出版した．後者はリルケに賞讃されたが，世間にはほとんど知られなかった．

青春文学の傑作　24歳のときの抒情的散文『ヘルマン・ラウシャー』が，一部の人に認められたのがきっかけとなり，1904年『ペーター・カーメンツィント』が出版された．豊かな自然感情とみずみずしい抒情とに彩られたこの作品は，大きな成功を収め，彼の出世作となった．やがて彼はイタリア旅行中に知りあったピアニスト，マリーア・ベルヌリと結婚し，ボーデン湖畔に居を構えた．長い苦闘のすえにたどりついたこの静かな生活の中から，『車輪の下』，『ゲルトルート』，短篇集『この世』，『隣人』等青春文学の名作が次々に生まれた．しかしヘッセはしだいにこの生活にゆきづまりを感じ，夫人との不和が高じたためもあって，11年，インドに向かって旅立ち，まずセイロン，マレー，スマトラ等を訪れた．が，すっかり植民地化されてしまった東洋に幻滅を感じて，ついにあこがれの地インドには行かずに帰国した．

第一次大戦前後　帰国後はスイスのベルン郊外に移り，芸術家夫妻の破局を扱った『ロスハルデ』や放浪者の物語『クヌルプ』などを書いた．第一次大戦が勃発すると彼は進んでベルンのドイツ領事館に奉仕を申し出て，捕虜になったドイツ兵の慰問のため文庫や新聞の編集に，献身的な努力をつづけた．また，当時の芸術家や学者たちが，戦争讃美に傾き，敵国のものは文化まで否定しようとする風潮に心を痛め，「おお友よ，そんな調子はよそう！」という一文を新聞に掲載して，彼らの反省を促した．しかしこの文章はたちまち総攻撃の的となり，ヘッセは「裏切者」として，ドイツ本国から弾劾された．この時彼を弁護し激励したのは，のちの西独大統領ホイスとロマン・ロランであった．

内面への道　戦時奉仕の激務で過労に陥った上に，父の死，子供の病気，妻の精神病の悪化等の不幸に見舞われたヘッセは，ひどい神経障害にかかり，精神病医の治療を受けた．このことは彼にフロイトやユングの精神分析学に親しむ機縁を与えた．19年に匿名で発表して異常な反響を呼んだ『デーミアン』は，このような体験から生まれた．この作品を転機として，彼の作風は一変し，ひたすら「内面への道」を歩む求道者的な性格を帯び，西洋文明の行方に対する懐疑と，東洋思想への接近とが，大きな特徴となってくる．この期の一頂点をなす作品が，『スィッダールタ』である．24年にスイス国籍を得た彼は，すでに別居中の妻と離婚，スイスの女性と結婚したが，3年で離婚した．このころ精神的にも肉体的にも危機に陥った．この苦悩を吐露したものが，『荒野の狼』や詩集『危機』である．しかし，これに続く『ナルツィスとゴルトムント』は，このような苦悩を生み出した自己内部の精神と肉体との対立を克服し得たことを示している．ニノン夫人（31年結婚）との安定した晩年が，何よりもよくこれを物語っている．

栄光につつまれた晩年　ナツィス統治の時代には，「好ましくない作家」という理由で，ドイツ国内での著書の出版が不可能となるほどの逆境の中にあって，ドイツからの亡命者に援助の手をさしのべる一方，最後の大作『ガラス玉遊戯』の完成に心血を注いだ．第二次大戦後，彼は，「大胆に深い発展をとげながら，古典的ヒューマニズムと高度の様式とをともに表現し得た精神的文学的な創造」に対してノーベル文学賞を受けたほか，ドイツからも，ゲーテ賞，西ドイツ平和功労賞など数々の賞を贈られた．ひき続いてスイスの山荘に住んだ彼は，眼病のために，大作こそ書かなかったが，主として詩や随筆を書くかたわら，世界各地の愛読者からの手紙に対して心をこめて回答を書き続けた．ヘッセ晩年の人間的大作ともいうべきこの書簡は，個を尊重する彼の一貫した態度をよくあらわしている．85歳の誕生日を迎えてまもなく，床についたままモーツァルトに聴き入っていた彼は脳溢血で，眠るように世を去った．

◇主 要 作 品◇

◈**「ヘルマン・ラウシャー」** Hermann Lauscher (1901，増補版07)（邦訳『青春時代』など）回想記的詩文集．友人の遺稿を編集した形で，青春時代の体験を描いたもの．「私の幼年時代」，「11月の夜」，「1900年の日記」，「最後の詩」等を収録した初版は，『ヘルマン・ラウシャーの遺稿と詩』という標題であったが，のちに「ルール」と「眠れぬ夜」とが加えられた．体質的に自然主義を嫌っていた唯美主義者ヘッセの魂の記録である．

◈**「ペーター・カーメンツィント」** Peter Camenzind (04)（邦訳『青春彷徨』『郷愁』など）小説．→293頁

◈**「車輪の下」** Unterm Rad (06) 小説．田舎町の貧しい家に生まれた秀才少年ハンスは，名誉心の強い父親や教師に強いられたきびしい受験勉強の結果，難関の州試験に合格して，神学校に入った．しかし，無理な受験勉強で健康をそこねた上に，学校でいくつかの事件にまきこまれたハンスは，やがてノイローゼにかかり，故郷に帰される．故郷で工員となった彼は，労働にも耐えられぬ虚弱な体に絶望し，人びとの冷淡さに深く傷ついて敗残の身を川に投げてしまう．神学校時代のハイルナーとの友情，退学後のエンマとの恋愛などが重要な事件として描かれている．作者自身の神学校時代の苦しい体験を反映した作品で，ハンスもハイルナーも共に作者の分身である．

◈**「この世」** Diesseits (07，決定版30) 短篇集．『幼年時代から』Aus Kinderzeiten，『大理石材工場』Die Marmorsäge，『乾草の月』Heumond，『ラテン語学校生徒』Der Lateinschüler，『秋の徒歩旅行』Eine Fußreise im Herbst の５篇を収録．決定版には，『青春はうるわし』Schön ist die Jugend，『旋風』Der Zyklon，『昔の太陽軒で』In der alten Sonne の３篇が加えられた．それぞれヘッセの青春時代を代表するすぐれた短篇である．

◈**「ゲルトルート」** Gertrud (10)（邦訳『春の嵐』など）小説．恋人に対する見栄から，橇に乗って冒険をしたため，かたわになり，恋人を友人に奪われてしまったクーンは，しだいに世間や人生に対する傍観者となって，音楽や接神術等に慰さめを見出そうと努める．が，さまざまな試みと苦悩の末に，苦しみも歓びもすべてその原因が自分自身の中にあることを悟った彼は，避けられぬ運命を甘受する決意と，諦念の境地に達する．

◈**「ロスハルデ」** Roßhalde (14)（邦訳『湖畔のアトリエ』など）小説．無理解な妻に不満を抱く多感で情熱的な画家フェラグートは，妻と別居して，ひとりで湖畔のアトリエに住んでいる．妻は夫の冷たさを恨んで母屋に生活している．この夫婦をかろうじて結びつけているのは，７歳になる子どもだけである．が，その子は病死してしまう．画家は，自分に残されたものは，芸術だけであると悟り，インドへ旅立つ．

◈**「クヌルプ」** Knulp (15)（邦訳『漂泊の魂』など）小説．失恋の傷手から人生のアウトサイダーとなったクヌルプは，流浪の生活をつづける．行く先々で子供たちに歌をきかせ，大人たちには話をしてやり，愚か者とからかわれながらも人びとに愛されて，宿と食とを得ていた．年老いて胸を病んだ時，人びとは彼を入院させたが，自由と自然を愛する彼は病院を抜け出して，雪の山道をさまよい，血を吐いて倒れる．快いまどろみのうちに彼が

聞いたのは，「神にかわって，定住している人びとに自由への郷愁を伝える役目」をした彼の生涯を祝福する神の声であった．

◈**「デーミアン」** Demian（19）長篇小説．明るい清潔な家庭で幸福な子供時代をすごした少年ズィンクレーアが，すぐれた友人デーミアンと，理想の女性として敬慕するデーミアンの母とに導かれて，悩み多い青春時代を克服し，しだいに自己の使命に目ざめてゆく過程を描いた青春の物語．第一次大戦後の転換期を乗り越えたヘッセが，はじめて，エーミル・ズィンクレーアの匿名で発表した作品で，青年達に非常な感動を与えた．フォンターネ賞が与えられることになったために，自作であることを発表して，これを辞退した．

◈**「スィッダールタ」** Siddhartha（22）小説．→297頁

◈**「荒野の狼」** Der Steppenwolf（27）長篇小説．「荒野の狼」と自称する市民社会のアウトサイダー，ハリー・ハラーは，聖人にも放蕩者にも強く心を惹かれながら，気の弱さのためにそうした極端な世界には飛びこめず，中途半端な形で市民生活につなぎとめられている．ハラーの下宿の主婦の甥が，ハラーの残していった手記を編集したという形で，その精神の分裂と危機を時代との関連のもとに描き，ヘッセ自身の分裂した内面の苦悩を告白した作品．

◈**「ナルツィスとゴルトムント」** Narziss und Goldmund（30）（邦訳『知と愛』など）小説．中世を舞台として，二つの異質の世界に生きるナルツィスとゴルトムントの友情を通して，ヘッセの内面の二元性とその調和への試みを描いた．生を愛し，芸術の世界に憧れる愛の人ゴルトムントは幼くして修道院に入れられ，そこで，思索を愛し神の世界に生きる知の人ナルツィスを知り，彼を敬愛する．しかし，愛欲にめざめて修道院をぬけだしたゴルトムントは，多くの女性を遍歴しながら，遂に聖女の像に最も強く惹かれて彫刻家を志すようになる．彫刻家としての修業を終えた彼は，修道院に帰り，ナルツィスの友情に見守られつつ，生涯木彫の製作を続ける．精神の世界をも知った官能的人間が，迷いと放浪ののちに，精神の世界に帰るまでのいきさつを描いた．

◈**「ガラス玉遊戯」** Glasperlenspiel（43）長篇小説．→311頁

◈**「詩集」** Gedichte（42）初期からの詩がおさめられている．『ロマン的な歌』Romantische Lieder(1899),『孤独者の音楽』Musik des Einsamen(15),『画家の詩』Gedichte des Malers（20),『危機』Krisis（28),『夜の慰め』Trost der Nacht（29),『新しい詩』Neue Gedichte（37),『晩年の詩』Späte Gedichte（46）などである．

◈歿後出版された主なもの　**「無為の術」**Die Kunst des Müßiggangs（73）遺稿集，**「書物の世界」**Die Welt der Bücher（77）書評と評論，**「詩集」**Gedichte（77），**「小説全集」**Erzählungen 全4巻（77），**「小さなよろこび」**Kleine Freude（77）遺稿小品集，**「良心の政治」**全2巻（77），**「短篇全集」**全6巻（82），**「本の中の世界」**Die Welt im Buch 2巻（88-89）書評と評論，**「書簡全集」** 4巻（73-86）．

翻訳文献→380頁

カロッサ　ハンス

Hans Carossa (1878-1956) **ドイツの詩人・小説家**

光と調和を求めた詩人　生涯の大部分を故郷バイエルンですごした彼は，一定の流派に属することなく，多忙な医者の仕事に従事しながら，自己の生活のみを素材として影響力ある作品を書き，マンやヘッセとともに，20世紀前半のドイツを代表する作家となった．彼は実生活において，詩人としての内面生活と医者としての仕事とを両立させたように，作品においても，北方的な暗い魂を，南国的な明るい表現によって巧みに制御し，調和ある世界を形成した．そして，どのような時代にあっても，人間に内在する善なるものの象徴「光」を信じ，つねにそれを求めつづけた．わが国には愛読者が多く，現在までに4種類の全集が刊行されている．

幸福な幼少期と文学へのめざめ　オーバー・バイエルンのテルツに生まれる．父はイタリア，オーストリア系の冷静で学究肌の医者であり，母はミュンヒェン出身の熱心なカトリック信者で，善意のかたまりのような人であった．カロッサはバイエルンの豊かな自然につつまれて幸福な幼年時代を送り，ランツフートのギムナーズィウムに学ぶ．このころから文学への関心が目ざめた．15歳の誕生日に父からゲーテ全集を贈られたことは，彼の詩人としての発展の上できわめて重要な意味をもつ．彼はあらゆる主義や思潮を超えて，時代時代の思想や芸術につねに心をひらき，多くの人びとから影響を受けたが，みずから「ゲーテの使徒」と称したように何にもましてゲーテから深い影響を受けた．

医学と文学と　19歳のとき医者になることを決意して，ミュンヒェン大学の医学部に学んだ．一方，自然主義や印象主義等の新時代の文学に心を寄せて詩作を試み，新聞や雑誌に投稿したり自費でパンフレットを出したりした．これらがやがてホーフマンスタールに認められ，彼の推薦でインゼル書店から小さな『詩集』が刊行された．24歳のとき医師の国家試験に合格し，パッサウ市で開業した．このように医学と文学との修業が，並行して行なわれてきたが，開業医として社会人となったとき，この二つは対立する要素となってさまざまな矛盾をひき起こした．この苦悩の中から生まれた作品が，『医師ビュルガーの最期』である．これはその後推敲を重ねて『医師ビュルガーの運命』と改題されたが，「20世紀のヴェルター」として高い評価を受けている．

第一次大戦と創　　作　第一次大戦が勃発すると，軍医を志願して，北フランスやルーマニア戦線に従軍した．この戦火の中で彼は幼い日の思い出を書き綴った．それは現実の苦悩から美しかった過去へ逃避するためではなく，自己を見失いがちになる苛烈な時代に過去を再認識することによって自己の本然の姿をさぐり，現在の姿勢を確かめたいと願う強い欲求から書かれたものであった．このような創作態度は，やがて彼の生涯にわたる創作活動をつらぬく顕著な特徴となる．こうして22年には自伝小説の第1作『幼年時代』

が刊行され，24年には，大戦従軍の記録『ルーマニア日記』が出た．後者は，第一次大戦に取材した無数の文学作品の中で，最高の傑作として知られている．

作家として名声を確立　若いころ文学にひかれて幾度か医者をやめてしまおうとしたことがあるが，作家としての名声を得た今，彼はますます誠実に医者としての多忙な職務を果たし，そのわずかな余暇に少しずつ作品を書いた．自伝小説第2作『青春変転』を発表した年，彼の50歳の誕生日を記念して，多くの知名人や愛読者から寄せられた『ハンス・カロッサへの感謝の書』が出版された．S.ツヴァイクは，カロッサの作品を感謝をこめて讃美したのち，「彼は30年来，ミュンヒェンの騒々しい大通りの三階で，めまぐるしい医療費出納事務をかかえて，非常にいそがしく働いている一医師です．主として結核患者の治療が彼の任務でありますが，彼はこの献身によろこびを感じています．…… 一度でもこのもの静かで落ち着いた，眼の澄んだ彼に会った人は，彼を単なる友だち以上に愛するようになるでしょう．また医者としての彼に接した人は，人間的な救済者として，生涯感謝をこめて彼を敬慕することでしょう」と書いている．

ナツィス時代の　活　動　ヒトラーが政権を握った年，『指導と信従』が出版された．彼は，ナツィスによって改造されたアカデミー会員に推挙されたが，これを拒絶した．言論が統制され，ユダヤ人への迫害がますますきびしくなったとき，ホーフマンスタールやツヴァイクなどのユダヤ系作家たちを讃美した『指導と信従』を，無削除の条件で重版させた．『成年の秘密』や，ゲーテ賞受賞に際して行なわれた講演等からは，彼がこの時代に対してどんなに心を痛めていたかを読みとることができる．第二次大戦に突入した年，彼はナツィスの宣伝機関に等しい「ヨーロッパ著作家連盟」の会長を，押しつけられたかたちで引き受けた．しかし当時の権力者たちは，彼に対して不信の念を抱いていた．この年に出た自伝小説第3作『美しき惑いの年』の題名さえも，ヒトラーが約束した「勝利の完成の年」に対する皮肉ではないかと疑われたという．誰もなりたがらぬ役目を引きうけた彼は，会長としての職権を会議の召集だけに使わずに，強制収容所に入れられていたモンベルトやボルヒェルト等を救出するためにも利用した．また古都パッサウを空襲から守るために，生命を賭して尽力した．

晩年の贈り物　戦争が終わると，戦時中に書かれた詩集『森の空地に照る星』，エッセイ集『イタリア紀行』等が出版された．ナツィスの作家が弾劾されているとき70歳の誕生日を迎えた詩人は，パッサウ市の名誉市民に推され，ミュンヒェン大学の名誉博士号を贈られ，再度の『ハンス・カロッサへの感謝の書』によって祝福された．これらは，つねに高い精神をもちつづけて暗黒の時代を誠実に生きぬいた彼にとっては，いかなる賞にもまさるふさわしい贈り物であった．さらに，ナツィス時代の苦悩の生活記録『異質の世界』や，自伝小説第4作『若い医者の日』等を書き上げ，56年，医学功労賞パラケルスス・メダルを贈られたのち，パッサウ近郊のリットシュタイクで死去した．ほとんど生涯にわたって構想を練り続けた詩劇『老手品師』は未完に終わった．

◈**「詩集」** Gedichte (10) ホーフマンスタールの推薦によって出版された．その後数回増補されて，38年にほぼ現在の形となった．「光」への信仰や，生命の神秘などをテーマとして，自然や人生を象徴的にうたったものが多い．その数は少ないが，いずれもきわめて密度が高く，20世紀前半の抒情詩集の中でも最も純粋なもののひとつとして，高い評価を受けている．用語や韻律は，ゲーテの影響が濃い．

◈**「幼年時代」** Eine Kindheit (22) 自伝的作品の最初のもので，誕生から小学校卒業に至るまでの10年間の思い出が描かれている．第一次大戦のさなか，自己を見失いがちな激動の時期に，過去を再認識することによって，自己本然の姿を知ろうとする欲求から書かれた．一個人の漫然たる思い出の記ではなく，普遍的なものに昇華された傑作である．カロッサ文学のあらゆる要素を萌芽として内蔵する重要な書．堀辰雄の『幼年時代』はこの書に触発されて書かれたという．

◆**「ルーマニア日記」** Rumänisches Tagebuch (24) →301頁

◈**「青春変転」** Verwandlungen einer Jugend (28)『幼年時代』に続く自伝的作品の第2作．はじめて両親のもとをはなれて，ギムナーズィウムに入学した少年が，卒業までの9年間にさまざまな体験を経て成長・発展してゆく過程を描く．第一次大戦後の混乱の時代に生まれた青春の夢と追憶の書．

◆**「医師ビュルガーの運命」** Die Schicksale Dr. Bürgers (30) →306頁

◈**「医師ギオン」** Der Arzt Gion (31) 小説．ミュンヒェンを舞台として，第一次大戦後の荒廃した世相を背景に，自己の務めにはげむひとりの医師を描き，人類の未来に明るい希望を託した．カロッサの作品としては珍しく小説的構成を持っている．

◈**「指導と信従」** Führung und Geleit (33) 自伝的エッセイ．幼年時代から，第一次大戦中に至るまでの回想記で，医師としての，また詩人としてのあゆみが語られている．危機と動乱の時代を，過去や同時代の先人たちに導かれて，つねに光明を求めながら成熟していった魂の記録．ホーフマンスタール，ゲオルゲ，リルケなどの大詩人たちとの出会いについて描いた部分は，特に印象的である．カロッサの人生観や文学観を知る上で最もよい書である．

◈**「成年の秘密」** Geheimnisse des reifen Lebens (36) 小説．牧歌的な片田舎の中年のインテリ，アンゲルマンの身の上に，偶然起こった二人の若い女性との奇妙な情事を描きながら，妻と二人の女性とがかもし出す魔的な雰囲気を通して，成年の暗い情熱と心の奥底の苦悩とを表現した．ナツィス時代に書かれたせいで，あいまいな，おさえた表現が用いられているため，やや難解であるが，随所に時代への憤りが込められている．

◈**「現代におけるゲーテの影響」** Wirkungen Goethes in der Gegenwart (38) ゲーテ賞受賞に際しての記念講演．暗黒の時代に，ドイツだけでなく，全世界をみちびく人類の生命の火として，ゲーテを称えた．そのおだやかな表現のうちに，時代への警告を秘めている．

◈**「美しき惑いの年」** Das Jahr der schönen Täuschungen (41)『青春変転』に続く自伝的小説第3作．若い医学生としてミュンヒェン大学に学んだ作者の青春時代の恋愛や学問，文学上の体験などを記したもの．さまざまな錯誤を重ねながら，明るく成長してゆく青年の姿を描く．

◈**「イタリア紀行」** Aufzeichnungen aus Italien (46) 何回かのイタリア旅行に際して書かれたエッセイを収めた．第一次大戦後から第二次大戦にかけての，文化遺産が破壊され人心の荒廃した時代を嘆きながら，没落しつつある西欧文明の再建への希望を描いた．

◈**「森の空地に照る星」** Stern über der Lichtung (46) 詩集．西洋の没落を嘆きながら，なお，人間性への希望と信頼とを歌った「西欧悲歌」のほか，40年から45年まで，第二次大戦中の深刻な体験から生まれた詩を収録．

◈**「異質の世界」** Ungleiche Welten (51) 生活記録．ナツィス台頭の1933年から終戦に至る12年間ドイツ国内にとどまった作家の貴重な生活記録．不本意なヨーロッパ著作家連盟の会長に祭り上げられて，苦しい立場に立たされながら，最後まで誠実に自己の信念をつらぬき通した彼が，自己弁護におちいることにみずから嫌悪を感じながら，決して責任を他に転嫁せず，事実をありのままに記した自己審判の書である．巻末に，バイエルンの小都市の貧しい老夫婦をめぐるヒューマニスティックな短篇『1947年晩夏の一日』Ein Tag im Spätsommer 1947 が添えられている．

◈**「若い医者の日」** Der Tag des jungen Arztes (55)『美しき惑いの年』に続く自伝小説第4作．医者であり，詩人である青年が，義務と詩作への情熱との相剋に悩みながら，最後には，職務に専念することによって，この相剋を解決しようと決意する．患者との深い心の結びつきが，美しく描かれている．なお，上記の自伝作品全4作は，まとめて『ある青春の物語』Geschichte einer Jugend という標題で，死後 (57) 刊行された．

◈**「老手品師」** Der alte Taschenspieler (56) 詩劇．作者の大伯父で手品師のゲオルクをモデルとしている．この作品の構想を作者は生涯もちつづけたが，ついに未完成のまま，遺稿として発表された．

翻訳文献→385頁

ムーズィル　ローベルト・エードラー・フォン
Robert Edler von Musil (1880-1942)

オーストリアの小説家

偉大なる未知の作家　ムーズィルは，ぼう大な小説『特性のない男』を貧困のうちに書き続け，その第1巻と第2巻の一部を発表しただけで，急逝した．そして7年後，イギリスの新聞が「20世紀前半の最も重要なドイツ語作家で，現代で最も知られていない作家の一人」と評したのがきっかけとなって世界的なムーズィル・ブームが起こった．52年以来ドイツで全集が刊行されると『特性のない男』は，イギリス，フランス，イタリアで相次いで翻訳され，わが国でも2種類の翻訳が出版された．そして数多くの研究書も出ているが，いぜんとしてこの作品は，究めつくされていない霧につつまれた巨大な山という感が深い．この山が，どれだけの人を魅了し，どれほどの影響を与えるかは，なお，今後に待たなければならない．

軍人学校からエンジニアへ　オーストリアのクラーゲンフルトに生まれた．父は有能なエンジニアで，のちに工科大学の教授となり，退官後貴族に叙せられた．母は情熱的な夢想家であった．ギムナーズィウムから，両親の希望で陸軍幼年学校に転じ，さらに陸軍士官学校を経て，ヴィーンの陸軍工科大学へ入学したが，軍人になるのを嫌い，翌年退学し，父の勤務するブリュン工科大学に入って機械工学を専攻した．この頃から創作をはじめた．19歳で国家試験を受けて技師となり，シュトゥットガルト工科大学の助手となり，翌年ベルリーン大学の聴講生となって，哲学と心理学とを学んだ．

『特性のない男』をめぐって　26歳のとき，士官学校時代の体験を描いた『士官候補生テルレスの惑い』を発表して注目をあつめ，作家として立つ決心をした．28歳で哲学の学位を取り，短篇『魔法のかかった家』を雑誌に発表した．31歳のとき4年越しの恋がみのって，未亡人マルタと結婚．ヴィーン工科大学の図書館につとめるかたわら『和合』を発表した．「ノイエ・ルントシャウ」の編集者となった年，第一次大戦が起こって応召し，大尉に昇進した．戦後，ジャーナリストとして活躍し，戯曲『夢想家たち』を発表，クライスト賞を受けた．23年，オーストリア著作家協会の副議長を務め，喜劇『ヴィンツェンツとお歴々の女友達』を発表，翌年『三人の女』を刊行した．30年，すでに大学時代から構想を抱きつづけてきた『特性のない男』の第1巻を刊行して，大きな反響を呼んだが，経済的には少しもむくわれなかった．彼の窮状を救うため「ムーズィル協会」が設立され，33年，第2巻の1部が刊行された．38年，ナツィスによるオーストリア併合の後，ナツィスの文化政策に利用される危険を感じたため，イタリアを経てスイスに亡命した．その後彼の著書は禁書となった．『特性のない男』は，苦しい亡命生活の中で書き続けられたが，42年4月，脳卒中で急死したため，ついに未完に終わった．

◈**「士官候補生テルレスの惑い」** Die Verwirrungen des Zöglings Törleß (1906) 最初の小説．伝統あるオーストリア陸軍幼年学校の生徒テルレスを主人公として，不幸な同級生バズィーニをめぐる少年たちの同性愛や，サディスティックな性愛等を中心に，思春期の少年たちの精神的・肉体的危機の様相や，バズィーニにからむ事件のために中途退学するまでのテルレスの心理の推移，精神的発展等を，詳細・克明に描いている．作者自身が在学したヴァイスキルヒェンの陸軍幼年学校での体験をもとにして書かれたものであるが，作者はいくつかの生々しい事件を，事件そのものを描くことよりも，少年の内面的発展を説明する手がかりとして叙述している．この作品は1966年，シュレーンドルフ監督によって映画化され，カンヌ映画祭で批評家賞を得た．

◈**「和合」** Die Vereinigungen (11) 短篇集．人間の孤独や，愛の前提条件としての肉体的な結びつきをテーマとした2篇の短篇を収めている．いずれも筋の起伏が少なく，克明な状況描写・心理描写に重きをおいている．ヴェロニカという女性の幻想と現実とをあやしく織りまぜた夢想的短篇『静かなヴェロニカの誘惑』Die Versuchung der stillen Veronika，理想的な結婚をしながら，すぐに離婚してしまった女の物語『愛の成就』Die Vollendung der Liebe が収められている．

◈**「夢想家たち」** Die Schwärmer (21) 戯曲．『和合』と同様な問題が追求されている．堅実な市民的な男と，抽象の世界を愛する夢想家との対立を描いている．9年後に上演されたが，一時的な成功を収めたにすぎなかった．

◈**「ヴィンツェンツとお歴々の女友達」** Vinzenz und die Freundin bedeutender Männer (23) ヴィンツェンツと，彼の昔の愛人で今はお歴々の情人アルファと，彼女に言い寄る男たちとのあいだで演じられる茶番劇．意志の疎通の全くない状態を戯画化した．

◈**「三人の女」** Drei Frauen (24) 短篇集．妻子をおいて，古い金鉱を掘る事業に参加した男が，ある山村で日雇いとして使った男の妻グリージアと密通する．そしてあいびき中，その夫によって横坑に閉じ込められてしまい，抜け道を知っていた女にも逃げられて，そこで死んでしまう話『グリージア』Grigia，金持ちの青年の愛人となった貧しい少女の話『トンカ』Tonkaのほか，『ポルトガルの女』Portugiesin の3篇を収録．すべて題名の女性を主人公にして「和合」の問題と愛の献身とをテーマとしている．

◈**「特性のない男」** Der Mann ohne Eigenschaften (30, 33, 43, 52) 長篇小説→307頁

翻訳文献→387頁

ツヴァイク　シュテファン

Stefan Zweig (1881-1942)

オーストリアの小説家

国際的知識人　古きよき時代のヴィーンの富裕な家庭に，豊かな天分を持って生まれたツヴァイクは，各国の言語と文化とに精通し，世界中を旅行し，諸国の名士を友とし，世界的な蔵書とコレクションとを持ち，伝記，小説，戯曲，翻訳，詩など，多方面にすぐれた才能を発揮した．しかも，当時の著作家で並ぶ者がないほどの国際的な成功を収めた．彼の作品は世界の各国語に翻訳されているが，その翻訳点数では，1960年現在世界中の作家のうちで第４番目に位したという．絶対平和主義者であった彼は，何よりも戦争を憎み，第二次大戦中，亡命先のブラジルにおいて，妻を道づれに自殺をとげた．

早熟な抒情詩人　ユダヤ系の織物工場主の子としてヴィーンに生まれた．きわめて早熟でギムナーズィウムに在学中から，ボードレール，ニーチェ，ホーフマンスタール等に傾倒して詩や小説を書き，外国の詩人の作品を翻訳しはじめていた．ヴィーン大学ではドイツとフランスの文学を専攻し，20歳のとき詩集『銀の弦』を発表して文壇に登場した．この詩集はリーリエンクローン，デーメル，リルケ等によって絶讃された．

ヴェラーレンの影響　21歳のとき，敬愛するベルギーの詩人ヴェラーレンを訪問した彼は，この詩人と親交を結び，大きな感化を受けた．特に詩人から学んだ「あらゆるものを讃美せよ」という精神は，生涯を通じて彼のよりどころとなった．彼は古今の卓越した人びとの業績を讃美したが，やがてこの愛の精神によって，一連のすぐれた伝記作品を生み出した．その後第一次大戦のため，ベルギーとオーストリアは敵国となり，ヴェラーレンは彼を憎んだが，彼のヴェラーレンに対する敬愛の念は変わらず，かえって，人類の文化を破壊し，愛する者を奪った戦争への憎しみをつのらせることになった．ベルギー旅行ののち，彼はヴェラーレンのほとんど全作品と，ボードレール，ヴェルレーヌ，ランボー等の作品をドイツ語に翻訳した．

第一次大戦までの文筆活動　23歳でヴィーン大学の哲学博士の学位を得，同年短篇集『エーリカ・エーヴァルトの恋』を出版．その翌年までパリに滞在して，国立図書館で勉強したのち，ヨーロッパ各地，インド，北アメリカなどに旅行して，各国の文人と交わった．この間，詩集『早い花環』，詩劇『テルズィテス』を発表したが，30歳で短篇集『最初の体験』を出版してから，しだいに小説，評論，戯曲等の分野に向かった．第一次大戦が始まると，陸軍省戦争資料課に徴用され，雑誌「ドーナウラント」の編集に従事した．また，ヨーロッパ各国に排外的気運が高まったことを悲しんだ彼は，公開書簡「異国の友に訴う」を発表して，ヨーロッパのためにつくそうという自己の決意を披歴した．これが機縁となって，ロマン・ロランと厚い友情に結ばれた．

ザルツブルクの優雅な生活　35歳のツヴァイクは，ヴィーンを離れて，ザルツブルクに豪壮な館を構え，ここに個人の蔵書としてはヨーロッパ随一といわれた書庫をつくり，各国の文化人を迎えて親しく交わった．この時代は，彼の生涯で最もみのりの多い季節で，一連の伝記的評論『三人の巨匠』，『魔神との戦い』，『三人の自伝作家』，伝記小説『ジョゼフ・フーシェ』，『マリー・アントワネット』，『メアリ・ステュアート』，短篇集『アモク』，『感情の混乱』，歴史的挿話『人類の運命の時』，戯曲『ヴォルポーネ』等の傑作が続々と生まれた．伝記文学では，独特の感情移入による新境地をひらき，20世紀のサント・ブーヴと言われた．これらの作品によって，彼はイギリスのストレイチー，フランスのモーロワとともに，20世紀における三大伝記作家のひとりに数えられたが，その読物的おもしろさにかけては，彼の作品は群を抜いている．彼は特に，人間の運命をあやつる魔神的な力に目を向け，これが偉大な人物においては創造の原動力となって働くさまを，伝記的評論の形で，平凡な人間においては恋愛の情熱となって働くさまを，短篇小説の形で描いた．短篇集『アモク』は，30カ国語に翻訳された．

第二次大戦の暗雲　絶対平和主義者であり，何よりも自由と芸術とを愛した彼は，たえず戦争とそれによる文化の破壊とを予見し恐れていたが，ナツィスの台頭によって，これが現実となった1934年，ユダヤ人であった彼は，国家秘密警察によって家宅捜索を受けた．まだ生命がおびやかされるまでには至らなかったが，もはやザルツブルクは住み心地のよい土地ではなかった．翌年彼は住みなれた家を捨てて，イギリスに亡命した．ここで，労作『エラスムスの勝利と悲劇』，『カステリョン対カルヴァン』，『マジェラン』等を書いたが，戦争の危険を誰よりも敏感に察知した彼は，やがてイギリスを去ってニューヨークへ渡り，さらに1941年，戦乱をさけるために最も安全な南米ブラジルへ移った．

亡命地での自殺　亡命作家のほとんどが，言葉の障壁，孤独，貧困等になやまされたのにくらべて，ツヴァイクは，あらゆる点で誰よりも恵まれていた．スペイン語には母国語同様に通じていたし，ブラジルでは国賓待遇を受け，経済的にも豊かだったからである．この地で彼は，随筆『未来の国ブラジル』，小説『チェスの話』，評伝『バルザック』，自伝『昨日の世界』などを書く一方，困っている亡命作家たちに進んで援助の手をさしのべた．しかし60歳のツヴァイクは，この暗黒の時代を生き抜くには疲れすぎていた．敵国であれ味方であれ，人類が互いに殺し合っている現実に彼は耐えられなかったのである．そして，日本軍の真珠湾攻撃の報告を聞いた翌日，うら若い二度目の妻シャルロッテとともに，リオデジャネイロの山荘で服毒自殺をとげた．彼の遺書の最後はこう結ばれている．「どうかみなさんは，長い暗夜ののちに，再び黎明を見て下さい．――あまりにも気の短い私は，お先に行きます」．きびしいカトリックの国柄にもかかわらず，ブラジルは，この自殺した異国の作家の死を国葬の礼をもって哀悼した．

◇主　要　作　品◇

◈抒情詩集「銀の弦」Silberne Saiten (1901)**「早い花環」**Die frühen Kränze (06) フランスやベルギーの象徴派の影響を受けた優雅流麗な抒情詩で，リーリエンクローン，デーメル，リルケらに絶讃された．

◈「最初の体験」Erstes Erlebnis (11) 短篇集．『たそがれの物語』Geschichte in der Dämmerung,『女家庭教師』Die Gouvernante,『燃える秘密』Brennendes Geheimnis,『夏の小品』Sommernovellette の4篇を収録．いずれも最初の異性体験が少年にもたらす不安と惑乱とを描き，純真な子どもの世界との惜別をテーマとしている．またこれは「鎖」Die Ketteと総称される3部の短篇集の第1部をなす．

◈「三人の巨匠」Drei Meister (19) 評伝．3人の文豪バルザック，ディケンズ，ドストエフスキーの評伝を収録．3部作『世界創造の巨匠たち』Baumeister der Welt の第1部をなし，世界的にすぐれた精神界の巨匠を扱って，ツヴァイク独自の「精神の類型学」を創立した．

◈「ロマン・ロラン」Romain Rolland (20) 親友でもあったフランスの文豪の評伝．

◈「アモク」Amok (22)「鎖」の第2部をなす短篇集．→298頁

◈「不安」Angst (成立10, 25) 小説．不貞を，夫がすでに知っていることに気づかず，その発覚の恐怖と不安におびえる人妻の心理をたくみに描いた．54年，R. ロッセリーニ監督，I. バーグマン主演で映画化され，評判になった．

◈「魔神との戦い」Der Kampf mit dem Dämon (25) 評伝．病める魂ヘルダーリーン，クライスト，ニーチェの三人を，ゲーテの人間像と対立的にとらえて論評し，情熱の魔的な力が，創造の原動力となっているさまを追求した「巨匠たち」の第2部をなす．

◈「感情の混乱」Verwirrung der Gefühle (25)「鎖」の第3部をなす短篇集．モンテカルロの賭博場でふと知り合った若い未亡人と青年との愛欲の一日を描く『ある女の24時間』Die 24 Stunden einer Frau (『哀愁のモンテカルロ』の題で映画化された) のほか『ある心の破滅』Der Untergang eines Herzens,『感情の混乱』Verwirrung der Gefühle などを収録．人間の運命をあやつる情熱の圧倒的な力を分析し，その本質を究めることによって，人生の核心に迫ろうと試みた．「鎖」の3部作において，いわゆる「感情の類型学」を樹立した．

◈「ヴォルポーネ」Volpone (27) 戯曲．ベン・ジョンソンの喜劇を改作したもので，あざむかれた詐欺師と，健全な分別をもった陽気な召使の話．上演されて好評を博した．

◈「人類の運命の時」Sternstunden der Menschheit (27) ワーテルローの戦いにおけるナポレオンの敗因，ゲーテの「マリーエンバートの悲歌」の成立，カリフォルニアの黄金郷の発見等の歴史的挿話を扱い，人類の歴史の決定的瞬間をみごとにとらえた．

◈「ジョゼフ・フーシェ」Joseph Fouché (29) フランス革命とその後の政変の時代を，あざやかな転身と陰謀とによってみごとに生きぬき，常に政界の黒幕として，王政，革命，王政復古等の転換期に暗躍したジョゼフ・フーシェの波乱の一代を，ツヴァイク独特の心

理分析をまじえて描いた伝記的小説．

◈**「三人の自伝作家」** Drei Dichter ihres Lebens（31）評伝．「巨匠たち」の第3部をなす．カザノヴァ，スタンダール，トルストイをとりあげている．

◈**「精神による治癒」** Die Heilung durch den Geist（32）メスマー，メリー・ベーカー・エディー，フロイトの三人の精神心理学者の評伝．

◈**「マリー・アントワネット」** Maria Antoinette（32）運命のいたずらで革命の動乱にもてあそばれ，断頭台にのぼるまでのマリー・アントワネットの華やかな生活と精神的発展とを，厳密な資料にもとづいて，克明に描いた伝記的小説．

◈**「ロッテルダムのエラスムスの勝利と悲劇」** Triumph und Tragik des Erasmus von Rotterdam（34）16世紀の人文主義者で，宗教改革の先駆者となったエラスムスの評伝．

◈**「メアリ・ステュアート」** Maria Stuart（35）従姉エリザベス女王との宿命的確執と，佞臣たちの陰謀によって，断頭台の露と消えた奔放で美しいスコットランドの女王メアリの波乱の生涯を，豊富な資料にもとづき，心理描写をまじえて克明に描いた伝記文学．

◈**「カステリオ対カルヴァン」** Castellio gegen Calvin（36）16世紀スイスの宗教改革者カルヴァンと，彼に反対して宗教的寛容を主張した人文主義者カステリオとの抗争を描く．

◈**「マジェラン」** Magellan（38）世界一周の探険に生涯を捧げたマジェラン（マガリャンイシュ）の伝記的小説．

◈**「心の焦燥」** Ungeduld des Herzens（38）長篇．心の焦燥を本能的にさけようとした若い士官が，同情からかたわの少女と婚約するが，同僚の前で婚約を否定して，少女の心を傷つけ，死に追いやる．戦場で武勲をたてた軍人の懺悔話という枠形式をもつ．

◈**「未来の国ブラジル」** Brasilien, ein Land der Zukunft（41）亡命地で書かれた随筆．

◈**「チェスの話」** Schachnovelle（43）小説．南米へ向かう汽船の甲板で演じられるチェス競技の話．ナツィスの収容所の孤独の中でチェスを覚え，狂気となるまで熱中した天才肌の貴族が全ヨーロッパのチェス・チャンピオンに挑戦する．

◈**「アメリゴ」** Amerigo（44）新大陸発見の航海に加わり，アメリカの名づけ親となったセビーリャの一市民，アメリゴ・ヴェスプッツィの伝記．

◈**「昨日の世界」** Die Welt von gestern（44）前世紀末から，第二次大戦勃発に至るまでの自伝的エッセイ．ヴィーンを中心とするヨーロッパ教養世界を讃美している．

翻訳文献→387頁

カフカ フランツ
Franz Kafka (1883-1924)　**ユダヤ系ドイツの小説家**

早咲きの実存主義文学　ほとんど無名のまま夭折した作家カフカが生前に発表したのは，数篇の短篇と長篇の一部にすぎず，ほとんどの作品は，死後焼き捨ててくれるようにと，親友である作家マックス・ブロートに託したものを，ブロートが遺稿として発表したものである．H.ヘッセなどは早くから彼の文学を認めていたが，ナツィス時代のドイツでは，ユダヤ人である彼の著書は禁書に指定されたため，ほとんど読まれなかった．そして第二次大戦中はむしろ国外で読まれ，戦後，実存主義の流行につれて，フランスのN.R.F.（「新フランス評論」）系の作家やサルトル，カミュら，そしてイギリスやアメリカの文学者たちの間で高く評価され，彼の文名は一躍国際的なものとなった．その後ドイツでもようやく正当に評価されるようになり，多くの新進作家に多大の影響を与え，現在では20世紀の最重要作家のひとりと目されている．わが国の作家では，安部公房，倉橋由美子らが強い影響を受けた．

生涯と文学活動　カフカは，チェコ（当時はオーストリア＝ハンガリー帝国領）の首都プラハの富裕なユダヤ人商家に生まれた．父は苦労して財を成した人で，我欲が強く無理解で横暴だった．カフカはこの父に対して生涯，精神的にも肉体的にも劣等感をもち続けた．ドイツ語教育を受けたカフカは，プラハ大学で法律を学び，学位を取った．大学時代に終生の友ブロートを知り，かねてからの文学熱を鼓舞されて創作をはじめた．卒業後は，労働者災害保険局に勤務し，そのかたわら創作にはげんだ．1913年ブロートのすすめで，短篇『観察』，『火夫』（これは長篇『アメリカ』の第一章で，フォンターネ賞を受けた），『判決』などを発表．ついで『変身』を発表し，ムーズィルやシュテルンハイムなど一部の人びとに注目された．やがて肺結核におかされ，第一次大戦中の窮乏生活のために悪化して，1917年休職してからは療養生活をつづけた．この時期には多くの短篇を創作し，また，パスカルやキルケゴールを熱読した．その後いくつかの恋愛をしたが，病状が悪化したため，1922年には退職して創作に専念した．翌年，旅先でドーラ・デュマントという少女を愛するようになり，ベルリーン郊外で同棲生活に入った．そして数カ月間父の威圧からのがれて幸福な日々を送ったが，すさまじいインフレのために生活は苦しく，病状もさらに進み，ヴィーン郊外のサナトリウムで41歳の短い生涯を終えた．

死後の反響　1925年以後，長篇『審判』，『城』，『アメリカ』その他が発表され，1935年には全集も出た．第二次大戦後はアメリカでも全集が刊行され，大きな反響をよんだ．フランスでは，アンドレ・ジッドとジャン・ルイ・バローが『審判』を劇化・上演し，アメリカでは『変身』，『審判』などが映画化され，後者はわが国でも上映された．また世界中で無数のカフカ関係の研究書が出版されている．

◈**「観察」**Betrachtung (1913) 最初の著書．数頁から１頁未満の小品18篇．なにげない日常の情景描写のなかに，青空に星を見るような独特の非日常の世界が顔をのぞかせる．

◆**「変身」**Die Verwandlung (16) 短篇．→296頁

◈**「判決」**Das Urteil (16) 短篇．父を憎み殺意を抱く息子が，ある日突然父から死刑の宣告を受ける．彼は自分の心の罪に対する当然の判決としてその宣告に従い投身自殺をする．父と子の葛藤をテーマとしている．

◈**「流刑地にて」**In der Strafkolonie (19) 短篇．上官を侮辱したかどで処刑される兵士の処刑のてん末と，残酷で複雑な処刑装置とが詳細・克明に描かれている．職業的に処刑を行なう非情な一士官の姿に，単なる職業的機械と化した現代人が表現されている．

◈**「田舎医者」**Ein Landarzt (19) 同名の短篇のほか，「掟の門」など14篇を含む短篇集．

◈**「断食芸人」**Ein Hungerkünstler (24) 短篇集．40日間の断食を見せ物にする芸人が観客にも興行主にも理解されぬまま死んでゆく物語『断食芸人』のほか，『最初の悩み』，『小さい女』，『歌姫ヨゼフィーネ』を収録．

◆**「審判」**Der Prozeß (25) 長篇．→304頁

◈**「城」**Das Schloß (26) 未完の長篇．ある城の招きを受けて，城下の村までやって来た測量技師Kが，村人たちに信用されず，よそ者として迫害され，あらゆる努力もむなしく城へ近づくことができずに苦しむ物語．城は世界を支配する不思議な力，未知のものの象徴であり，城下の村は人間社会を意味する．主人公のむなしい試みと苦悩は，どんなに努力しても一つの社会に参加することのできない異邦人の孤独と苦悩を表わしている．カフカの最晩年の作品で，質量ともに最大のものである．

◈**「アメリカ」**Amerika (27) 1912〜14年に執筆された未完の長篇．(カフカ自身が日記に記していたことに基づいて1983年に**「失踪者」**Der Verschollene というタイトルで新しい校訂本が出た)．女中に誘惑されて子どもを生ませたため，アメリカの富裕な伯父のもとへ送られた16歳の少年カール・ロスマンが，伯父からも義絶されたあげく，無一文となり，職を失って，さまざまな苦難に満ちた遍歴を経た末に「オクラホマ大劇場」の座員として採用されるまでの物語．あらゆる苦しみに耐えて，最後まで両親と和解する望みと明るさを失わない無邪気で世間知らずの少年を通して，どんな迫害にあっても救済の望みを失わずに生きる異邦人の孤独な姿を描いている．

◈**「支那の長城の建設にあたって」**Beim Bau der chinesischen Mauer (31) 短篇集．遺稿．万里の長城建設にまつわるいくつかの短篇を収録．長城建設という大事業に苦しめられる支那民族とそれを命ずる皇帝との関係は，ユダヤ民族とキリスト教との関係をあらわしている．

◈**「ある犬の研究」**Forschung eines Hundes (成立22) おそらく最後の作品で，カフカ文学のテーマがすべて集約されている感がある．

翻訳文献→389頁

ブロッホ　ヘルマン

Hermann Broch (1886-1951)

オーストリアの小説家

有能な実業家　ユダヤ系の繊維工場主の息子としてヴィーンに生まれた．ヴィーン工業大学と，エルザスのミュールハウゼン（現在フランス領ミュルーズ）にある繊維工業大学とで，繊維工学や数学等を学んだのち，ドイツやチェコの紡績工場で2，3年見習いをし，さらにアメリカに留学した．22歳で父の経営する会社に入り，父の死後はそのあとをついで社長となった．同時にオーストリア工業連盟の理事，ヴィーン工業連盟理事長，労資調停裁判所および失業対策局の委員などの役職を歴任し，有能な一流実業家として労資問題に力をつくした．

突如作家に転向　30歳頃から，短篇小説や評論等を書いて新聞，雑誌に発表したが，41歳のとき，突然実業界から身をひき，科学と文学との対立を克服するために作家になろうと決意して，ヴィーン大学に入った．そして3年間，数学，哲学，心理学，言語学，社会問題および歴史等を研究した．かたわら，仕事をやめると同時に書きはじめた長篇小説『夢遊の人びと』を完成し，その出版を契機として作家生活に入った．この小説は，はじめは反響がなかったが，しだいに文学者たちのあいだで真価が認められた．

亡命生活　1938年ナツィスがオーストリアを併合すると，彼はユダヤ人作家であるという理由で秘密警察に逮捕されたが，ジェイムズ・ジョイスら外国の作家たちの尽力によって釈放され，第二次大戦のはじまる前にイギリスに逃れることができた．かねてからジョイスを敬仰していたブロッホは，36年に評論『ジェイムズ・ジョイス』を書いたが，小説の技法においても大きな影響を受けた．英独開戦後はさらにアメリカに逃れて，はじめはニューヨークに住んだが，プリンストンを経てニューヘヴンに落ちついた．

アメリカでの仕事　アメリカでは，創作を続ける一方，哲学や心理学の研究に没頭した．そして1945年に長篇『ウェルギリウスの死』をドイツ語と英語で同時に出版するや，アメリカの知識階級に大きな反響をよび起こし，世界的に名声を高めることになった．そのため彼はプリンストン大学に講師として招かれたり，ロックフェラー財団の援助を受けたりして，長年の研究テーマであった群衆心理の研究を続けることができた．トーマス・マンらの推薦で1950年にはノーベル賞候補作家になったが，翌年，心臓麻痺のために65年の生涯をとじた．彼の創作の多くは未発表のまま死後に発見され，その中では特に『誘惑者』や『罪なき人びと』が知られている．

◈**「夢遊の人びと」** Die Schlafwandler (1931-32) 長篇小説.「パーゼノーまたはロマン主義」Pasenow oder die Romantik,「エッシュまたは無政府主義」Esch oder die Anarchie,「ユグノーまたは即物主義」Huguenau oder die Sachlichkeit の3部からなり，各部の題名は，取り扱われた時代の特徴と，その典型的性格をもつ主人公とをあらわしている．第1部では，家督をつぐために退職した貴族出身の軍人パーゼノーを主人公として，プロイセン貴族の没落と，ロマン主義者の運命を描き，第2部では，出世のためには手段を選ばぬ下級サラリーマン，エッシュを主人公として，革命を望みながら本能的生活に耽溺しつづける無気力で孤独なアナーキストを描いている．そして第3部の主人公ユグノーによって，エッシュが殺害され，パーゼノーも精神錯乱に陥ることによって，二つの時代は終わる．脱走兵ユグノーの非情で即物的な性格には，あらゆる価値の規範を失った孤独な現代人の姿が投影されている．第1部は伝統的リアリズムの形式をとり，第2部は，ジョイス流の内面的独白の手法を用い，第3部は「価値の崩壊」に関する10章のエッセイを中心として物語が展開されるなど，形式的にも斬新な工夫がこらされている．

◈**「未知の量」** Unbekannte Größe (33) 長篇小説．理知によってすべてを割り切ろうとする若い自然科学者が，恋愛体験によって理知だけでははかり得ぬものが存在することを認識し，さらに弟の死によって人間の生活には精神と本能との両面があって，それが不可分のものであることを悟る．

◈**「ウェルギリウスの死」** Der Tod des Vergil (45) 長篇小説．→313頁

◈**「罪なき人びと」** Die Schuldlosen (49) 1917年から41年までに書かれた5篇の短篇に，共通の主人公をもつ6篇の短篇を加えた新しい形式の小説．さまざまな人物の運命を描きながら，1933年までのドイツの発展をたどっている．全体を統一するテーマは，各篇の主人公が，自己や隣人に対して犯している無関心という政治的・倫理的な罪である．

◈**「誘惑者」** Der Versucher (54) 小説．これははじめ「山岳小説」Bergroman という標題で書かれ，さらに「デメーター」Demeter と改題されたが，ブロッホの死後友人によって「誘惑者」と題して発表された．ティロールの山村での大衆の狂信状態をテーマとした作品で，主人公マリウスは，急進的なユートピアの信仰を説いて村民をまどわし，狂信的な崇拝者をつくる．やがて彼は新興宗教の教祖的な存在となり，ついに，地上救済の名のもとに一人の少女を犠牲として殺害する．彼の狂気に最後まで抵抗したのは，このあわれな少女の祖母ただ一人であった．シュティフターの影響を受けたといわれるこの作品には，山岳地方の風景が比類ない美しい文章によって描かれている．

翻訳文献→390頁

ツックマイヤー　カール

Carl Zuckmeyer (1896-1977)

ドイツの劇作家・小説家

ブレヒトと並ぶ代表的劇作家　第二次大戦をはさんで活躍した劇作家の中で，ブレヒトとともに最も成功した人である．表現主義の影響下に出発したが『楽しい葡萄山』によって，新即物主義に向かい，喜劇，民衆劇の分野に新境地を開いた．ナツィスに追われて，アメリカへ亡命したが，戦後，悲劇『悪魔の将軍』によってはなばなしくカムバックした．また，彼の小説は好んで映画化され，わが国でも上映された．彼の作品をつらぬく愛の讃美と生肯定の思想は，万物のもつ生命力に対する確固たる信仰に裏打ちされている．

下積みの青春時代　ライン河畔のブドウの産地ナッケンハイムに生まれた．ドイツ，イタリア，フランス，ユダヤの4種の血を受け継いでいる．ギムナーズィウム時代は，ずばぬけた空想力と表現力とによって教師たちを驚かしたという．第一次大戦には志願兵として西部戦線に従軍し，終戦まで4年間軍務に服した．戦後はフランクフルトとハイデルベルクで自然科学を学んだ．この間政治運動にも参加し，また表現主義の影響を受けた最初の戯曲『十字路』を書いた．この作品はベルリーン国立劇場で上演されたが，批評家の酷評にあって，上演3日目にして舞台からおろされた．その後各地の劇場に出入りして下積み生活を送り，一度演出を行なったが，スキャンダルを起こして解雇された．

出世作『楽しい葡萄山』　24年，ブレヒトらとともにラインハルトの「ドイツ劇場」に雇われた．ここで第2作，近親相姦をテーマとする『パンクラーツはめざめる』が上演されたが，失敗に終わった．翌年発表した『楽しい葡萄山』は，大胆で粗野な性愛描写が問題を起こしたが，ユーモアにあふれるダイナミックな筋の運びと，すぐれた自然描写とが認められて，クライスト賞を受けた．以後劇作家として立つ決意を固めた彼は，ザルツブルク近郊に居を定めて創作に専念し，『シンダーハネス』，『カタリーナ・クニー』，『ケーペニックの大尉』，『ベルゲンのいたずら者』などを発表した．

亡命時代と戦後の活躍　1938年，ナツィスがオーストリアを併合するに及んで，スイスに逃れた．翌年には家族ぐるみ国籍を剝奪されたため，アメリカに亡命した．アメリカでは農場経営によって生計を立てるかたわら，講演や文筆活動によってナツィスに対する抵抗運動を行なった．戦後(46-47年)，アメリカ政府の文化使節としてドイツ，オーストリアを視察した際，亡命中に書いた悲劇『悪魔の将軍』をスイスで上演した．この作品は戦後最高の上演回数を記録し，大成功を収めた．彼はすでにアメリカ市民権を獲得していたが，58年以降はスイスに定住し，戯曲や小説を書いた．彼のすぐれた業績に対して，52年にゲーテ賞，55年に西ドイツ功労大十字章，60年にオーストリア国家大章が与えられた．

◈**「楽しい葡萄山」** Der fröhliche Weinberg (1925) 戯曲．ライン地方の葡萄山を舞台に農民の牧歌的な愛と生活とを，たくましい筆致で描いた民衆喜劇．人間の本能を肯定し官能と生のよろこびを謳歌した．最初の成功作で，発表の年クライスト賞を受賞．

◈**「タウヌスの農夫の話」** Die Geschichte eines Bauern aus dem Taunus (27) 小説．第一次大戦後，ロシア女とのあいだに生まれた子供を連れて帰還したドイツの農夫の物語．

◈**「シンダーハネス」** Schinderhannes (27) 戯曲．ナポレオン時代に実在した盗賊の首領を主人公として，その義賊的行為と，愛人に裏切られて処刑されるまでの経過を描く．

◈**「カタリーナ・クニー」** Katharina Knie (28) 戯曲．インフレによる貧困の中で，かねて愛し合っていた地主のものを盗んだのがきっかけとなって，この地主と婚約までしながら，最後にはあきらめて，芸人仲間のもとへ帰ってゆく女軽業師を描く．

◈**「ケーペニックの大尉」** Hauptmann von Köpenick (30) 戯曲．20世紀のはじめに，大尉の軍服を着て，ケーペニック市の金をだまし取った実在の靴屋を主人公として，ヴィルヘルム二世時代の軍国主義のドイツを痛烈に諷刺した悲喜劇．ハウプトマンの影響が見られる．２度映画化された．

◈**「ベルゲンのいたずら者」** Der Schelm von Bergen (33) 戯曲．宮中の祝祭の夜，知らずに踊った女帝を妊娠させ，騎士にとり立てられる刑吏の息子の物語．

◈**「ある恋の物語」** Eine Liebesgeschichte (34) 小説．ある歌姫との噂のため，生涯と生命とを犠牲にする騎兵大尉の話．映画化された．

◈**「生と死の支配者」** Herr über Leben und Tod (38) 長篇小説．有名なイギリスの外科医と結婚したフランス女が，同国の若い医者に心をひかれて，重大な危機に陥るが，夫とともに，数々の試練を克服したのち浄化されて新生活に入る．52年に映画化された．

◈**「司祭物語」** Der Seelenbräu (45) 小説．ザルツブルクの司祭と金持ちの醸造家との争いを喜劇的なタッチで描いた佳品．50年に映画化された．

◈**「悪魔の将軍」** Des Teufels General (46) ３幕の戯曲．→314頁

◈**「バルバラ・ブロムベルク」** Barbara Bromberg (49) 歴史劇．神聖ローマ皇帝カール五世に愛され，英雄ドン・ファン・ダウストリアの母后となったバルバラ・ブロムベルクの物語．

◈**「殉難の歌」** Der Gesang im Feuerofen (50) 戯曲．フランスの抵抗運動の同志たちがクリスマスを祝っていた城が，裏切り者のためドイツの警察隊に焼かれる事件を扱う．

◈**「獅子の天使たち」** Engele von Loewen (52) 第一次大戦の苦悩と愛の物語．55年に映画化．

◈**「冷たい光」** Das kalte Licht (55) 戯曲．イギリスで死刑を宣告された原子力スパイ，クラウス・フックス博士の運命に託して，現代の思想と信仰の危機を描いた．

◈**「時計は１時を打つ」** Die Uhr schlägt eins (61) 戯曲．犯罪者となった良家の息子を主人公として，古い世代の罪を追求した．

翻訳文献→391頁

ブレヒト　ベルトルト
Bertolt Brecht (1898-1956)

ドイツの劇作家

演劇による世界改革に生涯をささげた劇作家　市民生活に背を向けて演劇界に身を投じ，『三文オペラ』で世界的な成功を収めた．その後共産主義者となり，マルクス主義の立場から独自の演劇論を確立して，従来の演劇に対立する叙事的演劇を理論と実作によって示した　戦後東独に帰って劇団を結成した彼は，亡命中の作品をみずからの理論に従って演出して，世界の演劇界に大きな影響を与え，今世紀の最も重要な劇作家となった．また彼はすぐれた抒情詩人でもあった．

市民生活への反逆児　バイエルンの古都アウクスブルクの裕福な市民の家に生まれた．製紙工場の経営者であった父は旧教を奉じ，母は新教を信じるという変わった家庭であったが，ブレヒトは新教の洗礼を受けた．2歳下の弟はのちに工業大学の教授になるが，ブレヒトだけは市民生活に背を向けて，演劇への道を歩むことになる．すでに小学校時代から旺盛な反抗精神をもっており，実業高校時代に第一次大戦を経験した彼は，反戦的な作文を書いて放校されそうになったこともあるという．過度のスポーツで心臓を悪くして以来文学に関心をもつようになり，在学中から地方新聞に詩や書評を投稿した．18歳の時，ミュンヒェン大学に入り，医学を学ぶかたわら演劇ゼミナールに参加した．当時ミュンヒェンにはヴェーデキントが住んでおり，ブレヒトはこの自由奔放な劇作家の作品や生活態度に触れて，少なからぬ影響を受けた．

医学徒から劇作家に転向　第一次大戦最後の年，彼は学業なかばで看護兵として陸軍病院に動員された．ここでの悲惨な体験は，彼を徹底した反戦主義者に育てた．戦後再びミュンヒェン大学へ戻ったが，もはや彼にはまじめな医学生の面影はなく，カフェやバーに入りびたってギターをかき鳴らすヴァガボンド詩人に変貌していた．このような生活の中から最初の戯曲『バール』が生まれた．これは，H.ヨーストの『淋しい人』への反発から書かれたもので，ビューヒナーやヴェーデキントらの影響が濃い．第2作『シュパルタクス』は，先輩作家フォイヒトヴァンガーに認められ，彼の提案で『夜打つ太鼓』と改題された．これは3年後の22年に上演されて大きな成功を収め，彼の出世作となった．有力な劇評家イェーリングは「24歳の詩人ブレヒトは，一夜にしてドイツ文学の相貌を一変させた」と激賞し，彼の推挙によって，ブレヒトはこの年のクライスト賞を受けた．

ベルリーンでの本格的創作活動　24年演出家ラインハルトに招かれて，「ドイツ座」の文芸部員としてベルリーンに定住し，本格的な作家活動に入った．まずミュンヒェン時代に手がけた『男は男だ』などの戯曲を書き上げ，27年には『家庭説教集』という詩集を刊行して，抒情詩人としても一流の才能をあらわした．30歳のとき作曲家クルト・ヴァイルと組んで発表した『三文オペラ』は初演以来大好評を博し，記録的なロングランを続けて，ブレヒトの名を世界的なものとした．この作品は，ヴィヨンの詩の翻訳の盗作問題や映画化問題でたいへんなスキャンダルを起こしたが，これはかえって人気をあおる結果になった．この頃から熱心に『資本論』の研究をはじめた彼は共産主義に接近，マルクス主義の立場から独自の演劇理論をうち立て「教育劇」と銘うった一連の即物主義的な作品を発表，さらに叙事的演劇の理論に拠って，『マハゴニー市の興亡』，『屠殺場の聖ヨハンナ』などを書いた．

叙事的演劇とその方法　ブレヒトは『マハゴニー市の興亡』の注として，従来の演劇形式と彼の提唱する叙事的演劇形式との相違を対比して説明している．それによると，従来の演劇が，劇的行動によって筋を展開し，観客を筋の中にまきこみながら共感を起こさせることを目的とするのに対して，叙事的演劇は，筋を物語って，観客を観察者として筋と対決させ，観客の批判を喚起することを目ざすのである．この叙事的演劇を徹底させるために，彼は記録の映写やプラカードやラウドスピーカーなどを使ったり，俳優や歌手に筋の一部を説明させたり，劇中に歌を挿入して観客の注意をうながしたりするなど，さまざまな方法を試みた．これは「異化効果」と呼ばれている．しかし，このような彼の意図は，当時演劇人にも一般観客にもなかなか正しく理解されず，様々な誤解を招いた．

亡命と栄光と　33年ナツィスによる国会焼き打ち事件の翌日，彼はプラハ，ヴィーン，スイスを経てデンマークへ亡命した．この間彼の著作は焚書の処分を受け，35年には国籍を剝奪された．6年に及ぶデンマーク亡命中，各地に旅行して亡命文学者の雑誌「ダス・ヴォルト」の編集をしたり，講演を行なったりして抵抗運動を続ける一方，『ガリレイの生涯』，『セツアンの善人』，『肝っ玉おっ母』など円熟期の傑作を手がけ，また，いくつかの重要な演劇論を書いた．40年ドイツ軍がデンマークに侵入したため，スウェーデンを経てフィンランドにのがれ，ここで『プンティラ旦那』を書いた．翌年モスクワへ行き，さらにシベリア経由で最後の亡命地アメリカへ渡った．アメリカでは多くの亡命者や知名人と交友を結び，特に共産主義芸術家グループの中心となって活躍した．最後の傑作『コーカサスの白墨の輪』はこの時期に生まれた．この間，亡命中に書いた作品のいくつかが，スイスで上演されたり，ロンドンで全集が出版されたりして，彼はしだいに国際的な劇作家として知られるようになった．

劇団に主力を注いだ晩年　戦後一旦スイスへ戻ったのち15年ぶりにベルリーン（東独）に帰った彼は「ドイツ座」で，みずから『肝っ玉おっ母』を演出し，これを契機に劇団「ベルリーナー・アンサンブル」を結成，思うままに自作を演出して大きな成功を収め，全世界の注目を集めた．彼の妻ヘレーネ・ヴァイゲルは，ブレヒト演出劇の主演女優として，この活動に協力した．晩年の彼はもっぱらこの劇団の仕事に主力を注いだため，劇作の方は，内外古今の劇の改作に限られた．51年オーストリアの市民権を獲得し，東独の国民文化賞を受け，54年にはスターリン平和賞を受けた．ブレヒトは生涯絶対平和主義の志操を貫き，社会主義体制下にあっても，厳正な批判者としての姿勢を崩さなかった．56年『ガリレイ』の稽古中，心筋梗塞で急逝した．

◇主 要 作 品◇

◈「**バール**」Baal（完成1918/初演23）22場の戯曲．女から女へと自由奔放な生活を送るギター弾きの詩人バールは，知り合った作曲家エカルトを，同性愛的な嫉妬から殺し，警察に追われて森へ逃れ，木樵小屋で生に執着しながら死ぬ．

◈「**夜打つ太鼓**」Trommeln in der Nacht（19/22）5幕の喜劇．婚約者が戦争成金に寝取られたことを知った帰還兵クラーグラーは，シュパルタクス団の蜂起に加わろうとするが，結局「おれは豚だ」と自嘲しつつ，革命での死よりも，成金の子を宿した傷物の婚約者との結婚を選ぶ．はじめ『シュパルタクス』と題されたが，フォイヒトヴァンガーのすすめで改題．クライスト賞を受けた出世作．

◈「**都会のジャングルの中で**」Im Dickicht der Städte（23/23）13場の戯曲．大都会シカゴを舞台に，横浜から来たマレー人の材木商シュリンクと，図書館の事務員ガルガとの，動機不明の死闘を描いて，現代人の孤独を表現した．不条理劇の先駆的作品．

◈「**男は男だ**」Mann ist Mann（25/26）喜劇．気の弱い沖仲仕ゲーリー・ゲイが，宝塔で盗みを働いて仲間の一人を失った三人のイギリス兵によって，いなくなった兵士ジュライア・ジップの身がわりとして，洗脳され，改造されて，大手柄をたてる．

◈「**三文オペラ**」Die Dreigroschenoper（28/28）オペラ　→305頁

◈「**マハゴニー市の興亡**」Aufstieg und Fall der Stadt Mahagonny（29/30）オペラ．金鉱夫相手に快楽を売る都市マハゴニーが建設され，そこにやってきた四人の男が，それぞれ快楽を追って身を滅ぼす．町の滅亡を前にしても，その住民たちは彼らの信条を捨てない．資本主義社会の矛盾と無力さを衝いた作品．クルト・ヴァイル作曲．

◈「**屠殺場の聖ヨハンナ**」Die Heilige Johanna der Schlachthöfe（30/59）ジャンヌ・ダルク伝説を現代化した戯曲．救世軍黒麦稈帽隊の女士官ヨハンナ・ダークは，シカゴの屠殺場で働く人びとの貧困を救うために，救済活動に従事するうち，しだいに資本主義の矛盾に気づくが，行動を起こす前に過労で死ぬ．そして罐詰業者に利用され，聖女に祭り上げられる．屠殺場の株式市場と貧民街を，資本主義経済機構のモデルとして描いている．

◈「**処置**」Die Maßnahme（30/30）4人の独唱者（共産党員）と合唱団（共産党代表）とによって演じられるカンタータ風の劇．満州に派遣され，任務を終えて帰還した4人の党員が，軽挙妄動した青年党員を粛清するに至った過程を物語り，合唱団は彼らに無罪を宣告する．共産主義の理念に真っ向から取り組んだ作品であるが，共産党新聞からは酷評された．作者自身も，党に対する誤解を生むおそれがあるとして，のちに上演を禁じた．

◈「**三文小説**」Dreigroschenroman（34）『三文オペラ』を映画化するためのストーリーを小説化した作品．原作に比して，共産主義理念が強く表面におし出されている．

◈「**第三帝国の恐怖と貧困**」Furcht und Elend des Dritten Reichs（38/38）ヒトラー第三帝国の市民各層の生活に取材し，ユダヤ人迫害を初めとして，ナツィスによる恐怖政治の種々相を描いた．それぞれ独立した場面から成るが，このうち4場面は印刷されていない．フランスやアメリカで上演された．

◆「肝っ玉おっ母とその子どもたち」 Mutter Courage und ihre Kinder（39/41）戯曲．→310頁

◈「セツアンの善人」 Der gute Mensch von Sezuan（40/43）寓話劇．セツアンは中国の架空の都市．善良な売笑婦シエン・テは自分と子供との生活を守るために，あくどい詐欺的な行為を行なわなければならない．古い秩序が社会を支配するかぎり，善をなすためには悪をなさねばならないという矛盾を描く．

◈「プンティラ旦那と下男マッティ」 Herr Puntila und sein Knecht Matti（41/48）民衆劇．打算的で狡猾な地主プンティラは，酔うと親切でものわかりがよくなるという二重人格者で，娘に財産目当ての結婚をすすめながら，酔うと，男らしい下男マッティに，娘との結婚をすすめる．しかし，地主と下男の関係は決裂する．地主プンティラが，非常に魅力的に描かれているため，作者の意図する批判的効果が弱められている．

◈「シモーヌ・マシャールの幻覚」 Die Gesichte der Simone Machard（43/57）ジャンヌ・ダルク劇．ジャンヌ・ダルク物語に夢中になったあげく，自分自身がジャンヌ・ダルクになった夢を見た12歳の少女シモーヌが祖国フランスを救うために，ドイツ占領軍の警告を無視してガソリンタンクに放火し，精神病院に入れられてしまう．

◈「ガリレイの生涯」 Leben des Galilei（初稿39/43，第２稿英語版47，ドイツ語版54）自己の業績を完成するために，宗教裁判の圧力に屈して自説を撤回したガリレオを扱った戯曲．初稿では，科学の進歩という点から，ガリレオの行為が肯定的に描かれている．しかし，科学が政治に悪用された典型的な例である広島の原爆投下を機として初稿は修正され，科学を権威の奴隷としたガリレオの行為が，科学者の原罪として弾劾されている．

◈「コーカサスの白墨の輪」 Der Kaukasische Kreidekreis（45/48）中国の『灰欄記』に取材した戯曲．白墨で描いた輪の中に立たせた子供を引っぱり合って，母権を争うという，わが国の大岡裁きのような裁判が中心におかれている．が，この劇では，不憫に思って子供の手を放し，子供を得るのは，生みの親ではなく育ての親になっている．子供を真に幸福にする資格をもつ者が，血のつながりに優先することを説いたもので，この寓話が，土地の所有権争いの場合にも適用されている．

◈「百詩選」 Hundert Gedichte（51）1918年から50年までの詩選集で，政治的作品偏重のきらいはあるが，一応抒情詩人ブレヒトの全貌をうかがうことができる．なおブレヒトにはこのほか『家庭説教集』Hauspostille（27）をはじめ，多くの詩集がある．

翻訳文献→391頁

ケストナー　エーリヒ

Erich Kästner (1899-1974)

ドイツの詩人・小説家

「9歳から90歳までの子供」のための作家　第一次大戦と，それに続く混乱と不況の時代に青春を送った彼は，独特のユーモアの中に辛辣な時代批判をこめた詩を書き，彼の世代の代弁者として多くの読者を獲得した．また，小説『ファービアン』は，新即物主義の代表的作品と見なされている．さらに『エーミルと探偵たち』をはじめとする一連の作品は，少年文学に新分野をひらき，映画，演劇，翻訳によって，世界中の人びとに親しまれている．ナツィス時代は，反ナツィスの刻印を押された作家のうちただひとり国内にとどまって，沈黙の抵抗をつづけた．

ジャーナリストから作家へ　ドレースデンの馬具職人の家に生まれた．ひとり息子であった．教員養成所で小学校教員になるための教育を受けたが，服従者をつくりあげるその教育方針に激しい反感をおぼえた．第一次大戦には学徒出陣したが，心臓を悪くして野戦病院に送られた．戦後ライプツィヒ，ベルリーンなどの大学で文学を学び，学位を得た．この頃からジャーナリストとして雑誌や新聞に論説を書いたが，27年左翼系の新聞に急進的な社説を書いたために職を失い，以後作家活動に転じた．

厭世的モラリスト　28年，最初の詩集『腰の上の心臓』に続いて，人生一般や，当時の政治と社会とを痛烈に批判したユーモラスな抒情詩集をつぎつぎと刊行し「大砲の花咲く国」ドイツに警告を発した．しかし，彼の名を一躍世界的にしたのは，24カ国語に訳された『エーミールと探偵たち』などの少年文学である．31年，皮肉で厭世的なモラリストの面目をいかんなく発揮した小説『ファービアン』を発表した．33年，少年文学の傑作『飛ぶ教室』を最後として，彼の著書はナツィスによって禁書に指定された．次いで焚書の処分を受けたときには，彼自身その現場を見物に行ったという．このような弾圧を受けながら，彼は外国に亡命せず，いわゆる「国内亡命」の状態で沈黙の抵抗を続ける一方，従来の詩集を改編した『ケストナー博士の抒情的家庭薬局』や，ユーモア小説等を，チェコやスイスで出版した．

めざましい戦後の活躍　第二次大戦後，ミュンヒェンの「新新聞」の文芸欄編集長として迎えられた彼は，再び精力的な活動を開始した．52年から10年間は，西ドイツ・ペンクラブの会長を務めた．この間『動物会議』，『二人のロッテ』など子供のための作品や，戯曲『独裁者たちの学校』などによって，映画・演劇界をもにぎわし，世界の注目をあつめた．そして，西ドイツ国家功労大十字章，アンデルセン・メダルなどを受け，61年には，ノーベル賞候補として推薦された．

◈**詩集「腰の上の心臓」**Herz auf Taille (1927), **「鏡の中のさわぎ」**Lärm im Spiegel (28), **「ひとりの男が告知する」**Ein Mann gibt Auskunft (30), **「椅子のあいだの歌」**Gesang zwischen den Stühlen (32) などには，人生をシニカルに，ユーモラスに歌ったものと，政治や社会を痛烈に諷刺したものとが混在するが，のちに，人生を歌った内容の温健なものを選んで，心の病気の薬として読むように改編した『エーリヒ・ケストナー博士の抒情的家庭薬局』Doktor Erich Kästners lyrische Hausapotheke (36) に収め，政治的・社会的傾向の詩は『自著一覧』Bei Durchsicht meiner Bücher (46) に収めた.

◈**「エーミールと探偵たち」**Emil und die Detektive (28) 少年小説．ベルリーンへ向かう車中で所持金を盗まれた少年が，同年輩の少年たちと犯人を追跡して捕える話．24カ国語に訳され，何度も映画化され，劇化された．

◈**「点子ちゃんとアントン」**Pünktchen und Anton (31) 前作と同様，ベルリーンで子供たちが犯罪者を捕える話．52年に劇化され，63年に映画化された．

◈**「ファービアン」**Fabian (31) 小説．→309頁

◈**「飛ぶ教室」**Das fliegende Klassenzimmer (33) 少年小説．ギムナーズィウムの上級生と，実科高等学校の上級生との伝統的確執を描く．

◈**「雪の中の三人男」**Drei Männer im Schnee (34) 懸賞に当選した貧乏人になりすましてデラックスなホテルに滞在している億万長者が，取り違えの喜劇にまきこまれて，娘婿を得る話．劇化・映画化された．

◈**「エーミールと三人のふたご」**Emil und die drei Zwillinge (34)『エーミールと探偵たち』に登場する少年たちが，バルト海の海水浴場で，絶望した芸術家を助け，再び立ちなおらせる話．61年に劇化された．

◈**「消えた微細画」**Die verschwundene Miniatur (35) 単調な日常生活からのがれるために，コペンハーゲンに旅した実直なベルリーン人が，刑事事件にまきこまれて，5ポンドもやせて帰郷する話．

◈**「ゲオルクと偶然の出来事」**Georg und die Zwischenfälle (38) 小説．金持ちの独身男が，小間使いになりすました伯爵令嬢と恋におちる取り違え喜劇．56年に映画化された．

◈**「動物会議」**Die Konferenz der Tiere (49) 子供の絵本．永世平和の調印のために集まった世界の元首たちを動物にたとえて象徴的に表現した．61年に劇化された．

◈**「二人のロッテ」**Das doppelte Löttchen (49) 離婚した両親にそれぞれ引き取られた双生児の姉妹が，偶然避暑地で知りあって，役割を交換し，再び両親を結婚させる話．51年に映画化され，ドイツ国家映画賞を受けた．ディズニーによっても映画化された

◈**「日々の雑惑」**Der tägliche Kram (49),**「ささやかな自由」**Die kleine Freiheit (52) 戦後のエッセイやシャンソン等を集めたもの．

◈**「1945年を忘れるな」**Notabene 45 (61) 国内亡命の日記．　**翻訳文献→392頁**

ベル　ハインリヒ

Heinrich Böll (1917-1985)　**ドイツの小説家**

廃墟の中から ノーベル文学賞　戦争と戦後の問題を自らの体験を通して作品化して，戦後のドイツの作家で最も大きな成功をおさめ，国際的にも高い評価を受けて，1972年ノーベル文学賞を受賞した．彼はまたつねに現実感覚を失わず，どんな作家にも例を見ないほどの熱意と誠意をもって政治・社会問題に関与し，勇気をもってその批判を作品に表明し，同時に世間やマスコミの批判にさらされることを辞さなかった．

作家として 独立するまで　敬虔なカトリック信者の家具製造業者の息子としてケルンに生まれた．高校を出てから書店に勤めた．1939年に大学に入ったが，開戦のため国防軍に入隊し，フランス，ソヴィエト，ルーマニア，ハンガリー各地を転戦，四度負傷，短期間英仏連合軍の捕虜となった．戦後さまざまなアルバイトをしながら，47年頃から短篇小説や放送劇を書きはじめ，その一部を文芸雑誌等に発表した．49年に最初の小説『列車は定時に発車した』を出版，つづいて発表した短篇集『旅人よ，汝スパルタに至りなば…』（50）は，手法的には，さまざまな主人公に一人称で語らせ，そこに作者の体験を盛り込むことに成功した．しなやかで味のある文体は彼の文学の魅力のひとつで，ドイツでは国語・歴史のテキストにも取り上げられ，戦後最もよく読まれる作家となった．

戦中・戦後の問題　51年，「47年グループ」の会合で，『黒い羊』を朗読して認められ，同年「47年グループ賞」を受賞した．これを契機に本格的な作家活動に入り，『アダム，おまえはどこにいた？』(51)，『そしてひとことも言わなかった』(53)，『保護者なき家』(54)など戦争体験と戦後の荒廃とを描いた傑作を毎年のように発表して，数多くの文学賞を受け，戦後ドイツにおける最高の作家の一人として内外の注目を集めるに至った．彼は精神的カトリシズムの立場から戦争がもたらした諸悪を追究し，その悪条件の中でなんとか救済を見出そうと努力する人びとを描いたが，驚異的な経済復興によってようやく安定した生活が送れるようになった50年代の後半からは，彼の批判・追究の目は，政治，経済界，宗教界あるいはマスコミなど，時の権力者に向けられてゆく．

政治・社会批判へ　『九時半のビリヤード』(59)は現実の社会問題に即してそれまでの歴史を総括する試みであり，『ある道化の意見』(63)は，カトリック教会への痛烈な批判がこめられている．さらに，小説『部隊からの離脱』(64)，『ある公用ドライブの果て』(66)を経て，71年に長篇小説『婦人のいる群像』が発表された．これはノーベル賞受賞の直接のきっかけとなったといわれる彼の代表作である．この年，国際ペンクラブの会長に就任，翌年ノーベル賞受賞と，70年代の彼の身辺は多忙を極める．74年に発表した『カタリーナ・ブルームの失われた名誉』(74)は，西ドイツの反テロリズム体制とマスコミの言論の暴力を糾弾した作品である．ほかにも多くの短篇やエッセイがある．

◈**「列車は定時に発車した」** Der Zug war pünktlich (49) 中篇小説．休暇が終わって輸送列車でふたたび前線に戻るひとりの若い兵士が語る死に対する恐怖，生存への欲求，戦争の無意味さなどを，列車内の風景とからませて描いた作品．

◈**「旅人よ，汝スパルタに至りなば…」** Wanderer, kommst du nach Spa… (50) 短篇集．→318頁．

◈**「黒い羊」** Schwarze Schafe (51) 短篇．物知りで話術がうまいが，人を感心させたあとで必ず借金をする叔父の話．変人の称号「黒い羊」を叔父から語り手が受け継ぐ．

◈**「アダム，おまえはどこにいた？」** Wo warst du, Adam? (51) 長篇小説．東欧・南欧からの帰還途中の兵士たちをめぐる数編の短い話を並列したもの．戦争の無意味さ，命のはかなさをモチーフとする反戦小説．

◈**「そしてひとことも言わなかった」** Und sagte kein einziges Wort (53) 長篇小説．住宅難などの物質的窮乏と信仰の喪失によって危機に陥ったキリスト教徒の夫婦が，個人的な，つまり反教会的な信仰に到達してその危機を克服する物語．

◈**「保護者なき家」** Haus ohne Hüter (54) 長篇小説．戦争で父を失った二人の少年が，廃墟の中から生きる方向を探し求める過程で直面するさまざまな問題を通して，戦争で父や夫を失った子供や妻たちの苦難とその中で生き抜こうとする個人の努力を扱った作品．

◈**「九時半のビリヤード」** Billard um halb zehn (59) 長篇小説．親が建立した大修道院を，ビリヤードにうつつをぬかす息子が破壊し，孫がふたたび建てなおすという二つの世界大戦にまたがる建築家三代の物語を，24時間の経過のうちに描いた作品で，そこには第三帝国からアデナウアー体制に至るドイツの悲惨な姿が投影されている．

◈**「ある道化の意見」** Ansichten eines Clowns (63) 長篇小説．長年同棲した妻同然の愛人を奪われた道化師の苦悩を描き，結婚と愛の問題を追求した作品．

◈**「部隊からの離脱」** Entfernung von der Truppe (64) 中篇小説．50歳そこそこの主人公が，生涯を振り返って，ナツィス時代の勤労奉仕，脱走，突撃隊，収容所，戦中結婚，妻の死，そしてなじみのない戦後の現実への帰還などについて語る．

◈**「ある公用ドライブの果て」** Ende einer Dienstfahrt (66) 短篇小説．防衛任務についている息子が公用ドライブの途中ジープを燃やしてしまう．この息子と父親を被告とした裁判の情景を描いた作品．

◈**「婦人のいる群像」** Gruppenbild mit Dame (71) 長篇小説．戦時中ロシア人捕虜と愛し合って子供を産んだケルンの女性をめぐる物語で，ノーベル賞受賞の直接のきっかけとなったといわれる彼の代表作．隣人関係，個人の居住空間と自由の問題がモチーフ．

◈**「カタリーナ・ブルームの失われた名誉」** Die verlorene Ehre der Katharina Blum (74)「暴力はいかにして生じ，いかなる結果を生むことがあるか」という副題がついている．犯罪者を愛したためにある大衆新聞に犯罪者の烙印を押された主人公が，絶望のあまり暴力をふるう．シュレーンドルフ監督による映画(75)も好評であった．**翻訳文献→392頁**

グラス ギュンター

Günter Grass (1927-)　**ドイツの詩人・作家**

20世紀後半を代表する巨星　戦後のドイツの小説界の空白を一挙に埋めたといわれる傑作『ブリキの太鼓』をもってはなばなしく文壇に登場した彼は，H.ベルとともに，西ドイツを代表する作家となった．イギリスやアメリカにおける評価もきわめて高く，「トーマス・マンの真の後継者」，「現存する世界の最も偉大な作家の一人」とまで評された．そして1999年ノーベル文学賞を受賞した．

作品の中心的舞台となる出生地　自由都市ダンツィヒ（現ポーランド領グダニスク）に，食料雑貨店をいとなむドイツ人を父としポーランド人を母として生まれた．幼少の頃から貧困のうちに育ち，17歳のギムナーズィウム時代に召集を受け，ドイツ国防軍に入隊したが，負傷してアメリカ軍の捕虜となった．帰還してからは，作男，石工，坑夫などをして働いたのち，彫刻家を志して美術学校に入り，生活費を得るためにジャズバンドの団員にもなった．この頃から詩や戯曲を書きはじめ，56年，最初の詩集『風鶏の才能』を発表してから約4年間パリに滞在し，彫刻家としてまたグラフィカーとしてのわずかな収入で生活を支えながら小説を書いた．

ダンツィヒ三部作　58年，妻と一緒に最後の20マルクをもって「47年グループ」の会合に出席し，未完の小説の一部を朗読して認められた．そして完成に先だって，同年の「47年グループ賞」を受賞した．これが翌年出版されて世界的な成功を収めた大作『ブリキの太鼓』(59)である．幼いときに頭を強打して成長が止まってしまった不具者オスカール――彼は誕生日の贈り物であるブリキの太鼓を片時もはなさない――の回想の形で，彼の一家の歴史をはじめとして，孤独な少年時代，ダンツィヒの小市民的世界，ナツィスの台頭，戦争時代，そして戦後の時代と，延々半世紀にわたる一大絵巻をくりひろげた作品である．この作品はつづいて発表された『猫と鼠』(61)，『犬の年』(63)とともにのちに『ダンツィヒ三部作』(74)として出版された．なお，『ブリキの太鼓』はV.シュレーンドルフ監督によって映画化され，1979年度カンヌ映画祭でグランプリを獲得した．

政治活動と旺盛な創作活動　60年ベルリーンへ戻った彼は，政治家ヴィリー・ブラントと友情を結び，これが機縁となってSPD（社会民主党）のための政治活動に身を投じた．周知のように，ブラントは64年SPDの党首となり，69年から74年まで首相をつとめることになるが，これにはグラスの精力的な選挙キャンペーンが大きな力となった．グラスの積極的な政治活動は72年の総選挙のときまで続いた．この間の彼の創作活動は当然制約されたが，詩集，戯曲，小説，論文集を発表している．その後も，『蝸牛の日記から』(72)，グラスの名を再び世界的なものにした長篇小説『鮃』(77)，『雌鼠』(86)，『はてしなき荒野』(95)，『私の世紀』(99)など次々と話題作を発表している．

◆**「ブリキの太鼓」** Die Blechtrommel（59）長篇小説→319頁

◆**「猫と鼠」** Katz und Maus（61）長篇小説．身体上のコンプレックスを，人にまねのできないことをしてはらそうとした少年マールケの生涯を描いた作品で，彼の生涯には，今世紀ドイツがたどった運命がみごとに投影されている．

◆**「犬の年」** Hundejahre（63）長篇小説．ナツィス時代を描いた諷刺小説．タイトルはダンツィヒ市民がヒトラーに贈ったシェパートにちなむが，これは同時に，ドイツを地獄につき落としたヒトラー独裁のナツィス時代を意味している．

◆**「無産階級の暴動稽古」** Die Plebejer proben den Aufstand（66）戯曲．これに続く戯曲**「その前に」** Davor（69）とともに作者自身「弁証法的戯曲の代表作」といっている．テーマは「政治に及ぼし得る芸術家の影響力」で，1953年6月のベルリーンでの反抗運動に際してのブレヒトの行動を通じて，個人と集団との良心の葛藤を取り上げて時代の風潮を攻撃した韻文の教訓劇．

◆**「局部麻酔」** Örtlich betäubt（69）長篇小説．主人公の高校の教員が歯科の治療椅子に座って自分の考えや行動を，政治的に左傾している教え子のそれと比較する．世論が急速に変化し始めた1960年代後半の西ドイツのインテリ層の精神風土の分析を試みた作品．

◆**「蝸牛の日記から」** Aus dem Tagebuch einer Schnecke（72）長篇小説．グラスが選挙運動に参加する動機となった元ナツィ党員の立候補，これに対する反対と，ダンツィヒでのユダヤ人迫害事件を結びつけた作品．自身の結婚生活，職業，家族についても報告されている．「蝸牛」は「進歩も変更も蝸牛の速度でゆっくりと」という作者の信条を表す．

◆**「鮃」** Der Butt（77）長篇小説．ダンツィヒを舞台に，石器・鉄器時代，中世，バロック，フランス支配の時代，そして19世紀，20世紀の各時代に鮃の相手となる料理人にまつわる歴史を記述した作品．この作品でグラスの名は再び世界的なものとなった．

◆**「雌鼠」** Die Rättin（86）長篇小説．生き残った最後の人間が一匹の雌鼠をつれて宇宙カプセルに乗って，中性子爆弾の閃光で人類が死滅した地球を追悼する未来小説．

◆**「鈴蛙の呼び声」** Unkenrufe（92）中篇小説．主人公夫婦の企画した「ドイツ・ポーランド墓地会社」の異常な成功と発展と，主人公夫婦の悲惨な事故死が語られる。これはあまりにも性急に準備された東西ドイツ統一によるわざわいの予告である．

◆**「はてしなき荒野」** Ein weites Feld（95）長篇小説．プロイセン時代から現在までのドイツとドイツ文学の歴史を記述した歴史小説であり，ドイツ統一のエポスともいえる作品．作家フォンターネの生涯と作品が主人公と重ね合わせて語られる．

◆**「私の世紀」** Mein Jahrhundert（99）1900年から1999年までの20世紀のドイツの歴史を100篇のエピソードで語った本．毎年一人ずつ合計100人の語り手がさまざまな立場や観点から重要な事件などについて一人称で物語る．

翻訳文献393頁

第三部

作家解説 II

ハインリヒ・フォン・フェルデケ
〜
ハントケ
生涯と作品

ハインリヒ・フォン・フェルデケ

Heinrich von Veldeke (1140?-1200?)　**ドイツの宮廷叙事詩人**

"von Veldeke" は,「フェルデケ(地名)出身の」という意味(以下,中世の詩人の場合は同様)である.12世紀フランスの叙事詩『エネアス物語』Roman d'Eneasを翻案した13528行の大叙事詩『エネイーデ』Eneide(1180年代に完成)によって,ドイツ中世における宮廷騎士文学の先駆者となった.作品の内容は,トロイアの英雄アエネーイスが,ローマ建国の礎を築くまでの物語であるが,12世紀の騎士文化時代の心情で書かれ,主人公の英雄的行為よりも,ミンネ(恋愛)に重点が置かれている点に特徴がある.ヴォルフラムは彼を師と仰ぎ,ゴットフリートは,「彼は最初の枝をドイツ語の畑に挿しぬ,そこにやがて枝生い出て,花あまた開きつ,のちの世の物語はみなそれをとりて飾りとはなしぬ」(相良守峯訳)と称えた.なおミンネザング(恋愛抒情詩)も書き残している.

ラインマル・フォン・ハーゲナウ

Reinmar von Hagenau (1160?-1206?)　**ドイツの宮廷詩人**

ラインマル・デル・アルテ(der Alte)とも呼ばれる.伝記の詳細は不明であるが,エルザスのハーゲナウ侯の家臣であったらしく,のちヴィーンのレオポルト六世の宮廷に仕えた.叙事詩とならぶ中世文学の重要なジャンルであるミンネザング(恋愛抒情詩)の成立に貢献した功績は大きい.「高きミンネ」(身分の高い婦人に誠を捧げて自己を磨くことが,騎士の徳目の一つであった)をテーマとし,報われぬ恋の悲しみを抑制のきいた表現で歌い,死ぬまでヴィーン宮廷の筆頭歌人の地位を保った.また彼は,ヴァルター・フォン・デル・フォーゲルヴァイデの師匠でもあったが,のちに対立して争った.34篇の詩が残されている.

ハインリヒ・フォン・モールンゲン

Heinrich von Morungen (1160?-1222)　**ドイツの宮廷詩人**

テューリンゲンのザンガーハウゼン近傍のモールンゲン城に生まれた.宮廷抒情詩の隆盛期を代表するひとりで, 理解者であったマイセンの辺境伯ディートリヒ四世に長年仕え,晩年はライプツィヒの聖トーマス修道院で余生を送った.南フランスのトルバドゥールの影響を受けたといわれるが,ドイツのミンネザングにはじめて高い音楽性を付与した．また彼の詩は光輝ある視覚性に富み，その主題である貴婦人に対する奉仕的な愛「高きミンネ」を崇高な，宗教的なものにまで高めた．33篇の抒情詩が残されている．

ハルトマン・フォン・アウエ

Hartmann von Aue (1165?-1210?) **ドイツの宮廷叙事詩人**

ドイツ中世三大叙事詩人の一人．シュヴァーベンの騎士で，ホーエンシュタウフェン朝中期に活躍した．洗練された中世高地ドイツ語を用いて，韻律正しく，形式のととのった宮廷叙事詩を創作した最初の詩人．その抑制のきいた簡明な表現と流麗・高雅な文体は中世文学の模範とされた．しかし生涯の詳細は不明である．作品には叙事詩4篇と，数篇の抒情詩とがある．最初の作品『エーレク』Erec (1180-85) は，妻への愛におぼれ，騎士の努めを怠ったために人びとの非難を受けたエーレクが，妻とともに騎士道修業に出て，さまざまな試練を経たのちに妻との完全な愛をとりもどすという物語であって，12世紀後半のフランスの詩人クレチアン・ド・トロワがアーサー王伝説に取材して書いた『エレクとエニード』を翻案したものである．次の作品『グレゴリウス』Gregorius (87-89) は，オイディプース王伝説の流れをくむ近親相姦と，神の恩寵による救済という二つのテーマを結びつけたグレゴリウス伝説に取材したもので，兄妹のあいだに生まれ，知らずに生みの母を妻とした騎士グレゴリウスが，真相を知って，その罪を償うため，17年間海中の岩上に身をつないで苦行したのち，神のお告げによってローマ法王となる，という物語．トーマス・マンは，この話をもとにして，『選ばれし人』(→316頁) を書いた．第三作『あわれなハインリヒ』Der arme Heinrich (95？)(→244頁) は，短篇ながら，彼の代表作ともいうべき佳品である．最後の作品『イーヴェイン』Iwein (1200？) は，『エーレク』と同様，クレチアンのアーサー王の円卓の騎士物語『イヴァン，または獅子をつれた騎士』に拠ったもので，夫婦愛と騎士道との相剋，およびその倫理的問題をテーマとしている．

翻訳文献→394頁

ヴォルフラム・フォン・エッシェンバッハ

Wolfram von Eschenbach (1170?-1220?) **ドイツの宮廷叙事詩人**

中世三大叙事詩人のひとりで，騎士文学の最高傑作『パルツィヴァール』Parzival (1200-10？)(→247頁) の作者として知られる．伝記は明らかでなく，すべて作品から推測されるにすぎないが，それによると，中部フランケンのアンスバッハに近いエッシェンバッハ村の従士の家に生まれ，吟遊詩人となって諸侯の宮廷を遍歴した．学問や読書には縁がなく，ほとんど耳学問のみをたよりとして詩作をしたらしい．彼の文体が，独特の発想法のためにきわめて難解であるのも，またその反面，内容がみずみずしい生命感にあふれているのも，彼が形式や用語にとらわれずに創作したためであると思われる．２万５千行に近い雄大な叙事詩『パルツィヴァール』は，クレティアン・ド・トロワの『ペルスヴァル，または聖杯物語』Perceval ou le Conte du Graal をもとにしたものであるが，真にドイツ的な人間像を描き出すことに成功した傑作である．ほかに，フランスの英雄詩『アリスカンの戦い』Les Aliscans に素材を得た未完の叙事詩『ヴィレハルム』Willehalm（15-20？），叙事詩断片『ティートゥレル』Titurel（15-20？）と数篇のミンネリート（恋愛歌）を残している．

翻訳文献→394頁

ゴットフリート・フォン・シュトラースブルク

Gottfried von Straßburg (1170?-1210?)　**ドイツの宮廷叙事詩人**

中世三大叙事詩人の一人．北方的で剛健なヴォルフラムとは好対照をなす，南方的で洗練されたゴットフリートの未完の叙事詩『トリスタンとイゾルデ』Tristan und Isolde（1120？）(→249頁）は，その円熟した技法によって宮廷文学の頂点を示す作品であるが，同時にそのすばらしさは，夕日のかがやきに似て宮廷文学の衰退を暗示するものでもあった．作者の伝記については，確実な資料がまったくない．シュトラースブルクの出身で，騎士ではなく，市民階級の出であろうといわれている．またラテン語，フランス語，神学などに通じているところから，聖職者ではないかという説もある．が，ヴォルフラムとは反対に高度の学問的教養を身につけていたことだけは確かである．彼は批評の才能もそなえ，作品の中でしばしば同時代の詩人について論じている．『トリスタンとイゾルデ』は，フランスのトマ・ド・ブルターニュの作品を典拠にしたものであるが，全体の約４分の３にあたる19548行で中断されている．これは作者が死亡したためと見られている．のちに，ウルリヒ・フォン・テュルハイム Ulrich von Türheim やハインリヒ・フォン・フライベルク Heinrich von Freiberg らがこの続きを完成した．

翻訳文献→394頁

ヴァルター・フォン・デル・フォーゲルヴァイデ

Walther von der Vogelweide (1170?-1230?)　**ドイツの抒情詩人**

主題の限られた狭い宮廷恋愛歌に新風を吹きこんでみずみずしいミンネザング（恋愛抒情詩）を生み出す一方，教訓詩，格言詩，政治詩，哀悼の歌など広い分野にわたって非凡な才能をあらわした彼は，中世における抒情詩人のなかで最も偉大な存在であった．

伝記の詳細はわからないが，オーストリアの生まれで，騎士の家臣，もしくは職業的な遍歴歌人であったと考えられる．はじめヴィーンの宮廷で過ごし，ラインマル・フォン・ハーゲナウについて詩作を学んだが，ハインリヒ・フォン・モールンゲンの影響もあって，しだいに師ハーゲナウから離れ，ついには師と対立して争うまでになった．ついに1198年，宮廷をとび出して放浪の旅に出て，「セーヌ河からムール河まで，ポー河からトラーベ河まで」あまねく遍歴して，シュヴァーベンのフィリップ王やオットー四世をはじめ，各地の諸侯に保護を求めた．1203年パッサウの司教からマントを買う金を与えられたことが資料に残っているが，これは彼がいかに貧しかったかを物語っている．1220年フリードリヒ二世からヴュルツブルクに小さな領土を与えられたとき，彼は，「さもしい君主たちに物乞いをする」必要がなくなった喜びを感激的に歌った．その後の彼の詩はしだいに哀調を帯びるようになり，1227年の十字軍を歌った哀歌を最後に，急に沈黙した．約80篇の恋愛抒情詩，100篇余の教訓的・警世的格言詩，１篇の宗教的内容の詩が残されている．恋愛抒情詩では，いわゆる「高きミンネ」の歌ばかりでなく，一般の娘をも対象とした「対等のミンネ」をうたって恋愛歌に新風をもたらした．また，従来は単なる添景物にすぎなかった花や草などの自然について歌ったことも，当時としては画期的なことで，その素朴な自然感情は，近代の民謡詩を思わせるものがある．格言詩では，特に政治的な詩に彼の性格が強くあらわれている．祖国を愛し，その統一を願っていた彼は，国土の混乱を歎き，その混乱に乗じて利権を得るために政治的圧力を加えるローマ法王を激しく攻撃し，「悪魔の弟子」，「狼になった羊飼」とののしっている．また，保護を受ける身分として，気前のいい君主を称え，物おしみする君主を非難しているが，その率直さに，彼の天真爛漫な性格がよくうかがわれる．

翻訳文献→394頁

ルター　マルティーン

Martin Luther（1483-1546）　**ドイツの神学者**

16世紀宗教改革運動の指導者で，新教（プロテスタント）の創始者．聖書の翻訳によってドイツ標準語（新高地ドイツ語）の確立に偉大な貢献をした．アイスレーベンに鉱夫の子として生まれ，エアフルト大学で哲学を学び，さらにアウグスティヌス教団の僧院に入って神学を修めた．26歳のとき，教団の使節としてローマに行き，帰国後神学博士号を得て，ヴィッテンベルク大学の教授となった．そして聖書の講義を続けるかたわら，宗教改革運動に挺身した．すなわち，ローマで法王庁の腐敗を目の当りにして失望した彼は，教会という中世的外的権威の媒介によらず，各人が直接聖書の福音と自己の内面的信仰とによって魂の救済を得る権利があると主張し，ローマ教会組織に対する批判を開始したのである．1517年，法王庁発売の免罪符を売る行列がヴィッテンベルク市に近づいたとき，彼は，「免罪符の効力を明らかにするための論争」と題したラテン文の「95カ条」Die 95 Thesen を市の教会の扉に貼りつけた．この内容はわずか 2 週間のうちに全ドイツにひろまったという．1520年法王からの破門状を受けとった彼は，「非キリスト者の破門状に反対して」Adversus execrabilem Antichristi bullamを発表して，衆人環視の中で破門状を焼き捨てた．そして同年中にいわゆる宗教改革の三大著書を矢つぎ早に発表した．そのうちの最も有名なものが，『キリスト教徒の自由』Von der Freiheit eines Christenmenschen（20）である．翌年正式に破門され，ヴォルムスの国会に召喚されて自説の撤回を迫られたが，断固としてこれを拒否し，フリードリヒ選帝侯の保護によって，ヴァルトブルクの城にのがれた．

有名な新約聖書の訳業はここで完成された．従来のドイツ語訳聖書をあきたらず思っていた彼は，エラスムス編集のギリシア語の聖書を底本とし，さらにヘブライ語の原典を熟読して，原典の言葉を平明なドイツ語で表現することに心をくだいた．当時ドイツでは，地方によってまちまちの方言が用いられていたが，すべてのドイツ人に聖書を読ませたいと思った彼は，ドイツ全土に通用する官庁用語を文法上のよりどころとし，用語はドイツ中央部に位置するマイセンの方言を主体に，庶民の間で日常使われている生きた言葉をとり入れた．ルターの訳した新約聖書は，印刷術を発明したヨハン・グーテンベルクによって印刷され，ドイツじゅうに普及した。これは文化史上特筆大書されるべき事件であった．その後旧約聖書の翻訳も完成され，これらの訳業に用いられたドイツ語が，ドイツ標準語の基礎となるからである．これがさらにゲーテやシラー等によって磨きをかけられて，現代の標準語になったことを思えば，ルターがいかに偉大な業績を果たしたかが理解されよう．

1524年，尼僧出身のカタリーナと結婚したが，この年にはまた，彼の宗教体験や聖書の詩篇をもとにしてつくられた讃美歌集『八歌集』Achtliederbuch が刊行され，新教最初の讃美歌集となった．

翻訳文献→394頁

ザックス ハンス

Hans Sachs（1494-1576）　**ドイツの職匠歌人・劇作家**

ニュルンベルクに仕立師職人の親方の子として生まれ，同市のラテン語学校で人文主義教育を受けたのち，靴つくり職人の徒弟となった．修業のかたわら麻織師ヌネンベックのもとで職匠歌の作法を学んだ．その後17歳から22歳まで南ドイツの各地を遍歴して，靴製造の技術をみがくかたわら職匠歌作法を研究した．帰郷後，最初の謝肉祭劇『ヴィーナスの廷臣』Des hoffgesindt Veneris（17）を書き，結婚して，マイスター（職匠）となった．そして歌道場を設けて弟子を育て，靴つくりと創作とに専念していたが，やがて宗教改革の嵐はこの平和な都にも吹きすさんだ．彼はこの運動に異常な関心を示し，長篇の詩『ヴィッテンベルクのウグイス』Die wittenbergisch Nachtigall（23）をあらわして，ルターとその新教精神とを賛仰した．彼はその後もルターの熱心な支持者として旧教攻撃の宗教詩を書いたため，市当局から一時作品の発表を禁止された．66歳の折に妻に先だたれ，当時の慣習に従って哀悼歌をつくって悲しんだが，翌年には17歳の少女を妻に迎え，その美しさを詩にうたいながら楽しい余生を送った．

彼はおどろくべき多作家で，生涯のあいだに，職匠歌4275，その他の詩歌約1700，謝肉祭劇85，喜劇64，悲劇61，合計じつに6000以上の作品を書いた．これらの作品のほとんどは古今東西の文学や，聖書，コーランなどから素材を得ている．このうちの有名なものをいくつかあげれば，謝肉祭劇『阿呆の切開手術』Das Narrenschneyden（36），『天国の遍歴学生』Der farend Schüler im Paradeisz（50），『フュンズィングの馬泥棒』Der Roßdieb zu Fünsing（53），悲劇『トリスタンとイザルデ』Tristan mit Ysalden（53），喜劇『美しきマゲローネ』Die schön Magelone（55）などである．彼は生前，とくにニュルンベルクを中心としてもてはやされたが，死後は全く忘却された．18世紀のなかば頃，ラーニッシュ教授によって紹介されて以来しだいに識者に注目されるようになり，さらに，ゲーテの詩『ハンス・ザックスの詩的使命』や，ヴァーグナーの歌劇『ニュルンベルクの職匠歌人』等によって，その名は広く知られるようになった．

翻訳文献→395頁

ベーメ　ヤーコプ

Jacob Böhme（1575-1624）　**ドイツの思想家**

シュレーズィエン出身の靴職人であったが，25歳のとき突如天啓を受けて，『アウローラ，または曙光』Aurora, oder Morgenröthe in Aufgang（1612）を書いた．これは書き写されて人から人へ伝わり，オランダやイギリスにまで広まったという．ルター派の牧師から異端者として迫害され，著作を禁じられたりしたが，その後約20篇の著作を残した．啓示と鋭い直観から得られた彼の神秘思想は，万物の根源は神そのものであるという汎神論的思想を根底とし，世界を光と闇，善と悪などの永遠の対立においてとらえ，生物の発展は相反する意志の対立・闘争によって生ずると見なすもので，ヘーゲルは「はじめて真にドイツ的な哲学が生まれた」と評した．そしてヘーゲルをはじめ，シェリング，ショーペンハウアーらの哲学者や，ハーマン，ゲーテ等を経て，ロマン派のノヴァーリス，ティークらの文学者にも大きな影響を与えた．

翻訳文献→395頁

オーピッツ マルティーン

Martin Opitz (1597-1639) **ドイツの詩人・評論家**

30年戦争（1618-48）の混乱期に，外国にくらべて非常に遅れていたドイツ文学の振興を図り，その指導的役割を果たしたため，長く「ドイツ詩学の父」と仰がれた．出身地はシュレーズィエン．すでに学生時代からアルンハルト侯の国語浄化運動に共鳴して論文を発表し，外国語の混入によって乱されたドイツ語を浄化する必要があると説き，自ら詩作によってその範を示した．が，彼は詩人としてよりも，むしろ学者としての業績によって，後代に大きく貢献した．詩学評論『ドイツ詩学の書』Buch von der deutschen Poeterey （24）は，外国の文学論に負うところが多いが，作詩法の規範として，均整のとれた文体，優雅な表現，正しい韻律など，形式美を強調し，特にドイツ語固有の韻律美を称えたこと，外国の詩形アレクサンドラン（12または13音節の６脚短長格詩）を採用したことなどは画期的なことといってよく，バロック時代の文学に大きな影響を与えた．彼はまた，セネカ，ソポクレースなどの古典作品を翻訳紹介し，悲劇の主人公には王侯貴族が，喜劇のそれには身分の卑しい者が登場すべきであるという擬古典的演劇論を提唱する一方，イタリアのオペラ『ダフネ』を翻訳して，ドイツにはじめてオペラを紹介した．

グリューフィウス アンドレーアス

Andreas Gryphius (1616-1664) **ドイツの詩人・劇作家**

抒情詩と戯曲の分野でドイツ・バロック文学を代表する文人．シェイクスピアが死んだ年に，新教の牧師の子としてシュレーズィエンのグローガウに生まれ，三十年戦争の暗黒の時代に成人した．ギムナーズィウムやオランダのライデン大学等で広い教養を身につけ，さらにフランス，イタリア等へ旅行して研鑽をつんだ．彼は11カ国語に通じていたという．1650年故郷のグローガウ侯国の法律顧問となって，同地で生涯を終えた．

抒情詩ではソネット，オードなどの形式が多く，『日曜祭日ソネット集』Sonn- und Feiertagsonette (39),『主の受難の嘆き』Tränen über das Leiden des Herrn

(43) などの詩集があるが，それらには彼の性格が強烈にあらわれている．彼は神に対して，ほとんど反逆的ともいえる激しい調子で不満を訴えている．そして確固たる信仰も永遠への希望もすべてむなしく葬り去ってしまう戦乱の時代の不安や恐怖や絶望等をすぐれた言語表現によって，心からの叫びとして歌い上げている．彼はまた，ドイツのシェイクスピアと言われていただけに，数多くのすぐれた戯曲を書いた．主要作品は，ドイツ最初の市民悲劇『カルデニオとツェリンデ』Cardenio und Celinde (57)，フォンデルの喜劇を改作したドイツ最初の農民喜劇『恋のいばら姫』Die geliebte Dornrose (60)，シェイクスピアの『夏の夜の夢』に取材した『滑稽な不合理，またはペーター・スクヴェンツ氏』Absurda Comica, oder Herr Peter Squenz (57) などである．

グリンメルスハウゼン　ハンス・ヤーコプ・クリストッフェル

Hans Jacob Christoffel Grimmelshausen (1622?-1676)

ドイツの小説家

三十年戦争のさなかに，ヘッセンのゲルンハウゼンに生まれた．早く両親を失った彼は，子供のとき，兵士に捕えられてその雑役に使われたが，のちに兵士となり，スウェーデン軍と皇帝軍の両陣営をわたりあるいて，さまざまな苦難を体験した．三十年戦争終結の翌1649年に結婚し，貴族の執事，料亭の主人，別荘の管理人などつぎつぎに職をかえたが，67年，シュトラースブルク近郊の村の村長となってからは，ようやく落ちつき，数多くの作品を書いた．20篇ほどの作品のうち，とび抜けて有名な代表作が『ズィンプリツィスィムスの冒険』Der abenteuerliche Simplicissimus (69) (→251頁) である．これはスペインの悪漢小説の影響下に，ゆたかな空想をおりまぜて自分の波乱に富んだ生涯を描いたもので，17世紀で唯一の，そして最大の小説として知られている．

翻訳文献→395頁

アンゲルス・ズィレーズィウス

Angelus Silesius (1624-1677)　**ドイツの詩人**

本名ヨハン・シェフラー (Johann Scheffler)，ブレスラウに生まれ，オランダ，イタリア等で医学を修め，帰国後，皇帝フェルディナント三世の侍医となった．ベーメの神秘思想に影響を受け，ルター派に非難されたが，1653年カトリックに改宗し，それ以後，アンゲルス・ズィレーズィウス（シュレーズィエンの使者の意）と名乗った．詩集

『さすらいの天使』Cherubinischen Wandersmann（57）では，彼の神秘的な神体験と，宗教的な世界感情とが，アレクサンドランを用いた格言的短詩形式で簡潔に表現されている．ほかに『神聖な魂のよろこび』Heilige Seelenlust（57），『四つの究極のもの』Sinnliche Beschreibung der vier letzten Dinge（75）などがある．

ライプニッツ　ゴットフリート・ヴィルヘルム

Gottfried Wilhelm Leibniz（1646-1716）　**ドイツの哲学者**

ドイツ啓蒙哲学の祖．哲学者としてのみならず，数学者，論理学者，自然科学者，さらに外交官，技術家，実務家として，学問のほとんどすべての分野に多大の貢献をなした．哲学の主要著作としては，『形而上学叙説』Discours de métaphysique（執筆1686，出版1846），『弁神論』Essais de Théodicée sur la bonté de Dieu（1710），『モナド論』Monadologie（執筆1714，出版ドイツ語訳20，フランス語原典1840）などがある．『モナド論』は，万物・自然と神とを調和させるべく，その汎神論を展開して，万物はそれ自身完全独立の実体であるとともに，「一において他」を表現している無数のモナド（単子）から成り，それらのモナドは神の意志によって調和しているという，予定調和を説いたものである．そしてこの説に従って彼は，「現在」を存在しうる世界のうちの最善のもの（オプティムム）と見なすオプティミスム的世界観をうち立て，バロック的悲観論を克服した．この世界観は，18世紀の思想界を支配したばかりでなく，ドイツ啓蒙主義および古典主義の文学にも大きな影響を与えた．

ボードマー　ヨハン・ヤーコプ

Johann Jakob Bodmer（1698-1783）　**スイスの評論家**

出生地はスイスのグライフェンゼー．はじめ商人であったが，評論家を志し，ジャーナリストとして活躍，のちツューリヒ大学教授となった．啓蒙主義の合理主義的文芸観を奉じたが，イギリス文学，特にミルトンの『失楽園』の研究を通して，悟性万能，規則尊重のゴットシェートの文芸理論に反対の立場をとった．そして友人ブライティンガーとともに文芸にとって重要なものは，悟性ではなく，感情であり，想像力であると主張し，以後ゴットシェートと10年以上にわたって論争を続けた．この論争の代表的論文は，『詩における驚嘆すべきものについて』Kritische Abhandlung von dem Wunderbaren in der Poesie（40）で，その文芸理論は，レッスィングにも影響を与えた．ゴットシェートのライプツィヒ派に対して，彼らの一派はスイス派と称したが，クロップシュトックが出現するに及んで，スイス派が一般の趨勢となった．

ゴットシェート　ヨハン・クリストフ

Johann Christoph Gottsched (1700-1766)　**ドイツの学者・評論家**

東プロイセンに生まれた．ケーニヒスベルク大学でドイツ啓蒙主義の哲学者ヴォルフの教えを受け，24歳でライプツィヒ大学の哲学・詩学の講師，30歳で哲学・論理学の教授となった．以後，評論や翻訳を通じて広汎な啓蒙運動を展開し，フランス・アカデミーを範として「ドイツ学会」を創立したり，その著『批判的作詩法の試み』Versuch einer kritischen Dichtkunst (30) によってドイツ国民文学の創造を試みたり，あるいはノイバー劇団をひきいて，演劇改良運動を行なったりするなど，理論的にも実践的にも指導的役割を果たし，1730年から約20年間ドイツ文壇の大御所として君臨した．しかし，ボードマーを中心とするスイス派との有名な美学論争の結果，フランスのボワローをよりどころとする，あまりにも形式的で合目的的な彼の理論は，しだいに影がうすくなり，シェイクスピアの戯曲を推すレッスィングの『文学書簡』が発表されるに及んで，完全にほうむり去られた．

ヴィンケルマン　ヨハン・ヨーアヒム

Johann Joachim Winckelmann (1717-1768)　**ドイツの美術史家**

民族と時代との如何を問わず，芸術の規範は古代美術にこそ求められるべきであると説き，美術史研究の必要性を強調した美学評論『ギリシア美術模倣論』Gedanken über die Nachahmung der griechischen Werke in der Malerei und Bildhauerkunst (55) を著したのち，ヴァティカン法王庁の図書館の古美術，古代遺蹟の監督官を務めながら，ローマ，フィレンツェ，ナポリ等で古代美術を研究し，主著『古代美術史』Geschichte der Kunst des Altertums (64) を書いた．この書で彼は，古代美術の特徴は，「高貴な単純と静かな偉大さ」にあると述べ，様式や流派の発生は風土と密接な関連をもつものであると説いた．本書によって，はじめてドイツ人は古代美術に開眼し，特に後代の文学者たち，レッスィング，ヘルダー，ゲーテ等は深い影響を受けた．したがって，ヴィンケルマンこそはドイツ古典主義の先駆者であったといえよう．フランスの作家スタンダール（本名アンリ・ベイル）は，ヴィンケルマンを尊敬するあまり，彼の生地シュテンダール（Stendal）を自分のペンネームに用いたという．

カント　イマヌエル
Immanuel Kant (1724-1804)　**ドイツの哲学者**

啓蒙思潮を完成・克服し，認識能力の批判を根本精神とする批判哲学を創立した彼は，「すべての哲学はカントに流れ込み，カントから流れ出た」といわれるように，近世ドイツ哲学の祖となった．従来の形而上学への徹底的な懐疑に基づき，形而上学そのものの可能性と限界とを検討することを企図した彼は，主著『純粋理性批判』Kritik der reinen Vernunft (81) において，形而上学を導く理性能力一般を徹底的に批判することによって人間の認識の限界を明確にし，さらに『実践理性批判』Kritik der praktischen Vernunft (88),『判断力批判』Kritik der Urteilskraft (90) において人間の行為の規範と理想とを究明して，実践的形而上学を樹立したのである．世界連盟に基づく平和を最高理想とし，人間の進歩・改良を人間の義務として強調する彼の倫理観，美を道徳的イデーのシンボルとみなす芸術観などは，シラー，クライスト，ハイネ，グリルパルツァー等，数多くの文学者たちに多大の影響を与えた．

クロップシュトック　フリードリヒ・ゴットリープ
Friedrich Gottlieb Klopstock (1724-1803)　**ドイツの詩人**

クヴェートリーンブルクに生まれ，敬虔な宗教教育を受けて育った．すでに15歳の頃から，ドイツのウェルギリウスたらんと志して，ウェルギリウスの詩や，ミルトンの『失楽園』等を読み、それらにならって詩作をはじめた．後年完成した壮大な叙事詩『救世主（メスイアス）』Der Messias (1748, 73) の構想も，この頃に芽生えたものであるという．イェーナ，ライプツィヒ両大学で神学を学んだが，特にライプツィヒでは，多くの文学者と交渉をもち，文芸雑誌「ブレーメン寄与」とも関係した．1748年，この雑誌に『救世主』の最初の三歌章が掲載されたが，神や自然に対する敬虔な感情を格調高く歌い上げたこの詩は，世人に多大の感銘を与えた．形式主義的な詩が氾濫していた当時にあって，この詩の新鮮さは画期的なものであった．この成功によって，50年にはボードマーに招かれてスイスに滞在し，さらに翌年にはデンマーク王フリードリヒ五世の招きによりコペンハーゲンへ赴いた．以後約20年間は，年金を受けてこの地に定住し，『救世主』の稿をすすめた．王の死後，恩人ベルンストルフ伯が失脚したため，デンマーク公使としてハンブルクに移住し，そこで生涯を終えた．
『救世主』は，完成までに25年を要した2万行におよぶ大作で，キリストが受難してから昇天するまでのいきさつを内容としている．素材は主として聖書であるが，ミルトンの『失楽園』からも影響を受けている．詩形は無脚韻のヘクサメターが用いられている．

なお，彼の抒情詩人としての天分を示すものに，抒情詩集『頌歌』Oden（71）がある．友情，愛，神，自然，祖国などの主題を，ホラーツにならったオード形式で，あるいは自由韻律で歌ったものである．この自由韻律の詩は，ドイツ語で書かれたものとしては最初のものであって，ゲーテ，シラー，ヘルダーリーン等によって受け継がれた．

ハーマン　ヨハン・ゲオルク

Johann Georg Hamann（1730-1788）　**ドイツの思想家**

その深い思想のために，「北方の博士」（Magus im Norden）と呼ばれた思想家で，ヘルダーの師であり，友であった．カントの主知哲学と啓蒙思潮とに対立して，ソークラテースの「無知」を讃美し，すぐれた芸術は規則よりも天才によってつくられると説いた『ソークラテース回想録』Sokratische Denkwürdigkeiten（59）を出版した．また言語と民族とについて，その性格や，思考法，感情等の関連を考察した『学問的問題に関する試み』Versuch über eine akademische Frage（60），詩を人類の母国語と見なし，合理主義の言語観と抽象的表現法とを拒絶して，言語の象徴的性格を強調した『美学簡約』Aesthetica in nuce を含む『言語学者の十字軍行』Kreuzzüge des Philologen（62）などの論文における卓越した言語観ならびに文学観は，ヘルダーを仲介として，シュトゥルム・ウント・ドラングの先駆的役割を果たし，さらには，ゲーテやロマン派の文学者たちに至るまで広汎な影響を及ぼした．

ヴィーラント　クリストフ・マルティーン

Christoph Martin Wieland（1733-1813）　**ドイツの小説家**

啓蒙主義の代表的小説家．ビーベラハに牧師の子として生まれ，幼時からきびしい敬虔主義の教育を受けた．テュービンゲン大学で法律を学んだのち，ボードマー教授の招きでスイスへ行き，彼の指導のもとに，敬虔な宗教的叙事詩を書いた．その後故郷の町の近くで大臣秘書となった彼は，社交的，啓蒙的雰囲気の中で，敬虔主義の態度を放棄して，優雅なロココ風の作家に変貌し，ギリシア神話に取材した滑稽・洒脱な物語や，多くの抒情詩を書いた．しかし，やがてシェイクスピアをはじめとするイギリス文学に接するようになってから，しだいに本格的な小説を書くようになった．最初の長篇『ロザルヴァのドン・スィルヴィオの冒険』Die Abenteuer des Don Sylvio von Rosalva（1764）は『ドン・キホーテ』の模倣の域を出なかったが，次の長篇『アーガトン物語』Die Geschichte des Agathon（66-67，新訂本73，98）は，主人公である作者自身が敬虔なクリスチャンから，官能的，感覚的享楽主義者に変わっていった過程を，ギリシアの少年アーガトンに託して描いたもので，のちの心理小説，教養小説の先駆的作品となった．レッスィングもこの作品を，「最初にして唯一のドイツの小説」と評している．1769年，エアフルト大学の哲学の教授として招かれた彼は，この地で，教育的国家小説『黄金の鏡』Der goldene Spiegel（72）を発表した．この作品に感銘を受けたヴァイマルの大公妃アマーリエは，彼を皇子たちの教師として宮廷に招いた．ヴァイマルで彼は，ゲーテと親しく交わり，雑誌「ドイツ・メルクーア」Der Teutsche Merkur を発行し，多くの批評を掲載して，ヴァイマル古典主義の立場を確立した．また，プラトーン，キケロー，ヴォルテール，ルソー，フィールディング，スウィフトなどを読んで得た教養を土台として，すぐれた長篇小説『アブデラの人びと』Die Abderiten（74）を発表した．ギリシアに舞台をとったこの作品は，デーモクリトスやエウリーピデースなどの世界主義的寛容の精神と，アブデラ市民の狭い俗悪な小市民根性との対立を描くことによって，暗にドイツ市民根性の短所を指摘した一種の諷刺的社会小説である．また，叙事詩『オーベロン』Oberon（80）も忘れてはならない．ゲーテは，「詩が詩であり，黄金が黄金であり，水晶が水晶であるかぎり，『オーベロン』は傑作として愛され，讃嘆されるだろう」と絶讃した．作曲家ヴェーバーによってオペラ化されたことも有名である．

翻訳文献→395頁

クラウディウス　マティーアス

Mathias Claudius（1740-1815）　**ドイツの詩人**

リューベック近郊のラインフェルトに，牧師の子として生まれた．イェーナ大学で神学，法律を学んだが，中途でやめ，秘書，新聞記者などをつとめた．原始キリスト教的信仰を持っていた彼は，11カ国語に通じているほどの博学者でありながら，つつましい，質素な生活を送った．1771年以降は一寒村にひきこもり，週刊雑誌「ヴァンツベッカー・ボーテ」Wandsbecker Bote を刊行して，民衆に自己の信念を伝えた．この雑誌には，レッスィング，フォス，ヘルダーらも協力した．抒情詩にすぐれた作品が多く，素朴でやさしい民謡風の詩は今も愛誦されている　シューベルトの作曲で名高い「子守歌」や「死と乙女」も彼の作である．主要著作は，『ヴァンツベッカー・ボーテ全集』Sämtliche Werke des Wandsbecker Boten（71-75）である．なお，彼の詩のひとつ「五月の歌」Mailied が，「やよひのうた」として江戸時代に翻訳されている．これはおそらくヨーロッパの詩の翻訳としては，わが国最初のものであろう．またクラウディウスは，日本を紹介した短文を書いている．偶然とはいえ興味深いことである．

ユング=シュティリング

Jung=Stilling (1740-1817)　**ドイツの医師・小説家**

ヴェストファーレンのヒルヒェンバッハに生まれる．本名ヨハン・ハインリヒ・ユング．1769年から4年間ストラスブール大学医学部に学び，このときヘルダー，ゲーテと知己となる．眼科医を開業して白内障の治療で評判になった．後に経済学，財政学を学び，ハイデルベルク大学やマールブルク大学教授として名声を博した．本業のかたわら執筆し，ゲーテの編集で出版されたという『ハインリヒ・シュティリングの幼年時代』Heinrich Stillings Jugend (77) をはじめ，『ハインリヒ・シュティリングの少年時代』Heinrich Stillings Jünglings-Jahre (78)，『ハインリヒ・シュティリングの遍歴時代』Heinrich Stillings Wanderjahre (78) など一連の自伝小説は，作者の敬虔なキリスト教信仰を反映したすぐれた教養小説として，時代を超えて読み継がれた．

ヘルダー　ヨハン・ゴットフリート

Johann Gottfried Herder (1744-1803)　**ドイツの評論家**

シュトゥルム・ウント・ドラング文学運動の指導的地位にあった思想家で，神学，哲学，史学，文学など広汎な領域にわたって強い影響を与え，ドイツ文芸学の祖といわれている．東プロイセンのモールンゲンに生まれ，ケーニヒスベルク大学で，神学，哲学を学んだ．カントの講義に感銘を受け，ハーマンと親交を結んだのもこの頃で，特にハーマンからは思想的に強い影響を受けた．卒業後，リガ（現ラトヴィアの首都）で聖職についたが，たえず自国の文学に関心を示し，評論集『新ドイツ文学評論断片』Fragmente über die neuere deutsche Literatur (68) によって，文学における民族性の必要と母国語の尊重とを説き，外国文学の模倣を排斥した．続いて，レッスィングの『ラオーコオン』批判を含む美学評論『批評の森』Kritische Wälder (69) を発表したのち，フランスへの旅に上った．パリへ向かう途中で書かれた『旅の日記』Journal meiner Reise (69) からは，彼の思想の展開と，シュトゥルム・ウント・ドラングのヴィジョンをうかがうことができる．1770年，眼病の治療のために立ち寄ったストラスブールで，当時まだ一学生であったゲーテの訪問を受けた．これは，ドイツ文学の歴史の中できわめて重要な意味をもつ出会いであった．ルソーやシェイクスピアについて語り，新しい文学の方向を示すことによって，彼は，大詩人ゲーテの誕生をうながすことになったからである．ついで，ベルリーン・アカデミー賞の対象となった『言語起源論』Abhandlung über den Ursprung der Sprache (72) や，シェイクスピア論，オスィアン論，ゲーテの『ゲッツ』に関する論文などを収録した『ドイツの様式と芸術』Von deutscher Art und Kunst（73）を発表して，シュトゥルム・ウント・ドラングの理論的基礎を確立した．76年にはゲーテの招きで，新教総監督としてヴァイマルに行き，ここで各国の民謡を収集翻訳した『歌謡における諸民族の声』Stimmen der Völker in Liedern（78-79）を発表した．これは彼の年来の主張であった民族性尊重，自然文学尊重の理念を実現したすぐれた業績である．晩年には，74年に発表された『歴史哲学』をさらに展開した未完の大作『人類歴史哲学考』Ideen zur Philosophie der Geschichte der Menschheit（84-91）を書いた．この著作は，カントの鋭い批判を受け，これによって二人は決裂してしまったが，その真価はゲーテに認められ，現代にも強い影響を及ぼしている．

翻訳文献→395頁

フォス ヨハン・ハインリヒ
Johann Heinrich Voß（1751-1826）　**ドイツの詩人・翻訳家**

メクレンブルクに生まれ，貧しい家庭に育った．ゲッティンゲンで神学や文献学等を学び，友人たちと「ゲッティンゲン林苑同盟」Göttinger Hainbund を結成してその中心人物となった．また，クラウディウスとも親交を結び，「ゲッティンゲン文芸年鑑」Göttinger Musenalmanach を編集した．のちにハイデルベルク大学に招聘され，教授となった．代表作は，田園詩『70歳の誕生日』Der siebzigste Geburtstag（81）と『ルイーゼ』Luise（83-84）で，後者は，ゲーテの『ヘルマンとドロテーア』に影響を与えた．しかし彼の最大の功績は，ホメーロスの『オデュッセイアー』Odysseia（81），『イーリアス』Ilias（93）の翻訳で，これによって彼は古典翻訳芸術を確立し，後代に大きな影響を与えた．

レンツ ヤーコプ・ミヒャエル・ラインホルト
Jakob Michael Reinhold Lenz（1751-1792）　**ドイツの劇作家**

ゼスヴェーゲン（現リトアニア）に牧師の子として生まれた．クロップシュトックの詩に影響を受けて，早くから宗教的抒情詩を書いた．ケーニヒスベルク大学で神学を学んだのち，ストラスブールでゲーテと知り合い，新しい文学運動に参加した．主要作品には，アリストテレースの詩学を否定し，シェイクスピアを讃美した評論『演劇覚え書』Anmerkungen über das Theater（74），喜劇『家庭教師』Der Hofmeister（74），士官と町の娘との情事を描いて社会風俗を批判した喜劇『軍人たち』Die Soldaten

(76)，合理主義の文学を嘲罵して，新時代の文学をたたえた諷刺劇『パンデモーニウム・ゲルマーニクム』Pandemonium Germanicum（1819）などがある．彼はその人となりも，シュトゥルム・ウント・ドラング的で，分裂的性格をもち，たびたび精神錯乱の発作におそわれた．そしてつねに不安にかりたてられて各地を転々としたのち，92年，モスクワ近郊の路上で凍死した．

翻訳文献→396頁

クリンガー　フリードリヒ・マクスィミーリアン

Friedrich Maximilian Klinger（1752-1831）　**ドイツの劇作家**

フランクフルトに生まれる．若いゲーテを中心とする文学運動に参加し，シェイクスピアを模範として多くの戯曲を書いたが，中でも，ハッピー・エンドに終わるロミオとジュリエットをテーマとした戯曲『シュトゥルム・ウント・ドラング』Sturm und Drang（1776）が有名である．この作品は，悲劇的情熱と，常軌を逸した喜劇性との入りまじった激情的内容をもち，これが時代の文学思潮に合致していたため，戯曲の題名がそのまま，文学思潮の呼称「シュトゥルム・ウント・ドラング」となった．（わが国では，「疾風怒濤」，「嵐と襲撃」，「襲撃と突進」などと訳されている）．ほかに，兄弟殺しをテーマとした悲劇『双生児』Die Zwillinge（76）があり，これはシラーの『群盗』に影響を与えた．

ヘーベル　ヨハン・ペーター

Johann Peter Hebel（1760-1826）　**ドイツの教育者・聖職者・詩人**

スイスのバーゼルに生まれた．幼くして両親を失ったため，カールスルーエの教会顧問に引き取られ，同地のギムナーズィウムを出て，エアランゲン大学で神学を修めた．不遇な青春時代を送ったが，教育者としての才能が認められて，1808年母校のギムナーズィウムの校長となった．さらに19年にはルター派の高位の聖職者を任ぜられ，ハイデルベルク大学から名誉神学博士号を贈られた．教員時代に友人フォスの勧めによってアレマン方言で書かれた『アレマン詩集』Alemannische Gedichte（03）には，「草原」「夕べの星」「紅玉」など牧歌的で宗教感情の横溢した詩が収められており，ドイツで最もすばらしい方言詩集に数えられている．また，母校の校長になってから自ら編集してバーデン大公国の年鑑に掲載したものをまとめた『ラインの家庭の友の宝の小箱』Schatzkästlein eines rheinischen Hausfreundes（11），およびその続編の『ライン地方の家庭の友』Rheinischer Hausfreund（13-15）には，ラインラントに伝わる農業暦にちなんだ暦物語やユーモアあふれる逸話が，民衆に語りかける形で収められており，広く愛読されているだけでなく，後代の文学作品の素材となったものもある．

翻訳文献→396頁

フィヒテ ヨハン・ゴットリープ

Johann Gottlieb Fichte（1762-1814） **ドイツの哲学者**

イェーナ大学で神学を，ヴィッテンベルクおよびライプツィヒ大学で神学，法学，哲学を学んだ．学生時代にレッスィングやルソーの著作を読み，さらにヴィーラントやクロップシュトック等啓蒙主義時代の詩人の作品を愛読した．家庭教師で生計を立てていたツューリヒ時代に，クロップシュトックの姪ヨハンナ・ラーンと知り合い，結婚した．1791年，ケーニヒスベルクにカントを訪ねた際に携えていった論文『すべての啓示批判の試み』Versuch einer Kritik aller Offenbarungen が翌年カントの仲介によって出版されると，彼の名前は一躍有名になった．94年ゲーテらの推薦を得てイェーナ大学に招かれた彼は，そこで『全知識学の基礎』Grundlage der gesamten Wissenschaftslehre（94）をはじめとする主要な著作を相次いで発表した．カントは批判主義の立場を守って，有限な人間の制限を超えることは決してなかったが，フィヒテはそのような有限性の制約を突き破って，絶対的な理性の立場からすべての存在を説明しようと試みた．「知識学」と呼ばれる彼の哲学は，カント以後の「ドイツ観念論」に新たな地平を切り開くものであり，その体系はシェリングに受け継がれ，ヘーゲルによって完成された．99年無神論論争で非難を浴びてイェーナを追われたが，1807年，ナポレオン占領下にあって，ドイツの国民意識を鼓舞した有名な『ドイツ国民に告ぐ』Reden an die deutsche Nation を講演．10年，ベルリーン大学の創立とともに哲学の教授として迎えられ，そこでシュレーゲル兄弟，ティーク，シュライアーマッハーらと交わり，彼らに大きな影響を与えた．シュレーゲルのロマン的イロニーやノヴァーリスの魔的観念論は，フィヒテの絶対自我の哲学の影響を受けたものである．14年，いわゆる解放戦争の最中に，傷病兵の看護に従事していた妻がチフスに感染して倒れ，命はとりとめたものの，今度はその看護に当たったフィヒテの方が感染して，51年の情熱的意志に貫かれた生涯を閉じた．

シュレーゲル　アウグスト・ヴィルヘルム

August Wilhelm Schlegel (1767-1845)　**ドイツの評論家**

弟フリードリヒとともに，初期ロマン主義を確立した文学者．ハノーファーで生まれ，19歳から24歳まで，ゲッティンゲン大学で言語学を研究した．2年間アムステルダムで家庭教師をつとめたのち，イェーナで知り合ったカロリーネ（後年の妻）とともに，ダンテ，カルデロン，シェイクスピア等の翻訳を行なったり，シラーの「ホーレン」の同人となったりして，文芸批評家として活躍した．31歳でイェーナ大学の助教授となり，弟フリードリヒやノヴァーリスらと，雑誌「アテネーウム」Athenäum を発刊して，ロマン主義運動を開始した．また1801年から04年までベルリーンで，「文学および芸術についての講義」Vorlesungen über schöne Literatur und Kunst を行ない，ロマン主義を普遍的芸術として特徴づけ，詩情を学問に浸透させ，詩的なものによって人生を導かなくてはならないと説き，詩も歴史も一つのものであることを，『ニーベルンゲンの歌』において論証しようと試みた．このような努力が中世文学・語学研究をうながし，大きく発達させた．すでに1801年34歳のとき，妻カロリーネ（のちに哲学者シェリングの妻となった）と離婚していた彼は，1804年から18年まで，ロマン主義のよき理解者であったスタール夫人とともに全ヨーロッパを旅行した．1818年にはボン大学の教授となり，東洋学とインド言語学の基礎を築いた．彼はまた，ドイツ文学はすべての民族のすぐれた文学を吸収してそれを血肉とせねばならないと主張し，みずから各国のすぐれた文学を翻訳した．中でも17篇に及ぶシェイクスピアの戯曲のすぐれた翻訳は，のちのドイツ文学にはかり知れない貢献をなした．

翻訳文献→396頁

シュライアーマッハー　フリードリヒ

Friedrich Schleiermacher (1768-1834)　**ドイツの神学者**

ブレスラウ（現在ポーランドのヴロツラフ）に牧師の子として生まれる．ベルリーン三位一体教会の牧師となり，1810年からは，ベルリーン大学の神学教授も兼ねた．シュレーゲル，ティーク，シェリングらと交わり，宗教哲学の立場から，ロマン主義思想の確立に尽力した．キリスト教と観念論との融合を完成した彼は，その主著『宗教に関する説話』Reden über die Religion an die Gebildeten unter ihren Verächtern (1799) と『独白』Monologen (1800) において，宗教とは，有限の個人が永遠なものとのつながりを求める感情であり，超感覚的なもの・無限なものを感覚によってとらえようとする要求にほかならないと説き，この意味で無限なるものへの従属を意味する宗教は，道徳や形而上学や歴史等とは無縁のものであるという感情的宗教論を主張し，教義の束縛から宗教を解放した．

アルント　エルンスト　モーリッツ
Ernst Moritz Arndt (1769-1860)　**ドイツの詩人**

リューゲン島（スウェーデン領）に生まれる．グライフスヴァルト大学で神学，歴史を修め，1800年に同大学の歴史学講師，のちに教授となった．愛国心に燃える彼は，他国の自由を踏みにじるナポレオンの強圧政策に抗議する論文や詩を発表して弾圧を受け，ストックホルムに亡命を余儀なくされた．論文集『時代の精神』Geist der Zeit (06-18) や，独立戦争勃発の年に刊行した詩集『ドイツ人のための歌』Lieder für Teutsche (13) は，愛国心を鼓舞する情熱的内容の作品である．またパンフレット「ラインはドイツの川にして，国境にあらず」は，当時の国民の合言葉となった．晩年の回想録に『外面生活の思い出』Erinnerungen aus dem äußeren Leben (40),『シュタイン男爵とのわが遍歴と変転』Meine Wanderungen und Wandelungen mit dem Reichsfreiherrn von Stein (58) がある．

ヘーゲル　ゲオルク・ヴィルヘルム・フリードリヒ
Georg Wilhelm Friedrich Hegel (1770-1831)　**ドイツの哲学者**

シュトゥットガルトに財務官の子として生まれた．1787年，テュービンゲン大学神学科に入学し，そこの神学寮で同年のヘルダーリーンと５歳年下のシェリングと運命的な出会いをした．フランス革命が起こると，一緒に「自由の樹」を建てて祝ったといわれ，共有のサイン帳には「喜びと愛とは偉大なる行為への翼である」というゲーテの言葉の引用とともに，ヘルダーリーンからヘーゲルあてに「ヘン・カイ・パン（一にして全)」という「合言葉」が記されている．ヘーゲルが終生抱き続けた古代ギリシアへの憧憬，とりわけ理想社会の模型を「一つの芸術作品」と呼ぶポリス共同体に求める見方は，この頃の精神的交流を通して得られたものであろう．卒業後ベルンとフランクフルトで（後者はヘルダーリーンの紹介による）計７年間家庭教師をして過ごしたが，1801年，すでに教授となっていたシェリングを頼ってイェーナ大学へ行き，同大学の講師となった．そして共同で「哲学批評雑誌」を編集するかたわら，次々と論文を発表した．03年，シェリングがイェーナ大学を去り，またボルドーから戻ったヘルダーリーンが精神に異常をきたしていることを知って，衝撃を受けた．05年イェーナ大学の助教授となったあと，最初の主著『精神の現象学』Phänomenologie des Geistes（06）を刊行．感覚から悟性，自己意識，理性を経て絶対知にまで到達する精神の弁証法的展開の諸形態は，自己を発見する魂の遍歴とも言うべきものであり，これによってヘーゲルの名声は一挙に高まったが，「序文」においてシェリングの思想を暗に批判したため，二人の関係は以後断絶した．ニュルンベルクのギムナーズィウムの校長時代に，第二の主著『論理学』Wissenschaft der Logik（12-16）を著し，次いでハイデルベルク大学の教授となり，『エンツィクロペディー』Enzyklopädie der philosophischen Wissenschaften（12）を刊行．さらに，18年プロイセン政府の招きを受けてベルリーン大学の教授となり，最後の主著『法の哲学』Grundlinien der Philosophie des Rechts（21）を出版した．このベルリーンでの13年間はヘーゲルが最も華々しく活躍した時代であり，その哲学は多くの青年の心を引きつけ，有力なヘーゲル学派が形成された．ヘーゲルの名声は国内はもとより，国外にまで広まったが，31年コレラのために急逝した．生前公刊されたこれらの著書のほかに，「美学」，「宗教哲学」，「歴史哲学」，「哲学史」等，ぼう大な数の講義が死後刊行されて，多方面に及ぶその影響ははかり知れない．

シュレーゲル　フリードリヒ

Friedrich Schlegel（1772-1829）　**ドイツの評論家**

ヴィルヘルム・シュレーゲルの弟．兄より独創的な才能にめぐまれ，ロマン主義文芸理論の大半は彼に負っている．「ロマン的」romantisch という言葉でその時代の芸術観を表現したのも彼である．ゲッティンゲン大学，ライプツィヒ大学で法律を学んだのち，古代ギリシア・ローマの文献学を研究した．24歳のときイェーナにおいて文芸批評家としての活動を始め，翌年ベルリーンで，ティーク，シュライアーマッハーらと知り合った．次いでその翌年には，ドレースデンでノヴァーリスとともに「ロマン派」の結成を約束したのち，ふたたびイェーナへ行って，兄とともに雑誌「アテネーウム」を刊行し，すぐれた論文を発表して，ロマン主義芸術論を確立した．そして，その理論に従って，書簡体の小説『ルツィンデ』Lucinde（99）を発表したが，これは詩的才能の欠如を暴露する結果に終わった．また戯曲『アラルコス』Alarcos（1802）の上演も失敗した．1802年，哲学者メンデルスゾーンの娘ドロテーアとパリに行き，雑誌「ヨーロッパ」Europa（03-05）を刊行した．そしてドロテーアと結婚し，彼女とともにカトリックに改宗した．その後，比較言語学や東洋学の領域におけるすぐれた業績となった論文『インド人の言語と叡智について』Über die Sprache und Weisheit der Inder（08）や，彼の文学研究の集大成である『古代および近代の文学史に関する講義』Vorlesungen über die Geschichte der alten und neuen Literatur（15）などを発表した．

晩年は，オーストリア政府に仕えて，主としてヴィーンで生活したが，学者としての名声は次第におとろえ，偏狭なカトリック信者となって神秘主義に没入した．

翻訳文献→396頁

ヴァッケンローダー　ヴィルヘルム・ハインリヒ

Wilhelm Heinrich Wackenroder (1773-1798)　**ドイツの評論家**

わずか25歳で夭折したが，芸術に対するすぐれた感覚と才能とによって，のちにロマン派の中心人物となったティークに大きな影響を与えたため，ドイツ・ロマン派の先駆者として知られている．ベルリーンに生まれ，エアランゲンならびにゲッティンゲン大学で法律を学んだ．20歳のとき，在学中に知り合った親友のティークとともに南独を旅行し，古い都市に残されているドイツ中世の芸術に触れて感銘を受けた．ギリシア・ローマ芸術に傾倒したゲーテ時代のあとを受けて，彼はイタリア・ルネサンスの画家をはじめとして，さらにドイツ固有の文化にも目を向け，十数篇におよぶ芸術評論を発表した．これはティークに深い感銘を与えたが，中でもドイツ中世の大画家デューラーの真価を認めた功績は大きい．彼の死の前年，ティークはこの評論に序文と自分の意見を若干つけ加えて，『芸術を愛する一修道僧の心情の吐露』Herzensergießungen eines kunstliebenden Klosterbruders (97) という標題で発表した．また遺稿『芸術に関する幻想』Phantasie über die Kunst, für Freunde der Kunst (99) もティークによって出版された．

翻訳文献→396頁

ティーク　ヨハン・ルートヴィヒ

Johann Ludwig Tieck (1773-1853)　**ドイツの小説家・劇作家**

非常に多才・多作な作家で，同時代の人びとから「ロマン派の王」と呼ばれた．ベルリーンに生まれ，ハレ，エアランゲン，ゲッティンゲンの各大学に学んだ．同窓のヴァッケンローダーと親交を結び，大きな影響を受けた．卒業後，数篇の創作を発表したが，中でも，英・仏の作家の影響のもとに書かれた書簡体の長篇『ウィリアム・ロヴェル氏の話』Geschichte des Herrn William Lovell (95-96) と，主として中世の民話に取材した『民話集』Volksmärchen (97) とが知られている．後者には，『四人のハイモン兄弟の物語』Die Geschichte von den vier Heymonskindern,『美しいマゲローネの不思議な愛の物語』Die wundersame Liebesgeschichte der schönen

Magelone，創作童話『金髪のエクベルト』Die blonde Eckbertなどの佳品と，フランスのペローの童話に取材した有名な童話劇『長靴をはいた牡猫』Der gestiefelte Kater が収められている．

1798年，ヴァッケンローダーのあまりにも早すぎる死に出合った彼は，かねて二人で計画していた芸術家小説『フランツ・シュテルンバルトの放浪』Franz Sternbalds Wandrungen（98）を亡き友の記念のために，第2部まで書いて発表した．これは，ゲーテの『ヴィルヘルム・マイスター』にならった教養小説で，シュレーゲル兄弟によって高く評価された．99年彼はイェーナに行って，シュレーゲル兄弟，ノヴァーリス，シェリング，ブレンターノらと交わり，ロマン主義運動の重要な一員として活躍した．さらに古い民話に取材した劇作にも手をそめ，悲劇『聖ゲノフェーファの生と死』Leben und Tod der heiligen Genoveva（1800），喜劇『皇帝オクターウィアーヌス』Kaiser Octavianus（04）などによって，文壇に確固たる地位を築いた．その後，彼は時代の流れとともに次第にリアリズムに接近し，イタリア・ルネッサンスに取材した歴史長篇『ヴィットーリア・アッコロムボナ』Vittoria Accorombona（40）を書いた．また創作以外にも評論，古代ドイツ文学の校訂，翻訳，出版など多方面にわたって多くの業績を残した．特に，W.シュレーゲルによってはじめられたシェイクスピアの翻訳を，娘ドロテーア夫妻とともに完成させたこと，ならびにヴァッケンローダー，ノヴァーリスらの著作やクライストの全集等を出版したことは，ドイツ文学史上大きな意義をもっている．

翻訳文献→396頁

シェリング　フリードリヒ・ヴィルヘルム

Friedlich Wilhelm Schelling（1775-1854）　**ドイツの哲学者**

シュヴァーベンに生まれ，テュービンゲン神学校では，ヘーゲルやヘルダーリーンらと同窓であった．イェーナ大学で哲学を学んだのち，ゲーテ，フィヒテらの推薦により，23歳の若さでイェーナ大学の助教授となった．1793年以来イェーナで，シュレーゲル兄弟，ティーク，ノヴァーリスらとともに，ロマン主義思想の確立と進展とに力をつくした．最初はフィヒテ哲学の忠実な後継者であったが，しだいにプラトーンやスピノーザの影響を受けて，自然と自我とを同一視する自然哲学を確立した．すなわち主著『自然哲学のための理念』Ideen zu einer Philosophie der Natur（97）において，自然と精神とは一体であり，自然は目に見える精神であり，精神は見えない自然であると述べ，自然は精神の展開である故に，宇宙の一切のものは魂をもっていると説いた．さらに『哲学体系私論』Darstellung meines Systems der Philosophie（1801）において，自然と精神とを絶対者の二つの現象形式とし，絶対者にあっては主観と客観とが無差別的同一で，諸現象はその展相であるとする同一哲学を主張した．しかし，その頃から彼をとりまく情勢は急変した．まず彼は，12歳年上のW.シュレーゲル夫人カロリーネと愛し合い，離婚した彼女と結婚したためにイェーナにとどまることができなくなった．03年ヴュルツブルク大学に転じたが，そこも安住の地ではなく，3年後大学の講壇を退いた．さらに年来の友人ヘーゲルの発表した『精神の現象学』が彼の哲学の批判を含むものであったため，哲学界もしだいに彼に冷淡になっていった．このような失意の中で，彼は神秘主義思想家J.ベーメの影響もあって，暗い内面的な思索へと向かった．最も重要な著作と見なされている『人間的自由の本質』Philosophische Untersuchungen über das Wesen der menschliche Freiheit（09）は，F.シュレーゲルの美的汎神論によっては人間の悪や自由の成立を説明し得ないとする批判に答える形で書かれたものである．41年，ヘーゲルの歿後10年目にベルリーン大学からの招聘に応じてシェリングが講義を再開すると，評判を聞きつけた学生によって講堂はあふれたという．多数の聴講者の中には，若きキルケゴール，ブルクハルト，エンゲルス，そしてバクーニンの姿まであった．シェリング晩年のこの「積極哲学」は，内容的には「神話の哲学」や「啓示の哲学」を含むものであり，そこで展開された「実存」の概念は，のちにキルケゴールによって批判的に受け継がれた．

フケー　フリードリヒ・ドゥ・ラ・モット

Friedrich de la Motte Fouqué（1777-1843）　**ドイツの小説家**

フランス系の貴族の子として，ブランデンブルクに生まれる．はじめ軍人として解放戦争に参加し，少佐に昇進したのちに退役した．シュレーゲルの影響で，古いドイツの伝説を発掘し，それを素材としておびただしい数の作品を書いた．その中には，『ニーベルンゲンの歌』をドイツではじめて劇化した三部作『北方の英雄』Der Held des Nordens（10）も含まれている．しかし，世界に最もひろく知られ，現在も読まれているものは，水の妖精の物語『ウンディーネ』Undine（11）である．騎士に愛されて魂を得た水の精ウンディーネが，のちに愛を裏切られて騎士を殺すが，なお彼の墓をとりまく美しい流れとなって，永久にその騎士を抱きつづけるというこの作品は，ロマン主義文学の傑作のひとつであり，E. T. A. ホフマンによってオペラ化され，1816年に上演された．また現代フランスの劇作家ジロドゥーはこれを劇化した．

翻訳文献→396頁

ブレンターノ クレーメンス・マリーア
Clemens Maria Brentano (1778-1842) **ドイツの詩人**

後期ロマン主義ハイデルベルク派の代表者として知られる．エーレンブライトシュタインに生まれ，20歳のときイェーナ大学に学び，シュレーゲル兄弟，ティークら前期ロマン派の人びとと交わった．この頃の作品には，喜劇『グスタフ・ヴァーザ』Gustav Wasa (1800)，自伝小説『ゴドヴィ』Godwi (00) などがある．1801年，ゲッティンゲンでアルニムと知り合い，親交を結んだ．ハイデルベルクに移ったのち，アルニムの協力を得て『少年の魔法の角笛』を編集するかたわら，アルニムの「隠者新聞」の刊行に協力した．彼は，小説，戯曲，童話，抒情詩等を書いたが，その中では，田園小説『感心なカスパールと美しいアンナールの物語』Geschichte vom braven Kasperl und schönen Annerl (17) と，宗教的内容をもつ童話『ゴッケル，ヒンケル，ガッケライア』Gockel, Hinkel und Gackeleia (38) が特に有名である．『少年の魔法の角笛』Des Knaben Wunderhorn (06-08) は，ヘルダー以来の伝統を受け継ぎ，ドイツ国民に自国の文学的遺産を紹介する目的で，中世以来の民謡を集めたものである．多くの歌謡に編者の手が加えられているために，言語学的な価値には乏しいが，ドイツの詩人たちに与えた影響は，はかり知れないものがある．アイヒェンドルフ，ウーラント，ハイネ，メーリケ，レーナウ，シュトルムらはいずれもこの恩恵に浴した詩人たちである．また，ブラームス，ヴォルフ，マーラーなどの音楽家は，この中の多くの民謡を作曲した．

翻訳文献→396頁

アルニム ルートヴィヒ・ヨーアヒム（アヒム）・フォン
Ludwig Joachim (Achim) von Arnim (1781-1831) **ドイツの小説家**

ベルリーンの貴族の家に生まれ，ハレ，ゲッティンゲン両大学で自然科学を学んだ．在学中，終生の友ブレンターノと知り合った．英，仏など外国を旅行したのち，ハイデルベルクへ行き，ブレンターノ，ゲレスらと「隠者新聞」Zeitung für Einsiedler を刊行し，「ハイデルベルク・ロマン派」の指導者となった．また，ブレンターノに協力して，後期ロマン派の最もすぐれた業績として知られる民謡集『少年の魔法の角笛』の編集にたずさわった．1809年ベルリーンに行き，フケー，クライストらの愛国詩人たちと交わり，また11年には，ブレンターノの妹で作家としても知られていたベッティーナと結婚した．主要作品には，長篇小説『ドロレス伯爵夫人の貧困と富裕と罪と償い』Armut, Reichtum, Schuld und Buße der Gräfin Doroles (10)，歴史小説『王冠の守護者』

Kronenwächter（17）があり，短篇では特に『ラトノー砦の狂った廃兵』Der tolle Invalide auf dem Fort Ratonneau（18）がすぐれている．戯曲も数篇あるが，見るべきものはない．

翻訳文献→397頁

シャミッソー　アーダルベルト・フォン

Adalbert von Chamisso（1781-1838）　**ドイツの詩人・小説家**

フランス貴族の子として，ボンクールの城で生まれた．フランス革命当時，家族とともにドイツに亡命し，家族が帰国したあともベルリーンにとどまって，プロイセンの軍人となり，対ナポレオン戦争に従軍した．退役後，31歳でベルリーン大学に入学し，植物学などを修め，34歳のとき，自然研究者としてロシアの北極探険隊に加わり，世界旅行に出た．この出発に先立って発表した彼の唯一の小説『ペーター・シュレミールの不思議な物語』Peter Schlemihls wundersame Geschichte（14）は，後期ロマン主義文学の最大の傑作として好評を博し，各国語に翻訳されて，彼の文名を高めた．この作品は，悪魔に影を売った不幸な主人公シュレミールの運命に託して，フランス人でありながら，ドイツ軍人として祖国と戦わねばならなかった彼自身の苦悩を告白したものである．「ドイツではフランス人で，フランスではドイツ人」であった精神的に国籍不明の彼は，人間にとって一番大切なものは，お金よりも影，すなわち国籍とか素姓といったものであることを強調している．このほか，世界旅行の成果として，紀行『世界旅行』Reise um die Welt（21）を発表し，また，シューマンの作曲で有名な『女の愛と生涯』Frauenliebe und -leben，故郷の城の荒廃を嘆く『ボンクールの城』Das Schloß Boncourt などの写実風のすぐれた詩や，ドイツ民話に取材したバラードなどを集めた『詩集』Gedichte（31）等を残している．生涯自然研究に没頭した彼は，晩年にはベルリーン大学名誉博士，ベルリーン科学アカデミー会員となって，平和な余生を送った．

翻訳文献→397頁

グリム兄弟

ヤーコプ・グリム　Jacob Grimm（1785-1863）
ヴィルヘルム・グリム　Wilhelm Grimm（1786-1859）

ドイツの言語・文献学者

言語，文学，神話，法律等の分野において，ドイツ古代学の基礎を確立したグリム兄弟は，生涯のほとんどを共に生活し，そのすぐれた研究や調査も，共同で行なったものが多い．ハーナウの法律家の子として生まれ，ともにマールブルク大学で学び，アルニム，ブレンターノらハイデルベルク・ロマン派の人たちと交わった．大学卒業後，兄弟は前後して，カッセルの図書館司書となった．その後，1829年に兄がゲッティンゲン大学のドイツ古代学の教授になると，その翌年弟も同じ大学に赴き，司書を経て教授となった．そして1837年，兄弟は，国王の違憲を難じた勇気ある「ゲッティンゲンの七教授」に名をつらねていたために，免職となった．やがて1841年，プロイセン王フリードリヒ・ヴィルヘルム四世に招かれ，共にアカデミー会員兼ベルリーン大学教授として，終生ベルリーンに住んだ．弟は結婚したが，兄は生涯独身であった．なによりもドイツ民族と郷土とを愛したグリム兄弟は，ドイツ古来の文化遺産に目を向け，その収集と研究とに生涯をささげた．まず，民謡収集のすぐれた業績『少年の魔法の角笛』に刺激を受けて，ドイツ各地に伝わる民間伝承を，綿密な調査のもとに集大成した．これが，世界に名高い『グリム童話』すなわち『子供と家庭のための童話』Kinder- und Hausmärchen（1812，14，22）である．多くは伝誦された民話に手を加えたものであるが，あれだけ親しめる読み物となったのは，弟ヴィルヘルムのすぐれた文才によるところが多い．『ドイツの伝説』Deutsche Sagen（16-18）も同様にして編まれたものである．兄ヤーコプは，言語学，文献学の分野ですぐれた才能を発揮し，後世の言語学に大きな貢献をなした画期的名著『ドイツ文法』Deutsche Grammatik（19-37，4巻）をはじめ，『ドイツ法律古事誌』Deutsche Rechtsaltertümer（28），『ドイツの神話』Deutsche Mythologie（33），『ドイツ語の歴史』Geschichte der deutschen Sprache（48）などの著書がある．弟には，『ドイツ英雄伝説』Deutsche Heldensagen（29）その他がある．兄弟は晩年，あらゆる言葉を語源的，歴史的に解説した空前の大著『ドイツ語辞典』Deutsches Wörterbuch を計画して，これに余生をささげ，第3巻「F」の途中まで完成させた．この仕事は，彼らの死後，歴代の権威ある学者たちによって受け継がれ，第1巻が刊行されてから実に100年余を経た1961年にようやく全巻が完成するに至った．

翻訳文献→397頁

ケルナー　ユスティーヌス

Justinus Kerner（1786-1862）　**ドイツの詩人**

ルートヴィヒスブルクに生まれる．テュービンゲン大学で医学を修めて，開業医となり，ヘルダーリーンの治療にも携わった．幼いときから詩を作った彼は，ウーラント，アルント，シュヴァーブ，ハウフらと親交があり，「シュヴァーベン・ロマン派」の中心人物となって「文芸年鑑」を発行しり，心霊研究をしたりした．1822年に有名な「ケルナーの家」を建て，彼の周囲には文人や各界の名士が集まった．作品としては，「死の試練」Todesprobe,「旅の歌」Wanderlied,「グミュントのヴァイオリン弾き」Der Geiger zu Gmünd など有名な詩を収めた『詩集』Gedichte（26），小説『旅の影』Reiseschatten（11），自伝『わが少年時代の絵本』Das Bilderbuch meiner Knabenzeit（49）のほかに，心霊・オカルト研究の著作がある．

ウーラント ルートヴィヒ

Ludwig Uhland（1787-1862） **ドイツの詩人**

「シュヴァーベン詩派」の代表者として知られる．テュービンゲン市に生まれ，同市の大学で法律を学んだ．素朴で誠実な感情をうたいあげた『詩集』Gedichte（15）を発表したのち，ひきつづいて詩作や劇作に従事したが，最もすぐれた作品はバラードに多く，とくに「盲目の王」Der blinde König,「楽人の呪い」Des Sängers Fluch などは傑作として知られている．また彼の詩は多くの作曲家によって作曲され，「戦友」Der gute Kamerad,「宿屋の娘」Der Wirtin Töchterleinなどは，民謡のように歌われている．中期以後は，中世文学研究に専念し，すぐれた業績を残した．論文『ヴァルター・フォン・デル・フォーゲルヴァイデ』Walther von der Vogelweide（22）によって，テュービンゲン大学の助教授となったが，政府と思想問題で争い，その職を失った．その後，代議士となり，民主主義政治家として活躍した．

翻訳文献→398頁

ショーペンハウアー アルトゥーア

Arthur Schopenhauer（1788-1860） **ドイツの哲学者**

カントの認識論を現象主義的に展開したその汎神論的厭世哲学によって，ヘッベル，ヴァーグナー，ニーチェ，トーマス・マンなどにさまざまな影響を与えた．彼はその主要著書『意志と表象としての世界』Die Welt als Wille und Vorstellung（19）において，世界は，時間，空間，因果律の三者によって支配される現象であり，自我の表象にすぎぬものであるから，世界の形而上学的根本原理は，生への盲目的意志にほかならないという主意的世界観を樹立した．そして，一つの意志がたえず他の意志によって阻害される人間の生活は，苦痛以外の何ものでもない，という厭世思想を説き，現世におけるこの苦痛は，プラトーン的な意志の滅却か，仏教的涅槃による以外まぬがれるすべがないと主張した．彼の哲学は，晩年まで認められなかったが，19世紀後半の厭世的な風潮に迎えられて，一世を風靡した．

ライムント　フェルディナント

Ferdinand Raimund（1790-1836）　**オーストリアの俳優・劇作家**

ヴィーンに生まれ，小学校を出てから菓子職人となった．やがて俳優になり，喜劇役者として非常な人気を博した．が，バロック以来の粗野な妖精劇に不満を感じた彼は，みずから筆をとって，芸術的に洗練された作品を発表した．主要作品は，『魔王のダイヤモンド』Der Diamant des Geisterkönigs（24），『妖精界の少女，または百万長者になった農夫』Das Mädchen aus der Feenwelt oder Der Bauer als Millionär（26），『アルペン王と人間嫌い』Der Alpenkönig und der Menschenfeind（28），『浪費家』Der Verschwender（34）などである．これらの戯曲は，プラーテンやヴァーグナーらによって絶讃された．神経質で，感じやすく，何よりも人気を気にした彼は，しばしばネストロイにからかわれたが，やがてネストロイの人気に押され気味になったことを苦にして，46歳のときピストル自殺をとげた．

ケルナー　カール　テーオドーア

Karl Theodor Körner（1791-1813）　**ドイツの詩人・劇作家**

ドレースデン生まれ．シラーの友人であったゴットフリート・ケルナーの息子．フライブルク大学ほかで哲学，歴史などを学ぶ．ヴィーンで W.フンボルト，F.シュレーゲルらと交友．戯曲『ツリニー』Zriny（1813）で成功し，宮廷劇場の座付作家となったが，愛国心に燃える彼はその年，対ナポレオン解放戦争の義勇軍に志願して各地で奮戦して，重傷を負い，21歳の若さで世を去った．「リュッツォーの激しい襲撃」，「戦闘中の祈り」，「生への告別」，「剣の歌」などの愛国的な抒情詩は広く愛誦され，歿後，父の手で詩集『竪琴と剣』Leier und Schwert（14）が編まれた．

翻訳文献→398頁

シュヴァープ　グスタフ

Gustav Schwab (1792-1850)　**ドイツの詩人・作家**

シュトゥットガルト出身．テュービンゲン大学で神学，哲学，文献学を学んだ．後期ロマン派の詩人ウーラント，J.ケルナーらと親交があり，民謡調の詩を書いたり，民謡・民話・伝説の収集に努めた．彼はまたヘルダーリーン，ハウフらの作品を出版したり，シャミッソーとともに「ドイツ文芸年鑑」Deutscher Musenalmanach の編集をしたりしたが，このような出版・編集の業績は詩作品以上に高く評価されており，中でも『ドイツ民話集』Deutsche Volksbücher（3巻，36-37）と『ドイツ古代伝説集』Die schönsten Sagen des klassischen Altertums（3巻，38-40）は現在でも広く読まれている．

翻訳文献→398頁

スィールスフィールド　チャールズ

Charles Sealsfield (1793-1864)　**オーストリアの小説家**

1830年ごろから40年代にかけて，ドイツ語圏では聞きなれぬスィールスフィールドという名の作家が，インディアンの戦い，メキシコ人の生活，奴隷売買，人種問題，独立戦争などに取材して，新大陸アメリカの現状を写実的な筆致でいきいきと描いた作品をつぎつぎと発表した．彼は生前アメリカの作家だと思われていたが，実はオーストリア人であることが，死後遺言によって明らかにされ，人びとを驚かした．彼の本名は，カール・アントーン・ポストル (Karl Anton Postl) といい，メーレン州に農夫の息子として生まれた．宗教教育を受けて司祭となり，教団の書記をつとめたが，教団とそりがあわず，30歳のときに逃亡してアメリカへ渡り，各地を放浪した．一時，ドイツに戻ったが，再度アメリカへ行って文筆家として活躍し，1832年以後はスイスに定住して文筆生活に入った．その後も三度ほどアメリカへ旅行している．彼は祖国にはげしい敵意を抱き，その国情を手きびしく批判した『ありのままのオーストリア』Austria, as it is (28) を無名で発表した．これは，ドイツ，オーストリア両国で禁書の処分を受けた．主な作品は，『正統派と共和派』Der Legitime und die Republikaner（2巻，33)，短篇集『両半球の生活図絵』Lebensbilder aus beiden Hemisphären（6巻，35-37)，『船室の書』Das Kajütenbuch（2巻，41)，『南と北』Süden und Norden（3巻，42-43）などである．『船室の書』の中の『ハスィントーの草原』Die Prärie am Jacinto は，そのすばらしい自然描写が有名で，よく読まれている．彼はドイツの作家よりも，現代のアメリカの作家たちの方により大きな影響を与えたようである．「偉大なる未知の人」と呼ばれ，まだ充分に解明されていない作家の一人である．

ミュラー　ヴィルヘルム
Wilhelm Müller (1794-1827)　**ドイツの詩人**

デッサウに生まれる．ベルリーンで学び，対ナポレオン戦争に参加した．その後郷里の高等学校の教員になり，図書館長もつとめた．ティークやシュヴァーベン詩派の文人たちと交わった．『宮廷歌人詞華集』Blumenlese aus den Minnesingern (1816),『ギリシア人の歌』Lieder der Griechen (21-24),『抒情的な旅』Lyrische Reisen (27) などの業績があるが，むしろ，彼の名前は，シューベルトが作曲した『美しき水車小屋の娘』Die schöne Mühlerin (16，作曲23) や，『冬の旅』Die Winterreise (23，作曲26) などの一連の詩の作者として有名である．

プラーテン　アウグスト・フォン
August von Platen (1796-1835)　**ドイツの詩人**

正式には，プラーテン=ハラーミュンデ　Platen=Hallermünde である．本質的にはロマン派の詩人でありながら，古典的な形式美を尊重して，晩年には意識的にロマン派から退いた．中部フランケンのアンスバッハの貴族の家に生まれ，幼年学校を経て軍人となった．その後，大学に入って外国語，自然科学，哲学等を修めた．彼はほとんどすべてのヨーロッパの言語に通じていたという．情緒不安定で分裂症的な性格をもち，一所不住の生活を送ったが，各地の都市で J.グリム，ゲーテ，ジャン・パウルらと知己になった．1826年，あこがれの国イタリアを永住の地と定め，この国の各地を旅行したが，シチリア島でコレラにかかって歿した．友人リュッケルトの感化で東洋の詩に親しんだ彼は，ゲーテの『西東詩集』の影響もあって，ペルシアの詩形ガゼールを用いた『ガゼール集』Gasellen (21) を書いた．その後もさまざまな詩形で詩作を試みたが，最も成功したのは，ソネット形式である．特に『ヴェネツィアのソネット』Sonette aus Venedig (25) は，彼が最も愛した都ヴェネツィアを，磨きぬかれた言語表現で描いたもので，抒情と形式とが一体となった古典的芸術美の域に達している．

翻訳文献→398頁

インマーマン　カール・レーベレヒト
Karl Leberecht Immermann (1796-1840)　**ドイツ劇作家・小説家**

官吏の子として，マクデブルクに生まれ，ハレ大学で法律，哲学，歴史等を学んだ．

在学中，志願して，対ナポレオン戦争に従軍した．早くから演劇に関心をもっていた彼は，卒業前後から，ティークの影響を受けて創作をはじめた．卒業後プロシア法務局につとめ，31歳でデュッセルドルフの地方裁判所長となったが，勤務のかたわら劇作を続け，36歳の時には，ロマン派の影響を受けた伝説劇『メルリーン』Merlin（32）を発表して認められ，劇作家としての地位を確立した．その後デュッセルドルフの小劇場を経営して，ゲーテ，シェイクスピア，カルデロンなどの作品を上演し，演出家としても活躍した．彼は，「青年ドイツ派」の同時代人としてハイネとも交わり，次第に写実的，社会批判的な方向に転じた．そして戯曲よりもむしろ，『エピゴーネン』Die Epigonen（36），『ミュンヒハウゼン』Münchhausen（38-39）等の長篇小説に才能を発揮した．前者は，ゲーテの『ヴィルヘルム・マイスター』にならった教養的時代小説であって，1830年代のドイツの世相を批判的に描いたものである．後者はアラベスク風の物語で，18世紀のドイツに実在したホラ吹き男爵ミュンヒハウゼンの伝説に取材し，当時の腐敗した上流階級を鋭く批判・嘲弄しながら，純朴で健全な農民精神をたたえている．

ドロステ=ヒュルスホフ　アネッテ・エリーザベト・フォン
Annette Elisabeth von Droste=Hülshoff（1797-1848）　**ドイツの作家**

時流をはなれて一貫して郷土を描いた人で，その鋭い自然観察から生まれた詩と，不気味なほどの迫真力をもつ短篇小説とによって，写実主義の先駆となり，ドイツにおける最もすぐれた女性詩人のひとりとなった．ヴェストファーレンのミュンスター近郊，ヒュルスホフ城に，貴族の娘として生まれた．幼少から病弱であったが，音楽や文学を愛し，貴族にふさわしい教養を身につけ，早くから詩作をはじめた．旅行中にショーペンハウアーの娘アデーレと知り合い，芸術的・哲学的に深い感化を受けた．また，グリム兄弟の童話収集，ウーラントの民謡収集等に協力したこともある．1841年，44歳のとき，メーレスブルクの城に移った彼女は，ここで若い作家レーヴィン・シュッキング（1814-83）と知り合い，彼を愛するようになった．この晩年の恋の情熱は彼女の創作に大きなみのりをもたらし，数々のすぐれた抒情詩や傑作『ユダヤ人のブナの木』Die Judenbuche（42）等を生み出した．しかし，彼女の恋はみのらず，孤独のうちに詩作を友としつつ，独身の生涯を閉じた．

主として自然を題材とした抒情詩は，『詩集』Gedichte（44）と，その補遺として死後つけ加えられた『最後の贈り物』Letzte Gaben（62）とに収められている．これらの詩においては，郷土ヴェストファーレンの風物が，身辺に棲息する動植物から五官でとらえ得るあらゆる自然現象に至るまで，微細・克明に描写され，不気味な，神秘的な雰囲気をかもし出している．また，若い頃から生涯にわたって書き続けられてきた宗教的な詩は，『聖なる暦』Das geistliche Jahr（52）にまとめられている．これは，敬虔なカトリック信者であった彼女が，神に心の悩みをうちあけたもので，ほかの詩や散文には見られぬ，彼女の女性としての弱さがうかがわれる．

翻訳文献→398頁

ゴットヘルフ　イェレミーアス

Jeremias Gotthelf（1797-1854）　**スイスの小説家**

本名アルベルト・ビッツィウス（Albert Bitzius）．スイス，フライブルク州のムルテンに牧師の子として生まれた．小学校時代父の転任でエンメンタール地方の村に移ったが，大学を出てからは，父のあとを継いで生涯この地方で農民の布教につとめた．小説を書きはじめたのはかなり遅く，最初の作品『農民の鏡，またはイェレミーアス・ゴットヘルフの生涯』Der Bauernspiegel oder die Lebensgeschichte des Jeremias Gotthelf（37）が出たのは，40歳のときである．しかし，これが評判となってからは，ゴットヘルフの筆名で，数多くの長・短篇を書いた．長篇では特に「ウーリ」二部作，『作男ウーリが幸福になる話』Wie Uli der Knecht glücklich wird（41）と『小作人ウーリ』Uli der Pächter（49）とがすぐれており，短篇では『黒い蜘蛛』Die schwarze Spinne（42）が有名である．彼は職業的作家意識をまったくもたず，生涯民衆の教育家をもって任じていた．したがっていかなる文学的流派にも属さず，その作品も芸術的意図のもとに書かれたものではない．しかし，ひたすら自然や農民の姿を忠実に描き続けた結果，いわゆる「郷土文学」的な偏狭さや感傷性とは無縁の，真に偉大な写実主義文学を生みだした．

翻訳文献→398頁

ホフマン・フォン・ファラースレーベン　アウグスト・ハインリヒ

August Heinrich Hoffmann von Fallersleben（1798-1874）　**ドイツの詩人**

ブラウンシュヴァイクのファラースレーベン出身．J.グリムの教えを受け，民謡収集や古代文学の研究に従事した．のちにオトフリートの『福音書』，『ルートヴィヒの歌』など古高ドイツ語の重要な文献を発見した．1835年，ブレスラウ大学の教授となったが，プロイセン憲法における貴族の特権，信仰の束縛，検閲制度などに憤慨し，それを攻撃する詩集『非政治的歌謡』Unpolitische Lieder（40-41）を書いたため，職を追われた．その後講演旅行を行なうかたわら童謡，学生歌，軍歌などをつくり，愛唱された．

特に，「すべてを統べるドイツ」Deutschland über alles は有名で，ハイドンの曲をつけてドイツ国歌となり，彼の名を不朽のものとした．この詩は3連から成り，第三帝国時代は第一連が，現在は第二連が国歌として歌われ，演奏されている．

グラッベ クリスティアン・ディートリヒ

Christian Dietrich Grabbe (1801-1836) **ドイツの劇作家**

ヴェストファーレンのデトモルトに刑吏の子として生まれた．幼少の頃から読書を好み，大学時代には劇作家を志して，ドイツのシェイクスピアになろうという野望を抱いた．悲劇『ゴートラント公』Herzog Theodor von Gothland (27) や喜劇『諧謔と諷刺と皮肉とより深い意味』Scherz, Satire, Ironie und tiefere Bedeutung (27) 等を発表して，その特異な才能を認められた．その後俳優を志したが失敗し，故郷で弁護士や軍法会議判事を務めた．しかし結婚生活がうまくゆかない上に，以前からのすさんだ生活の影響と飲酒癖とのために健康を害し，ついに職務も遂行できなくなり，34年にはインマーマンを頼って，彼の劇場の手伝いをするようになった．2年後インマーマンと不仲になり，負債を負って帰郷した彼は，その年の9月アルコール中毒と結核性脊髄炎とのために36歳にして世を去った．上記のほか，悲劇『ドン・ファンとファウスト』Don Juan und Faust (29),『皇帝フリードリヒ・バルバロッサ』Kaiser Friedrich Barbarossa (29),『ハインリヒ六世』Kaiser Heinrich VI (30),『ナポレオン，または百日天下』Napoleon oder die hundert Tage (31),『ハンニバル』Hannibal (35),『ヘルマンの戦い』Die Hermannsschlacht (38) などがあるが，これらを一貫するテーマは，歴史上の英雄の蹉跌と敗北である．そしてこれは，たえず英雄をあこがれながら現実生活につまずき，敗北感を味わわねばならなかったグラッベ自身の姿にほかならない．ただ当時の戯曲としては，めずらしく時局との関連が稀薄である．

翻訳文献→398頁

ネストロイ ヨハン・ネーポムク

Johann Nepomuk Nestroy (1801-1862) **オーストリアの俳優・劇作家**

ヴィーンに弁護士の子として生まれた．大学で法律を学んだが，中途でやめ，歌手，俳優となって各地の舞台に立った．31年からヴィーンに定住し，テアター・アン・デア・ヴィーンや，のちのカール劇場等で自作自演を行なって人気を博した．はじめ，ライムントの劇を模範としたが，次第にそのロマンチックで道徳的な妖精劇に対立するようになり，リアルな作風に転じて，機知にとみ，軽妙にしゃれを利かした喜劇や，諷刺のきいたパロディー劇，時事劇などを作るようになった．おもな作品は，ライムントの『浪費家』を揶揄した『悪霊ルムパーツィバガブンドゥス』Der böse Geist Lumpacivagabundus (33) をはじめとして，『一階と二階』Zu ebener Erde und im ersten Stock (35)，『憂さ晴らし』Einen Jux will er sich machen (42) などがある．また，ヘッベル，ヴァーグナーの作品をパロディー化した『ユーディットとホロフェルネス』Judith und Holofernes (49)，『タンホイザー』Tannhäuser (52) 等の作もある．

翻訳文献→398頁

ハウフ　ヴィルヘルム

Wilhelm Hauff (1802-1827)　**ドイツの小説家**

後期ロマン派のシュヴァーベン詩派に属する作家で，特にその童話作品は，グリム兄弟，アンデルセン等の童話とならんで，世界中の人びとに親しまれている．わが国においても，すでに明治中期頃から紹介されはじめ，大正の末にはほぼ完全な童話集が刊行されている．シュトゥットガルトの出身．幼いときに父を失い，祖父の家にひきとられたが，ここでの豊富な読書体験が，彼の童話作家としての素地を作った．大学卒業後，ある男爵家の家庭教師となり，子供たちに，各国の伝説に自分の空想を織りまぜた面白い話を語って聞かせた．これを書きとめて発表したものが，有名な童話集『キャラバン』Die Karawane (26) である．さらに，長篇小説『悪魔の覚え書』Mitteilungen aus den Memoiren des Satan (26)，『月の中の男』Der Mann im Monde (26)，『リヒテンシュタイン』Lichtenstein (26) などをつぎつぎに発表して，その文名はドイツ中にひろまった．25歳のときに結婚して女児をもうけたが，父となって数日後に病歿した．

翻訳文献→398頁

レーナウ　ニコラウス

Nikolaus Lenau (1802-1850)　**オーストリアの詩人**

本名ニコラウス・ニームプシュ・エードラー・フォン・シュトレーレナウ (Nikolaus Niembch Edler von Strehlenau)．ハンガリーの貴族の家に生まれたが，生涯の大部分をヴィーンおよびシュトゥットガルトですごした．ヴィーン，プレスブルク，ハイデルベルクなどの大学に学んだが，移り気で意志の弱い彼は，哲学，法律，農学，医学とつぎつぎに専攻を変え，どれひとつとして完全に修了したものはなかった．シュトゥットガルトではシュヴァーベン派の詩人たちと親交をむすび，シュヴァープの姪に恋をしたが，憂鬱症で，分裂症的性格の彼は，ここにも落ちつくことができず，たえまない不安に駆られて，各地を放浪した．移住の計画を立ててアメリカへ渡ったこともあるが，一年もたたないうちに舞い戻った．1832年には最初の『詩集』Gedichte を刊行し，詩人としての名声を得た．その後，ヴィーンで人妻と絶望的な恋におち，10年のあいだ煩悶しつづけた結果，ついに精神錯乱に陥り，6年間を精神病院ですごしたのち，苦悩の生涯を閉じた．

上記以外の作品としては『新詩集』Neuere Gedichte (38)，自己の体験を背景として，自殺するファウストを描いた劇詩『ファウスト』Faust (36)，教会の束縛を受けない自由な信仰を讃美した叙事詩『サヴォナローラ』Savonarola (38) などがあるが，最もすぐれているものは抒情詩である．たそがれや，さびしい風景など，自然の風物の写実的な描写に託して孤独や愛の苦悩をうたった詩が多く，どの作品にも作者自身のペシミスティックな人生観がにじみ出ている．シュヴァープの姪ロッテへの愛をうたった「葦の歌」Schilflieder は特に有名である．

翻訳文献→399頁

フォイアーバッハ ルートヴィヒ・アンドレーアス

Ludwig Andreas Feuerbach (1804-1872) **ドイツの哲学者**

近代刑法学の父と仰がれる著名な法学者の四男として，バイエルンのランツフートに生まれた．三人の兄もそれぞれ一流の学者となって優れた業績を残している．1823年神学を学ぶためにハイデルベルク大学に入学し，そこでヘーゲル哲学を知り，翌年ベルリーン大学に移って直接ヘーゲルの講義を聴き，哲学を学んだ．29年，エアランゲン大学の講師になり，当時のキリスト教を批判した『死と不死についての考察』Gedanken über Tod und Unsterblichkeit を匿名で著したが，その著者であることが知られて大学を追われた．ヘーゲルの死後，ドイツの思想界で最大の勢力を誇っていたヘーゲル学派が分裂すると，シュトラウス，ヘス，シュティルナーら，従来の正統ヘーゲル派や当時の政治的現実に不満を抱く若い思想家たち（のちに青年ヘーゲル派，またはヘーゲル左派と呼ばれる）の代表として，指導的役割を果たした．まず，『キリスト教の本質』Das Wesen des Christentums (41) において，彼は神の属性とされるものが，じつは人間に最も固有の「類的本質」が分離・独立して対象化されたものであること，それゆえ神学の秘密は人間学であることを明らかにした．次いで『哲学改革のための暫定的提言』Vorläufige Thesen zur Reform der Philosophie (42) では，宗教において発見された人間の自己疎外の構造をヘーゲル哲学にも適用して，その思弁哲学を批判した．精神や理性よりも人間の身体や感性を重視する彼の自然主義的な唯物論は，マルクスとエンゲルスに決定的な影響を与えたばかりでなく，多くの進歩的な知識人や写実主義の作家たち，中でもスイスの作家ケラーに多大の影響を及ぼした．

ラウベ　ハインリヒ

Heinrich Laube (1806-1884)　**ドイツの劇作家・演出家**

シュレーズィエンの出身．大学で神学を学んだのち，「青年ドイツ派」に加わり，ジャーナリストとして活躍した．政治活動を行なって逮捕されたこともある．40歳を過ぎてから，ヴィーンのブルク劇場の演出家となり，上演目録を改正して，同時代の劇作家の作品を上演したり，俳優の指導をしたりして，演劇の発展に大きな貢献をした．オイゲン公と若きシラーとの葛藤を描いた『カール学院の生徒たち』Die Karlsschüler (47)，エリザベス女王の寵臣エセックスの悲劇を描いた『エセックス伯』Graf Essex (56) などの戯曲作品のほか，自己の演出法について述べた『ブルク劇場』Das Burgtheater (68) がある．

ロイター　フリッツ

Fritz Reuter (1810-1874)　**ドイツの小説家**

メクレンブルクのシュタフェンハーゲンに市長の長男として生まれた．イェーナ大学在学中，政府の弾圧が厳しかった頃に，自由思想に心酔して「学生組合」に入ったが，直接関係のない衛兵本部襲撃事件のとばっちりを受けて逮捕され，死刑の宣告を受けた．その後懲役30年に減刑され，さらに特赦によって7年の入獄後，30歳で釈放された．失われた青春をとりもどすために，ハイデルベルク大学に入学したが，周期性酒乱症となって勉学が続けられず，友人の援助で農場管理をしたり私塾を開いたりして生計を立てた．40歳のとき，牧師の娘と結婚．彼女の献身的な愛によって，強度の飲酒癖から立ちなおり，創作に専念し，低地ドイツの方言を用いて多くの傑作を書いた．主要作品は，韻文小説『無宿者』Kein Hüsung (57)，『ハンネ・ニューテ』Hanne Nüte (60)，自伝的散文小説『フランス時代』Ut de Franzosentid (59)，『私の入獄時代』Ut mine Festungstid (61)，『私の農民時代』Ut mine Stromtid (62-64) などである．彼の作品は，当時，全ドイツの人びとに読まれたばかりでなく，19カ国語に翻訳され，19世紀末までにその発行部数は2000万部を超えたという．**翻訳文献→399頁**

フライリヒラート　フェルディナント
Ferdinand Freiligrath (1810-1876)　**ドイツの詩人**

デルモントに，貧しい教師の子として生まれ，貿易商の店員となった．アムステルダムの港に出入りするマドロスたちから聞いた異国の話に刺激されて，早くからすぐれた詩を書いたが，それらは『詩集』Gedichte (38) に収められている．特にヴィクトル・ユゴーの影響が濃い．39年から文筆活動に専念した彼は，時の反動政治を批判する革命的な政治詩を発表し，44年には国王から受けていた年金も断念して『信仰の告白』Ein Glaubensbekenntnis (44)，続いて『サ・イラ！』Ça ira! (46)，『新政治社会詩集』Neuere politische und soziale Gedichte (49) などを刊行した．このため，ベルギー，スイス，ロンドンなどへの亡命を余儀なくされ，長い流謫(るたく)の生活を送らねばならなかった．亡命地でマルクスと知り合い，彼と新聞を編集したこともある．しかし晩年はビスマルクの熱烈な支持者となり，戦争を讃美し「ドイツ万歳！」Hurra, Germania! などの詩を書いた．なお，彼は翻訳家としてもすぐれた才能を持ち，アメリカの詩人ホイットマンをドイツにいち早く紹介した功績は大きい．

翻訳文献→399頁

グツコー　カール・フェルディナント
Karl Ferdinand Gutzkow (1811-1878)　**ドイツの劇作家・小説家**

ベルリーンに生まれ，大学で，神学，法律を修めたのち，進歩的なジャーナリストとして各地の都市で活躍した．そのかたわら時局的な問題を扱った小説や戯曲を発表してセンセーションをまき起こし，「青年ドイツ派」の中心的存在となった．1840年代には，意識的に古典主義・ロマン主義に対抗して，可能なかぎり事実に即した戯曲を発表，ドレースデン宮廷劇場の顧問もつとめた．その後再度小説に転じ，ぼう大な量の作品を書いた．晩年は，強迫観念から自殺を図って精神病院に入るなど，悲惨であった．ある女性の自殺事件に取材した小説『ヴァリー，疑い深い女』Wally, die Zweiflerin (35) は，反キリスト教的，反道徳的という理由で発禁処分を受け，3カ月間投獄された．そのほか，プロイセンの軍国主義を批判的に描いて，発売上演禁止となった『弁髪と剣』Zopf und Schwert (43)，モリエールに素材を得て，教会の支配を攻撃した『タルチュフの原型』Das Urbild des Tartüffe (44)，ゲーテの両親の家のエピソードを扱って，最も長く上演された『王の中尉』Der Königsleutnant (49) などの喜劇のほか，悲劇『ウリエル・アコスタ』Uriel Acosta (46)，ぼう大な傾向小説『精神の騎士』Die Ritter vom Geiste (50-51)，『ローマの魔術師』Der Zauberer von Rom (58-60)

などの作品がある.

ルートヴィヒ　オットー

Otto Ludwig (1813-1865)　**ドイツの劇作家・小説家**

テューリンゲンのアイスフェルトに生まれた. 12歳で父を, 18歳で母を失ったため, 学校をやめて商店の見習いになった. 音楽的才能にめぐまれ, 25歳のときに自作の歌劇を上演した. 翌年君主から奨学金を受けて, メンデルスゾーンに師事したが, 結局認められなかった. やがて彼が生涯苦しめられた持病のリューマチの徴候が現れたこともあって, 文学に転向した. しかし,「青年ドイツ派」を嫌悪し, シラーや同時代のヘッベルにも, 影響を受けながら好意をもてなかった彼は, 精神的にまったく孤独であった. シェイクスピアに理想を見出したが, 研究熱心な彼はあまりにも理想が高すぎたため, 惨憺たる苦心のわりには, 実作がそれにともなわぬ憾(うら)みがあった. 数ある戯曲の中で成功したのは,『世襲林務官』Erbförster (50) くらいのものである. 力作といわれた『マカベア一族』Die Makkabäer (52) も上演の結果は不評であった. そして皮肉にも, 後世に彼の名を残した傑作は, 彼が余技のつもりで書いた二冊の小説であった.『陽気な娘とその正反対』Heiterethei und ihre Widerspiel (55) は, 二篇の中篇小説を収めたもので, 一篇は, 陽気でたくましい田舎娘と彼女に思いをよせる若者とが結婚にこぎつけるまでのいきさつをユーモラスな筆致で描いた佳品であり, もう一篇は,『一難去ってまた一難』Aus dem Regen in die Traufe という題で, 前篇とは反対に, 自主性のない, 内気な町の娘が結婚するまでの話である. 続いて発表した一人の女性をめぐる兄弟の葛藤を描いた長篇『天と地のあいだ』Zwischen Himmel und Erde (56) は, 戯曲では発揮できなかった力量をすべて注ぎ込んだような傑作で, 各国語に訳されて有名になった. 晩年, 彼はすでに持病のために半身不随となっていたが, それがさらに悪化し,「頭と眼の確かな生ける屍」となりながらも, 死ぬまで『戯曲試論』Dramatische Studie (遺稿) を書き続けた. これは, シェイクスピア劇についての研究であって, 特にシラーの戯曲との相違が明らかにされており, また, 彼自身が命名した文学思潮「詩的リアリズム」の原理が明確に述べられている.

翻訳文献→399頁

フライターク　グスタフ
Gustav Freytag (1816-1895)　**ドイツの劇作家・小説家**

シュレーズィエンのクロイツブルクに生まれる．ブレスラウ大学でホフマン・フォン・ファラースレーベンについてドイツ文学を学び，さらにベルリーン大学を出てから，ブレスラウ大学の無給講師となった．46年ライプツィヒへ赴いて演出学を学び，48年から70年まで同地で友人たちとともに週刊雑誌「グレンツボーテン」Grenzboten の編集発行に従事した．この間に発表した主要な作品は，ある小都市の政界の裏面やジャーナリストの活躍を，自分の体験を生かしてユーモアあふれる筆致で描いた喜劇『新聞記者』Die Journalisten (52)，勤勉な商人，没落貴族，強欲なユダヤ商人等を対比的に描いた時局小説『貸借』Soll und Haben (55)，長年の歴史研究をもとにドイツ民族の文化史を記述した5巻の『ドイツの過去の諸像』Bilder aus deutscher Vergangenheit (59-60)，戯曲形式の理想として，「五部三点説」などを説いた作劇法の教科書『戯曲の技法』Technik des Dramas (63) などである．彼はまた政治家としても活躍し，のちに枢密顧問官となったが，自由思想家である彼は，貴族の称号が与えられようとしたとき，これを辞退した．晩年，『ドイツの過去の諸像』をもとにしたぼう大な歴史小説『先祖代々』Die Ahnen (72-81) を書いた．

翻訳文献→399頁

マルクス　ハインリヒ・カール
Heinrich Karl Marx (1818-1883)　**ドイツの哲学者・経済学者**

トゥリアに生まれ，ボン，ベルリーンで，哲学・歴史・法律を学んだのち，ケルンの急進的な「ライン新聞」の主筆となったが，政府の弾圧によって新聞は廃刊となり，43年パリに亡命した．翌年パリでエンゲルスと親交を結び，47年には，「共産主義同盟」に加盟，エンゲルスと共に『共産党宣言』Manifest der Kommunistischen Partei (48) をあらわして，全世界のプロレタリアに団結を呼びかけた．国際的な弾圧と迫害を受けて，ブリュッセルやケルンなどを転々としたのち，49年ロンドンに行き，ここで死ぬまで，各国の政治経済上の問題の論評や，代表作『資本論』Das Kapital (第1巻, 67) などの経済学的著述にたずさわるかたわら，国際的社会主義運動の実践のために尽力した．彼に対して経済的援助を惜しまなかったエンゲルスは，彼の遺稿『資本論』の第2巻 (85)，第3巻 (94) を出版した．また，文学における写実主義理論の確立に貢献した彼の芸術観は1851年『マルクス=エンゲルス芸術論』として刊行された．彼は，はじめヘーゲル左派に属したが，まもなくヘーゲル哲学や市民的リベラリズムを脱し，パリ亡命の頃から，ドイツ観念論や空想的社会主義・古典経済学等を批判するとともに，世界の発展を物質の運動としてとらえる弁証法的唯物史観に基づいた科学的社会主義を創始して，資本主義体制を辛辣に攻撃し，エンゲルスとともに，私有財産を廃し生産手段を社会化することによって階級のない社会をつくり出すための階級闘争の理論をうちたてた．

シュピーリ　ヨハンナ

Johanna Spyri (1827-1901)　**スイスの作家**

ツューリヒ近郊のヒルツェルに医師ホイサー（Heusser）の娘として生まれた．敬虔なプロテスタントの家庭に育ち，23歳で，弁護士シュピーリと結婚した．代表作は『子供たちと子供を愛する人びとのための物語』Geschichten für Kinder und auch solche, welche Kinder lieb haben（79-95，16巻）である．この中には有名なアルプスの少女の物語『ハイディ』Heidis Lehr- und Wanderjahre,『コルネリの幸福』Cornelli wird erzogen,『ヒッジ飼いの少年モニー』Moni der Geißbub,『バラのレースリ』Rosenresli などが含まれており，世界の少年少女に愛読されている．彼女はスイス最初の女性作家でもある．

翻訳文献→399頁

ハイゼ　パウル

Paul Heyse (1830-1914)　**ドイツの小説家・劇作家**

ドイツではじめてノーベル文学賞を受賞するなど，存命中彼ほど恵まれ，栄光につつまれた作家も少ないが，また，その名声のわりに，現在彼ほど忘れられてしまった作家も少ない．ベルリーンに生まれ，父は著名な言語学者，母はユダヤ系の名家の出である．早くから先輩詩人エマヌエル・ガイベルの知遇を得て，芸術家のサロンに出入りした．大学で言語学を修めたのち，政府の奨学金でイタリアの各地へ旅行したが，これは彼の創作全般に大きな影響を与えた．彼の名を一躍有名にした短篇『ララビアータ』L'Arrabiata（55）をはじめとして，イタリアを舞台とした作品はきわめて多い．54年，ガイベルの推薦によって，バイエルン王マクスィミリアーン二世に招かれ，ミュンヒェンに移った．以後は，多額の年金を受けて，なに不自由なく創作に専念し，84歳で歿するまでに，100篇を超える短篇，70篇にのぼる戯曲をはじめ，全集にして38巻に達するおびただしい作品を書いた．戯曲では，シラー賞の対象となった『サビニの女たち』Die Sabinerinnen（58)，数百版を重ねたという『コールベルク』Colberg（65）などがあるが，彼の本領は，むしろ短篇小説の領域に発揮されている．一つの事件を精彩ある筆致で，巧みな構成のもとにまとめ上げる手腕は，ドイツ文学中でも稀なものとして高く評価された．しかし，彼の作品は，書かれるべき必然性に乏しく，生活意識が稀薄であったため，リアリズム作家たちから厳しい批判を浴びて，しだいに名声を失うに至った．

翻訳文献→400頁

エーブナー=エッシェンバッハ マリー・フォン

Marie von Ebner=Eschenbach (1830-1916)　**オーストリアの小説家**

オーストリアのメーレン州（現在チェコ領）に伯爵の娘として生まれた．幼い頃からの読書と，ブルク劇場での観劇とによって演劇に興味を抱き，劇作家を志して，19世紀のシェイクスピアになることを夢みた．18歳でエーブナー男爵と結婚，めぐまれた環境の中で，営々と戯曲を書き続けた．しかし『スコットランドのメアリ・ステュアート』Marie Stuart in Schottland (60) ほか 2,3 の作品が好意的に迎えられただけで，大きな成果はあがらなかった．45歳ごろから小説に転向し，『小説集』Erzählungen（2巻，75，81)，短篇集『村と城の物語』Dorf- und Schloßgeschichten（2巻，83，86）などを発表するに及んで，ようやく作家としての地位を確立した．上記のほか，『ボツェーナ』Bozena (76)，『ゲムパーライン男爵家の人びと』Die Freiherrn von Gemperlein (81)，『村の子ども』Gemeindekind (87)，『贖いがたく』Unsühnbar (90) など多数のすぐれた作品がある．上流階級の出でありながら，民衆の素朴な生活を深く愛した彼女は，人間の心にひそむ善意や美しい魂を好んでとり扱い，それを暗示に富む美しい文体で描いた．また，遺伝的影響，誤った教育など，人間性をゆがめるいろいろな要素にも目を向け，鋭く社会を批判している点も注目に値する．地味ながら，すぐれたリアリズム作家として，高く評価されている．

翻訳文献→400頁

ラーベ ヴィルヘルム

Wilhelm Raabe (1831-1910)　**ドイツの小説家**

ブラウンシュヴァイクのエッシェルスハウゼンに，裁判所書記の長男として生まれた．14歳のとき父を失い，書店の見習いとなったが，その後ベルリーン大学の聴講生となって，哲学や文献学等を学んだ．このベルリーン時代に住んでいた古いシュプレー街の小市民の生活を描いた最初の作品『雀横丁年代記』Chronik der Sperlingsgasse (57)

が非常な好評を博したため，作家として立つ決心をした．彼の文学活動は3期に分けられる．第1期は，『雀横丁年代記』や『フィンケンローデの子供たち』Die Kinder von Finkenrode (59) など，小市民の生活の哀歓を牧歌的に描いたものや，その他歴史に取材した作品によって代表され，ジャン・パウル，サッカレーなどの影響がみられる．第2期は，シュトゥットガルト時代 (1862-70) で，『森から来た人びと』Die Leute aus dem Wald (63)，長篇3部作『飢餓牧師』Der Hungerpastor (64)，『アブ・テルファーン，または月山からの帰還』Abu Telfan oder die Heimkehr vom Mondgebirge (68)，『死体運搬車』Der Schüdderump (70) など力作が多く，形式表現上ではディケンズ，思想的にはショーペンハウアーの影響が濃い．これらは，その暗く重苦しい内容のため，発表当時はほとんど読まれなかったが，後年高く評価されて，彼の代表作と見なされるに至った．第三期は，それまでの暗い，救いのない厭世主義を脱して，人間愛にあふれたまなざしで，庶民の生活と運命とを見つめ，ユーモアとペーソスの渾然一体となった独自の作風を生み出した．この期の代表作には，『ホラッカー』Horacker (76)，『菓子袋』Stopfkuchen (91)，『フォーゲルザングの記録』Die Akten des Vogelsangs (95) などがある．全体として彼の文学は，ビーダーマイアー的牧歌調，イギリスの作家あるいはジャン・パウル流のユーモアと諷刺，ショーペンハウアーや時代の影響による厭世観，写実的な人物・環境描写の手法，脱線の多い独特な文体など，さまざまな要素が入りまじっていて，その全体像をとらえることは容易ではない．わが国には，あまり紹介されていない作家である．

翻訳文献→401頁

アンツェングルーバー ルートヴィヒ

Ludwig Anzengruber (1839-1889) **オーストリアの劇作家・小説家**

ヴィーンに生まれる．はじめ書店員となったが，20歳のとき役者となって旅まわりの一座に加わり，劇作家として知られるまでに，約10年間各地を遍歴した．70年，テアター・アン・デア・ヴィーンで上演された反教会的な戯曲『キルヒフェルトの牧師』Der Pfarrer von Kirchfeldが大成功を収めてから，『偽誓農夫』Der Meineidbauer (72)，『良心の虫』G'wissenswurm (74)，『第四の戒律』Das vierte Gebot (78) など，影響力の大きい作品を発表した．これらの作品によって彼は，ライムントやネストロイ等によって完成されたヴィーン古来の民衆劇の伝統を受け継ぎながらも，独自のリアリズム手法を開拓して自然主義の先駆となった．また『汚点』Der Schandfleck (76)，『シュテルンシュタイン屋敷』Der Sternsteinhof (84) などの小説も注目を集めた．

翻訳文献→400頁

マイ　カール　フリードリヒ
Karl Friedrich May (1842-1912)　**ドイツの小説家**

冒険小説や旅行物語を中心に，総出版部数が一億部を超える作品を書いたカール・マイは，「ゲーテからトーマス・マンまでのあいだで，これほど絶大な影響を及ぼした作家はほかにいない」(「シュピーゲル」1962) と言われたほど，ドイツでは有名であるが，文学史などにはあまり取り上げられていない．現在また文学作品として見直そうという機運が高まっている．わが国でも一度選集が出版されたことがあるが，あまり反響がなかった．

ケムニッツ近郊ホーエンシュタイン・エルンストタールの極貧の織工の家に生まれた．14人きょうだいのうちの9人は1歳未満で死に，カールも栄養失調のためか生まれた直後に失明し，医師の治療を受ける5歳まで盲目であった．この時期に祖母からお伽噺を聞かされたことと盲目ならではの空想力が後年の創作活動の素地をつくった．奨学金で高等教育を受け，教員になったが，ささいなことで同僚から窃盗罪で告訴され，禁固刑に処せられた上に教員免許状も没収された．その後は生きるために詐欺・窃盗などの罪を重ねることになり，通算8年におよぶ懲役を受けた．1874年，32歳で出獄してからは生来の空想力と獄中での豊富な読書体験とを生かして作家として立つ決心をし，異国を舞台にした冒険小説を書いて，いくつかの家庭雑誌や娯楽雑誌に連載した．それらは読者の心をとらえて離さず，マイ作品の掲載雑誌は大幅に売り上げを伸ばした．92年頃からは，各種の雑誌に書き下ろして掲載した物語を加筆・修正してまとめた『カール・マイ旅行物語全集』が刊行され，読者はますます増加することになった．96年，マイはドレースデン近郊のラーデボイルに宏壮な邸宅を購入して「ヴィラ・シャッターハンド」と名づけて住み，さらに創作に専念した．このヴィラをおびただしい数のファンが訪れ，マイの人気は高まる一方であった．ところがこのような成功者につきもののさまざまな誹謗・中傷・告発が何度もくりかえされた．猥褻問題，過去の犯罪行為の暴露・告発，訪れたこともない異国を舞台とする作品のはてしない空想・誇張・捏造癖への非難，マイ作品の青少年への悪影響など，いわゆる「マイ狩り」である．しかしそのたびに作品の魅力と本の売れ行きがそれを圧倒し，マイはドイツの娯楽大衆作家としてゆるぎない地位を獲得した．歿後，マイの作品を専門に出版する「カール・マイ出版社」，貧しい作家を援護する「マイ財団」，そして「マイ博物館」などが設立された．

現在全74巻に達する『カール・マイ全集』Karl May' GESAMMELTE WERKE の主要なものは，『砂漠を通って』Durch die Wüste (1892) などカラ・ベン・ネムズィを主人公とする中近東での物語数巻，『ヴィネトゥー』Winnetou (1893-1910) など，オールド・シャッターハンドを主人公とし，インディアンの酋長をめぐる北米の物語数巻のほか，南米もの，メキシコもの，ヨーロッパ諸国を舞台とするものなどである．いずれも波瀾万丈の物語で，読者は息つぐひまもなく，最後まで読み通さずにはいられない作品である．H.ヘッセはマイ文学を「根源的な文学に属するタイプ，つまり読者の願望を満たしてくれる文学」と評している．『わが生涯と努力』Mein Leben und Streben（10）という自伝作品もある．

翻訳文献→400頁

ローゼッガー　ペーター

Peter Rosegger（1843-1918）　**オーストリアの小説家**

オーストリアのクリーグラハ近郊の山村に生まれた．郷土作家として，生涯郷土と農民とを愛し，描き続けた．出世作『森の小学校長の手記』Die Schriften des Waldschulmeisters（75）は，戦争で心に深い傷を受けた主人公が，山間僻地の校長となって，村人の教育に一生をささげる物語で，彼が尊敬していたシュティフターの影響が濃い．『森のふるさと』Waldheimat（77）は，自伝的作品であるが，彼の故郷がいきいきと描かれている．『最後の人ヤーコプ』Jakob der Letzte（88）と『永遠の光』Das ewige Licht（97）は，資本家の買収，工場の進出に屈伏を余儀なくされたアルプスの村の悲劇を扱った作品である．彼の作品はこのほか多数あるが，当時の労働者の人気を集め，第一次大戦中の野戦病院においても，最も多く読まれたという．

翻訳文献→401頁

リーリエンクローン　デートレフ・フライヘル・フォン

Detlef Freiherr von Liliencron（1844-1909）　**ドイツの詩人**

デンマークの貴族の出である税理士を父として，キールに生まれた．プロイセンの士官として，普仏戦争に従軍し，戦傷を負った．大尉に昇進したが，放縦な生活によってばく大な負債をこしらえたため退役し，アメリカへ渡って，絵やピアノの教師をつとめた．その後帰国して地方の役人となった．が，相も変わらぬぜいたくな生活のためふたたび金に窮し，結婚生活にも失敗，二度離婚した．35歳頃から詩作をはじめ，1887年以後は，ハンブルク近郊のアルト・ラールシュテットに住み，文筆生活に入った．晩年は皇帝の年金を受けて，ようやく負債から解放された．最初の詩集『副官騎行・その他の詩』Adjutantenritte und andere Gedichte（83）は，従来の詩にないまったく新しい表現によって読む人を驚かした．北ドイツの自然，戦争の体験，狩，愛，友情，家族などをモチーフとして，するどいまなざしで，光，色，音など瞬間の印象を巧みにとらえて詩的言語で表現したが，この点において彼はまさに感覚的認知と，言語芸術との天才であった．その後数篇の詩集を出したが，その新鮮さと影響力の点では，最初の詩集に及ばなかった．他に，叙事詩『ポッグフレード』Poggfred (96)，自伝的長篇小説『人生と嘘』Leben und Lüge (1908) などがある．

翻訳文献→401頁

シュピッテラー　カール

Carl Spitteler (1845-1924)　　**スイスの詩人・小説家**

スイスのリースタールに，高級官吏の子として生まれた．少年時代から音楽や絵画等に才能をあらわしたが，牧師ヴィドマン一家と接触するに及んで文学に開眼した．また，強い自我の持主であったため，父親とたびたび衝突し，家出をしたこともある．バーゼル，ツューリヒ，ハイデルベルク等に遊学して，法律や神学を学んだ．バーゼルでは，ヤーコプ・ブルクハルトの弟子となり，大きな感化を受けた．71年，神学の学位を得て，牧師としての任地も決ったが，自由を求めてロシアやフィンランドに赴き，約8年間，家庭教師をつとめた．帰国後，女学校の教師を経てジャーナリストとなり，89年には「新ツューリヒ新聞」の文芸欄の主筆になった．91年遺産のおかげで退職し，創作に専念することになった．最初の作品は，12年をついやして完成された叙事詩『プロメーテウスとエピメーテウス』Prometheus und Epimetheus (80-81) で，英雄的人間の典型プロメーテウスと大衆の代表者であるその弟エピメーテウスとを対照的に描いている．この作品は，はじめはリズミカルな散文で書かれたが，のちに韻文に改められた．代表作『オリュンピアーの春』Olympischer Frühling (1900-06，決定稿10) は，オリュンポスの神々の繁栄と没落とを，あふれるようなファンタジーをまじえて格調高い韻文にまとめた雄大な叙事詩で，ここに描かれた神々の世界は，そのまま現代の世界の象徴となっている．これらの作品によって彼はゲーテ以後の最大の叙事詩人となった．小説には，『少女の仇敵』Die Mädchenfeinde (90)，『コンラート中尉』Conrad der Leutnant (98)，『成虫』Imago (06) などがあるが，特に『成虫』は，青年時代の彼自身の精神状態や恋愛感情等を比喩的に描いたもので，フロイトの心理分析に格好な材料を提供した．このほか，彼が非常に愛した各種の蝶をうたった詩集『蝶』Schmetterlinge (89)，評論『哄笑する真理』Lachende Wahrheiten (98)，回想記『わが幼年の体験』Meine frühesten Erlebnisse (1914) などがある．彼は，いわゆる世間でもてはやされる人気作家ではなく，文芸思潮からも孤立して独自の境地を切り開いた．思想的にはショーペンハウアーの影響を受けた．一面，祖国の中立を愛する闘士としても知られ，ロマン・ロランと親交を結んだ．1919年，スイスで最初のノーベル文学賞を受賞した．

翻訳文献→401頁

フロイト ズィークムント

Sigmund Freud (1856-1939) **オーストリアの精神分析学者**

オーストリア=ハンガリー帝国のモラヴィアの町フライベルク（現在チェコ領プシーボル）にユダヤ人の子として生まれた．彼はユダヤ人であることを深刻に悩んだが，その悩みが，彼の学説や人生観を形づくる上に大きな影響を及ぼした．医学，特に脳外科学・生理学等を専攻して，1885年ヴィーン大学の神経病理学の講師となった．そののち，主として神経障害を研究し，神経症の原因に関する新説を発表，1902年には，ヴィーン大学教授となったが，38年，ナツィスのユダヤ人迫害をのがれて，ロンドンに移住し，翌年この地で歿した．30年にゲーテ賞を受け，36年にはロンドンのロイヤル・ソサエティの客員となった．彼は，人間の心理生活が意識の領域で営まれると見なす従来の心理学を否定して，心の大部分は，無意識または潜在意識から成り立つ，と主張した．すなわち，心理生活を動かすものは，無意識の領域内に抑圧された性愛衝動（リビドー）の働きであるとする無意識心理学を樹立し，人間生活を全般的に支配する無意識的ないし意識的性愛衝動の役割を強調したのである．そして，心理解明の手段として精神分析の理論と方法とを確立した．この学説は，発表の当初，汎性欲主義あるいは反社会科学主義と見なされて，激しい批判を浴びたが，次第に支持者を得，高い学問的地歩を確保するに至った．19世紀末から20世紀初頭にかけての，欧米全体における精神病理学・心理学等から社会学，さらには文学の領域にまで及ぶその広範でしかも甚大な影響には，はかり知れないものがある．文学者では，特にトーマス・マン，シュニッツラー，S.ツヴァイク，ヴェルフェルや，イギリスのジョイスらの創作活動に決定的影響を与えている．主要な著書には，芸術活動は欲求の幻覚的代償行為であるという見地から芸術および芸術作品を論じた小論『詩人と空想』Der Dichter und das Phantasieren (08) のほか，『夢判断』Die Traumdeutung (1900)，『日常生活の精神病理学』Zur Psychopathologie des Alltagslebens (05)，『精神分析学入門』Vorlesungen zur Einführung in die Psychoanalyse (17) などがある．

翻訳文献→401頁

ズーダーマン　ヘルマン

Hermann Sudermann (1857-1928)　**ドイツの小説家・劇作家**

東プロイセンに生まれ，ケーニヒスベルク，ベルリーン両大学に学んだ．卒業後，新聞の編集者や家庭教師等を勤めたが，30歳のとき，自伝的要素を含む最初の作品『憂愁夫人』Frau Sorge (87) を発表して，作家として文壇に地位を得たのちは，ベルリーンに住んで創作に専念した．その2年後，上流階級と庶民との名誉観念の対立をたくみに描いた社会劇『名誉』Die Ehre (89) を発表，これがベルリーンのレッスィング座で上演されるや一躍絶讃を博し，「ハウプトマンとならぶ劇作家」と称された．また自由に生きようとする新時代の女性を描いた戯曲『故郷』Heimat (93) の成功は，さらに彼の名声を国際的なものとした．この作品は，わが国でも島村抱月の訳で大正時代に上演され，当時の婦人解放運動の機運に乗って評判となった．上記のほか，小説では，『猫橋』Der Katzensteg (89),『リタウエン物語』Litauische Geschichten (1917), 戯曲では，『かたすみの幸福』Das Glück im Winkel (96),『ヨハネス』Johannes (98) などがある．

翻訳文献→401頁

マイヤー=フェルスター　ヴィルヘルム

Wilhelm Meyer=Förster (1862-1934)　**ドイツの劇作家**

ハノーファーに生まれる．各地の大学で法学，美術史等を研究してから，ベルリーンでジャーナリストになった．すでに学生時代から創作をはじめていた彼は，記者生活のかたわら，戯曲および小説を数篇発表したが，大きな反響を呼ぶには至らなかった．しかしすでに発表した小説『カール・ハインリヒ』Karl Heinrich (99) を脚色した戯曲『アルト=ハイデルベルク』Alt-Heidelberg (1901) が，ベルリーン劇場で上演されると，記録的なロングランを続け，彼の名声は一挙にあがった．皇太子カール・ハインリヒと旅館の娘ケーティーとの恋，そしてそれをとりまく学生たちの生活を中心として，青春の哀歓を感傷的にうたいあげたこの作品は，若い人たちの心をとらえ，世界各地で上演された．わが国でも大正から昭和のはじめにかけて幾度か上演され，好評を博した．77年には日生劇場でも上演された．

翻訳文献→402頁

デーメル　リヒャルト
Richard Dehmel (1863-1920)　**ドイツの詩人**

ブランデンブルク州に林務官の子として生まれた．ベルリーンおよびライプツィッヒの大学で，哲学，経済学等を修めたのち，保険会社に就職した．勤務のかたわら詩作にはげみ，最初の詩集『救済』Erlösugen（91）を発表した．これは．リーリエンクローンに激賞され，それ以来二人は親交を結んだ．第2詩集『けれども愛は』Aber die Liebe（93）は，この友人に捧げられている．この頃から多くの芸術家と交わり，芸術雑誌「パーン」Pan（94）を創刊，これを契機に，会社をやめて文筆生活に入った．翌年，外交官夫人イーダ・コーブレンツを知り，4年後，すでに童話作家として名をあげていた妻と別れて，イーダと結婚した．この間に，第3詩集『女と世界』Weib und Welt（96）を出している．50歳のとき，モンブランに登ったり，翌年勃発した第一次大戦に，志願して従軍するなど，晩年にも旺盛な活力を示したが，戦傷がもとで病歿した．上記の作品のほかには，イーダとの恋愛体験にもとづいて書かれたロマンツェ形式の労作『ふたりの人間』Zwei Menschen（1903）をはじめとして，詩集『美しい野性の世界』Schöne, wilde Welt（13），従軍の記録『民族と人類とのあいだ』Zwischen Volk und Menschheit（19），その他，劇，童話等がある．自然主義の潮流の中から出発したデーメルは，思想的にはニーチェ，表現上ではフランス象徴派の詩人たちから大きな影響を受けたが，デカダンスの方向には向かわず，むしろたくましい生命力にあふれる独自の詩境を開いた．そしてのびのびとしたエロス，たくましい感情，野性的世界への献身等を，情熱的なリズムでうたいあげた．このような彼の詩は，世紀末のあの頽廃から立ちあがろうとしていた若い人びとに，熱狂的に迎えられた．わが国でも森鷗外の翻訳で早くから知られ，木下杢太郎，斎藤茂吉らにも影響を与えた．

翻訳文献→402頁

ホルツ　アルノー
Arno Holz (1863-1929)　**ドイツの詩人・作家・評論家**

東プロイセンのラステンブルクに生まれた．夢想的な少年であった彼は，大都会の生活にあこがれ，早くからベルリーンへ出て文学活動を開始した．そして，特に友人ヨハネス・シュラーフとともに，スペンサーの哲学から出発し，ゾラの文芸理論をさらに極端にした「徹底自然主義」を提唱し，過去の伝統を否定する実験的な詩，小説，戯曲を発表して，新時代の文学に大きな刺激を与えた．詩集『時代の書』Das Buch der Zeit（86），『ファンタズス』Phantasus（98），シュラーフと共同で発表した物語『パパ・ハムレット』Papa Hamlet（89）と，戯曲『ゼーリケ一家』Die Familie Selicke（90）などの作品のほか，理論書として『芸術，その本質と法則』Die Kunst, ihr Wesen und ihre Gesetze（91），『抒情詩の革命』Revolution der Lyrik（98）がある．

翻訳文献→402頁

バール　ヘルマン

Hermann Bahr（1863-1934）　**オーストリアの評論家**

「文壇のカメレオン」と呼ばれたほど，同時代のほとんどすべての文芸思潮を信奉しては転向したが，それぞれの文芸思潮の理論的指導者として，同時代の文学者に与えた影響は大きい．出生地はオーストリアのリンツ．ヴィーン大学在学中，マルキシストと見なされて退学処分を受け，ベルリーン大学に移って法律を学んだ．ここで，ブラーム，ホルツらとともに「自由劇場」などを刊行して，自然主義運動に参加した．その後パリへ行き，フランス象徴主義の影響を受けた彼は，『自然主義の克服』Die Überwindung des Naturalismus（91）を発表して，印象主義，新ロマン主義に転向したのち，ヴィーンで，シュニッツラー，ホーフマンスタールらとともに「若きヴィーン」派の中心人物となった．さらに時流とともに表現主義に移行し，評論『表現主義』Expressionismus（16）などを著し，K.クラウス，ヴェルフェルらに影響を与えた．このように，さまざまに立場を変えたが，すぐれた文学作品を認める鋭い感覚と才能とにかけては，無類のものがあった．戯曲や小説も書いたが，特に『自叙伝』Selbstbildnis（23）が興味深い．

翻訳文献→402頁

シュテーア　ヘルマン

Hermann Stehr（1864-1940）　**ドイツの小説家**

シュレーズィエンに，馬具師の子として生まれた．30年間小学校の教師をしていたが，この間，政治上の理由で僻村に追放され，貧窮の生活を送ったこともある．この暗い現実体験にもとづいて，最初の長篇『レオノーレ・グリーベル』Leonore Griebel（1900）や『葬られた神』Der begrabene Gott（05）などの，社会批判的・自然主義的作品を発表した．しかし，つづいて発表した『三夜』Drei Nächte（09）によって，神秘主義に転じ，代表作『聖者屋敷』Der Heiligenhof（18）をはじめとして，『ペーター・ブリントアイゼナー』Peter Brindeisener (24), 職人メヒラー家の三代にわたる物語『ナタナエル・メヒラー』Nathanael Mächler (29),『子孫』Die Nachkommen (33),『ダーミアン』Damian oder das große Schermesser (44) などの巨篇のほか, 幻想的・神秘的短篇『ヴァイオリン製作者』Der Geigenmacher (26) などを書いた. 都会を嫌い, 民主的文明やユダヤ的主知主義を嫌った彼は, 終始一貫して郷土の素朴な農民や職人等を描いた. また, 郷土の哲人エックハルトらの神秘思想と, 老・荘の哲学や仏教などから大きな影響を受けた彼は, 終生教会主義を排撃してやまなかった. 彼の文学はナツィスに迎えられ, 彼自身もまた, ナツィスが政治的に彼の理想を実現するものと信じた.

翻訳文献→402頁

ハルベ マックス

Max Halbe (1865-1944) **ドイツの劇作家**

ダンツィヒ (現在ポーランドのグダニスク) 近郊のギットラントに生まれる. ベルリーン大学在学中に, G.ハウプトマンやO.ブラームと交わり, 自由劇場の運動に参加した. 早くから多くの戯曲を発表したが, 特に1893年ベルリーン劇場で発表した『青春』Jugend が大成功をおさめ, 一躍劇作家としての名声を確立した. カトリックの司教館に起こった青春悲劇を扱ったこの作品は, 自然主義の手法による環境描写に詩的な表現を与えた佳品で, わが国でも上演された. その他の主な作品には, 戯曲『郷土』Mutter Erde (97),『流れ』Der Strom (03), 小説『メゼック夫人』Frau Meseck (96) などがある.

翻訳文献→403頁

フーフ リカルダ

Ricarda Huch (1864-1947) **ドイツの小説家・思想家**

ブラウンシュヴァイクの豪商の娘として, 恵まれた少女時代を過ごしたが, 従兄で姉の夫であるリヒャールト・フーフとの恋のため, 故郷を離れてツューリヒ大学で歴史や哲学等を学んだ. 27歳で博士号を得るとともに, 最初の『詩集』Gedichte (91) を発表した. その後図書館の司書, 教師等をつとめながら, 詩や小説を書いた. 34歳のとき, イタリア人の歯科医チェコーニと結婚して一女を得たが, のちに離婚し, 43歳の折に年来の恋人リヒャールトと再婚した. しかしまもなく彼とも別れて, ふたたび前夫のもとに帰った．抒情詩作品には，前記『詩集』のほか，『新詩集』Neue Gedichte（07），『愛の詩集』Liebesgedichte（12）などがあり，プラーテン，マイヤーの影響を受けた．長篇小説『ルードルフ・ウルスロイの思い出』Erinnerungen von Ludolf Ursleu dem Jüngeren（92）は，自己の恋愛体験を織りまぜながら，あるハンザ貴族の繁栄と没落とを描いたもので，彼女の代表作である．『ミヒャエル・ウンガー』Michael Unger（04）は，愛し合いながら，子供のために恋をあきらめる恋人同士を描いたものである．評論としては，ロマン主義を再評価し，その全貌を描いた名著『ロマン主義の全盛時代』Blütezeit der Romantik（99），『ロマン主義の伸展と没落』Ausbreitung und Verfall der Romantik（02）がある．中期以後は思想的にも深みを加え，作風も初期の新ロマン主義的傾向を脱して，リアリズムに向かった．この期の主要著作としては，歴史物が多く，イタリア独立の闘士ガリバルディの活躍を描いた二部作『ローマの防衛』Die Verteidigung Roms（06），『ローマ争奪戦』Der Kampf um Rom（07）や，三十年戦争を描いた『ドイツの大戦争』Der große Krieg in Deutschland（3巻，12-14）などがある．さらに，『ルターの信仰』Luthers Glaube（16），『人間の本質について』Vom Wesen des Menschen（22）などの哲学的著述に向かい，晩年には彼女の人生哲学の集大成である『原現象』Urphänomene（46）を著した．彼女は女性として最初のゲーテ賞受賞者であり，アカデミー会員であった．1933年ナツィスに忠誠を強いられたとき，アカデミーを脱退し，「国内追放」の状態におかれたが，きびしい迫害にも屈せず，ファシズムに対する抵抗をやめなかった．

翻訳文献→403頁

エルンスト　パウル

Paul Ernst（1866-1933）　**ドイツの劇作家・小説家**

ハルツ地方の鉱山監督の子として生まれ，ゲッティンゲンおよびベルリーン大学で，神学，哲学，文学を学んだ．ベルリーンでは，自然主義作家のクラブ「ドゥルヒ」Durch に加わり，社会主義的労働運動に参加した．しかし，1900年のイタリア旅行を契機として，しだいにきびしい形式と高い格調を重んずる「新古典主義」に向かい，ヴァイマルに移住して，W.ショルツらとこの運動を起こした．そして，イタリア文学の影響下に，短篇『東方の王女』Die Prinzessin des Ostens（02）や喜劇『フィレンツェの一夜』Eine Nacht in Florenz（05）などを書いた．1905年にはデュッセルドルフの劇場の監督となって，新古典主義の戯曲論『形式への道』Der Weg zur Form（06）を著した．『デーメートリオス』Demetrios（05），『カノッサ』Canossa（08），『ナクソスのアリアドネー』Ariadne auf Naxos（12）などは，この理論に基づいて作られたものである．このほか，長篇小説『幸福への狭い道』Der schmale Weg zum Glück（04），『希望の種子』Saat auf Hoffnung（15），ぼう大な叙事詩『皇帝の書』Kaiserbuch（23-28）などがあるが，現在ではほとんど読まれていない．

翻訳文献→403頁

シュトラウス　エーミール

Emil Strauß（1866-1960）　**ドイツの小説家**

シュヴァーベン出身．各地の大学で文学，哲学，経済学等を修め，26歳のとき教師としてブラジルへ移民し，10年間農業に従事した．帰国後，小説『友ハイン』Freund Hein（02）を発表して文名を高めた．これは，音楽の天分のある多感な少年が，父の無理解な教育に反抗してピストル自殺をとげてしまうという物語で，ヘッセの『車輪の下』に影響を与えた．次の長篇『交錯』Die Kreuzungen（04）は，男女の三角関係をテーマとした人生探究的な内容を持ち，郷土や農民への奉仕を結論としている．代表的長篇『巨人の玩具』Riesensspielzeug（34）は，主人公の言語学者がさまざまな体験をしたのち，農家の娘と結婚して，農業に生きることを決意するまでを描いた教養小説である．また短篇『ヴェール』Der Schleier（20）も忘れがたい佳品である．彼はゲーテ賞をはじめとして数々の栄誉に浴し，その郷土愛にあふれた健康な作風はナツィス政府に認められて，国民文学の長老として迎えられた．

翻訳文献→403頁

ダウテンダイ　マックス

Max Dauthendey（1867-1918）　**ドイツの詩人・小説家**

ヴュルツブルクに写真家の子として生まれた．はじめは画家を志したが1891年頃から詩作をはじめ，新時代の雑誌「ゲゼルシャフト」Gesellschaft などに投稿した．デーメルと親交を結び，ゲオルゲ派に接近したこともある．孤独と寂寥とを好んでヨーロッパ各地を遍歴し，1905年には長年の夢であった世界旅行に出発，日本にも滞在した．14年，二度目の世界旅行を試みたが，世界大戦勃発のためジャワで足どめをくい，マラリアにかかってマラングで客死した．『紫外線』Ultra-Violett（93），『永遠の婚礼』Die ewige Hochzeit（05），『燃えるカレンダー』Der brennende Kalender（05），『長い夜の歌』Lieder der langen Nächte（09）など多くの詩集があり，その抒情詩は，印象派の絵を思わせるような色彩と香気とにあふれ，そこはかとないエロティシズムを漂わせている．また，アジアに取材した短篇集『リンガム』Lingam（09）と，近江八景にちなんだ八篇の恋物語『琵琶湖八景』Die acht Gesichter vom Biwasee（11）は，魅惑的な異国情緒を，抒情的に描いたもので，多くの読者を得た．ほかに，メキシコでの体験をもとに書かれた『猛人』Raubmenschen（11），人間が一人も登場しない戯曲『あこがれ』Sehnsucht（95）などがある．

トーマ　ルートヴィヒ

Ludwig Thoma（1867-1921）　**ドイツの小説家・劇作家**

バイエルンのオーバーアンマーガウに生まれ，生涯バイエルンに住んだ．大学で法律を学び，ミュンヒェンで弁護士を開業，かたわら，雑誌「ズィンプリツィスィムス」の編集者となり，腐敗堕落した官僚や僧侶をはじめとして，無知な小市民や農民たちの俗物根性等を痛烈に批判した多くの戯曲や小説を書いた．しかし，その批判はつねに彼一流のユーモアにみちた表現につつまれて，その背後にあたたかい作者のまなざしが感じられる．ここに彼の作品のすぐれた特色がある．戯曲では，『メダル』Medaille（01），『ローカル線』Die Lokalbahn（02）などの一幕物，大好評を博した三幕喜劇『道徳』Moral（09）など，小説では，『アンドレーアス・フェスト』Andreas Vöst（05），『男やもめ』Der Wittiber（11）などが優れている，また，ゆがんだ大人の世界を諷刺的に描いた子供向きの読み物『悪童物語』Lausbubengeschichten（04）とその続篇『フリーダおばさん』Tante Frieda（06）は，各国語に訳されて親しまれている．

翻訳文献→403頁

ザルテン　フェーリクス

Felix Salten（1869-1945）　**オーストリアの小説家・劇作家**

本名ズィークムント・ザルツマン（Siegmund Salzmann）．ホーフマンスタール，シュニッツラー等に認められ，「若きヴィーン派」の作家として活躍し，ヴィーン・ペンクラブの会長にもなった．38年ナツィスの圧迫をのがれてアメリカに亡命，さらにスイスに移って終戦の年に歿した．小説，戯曲，旅行記，評論など，多方面の著作があるが，特に野性の子鹿の物語『バンビ』Bambi（23）は，世界の子供たちに親しまれている．ディズニーによって映画化されて以来，いっそう有名になった．

翻訳文献→403頁

モルゲンシュテルン　クリスティアン

Christian Morgenstern (1871-1914)　**ドイツの詩人**

ミュンヒェンに生まれる．父も，祖父も，母方の祖父も著名な風景画家であった．母は結核で死に，彼自身も結核に冒されて各地の保養地を転々とした．画家の家系に生まれながら，絵の才能に恵まれなかった彼は，法律や美術史等を学んだが，たまたま病床で読んだニーチェに深い感銘を受けてからは，詩作をはじめるようになった．そして屋根裏部屋で書きあげた詩集『まぼろしの城にて』In Phantas Schloß (95) は，ニーチェにささげられた．最も有名な詩集『絞首台の歌』Galgenlieder (05) にも，ニーチェの言葉「おとなの心の中のこどもに」という献詞が添えられている．この作品は，幻想的でグロテスクでしかもユーモラスな音や言葉を組み合わせ，そこからかもし出される詩全体の雰囲気によって，神を見失った現代のひとつの救いを表現しようと試みたものである．このため彼は，従来の言葉をつくりかえたり，独特な音韻や文法形式などを発明したりした．これは，シュルレアリスムの先駆的試みとして注目に値する．同じ系列の詩集『パルムシュトレーム』Palmström (10),『パルマ・クンケル』Palma Kunkel (16),『ギングガンツ』Gingganz (19) なども，のちに『絞首台の歌全篇』Alle Galgenlieder (32) として刊行された．晩年の彼は，宗教的哲学者ルードルフ・シュタイナーに傾倒し，次第に神秘主義的思想に向かった．この期の詩集には，『メランコリー』Melancholie (06),『われと汝』Ich und Du (11),『われらひとすじの小径を見出しぬ』Wir fanden einen Pfad (14) などがある．彼の詩集はその難解さにもかかわらず，多くの熱狂的な読者を得て，一世を風靡した時代もある．

翻訳文献→403頁

マン　ハインリヒ

Heinrich Mann (1871-1950)　**ドイツの小説家・評論家**

リューベックの富裕な穀物商の長男として生まれる．トーマス・マンの兄である．ベルリーン大学卒業後，長年イタリアに滞在して，広くラテン的教養を身につけた．ダヌンツィオ，バルザック，スタンダール，フロベール，ゾラなどの影響を受けた彼の長篇小説は鋭い時代批判を特徴として，政治，社会，芸術，恋愛など広範囲にわたる問題をテーマとしている．暴君教授の破滅を諷刺的に描いた『ウンラート教授』Professor Unrat (05) は，『嘆きの天使』という題で映画化されて有名になった．また彼は，フランス文化ならびにヨーロッパ民主主義共和国の理想を骨子として書いた政治・文化評論において，第一次大戦後のドイツの政治・社会を激しく批判し，一時は保守的な弟トーマスとも対立した．この時期の代表作は，3部作『帝国』Das Kaiserreich『臣下』Der Untertan（14），『貧民』Die Armen（17），『首脳』Der Kopf（25）］である．1933年チェコを経てフランスに亡命した彼は，「亡命作家連盟」の総裁を務め，ジッド，アラゴン，バルビュスらとともにファシズム攻撃の第一線に立って活躍した．そのかたわら，2巻の歴史小説『アンリ四世の青春』Die Jugend des Königs Henri Ⅳ（35），『アンリ四世の完成』Die Vollendung des Königs Henri Ⅳ（38）によって，寛容で，平和を愛するヒューマニスト君主の理想を描いた．40年アメリカのカリフォルニアに逃れ，自叙伝『一時代の検討』Ein Zeitalter wird besichtigt（46）を書いた．戦後，東独ペンクラブの中央委員，東独芸術院の初代院長に任命されたが，帰国寸前アメリカで客死した．上記作品のほか，『驚異』Das Wunderbare（1894）から『ある愛の物語』Eine Liebesgeschichte（1945）に至る多くの短篇小説にもすぐれた才能を発揮した．

翻訳文献→403頁

ブッセ カール

Karl Busse（1872-1918） **ドイツの詩人・小説家**

上田敏の訳詩「山のあなたの空遠く」の作者として日本ではあまりにも有名であるが，ドイツではさほど重要な詩人ではなく，むしろ忘れられた存在である．ポーゼンのリンデンシュタット=ビルンバウムに生まれ，ブレスラウの大学で学んだのち，ベルリーンでジャーナリストとして活躍した．『詩集』Gedichte（92），『新詩集』Neue Gedichte（96），小説『青春の嵐』Jugendstürme（96），評論『世界文学史』Geschichte der Weltliteratur（09），『近代ドイツ抒情詩人』Neuere deutsche Lyriker（09）などの著作がある．

モンベルト アルフレート

Alfred Mombert（1872-1942） **ドイツの詩人**

カールスルーエに生まれ，ハイデルベルク大学で法律を学んだ．『昼と夜』Tag und Nacht（1894）や友人デーメルに献げた『灼熱の人』Der Glühende（96）などの詩集によって詩壇に登場したのち，数年間弁護士を開業したこともあるが，生涯のほとんどをハイデルベルクに住んで，詩作に没頭した．33年，ユダヤ人であるためナツィス統治下のドイツ・アカデミーを追われ，40年には自宅で逮捕されてフランスの強制収容所に送られたが，スイス著作家協会の尽力によって釈放され，スイスに亡命してその地で歿した．

ニーチェ，ホイットマン，デーメルらの影響を受けた彼の抒情詩は，表現主義の詩人たちに大きな影響を与えたが，本質的に表現主義とは異質のものである．華麗な想像力を駆使することによって，美と情熱と憂愁とにみちあふれた宇宙的世界を創造し，この幻想の世界における新しい神話の中心となるべき人間の理想について讃美した彼の詩は，その深遠な哲学的内容と，流麗な音楽的言語表現とによって，独自の詩境をひらいている．主要な作品には，詩集『創造』Die Schöpfung (97)，『カオスの華』Die Blüte des Chaos (05)，『大地の英雄』Der Held der Erde (19)，『牽牛星』Altair (25) などのほか，有名な対話体幻想詩3部作『アイオーン』Aeon (07,10,11) がある．

翻訳文献→404頁

ヴァッサーマン　ヤーコプ

Jakob Wassermann (1873-1934)　**ドイツの小説家**

ニュルンベルク近郊のフュルトに，裕福なユダヤ商人の子として生まれたが，2歳のとき母を失い，やがて父も零落したため，暗い少年期を過ごした．実科学校を出てからおじのもとで働いたが，これを嫌って陸軍に入隊した．しかし，ユダヤ人であったために人種的偏見からさまざまな迫害を受けて，まもなく除隊した．こうしたユダヤ人としての苦い体験は，彼の作品に強く反映されている．『ドイツ人として，またユダヤ人としての私の道』Mein Weg als Deutscher und Jude (21) もこのような苦悩の自伝である．最初の作品『ツィルンドルフのユダヤ人』Die Juden von Zirndorf (97) の成功によって，ようやく悲惨な生活から救われた彼は，一時雑誌「ズィンプリツィスィムス」の編集にもたずさわったが，1900年から創作に専念し，年ごとにすぐれた長篇小説を発表して，20世紀前半のドイツ文学を世界的水準に高めた大作家の一人となった．手法上では，バルザック，ドストエフスキー等に学び，また，フロイトの精神分析からも大きな影響を受けた．主要作品は，『若きレナーテ・フックスの物語』Die Geschichte der jungen Renate Fuchs (01)，『モーロッホ』Moloch (02)，『カスパル・ハウザー，または心の怠惰』Caspar Hauser, oder die Trägheit des Herzens (09)，『ガチョウを抱く男』Das Gänsemännchen (15)，『クリスティアン・ヴァーンシャフェ』Christian Wahnschaffe (19)，そして3部作『マウリツィウス事件』Der Fall Maurizius (28)，『エツェル・アンダーガスト』Etzel Andergast (31)．『ヨーゼフ・ケルクホーフェンの第三の生活』Joseph Kerkhovens dritte Existenz (34) などがある．『マウリツィウス事件』は J.デュヴィヴィエによって映画化され，わが国でも『埋もれた青春』として上映されて話題を呼んだ．

翻訳文献→404頁

クラウス　カール

Karl Kraus (1874-1936)　**オーストリアの詩人・劇作家・評論家**

裕福なユダヤ人実業家の子としてボヘミアに生まれ，幼年時代にヴィーンに移った．ヴィーン大学で，法律，哲学，文学等を学ぶかたわら，H.バールを中心とするヴィーンの文人たちと交わり，新聞や雑誌に文芸記事を書いた．随筆集『破壊された文学』Die demolierte Literatur (96) その他を発表したのち，99年，文芸誌「ファッケル」Fackel を創刊し，政治問題や社会現象等に対する辛辣な批評によって，世の注目を集めた．鋭い言語感覚をもち，「腐敗した言葉は，腐敗した精神を表わす」と信じた彼は，36年間，この雑誌に拠って，ドイツ語で書かれた当時のあらゆる文章を批評し，空疎な文体，誤った語法などを徹底的に攻撃し，この言語批評に基づいて，ほとんどすべての社会現象に否定的判決を下した．はじめは，ストリンドベルイ，ヴェーデキント，H.マンなどが協力執筆したが，無名作家からリルケ，Th.マンらに及ぶ文学作品をはじめとして，はては片々たる新聞記事に至るまで，およそ目に触れる限りの文章に対して容赦ない攻撃を加えた彼の非妥協的な態度は，彼自身を次第に孤独の境涯に追い込むこととなり，独力で雑誌の刊行を続けなければならなかった．自身もすぐれた文章家であった彼は，第一次大戦後の混乱した社会とオーストリア帝国の末期的症状とを大規模に活写した戯曲『人類最後の日々』Die lezte Tage der Menschheit (19) や，ナツィスを批判した遺稿の戯曲『第三のヴァルプルギスの夜』Die dritte Walpurgisnacht (52) などを発表したほか，詩，アフォリズム等の分野にも多大の業績を残した．

翻訳文献→404頁

シュヴァイツァー　アルベルト

Albert Schweitzer (1875-1965)　**フランスの哲学者・オルガン奏者・医者**

エルザス（当時ドイツ領，現在フランス領アルザス）に生まれた．幼い頃からオルガンを学び，内省と思索を愛し，生き物に対する畏敬と憐憫（れんびん）の情にあふれ，宗教と音楽の感動を受けつつ成長した．シュトラースブルク（ストラスブール）大学で哲学・神学を学び，宗教哲学の論文で学位を得た．21歳のある朝，30歳までは学問と芸術に専念し，それ以降は奉仕の道を歩むことを決心したが，みごとにその通りの人生を歩むことになる．学問の分野では，『イエス伝研究史』Geschichte der Leben-Jesus-Forschung (1906，新版13)，『パウロ研究史』Geschichte der Paulinischen Forschung (11) 等の神学研究によって国際的な注目を浴び，芸術の分野では一流のオルガン奏者としてパリやバルセロナで演奏活動を行うかたわら，パイプオルガンの研究やオルガン曲集の編集や『J.S.バッハ』Johann Sebastian Bach（仏語版05，独語版08）などの著書を著し，一流の音楽家と親交を結んだ．そして30歳のとき，アフリカ原住民の生活の惨状を知るや，ほかのすべてをなげうって医学を学んで学位を取得し，周到な準備のもとに1913年フランス領ラムバレーネに病院を建設して，現地民の診療活動に生涯を捧げた．そのかたわら発表した『水と原生林とのあいだ』Zwischen Wasser und Urwald（21），『文化の没落と再建』Verfall und Wiederaufbau der Kultur（23），『文化と倫理』Kultur und Ethik（23），『使徒パウロの神秘主義』Die Mystik des Apostels Paulus（30），『わが生活と思想より』Aus meinem Leben und Denken（31）など，簡潔で含蓄のある文章で書かれた作品は広く愛読されている．周知のように彼は「アフリカの聖者」と称えられ，52年にノーベル平和賞を受賞した．その後の著作には『今日の世界における自由の問題』Das Problem des Friedens in der heutigen Welt（54），『ランバレーネからの手紙』Brief aus Lambarene（55）がある．

翻訳文献→404頁

ユング　カール　グスタフ

Carl Gustav Jung（1875-1861）　**スイスの精神病理学者**

ボーデン湖畔の村ケスヴィールに牧師の息子として生まれた．早くから哲学書に親しむ．バーゼル大学，のちにパリ大学で医学・心理学を学び，ツューリヒ大学講師となる．フロイトの精神分析学に影響を受けてフロイトに急速に接近し，ともにアメリカへ講演旅行に行ったりして，フロイトもユングを後継者と考えるまでになったが，しだいに両者の考えに相違が現れ，1913年以後袂を分かつことになる．臨床学的・自然科学的，厭世的傾向をもつフロイトの精神分析学に対して，ユングの深層心理学は，実証的，文化史的・宗教哲学的，楽天的傾向をもつ．「無意識」に対する見解も，フロイトのそれが，生物学的，個人的，否定的であるのに対して，ユングのは，歴史的，集団的，肯定的である．またユングは「自己」こそ意識と無意識を統合する人間存在の核心であるとし，光に対する闇，物質に対する精神，キリスト教に対するグノーシス教や仏教や易経，合理主義に対する神秘主義，自然科学に対する超常現象など，常に対極的なものに注目してこれを人間の心に照応させた．彼の思想は現代の学問・芸術・文学に大きな影響を与えた．H．ヘッセは直接ユングから影響を受けた作家のひとりである．

主要著書には『リビドーの変容と象徴』Wandlungen und Symbole der Libido（12），『心理学的類型』Psychologische Typen（21），『分析心理学と文芸作品との関係』Über die Beziehung der analytischen Psychologie zum dichterischen Kunstwerk（22），『自我と無意識との関係』Die Beziehung zwischen dem Ich und dem Unbewußten (28),『魂のエネルギー論』Über die Energetik der Seele (28),『心理学と文学』Psychologie und Dichtung (30),『現代の魂の問題』Seelenproblem der Gegenwart (31),『無意識の心理学について』Über die Psychologie der Unbewußten (42),『心理学と錬金術』Psychologie und Alchemie (44),『無意識の諸形態』Gestaltungen des Unbewußten (50),『結合の神秘』Mysterium Coniunctionis (55-57),『思い出, 夢, 思い』Erinnerungen, Träume, Gedanken (62) などがある.

翻訳文献→405頁

シュミットボン ヴィルヘルム

Wilhelm Schmidtbonn (1876-1952) **ドイツの劇作家・小説家**

ライン河畔のボンに生まれた. はじめ音楽家を志し, ケルンの音楽学校に入ったが, その後書店の見習いとなり, さらに大学で文学, 芸術史等を学んだ. 25歳のとき最初の戯曲『街の子』Mutter Landstraße (01) を書いた. 初演は不評だったが, ラインハルト演出の再演によって成功をおさめ, 彼の出世作となった. 彼は作品の舞台を故郷ライン地方に設定し, 自由へのあこがれや, 孤独や愛などをテーマとする戯曲や短篇小説を書いた. 戯曲には『グライヒェン伯爵』Der Graf von Gleichen (08),『放蕩息子』Der verlorene Sohn (11),『打たれた者』Der Geschlagene (20),『オルプリートへの航海』Die Fahrt nach Orplied (22) など, 短篇には,『河畔の人びと』Uferleute (03),『カラス』Raben (04),『奇跡の樹』Der Wunderbaum (13),『七つの山のかなた』Hinter den sieben Bergen (33), 長篇には『三角広場』Der dreieckige Marktplatz (35) などがあり, わが国にも早くから紹介されたが, 特に傑出した作品はない.

翻訳文献→405頁

ル・フォール ゲルトルート・フォン

Gertrud von le Fort (1876-1971) **ドイツの詩人・小説家**

ヴェストファーレンのミンデンに軍人 (男爵) の娘として生まれた. 祖先はユグノー派の新教徒で, フランスからの亡命者である. 敬虔な家庭で少女時代を過ごした彼女は, ハイデルベルクやベルリーンで神学, 歴史, 哲学等を学んだ. 恩師にあたる宗教哲学者トレルチュ教授の死後, その遺稿『信仰論』を出版し, 一方最初の詩集『教会への讃歌』

Hymnen an die Kirche（24）を出版するに及んで，50歳にしてカトリックに改宗した．その後彼女はつねにカトリック的世界観に立って，教会の問題，宗教史上の事件，女性問題などを扱い，芸術的完成度の高い，多くの作品を生み出した．宣教的ないや味がなく，女性でなくては書けないこまやかな感情の起伏をみごとに描いたその作品は，しみじみと読者の胸に迫るものがある．

代表作は，自伝的教養小説『ヴェロニカの聖骸布』Das Schweißtuch der Veronika〔第1部『ローマの噴水』Der römische Brunnen（28），第2部『天使の花冠』Der Kranz der Engel（46）〕で，これは，神を見失った現代への警告の書として知られ，神学上の問題から，カトリック教界に大きな論争をひき起こした．さらに，30年戦争に取材した長篇『マクデブルクの婚礼』Die magdeburgische Hochzeit（38）のほか，『断頭台の最後の女』Die Letzte am Schafott（31），『海の裁き』Das Gericht des Meeres（47），『プルス・ウルトラ』Plus Ultra（50），『天国の門』Am Tor des Himmels（54），『ピラトの妻』Die Frau des Pilatus（55），『最後の出合い』Die letzte Begegnung（59）などのすぐれた中短篇があり，また『ドイツ讃歌』Hymnen an Deutschland（32），『詩集』Gedichte（49）などの抒情詩作品がある．第二次大戦後ケラー賞，西ドイツ功労大十字賞などを受け，ノーベル賞候補にも推されたヨーロッパ第一級のカトリック作家のひとりである．

翻訳文献→405頁

ボルヒャルト ルードルフ

Rudolf Borchardt（1877-1945）　**ドイツの詩人・作家**

ケーニヒスベルク（現ロシア領カリーニングラード）に生まれ，ベルリーン，ボン，ゲッティンゲンで古典文献学や考古学を学び，1903年からイタリア各地を遍歴したのち，トスカーナに定住した．ホーフマンスタールに傾倒して詩作を始めた．『詩十篇』Zehn Gedichte（1896），『青春詩集』Jugendgedichte（1913），『愛からの創造』Die Schöpfung aus Liebe（23）『雑詩集』Vermischte Gedichte（24）などの詩集のほか，アンソロジー『ドイツ詩の永遠の蓄え』Ewiger Vorrat deutscher Poesie（26），神秘劇『受胎告知』Verkündigung（20，23）がある．散文作品では『ヨーラムの書』Das Joram（07），『ふさわしくない恋人』Der unwürdige Liebhaber（29）などの物語のほか，イタリアの風土や文化史を探る『ヴィラ』Villa（08），『ピサ』Pisa（32，38）などのエッセイ，園芸植物への愛と情熱と該博な知識を披瀝した『情熱の庭師』Der leidenschaftliche Gärtner（51）などがすばらしい．ピンダロス，プラトーン，タキトゥス，ダンテなどの翻訳も高く評価されている．

翻訳文献→406頁

シュテルンハイム　カール

Carl Sternheim (1878-1942)　**ドイツの劇作家**

ライプツィヒの銀行員の家に生まれ，ミュンヒェン，ゲッティンゲン，ライプツィヒ大学で哲学，心理学，法学を学んだ．1911年以後はベルギーのブリュッセルに亡命し，この地で生涯を終えた．主要な戯曲は，『パンティー』Die Hose (11)，『銭箱』Die Kassette (12)，『ブルジョア・シッペル』Bürger Schippel (12)，『俗物』Snob (14) などである．これらのすぐれた構成をもつ喜劇によって彼は，市民階級だけでなく，社会一般をするどく諷刺・嘲笑している．台詞は簡潔で，その表現にも独特な工夫が凝らされている．彼の戯曲は，表現主義の古典として，現在でもしばしば上演されている．彼はカフカの才能をいち早く認めた数少ない一人であって，1915年に自分に与えられた「フォンターネ賞」を，カフカの『火夫』にゆずった．

翻訳文献→406頁

カイザー　ゲオルク

Georg Kaiser (1878-1945)　**ドイツの劇作家**

マクデブルクに生まれる．商社に勤め，南米ブエノス・アイレスに渡ったが，マラリヤにかかったため3年後に帰国し，以後8年間にわたって闘病生活をつづけた．初期の作品『校長クライスト』Rektor Kleist (18)，『ユダヤの寡婦』Die jüdische Witwe (11)，『寝とられた王』König Hahnrei (13) などは，性欲の問題を扱い，ヴェーデキント的傾向をもつ．続いて発表した反戦的な戯曲『カレーの市民』Die Bürger von Calais (14) は，大きな反響をよび，彼は一挙に表現主義の代表的人物となった．その後『朝から真夜中まで』Von morgens bis mitternachts (16)，『ガス』Gas (第1部18，第2部20)，『平行』Nebeneinander (23)，『ガッツ』(避妊薬の名) Gatz (25) などつぎつぎにセンセーショナルな作品を発表した．彼の数10篇にのぼる作品を一貫して流れる主題は，既成宗教や道徳に対する諷刺，不合理な社会体制や近代文明に対する批判，そして人間性回復の希求等である．戯曲の構成は非凡であり，とくに電文体的な短いせりふは効果的である．1933年ナツィスによって，彼の著作は禁書の処分を受けた．翌年スイスに亡命したがいぜんとして健筆はおとろえず，当時ナツィス・ドイツの同盟国であった日本に取材して，農民出身の一兵卒が，戦争の犠牲者となった妹に関して天皇に謝罪を要求したために処刑されてしまうという内容の，大胆な反戦劇『兵卒田中』Der Soldat Tanaka (40) を書き，ツューリヒとニューヨークで発表した．これは，第二次大戦後各地で上演された．また同じようにファシズムを激しく非難した『メドゥーサの筏』Das Floß der Medusa（42）のほか，韻文３部作『ピュグマリオーン』Pygmalion，『ベレロポーン』Bellerophon，『二人のアムピトリュオーン』Zweimal Amphitryon（44）などを書いたが，大戦終結の年に世を去った．

翻訳文献→406頁

ヴァルザー　ローベルト

Robert Walser（1878-1956）　**スイスの詩人・小説家**

ベルン州のビール市に製本工の息子として生まれた．兄弟からは画家や大学教授が出たが，本人は14歳までしか学校に行かず，その後10年間は銀行員見習い，俳優修行などをしたが失敗した．19歳ごろから小説を書き始め，1904年に最初の著書『フリッツ・コッハーの作文』Fritz Kochers Aufsätze を出版した．翌年ベルリーンに移住し，M.ラインハルトのもとで画家・舞台芸術家として成功していた兄とともに文学者や出版社主たちと交際し，この時期に『タンナーきょうだい』Geschwister Tanner（07），『助手』Gehülfe（08），『ヤーコプ・フォン・グンテン』Jakob von Gunten（09）などの長篇小説を出版した．これらがデーメルやヘッセに認められて，『作文集』Aufsätze（13），『物語と小品集』（14）なども出版することができた．1913年帰郷してから彼の本領とする小散文を絶え間なく創作し，『散歩』Spaziergang（17），『散文集』Prosastücke（17），『小品集』Kleine Prosa（17），『詩人の生活』Poetenleben（18），『シェラン』（デンマーク最大の島）Seeland（19）などが次々に出版された．最後の散文集『薔薇』Die Rose（25）と新聞雑誌等に掲載された散文と歿後に出版された『盗賊』Räuber（72）のほかに，まだまだぼう大な量の散文作品や詩があるという．1929年に狂気の発作に襲われ，自発的に精神病院に入院したが，33年までは創作を続けた．それ以後はヘーリスアウの精神病院に移り，以後26年間そこで過ごした．カフカは彼の作品を愛読し，大きな影響を受けたといわれる．W.ベンヤミーンは，『シンデレラと白雪姫』Aschenbrödel und Schneewittchen（01）を「近代文学の最も意味深い作品のひとつ」と評した．またH.ヘッセは，「もしヴァルザーが10万の読者をもてば，世界はもっとよくなるであろう」と言っている．

翻訳文献→406頁

デーブリーン　アルフレート
Alfred Döblin (1878-1957)　**ドイツの小説家**

ユダヤ人の仕立屋の子として，シュテッテンに生まれ，貧困のうちに育った．ベルリーン大学で医学を学び，1905年フライブルク大学で学位を得た．6年間研究所や精神病院等に勤務したのち，ベルリーン東部のスラム街で精神科の医院を開業した．大学時代から創作を始めたが，10年には革命的な文芸誌「嵐」Sturm の創刊に参加して，諷刺的・政治的エッセイを発表する一方，表現主義の先駆的短篇集『タンポポ殺し』Ermordung einer Butterblume（13）や，長篇『ワン・ルンの三段跳』Die drei Sprünge des Wang-lun（15），『黒いカーテン』Der schwarze Vorhang（19），『ヴァレンシュタイン』Wallenstein（20），科学小説『山・海・巨人』Berge, Meere und Giganten（24）などを発表して有名になった．そして，長篇『ベルリーン・アレクサンダー広場』Berlin Alexanderplatz（29）によって，世界的な名声を得た．1928年ごろのベルリーンの下層社会を舞台に，更生を誓って出獄した精神異常の運送人夫が，再び悪事を重ねて零落してゆく運命を描いたこの作品は，表現主義から新即物主義への過渡期の作品で，ドイツ散文の傑作の一つである．33年，彼の作品はナツィスによって禁書となった．ツューリヒ経由でパリにのがれた彼は，亡命直前に起草した空想的長篇『バビロンの放浪』Babylonische Wandrung（34）や，南米に取材した3部作『死のない国』Das Land ohne Tod（36），『青い虎』Der blaue Tiger（36），『新しい原始林』Der neue Urwald（36），共産革命とキリスト教の問題を扱った長篇4部作『1918年11月』November 1918（36-40）などを発表し，36年には，フランス市民権を得た．40年ドイツ軍のパリ侵攻によって，スペイン，ポルトガルを経て，アメリカに亡命し，ロサンゼルスで，軍国主義を鋭く批判した『大佐と詩人』Der Oberst und der Dichter（46）を書いた．亡命中，彼はカトリックに改宗し，宗教的立場から，現実的な時代批判の作品を書くようになった．45年，終戦とともに帰国し，一時フランス軍治下の文部省に勤務したり，文芸誌「黄金の門」Das goldene Tor を刊行したりした．自己の改宗の心境を告白した時代批判の書『不滅の人間』Der unsterbliche Mensch（46）や，亡命の体験を描いた『運命の旅』Schicksalsreise（49），帰還兵を主人公として時代の危機と苦悩を描いた深層心理学的長篇『ハムレット』Hamlet oder Die lange Nacht nimmt ein Ende（56）などを発表したのち，サナトリウムで余生を送り，貧窮のうちにエンメンディングで歿した．

翻訳文献→406頁

コルベンハイヤー　エルヴィーン・ギード
Erwin Guido Kolbenheyer (1878-1962)　**オーストリアの小説家**

ブダペストに，建築技師の子として生まれた．哲学や自然科学等を学び，ヴィーンとテュービンゲン大学で学位を得た．教会史に取材した最初の戯曲『ジョルダーノ・ブルーノ』Giordano Bruno (03)，学生時代から構想を抱いていた，スピノーザを主人公とする長篇『神の愛』Amor Dei (08)，人文主義，宗教改革の時代を背景に，近世医学の始祖を主人公とした代表的長篇『パラケルスス』Paracelsus 3部作 (17-26) など，歴史上の人物を現代的な観点から描いた大作を発表して，表現主義作家として名を挙げ，26年シュティフター賞を受けた．彼はまた，自然科学者としても「原形質と環境」の研究に従事して業績をあげたが，やがてこの生物学的観察を人間社会に適用し，個人と環境との関係を規定することによって，超個人主義的世界を確立することを提唱した．彼の思想に見られるドイツ中世の神秘思想と民族主義的傾向とは，やがてナツィスに迎えられるところとなり，国民文学の代表作家としてもてはやされたが，第二次大戦後はヴォルフラーツハウゼン近郊の僻村に隠棲して，不遇のうちに歿した．上記のほか，ルターを主人公とする歴史劇『人間と神々』Menschen und Götter (44)，ゲーテを扱った短篇『カールスバートの短篇』Karlsbader Novelle (29) などの作品がある．

翻訳文献→406頁

シュレーダー　ルードルフ・アレクサンダー
Rudolf Alexander Schröder (1878-1962)　**ドイツの詩人・翻訳家**

ブレーメンに生まれ，早くから音楽と詩作に親しんだ．ギムナーズィウム卒業後ミュンヒェンで建築を学びながら，最初の詩集『不満』Unmut (99) を出版，同年友人たちと文芸雑誌「ディー・インゼル」Die Insel を刊行した．これは3年で廃刊となったが，有名なインゼル書店の基礎を築いた．またこれが機縁で，ホーフマンスタール，ボルヒャルト，リルケらと親交を結んだ．第一次大戦後は，建築，室内装飾の仕事に従事したが，31年以降は文筆に専念した．オード，ソネット，エレジー，バラード等の伝統的な詩形を守り，古典的ともいえる気品をそなえた端正な詩をつくって，現代詩壇の大きな存在となった．『人生のなかば』Mitte des Lebens (30)，『クリスマスの歌』Weihnachtslieder (35) など多くの詩集があるが，みずから自作を二種類に分類して『世俗詩集』Die weltlichen Gedichte (40) と『宗教詩集』Die geistlichen Gedichte (49) とに収めた．また，52年以後7巻の全集が出版された．彼は翻訳にも一流の才能を発揮し，ホメーロスの『オデュッセイアー』，『イーリアス』，ウェルギリウス，ホラーティウス，シェイクスピア，ラシーヌ，モリエールなどのほか，イギリス，オランダ，ベルギー等の近代文学に至るまで，すぐれたドイツ語に翻訳した．このうち翻訳劇はくりかえし上演された．

翻訳文献→406頁

ボンゼルス　ヴァルデマル

Waldemar Bonsels (1881-1952)　**ドイツの小説家**

ハンブルク近郊のアーレンブルクに，医者の子として生まれた．ギムナーズィウムを中途退学して放浪の旅に出，世界各地を遍歴したのち，一時ミュンヒェンの出版社に勤めた．小説『血』Blut (09),『この上なく深い夢』Der tiefste Traum (11) や，紀行文『インドの旅』Indienfahrt (16) などを書いたが,『ミツバチ・マーヤの冒険』Die Biene Maja und ihre Abenteuer (12),『天国の民』Himmelsvolk (15) など，動物を擬人化した子供のための物語に本領を発揮した．特に『ミツバチ・マーヤの冒険』は10数カ国語に翻訳されて，世界の子供たちに親しまれている．1919年以後バイエルンのシュタルンベルク湖畔に居を定めて創作に専念したが，初期のロマン主義的作風から，しだいに神秘主義的世界観による抽象的な作風へと向かった．

翻訳文献→407頁

レーマン　ヴィルヘルム

Wilhelm Lehmann (1882-1968)　**ドイツの詩人・小説家**

リューベックの商人の息子として，ヴェネズェラのプエルト・カベッロで生まれたが，少年時代はヴァンツベックで自然に親しみながら過ごした．テュービンゲン大学をはじめ四つの大学で言語学や自然科学等を学んだのち，学校の教員となって，各地を転々とした．第一次大戦には歩兵として従軍したが，イギリス軍の捕虜となり，長い収容所生活を送った．戦後,『偶像破壊者』Der Bildstürmer (17),『蝶のさなぎ』Die Schmetterlingspuppe (18),『酒神』Weingott (21) などの長篇小説をつぎつぎに発表して有名になった．『酒神』ではクライスト賞を受賞した．友人オスカー・レルケが,「彼のまわりには，蝶や小鳥が飛び，胞子や種子が舞い，虫が這い，花が咲き，草が繁る．しかも，野原でだけでなく，家の中でも，心の中でも，頭の中でも，血管の中でも」と言っているように，彼は自然を熱愛し，博物学に精通していた．ささやかな草や生きものの世界は，彼にとっては宇宙のように広い世界であり，無尽蔵の比喩の宝庫であった．そして，生を，死を，無常を，すべて自然から学びとった．彼の文学には，この自然への愛と，それに基づく豊かな知識とが混然一体となっている．この傾向は，彼が後半生に打ちこんだ抒情詩において特に著しい．『沈黙のこたえ』Antwort des Schweigens (31)，『緑の神』Der grüne Gott (42)，『恍惚の花粉』Entzückter Staub (46)，『まだ充分でない』Noch nicht genug (50)，『生きのびる日』Überlebender Tag (54)，『別れのたのしみ』Abschiedslust (62) などの詩集があり，第二次大戦後最高の詩人のひとりであるのみならず，多くの詩人たちに影響を与えて，オスカー・レルケとともにドイツ現代の著しい傾向である自然抒情詩の源流となった．

翻訳文献→407頁

シュタードラー　エルンスト

Ernst Stadler (1883-1914)　**ドイツの詩人・評論家**

エルザス（現フランス領アルザス）のコルマルに検察官の息子として生まれた．シュトラースブルク大学でドイツ文学，フランス文学，比較言語学を学び，さらに英国オックスフォード大学に留学したのち，1910年ベルギーのブリュッセル大学の講師となった．学生時代から文学を志す友人たちと新ロマン派的傾向の文芸雑誌「シュテュルマー」Stürmer を創刊し，詩や評論を発表していた．最初の詩集『前奏曲』Präludien (05) の詩には，ゲオルゲやホーフマンスタールからの影響が見られ，厳格な形式をもつ，印象主義風，あるいはユーゲントシュティール風の作品が多かった．1914年に出た最後の詩集『出発』Der Aufbruch (14) では，一変して生々しい現実世界を激しい躍動的な詩句で表現した作品が多く，彼は一躍表現主義を代表するひとりと目されて期待された．しかし同年勃発した第一次大戦に従軍して，その年の10月に戦死してしまった．詩集のほかに，論文『ヴィーラントのシェイクスピア』Wielands Shakespeare (10) や，シェイクスピア，バルザック，ジャム，ペギーの翻訳がある．

ヤスパース　カール

Karl Jaspers (1883-1969)　**ドイツの哲学者**

オルデンブルクに銀行家の子として生まれた．弁護士を志して法律を学んだが，精神医学への転向を決意して，ベルリーン，ゲッティンゲン，ハイデルベルクの各大学で医学や心理学を学んだ．1908年ハイデルベルク大学の助手となり，13年に『精神病理学総論』Allgemeine Psychopathologieを著して，精神病理学者としての名声を確立した．またこの頃，社会学者M.ヴェーバーと親しく交際するようになった．14年に勃発した第一次世界大戦からは思想形成に大きな影響を受け，カント，ヘーゲル，キルケゴール，M.ヴェーバーらの影響のもとに，終戦の翌年『世界観の哲学』Philosophie der Weltanschauungen（19）を発表して実存哲学の第一歩をしるした．この年，共通の問題意識を抱えた若きハイデッガーと知り合い，二人の長く複雑な関係は終生続くことになる．21年，ハイデルベルク大学の教授に就任し，十年に及ぶ沈黙の後，現代を技術の支配と人間の大衆化の時代として分析した『現代の精神的状況』Die geistige Situation der Zeit（31），および『哲学的世界定位』，『実存照明』，『形而上学』の3巻からなる大著『哲学』Philosophie（32）を発表して大きな注目を集めた．しかし，32年，ナツィス政府からのユダヤ系の夫人との離婚勧告に従わなかったため，教授職を追われた．長い沈黙を耐え抜いた彼は，戦後めざましい活躍を再開し，『真理について』Von der Wahrheit（42），『哲学的信仰』Der philosophische Glaube（48），『歴史の起源と目標』Vom Ursprung und Ziel der Geschichte（49）等の著書を相次いで刊行した．また，ドイツ人の戦争責任，核兵器と人類の将来等の問題についても積極的に発言した．これらの業績が高く評価されて，47年にゲーテ賞，59年にエラスムス賞が与えられた．しかし戦後のドイツは安住の地とはなり得ず，48年にスイスのバーゼル大学に招かれてからは生涯同地で過ごした．

フォイヒトヴァンガー リヨン

Lion Feuchtwanger（1884-1958）　**ドイツの小説家**

ミュンヒェンにユダヤ系の工場主の子として生まれた．ミュンヒェン，ベルリーン両大学で言語学，哲学，サンスクリットなどを学んだ．卒業後2年ほど自力で文芸雑誌を刊行したのち，演劇誌「舞台」の劇評家となり，新人ブレヒトを発見した．ミュンヒェンの芸術家の生活に取材した小説『粘土の神』Der tönerne Gott（11）によって文壇に出たが，第一次大戦のころからは，社会批判的・革命的な詩を書くようになった．ついで，反戦劇『トーマス・ヴェント』Thomas Wendt（19）をはじめとして，ドイツ中世に取材した歴史的長篇『醜い公爵夫人マルガレーテ・マウルタウシュ』Die häßliche Herzogin Margarete Maultausch（23）や，人種問題をテーマとした長篇『ユダヤ人ズュース』Jud Süß（26）などを発表して，文名を高めた．32年から33年にかけてのアメリカ講演旅行中にナツィス政権が誕生し，ユダヤ系作家である彼はドイツ市民権を剝奪され，著書は焚書に処せられた．このため彼はドイツには帰らず，フランスに亡命したが，逮捕されて一時獄中にあった．亡命の体験に基づく報告文学『モスクワ』Moskau (37), や『好意なきフランス』Unholdes Frankreich (41) などはこの頃の作品である. 41年以後はアメリカに居住し, スペインの画家を主人公とした伝記的長篇『ゴヤ』Goya (51) その他の新作を発表して, 非常な成功をおさめた.

翻訳文献→407頁

レルケ オスカー

Oskar Loerke (1884-1941) **ドイツの詩人**

西プロイセンのユンゲンに, 農場主の子として生まれ, 故郷の自然から大きな影響を受けた. また, 早くから音楽を愛し, 特別な教育を受けた. ベルリーン大学で, 哲学, 歴史, 文学, 音楽等を学んだが, 23歳のとき小説『ヴィネタ』Vineta (07) を発表してからは文筆家として立つ決心をした. 続いて2篇の小説を発表したが, ほとんど反響はなかった. フィッシャー書店に勤めてからは, 主として詩作にはげんだが, すぐれた才能を持ちながらあまり認められず, 6冊目の詩集を出した50歳のときに至ってようやく名声を得た. ナツィス時代にはアカデミーに留まったが, さまざまな制限や圧迫を受けて苦しんだ. 彼はナツィスを早くから「ドイツの墓掘り人」と呼んでいた. そして57歳にして, 彼の愛する「自由なドイツ」が亡びるのを嘆き, 怒りつつ死んだ. 病死したのだろうという人がいたら, 断固否定してくれるようにと, 周囲の人に懇願しつつ息をひきとったという.

主要著作は,『遍歴』Wanderschaft (11),『牧神の音楽』Pansmusik (16),『秘めやかな都市』Die heimliche Stadt (21),『いちばん長い昼』Der längste Tag (26),『大地の呼吸』Atem der Erde (30),『銀アザミの森』Der Silberdistelwald (34),『世界の森』Der Wald der Welt (36),『別れの手』Abschiedshand (49遺稿) などの詩集のほか, 小説『食人鬼』Der Oger (21), 評伝『アントーン・ブルックナー』Anton Bruckner (38),『家庭の友』Hausfreunde (39),『バッハ』J.S.Bach (49) などがある. 彼の自然抒情詩は, 親友レーマンに受け継がれ, さらに多くの詩人たちに多大の影響を与えた. ヘルマン・ヘッセは彼を「現代前衛芸術のひそかなる王者」と呼んだ.

翻訳文献→407頁

ウンルー フリッツ・フォン

Fritz von Unruh (1885-1970) **ドイツの劇作家・小説家**

コーブレンツに貴族の将軍の子として生まれ, 皇太子とともに士官学校で教育を受けた．はじめ彼は伝統的な軍人精神をたたえる戯曲を書いた．その第2作『プロイセンの皇太子ルイ・フェルディナント』Louis Ferdinand, Prinz von Preußen (13) は，クライスト賞を受けたが，その内容が，皇帝を攻撃したものであると誤解されたために，彼の戯曲は長く上演を禁止された．やがて，第一次大戦の悲惨な体験を経て，徹底した反戦主義者となった．第一次大戦後，『一世代』Ein Geschlecht (18)，『献身』Opfergang (19)，『広場』Platz (20) 等のすぐれた戯曲を発表して，表現主義の重要な作家となった．1932年ナツィスの勧誘を拒絶して，イタリア，フランスを経て，アメリカに亡命した．アメリカでも創作を続けたが，発表の場を失ったために画家として生活を立てた．第二次大戦後は一時ドイツに帰り，ゲーテ賞をはじめ数々の栄誉を受けた．また，長篇小説『まだ終わらない』Der nie verlor (49)，『聖女』Die Heilige (52)，『何物も恐れるな』Fürchtet nichts (52)，自伝的長篇『将軍の息子』Der Sohn des Generals (57) などを発表して，反戦主義者としての志操をつらぬいた．

翻訳文献→407頁

ザイデル イーナ

Ina Seidel (1885-1974) **ドイツの小説家**

医師の娘としてハレに生まれ，牧師兼作家であった従兄のハインリヒ・ザイデルと結婚．『詩集』Gedichte (14)，『切なる心』Weltinnigkeit (18) などにより，母としての温かい心をうたう抒情詩人として出発した．やがて『高潮』Hochwasser (21)，『帰郷の星』Sterne der Heimkehr (23)，『侯爵夫人の騎行』Die Fürstin reitet (25)，『ルネとライナー』Renée und Rainer (28)，『埋もれた宝』Der vergrabene Schatz (29) などのすぐれた中・短篇小説を書いたが，代表作は三篇の長篇小説である．18世紀後半に，旅行家，政治家，文筆家として活躍したドイツの天才的人物ゲオルク・フォルスターの波乱の生涯を扱った『迷路』Das Labyrinth (22)，ナポレオン戦争で夫と息子を失う一女性の運命を，キリスト教的ヒューマニズムの精神で描いた『申し子』Das Wunschkind (30)，第一次大戦から帰還した医学生が夢に見た祖先の歴史を，枠形式で描いた『レンアッカー』Lennacker (38) 等がそれである．特に『申し子』は大きな反響を呼び，これによって彼女は，アカデミー会員に推挙され，ゲーテ・メダルを受けた．プロテスタントの信仰をよりどころとして，女性，妻，母のそれぞれの立場から郷土や家庭の問題を描いた彼女の作品は，ナツィスの文化政策に迎えられた．しかし，いわゆる「ナツィス作家」とは異なって第二次大戦後も高く評価され，ラーベ賞などを受賞している．第二次大戦後の主な作品には，幼年時代の追憶を描いた『オーゼル，ウルト，シュムマイ』Osel, Urd und Schummei (50)，長篇『ミヒァエーラ』

Michaela（59）などがある．

翻訳文献→407頁

ベン ゴットフリート

Gottfried Benn（1886-1956） **ドイツの詩人・評論家**

西プロイセンのマンスフェルトに，北欧系の牧師の子として生まれた．母はフランス系のスイス人．はじめ父の希望で神学や哲学等を学んだが，2年後に志願してカイザー・ヴィルヘルム軍医養成大学へ入り，医学や生物学等を学んだ．これは，彼の医者としての，また詩人としての生涯を決定する重要な転向であった．学位を得るとすぐに軍医としての勤務に服したが，健康上の理由によって1年後に軍務を免除された．この頃，医学生時代の体験から生まれた最初の詩集『死体置場』Morgue（12）が出版された．これは，溺死して腐爛した少女の腹腔に巣食うネズミ，こまぎれの肉塊と化した卓上の死体，癌病棟の光景，呻き苦しむ妊産婦の共同病室等，いずれも屍臭ふんぷんたるショッキングな題材を，医学・解剖用語を駆使して，冷酷に，かつシニカルに描写した作品である．

第一次大戦には軍医として従軍したが，戦後はベルリーンで，皮膚科・性病科の開業医として働きつつ，文壇とは没交渉に創作を続けた．そして，『肉』Fleisch（17），『瓦礫』Schutt（19），『分裂』Spaltung（25）などの詩集をはじめ，『脳』Gehirne（15）など，従来の常識では考えられないような短篇を発表して，表現主義の最も異色ある前衛詩人となった．32年，プロイセンの詩人アカデミー会員に選ばれた彼は，『新しい国家と知識人』Der neue Staat und Intellektuellen（33），『芸術と権力』Kunst und Macht（34）などの論文を書いて，ナツィズムを讃美した．唯理主義，機能主義の現代文明に毒されて硬化してしまっているドイツ国民の民族性を，ナツィズムによって，改革しうると信じたからである．しかし，まもなく自分が誤っていたことに気づき，文学面におけるナツィスへの奉仕をまぬがれるために，35年から再び軍医として軍務についた．彼はこれを「亡命の貴族的形式」と言っている．そして，「ナツィスからは豚とののしられ，共産主義者からは薄馬鹿とあざけられ，民主主義者から精神的淫売，亡命者から変節漢，宗教人からは病的なニヒリストと公然と非難され」ながら，これを甘んじて受け，以後何も発表しなかった．第二次戦後10年の沈黙を破って，詩集『静力学的詩篇』Statische Gedichte（48），小説集『プトレマイオスの徒』Der Ptolemäer（49），ナツィス時代の生活と思想の記録『二重生活』Doppelleben（50）などを矢つぎ早に発表するや，たちまちにして大きな反響が起こり，彼の名は一躍世界的なものとなった．そして表現主義時代の詩もあらためて再評価され，リルケ以上に戦後の詩人たちに強大な影響を与えた．『静力学的詩篇』は，大戦従軍中の，精神的な環境からは完全に隔絶された孤独の中で，徹底的に自己を見つめ，いわば空白状態の自己を通して，抒情的自我に映じた過去の記憶と眼前の風物とを詩化したものである．この作品を機に，徹底した形式主義者となった彼は，『抒情詩の諸問題』Probleme der Lyrik（51）を発表して現代詩に対する自己の信念を述べ，いかなる目的にもとらわれぬ，純粋に美的な言語から成る詩，すなわち「絶対詩」を提唱して，『新詩集』Neue Gedichte（53），『終曲』Apr̀eslude（55）などでこれを試みた．55年にはノーベル賞の有力な候補として推薦されたが，翌年ベルリーンで歿した．

翻訳文献→407頁

トラークル ゲオルク

Georg Trakl（1887-1914） **オーストリアの詩人**

ザルツブルクに裕福な鉄商人の子として生まれた．母は骨董品の収集に夢中になって，子供たちのことはかえりみなかった．きょうだいのうちで，彼と妹のグレーテは，芸術的天分に恵まれ，性格もよく似ていた．二人は尊敬しあい，恋人のように愛し合った．彼はこの異常な，宿命的な愛から終生脱脚することができなかった．また彼は高校時代からアルコールと麻薬にとりつかれて，これも生涯やめることができなかった．この二つは，彼の詩を理解する上できわめて重要なことである．高校を落第した彼は，３年ほど薬局に勤め，それからヴィーン大学で薬学を学んだ．この間，ランボー，ヴェルレーヌ，メーテルランク，ニーチェ，ドストエフスキーなどを愛読し，みずからも創作を試みた．一幕物『死者の日』Totentag（06）は上演もされたが，のちに破棄された．1910年，父の死によって大きな打撃を受けた彼は，同年大学を出てから，志願して軍務についた．この頃から，彼独自の詩が生まれはじめた．1912年，雑誌「ブレンナー」Brenner の主宰者フィッカーと知り合い，彼の詩はほとんどこの雑誌に掲載された．またこれを通じて，トラークルは，K.クラウス，O.ココシュカらとも知り合った．第一次大戦がはじまると，彼は衛生兵として東部戦線に従軍したが，グローデクの戦闘中，呻き苦しむ90人の重傷者を，まる二日間一人で看護するという想像を絶する体験をして，精神錯乱をきたし，ピストル自殺をはかった，その後，精神鑑定のため，クラカウの衛生病院に送られたが，まもなくコカインを多量に服用して，自殺とも，過失死ともわからぬ死をとげた．なお，妹も麻薬とアルコールの中毒にかかっており，三年後ピストル自殺をとげた．

生前に出たのは１巻の『詩集』Gedichte（13）だけで，死後第２詩集『夢の中のゼバスティアン』Sebastian im Traum（15），総合詩集『詩作集』Die Dichtungen（17）

が出版された．存在の不安や没落の感情をうたう彼の詩は，孤独な魂の悲痛な叫びである．そこには，麻薬常用者の眼に映じた凄絶な美の世界があり，それが妹への愛や罪の意識と結びついて，魔的な雰囲気をかもし出している．おびただしく使われている色彩語は，華やかな感じよりもむしろ沈鬱な，もの悲しい感じを強めている．

翻訳文献→407頁

ヴィーヒェルト　エルンスト

Ernst Wiechert (1887-1950)　**ドイツの小説家**

東プロイセン（現在ロシア領）に林務官の子として生まれ，ケーニヒスベルク大学を卒業後，教職についた．第一次大戦には4年にわたって，東部・西部両戦線に参加したが，戦傷を負って退役し，ふたたび教職につくかたわら創作をはじめた．『逃走』Die Flucht (16),『森林』Der Wald (22),『青い翼』Die blauen Schwingen (25),『神のしもべ，アンドレーアス・ニーラント』Der Knecht Gottes, Andreas Nyland (26) など，初期の作品は，雄大な北ドイツの森林地帯を背景として，善意ある誠実な人間が冷酷な現実と戦って苦悩し，敗れ去る悲劇をテーマとしている．1930年ベルリーンのギムナーズィウムに移り，33年からは教職を辞し，バイエルンのシュタルンベルク湖畔にこもって創作に専念した．この時期の作品には，ラーベ賞受賞作『ユルゲン・ドスコツィルの女中』Die Magd des Jürgen Doskocil (32), 困憊（こんぱい）した帰還兵が，故郷の村で，女性の愛によって生きる気力をとりもどす物語『少佐夫人』Die Majorin (34), 作者の幼少時代を描いた自伝小説『森と人びと』Wälder und Menschen (36) などがあるが，これらによって，第一級の作家としての地歩を固めた．ナツィスはその文化政策上，純朴で誠実な郷土作家である彼に協力を要請したが，彼は断固それを拒絶した．やがてミュンヒェン大学で行なった講演「詩人とその時代」Der Dichter und seine Zeit (35), その他の言動が，当局を刺激するところとなり，38年に逮捕され，ブーヘンヴァルトの強制収容所に送られた．ここでの4カ月間の想像を絶する悲惨な体験は，『死者の森』Der Totenwald (45) につぶさに活写されている．かろうじて出所した後も，つねに国家秘密警察の監視を受けながら，『単純な生活』Das einfache Leben (39) を書き綴り，痛手を忘れようとつとめた．なお『死者の森』もこの時期に書かれたが，この原稿はひそかに地中に埋めて保存され，第二次大戦の終結によって，ようやく日の目を見たのである．

終戦後スイスに移ってからは，おさえていたものを一挙に吐きだすように，第一次大戦の戦災者である東プロイセンの豪農の息子の新生を描いた発展小説『イェローミンの子ら』Die Jerominkinder (45) や，三巻の『童話』Märchen (46) などを次々に発表した．これらの原稿も『死者の森』と同様に，大戦中ピストルをかたわらにして書かれ，地中に埋めて保管されたという．そして自らの文学の総決算ともいうべき大作『無名のミサ』Missa sine nomine（50）を完成して2カ月後に，スイスの仮寓で病死した．彼は短篇小説の名手でもあり，『銀の車』Der silberne Wagen（28），『牧神パーンの笛』Die Flöte des Pan（30），『牧童物語』Hirtennovelle（45）などの短篇集がある．

翻訳文献→407頁

ギュータースロー アルベルト・パリス

Albert Paris Gütersloh（1887-1973） **オーストリアの小説家・画家**

ヴィーンに生まれ，ギムナーズィウム卒業後俳優となり，しばらくのあいだベルリーンのドイツ劇場でラインハルトの指導を受けたこともある．早くから小説を書きはじめ，ヴィーンの芸術家の生活に取材した最初の長篇『愚かな踊り子』Die tanzende Törin（11）を発表して，表現主義の先駆者となった．32歳のとき，ミュンヒェンで，舞台監督兼舞台芸術家となったが，かたわら絵を学んだ．2年後，ヴィーンに帰って絵の修業を続けたが，それまでに書きつづけた短篇『古いものと新しいものとの幻想』Die Vision von Alten und von Neuen（22），長篇『市民の中の詐欺師』Der Lügner unter Bürgern（22），『潔白』Innozenz oder Sinn und Fluch der Unschuld（22）などを矢つぎ早に発表して，ブロッホやムーズィルと並ぶ典型的な20世紀作家として名声を得た．特に『潔白』は高く評価されて，23年にフォンターネ賞を受けた．26年には，自伝的告白小説『一現代画家の告白』Bekenntnisse eines modernen Malers を発表したが，その後ナツィス時代と第二次大戦中は，神学に専念して沈黙を守った．この間，ヴィーンの美術学校の教授となり，大戦中は強制労働に従事した．戦後は復職して，しばらくのあいだ学長をつとめた．

戦後の作品には，長篇『伝説的人物』Eine sagenhafte Figur（46），短篇集『エロースの寓話』Die Fabeln vom Eros（47），詩集『ある生涯の音楽』Musik zu einem Leben（57），短篇とスケッチをあつめた『人間になろう』Laßt uns den Menschen machen（62）などがあるが，オーストリアの運命を象徴するある城の没落の歴史を主軸として，人間に内在する二元性を描いた長篇『太陽と月』Sonne und Mond（62）によって，ふたたび戦前の名声をとりもどした．彼が30年にわたって書きつづけたこの作品は，精神的なものと肉体的なもの，異教的要素とキリスト教的要素を包含する，バロック的な，巨大な，「全体的な」「現代の歴史小説」である．彼は，オーストリア・ペンクラブ名誉会員であり，61年にはオーストリア国家の文学大賞を受けたほか，画家としても，国家最高の栄誉を受けている．彼の文学は，ドーデラーに影響を与えた．

ツヴァイク　アルノルト

Arnold Zweig (1887-1968)　**ドイツの小説家**

ユダヤ人の馬具職人を父として，シュレーズィエンのグローガウに生まれた．大学卒業後作家活動に入り，トーマス・マンやフロイト等の影響のもとに，現代人の内面の苦悩や青春の体験等を素材として，繊細な心理描写を特徴とする作品を書いた．特に，婚約した愛人同士の愛情のもつれを描いた心理小説『クラウディアをめぐる物語』Novellen um Claudia（12）は高く評価されて，文名を確立した．15年から18年まで，第一次大戦に兵士として従軍したのち，司令部に勤務した彼は，この戦争体験によって，自己の人生観に決定的な影響を受け，社会主義に傾倒して，時代に対する批判を内容とする作品を書く計画を立てた．すなわち第一次大戦を分析したぼう大な連作『白色人種の大戦争』Der große Krieg der weißen Männerを書きはじめ，第1作として，長篇『グリーシャ軍曹をめぐる争い』Der Streit um den Sergeanten Grisha（27）を発表した．15カ国語に翻訳されたこの作品は，ドイツ兵士に革命思想を宣伝したという嫌疑を受けて，不法に処刑されてしまうロシア兵捕虜グリーシャを主人公に，非情なドイツ軍国主義を批判したものである．続いて『1914年の若妻』Junge Frau von 1914（31），『ヴェルダン戦線の教育』Erziehung vor Verdun（35），『ある王の任命』Einsetzung eines Königs（37），『砲火とだえて』Die Feuerpause（54），『機は熟す』Die Zeit ist reif（57）等が完成されたが，これらは，それぞれ独立した長篇でありながら，主人公（あるいは事件の報告者として各巻に登場する青年作家ベルティーン）が，社会主義者としての人間形成を成しとげてゆくという一貫したテーマをもつ．33年，ナツィスの台頭とともにパレスチナに亡命，長篇『ヴァンツベックの斧』Das Beil von Wandsbeck（ヘブライ語版43，ドイツ語版47）などを書くかたわら，ユダヤ民族統一運動に協力した．戦後48年，東ベルリーンに帰り，東独共産党の文化顧問および東独芸術アカデミーの会長などをつとめた．

翻訳文献→408頁

ヴォルフ　フリードリヒ

Friedrich Wolf (1888-1953)　**ドイツの劇作家・小説家**

ライン河畔のノイヴィートに生まれた．ベルリーン，ボン大学で医学を学んで，第一次大戦には軍医として従軍した．出征中，表現主義の戯曲『マホメット』Mohammed（17）を書いたが，戦後も各地で勤務医として働くかたわら，数篇の表現主義の戯曲を書いた．しかし，時代の趨勢（すうせい）とともに，次第に写実主義に向かい，戯曲『貧しいコンラート』Der arme Konrad（23）を発表した．1928年には共産党員となり，一人の貧しい少女をヒロインとした社会批判の戯曲『青酸カリ』Cyankali（29），カッタロ軍港におけるオーストリア海軍の水兵の暴動に取材した反戦劇『カッタロの水兵たち』Die Matrosen von Cattaro（30）などを発表した．33年，ナツィスの政権確立とともにフランスに亡命し，さらにアメリカ，スカンディナビア，ロシアなどを転々とした．フランスでは政治犯として逮捕されたこともあり，ロシアでは軍医としてドイツの負傷兵の治療にあたった．この間，ナツィスのユダヤ人迫害を非難した戯曲『マムロック教授』Professor Mamlock（33），小説『国境の二人』Zwei an der Grenze（38）などを書いた．第二次大戦後東ドイツに帰り，49年国家賞を受け，一時東ドイツの駐ポーランド大使を務めた．戦後は，喜劇『女村長アンナ』Bürgermeister Anna（50）のほか，多くの戯曲，シナリオ，動物小説，童話などを書き，東ベルリーンで歿した．

翻訳文献→408頁

シュナック フリードリヒ

Friedrich Schnack（1888-1977）　**ドイツの小説家**

フランケンのリーネックに生まれる．ヴュルツブルクの高等実科学校に学んだのち，商工業の実務に従事しつつ文学・絵画・音楽の方面への可能性を模索したが，1913年に詩集『現れよ，太古の日』Herauf, uralter Tag を発表したのを機会に文学への情熱を貫くことになる．第一次大戦では東部戦線に従軍，捕虜となって抑留された．帰還後ジャーナリストとなり，26年38歳のとき作家として立つ決心をして，29年にはレッスィング賞，30年にはプロイセン芸術アカデミー賞を受賞した．ナツィス時代にも活躍したが，戦後も高く評価され，7巻(53)と2巻(62)の全集が出版されて56年にはシュティフター賞を受賞した．

代表作は美しい自然の中に生きる人間の愛と悲しみを描いた『燃える愛』Die brennende Liebe（35）で，これは『ベアートゥスとザビーネ』Beatus und Sabine（27），『森のゼバスティアン』Sebastian im Wald（26），『天のオルガン』Die Orgel des Himmels（27）の三部から成り，それぞれ幼・少年時代，青・壮年時代，老年時代の主人公が扱われ，それを取り巻く自然の風景がみごとに描かれている．ほかに，『魔法の自動車』Das Zauberauto（28），『凍死した天使』Der erfrorene Engel（34），『不思議な街道』Die wundersame Straße（36），『森の子供』Das Waldkind（39）などがある．また，少年文学で特に人気のあった作品『フランケンの黄金発掘者』Goldgräber in Franken（30），『玩具屋のクリック』Klick aus dem Spielzeugladen（33），『クリックと黄金の宝』Klick und der Goldschatz（38）などがある．

またシュナックは博物学に造詣が深く，彼の博物誌や自然文学は，前述の小説に劣らぬ高い評価を受けている．中でも『蝶の生活』Das Leben der Schmetterlinge（1928，38，42，58，72）は，ヨーロッパの代表的な蝶と蛾を題材として，それらの美しさと魅力，生態，進化，人生との関係，神話，伝説等を該博な知識と豊かな想像力を駆使して詩情あふれる文章で表現した作品で，メーテルランクの『蜜蜂の生活』や『蟻の生活』に勝るとも劣らない高い評価を受けて国際的にも有名になった．この系列の作品には，『蝶の不思議の国で』Im Wunderreich der Falter（30），『幸福な植木屋』Der glückselige Gärtner（40，55），『アウロラとパピリオ（クモマツマキチョウとアゲハチョウ）』Aurora und Papilio（56）などがある．このほかシュナックは数多くの動植物学・地理学関係の写真集，図録，絵本等に解説を書いており，ベストセラー，ロングセラーになったものも少なくない．これらの書物が青少年や一般読者に与えた影響は，彼の文学作品のそれよりもはるかに大きかったのではないかと推測される．自然が失われかけてようやく自然の大切さが一般に認識され始めた現在，彼の仕事はますます輝きを増すであろう．

翻訳文献→408頁

ハイデッガー　マルティーン

Martin Heidegger（1889-1976）　**ドイツの哲学者**

バーデンのメスキルヒに生まれた．フライブルク大学で哲学を学び，15年，同大学の講師，28年，フッサールのあとをついで教授となった．そしてしばしばシュヴァルツヴァルトのトートナウベルクにある山荘にこもって，研究と著述に専念した．フッサールの現象学の後継者として，ヨーロッパ哲学の新解釈を試みた彼は，存在の意味の解明を自己の哲学の課題とし，主著『存在と時間』Sein und Zeit（27）において，古典哲学の普遍妥当的存在概念を放棄し，人間存在（現存在 Dasein）を分析することによって，存在の意味を把握しようとする基礎的存在論をうちたてた．存在は，永遠の時間の流れの中にあるのではなく，人間が一瞬一瞬虚無と対決し，死を克服することによってはじめて獲得されるものである故に，人間存在（現存在）における存在のあり方こそ，真に存在を実証するものにほかならない．従ってそれは，永遠の必然性ではなく，個別的，偶然的なものである．このような存在解釈にもとづく彼の実存哲学は，思想界その他の分野に，大きな衝撃を与えただけでなく，第一次大戦後20年以上にわたってヨーロッパを風靡した実存主義その他の文学運動に強力な地盤を提供した．また，文学の本質は詩において表出されるものであり，ヘルダーリーンこそこの本質をとらえ得た詩人であると考えた彼は『ヘルダーリーンの詩の解明』Erläuterungen zur Hölderlins Dichtung

（44，増補第二版51，第四版71）において，文学の本質を解明し，それによって存在の意味を把握しようと試みた．そして，時間性を無視した解釈によって，すなわち，文学作品と直接対話をかわすことによって，その本質にせまろうとする彼の方法は文芸学の分野に大きな影響を及ぼし，エーミール・シュタイガーら解釈学派の基礎を築いた．後年さらに，存在を歴史的運命として解明するに至った彼は，著書『野の道』Der Feldweg（53）や『思惟とは何か』Was heißt Denken?（54）などによって，歴史の問題と存在の問題とを結合した独自の存在学への道をひらいた．

翻訳文献→408頁

ハーゼンクレーファー ヴァルター

Walter Hasenclever (1890-1940)　**ドイツの劇作家**

アーヘンにユダヤ系の官吏の子として生まれ，オックスフォード，ローザンヌ，ライプツィヒなどで哲学や文学を学んだ．第一次大戦に従軍して重傷を負った．戦中から戦後にかけて，表現主義の劇作家としておびただしい作品を発表したが，主要なものは，『息子』Der Sohn (14),『救済者』Der Retter (15),『アンティゴネー』Antigone (17),『人間』Die Menschen (18),『決定』Die Entscheidung（19）などである．（これらのうち，『人間』，『決定』は，わが国でも小山内薫らによって上演されたが，後者は上演を禁止された）．1924年からパリへ行き，喜劇『結構な紳士』Ein besserer Herr (28),『結婚は天国で』Ehen werden im Himmel geschlossen (28),『ナポレオンは干渉する』Napoleon greift ein（29）などを発表した．彼の作品は，表現主義の戯曲の中でも，内容，形式ともに特に急進的で，シュルレアリスム的傾向に近づいている．1933年ナツィスによってドイツ市民権を剝奪され，南フランスにドイツ軍が進攻したとき絶望して自殺した．

翻訳文献→408頁

ヴェルフェル フランツ

Franz Werfel (1890-1945)　**オーストリアの詩人・小説家・劇作家**

ユダヤ系商人の子として，プラーク（現在チェコのプラハ）に生まれた．すでにギムナーズィウム時代から詩作をはじめていた．プラハ，ライプツィヒ，ハンブルク等の大学に学んだのち，一時兵役に服したが，1911年に，少年の日の思い出を，平明な言葉で鮮やかにうたった最初の詩集『世界の友』Der Weltfreund を出版するに及んで，一躍詩人としての名声を得た．同年，クルトヴォルフ書店の原稿監査役となった彼はハーゼンクレーファーらと，表現主義の作品叢書「最後の審判の日」Der jüngste Tag の編集にあたるかたわら，『われらは在る』Wir sind（13）や『互いに』Einander（15）など，人類の協同，人間の救済を，熱烈な調子でうたった詩集を著して，表現主義の中心的な詩人となった．

1915年，25歳のとき，オーストリア陸軍の兵士として第一次大戦に従軍したが，悲惨な戦争の体験は，その後の彼の作品に甚大な影響を及ぼした．戦後，かねてからのあこがれの人で，各界の名士を魅惑した女性，アルマ・マーラー（作曲家マーラーの未亡人）と結婚してヴィーンに住み，各地を旅行するとともに創作に専念した．この時期には詩集『審判の日』Der Gerichtstag（19）も出したが，主として戯曲と小説に力を注いだ．戯曲には，実在の自我と仮象の自我との相剋を描いた幻想的三部劇『鏡人』Der Spiegelmensch（20），メキシコ皇帝の悲劇『ファレスとマクスィミリアノ』Juarez und Maximilian（24），聖徒伝説に取材した『ユダヤ人の中のパウロ』Paulus unter den Juden（26）などがある．小説には，父と子の葛藤を描いた『殺した者でなく，殺された者に罪がある』Nicht der Mörder, der Ermordete ist schuldig（20），ヴェルディへの深い傾倒から生まれた雄大な芸術家小説『ヴェルディ，オペラの小説』Verdi, Roman der Oper（24），大戦前後の自己の体験を描き，敬虔な乳母を讃美した『バルバラ』Barbara oder die Frömmigkeit（27），ヒューマニズムの立場から，弱小民族の悲惨な運命を描いた『ムーザ・ダッグの四十日』Die vierzig Tage des Musa Dagh（33）などがある．

1938年，ナツィスの難をさけてフランスに亡命，40年ドイツ軍のフランス進攻とともに，ポルトガル経由でアメリカへ逃れた．そして，南フランスの片田舎の聖者伝説に取材した『ベルナデットの歌』Das Lied von Bernadette（41）を完成した．これはヴェルフェルの名を世界的なものにした傑作で，『聖処女』（米43）と題して映画にもなり，わが国でも上映された．さらに，リアルな筆致で描いた時代諷刺的な亡命劇『ヤコボウスキイと連隊長』Jacobowsky und der Oberst（44）を発表したのち，『生まれなかった者たちの星』Stern der Ungeborenen（46）が絶筆となって，第二次大戦終結直後に，カリフォルニアで世を去った．表現主義の詩人として出発した彼は，20世紀前半のドイツ文学の発展の様相を，自己の作品に反映させながら，独自の境地をひらいたユニークな作家である．

翻訳文献→408頁

ベッヒャー　ヨハネス・ローベルト

Johannes Robert Becher (1891-1958)　**ドイツの詩人**

ミュンヒェンに，高等地方裁判所長の子として生まれた．ミュンヒェン，イェーナ，ベルリーンの各大学で哲学と医学とを学んだ．すでに学生時代からクライストの讃美を主題とした『闘う人』Der Ringende (11)，その他の詩作品を発表して，表現主義の詩人としてのスタートを切った．さらに人道主義的な政治上の理想や反戦思想等をうたった詩作品『滅亡と勝利』Verfall und Triumph (14)，『ヨーロッパに寄す』An Europa (16) 等を発表するに及んで，表現主義左派の代表的詩人と目されるに至った．18年にはドイツ共産党に入党して，現実主義的作風に転じ，『永遠に叛乱の中で』Ewig im Aufruhr (20)，『レーニン廟で』Am Grabe Lenins (24)，『機械のリズム』Maschinenrhythmen (26) などを発表したが，28年には，毒ガス戦を非難した小説『レヴィズィーテ』Levisite oder der einzig gerechtige Krieg (28) によって反逆罪に問われ，投獄された．やがて釈放されると，同年「ドイツ・プロレタリア革命作家同盟」を結成して委員長となり，機関誌「リンクス・クルヴェ」を発行して，ドイツおよび国際的革命運動の理論的指導者となるとともに，それまでの詩作の集大成ともいうべき詩集『現代の人間』Ein Mensch unserer Zeit (29) や，ソヴィエト連邦建国をたたえた『偉大な計画』Der große Plan (31) 等を発表した．33年，ナツィス・ドイツをのがれ，オーストリア，スイス，チェコ，フランス等を経て，35年ソヴィエトに亡命し，そこで自伝的長篇『別れ』Abschied (41) のほか多くの叙事詩や頌歌などを書くとともに，「国際文学ドイツ版」の編集に従事し，また，反ナツィス祖国解放運動のために，ジャーナリズムにおいても活躍した．45年，敗戦とともに東ベルリーンに帰り，ドイツ文化連盟，芸術アカデミーを組織して，東ドイツの文化振興のために力をつくし，文化大臣を務めたこともある．52年にはスターリン平和賞を受けた．戦後は，内容も表現も明快で，民衆に親しみやすく，しかも音楽性の豊かな詩集『帰郷』Heimkehr (46)，『新しいドイツの民謡』Neue deutsche Volkslieder (50)，『世紀半ばの歩み』Schritt der Jahrhundertmitte (58) などによって，新しい国民詩の創造を志すとともに，文学理論の領域においても，『詩の擁護』Verteidigung der Poesie (52)，『詩の原理』Das poetische Prinzip (57) などを著して，新しいマルクス主義文学・芸術論の確立をめざした．なお旧東ドイツの国歌は，ベッヒャーが作詞したものである．

翻訳文献→409頁

ザックス ネリー

Nelly Sachs (1891-1970) **ユダヤ系ドイツの詩人**

ベルリーンに裕福なユダヤ系工場主の娘として生まれる．1940年，15年間文通していたスウェーデンのノーベル賞作家ラーゲルレーヴの手引きで母親とともにスウェーデンに亡命して，ストックホルムで貧窮に耐えながら翻訳や創作活動を行い，同地で没した．ナツィスの迫害にあって強制収容所で死んだユダヤの同胞のための挽歌『死神の住居で』In den Wohnungen des Todes (1947) をはじめ，『星蝕』Sternverdunkelung (49),『逃走と変転』Flucht und Wandlung (59),『塵なきところへの旅』Fahrt ins Staublose (62),『灼熱の謎』Glühende Rätzel (63-67) などの詩集と，戯曲『エリ．イスラエルの受難の神秘劇』Eli. Ein Mysterienspiel vom Leiden Israels (51) がある．これらの作品が高く評価されて，1966年ノーベル文学賞を受賞した．

翻訳文献→409頁

ベンヤミーン ヴァルター

Walter Benjamin (1892-1940) **ユダヤ系ドイツの評論家**

1940年に自殺したが，戦後60年代になってから彼の著作はにわかに注目され，ドイツの影響力ある第一級の思想家・評論家として世界的評価を得るに至った．わが国でも15巻の著作集をはじめ多くの著作や研究書が出て注目されている．

ベルリーンの裕福なユダヤ系実業家の長男として生まれた．1912年から19年にかけてフライブルク，ベルリーン，ミュンヒェン，ベルンの大学で哲学を学んだが，この時代からすでに多くの著作・論文がある．21～22年に執筆した『ゲーテの親和力』Goethes Wahlverwandtschaften はホーフマンスタールに絶讃され，彼の主宰する雑誌「新ドイツ論集」に掲載 (24-25) された．24年革命家のロシア女性アーシャ・ラツィスとの邂逅からマルクス主義に向かった．25年，フランクフルト大学に教授資格申請論文として『ドイツ悲劇の根源』Ursprung des deutschen Trauerspiels (28) を提出したが，現在では彼の主著の一つと見なされているこの優れた著作は受理されなかった．彼はその後ベルリーンに定住して雑誌「文学世界」，「フランクフルト新聞」のために，またラジオ放送のために多くの原稿を書いた．主著の一つ『複製技術時代の芸術作品』Das Kunstwerk im Zeitalter seiner technischen Reproduzierbarkeit (35-39) もこの時代に生まれた．33年ナツィス政権が強大になりつつあることを察知してパリに亡命し，フランクフルト学派の「社会研究誌」の自由寄稿者として健筆をふるった．

40年，ピレネー山脈を越えてスペインへ逃げ込んだ直後，スペイン当局に逮捕され，ゲシュタポに引き渡されるのを恐れて自殺した．パリのパッサージュ（パリのアーケード商店街）に19世紀のシンボルを見た彼が27年から書き綴ったぼう大な『パッサージュ論』Das Passage-Werk（全集Ⅴ-1，2）は，ついに未完に終わった．ベンヤミーンの思想は，生活と歴史の現実に観察の目が向けられており，個別的なものから出発して普遍的な歴史的現象を把握しようとするところに特徴がある．そしてその背景には，唯物論的歴史哲学の傾向と，終末論的な救世主を信仰するユダヤ的歴史観がある．『歴史の概念について』Über den Begriff der Geschichte は遺稿となった．なお，回想記『1900年頃のベルリーンの幼年時代』Berliner Kindheit um Neunzehnhundert（32-38）は20世紀の最も美しい散文のひとつに数えられている．

翻訳文献→409頁

ヴァインヘーバー　ヨーゼフ

Josef Weinheber（1892-1945）　**オーストリアの詩人**

貧しい肉屋の子として，ヴィーンに生まれたが，両親を失って，9歳のときから孤児院で育てられた．奨学金を受けてギムナーズィウムに学んだが，16歳のときに数学の成績不振によって給費生の資格を失ったため，退学して郵便局につとめた．この頃から，勤務のかたわら夜学に通って文学の勉強をはじめ，やがて2冊の詩集と1冊の小説を出したが，ほとんど反響はなかった．しかし，次の詩集『高貴と没落』Adel und Untergang（34）によって，一躍すぐれた詩人として注目を集め，36年この詩集に対してモーツァルト賞が与えられた．つづいてヴィーンの方言を用いて，ヴィーンの姿をうたった『ヴィーン・言葉のまま』Wien wörtlich（35），ソネット形式の『おそい冠』Späte Krone（36），リルケの『オルフェウス』に対抗して書かれた『神々とデーモンたちのあいだ』Zwischen Göttern und Dämonen（38），モーツァルト風の明朗で民衆的な『室内楽』Kammermusik（39），その他『心の記録』Dokumente des Herzens（44），『ここに言葉あり』Hier ist das Wort（47），などを著して，独自の詩境をひらき，当時オーストリア最大の詩人としての地位を確立した．また，時代の不安や苦悩に対する彼の英雄的な態度や，国民的自覚をうたった彼の詩は，ナツィスに迎えられるところとなり，ナツィス時代には，国民詩人としてもてはやされた．そして，41年はグリルパルツァー賞を受け，翌年には，ヴィーン大学から名誉博士号を贈られたが，45年，第二次大戦終結の直前，ソヴィエト軍がヴィーンに侵入したとき，キルヒシュテッテンで自殺をとげた．死後，友人によって詩選集『何よりも私は芸術を愛した』Über alle Masse aber liebte ich die Kunst（52）が出版された．クロップシュトック，ゲーテ，ヘルダーリーン，ドロステ=ヒュルスホフ等の伝統的形式を受け継ぎ，ニーチェやショーペンハウアーの影響をうけた世界観に立脚する彼は，現代人の孤独と苦悩とを，洗練されたことばと厳格な形式で描いた．

翻訳文献→410頁

ペンツォルト エルンスト

Ernst Penzoldt (1892-1955) **ドイツの小説家，彫刻家，画家**

エアランゲンに医科大学教授の子として生まれた．ギムナーズィウム卒業後，ヴァイマル，カッセルの美術大学に学んだ．彫刻家としてプラーテンやカロッサの塑像を造っており，フレスコ画，エッチング，油彩も描いているが，みずから「本業の彫刻よりもはるかに文学が好きだ」と言っている．彼の作品の特徴は，生きものに対するこまやかな愛情にあふれ，その表現が牧歌的で，おだやかで，しかもユーモアとペーソスに満ちていることである．わが国でも紹介されてほしい作家である．詩集『道連れ』Gefährte (22)，短篇集『牧歌』Idyllen (23) 以降十数冊の長短篇を発表した．おもなものを挙げれば，イギリスの詩人の伝記的作品『哀れなチャタートン』Der arme Chatterton (28)，恋愛小説『エチェンヌとルイーゼ』Etienne und Luise (29)，力作長篇『この世のあわれな虫けら』Kleiner Erdenwurm (34)，代表作のひとつで，子沢山の一族の奇抜な行動やいたずらを悪漢小説風に描いた長篇『ポーヴェンツ一族』Die Powenzbande (30)，エッセイ集『感謝あふれる患者』Der dankbare Patient (37)，“Es kommt ein Tag”という題で映画化 (50) もされた傑作『伍長モンブール』Korporal Monbour (41,59)，遺稿集『愛する人びと』Die Liebende (58) などがある．

ベルゲングリューン ヴェルナー

Werner Bergengruen (1892-1964) **ドイツの小説家・詩人**

バルト海沿岸のリガ（現在ラトヴィアの首都）に，スウェーデン系の医師の子として生まれる．マールブルク，ミュンヒェン，ベルリーン大学で法律，歴史，文学等を学び，第一次大戦に従軍，戦後はジャーナリストとして活躍し，25年には「バルティッシェ・ブレッター」の編集長を努めた．その後職を辞して作家活動に入り，36年までベルリーンにとどまった．この間カトリックに改宗している．ロシア語に堪能であった彼は創作と並行して，『罪と罰』，『白痴』，『コザック』，『父と子』などロシア文学の大作を翻訳した．37年，ナツィス政府から好ましくない作家と見なされ，著書の多くが発禁処分を受け，著作家会議から除名されて公的活動を禁じられた．ミュンヒェン郊外に移った彼は，たえず監視を受けながら創作を続けた．非合法下に書かれた彼の詩は，ひそかに印刷されて人から人へと手渡された．42年以後は，ティロール，スイス，イタリアなどで生活した．戦後58年からバーデン・バーデンに住み，ここで生涯を終えた．

歴史上の事件に取材した彼の代表的長・短篇は，いずれもすぐれた芸術的構成をもち，特にそのフィクションのたくみさ，語りのうまさには定評がある．これらの作品の根底をなすものは，カトリックとヒューマニズムとにもとづく世界観である．長篇『大暴君と審判』Der Großtyrann und das Gericht（35）は，ルネサンス期の都市国家カノッサを舞台として，みずから全知全能をもって任ずる独裁者にあやつられ，翻弄される人間の弱さ・不完全さをみごとに描き出している．続く長篇『天上でも地上でも』Am Himmel wie auf Erden（40）では，16世紀のベルリーンの歴史上の事件に取材し，世界の没落をテーマとして，前作と同じ問題を追求している．これらの作品は，ナツィスの独裁政治に対する内面的抵抗の証言として感銘が深い．このほか，多くの長・短篇があるが，短篇の中で特に傑出しているのは，『三羽の鷹』Die drei Falken（37），『スペインのバラ』Der spanische Rosenstock（40）などである．抒情詩集も『エリコのバラ』Rose von Jericho（36）以下数冊あるが，非合法下に書かれて，戦後日の目をみた『怒りの日』Dies irae（45）が特に有名である．

翻訳文献→410頁

トラー　エルンスト

Ernst Toller (1893-1939)　**ドイツの劇作家・詩人**

表現主義の作家として出発したが，新即物主義の風潮に触れ，やがて，リアリズムに転向した．ユダヤ人の商人の子として，ブロンベルクに生まれた．第一次大戦に志願兵として従軍し，その経験から反戦主義者となり，平和運動に参加したため，投獄された．獄中で表現主義的戯曲『変転』Die Wandlung（19）を書いた．その後，共産主義運動に参加して再び投獄された．『群衆・人間』Masse=Mensch（21），『機械破壊者』Maschinenstürmer（22），『解放されたヴォータン』Der entfesselte Wotan（23）などの戯曲は獄中で書かれた．出獄後は，リアリズムの戯曲『どっこいぼくらは生きている』Hoppla, wir leben（27）を発表した．また抒情的天分にもめぐまれ，詩集『ツバメの書』Das Schwalbenbuch（23）を書いている．ナツィスに追われ，アメリカへ亡命したが，病気と貧窮に悩まされて，ニューヨークで自殺した．

翻訳文献→410頁

ロート　ヨーゼフ
Joseph Roth (1894-1939)　**オーストリアの作家**

オーストリア=ハンガリー帝国の東部国境の町ブロディ（現在ウクライナ領）にユダヤ人を両親として生まれた．ヴィーン大学でドイツ文学を専攻した．第一次大戦では志願して東部戦線に従軍したが，敗戦後ヴィーン，ベルリーンでジャーナリストとして活躍した．1923年からは「フランクフルト新聞」の特派員としてヨーロッパ各地の取材記事を発表するかたわら，長篇小説『蜘蛛の巣』Das Spinnennetz (23),『サヴォイ・ホテル』Hotel Savoy (24),『果てしなき逃走』Die Flucht ohne Ende (27),『ヨブ』Hiob (30), エッセイ集『放浪のユダヤ人』Juden auf Wanderschaft (27) などを発表した．代表作は，オーストリア皇帝フランツ・ヨーゼフ一世の臣下トロッター男爵一家の年代記を通して，二重帝国の没落と解体を美しく描いた長篇『ラデツキー行進曲』Radetzkymarsch (32) である．33年，ヒトラーが独裁権を獲得すると，ロートはパリへ亡命し，『美の勝利』Triumph der Schönheit (34),『ある殺人者の告白』Beichte eines Mörders (36),『第千二夜物語』Die Geschichte von der 1002. Nacht (39),『酔いどれ聖譚』Die Legende vom Heiligen Trinker (39) などの作品を発表したが，第二次世界大戦勃発直前の39年5月，亡命地のパリの施療院で病歿した．

翻訳文献→410頁

ヤーン　ハンス・ヘニイ
Hans Henny Jahn (1894-1959)　**ドイツの劇作家・小説家**

ハンブルクに造船技師の子として生まれた．実業高校を卒業後，オルガンの製作をはじめ，のちにこの分野で世界的な名声を得た．彼はまた生涯にわたって，戦争，人種差別，死刑などに反対し続けた．第一次大戦中は，戦争をさけてノルウェーに逃れた．18年に帰国したのち，オルガン製作を続けるかたわら，表現主義の影響を受けた戯曲『神父エフライム・マグヌス』Pastor Ephraim Magnus (19) を発表し，翌年クライスト賞を受けた．これに対して，この作品は人間の醜い性衝動を露骨に描いた「わいせつ」の書にすぎないという理由から，一部にはげしい反対が起こったが，推薦者オスカー・レルケは，「人間と世界の意義を追求する力強い作品」であると擁護した．続いて，戯曲『盗まれた神』Der gestohlene Gott (22) や，ジョイス流の手法を用いた未来小説『ペリュージャ』Perrudja (29) 等を発表したが，特に近親相姦や姦通などを扱った戯曲は，その大胆な性愛描写のために，一作ごとに猛烈な非難をあびる一方，「時代に反抗する偉大な作家」という賞讃も受けた．「よき目的をもつアナーキスト」と自称した彼は，既成の一切のドグマを拒絶して，善悪の彼岸に根源的世界を見いだすことを彼の作品の基本テーマとしたのである．33年，ナツィスによって著作活動を禁じられた彼は，デンマークに亡命し，49年に帰国するまで，馬の飼育やホルモンの研究等に従事した．亡命後の作品には，長篇3部作『岸辺なき河』Fluß ohne Ufer［『木の船』Das Holzschiff（37），『グスタフ・アニアス・ホルンの記録』Die Niederschrift des Gustav Anias Horn（49），『エピローグ』Epilog（61）］のほか，戯曲『貧乏，富裕，人間，および動物』Armut, Reichtum, Mensch und Tier（48）などがある．

翻訳文献→411頁

ユンガー エルンスト

Ernst Jünger（1895-1998） **ドイツの小説家・評論家**

ハイデルベルクに薬剤師の子として生まれた．18歳のときひそかに学校をやめて，マルセイユへ行き，アフリカ外人部隊に加わったが，のちに両親に連れ戻された．第一次大戦には志願兵として従軍し，勇敢に戦って幾度も重傷を負い，中尉に昇進した．戦後この体験から，『鋼鉄の嵐の中で』In Stahlgewittern（20），『内的体験としての戦闘』Der Kampf als inneres Erlebnis（22）などの戦争文学を書いて有名になった．これらの書では，非人間的な社会をつくり出した市民的秩序にかわる新しい力の秩序として，戦争が肯定されている．この思想的背景にあるのは，ニーチェである．23年に除隊してからは，ライプツィヒ，ナポリ両大学で動・植物学を研究し，また各地を旅行した．この頃の作品には，『火と血』Feuer und Blut（26）がある．

31年，戦争と国家に関する考察をまとめた大胆な予言的な書『総動員』Die totale Mobilmachung を出版．ひきつづいて翌年に『労働者』Der Arbeiter（32）が出版されるや，それを裏書きするかのようにナツィス国家が誕生した．そのため，彼は長いあいだナツィスの理論的指導者と考えられたが，これは誤解で，彼の思想はナツィスの政策や意図とは根本的に性格を異にするものであった．ナツィスに協力を求められたとき，彼はこれを拒否して，弟とともにボーデン湖畔にこもり，昆虫や植物の研究に従事しながら創作活動をつづけた．しかし，その身辺はたえず監視されていたという．ここで小説『大理石の断崖の上で』Auf den Marmorklippen（39）が書かれた．これは暴虐な狩猟家と植物学者兄弟との相剋に託してナツィスを批判した抵抗文学として有名になったが，しばしば見受けられる通俗性と，あまりにも強い神話的性格のために芸術的な香気に欠ける憾みがある．

第二次大戦には大尉として従軍し，従軍日記『庭と街路』Gärten und Straßen（42）を発表したが，これは禁書となった．また小論文『平和』Der Friede（44）は，筆写されて流布し，多くの人びとに感銘を与えた．戦後，彼は初期に行なった戦争讃美のために非難を受け，戦犯問題まで起こったが，しだいに上記の事実が明らかとなり，また戦争中の日記『放射』Strahlungen（49）が公刊されるに及んで，誤解はとけた．戦後の第1作『ヘリオポリス』Heliopolis（49）は壮大な構想をもつ未来小説である．また，エッセイ『葉と石』Blätter und Steine（34），『線を超えて』Über die Linie（50），『森の道』Der Waldgang（50），『砂時計の書』Das Sanduhrbuch（54），『小さな狩』Subtile Jagden（67），『接近．麻薬と陶酔』Annäherungen. Drogen und Rausch（70）などにおける博物学的，思想的，政治的エッセイは，彼の硬質の文体ともよく調和して，高い芸術性をもっている．彼はまた，甲虫，特にハンミョウの世界的なコレクターとしても知られ，102歳の高齢で歿する直前までその研究や標本の観察・整理を何よりの楽しみとしていた．

翻訳文献→411頁

ドーデラー　ハイミート・フォン

Heimito von Doderer（1896-1966）　**オーストリアの小説家**

ヴィーン近郊のヴァイトリンガウに，建築家の子として生まれた．ニコラウス・レーナウの子孫であるという．父は運河建設の功績で貴族に叙せられた．第一次大戦に従軍して，ロシア軍の捕虜となり，4年間シベリアで捕虜生活を送った．この頃から詩や小説を書きはじめた．帰還後，ヴィーン大学で歴史学を研究し，29歳で学位を得た．先輩作家ギュータースローに傾倒し，『ギュータースロー論』Der Fall Gütersloh（30）を書いたが，これを契機として，本格的な作家活動に入った．出世作は，推理小説風の『誰もが犯す殺人』Ein Mord, den jeder begeht（38）である．第二次大戦にも従軍して，再び捕虜となり，46年にヴィーンに帰還した．以後主としてヴィーンを舞台に，時代や社会を歴史的に描いた大作を発表して注目され，56年にはオーストリア国家大賞を受け，ノーベル賞候補にものぼった．彼は，誰もが気にもとめない一見ささいな事件を綿密に掘りさげて，そこに重大な意味を見出すというような作品を得意としている．主要作品は，上記のほか，『まわり道』Ein Umweg（40），『シュトゥルードゥルホーフ階段』Die Strudlhofstiege（50），『窓の灯』Die erleuchteten Fenster（51），『悪霊』Die Dämonen（56），詩集『暗がりの道』Ein Weg im Dunkeln（57），短篇集『皮巾着の虐待』Die Peinigung der Lederbeutelchen（59）などである．

翻訳文献→411頁

カーザック　ヘルマン

Hermann Kasack (1896-1966)　**ドイツの詩人・作家**

ポツダムに医者の子として生まれた，ベルリーン，ミュンヒェン両大学で文学と経済学とを学んだ．この頃から創作をはじめ，詩集『人間』Der Mensch (18) や，戯曲『悲劇的使命』Die tragische Sendung (20) などを発表して世に知られた．その後，キーペンホイヤー書店につとめ，ヘルダーリーンの著作などを編集・出版した．41年，親友オスカー・レルケの死後，フィッシャー書店の編集長の職を継いだ．ナツィス時代には著作を禁じられていたが，編集者として古今の作品を出版するかたわら，代表作『流れの背後の町』Die Stadt hinter dem Strom (46) を書き続け，第二次大戦後に発表した．川の向こうの亡者の町に迷いこんだ男の体験を通して，現代ヨーロッパの危機を象徴的に描いたこの作品は，発表と同時に世界的な評判となり，49年にはフォンターネ賞を受けた．以後，書店をやめて創作に専念し，ヨーロッパ文明への警鐘を，シュルレアリスムの手法によって象徴的に描いた長篇『織機』Der Webstuhl (49),『大きな網』Das große Netz (52) や，短篇『贋物』Fälschungen (53) 等を発表した．

翻訳文献→411頁

レマルク　エーリヒ・マリーア

Erich Maria Remarque (1898-1970)　**ドイツの小説家**

ヴェストファーレンのオスナブリュックに製本業者の子として生まれた．祖先は，フランスからの移住者である．師範学校在学中の1916年，第一次大戦に出征し，いくたびも死線をさまよった．帰還してからは，教員，ジャーナリスト，通信員などをつとめた．31歳のとき，自己の体験にもとづいて，軍隊教練や陣地戦の恐ろしさや科学兵器による無意味な死などをリアルに描いた『西部戦線異状なし』Im Westen nichts Neues (29) を発表すると大きな反響を呼び，レマルクは一躍世界の人気作家となった．この作品は，1年半のあいだに25カ国語に翻訳され，350万部を売りつくすという空前のベストセラーになった．反響はさまざまであって，戦争文学の最高傑作と激賞され，敵国にさえも熱烈な讃美者を獲得した一方，露骨すぎる一面的描写や，大衆文学的なセンチメンタリズムに対しては，きびしい批判を受けた．この作品はアメリカで直ちに映画化(30)され，トーキー最初期の傑作としてアカデミー賞（作品賞・監督賞）を受賞した．帰還兵のさまざまな運命を描いた第2作『帰りゆく道』Der Weg zurück (31) も，24カ国語に翻訳されて問題となったが，処女作ほどの強烈な表現はみられない．

1933年，ナツィスによって国籍を剝奪され，著書は焚書の処分を受けた．その前年，すでにスイスに逃れていた彼は，さらに37年にアメリカに亡命し，前記２作の続篇『三人の戦友』Drei Kameraden（37）や，亡命者の運命を描いた『汝の隣人を愛せ』Liebe deinen Nächsten（40）をニューヨークで出版した．第二次大戦後発表した『凱旋門』Arc de Triomphe（46）(→315頁）によって，彼はふたたび世界的名声を得た．これは大戦前夜のパリを舞台としてドイツの亡命医の不安な生活を，恋愛や，ゲシュタポへの復讐などを織りまぜて描いたもので，200万部以上を売り，映画（米30）も好評を博した．47年にアメリカ市民権を得てからは，ニューヨークとスイスに住み，『生命の火花』Der Funke Leben（52),『愛する時と死する時』Zeit zu lieben und Zeit zu sterben（54),『黒いオベリスク』Der schwarze Obelisk（56),『天は寵児を知らない』Der Himmel kennt keine Günstling（61),『リスボンの夜』Die Nacht von Lissabon（62）など，純文学と大衆文学の中間をゆくおもしろい作品をつぎつぎに発表した．彼の著作の総出版部数は1500万部を超えるという．

翻訳文献→411頁

ユンガー　フリードリヒ・ゲオルク

Friedrich Georg Jünger（1898-1977）　**ドイツの詩人・小説家**

エルンスト・ユンガーの弟．ハノーファーに生まれた．自然に親しみながら幼少期を送り，ギムナーズィウムを出てすぐに第一次大戦に参加，重傷を負って帰還してからは，ライプツィヒで法律を修め，弁護士になった．その後職をやめて詩作生活に入り，『詩集』Gedichte（34）以下多くの詩集を出版した．初期の詩は戦後編まれた『詩集』Gedichte（49）に，中期の詩は『歳月の輪』Ring der Jahre（54）に収められている．このほか『風の中のアヤメ』Iris im Wind（52),『黒い河と風白い森』Schwarzer Fluß und windweißer Wald（55）がある．兄と同様に植物を愛した彼は，自然抒情詩に非凡な才能を発揮したが，中には現代の機械文明を批判した詩もある．戦後，小説も書きはじめたが，長篇よりも，『ダルマティアの夜』Dalmatinische Nacht（50),『孔雀』Die Pfauen（52),『十字路』Kreuzwege（61）などに収められた短篇に佳品が多い．また戦時中出版されて発禁となり，戦後多くの読者をもった機械文明批判の書『技術の完成』Die Perfektion der Technik（46）のほか，多くの評論やエッセイがある．

ランゲッサー　エリーザベト

Elisabeth Langgässer (1899-1950)　**ドイツの詩人・小説家**

ライン・ヘッセンのアルツァイに，建築技師の娘として生まれた．ギムナーズィウム卒業後，故郷の小学校の教師をつとめるかたわら，郷土の自然や伝説，民衆の生活等に取材した象徴的・自然讃歌的な抒情詩集『小羊の回帰線』Der Wendekreis des Lammes（24）を発表した．そののち哲学者ホフマンと結婚してカトリックに改宗し，29年ベルリーンに移った．そして自然の魔的な力を讃美しながら，救済と恩寵とを求める陶酔的・讃歌的な内容の抒情詩を書くとともに，キリスト教と現代人との関わりあいを描いた数篇の小説を発表し，32年にドイツ女性市民文学賞を受けた．さらに敬虔なカトリック信仰に基づいて，神と悪魔との闘争を描いた長篇『悪魔の三幅対の絵』Tryptichon des Teufels（32），第一次大戦後のドイツ庶民の悲惨な生活を描いた『沼地を行く』Der Gang durch das Ried（36）や，詩集『十二宮詩』Die Tierkreisgedichte（35）等を発表したが，36年ユダヤ系であるという理由で禁書の処分を受け，第二次大戦中は強制労働に従事した．戦後の作品には，キリスト教的実存の問題を，シュルレアリスム的な独自の手法によって追求した代表作『消えない印』Das unauslösliche Siegel（46）のほか，短篇『迷路』Labyrinth（49），詩集『葉人とバラ』Der Laubmann und die Rose. Ein Jahreskreis（47），遺稿の長篇『アルゴー号舟旅』Märkische Argonautenfahrt（50）などがあるが，これらの作品はいずれも現代ヨーロッパの混乱と現代人の虚無とを，カトリック信仰と神の恩寵とによって克服することを目ざしている．

ケステン　ヘルマン

Hermann Kesten (1900-1970)　**ドイツの小説家**

ニュルンベルクにユダヤ商人の子として生まれた．エアランゲンとフランクフルト大学で，はじめは社会科学を，のちに文学を学んだ．ベルリーンの出版社で編集の仕事にたずさわったのち，第一次大戦後の住宅難の中での少年の性のめざめを描いた長篇『ヨーゼフは自由を求める』Josef sucht die Freiheit（27）を発表してクライスト賞を受け，作家活動に入った．『幸福な人々』Glückliche Menschen（31）や『山師』Der Scharlatan（32）は，小市民の生活を諷刺的に描いた作品であるが，いずれも機智とユーモアに富み，トーマス・マンから賞讃を受けた．彼は，この二作をはじめとする「芸術的快活さ」にあふれたいくつかの長篇小説や戯曲によって，新即物主義の代表的作家となり，外国でも名声を得た．33年，ナツィスの迫害をのがれた彼は，オランダ，フランス，イギリス諸国を経てアメリカに亡命し，40年にアメリカ市民権を得た．亡命中に，スペインを舞台とする歴史小説三部作のうち『フェルナンドとイサベル』Ferdinand und Isabella（36），『われは王者』Ich, der König（38）や，おなじくスペインの内乱に取材して，20カ国語に訳された小説『ゲルニカの子どもたち』Die Kinder von Gernika（39）等を出版するかたわら，ハイネをはじめドイツ国内で禁書となった作家たちの作品を刊行した．戦後，故郷ニュルンベルク市の文学賞を受け，ドイツ・ペンクラブの会員になったが，帰国せず，アメリカのペンクラブにも属して，ローマやニューヨークで暮らした．戦後の作品には，二つの大戦のあいだのドイツを舞台に，ある子供の運命を描いた小説『ニュルンベルクの双生児』Die Zwillinge von Nürnberg（46）をはじめとして，『異国の神々』Die fremden Götter（49），歴史小説第3作『王冠をめぐって』Um die Krone（52），伝記小説『カザノーヴァ』Casanova（52），亡命中親交を結んだ19人の作家の伝記風回想『わが友・詩人たち』Meine Freunde, die Poeten（53）などを発表した．喫茶店を愛した彼は，つねにそこを社交場とし，また仕事場ともしていた．作家論には『カフェの詩人たち』Dichter im Café（59）その他がある．

翻訳文献→412頁

ゼーガース　アンナ

Anna Seghers（1900-1983）　**ドイツの小説家**

マインツに美術鑑定家の娘として生まれた．ハイデルベルクやケルン大学で，歴史，美術史などを学び，25歳の時にハンガリーの亡命社会学者ラドヴァンニと結婚した．ゼーガースは筆名で，本名はネッティ・ラドヴァンニ（Netty Radvanyi）である．1918年のドイツ革命に続く激烈な階級闘争の時代に大学生であった彼女は，中国，ハンガリーその他各国の亡命者たちと交わり，労働運動にも接触して，しだいに社会問題に強い関心を抱くようになった．28歳のときの最初の作品『聖バルバラの漁民の蜂起』Aufstand der Fischer von St. Barbara（28）は，ひどい労働条件のために網元に反抗した漁民たちが軍隊に弾圧される過程を，力強い言語表現と独自の写実的手法で描いた傑作で，クライスト賞を受賞した．さらに，アメリカの暗黒裁判に取材した短篇『アメリカ大使館への道で』Auf dem Wege zur amerikanischen Botschaft（30），亡命者たちの報告に基づいて，各国の労働闘争や反ファシズム運動を描いた『道づれ』Die Gefährten（32）などを発表したが，ナツィスが政権を樹立した1933年，パリに亡命した．パリでは，『首にかかる賞金』Der Kopflohn（33），『二月を通る道』Der Weg durch den Februar（35），『救出』Die Rettung（37）などの長篇を発表した．さらに，41年メキシコに亡命して，代表作『第七の十字架』Das siebte Kreuz（42）を発表した．これは，強制収容所を脱出する7人の男を通して，暗黒時代におけるドイツの苦難と闘争とを描いたもので，当時アメリカで百万部も売れ，映画にもなった．

戦後は東ドイツに帰って，すぐれた短篇集『死んだ少女たちの遠足』Der Ausflug der toten Mädchen (48)，『ハイティの婚礼』Hochzeit von Haiti (49) 等を出し，つづいて二つの大戦にまたがるファシズムの興亡と，ドイツ国民の運命とを描いた叙事詩的長篇『死者はいつまでも若い』Die Toten bleiben jung (49) を発表して，51年にはスターリン平和賞を受け，翌年からはドイツ作家同盟の会長を務めるなど，東ドイツを代表する作家となったばかりでなく，その作品は各国語に翻訳されて，国際級の大作家と目されるに至った．彼女は，人間の権利を擁護してその生活の向上をはかる方法は，社会主義革命以外にはないという信条のもとに，戦争とファシズムに対する抗議や，社会主義的人間の養成や，あるいは新しい時代の愛とモラルなどの問題に真っ向から取り組み，社会主義リアリズムの手法によって労働者やしいたげられた者たちの生活を描いた．

翻訳文献→412頁

ノサック　ハンス・エーリヒ

Hans Erich Nossack (1901-1977)　**ドイツの小説家**

ハンブルクに貿易商の子として生まれた．イェーナ大学で言語学，法律を学んだのち，工場労働者，会社員，ジャーナリストなどの職を転々とし，33年に父の商会に入った．14歳のときから文学を志し，ヘッベル，ストリンドベルイ，バールラハ，スタンダール，ゴッホなどの影響を受けたという．はじめは主として戯曲を書いたが，ナツィス時代には発表を許されなかった．そして43年のハンブルク大空襲のとき，書きためた原稿はすべて灰塵に帰した．こうして「過去を失った作家」として再出発をした彼は，戦後まず『詩集』Gedichte (47) によって名を知られた．続いて，報告風の小説『ネキヤ』Nekyia (47) と，『ドロテーア』Drothea，『カッサンドラ』Kassandra など10篇を含む短篇集『死とのインタヴュー』Interview mit dem Tode (48) を発表した．特に後者はサルトルに認められ，にわかに世の注目を浴びた．夢と現実との交錯するシュルレアリスム的手法を用いて，戦後の廃墟の中に生の可能性を求めたこれらの作品は，フランスの「アンティ・ロマン」に一脈通じるものがある．上記のほか，長篇『遅くとも11月には』Spätestens im November (55)，『弟』Der jüngere Bruder (58)，『最後の叛乱の後に』Nach dem letzten Aufstand (61)，中篇『不可能な証拠調べ』Unmögliche Beweisaufnahme (59)，中篇集『控室での出会い』Begegnung im Vorraum (63) などがある．彼の作品には，神話や伝説，あるいはダンテから得た着想などを現代化したものが目につくが，劇的な構成や，筋の展開にはほとんど力点が置かれていない．しかし，平易な日常語を用いた簡潔な文体による，場面，場面の緊張をはらんだ描写には他の追従を許さぬものがある．

晩年の作には，長篇小説『ダルテ事件』Der Fall d'Arthez（68），『知られざる勝利者に』Dem unbekannten Sieger（69），『盗まれたメロディー』Die gestohlene Melodie（72），『待機中』Bereitschaftsdienst（73），『幸福な人間』Ein glücklicher Mensch（75）などがある．

翻訳文献→412頁

アドルノ テーオドーア・ヴィーゼングルント

Theodor Wiesengrund Adorno（1903-1969）　**ドイツの思想家**

フランクフルト学派の思想家で，哲学，芸術理論などにおいて独自の唯物弁証法的な理論を展開して，文芸学，美学，音楽学に大きな影響を与えた．フランクフルトの裕福なユダヤ系の家に生まれた．フランクフルト大学で哲学，心理学，音楽学を学び，1924年にはフッサールに関する論文で学位を得た．翌年からはヴィーンのアルバーン・ベルクのもとで作曲を学ぶかたわら音楽評論家として活動した．31年，キルケゴールに関する論文によって，フランクフルト大学の教授資格を取得した．ナツィス時代にはイギリスに亡命したが，ホルクハイマーの招きでアメリカに渡り，「社会学研究所」の一員となり，共著でヨーロッパの危機をイデオロギー批判的に考察した『啓蒙の弁証法』Dialektik der Aufklärung（47）を出版して注目された．アドルノが広範な支持を獲得したのは，『権威主義的人格』The authotitarian Personality（50）によってである．これは権威の盲信とファシズムとの関係などについての研究である．49年にフランクフルトに戻ってからは，大学で哲学と社会学を講じ，「社会学研究所」の主任も務めた．哲学的音楽理論や社会学の分野の多数の文化批評的著作のほかに，哲学の分野の代表作『否定的弁証法』Negative Dialektik（66），美学分野の代表作『美の理論』Ästhetische Theorie（70），音楽の分野では『新音楽の哲学』Philosophie der neuen Musik（49），文学の分野では『文学ノート』Noten zur Literatur（58-74）がある．

翻訳文献→413頁

カネッティ　エリアス

Elias Canetti（1905-1994）　**オーストリアの作家・思想家**

ブルガリア生まれのスペイン系ユダヤ人で，少年時代，オーストリア，スイス，ドイツで過ごしたので，ドイツ語で創作活動を行なうようになった．1924年ヴィーン大学で化学を学び，さらに哲学の学位を取得し，著作活動に入った．35年に長篇小説『眩暈（めまい）』Die Blendung を発表したが，当時はTh.マンらわずかな人びとに認められただけで，世間にはほとんど知られなかった．38年オーストリアがドイツに併合されると，パリを経てイギリスに亡命し，市民権を得てロンドンに定住した．60年に出版された『群衆と権力』Masse und Macht は，成立までに35年を要したというライフワークで，人間の歴史を「群衆」と「権力」という視点からとらえ，群衆と権力との関連こそが人間の各時代の文化の本質をなしていることを明らかにしたユニークな文化哲学的研究である．これによって注目され，63年には最初の長篇小説『眩暈』も新版が出て，20世紀ドイツ語文学を代表する作品として高い評価を受けた．続いて『結婚式』Hochzeit（刊行32/初演65），『虚栄のコメディー』Komödie der Eitelkeit（50/65），『猶予された人びと』Die Befristeten（64/67）などの戯曲も初演され，いっそう注目を浴びた．71年からはツューリヒにも住み，『耳証人』Der Ohrenzeuge（74），『言葉の良心』Das Gewissen der Worte（75）などのほか，自伝三部作『救われた舌』Die gerettete Zunge（77），『耳の中の篝火（かがりび）』Die Fackel im Ohr（80），『目の戯れ』Das Augenspiel（85）などを発表し，81年にはノーベル文学賞を受賞した．

翻訳文献→413頁

マン　クラウス

Klaus Mann（1906-1949）　**ドイツの作家**

トーマス・マンの長男としてミュンヒェンに生まれる．十代から創作活動をはじめた．1933年に亡命して，ヨーロッパ各地で過ごしたが、アムステルダムで雑誌「集合」（33〜35）を発刊して亡命文学者の結集を呼びかけ，反ファシズムのために亡命文学者の中心となって活躍した．37年アメリカで市民権を得てヨーロッパへ帰り，通信員として働いたが，第二次世界大戦後まもなくカンヌで自殺した．作品には『悲愴交響曲』Symphonie pathétique（35），『メフィスト』Mephisto（36），『火山』Der Vulkan（39），自伝『転回点』The Turning Point/Der Wendepunkt（英語版42，独語版52）などがある．

翻訳文献→413頁

アイヒ　ギュンター

Günter Eich (1907-1972)　**ドイツの詩人・小説家**

オーダー河畔のレーブスに生まれる．ライプツィヒ，ベルリーン，ソルボンヌ各大学で国民経済学や支那学等を学ぶかたわら，抒情詩を作り，30年に『詩集』を出版した．彼の詩は純粋な生へのあこがれを基調としているが，東洋的な雰囲気をもつものもある．29年頃から，片手間の仕事のつもりで書きはじめた放送劇が意外に好評を博したため，多くの作品を書き，のちにこの分野での第一人者となる素地をつくった．アイヒェンドルフの『幸福の騎士』のドラマ化（33）や，『草原の足跡』Fährten der Prärie（36），『ラディウム』Radium（36）などがその一部である．第二次大戦では最後まで一兵卒であった．アメリカ軍の捕虜となって，46年に帰還してから，戦争と捕虜体験とをうたった抒情詩集を出版したが，ふたたび放送劇を執筆して多くの傑作を発表した．放送劇は彼によって，芸術性の高い，ヴァリエーションに富む，魅力あるジャンルとなった．

主要作品は，『夢』Träume（51），『もう一人の私』Die andere und ich（51），『ヴィテルボの娘たち』Die Mädchen aus Viterbo（53），『アラーは百の名をもつ』Allah hat hundert Namen（58），『ストゥーバルの波濤』Die Brandung vor Setúbal（62）などである．53年作家アイヒンガーと結婚した．62年には来日して各地で自作の朗読をした．

翻訳文献→413頁

リンザー　ルイーゼ

Luise Rinser (1911-)　**ドイツの小説家**

オーバーバイエルンのピッツリングに，小学校教師の娘として生まれた．ミュンヒェン大学で教育学や心理学等を学んだのち，故郷で小学校教師となった．27歳のとき，短篇『百合』Die Lilie（38）がフィッシャー書店の主筆であったズーアカンプに認められて，作家生活に入った．続いて，中篇『ガラスの波紋』Die gläsernen Ringe（41）を発表して，ヘルマン・ヘッセに激賞された．33歳のとき，ナツィス政府に対する反逆罪などの理由で逮捕され，投獄された．第二次大戦終結とともに釈放され，一時批評家として，新聞や雑誌に評論を発表していたが，その後は創作に専念した．

戦争や獄中の体験によって，作家として深みを増した彼女は，戦後，代表作『人生のなかば』Mitte des Lebens（50）や『ダニエラ』Daniela（53），『美徳の冒険』Abenteuer der Tugend（57）などの長篇のほか，多数の中・短篇を発表した．「純粋で気品のあるドイツ語」とヘッセに評された簡潔・平明な文章によって，わかりやすい内容を写実的に描いた彼女の作品は，多くの読者をもち，15カ国語に翻訳されたものもある．日本でも，ドイツ語のテクストとして，よく使われた．

晩年の作には長篇小説『完全なよろこび』Die vollkommene Freude（62），『黒いロバ』Der schwarze Esel（74）などがある．

翻訳文献→413頁

フリッシュ　マックス
Max Frisch（1911-1991）　**スイスの劇作家・小説家**

ツューリヒに建築家の子として生まれた．きわめて早熟で，16歳のとき劇作を試み，その草稿をマックス・ラインハルトに送った．もちろんこれは取り上げられなかったが，その後も異性体験もない少年の身で，結婚をテーマとした作品を書いたという．ツューリヒ大学でドイツ文学を学んだが，22歳のとき父を失ったために，中途退学してジャーナリストになり，チェコ，ハンガリー，ダルマティア，ギリシアなどを遍歴して旅行記を書いた．25歳のとき，友人の援助でツューリヒ工科大学に入り，建築を学んだ．彼はこの再出発に当たって，二度と筆を取らない決心をして，それまでに書きためたぼう大な原稿を森で焼いてしまった．しかし39年動員令が下って砲兵として国境警備についたとき，ふたたびペンをとって日記を書いた．これは翌年，『背嚢の中の紙片』Blätter aus dem Brotsack（40）として出版された．29歳で大学を卒業，31歳で建築士と結婚して建築事務所をかまえ，以後約10年間，この職を続けながら，戯曲『ほら，また歌っている』Nun singen sie wieder（45），『万里の長城』Die chinesische Mauer（46），『戦争が終わったとき』Als der Krieg zu Ende war（49），『エーダーラント伯爵』Graf Oederland（51）などを発表して内外の注目を浴びた．彼の戯曲は，ブレヒトやワイルダーの影響を受けている．なお，上記の『万里の長城』は，広島の原爆投下にショックを受けて書かれたものである．

先入観をきらい，何よりも自分の眼で見たものを信ずる彼は，この間ヨーロッパ各地，特に中欧と南欧を旅行してまわった．この旅の印象は，『日記1946-1949』Tagebuch 1946-1949（50）に克明に描かれている．51年には，ロックフェラー奨学金を受けて，アメリカとメキシコ各地を旅行した．こののち，従来のドン・ファンのモチーフを諷刺的に新解釈した『ドン・ファンまたは幾何学への愛』Don Juan oder Die Liebe zur Geometrie（53），間借人に自分の町に放火する道具を与える家主を描くことによって，この時代の危険な病弊を攻撃した『ビーダーマン氏と放火魔』Herr Biedermann und die Brandstifter（56），自分がユダヤ人だという強迫観念にさいなまれた末に，ユダヤ人迫害者に射殺されてしまう私生児を描いた『アンドラ』Andorra（62）などの戯曲を発表する一方，16カ国語に翻訳されて，彼の名を一挙に国際的なものにした長篇小説『シュティラー』Stiller（54）と『ホモ・ファーベル』Homo faber（57）を書いた．そしてさらに7年後，注目のうちに発表された長篇『わが名はガンテンバイン』Mein Name sei Gantenbein（64）は，半年近くもベストセラーのトップを占め続け，彼は名実ともに現代ヨーロッパを代表する作家となった．彼の文学の一貫したテーマは，人間の分裂症的性格，それによる破局を予見できない人間の姿，平凡で単調な生活に対する嫌悪などである．特に小説においては，人間存在の可能性を徹底的に分析することによって，人間の本質を探究しようとする試みをつづけた．なお彼は詩人インゲボルク・バッハマンと再婚した．

翻訳文献→414頁

ホルトフーゼン　ハンス・エーゴン

Hans Egon Holthusen（1913-1997）　**ドイツの詩人・評論家**

シュレースヴィヒ=ホルシュタインのレンツブルクに，牧師の子として生まれた．テュービンゲン，ベルリーン，ミュンヒェンの各大学で，文学，哲学，歴史を学び，37年，リルケの『オルフェウス』に関する研究で学位を得た．39年から兵役に服し，第二次大戦には，フランス，ロシア，東欧諸国を転戦した．終戦直前，ミュンヒェンで反ナツィ運動に加わった．戦後はヨーロッパ各地，アメリカ等で講演旅行を行なった．現代の状況を表現し根本的な危機の原因を探るには19世紀的な小説という形式よりも，詩とエッセイこそふさわしいと考えた彼は，この分野ですぐれた才能を発揮した．最初の詩集『この時ここで』Hier in der Zeit（49）には，痛切な戦争体験から生まれた「戦争三部曲」や，14のソネットから成る「弟を悼む」などが収録されており，これらによって彼は早くも戦後の最もすぐれた抒情詩人のひとりとなった．さらに洗練の度を加えた第二詩集『迷路の年々』Labyrinthische Jahre（52）には，悲歌的な調子で実存の問題を追求した長詩や，彼の感性の豊かさを示すすばらしい自然詩，現代人の置かれている状況をたくみにとらえたバラード風の詩などが収録されている．しかし彼の詩は，内面からほとばしり出るような強さに乏しく，たくみにつくり上げられたものという感がしないでもない．彼が影響を受けた主な詩人たちは，リルケ，ベン，T.S.エリオット，オーデンなどである．エッセイには，『晩年のリルケ』Der späte Rilke（49），『すみかなき人間』Der unbehauste Mensch（51），『はいといいえ』Ja und Nein（54），『美と真実』Das Schöne und das Wahre（58），『批判的理解』Kritisches Verstehen（61），『アヴァンギャルディスムと現代芸術の将来』Avangardismus und die Zukunft der modernen Kunst（64）などがある．いずれもすぐれたもので，詩と同列に置かれるべき作品である．ほかに，手記風の小説，『船』Das Schiff（56）がある．20世紀前半の詞華集『うたわれた存在』Ergriffenes Dasein（53，第6版58）の編集も，重要な業績の一つに数えられる．

翻訳文献→414頁

アンデルシュ　アルフレート

Alfred Andersch（1914-1980）　**ドイツの小説家**

ミュンヒェンに生まれ，同地のギムナーズィウムを中退した．18歳で共産党に入党し，反ファシズム運動に参加したため，1933年逮捕されて，半年間ダッハウの強制収容所に拘留された．転向して釈放されたのちは工員となって働いた．第二次大戦勃発とともに召集され，44年，イタリア戦線で脱走，アメリカ軍に降伏し，捕虜となって敗戦までアメリカにとどまった．戦後，リヒターらとともに，実存主義的自由と社会主義的連帯とを主張する雑誌「叫び」を発刊して，多くの時事評論を発表した．これは47年，アメリカ占領軍によって極左的破壊主義の理由で発刊禁止となったため，リヒターとともに，特定の主義主張も規則もない文学者グループ「47年グループ」Gruppe 47 を結成した．これは多くの作家を世に出して，戦後文学の振興に大きく貢献した．フランスの象徴主義とマルクス主義理論からの影響をうけた彼の作品には，挫折した革命家としての自己の体験を描く『自由のサクランボ』Die Kirschen der Freiheit（52），さまざまな動機からナツィス・ドイツを脱出する5人の人物の冒険を描いた長篇『ザンズィバール』Sansibar（57），戦後の西ドイツからイタリアに脱出した一女性を主人公とする『赤毛の女』Die Rote（60），その他，放送劇，抒情詩などがある．晩年の作には，長篇小説『エフライム」Efraim（67），『ヴィンターシュペルト』Winterspelt（74）があり，『ある殺人者の父親』Der Vater eines Mörders（80）が最後の作品となった．

翻訳文献→414頁

ヴァイス　ペーター

Peter Weiss（1916-1982）　**ユダヤ系の小説家・劇作家**

ベルリーン近郊のノヴァーヴェスに生まれた．父はチェコ国籍のユダヤ人，母はスイス人である．このこと，つまり「故郷のない半ユダヤ人」であることが，彼の半生を決定した．少年時代からアウトサイダーであった彼は，学校になじめず，読書と絵を描く楽しみにふけった．1934年，一家はロンドンに亡命し，2年後にはチェコへ移った．この頃彼は一年間ほど美術学校に学んだ．38年，単身パリを経てスイス在住のヘッセを訪ねて，しばらくヘッセゆかりのアパルトマンに暮らした．ヘッセの中期以後の作品は，ホフマン，ドストエフスキー，カフカなどの作品とともに，彼の重要な愛読書であった．翌年，家族が移住していたスウェーデンへ行き，44年には市民権を得た．個展を開いて絵に専念する一方，スウェーデン語で小説を書きはじめたが，のちにドイツ語で書くことを決心して，『無宿者』Der Vogelfreie（48）を書いた．また，映画制作にもたずさわり，画家としては，「コラージュ」と呼ばれる独特の挿絵を書いた．60年，『御者のからだの影』Der Schatten des Körpers des Kutschers が，挿絵入りの限定版で出版され，一部の人に注目された．これは，作者みずから微細小説と呼ぶもので，目や耳でとらえられるあらゆる事象が，微細に執拗に描写されている．翌年，自伝的小説『両親との訣別』Abschied von den Eltern を発表し，ヘッセから絶讃された．続いて発表された自伝小説第2作『消点』Fluchtpunkt（62）は，スイスのシャルル・ヴェイヨン賞を受けた．また，『客のある夜』Nacht mit Gästen（63）という殺人劇に続いて発表した戯曲『サド侯爵の指導下にシャラントン精神病院の演劇グループによって演じられたジャン・ポール・マラーの迫害と暗殺』Die Verfolgung und Ermordung Jean Paul Marats dargestellt durch die Schauspielgruppe des Hospizes zu Charenton unter Anleitung des Herrn de Sade（64）は，その漸新な構成と，サスペンスにみちた迫力とによって，世界的な反響を呼び，作者の名を一挙に高めた．この頃から彼は進んで政治活動に参加し，社会主義を奉ずることを明らかにした．そしてこの立場から，アウシュヴィッツ裁判を扱った戯曲『追究』Ermittlung（65）を書いたが，この初演は，東西ドイツの16の劇場で一斉に行なわれるというドイツ演劇史始って以来の事件となった．前作とは対象的に，構成も単純で，劇的要素もないが，作者はこの作品で，ユダヤ人大量虐殺に直接手を下した人たちのみならず，彼らの背後にあった社会機構全体をも弾劾したのである．

晩年の作には，戯曲『ルスィタニアの怪物の歌』Gesang vom lusitanischen Popanz（67），『圧制者に対する被圧制者の武力闘争の必要性の実例であるヴェトナムにおける長期にわたる解放戦争の前史と過程，ならびに革命の基礎を根絶せんとするアメリカ合衆国の試みについての討論』Diskurs über die Vorgeschichte und den Verlauf des lang andauernden Befreiungskrieges in Viet Nam als Beispiel für die Notwendigkeit des bewaffneten Kampfes der Untergedrückten gegen ihre Unterdrücker sowie über die Versuche der Vereinigten Staaten von Amerika, die Grundlage der Revolution zu vernichten（68），『モッキンポット氏の災難撃退法』Wie dem Herrn Mockinpott das Leiden ausgetrieben wird（68），『亡命のトロツキー』Trotzki im Exil（70），『ヘルダーリーン』Hölderlin（71），『訴訟』Der Prozeß（75），小説『決闘』Das Duell（72），長篇小説『抵抗の

美学』Die Ästhetik des Widerstands（75）などがある．

翻訳文献→414頁

ツェラーン　パウル

Paul Celan（1920-1970）　**ドイツ系ユダヤの詩人・翻訳家**

ルーマニア北部の都市チェルノヴィッツに生まれる．本名パウル・アンチェル．両親はドイツ語を話すユダヤ人．1938年高校を卒業してパリへ行き，医学を学んだが，第二次大戦勃発のため中断，郷里でロマン語，フランス文学の研究をした．大戦中一家はユダヤ人として迫害され，両親は強制収容所へ送られ，大量虐殺の犠牲となった．彼自身はルーマニアの強制労働収容所に送られて難をのがれた．戦後，ブカレストで出版社の原稿審査の職についたが，47年ヴィーンに出て，最初の詩集『骨壺からの砂』Der Sand aus dem Urnen（48）を発表した．翌年再びパリへ行き，ドイツ文学や言語学研究に従事した．フランス市民権を得た彼は，51年からパリの高等師範学校の講師の職につき，そのかたわら詩作と翻訳に没頭した．有名な「死とフーガ」を含む第二詩集『罌粟（けし）と記憶』Mohn und Gedächtnis（52）以下，『敷居から敷居へ』Von Schwelle zu Schwelle（55），『言葉の格子』Sprachgitter（59）等の詩集が出版されると，その磨きぬかれた言葉の暗示に富む比喩と，独特のメランコリックなリズムをもつ彼の詩はにわかに注目を浴び，戦後ドイツの若い詩人たちのうちで最もすぐれた資質をそなえた詩人として高い評価を受け，60年にはゲオルク・ビューヒナー賞が与えられた．彼はまたこの時期にランボーの『酔いどれ船』をはじめ，アポリネール，ヴァレリー，コクトー，シャール，ミショー等，フランスの象徴派やシュルレアリスムの詩人たちの作品を独訳して発表し，翻訳家としても卓越した才能を発揮した．その後の詩集には，『誰のものでもない薔薇』Niemandsrose（63），『呼吸の転換』Atemwende（67），『糸状の日光』Fadensonnen（68），『光の威圧』Lichtzwang（70），『雪の部分』Schneepart（71）などがある．70年，50歳のとき彼はセーヌ河に身を投げて謎の自殺をとげた．

翻訳文献→414頁

ボルヒェルト　ヴォルフガング

Wolfgang Borchert（1921-1947）　**ドイツの詩人・劇作家**

ハンブルクに教師の息子として生まれる．ギムナーズィウムを卒業後，書店員を経て俳優となったが，20歳のとき召集を受け，東部戦線に送られた．戦傷と病気のためにまもなく国内に送還されたが，兵役忌避の疑いをかけられ，死刑を求刑された．理解ある弁護人のおかげで，無罪となったが，別にナツィスを誹謗した罪によって6週間の禁固刑を受けた．出獄後再度出陣し，黄疸，チフス等にかかって送還され，退院後再び前線へ出たが，身体が戦闘不能の状態にあったため，前線慰問劇団にまわされた．しかし，その直前，ゲッベルスを揶揄した演説が密告されて，またもや逮捕され，9カ月の未決拘留後，さらに9カ月の懲役を受けた．1945年春四たび戦闘に駆り出されたが，アメリカ軍の捕虜となって，まもなく釈放された．故郷に帰って演劇の仕事をはじめたが，困憊(ぱい)した彼の身心はもはやその仕事にたえられず，病床につき，二年後転地先のスイスで26歳の短い生涯をとじた．詩集『街灯と夜と星』Laterne, Nacht und Sterne（46），短篇集『タンポポ』Die Hundeblume（47），そして代表作，戯曲『戸口の外で』Draußen vor der Tür（47）などは，すべて病床についていた2年間に書かれたものである．『戸口の外で』の主人公，疲労困憊し，びっこを引いて戸口に立つ帰還兵ベックマンには，ナツィス支配下における良心の危機と，前線の恐怖のためにあらゆる夢を奪われたドイツの青年たちの姿が，みごとに象徴されている．この作品は，初演に先立って，ラジオ・ドラマとして放送され，異常な反響を呼んだ．わが国でも上演された．

翻訳文献→414頁

デュレンマット　フリードリヒ

Friedrich Dürrenmatt（1921-1990）　**スイスの劇作家・小説家**

M.フリッシュとともに，スイスが世界に誇る作家で，その戯曲作品は，ブレヒトに次ぐ上演回数を記録している．本国ではフリッシュよりも親しまれているが，これは，彼が生っ粋のスイス出身者だからであろう．ベルン州のコノルフィンゲンに，農民出身の牧師の子として生まれた．彼の生い立ちは，ギムナーズィウム時代に学校騒動の首謀者になったことといい，また画家を志したことといい，郷土の大先輩ケラーの場合と共通するところが多い．ツューリヒとベルンの大学で神学を学んだが，好んで文学や自然科学の講義を聞いた．豊富な読書経験から劇作もはじめ，この頃はむしろ油絵やスケッチの方に熱中した．卒業後グラフィカーとなり，かたわら週刊新聞「ヴェルトヴォッヘ」に劇評を書いた．25歳のとき，最初の戯曲『聖書に曰く』Es steht geschrieben（47）を発表した．これは宗教戦争時代に取材して，再洗礼派の狂態をグロテスクに描いたもので，初演では警官が制止するほどの騒ぎをひき起こしたという．こののち一作ごとに声価を高めて，確かな地位を築いた．

主要作品としては，ローマ最後の支配者を扱うことによって，世界帝国の滅亡を揶揄した『ロームルス大帝』Romulus der Große (49)，妻を殺した検事が，贖罪のために，夫殺しの妖婦と結婚するいきさつを描いた現代喜劇『ミシシッピー氏の結婚』Die Ehe des Herrn Mississippi (52)，バベルの塔建設を扱って，政治や社会における倫理の喪失をあらゆる角度から描き出した象徴的喜劇『天使バビロンに来たる』Ein Engel kommt nach Babylon (54)，9回も結婚して，億万長者となって帰郷した老未亡人が，金にものを言わせて村の有力者を買収し，彼女の人生を狂わせた昔の恋人の屍を，自分の足もとに置かせるという話を書いた『貴婦人故郷に帰る』Besuch der alten Dame (56)，詐欺師を扱った喜劇『フランク五世，一私営銀行のオペラ』Frank V., Oper einer Privatbank (60)，人類を絶滅させる可能性をもつ物理学上の発見を悪用されることを恐れて，狂気をよそおう3人の物理学者と，3人の看護婦の殺人事件を描いた『物理学者』Die Physiker (62) などがあり，いずれも世界各地で上演され，中には映画化されたものもある．これらの戯曲で，彼はほとんどあらゆる作劇術を駆使して，現代ヨーロッパのゆがんだ社会や精神を解剖してみせた．なお『演劇の諸問題』Theaterprobleme (55) は，彼の演劇観を知る上で重要な書である．彼の戯曲は，モチーフをしばしば犯罪に求めているが，これは小説の場合も同様である．『裁判官とその死刑執行人』Der Richter und sein Henker (52)，『嫌疑』Der Verdacht (53)，『約束』Das Versprechen (58)，『白昼の事件』Es geschah am hellichten Tag (58) などは，高級推理小説である．

晩年の作品には，喜劇『流星』Der Meteor (66)，戯曲『ある惑星のポートレート』Porträt eines Planeten (70)，喜劇『共犯者』Der Mitmacher (73)，戯曲『期限』Die Frist (77) などがある．

翻訳文献→414頁

イェンス　ヴァルター

Walter Jens (1923-)　**ドイツの小説家・評論家**

ハンブルクに生まれ，ハンブルク，フライブルクの両大学で，古典文献学とドイツ文学を修めた．戦後はハンブルク大学の助手を経て，49年以来テュービンゲン大学の古典文献学の教授であり，また「47年グループ」に属した作家・評論家でもある．

彼は，現代文学は「単なる詩でなく，学問であると同時に哲学でなければならない」，作家は「時代の支配者でもなく奴隷でもない．時代の注意深い道連れである」という立場から，評論集『文学史にかえて』Statt einer Literaturgeschichte (57)，『現代ドイツ文学』Deutsche Literatur der Gegenwart (61) などにおいて，現代文学の問題と可能性を追求し，真に20世紀的な作家として，ホーフマンスタール，リルケ，カフカ，ムーズィル，ブロッホ，ベン等を高く評価し，現代文学研究に新境地を開いた．

「作家は作品において自己の倫理を表明しなければならない」という立場に立つ彼の小説もまた，体験よりも認識を主体とて書かれ，観念的なテーマを扱っているものが多い．主な作品には，一人の従軍学生を主人公として，ファシズムと軍国主義に対する「抵抗」の問題を扱った短篇小説『白いハンカチ』Das weiße Taschentuch（48），全体主義国家における最後の個人主義者を描き，8カ国語以上に翻訳された長篇小説『否――被告たちの世界』Nein — Die Welt der Angeklagten（50），盲人の教師を主人公として，暗黒の恐怖におびえる世界での個人の運命を描いた短篇『盲人』Der Blinde（51）などのほか，『忘れられた人びと』Vergessene Gesichter（52），『老いるのを嫌った男』Der Mann, der nicht alt werden wollte（54），『オデュッセウスの遺言』Das Testament des Odysseus（57）などがある．

翻訳文献→415頁

レンツ ズィークフリート

Sigfried Lenz（1926- ）　**ドイツの小説家**

ベル，グラスとならんで西ドイツ時代最も人気のあった作家で，その作品は20カ国語以上に翻訳され，出版部数は西ドイツだけで600万部を超えたという．

東プロイセン（現在ロシア領）の湖沼地帯の町リュクに税関吏の息子として生まれた．1943年ギムナーズィウムを中退して海軍に入隊，バルト海域に出陣したが，まもなく乗っていた巡洋艦が撃沈されたため，デンマークに逃れて終戦を迎えた．短期間イギリス軍の浦虜生活を送ったのち，ハンブルクに帰還して，血を売ったり，闇商売をしたりして生活した．その後，教師になろうとして哲学や英文学を学んだが，途中で新聞社「ヴェルト」の見習い記者となり，文化・政治関係のニュースを担当した．50年，学芸部の編集部員に昇進したが，翌年，長篇小説『蒼鷹が空にいた』Es waren Habichte in der Luft（51）を発表したのを機会に新聞社をやめ，自由な文筆活動に入った．

彼は現代の作家ではめずらしい典型的なストーリー・テラーである．手法的に特に新しいものはないが，自分の体験からひろい集めた身近なテーマ，自己に忠実な創作態度，人物や風土のすぐれた描写力，そこからにじみ出るユーモアと温かさなどが共感を呼び，一作ごとに着実に読者を獲得していった．そして『国語の時間』Deutschstunde（68）は100万部をこえるベストセラーとなった．影響を受けた作家としては，ドストエフスキー，カミュ，フォークナー，ヘミングウェイ等の名があげられるが，特に彼の短篇小説にはヘミングウェイの作品と質的に共通するものが少なくない．

上記のほか，主要作品には長篇小説『影との決闘』Duell mit dem Schatten（53），

『潮の中の男』Der Mann im Strom (57),『パンと競技』Brot und Spiele (58),『町のうわさ』Stadtgespräch (63),『模範』Das Vorbild (73),『郷土博物館』Heimatmuseum (78),短篇集『なつかしのズライケン』So zärtlich war Suleyken (55),『孤独な狩人』Der einsame Jäger (55),『嘲笑の狩人』Jäger des Spotts (58),『燈船』Feuerschiff (60),『海の雰囲気』Stimmungen der See (62),『レーマンの物語—ある闇屋の告白—』Lehmanns Erzählungen. Aus den Bekenntnissen eines Schwarzhändlers (64),『スモモの精』Der Geist der Mirabelle (75),『アインシュタインがハンブルク郊外のエルベ河を渡る』Einstein überquert die Elbe bei Hamburg (75),『喪失』Der Verlust (81),『練兵場』Exerzierplatz (85),『セルビアの娘』Das serbische Mädchen (87),『音響テスト』Die Klangprobe (90),『反抗』Auflehnung (94) などがあり，そのほか数編の放送劇，テレビの台本，エッセイ等がある.

翻訳文献→415頁

バッハマン　インゲボルク

Ingeborg Bachmann (1926-1973)　**オーストリアの詩人**

オーストリアのクラーゲンフルトに生まれた．はじめ音楽を志したが，哲学に転向，グラーツ，インスブルック，ヴィーンの各大学に学び，ハイデッガーに関する論文で学位を得た．しばらくパリに滞在したのち，占領軍司令部の書記，雑誌の編集者などをつとめながら詩を書いた．27歳のとき最初の詩集『猶予の時』Die gestundete Zeit (53) を発表して注目され，「47年グループ賞」を受けた．これを契機として勤めをやめ，文筆に専念した．詩集には上記のほか，『大熊座の呼びかけ』Anrufung des Großen Bären (56) がある．イェイツ，ヴァレリー，エリュアール等の流れをくむ彼女の詩には，豊かな思想性，独特な比喩と語法，時として晩年のリルケの詩を思わせる音楽性などが見受けられる．放送のために書かれた作品としては，『セミ』Zikaden (55),『マンハッタンの神様』Der gute Gott von Manhatten (58) などがあるが，これらは詩的な放送劇である．散文作品『三十歳』Das dreißigste Jahr (61) は七つの短篇を集めたもので，ドイツ批評家連盟の賞を受けた．スイスの作家マックス・フリッシュと結婚した．

結婚後は創作活動をしばらく中断したが，71年に父娘の問題を扱った長篇小説『マリーナ』Marina を，72年に短篇集『ズィムルターン』Simultan を発表して再び注目を集めた．しかし翌年48歳でローマに客死した．

翻訳文献→415頁

ヴァルザー　マルティーン
Martin Walser (1927-)　**ドイツの小説家**

ボーデン湖畔のヴァッサーブルクに旅館経営者の子として生まれた．17歳のとき，第二次大戦に兵士として応召，戦後レーゲンスブルクとテュービンゲンで，文芸学・哲学・歴史学等を学んだ．大学時代から放送劇を書き，新聞や雑誌に発表した．1951年『形式について・カフカ試論』と題する論文によって学位を得，南ドイツ放送局に勤務した．55年，カフカの影響を受けて書かれた8篇の「現代のたとえ話」をおさめた短篇小説集『家の上の飛行機』Ein Flugzeug über dem Haus (55) を発表して「47年グループ賞」を受けた．つづいて家政婦の私生児であるジャーナリストを主人公として，上中流階級の世界を描き，腐敗，堕落した戦後のドイツの社会を痛烈に諷刺したぼう大な社会批判的長篇小説『フィリップスブルクの結婚』Ehe in Philippsburg (57) を著わしてヘルマン・ヘッセ賞を受け，同年勤務をやめて創作に専念するようになった．執筆活動のかたわら，アメリカ旅行に出かけたり，左派の政治運動に参加したり，大学の客員講師として詩学の講義を行なったりした．この間，長篇3部作『ハーフタイム』Halbzeit (60),『一角獣』Das Einhorn (66),『転落』Der Sturz (73) を発表した．これは，戦後ドイツの繁栄の中で生きるアンゼルム・クリストラインの成功と零落を一人称で描いた作品で，個人の社会への要求と個人の幸福との葛藤を通して能率主義の階級社会での生存競争を痛烈に批判したものである．一方戯曲作品では，パロディー風喜劇『孤立者』Der Abstecher (61)，かつては共産主義者で，戦争中はナツィスの強制収容所の囚人であった男の出世と没落とを諷刺的に描いた戯曲『カシワの木とアンゴラ兎』Eiche und Angora (62) をはじめとして，『黒いスワン』Der schwarze Schwan (64),『室内の戦い』Die Zimmerschlacht (67) などを発表した．彼はその作品において，事件や人間心理を詳細・克明に描く，いわゆる密画的手法を用い，ユーモラスに，ときにはグロテスクに社会を諷刺することによって，過去との対決を試みている．

その後も，長篇『愛の彼方』Jenseits der Liebe (76),『逃亡する馬』Ein fliehendes Pferd (78),『リスト卿への手紙』Brief an Lord Liszt (82),『砕ける波』Brandung (85)，批評家やジャーナリズムから「傑作，画期的作品，統一後の最初の偉大な時代小説」と評されてベストセラーとなった『子供時代の擁護』Verteidigung der Kindheit (91) などの話題作がある．

翻訳文献→415頁

ハックス　ペーター

Peter Hacks（1928- ）　**ドイツの劇作家**

弁護士の息子としてブレスラウ（現在ポーランドのブロツラフ）に生まれる．ミュンヒェン大学で哲学，独文学，演劇学を修める．1955年コロンブスを扱った戯曲『インド時代の幕開け』Eröffnung des indischen Zeitalters（初演55）でデビューしたが，この作品はその後の作品と同様に，マルクス主義の観点から歴史的な人物や事件の新解釈を試みたものである．同年ブレヒトの招きで東ベルリーンに移住して，劇団「ベルリーナー・アンサンブル」に所属した．彼の名が世間に知られるようになったのは，プロイセン軍国主義を辛辣に諷刺した寓話『ロボズィッツの戦い』Die Schlacht bei Lobositz（56）や，フリードリヒ大王の法治国家体勢を批判した作品『サンススィの水車屋』Der Müller von Sanssouci（58）が上演されて以来である．続いて「東独の現実に取材した作品」の公募に，東独のある褐炭坑山での事件を扱った『憂愁と権力』Die Sorgen und Macht（60）を提出したが，「イデオロギー的確信に欠ける」と非難され，当局の不興を買った．彼の最も成功した作品は『モーリッツ・タッソー』Moritz Tassow（東独65，西独67）である．これは，養豚に失敗した主人公が作家になるまでを扱い，作者の中心的テーマである社会における芸術家の役割を描こうとした作品で，西独では初演以来好評を博したが，東独では数回上演されただけで，中止された．これ以後時局的な問題を避けて，もっぱら歴史や神話に素材を求めた作品『オムパレー』，『アダムとエヴァ』や，アリストパネースの『平和』Der Frieden（62），オッフェンバックの『うるわしのヘレネー』Die schöne Helena（64），ジョン・ゲイの『ポリー』Polly，クライストの『アムピトリュオーン』Amphitryon（68）などの翻訳・翻案劇に向かった．

1980年からはほとんど作品を発表しなかったが，ドイツ再統一後ふたたび発表し始めた．喜劇『ファーフナー，ジャコウネズミ』Fafner, die Bisam-Maus（92），『ゲノフェーファ』Genovefa（95）などである．後者では「人間は変えることに価値をおくなら，まったく何もしてはならない．……すべてを変えるものは時であって，人間ではないのだ」という作者の諦念の境地とも思える台詞が語られる．

翻訳文献→415頁

ミュラー　ハイナー

Heiner Müller（1929-1995）　**ドイツの劇作家**

旧東ドイツで活躍し，ブレヒトを継承する社会主義の劇作家・演出家としてさまざまな実験を行い，世界から注目された．

ザクセンのエッペンドルフに生まれる．1945年に従軍して捕虜となった．戦後働きながら大学入学資格を取り，東ベルリーンに移住してからはジャーナリスト，作家同盟の研究所員，ゴルキー劇場員として活躍した．この時期に詩，小説，戯曲などの創作を試み，59年から作家として独立した．それまでにインゲ夫人との共作で戯曲『賃金を下げる者』Der Lohndrücker（57），『修正』Die Korrektur（59）などを発表，ゴルキー劇場で上演された．その後の作品は東ドイツの文化政策に抵触するという理由で出版・上演が禁止されたこともある．そのため『ピロクテーテース』Philoktet（発表65/初演68），『マクベス』Macbeth（72）などソポクレースやシェイクスピア劇の改作に向かい，これらがブレヒトの教育劇を継ぐものとして注目された．この系列のものに『モーゼル銃』Mauser（初演75），『セメント』Zement（75）などがある．続く作品『ゲルマーニア　ベルリーンの死』Germania Tod in Berlin（71/78），三部作『戦い』Schlacht（75）などは悲惨なドイツの歴史を題材としたものである．さらに『ハムレットマシーン』Hamletmaschine（77/79），『クァルテット』Quartett（81/82），5部連作『ウォロコラムスク街道』Wolokoramsker Chaussee（84-87/88）など，原作を下敷きにしながらも大胆な実験的作品がこれに続く．演出家としても斬新な手法で注目された．『ゲルマーニア3　死者にとりつく亡霊たち』Germania 3　Gespenster am toten Mann（96）が遺作となった．

翻訳文献→415頁

ヴォルフ　クリスタ

Christa Wolf（1929- ）　**ドイツの小説家**

ランツベルク（現在ポーランド領）に生まれる．イェーナ，ライプツィヒ大学で独文学を学び，その後しばらく編集者として働いたが，1961年に『モスクワ物語』Moskauer Novelle（61）を発表して作家生活に入った．次作，東西ドイツを隔てる壁の建設前夜の時局的な問題を扱った恋愛小説『引き裂かれた空』Der geteilte Himmel（63）によって，東ドイツの新文学の旗手として西ドイツからも注目された．つづく『クリスタ・Tの追想』Nachdenken über Christa T．（68）は，35歳で死んだ主人公の生涯を探り，社会主義社会における個人の生き方や幸福の問題を扱った作品で，西側からは高い評価を得たが，東では批判・攻撃を受けて話題になった．『幼年期の構図』Kindheitsmuster（76）では，自らの過去を振り返って，社会主義社会に生きる自分自身が過去のファシズムとつながっていないかどうかを確かめている．『どんな場所にもいない』Kein Ort, nirgends（79）は，文学史上の人物クライストとK．フォン・ギュンデローデとの対話に託して自我に関する問題を扱った作品．『カッサンドラー』Kassandra（83）は，ギリシア神話を現代的に解釈し，平和や女性の権利を考察したもので，特にこの作品は東独でも西独でも称讃と評価を得た．『原発事故．ある一日の報告』Störfall. Nachrichten eines Tages（87）はチェルノブイリ原子力発電所事故を扱った作品．そして「ビーアマン事件」（1979）以後の秘密警察に監視されていた状況を克明に描いた『残るものは何か』Was bleibt?（90）は西独で酷評を受けた．『タブーへの道で』Auf dem Weg nach Tabou（94）は，東西ドイツ統一前後のさまざまなエッセイ，日記，書簡，詩などを収めたものである．

翻訳文献→415頁

エンツェンスベルガー　ハンス・マグヌス
Hans Magnus Enzensberger（1929- ）　**ドイツの詩人・評論家**

詩人として，また政治・時事・文芸評論家として活躍し，60～70年代の西ドイツの「啓蒙思想家」として指導的な役割を果たした．彼の詩は冷涼な美を保ちながら，現実の政治社会情勢を定義し，その進展に対するインテリ層や若い世代の怒りや不満や不快感を代弁するものであり，その評論では，体制に対してだけでなく，イデオロギーに凝り固まった左派に対しても，また現状に満足している平均的な人間に対しても鋭い批判と激しい嫌悪の情を表明しているところに特徴がある．理論と実践の結びつきが彼の意見の強さであり，すべてに対して徹底的に懐疑的であるが，またすべてに対して決定的な態度を保留するところに自らが方向転換をする変わり身の早さの秘密もある．

ミュンヒェン近郊のカウフボイレンに生まれる．エアランゲン，ハンブルク，フライブルク，およびソルボンヌ大学でドイツ文学や哲学を学び，ブレンターノの詩の研究で学位を取得した．その後一時編集者となったりしたが，自由な文筆家として世界各地を旅行しつつ詩集や評論を発表した．こうして『狼たちの弁護』verteidigung der wölfe（57),『国の言葉』landessprache（60),『点字』blindschrift（64）などの詩集を発表して西ドイツの代表的詩人と見なされたばかりでなく,『細目』Einzelheiten（62),『政治と犯罪』Politik und Verbrechen（64),『何よりだめなドイツ』Deutschland, Deutschland unter anderm（67）などの鮮烈でアクチュアルな評論集によって評論家としても注目された．

1963年にはゲオルク・ビューヒナー賞を受賞し，1965年からは雑誌「時刻表」Kursbuch の刊行者として，ドイツの若いそして過激で進歩的なインテリ層の意見形成に強い影響を及ぼした．この頃彼は「文学よりも政治を優先すべきだ，政治に影響を与え得ないような文学は不要だ」という主旨の発言をする．またキューバに滞在した経験に基づいて『ハバナの審問』Das Verhör von Habana（70）や，スペインのあるアナーキストの生涯を扱った『無政府状態の短い夏』Der kurze Sommer der Anarchie（73）などを書くことによって，ドイツの学生運動とその中で形成されつつあった反体制運動の指導的人物となった．しかし彼はふたたび政治の世界から文学に復帰して，詩集『霊廟』Mausoleum（75），『タイタニック号沈没』Der Untergang der Taitanic（78），『未来音楽』Zukunftmusik（91），『キオスク』Kiosk（95），評論集『自由への道』Der Weg ins Freie（78），戯曲『人間好き』Der Menschenfreund（78）などの作品を発表した．なお1973年に来日して，マスメディアについてのシンポジウムにも参加した．

翻訳文献→415頁

エンデ　ミヒャエル
Michael Ende（1929-1995）　**ドイツの作家**

南ドイツのガルミッシュ＝パルテンキルヒェンにシュルレアリスムの画家の息子として生まれる．小学校入学と同時に「ヒトラーユーゲント」の下部組織に入隊，1940年ギムナーズィウムに入ったが，疎開で故郷に帰った．48年から2年間ミュンヒェンの俳優学校に通ったのち，一時劇場公演に出演した．その後，51年の大晦日に，のちに結婚することになる女優インゲボルク・ホフマンと知り合い，彼女の出演しているいくつもの寄席のために寸劇やシャンソンを書いた．そのうちに劇作家として活動しようと演劇理論の勉強を始めた．そのころ友人から児童書のテキスト執筆を勧められ，子供の頃の鉄道遊びの思い出からインスピレーションを得て書き進めるうちに，それが500頁の長篇にふくらんでしまった．これが『ジム・ボタンと機関手ルーカス』Jim Knopf und Lukas der Lokomotivführer（60）である．はじめはこの作品を出してくれる出版社が見つからず，生活は窮迫した．ところが，家賃を滞納して最後通告を受けた61年のある日，ティーネマン書房から電話があって，その長篇が出版されたこと，しかもその本が「ドイツ児童書賞」を受賞し，賞金が五千マルクになると知らされて，エンデは腰を抜かさんばかりに驚いたという．こうして児童文学者として一躍有名になったエンデは，64年インゲボルク・ホフマンと結婚して，ローマ近郊に邸宅を買って，創作に専念した．エンデの名を世界的に有名にしたのは，完成までに6年をかけたという『モモ』MOMO（73，映画86）（→321頁）である．この作品は発売当初はさほどでもなかったのに，数年後にベストセラーにランクされると爆発的な売れ行きを示し，世界30カ国語に翻訳された．わが国でもミリオンセラーになったことは記憶に新しいところである．続いて『ペテン師のメールヒェン』Das Gauklermärchen（76）を出した翌年，エンデは来日して，歌舞伎や能に感銘を受けている．さらにその3年後に発表した作品が，ふたたび彼の名を世界的なものにした．それが『はてしない物語』Die unendliche Geschichte（79）であり，でぶでX脚の少年が，読んでいた『はてしない物語』という本の世界に入り込んで，さまざまな冒険をしながら精神的に成長して現実にもどってくるという物語である．これは発売と同時にベストセラーとなり，ロングセラーとなった．この作品が映画「ネバー・エンディング・ストーリー」（西独84，米90）の原作であることは言うまでもない．その他の作品としては「迷宮」という副題がつけられたシュルレアリスティックな30篇の物語『鏡の中の鏡』Der Spiegel im Spiegel（84），長篇童話『魔法のパンチ』Wunschpunsch（89），1985年にミュンヒェンで初演されて大成功を収めたというオペラ台本『ゴッゴローリ』Der Goggolori. Eine bairische Mär，ソング集『夢を売るノミの市』Trödelmarkt der Träume（86）などがある．

1985年，夫人が病没したため14年住んだローマを去ってドイツに戻った．89年，朝日新聞社主催の「エンデ父子展」のために来日．同年，自らの作品の翻訳者であり，よき理解者である日本の女性と結婚し，幸福な晩年を送ったが，95年シュトゥットガルトで病没した．なお，長野県の「黒姫童話館」に世界唯一の「エンデ・コレクションセンター」が開設され，エンデ関係の豊富な資料や遺品が所蔵・展示されている．

翻訳文献→416頁

ヨーンゾン　ウーヴェ

Uwe Johnson（1934-1984）　**ドイツの小説家**

ポンメルンのカミーンに生まれ，ポーランドのナツィスの寄宿学校に在学中，11歳で第二次大戦の終結を迎えた．東ドイツのロストック大学とライプツィヒ大学でドイツ文学を学び，56年に卒業した．大学時代から創作を始めていたが，59年，東西ドイツの分割をめぐるドイツ人の深刻な悩みをテーマとした長篇『ヤーコプについての推測』Mutmaßungen über Jakobを，西ドイツから刊行して，翌年フォンターネ賞を受けた．愛人を追って西ドイツへ行くが，結局一人で東ドイツへ帰ってきた鉄道員ヤーコプの事故死の謎を追求しながら，結論を得ずに終わるこの作品は，その矛盾に満ちた不確実な内容にふさわしく，主人公を実際には登場させずに，生前彼と交渉のあった人びとの推測 —— 会話やモノローグなど —— を通して物語を進めて行くというような，部分的にジョイスを思わせる独創的な手法が用いられている．この作品の出版に先立って西ベルリーンに移住したヨーンゾンは，翻訳や評論の仕事で生計を立てながら，同じように二つの世界のあいだをさまよう人間の悲劇をテーマとした長篇『アヒムに関する第三の書』Das dritte Buch über Achim（61），上記二作に登場する人物たちの生活を断片的に扱った短篇集『カルシュ，その他の散文』Karsch und andere Prosa（64）などを発表した．東西分割というドイツ民族にとって最も重大な問題に本格的に取り組んだ最初の試みとして，非常に注目された作家の一人である．さらにベルリーンの壁による西のカメラマンと東の看護婦との悲喜劇を描いた長篇『二つの風景』Zwei Ansichten (65)，十年余の歳月をかけて書き上げた作者の総決算ともいうべき四巻の長篇『記念の日々』Jahrestage（Ⅰ70，Ⅱ71，Ⅲ73，Ⅳ83)，報告『クラーゲンフルトへの旅』Eine Reise nach Klagenfurt（74）のほか，エッセイ『ベルリーンのことども』Berliner Sachen（75）などがある．

翻訳文献→416頁

ハントケ　ペーター

Peter Handke（1942- ）　**オーストリアの小説家・劇作家**

第二次大戦後に最も成功した作家の一人で，その独特の対話劇や小説に見られる政治・社会・宗教等の問題に対する挑戦的な，容赦ない発言がセンセーションを巻き起こした．　オーストリアのグリッフェンに銀行員の子として生まれる．母方の祖父はスロヴェニア出身の農夫であり，大工であった．このことは彼のいくつかの作品を考える際に重要なことである．グラーツ大学で法律を専攻し，かたわら同地の作家グループの雑誌「フォーラム　シュタットパルク」の同人となって創作を始め，作品をラジオや雑誌「マヌスクリプテ」に発表した．最初の長篇小説『スズメバチ』Die Hornisse（66）が出版されたのを機会に退学して文筆に専念した．1966年「47年グループ」の集会で会員の作家たちを「描写能力が欠如している」と非難して話題をまき，この年から，筋も事件もなく，登場人物がビート的にリズミカルな口調で対話するだけの独特の対話劇『観客罵倒』Publikumsbeschimpfung (66),『予言』Weissagung (66),『自己負罪』Selbstbezichtigung (66),『救助の叫び』Hilferufe (67),『カスパル』Kaspar (68) などを発表して注目された．そのほか戯曲には『ボーデン湖上騎行』Der Ritt über den Bodensee (70),『非理性的な人間は死滅する』Die Unvernünftigen sterben aus（73）がある．しかし彼の本領はやはり散文作品である．70年代の作品には『ペナルティーキックを受けるゴールキーパーの不安』Die Angst des Tormanns beim Elfmeter（70，映画71),『長の別れへの短い手紙』Der kurze Brief zum langen Abschied (72),『この上ない不幸』Wunschloses Unglück (72),『左利きの女』Die linkshändige Frau（76）などがあり，虚構の事件や人物に仮託して，作者自身の経歴に由来するさまざまな心理的問題を叙述したもので，経験した世界の諸現象が詳細に，冷静に分析・観察されている．しかし80年代以降作風が一変し，『ゆるやかな帰郷』Langsame Heimkehr（78-81）では，古典的な「高雅な文体」が試みられる．４部作の詩劇『村々を越えて』Über die Dörfer（81）にもギリシア古典劇を思わせる荘重な言語表現がみられる．この詩劇完成前後の日記が『鉛筆の話』Die Geschichte des Bleistifts（82）と『奪還の幻想』Phantasien der Wiederholung（83）である．このほか，異邦人の犯罪小説『苦痛の中国人』Der Chinese des Schmerzes（83），シュティフターの『晩夏』にも比肩するという評者もある長篇教養小説『反復』Wiederholung（86），そして『不在』Die Abwesenheit（87），『疲労について』Versuch über die Müdigkeit（89），『うまくいった一日について』Versuch über den geglückten Tag（91）などがある．最近作『誰もいない入り江での私の一年．新時代のメールヒェン』Mein Jahr in der Niemandsbucht. Ein Märchen aus den neuen Zeiten（94）は，彼の生涯と作品の総決算であり要約であるといわれる1000頁を超える大作である．

翻訳文献→416頁

第四部

重要作品

内容紹介・解説

あわれなハインリヒ　Der arme Heinrich (1195?)

ハルトマン・フォン・アウエ作　叙事詩

あらすじ　名門に生まれ，富と才色とを兼備した騎士ハインリヒ・フォン・アウエは，信仰を顧みぬ不逞な日々をすごした罰として，神の意志により，突如らい病にとりつかれる．すべての人びとに忌み嫌われた彼は，つぎつぎに医者の門をたたくが，どこの医者からも見放される．

絶望した彼に，サレルノの医者がわずかに希望を与える．治療の唯一の可能性は，彼のために命を犠牲にして悔いぬ，純潔な処女の心臓だけであるという．ハインリヒはとうてい望めぬこととあきらめ，暗澹たる思いで田舎へ帰る．そして，むかし目をかけてやった農夫の家に身を寄せる．

その家に11歳の少女がいた．彼女は，主君の病気を治しうる唯一の方法を聞いたとき，すすんでわが身を捧げたいと申し出た．両親はもちろん反対したが，一向にゆるがぬ娘の固い決意を知ると，さながら娘のうちに神の姿を見たように感じ，ついに二人とも同意する．

かくてハインリヒは，少女を伴ってサレルノに向かう．サレルノの医者は，少女の本心を確かめたのち，彼女を裸にして，手術台に縛りつけ，手術用のメスを研ぎはじめる．このとき隣室から，少女の凄絶なまでに美しい姿をかいま見たハインリヒは，自責の念に耐えきれなくなり，ついに手術の中止を命じる．

このとき，突如として神の恩寵が下り，ハインリヒの病いは全快する．神は，あますところなく試練に耐えぬいた彼ら二人を嘉(よみ)したまい，二人を救いたもうたのであった．その後ハインリヒはこの少女と結婚して，末永くしあわせな日々をすごした．

解　説　『あわれなハインリヒ』は，簡潔・優雅な文体で書かれた1520行から成る短篇叙事詩で，フランス語で書かれた物語に取材しているが，大部分は，作者の創作であると考えられている．神の恩寵と現世の幸福との問題を扱ったこの作品は，克己，謙虚，誠実を人間最高の徳と見なすハルトマンの思想を端的にあらわしている．中世ヨーロッパには，らい病が非常に蔓延したことがあり，子供の血がその特効薬と見なされていた．この叙事詩では，単なる血ではなく，「処女の自由意志によって提供される血」が，この病を治すための必要条件となっており，ここに作者の倫理観，宗教観があらわれている．この素材を用いて，ハウプトマンは，戯曲『あわれなハインリヒ』を書いている．

翻訳文献→394頁

ニーベルンゲンの歌　Nibelungenlied (1200?)

作者不明　英雄叙事詩

あらすじ　ブルグント国の王グンターは，かねがねアイスランドの女王ブリューンヒルトを妃に迎えたいと念願していた．が，優美な容姿に似合わず，高度の武芸と，男まさりの気性とを兼備している女王を迎えるためには，女王自身の意志にしたがい，女王と三種類の武術試合を行なって，それに勝利を得なければならなかった．王は武術には自信がなかった．そこで一計を案じ，かねて自分のもとに身を寄せていたズィークフリートに助勢を頼んだ．

ズィークフリートは，不死身をもって知られた剛勇無双の男である．彼はネーデルランドの王子であったが，グンター王の妹クリームヒルトへの求婚のため，この国の客人となっていたのである．依頼を受けた彼は，かつてニーベルング族との戦いで獲得した秘宝のひとつ，かぶれば姿が見えなくなるという「かくれ頭巾」を着用してひそかに加勢し，王に勝利をもたらした．かくて王はブリューンヒルトを妃に迎え，ズィークフリートは約束どおり，王妹クリームヒルトと結婚することができた．

ところが，新婚の第一夜，王を拒絶した妃は，王を帯で縛り上げ，壁の釘につるしてしまった．とほうにくれた王は，ふたたびズィークフリートに助勢を頼み，彼に身代わりをつとめてもらって，ようやく妃を従順にさせた．その際ズィークフリートは，妃の指輪と帯を盗み出して，帰宅後妻のクリームヒルトに与えた．

それから10年後のある日，たがいに夫の自慢話をし合っていた王妃同士は，あげくの果てに口論を始めた．このとき，お前の夫は，かつてわが夫の家来だったではないかと言われたクリームヒルトは，逆上のあまり，お前こそわが夫の妾ではないかと言い返し，例の指輪と帯を見せてしまった．満座の中で致命的な侮辱を受けたブリューンヒルトは，こみあげる憤怒の情をおさえ，心中固く復讐を誓った．

ブルグント国の豪傑ハーゲンは，王妃の恨みを晴らそうと決意する．不死身の男ズィークフリートにも，ただ一カ所だけ弱点があった．そもそも彼が不死身となった原因は，かつて竜を退治した際に，全身に竜の返り血を浴びたためなのであるが，ただ一カ所だけ，菩提樹の葉がはりついていたために，血に染まらなかった箇所があったのである．この秘密を知っていたハーゲンは，狩にこと寄せて彼を招き，ひそかにその箇所にしるしをつけておき，すきを見て投げ槍で刺し殺した．そしてクリームヒルトのもとにおもむき，おびただしい財宝を略奪して，ライン河の底に沈めてしまった．悲嘆にくれたクリームヒルトが，復讐の念に燃えたことは言うまでもない．

ふたたび十数年を経たのち，クリームヒルトは，フン族の王エッツェルから妃にと乞われる．貞淑な彼女はためらうが，心中深く期する決意にかられて，はるばるとエッツェルの城におもむく．そしてさらに十余年後，彼女は王に乞うて，ブルグントの王族を招待させる．招かれた一行は，ドーナウ河にさしかかったとき，水の妖精の予言を聞いて，不吉な予感にとらえられる．

一行が到着し，盛大な酒宴が催される．クリームヒルトは計画を実行にうつす．祝宴の場は一転して修羅場と化し，ブルグントの一行は次々に倒れる．クリームヒルトは自らも亡夫の刀をふるい，仇敵ハーゲンの首をはねる．が，彼女自身も，その残虐さを見かねた客人によって斬殺される．かくして「歓喜はやがて悲愁をもたらす世のさだめ」にしたがい，「ニーベルンゲンの災禍」は幕を閉じる．

解　説　中世ドイツ文学の民族的英雄叙事詩のうちで，質量ともに最高の作品である．

2行ずつ脚韻をふんだ4行一節の，ニーベルンゲン詩節と呼ばれる韻文形式で書かれ，全体は，2部39章，2379詩節から成る．現存する写本は，30余種あるが，完全なものは10種である．

この作品の歴史的背景は，5,6 世紀の民族移動時代である．ズィークフリートを主人公とする前半の物語は，婚姻によって，メロヴィング王朝がブルグント王家に統合された事件にまつわる伝説にもとづいており，後半のブルグント族滅亡の物語は，ブルグント族とフン族との戦いにおけるフン族の勝利，ブルグントの女王とフン族の王との婚礼の夜，フン族の王が死んだこと，さらに，フランケンによるブルグントの殲滅などの史実に基づいている．

元来は独立していたズィークフリート伝説の歌謡と，ブルグント滅亡の歌謡とを，夫婦愛と配偶者の仇討という主要テーマによって，内面的に関連づけるとともに，形式的にも宮廷叙事詩にふさわしいものとしてこの叙事詩を完成したのは,氏名不詳の一詩人である．彼はパッサウの司教か，ヴィーンの宮廷に仕える騎士詩人であったと推測されている．

この叙事詩を素材として，多くの作品が書かれたが，中でも，ヘッベルの戯曲『ニーベルンゲン』3部作と，ヴァーグナーの楽劇『ニーベルンゲンの指輪』とが有名である．

翻訳文献→394頁

パルツィヴァール　Parzival (1200-10?)

ヴォルフラム・フォン・エッシェンバッハ作　叙事詩

あらすじ　危険な騎士修行のために夫を失ったヘルツェロイデは，ひとり息子のパルツィヴァールだけは騎士にするまいと思い，静かな森に移住して，農耕に従事しつつ生活する．少年は森の鳥獣を相手に成長するが，ある日森の中を疾駆してきた騎士の凜々しい姿を見て以来，にわかに騎士生活への憧憬を感じる．そして難色を示す母を説き伏せ，アルトゥス（アーサー）王のもとにおもむく．見送った母は悲嘆のあまり絶命する．

都に着いた彼は，首尾よく王に拝謁する．そのとき，装束も馬も赤一色に彩られた「赤騎士」が現われ，王の家臣との試合を要請する．パルツィヴァールは，王に願い出て自分が相手となり，一合のもとに突き伏せる．そして奪った装束を身にまとい，武者修業の旅に出る．やがて高名な騎士グルネマンツの知遇を得，騎士道について教えを受ける．ここで彼は，口数の多いことをたしなめられ，寡黙の美徳を教えられるが，このことは，後年の彼に重大な運命をもたらすこととなる．やがてブロバルツに行った彼は，敵に包囲されていた城から女王コンドヴィラムールを救出し，その後彼女と結婚する．が，やみがたい衝動に駆られて，ふたたび修業の旅にのぼる．

長い遍歴の後に，聖杯の王アンフォルタスにめぐりあう．王は彼を手厚くもてなす．広間に通された彼の前に，うやうやしく聖杯が運ばれる．と，その聖杯からは，次から次へと山海の珍味があふれ出し，たちまち豪勢な宴席がととのう．しかし，臨席した王の顔には，苦悶の表情が漂っている．王は神罰によって重病にかかっていたのである．この病気は，選ばれた騎士によって，聖杯の由来と王の病気の原因とが尋ねられたときに，一挙に治ることになっている．が，かねて寡黙の美徳を教えられているパルツィヴァールは，不審を抱きながらも，あえて質問をしようとはしない．ところがさらに不思議なことに，翌朝彼が目ざめてみると，城中にはまったく人影がない．ただ外庭に，おびただしい足跡がしるされているばかりである．

茫然として城を出た彼は，やがて行き会った婦人に，体験した不思議を物語る．すると婦人は，王の病苦を目のあたりにしながら，一言も理由を尋ねようとしなかった彼を激しく責める．その婦人は彼の従姉にあたり，王は彼の伯父であった．事情を知って驚いた彼は，伯父を捜すべく旅を続ける．その途中，たまたま赤騎士を召し抱えるべく捜していたアルトゥス王にめぐりあい，長年の念願がかなって，栄誉ある円卓の騎士の一員に加えられる．が，その喜びもつかのま，突如として現われたグラール城の使者の中傷により，王の信望を失った彼は，またもや放浪の旅に出る．

たびかさなる不運のために，彼はしだいに神を呪わしく思うが，森の中で出会った巡礼の者に自分の非をさとされて以来，ふたたび恩寵を信ずるようになる．その巡礼者のすすめに従い，彼は洞窟に隠者を訪ねる．彼の告白を聞いた隠者は，彼が自分の甥にあたること，彼の母が亡くなったこと等を語り聞かせた後，「聖杯」について詳しく説明し，「聖杯」は神が地上へ下されたもので，キリスト教徒以外は近づくことができぬこと，「聖杯」は神秘な力をもち，接する者に不老不死の生命を与え，望む者に無限の食物を与えること，「聖杯」の守護者は特定の家柄の者に限定されており，選ばれた者は，妻以外の女性と肉体的な関係を結ぶことは許されぬこと，そして「聖杯」の現在の守護者アンフォルタスが，神罰による重病に苦しんでいる理由は，彼がこの掟にそむいて浮気をしたためにほかならぬこと——などを語ってくれたのであった．

パルツィヴァールは，この伯父にあたる隠者のもとに滞在しているあいだに，神の道について深い教えを受け，確固たる信仰を抱くようになった．やがて隠者に別れを告げた彼は，グラール城を求めて旅に出る．ある時，森の中で異教徒の騎士に挑まれて試合をする．彼は武器を折られるが，危機一髪，名乗り合った結果，相手が異母兄であったことを知り，走り寄って固く抱擁する．

その後二人はアルトゥス王のもとにおもむき，ともに円卓の騎士に列せられる．そこに，ふたたびグラール城の使者が忽然と姿を現わし，パルツィヴァールに対して至急聖杯の王を救助されんことを懇願する．パルツィヴァールは，さっそく異母兄とともにグラール城に急行し，王に苦痛の原因をたずねる．その刹那，アンフォルタスの病気は全快する．かくて，「聖杯」の託宣によって，パルツィヴァールが王位を継承するや，やがて妃コンドヴィラムールも彼の子を伴って参集し，期せずして肉親のすべてが一堂に会する．

付　記　16巻，24840行から成る壮大な叙事詩で，75の写本ないし断片が残されている．フランスのクレティアン・ド・トロワの『ペルスヴァル，または聖杯物語』を主要原典としているが，内容は真にドイツ的なものになっている．騎士道修業とキリスト教の信仰によって，少年パルツィヴァールが名誉ある円卓の騎士となり，ついに聖杯王となるまでの経緯を描き，騎士の理想像を追求した点で，この作品は，ドイツ文学の伝統となった「教養小説」の先駆とも見なされている．作者は，正規の教育を受けず，読み書きができなかったという．したがって，この作品は口述筆記させたものである．文体は独特の発想や飛躍があって，きわめて難解である．ヴァーグナーの楽劇『パルズィファル』は，この作品をもとにして書かれた．

翻訳文献→394頁

トリスタンとイゾルデ　Tristan und Isolde (1210?)

ゴットフリート・フォン・シュトラースブルク作　叙事詩

あらすじ　父は戦いで死に，母は子どもを生み落とすと夫の後を追うようにして死ぬ．残された子供は，忠臣にひきとられ，「トリスタン」と名づけられた．彼は幼い頃からすぐれた武芸の素質をあらわしたが，商人に連れ出されて，放浪する．やがて，母の兄であるコーンウォールの王マルケに出会い，王の世嗣と定められた．ある時，伯父のために，アイルランドの王妃の兄モーロルトと決闘して相手を倒したトリスタンは，モーロルトの毒剣で傷つけられた．その傷を治すことができるのは，アイルランドの王妃だけであったので，彼は旅の楽人になりすまし，タントリスと名乗って王妃の治療を受け，かわりにその娘イゾルデに音楽を教えた．

トリスタンの幸運を嫉む一派は，彼の王位継承を妨げるため，王マルケに結婚をすすめる．そして，アイルランドの王女，金髪のイゾルデが，老王の王妃に迎えられることになった．その使者となったトリスタンは，再びアイルランドに赴き，恐しい竜を退治する．

王女イゾルデは，彼が，かつての楽人であることを見ぬき，モーロルトの殺害者であることを知って，彼を殺そうとするが，王妃がそれをなだめる．王妃と王女はトリスタンを許し，王の求婚を承認したので，トリスタンは花嫁をともない帰途についた．

帰りの船の中で，喉のかわいたトリスタンとイゾルデは，何も知らない侍女の手渡す壺の飲み物を飲んだ．それは，イゾルデの母が，老王マルケと娘イゾルデのために作った愛の妙薬であった．この薬のためにたちまち愛のとりことなった二人は，あらゆる制約を踏み越えて，愛の情欲に身をまかせた．そしてイゾルデとマルケ王の結婚の夜も，侍女を身がわりにして王を欺くなど，二人は，あらゆる知恵をしぼって王の目をぬすみ，愛欲にふけった．このような二人のはげしい愛には，二人の潔白を信じ続けるお人好しの王に対する罪の意識などは全く見られなかった．

しかし遂に不義は発覚し，トリスタンは辛うじて逃れて放浪の末にアルンデールに赴く．この国で彼は王女「白い手のイゾルデ」に会い，「金髪のイゾルデ」との誓いにもかかわらず彼女を愛するようになった．しかし，「金髪のイゾルデ」に対する憧れを断ち切ることができないトリスタンは，「白い手のイゾルデ」を，心の底から愛することができず，この二つの恋によって，心は引き裂かれ，新たな苦悩が増すばかりであった．(原作はここで中断し，以下の部分は，後人によって加筆された)．

そののち，トリスタンは，「白い手のイゾルデ」と結婚するが，トリスタンが戦場で毒矢で傷ついたため，それを治すために，「金髪のイゾルデ」が呼ばれた．しかし，嫉妬に狂った「白い手のイゾルデ」に欺かれて，トリスタンは，「金髪のイゾルデ」が来ないものと信じ込み，ついに力つきて死ぬ．船から駈けつけた「金髪のイゾルデ」は，彼のなきがらにすがりついたままもだえ死ぬ．マルケ王は二人のなきがらを棺に納めて葬らせ，トリスタンの墓にはバラを，イゾルデの墓にはブドウを植えさせる．やがて，バラとブドウはすくすくと伸びて，互いにからみあう．彼らは死によって永久に結ばれたのである．

付　記　この叙事詩は，全体のおよそ70%に当たる19548行で中断している．これは作者が死んだためであると考えられている．残りの部分は，後代の詩人ウルリヒ・フォン・テュルハイムとハインリヒ・フォン・フライベルクによって完成された．現在11の写本と12の断稿が残っている．作者は主としてフランスのトマ・ド・ブルターニュ作の物語を典拠としたと書いているが，トマの原作は，断片を伝えるのみで，しかもそれは，ゴットフリートが書かずに終わった最後の部分だけである．

この作品は，恋愛をあらゆる制約を超越する至高のものとし，恋愛を成就するために主君を欺き，神をも蔑(なみ)する行為をはばからない主人公の内面的体験のみを追求している点で，騎士文学の他の作品とは著しく趣きを異にしている．しかし，絶対的な恋愛讃美と当時の騎士道徳との矛盾は，解決されぬままに終わっている．それはともかく，この作品は，洗練された流麗な文体で書かれ，宮廷文学中最高の形式美をそなえたものであると同時に，中世世界文学中，第一級の恋愛文学であり，後代に大きな影響を及ぼした．ヴァーグナーは，この作品をもとにして楽劇『トリスタンとイゾルデ』をつくり，ジャン・コクトーは，これを素材として映画『悲恋』をつくっている．

翻訳文献→394頁

ズィンプリツィスィムスの冒険

Der abenteuerliche Simplicissimus (1669)

グリンメルスハウゼン作　小説

あらすじ　戦争のために父と生き別れになった主人公は，山村の農家で育てられた．やがてその村にも敵が来襲する．森に逃げこんだ彼は年老いた隠者にめぐりあった．隠者は世間知らずの彼をズィンプリツィウスと名づけ，学問を授けつつ養育する．彼は主人公の実の父親なのであるが，二人ともそれに気づかない．

二年間の教育を受けた主人公は，隠者の死後ハーナウに行き，スウェーデンの総督の小姓頭をつとめ，ついで道化役者として仕える．やがて皇帝軍に捕えられた彼は隊長に目をかけられ，文武両道に励んで一人前の青年騎士に成長する．彼は略奪行のたびに抜群の働きを示したので，「ゾーストの猟兵」と呼ばれて畏敬されるようになった．

あるとき彼は敵軍に捕えられ，6カ月間軟禁される．その間，女性遍歴をした結果，ある女性から結婚を強要される．やむなく同居したものの，彼はたちまちに家を飛び出し，財産をとりもどすためにケルンに向かう．が，管理を委託しておいた相手が逃亡してしまっていたため，足をパリに向ける．すぐれた演奏技術，美声，端正な容姿という三つの条件をそなえた彼は，上流夫人たちにもてはやされる．が，夜のつとめに耐えられなくなって逃げ出す．旅の途中，疱瘡を患って難儀するが，贋医者になりすまして，辛うじて国境にたどりつく．

さまざまな事件に遭遇しながらヴィーンに着いた彼は，皇帝軍の中隊長に任命されるが，短期間で辞任する．妻の死を知らされた彼は，農家の娘と結婚する．この頃養父とめぐりあい，自分が高貴な家柄の出であることを知らされる．そして，森の隠者が実の父であったことや，ハーナウの総督が母方の叔父であったことを知る．まもなく二度目の妻も死ぬ．

やがて彼は，スウェーデンの大佐とともにモスクワへ行き，タタール人と戦って捕虜となり，朝鮮に送られる．それから日本，マカオと，国を出て以来三年にわたる流転の生活を続けたすえ，ついにトルコ人の奴隷となる．しかしまもなく平和条約が締結されたために解放され，ようやくシュヴァルツヴァルトの農場に帰る．波乱万丈の生活を送ってきた彼は，ここではじめて安らぎに満ちた日々を送る．

程経て彼は，過去の罪業を懺悔すべく，イェルサレム巡礼の旅に出る．その途中，大嵐に遇って船が難破し，南海の無人島に漂着する．その島で彼は，孤独ながらも豊かな自然の恩恵につつまれて，安らかな余生を送る．

付　記　30年戦争中，両陣営を渡りあるいた作者の体験に基づき，主人公の人間的成長と，魂の救済を描いた．17世紀ドイツ・バロック時代の重要な民衆文学．

翻訳文献→395頁

◇重　要　作　品◇

ミンナ・フォン・バルンヘルム　Minna von Barnhelm (1767)

レッシング作　5幕の喜劇

あらすじ　誠実で誇り高いプロイセンの軍人テルハイム少佐は，七年戦争でザクセンに駐屯中，全く身に覚えのない収賄の嫌疑をかけられて，官職剝奪，財産没収の処分を受け，従卒ユストを伴侶として，落魄（らくはく）の身をベルリーンの旅館に寄せている．彼はすでにザクセンの貴族の令嬢ミンナと将来を約束していたが，戦傷のため不自由な身となった上に，名誉，地位，財産のすべてを失った今となっては，もはや結婚の資格も失ったと思い込み，ミンナとの音信を絶ってしまう．

一方，叔父といっしょに侍女を連れてテルハイムを探しに出かけたミンナは，ある日叔父とはぐれて，侍女と二人でベルリーンの旅館に投宿する．偶然にもそれは，テルハイムが滞在中の旅館であった．そのころテルハイムは，あり金を使いはたし，婚約指輪を抵当に宿の主人から借金をするほど困窮していた．

ミンナを迎えた主人は，宿賃も満足に払えないテルハイムを上等の部屋から追い出して，彼女をその部屋に案内する．そして，たまたま主人が質草の婚約指輪を見せたことから，二人は再会する．テルハイムは心中の思いをおさえて，冷淡な態度でミンナに婚約の解消を申し出る．困惑した彼女は侍女と相談の末，彼からもらった婚約指輪を返すふりをして，宿の主人から買い取った指輪を返した．そして侍女を通して，テルハイムを愛したため叔父から義絶されて，今では自分も乞食同然の境遇にあることを告げさせた．それを聞いた彼は，今こそミンナと結婚しミンナを守るべきであると考えなおして，あらためて結婚を申し出る．折しも審理中であった彼の収賄容疑について判決が下り，事実無根のぬれぎぬであったことが証明される．かくてテルハイムは，いっそう結婚の意志を固めるが，今度はミンナの方で，故意に彼の申し出を拒絶する．そこへ，抵当に入れた指輪を受け出しに行った従卒が帰ってきて，すでにミンナが買い取ってしまったことを報告したため，テルハイムは，ミンナが自分に愛想をつかして芝居をうったのだと誤解し，激怒する．意外な事のなりゆきに狼狽したミンナが，テルハイムの指にはめられている指輪を確かめるようにうながしているところへ，叔父が到着し，一切の誤解が氷解して，めでたく結婚が成立する．

付　記　プロイセンとザクセンとの不和を憂えたレッシングが，両公国の融和を願って書いた作品であるが，七年戦争後のドイツの国情がつぶさに描かれ，それがそのまま当時の政治・社会批判となっている．ドイツの数少ない喜劇の代表的傑作であって，性格喜劇の発展に大きな役割を果たした．

翻訳文献→350頁

エミーリア・ガロッティ　Emilia Galotti (1772)

レッスィング作　悲劇

あらすじ　グァスタッラの領主ゴンツァーガの臣下，オドゥアルト・ガロッティ大佐の娘エミーリアは，かねて相愛のアッピアーニ伯爵と婚約の間柄であった．領主ゴンツァガは，ある夜会でエミーリアに会ってから，愛人であったオルズィーナ伯爵夫人にあきたらなくなり，エミーリアに恋慕して，なんとしても彼女をわがものにしたいと願う．

そこで，思いを侍従のマリネッリに打ち明けると，日頃アッピアーニに敵意を抱いていた侍従は，エミーリアとアッピアーニとの結婚式は目前に迫っているが，自分は必ずや彼らの結婚式を妨害し，領主の念願を成就させると約束する．そして侍従は，ただちにアッピアーニのもとに行き，今日中に外交使節として遠隔の地に赴くべしとの領主の命令を伝える．しかし，領主への接近を避けていたアッピアーニは，その命令を拒み，エミーリアとその母とを伴って，結婚式場に当てられているエミーリアの父の山荘へと向かう．

とほうにくれた侍従は，暴徒を語らい，山荘へ向かいつつある一行を襲撃させた．その結果アッピアーニは重傷を負い，グァスタッラへ送り帰されたが，死んでしまう．勢いに乗じた侍従は，領主の家臣たちを凶行の現場に派遣し，エミーリアとその母とを保護するという口実のもとに，まんまと領主の城に連行することに成功した．

急を知って駆けつけたエミーリアの父オドゥアルトは，事の真相を知って怒りに燃え，領主に，娘を返すようにときびしく迫った．しかし領主は，エミーリアが情人と組んで婚約者を殺害したというデマをたてに，この嫌疑が晴れるまでは返せないと言いのがれる．

絶望した父は，娘に一目会わせてほしいと頼み，聞き入れられる．父は娘に真相を告げる．かくて事件の全貌を知り，もはや領主の毒牙から逃れ得ぬことを悟った娘は，死によって純潔を守ろうと決意し，父にすがって，自分を殺してくれるようにと嘆願する．しばらくためらったのち，父は願いを聞きとどける．血に染まった娘は，「嵐が散らす前に，バラの花を手折ったのです」と言いつつ息絶える．

付　記　従来，悲劇の主人公は，歴史上の英雄や王侯貴族に限られていた．レッスィングは，『ハンブルク演劇論』において，無名の市民を主人公とする市民悲劇の理論をうちたて，これにもとづいてこの作品を書き上げた．この作品は，舞台を近世イタリアの小国に設定しているが，当時のドイツの封建的支配階級の腐敗と暴政とを痛烈に批判している．シュレーゲルは，この作品の完璧な構成を「作劇術の代数学」と評した．

翻訳文献→350頁

◇重 要 作 品◇

若きヴェルターの悩み

Die Leiden des jungen Werthers (1774/改訂現行版87)

ゲーテ作 小説

あらすじ 富裕な家に生まれ，法律を専攻したヴェルターは，ゆたかな感受性に恵まれた情熱的で夢想家肌の青年である．五月のある美しい一日，遺産に関する用件を処理するためにヴェッツラルの町を訪れた彼は，ゆたかな自然の息吹きにつつまれて，かつて経験したことのないほどの生の充実を感じ，無上の幸福感に満たされる．

こうした環境の中で，ある夕暮れ舞踏会に招かれた彼は，ロッテという官吏の娘と知り合う．彼女は，素朴で快活な中にも，奥ゆかしい優雅な魅力をそなえた少女であったため，ヴェルターは心を惹かれずにはいられなかった．わけてもヴェルターを感動させたのは，彼が訪れるたびに接するロッテの，亡き母に代わってこまめに弟妹たちの面倒を見るかいがいしい姿であった．ロッテにはすでにアルベルトという婚約者があったが，彼女は知的で純真なヴェルターとの交際を喜んだので，彼は連日ロッテの家を訪れては，こよなく幸福な時をすごした．

まもなくアルベルトが旅先から帰った．彼はまじめな実務家であったが，寛容の美徳をそなえていた．そのため，ロッテと近づきになったヴェルターに対しても，他の人と変わらぬ好意を寄せた．が，ヴェルターの方は，アルベルトに対する激しい嫉妬と，ロッテへのいや増す愛慕の情に耐えかねて，ついにヴェッツラルの地を去り，ある町の公使館に奉職することとなる．

けれども，すべてに役人根性が支配する官僚の社会は，結局ヴェルターの肌には合わなかった．ある夜会の席上，平民の故をもって，貴族たちから不当な侮辱を受けた彼は，意を決して辞職する．そして一旦は兵役に従事したいと志したが，公爵にいさめられて果たせなかった．

いまや実生活によりどころを失った彼は，心のふるさとに帰るように，ロッテのもとへおもむくが，そのひとはすでにアルベルトと結婚していた．ヴェルターの懊悩(おうのう)は病的なまでにつのり，そのために，アルベルトとの仲も険悪なものとなった．かくて，愛するロッテの平安のためには，自分を抹殺する以外に方法がないことを悟った彼は，最後の別れを告げるべくロッテを訪れる．そのときロッテにオスィアンの詩を読み聞かせていた彼は，不意にこの詩の名状しがたい力に動かされて，思わずロッテを抱擁し，接吻してしまう．

最初で最後のこの口づけののちわれに返ったヴェルターは，茫然としているロッテを残し，蹌踉(そうろう)たる足どりで帰宅する．そして，かねて旅行用に借用したいと頼んであったピストルをとりよせ，その夜自ら命を絶った．

解　説 ゲーテ25歳のときの作品．青年官吏ケストナーの婚約者シャルロッテと知りあい，絶望的な恋に悩んだゲーテが，知人イェルザレムのピストル自殺にヒントを得て，シャルロッテに対する恋の体験を描いた作品で，これによってゲーテは青春の危機を克服した．しかし，ゲーテ個人の苦悩にとどまらず，シュトゥルム・ウント・ドラング時代の青年の世界苦的生活感情があますところなく表現されているこの作品は，当時の青年たちに熱狂的に迎えられた。

当時この作品に対する反響はすさまじく，ヴェルターの服装が流行したり，自殺者が続出するなど，いわゆる「ヴェルター熱」が全ヨーロッパに広がり，ゲーテは一躍ヨーロッパ的な作家となった．また，この一作によってドイツの文学ははじめて世界文学の仲間入りをすることができた．ナポレオンは，特にこの作品を愛読し，エジプト遠征にもたずさえて行って読み続けたという．

時代と国境とをこえた「永遠の青春の書」として今日でも世界中の人びとに愛読されている．

翻訳文献→351頁

◇重 要 作 品◇

群　　　盗　Die Räuber（1781，初演1782）

シラー作　5幕の戯曲

あらすじ　フランケン領主マクスィミリアーン・モール伯の長子カールは，高潔な性格に加えて才色ともにすぐれ，父の寵愛と期待を一身にあつめている．これに反して次男フランツの方は，才能も劣り，容貌も醜く，その上心のひねくれた青年であった．幼少の頃から自分を疎んずる父を憎悪し，兄を嫉視してきたフランツは，兄がライプツィヒに遊学しているあいだに，家督と，兄の婚約者アマーリエを奪おうと計画する．

一方若さにもとづく反逆精神にあふれたカールは，遊学中さまざまな愚行と浪費とをかさねた末，ついにライプツィヒを追放される．不良仲間を語らって，ザクセンの国境にたどりついた彼は，窮状を訴え，改悛の情を披歴した手紙を父に送る．

しかるに，弟フランツは，兄の手紙をすりかえて，カールが殺人罪を犯したために，目下指名手配中であるという旨の偽(にせ)手紙を，兄の保証人の名を用いて書き，それを病床にある父にとどける．そして兄に対しては，激怒した父に代わって，冷酷な絶縁の手紙を送った．これを読んだカールは，父を呪い，世を呪って，かくなる上は暴力に訴えても封建社会を新しい共和国に変革せんものともくろみ，盗賊団を組織してみずから隊長となり，ボヘミアの森林にたてこもった．

さて，日がたつにつれて，モール伯は，カールを勘当したことを後悔しはじめ，カールの婚約者アマーリエもまた，頑としてフランツの求愛に応じない．そこでフランツは，病弱の父をあわよくばショック死させようと考え，またもや偽の使者を仕立て，失意にくれたカールがプラハの戦いに参加して，父を恨みながら戦死したと父に伝える．父はその衝撃によって一旦は息絶えたが，棺の中でふたたび息を吹きかえした．狼狽したフランツは，父を地下室に幽閉して，餓死させようとたくらんだ．

一方弟の陰謀のすべてを知ったカールは，変装して城に乗り込むが，いち早く兄の復讐をさとった弟は，首をくくって自殺する．幽閉されつつも，ひそかに部下の運ぶ食料によって生き永らえていた父は，カールの告白を聞き終えたのち，悲嘆のあまり息をひきとる．アマーリエの変わらぬ愛を知ったカールは，「心の平和がよみがえった」と慟哭しつつ，彼女とともに生きたいと願う．そのとき，輩下の盗賊たちが，女を捨てよ，とつめ寄る．絶望したカールは．アマーリエの嘆願を容れて彼女を殺し，盗賊たちとも縁を切って，潔く自首しようと決意する．

翻訳文献→357頁

ヴィルヘルム・マイスターの修業時代

Wilhelm Meisters Lehrjahre (1795-96)

ゲーテ作　長篇小説

あらすじ　富裕な商家に生まれ，家業を継ぐよう望まれていたヴィルヘルム・マイスターは，父の期待に反して，幼少の頃から演劇にあこがれ，長ずるに及んで，いつの日かドイツ演劇界の改革者になりたいと志すようになった．

彼は，青春の情熱のおもむくままに，女優マリアンネに夢中になり，一緒に暮らしたいと願うが，父の反対は目に見えている．折から，見聞を広めるために旅行せよとの父の言葉を受けた彼は，かねての希望を達成すべき機会が到来したことを喜ぶ．

すでにマリアンネとひそかに結ばれていた彼は，ひとまず自分だけが先に旅立って，どこかの劇団で地位を得てから，彼女を呼び寄せようと計画する．が，ある夜，彼女から冷たくあしらわれて悲しんだ彼は，愛のかたみにと思って，彼女のマフラーを持ち帰る．しかし，ふたたび未練の情に駆られて引き返したとき，彼女の家から，男が出てくるのを見てしまった．衝撃を受けて帰宅した彼は，マフラーの中から，その夜来訪する旨をしたためた情人の手紙を発見する．動かぬ証拠を手にした彼の苦悩は極限に達し，重い病にたおれる．やがて回復した彼は，過去の情熱につながる一切を払拭しようと努め，黙々と家業に精励する．が，初心はついに忘却しがたく，彼はふたたび旅に出る．

ある町で，メリーナという芸人のひきいる旅まわりの一座と知り合った彼は，一緒に旅をつづける．あるとき，サーカスの団長から虐待されているミニョンという12歳の少女に会ったヴィルヘルムは，金を出して少女を引きとる．彼女は，ヴィルヘルムを慕って忠実に仕える．彼はまた，不思議な竪琴ひきの老人と知り合ったが，この老人とミニョンの孤独な魂は，騒々しく浮ついた貴族や芸人の社会を遍歴するヴィルヘルムにとって，こよない慰めとなった．このような生活のうちにもヴィルヘルムの胸中を，時として懐郷の思いが去来する．浮気で魅力的な一座の女優フィリーネはその都度彼に言い寄って，彼の帰郷を思いとどまらせる．ヴィルヘルムの周囲に，おいおい芸人たちが集まってくる．メリーナは，彼を説得して劇団を創立するための資金を出させた．

ある日，某伯爵が彼の滞在する旅館に同宿する．伯爵は芸人たちに好意をもち，自分の城で上演するようすすめる．ヴィルヘルムはそれに応じて戯曲を書くかたわら，敬慕する伯爵夫人のために詩をつくる．

まもなくその城を辞去した一座は，旅をつづける途中，盗賊に襲われて金品を略奪される．防戦したヴィルヘルムは重傷を負って失神する．意識を回復したときは，フィリーネの腕に抱かれていた．ほかに残っている者はミニョンだけで，あとはすべて逃げ去ってしまった．不安な時を過ごすうちに，一隊の旅行者が近づき，白馬から下り立った気高い貴婦人が，ヴィルヘルムを介抱してくれる．隣村にたどりついたヴィルヘルムは，一座の者たちと再会する．団員たちは彼を責め，めいめいの損害を彼に弁償させる．ヴィルヘルムは自分を救ってくれた貴婦人を思い，八方手を尽くして彼女を捜すが見つからない．

程なく一座は，ヴィルヘルムの旧友で劇団の座長をつとめているゼルローのもとに身を寄せる．ヴィルヘルムは座長の妹アウレーリエと知り合い，親しくなる．アウレーリエにはフェリックスという3歳の男児がたえずまつわりついているが，彼女はかつて貴族と関係して捨てられたことがあるので，その子は人びとに彼女の実子だと思われている．彼女は過去の恋をヴィルヘルムに語り，不実な恋人ロターリオに手紙を渡してほしいと言い残して，まもなく病死する．

ヴィルヘルムは不幸なアウレーリエと残された子どものために，ロターリオを面詰しようと決意するが，実際に会ってみると，彼は高潔な人物であったので，闘志はそがれ，かえって敬仰の念を抱く．そして，今まではロターリオとアウレーリエとの子だと思っていたフェリックスが，実は彼らとは全く無関係な，他人の子であることを知った．ロターリオは，かつてあこがれの国アメリカに渡った経験があるが，故郷にもどってからは，「この地こそわがアメリカ」と言い，かつては婚約の仲にあったテレーゼとともに，利己や打算を度外視して，理想的な土地管理を行なっている．

ヴィルヘルムは，博愛の精神にもとづいた彼ら二人の活動ぶりを見，にわかに実践的活動への意欲をおぼえる．こうした心境の変化が機縁となり，演劇界と訣別しようと決意した彼は，放浪の旅を打ちきって故郷に向かう．帰郷した彼は，かつての恋人マリアンネの世話をしていた老婆の口から，マリアンネが，生涯彼に操を立て通しつつ，彼の子を残して死んだこと，そして，その子がフェリックスという名前であることなどを聞いで愕然とする．

やがて彼は，ロターリオに対する敬仰の念から，ロターリオの居住地の近くに住居を定めて実践的な社会活動に入る．理想的な社会の建設を志して「塔の結社」を主宰しているロターリオは，ヴィルヘルムに彼の修業時代が終了したことを宣言する証書を渡す．ヴィルヘルムはわが子フェリックスのためにも母が必要であると感じて，テレーゼに求婚する．

その頃ロターリオの妹ナターリエのもとに預けられていたミニョンが重病にかかる．ヴィルヘルムが見舞いに行ってみると，意外にもナターリエは，彼が夢にも忘れなかった白馬の貴婦人その人であった．彼の心は急速にナターリエに傾くが，折悪しく，すでにテレーゼからの承諾を得，結婚の準備をととのえていたところであった．ひそかにヴィルヘルムを思慕しつづけてきたミニョンは，ある日テレーゼがヴィルヘルムを抱擁するところを見，失神して息をひきとる．葬式に参列したイタリアの侯爵によって，ミニョンが侯爵の姪に当たることや，竪琴ひきの老人がミニョンの父であったことが明らかにされる．思いがけないいきさつで，テレーゼはロターリオと結婚することになり，一方ヴィルヘルムはナターリエと結ばれる．

やがてヴィルヘルムは，イタリアの侯爵からミニョンの故郷に招待される．

付 記 この作品は，商家に生まれた主人公が，自己の内的欲求から家を出て，各地を遍歴し，各種多様な人に出会い，さまざまな体験を重ねながら成長してゆく物語である．このように個人の発展・形成の過程を描いた小説を教養小説と言い，この作品は，その偉大なる典範となった．自己の体験を大切にするドイツの作家は，このような形式で自己の内的発展を詩化することを好むため，この作品以後，教養小説はドイツ文学の主流をなすジャンルのひとつとなった．『青い花』，『晩夏』，『緑のハインリヒ』，『魔の山』，『ガラス玉遊戯』等後代の主要な教養小説は，すべてこの作品から大きな影響を受けている．

翻訳文献→353頁

◇重 要 作 品◇

ヒュペーリオン　Hyperion（第1巻1797，第2巻1799）

ヘルダーリーン作　書簡体の小説

あらすじ　第一部は，ギリシアの青年ヒュペーリオンが，ドイツの友人ベラルミンに宛てた書簡から成る．教師アダマスの感化によって，栄光にかがやく祖国の歴史に開眼したヒュペーリオンは，現在トルコの支配下にあって圧政に苦しんでいる祖国を憂える．アダマスは，祖国を解放してくれるものはロシア以外にないと言い，ロシアに行ってしまう．ヒュペーリオンはスミルナに旅立ち，美しい自然や偉大な遺跡等に接して感動するが，一方，堕落頽廃した同胞の生活を見て悲痛な思いにとらわれる．ある日彼は剛毅な実行型の青年アラバンダとめぐりあい，二人は祖国解放運動の同志となる．が，まもなくささいなことから仲違いしてしまう．やがてカラウレア島に友人を訪れたヒュペーリオンは，そこで古代ギリシアの美をそなえた女性ディオティーマと知り合い，二人は純粋な精神的愛によって結ばれる．

第二部は，ヒュペーリオンからベラルミンやディオティーマにあてた手紙，ならびにディオティーマから送られてきた手紙等から成り立っている．久しく消息を絶っていた同志アラバンダから，トルコ皇帝を追放して祖国の独立をかちとろうという誘いを受けたヒュペーリオンは，愛人の制止をふりきって戦場におもむく．そしてアラバンダと再会し，民衆を指揮して輝やかしい戦果を収める．ところが，勝利に酔った民衆たちは暴徒と化して悪事の限りをつくす．絶望した彼は，愛人に別離の手紙を送り，ロシア艦隊の乗組員として海戦に参加し，重傷を負う．やがてアラバンダの看護で回復した彼は，愛人とともに静かな余生を送りたいと願うが，その頃愛人は彼に対する心痛がもとで息をひきとってしまう．失意にくれた彼は，ドイツへの旅に出る．が，彼の目に映る文化はひどく荒廃しており，ドイツ国民もまた人間性を喪失していると感じられる．彼はその原因は，人びとが聖なる自然を尊重する心を忘れたためであると思い，真の人間性を培うものは自然以外にありえないと悟って，ひたすら祖国の自然とともに生きようと決意する．

付　　記　ヘルダーリーンの唯一の散文作品．荒廃したドイツを憂え，古代ギリシアを範として，彼の理想とする美と調和と愛にみちた世界を地上に再現することを希求して書かれたものである．また作者は，ゴンタルト夫人との愛の体験を，主人公とディオティーマとの邂逅と別離に表出することによって夫人への愛を浄化した．発表当時はほとんど認められず，その後も長いあいだかえりみられなかったが，19世紀後半になってにわかに注目され，思想界，神学界にまで大きな影響を与えた．特にニーチェはこの書を愛読し，『ツァラトゥストラ』にもその影響が見られる．

翻訳文献→359頁

メアリ・ステュアート　Maria Stuart (1800)

シラー作　5幕の悲劇

あらすじ　旧教を信じながら，愛人に夫を殺害させた過去をもつスコットランドの女王メアリ・ステュアートは,新教を信奉する重臣たちに非難されて身の危険を感じ，イギリスに亡命して救助を求める．しかし宗派を異にする上に，かつては系図を盾に，イギリス王位継承権を主張したことさえあるメアリが，エリザベス女王に歓迎されるはずはなかった．彼女はたちまち監禁される．

やがてエリザベス女王の重臣の一部は，メアリが陰謀を企てたことを理由に，彼女を処刑するよう女王に進言する．が，メアリに恋慕の情を抱いていたレスター伯は，彼女を救うために一計を案じて，庭園を散歩中の女王にメアリをひき合わせる．メアリは謝罪し，慈悲を乞う．しかし，寵臣レスターを魅惑したメアリが，予想以上の美貌の持ち主であることを知った女王は，こみあげる嫉妬に駆られて謝罪をはねつけ，致命的な侮辱を与える．そして憎悪に燃えた女王は，ついにメアリの処刑に同意する．メアリにとって，陰謀は全く身に覚えのないことであったが，夫殺しの過去を悔いている彼女は，その罰として死ぬことを自分に納得させて，断頭台にのぼる．処刑後，メアリの陰謀の件は，彼女の秘書の放言にもとづくもので，メアリ自身とは無関係であったことが判明する．メアリの同情者で重臣のタルボットは，女王の責任をなじり，職を辞して再調査を進言する．また寵臣のレスターも，フランスへ去ったとの報告がとどく．興奮した女王の胸中は乱れに乱れるが，彼女はしいて平静を装おうとする．

付　記　イギリスの史実にもとづき，宗教的，政治的に対立する二人の女王の葛藤を描いた作品であるが，作者はドラマチックな効果を上げるために，この二人に対象的な姿と性格を与えた．メアリは，優雅で華やかな女性的魅力にあふれ，エリザベスは，女性的な幸福とは縁遠い厳格な老嬢タイプである．二人の会見をクライマックスとして，メアリの美貌に驚き，嫉妬に駆られて死刑を宣告し，メアリの死後良心の苛責にさいなまれるエリザベスと，身に覚えのない陰謀のために処刑される不当さを憤り，苦しんだ末，ついに過去の夫殺しの罪の贖いのために死を決意して浄化されるメアリの心理の推移が，みごとに描かれている．スタール夫人は，この作品を,「あらゆる戯曲のうちで最も構成のととのった，最も感動的なもの」と評している．

翻訳文献→357頁

青 い 花　Heinrich von Ofterdingen (1802)

ノヴァーリス作　小説

あらすじ　ハインリヒは，ある夜，自分の家に泊った旅人から不思議な「青い花」の話を聞き，あこがれを抱く．その夜，夢の中に青い花が現われ，その花がいつのまにか優しい乙女の姿に変わる．ハインリヒは，母とともに祖父のもとを訪れるために，アウクスブルクへ旅立つ．道々，同行の人から，物語や詩の話を聞き，ハインリヒにも詩心が目ざめる．一行は十字軍の騎士の居城で，東洋から捕虜として連れて来られた美少女トゥリーマの話を聞き，戦争の悲惨さやむなしさを知ると同時に，未知の世界，東洋に心を惹かれる．また，洞窟に住む隠者ホーエンツォレルン伯を訪ねたハインリヒは，自分の過去・現在・未来の姿について書かれている書物を見せてもらい，驚く．

目的地のアウクスブルクに着いたハインリヒは，祖父の家で，老詩人のクリングゾールと，その娘の「昇る太陽に傾く百合」のようなマティルデに会う．彼女の顔は，かつて夢に見た，青い花の乙女とそっくりであった．ハインリヒはマティルデに愛を告白し，二人は婚約する．だが，その夜，彼は不吉な夢を見る．夢の中で，マティルデは舟をこいでいる．彼女は突然水に落ち，溺れそうになる．マティルデを救おうとした彼も溺れてしまうのである．ところが，不幸にしてこの夢は現実となって，マティルデは川で溺死してしまう．

愛する人を失ったハインリヒは，巡礼者となってさまよい歩く．ある日，山深い森の中で悲しみに沈んでいると，ふとマティルデの声が聞こえた．その声は，ハインリヒに琴を弾くように勧める．琴を弾けば，ひとりの少女が姿を現わすというのである．そこで琴を弾くと，少女ツァーネが現われる．ツァーネに誘われて森の中の彼女の家に行った彼は，そこで死者たちの世界を訪れる．

やがて，死の国を出て，現実の世界にもどったハインリヒは，イタリアに旅行したり，戦乱に身を投じたり，ギリシアを訪ねたり，あるいは東洋に渡って詩と神秘とを学んだりする．こうして，さまざまな経験を積んだのち，ドイツに帰って華やかな宮廷生活に入った彼は，皇帝の信任も厚く，詩人として輝やかしい栄誉を受ける．

付　　記　ドイツロマン主義の典型的な作品で，「青い花」はロマン主義を象徴する言葉になっている．ゲーテの『ヴィルヘルム・マイスター』に対抗して書かれたもので，人間の発展をロマン主義的にとらえ，「詩の讃美」を基調とした童話風の作品である．第１部「期待」はマティルデと婚約したところで終わっているが，第２部「実現」は，作者が死んだため未完に終わった．

翻訳文献→359頁

ヴィルヘルム・テル　Wilhelm Tell (1804)

シラー作　5幕の戯曲

あらすじ　中世盛期ドイツ皇帝を僭称するオーストリアのアルブレヒト侯爵は，スイスに腹心の代官を派遣して圧政を敷かせ，暴利をむさぼっていた．代官たちの専横ぶりには目に余るものがあり，築城に際しては労働者たちを牛馬のごとく酷使し，果ては，人民たちをつねに権力に盲従させんがために一計を案じ，村道沿いに竿を立ててその上に代官の帽子を置き，その前を通行する場合には必ず敬礼を行なうよう強制する者まであらわれた．

ここにおいて，スイス三州を代表する人たちはリュトリで会合を開き，スイス古来の権利と自由を擁護することを決議し，同盟を結んで，無血革命の準備をすすめる．

ここに主人公ヴィルヘルム・テルが登場する．自由と正義とを尊ぶ勇猛な愛国者でありながら，日頃静かで平和な生活を愛する彼は，同胞に要請されても蜂起の同盟には加わろうとしない．たまたま例の帽子の前を通りすぎたテルは，敬意を表さなかったという理由で，代官から難題を持ちかけられる．子供の頭上にリンゴをのせ，それを弓で射落としてみよ，というのである．戦慄しつつわが子と対したテルは，みごと一矢でリンゴを射落とす．この時，第二の矢を用意した理由を問われたテルは，万一失敗に終わった場合には，それで代官を射るつもりだったと答える．代官はテルを捕縛し，自分の居城に連行する．

湖水をわたる途中，嵐が襲う．危険を感じて自信を失った船頭は，テルの縄を解いて，代わりに漕ぐよう依頼する．岩に近づいたとき，テルは力いっぱいに舟を蹴って転覆させ，自身は岩に飛び移って，あやうく危難をまぬがれる．こうして，さしも温厚であったテルの胸にも復讐の念は燃えさかり路傍に待ちうけて一矢のもとに代官を射殺す．

ここに至って三州の人びとはいっせいに蜂起した．やがて平和と自由とを獲得した人びとは，「弓の名人，われらの救い主，テル万歳！」と歓呼しつづける．

付　　記　スイスの農民一揆の指導者テルの伝説を，ゲーテから聞いたシラーは，これに弓の名手がリンゴを射落として賞讃を受けるという古来の伝説を結びつけ，シラー自身の自由の理念を盛り込んでこの作品をつくりあげた．一度も行ったことのないスイスの風物を，文献上の知識と豊かな想像力とを駆使してみごとに描いたこの民衆劇は，すばらしい迫真性を持ち，ヴァイマルでの初演において，シラーの作品中最高の成功を収めた．

翻訳文献→358頁

ペンテズィレーア　Penthesilea（1808，初演1876）

クライスト作　24場の悲劇

あらすじ　ペンテズィレーアは，女だけが住む国アマゾンの女王である，男はたび重なる戦争ですべて死んでしまったのだ．したがって，子孫を得るためには，武力で他国を征服し，男たちを捕えてこなければならない．そして，子を生むための道具にすぎぬ男に，情を移してはならぬというのが，この国のきびしい掟であった．

慣例にしたがってギリシア軍を攻撃した女人軍は，多数の男たちを捕えて帰った．ただひとり女王のみは戦場にとどまって，勇士アキレスを追いつづける．凛々しいアキレスの姿に魅惑されてしまった女王は，いかにしても彼を捕えて帰りたいのである．女人軍は，掟にしたがって帰還するよう要請されるが，女王は応じない．生まれて初めて経験する愛の激情に駆られて，ひたすらアキレスを追いつづける．

やがてアキレスに追いついた女王は，勇躍，一騎打ちの勝負を挑む．が，勢いあまって，不覚にも落馬し，失神してしまう．一方アキレスは，女王の挙動に不審を抱いていたが，やがて彼女の心中をさとる．すると，勇士の胸にも，にわかに女王への愛情が芽生える．勇士は一計を案じて，女王が意識を回復した時に，自分の方が彼女の捕虜になったごとく装う．女王は歓喜して勇士に愛を告白し，故国の慣例にしたがって，バラ祭の日に結婚したいと願う．ところが運悪く，そこへギリシア軍が引きあげてきた．女王は，立場が逆であったことに気づき，自分の方が勇士の国に連れ去られることに気づく．その時，女人軍が来襲し，ふたたび女王を奪回する．女王は，救助されたことを喜ばない．

やがて，女王への愛のために，すすんで捕虜になることを望んだ勇士は，女王に再度の決闘を申し込む．勇士の心中をはかりかねた女王は，激怒して武器に身を固め，猛犬を伴って決闘場におもむく．戦う意志のない勇士は，ほとんど武器らしい武器を持たない．女王は，やすやすと勇士を射止めるや，けしかけた猛犬に噛みつかせ，自分も勇士に飛びついて，美しい肉体をずたずたに噛みちぎる．が，やがてわれに返り，勇士の真意をさとった女王は茫然とする．そして，毒薬も，武器も用いずに，自己の精神力のみによって，みずからの命を断ち切ってしまう．

付　　記　「私の内奥の本質，私の魂の苦悩と輝きのすべてがここにある」と作者みずから告白しているように，この作品は，文字通り彼の心血を注いだ代表作である．トロヤ戦争にまつわるギリシア伝説に取材しているが，徹底して個を生きぬいた人間の悲劇を描いた点に近代性がある．愛の情熱を，これほど強烈に描いた作品は，おそらく空前絶後であろう．発表後68年たって，ようやくベルリーンで上演された．

翻訳文献→361頁

こわれがめ　Der zerbrochene Krug（完成1806，初演1808，刊行1811）

クライスト作　喜劇

あらすじ　第1場　オランダの田舎の裁判所の一室．裁判官アダムは，顔や頭にたいへんな傷を負っている．彼は書記に向かってこの傷は，今朝思いがけない出来事で受けたものだ，と説明している．書記は，法律顧問官が視察のため急に当裁判所に来ることになったと告げる．

第2～5場　アダムはあわてて所内を清掃・整頓させる．ついでかつらを探させるが見つからない．やがて顧問官が来所し，裁判の開始を命令する．アダムはかつらをつけずに現われたため，その負傷を顧問官に見られてしまう．

第6場　こわれたかめをかかえた老婆とその娘，そして娘の婚約者の三人が出廷する．

第7場　アダムは気分のすぐれぬことを口実に，書記に審理を代行させようとしたり，娘にささやきかけようとしたりして，顧問官に注意を受ける．老婆が陳述をはじめる．昨夜許婚(いいなづけ)の青年が娘の部屋に押し入り，騒動を起こして家宝のかめをこわした上に娘の評判に傷をつけた，と申し立てる．が，青年はそれを否定し無実を主張する．しかし，アダムは彼を強引に容疑者扱いにしたため，ふたたび顧問官の注意を受ける．訊問されけた被告は，許嫁が男を室内に引き入れようとしているのを目撃したからこそ乱入したのだ，と申し立てる．ついで娘が訊問される番になると，アダムはその陳述を阻止しようとする．

第8～10場　顧問官から審理続行の指示をうけた娘は，被告は犯人ではなく，真犯人の名は，ここでは挙げられないという．アダムは審理を中断し，明日に延期しようと提案するが，顧問官は許さない．やがて証人が娘の部屋の窓際で拾ったというかつらを持って出廷する．アダムはそれが自分のものであることを認めるが，顧問官から判決を下すよう迫られ，青年に対して強引に有罪を宣告する．娘は驚いて，かめをこわした犯人はアダムだと叫ぶ．そしてついに事の次第，――昨夜アダムが侵入してきて，お前の許婚は徴兵によって東インドへ派遣されることになったが，自分の言うことを聞けば，徴兵免除の手続をとってやろう，と脅した一件を告白してしまう．

付　記　一枚のフランスの銅版画に描かれた法廷のシーンから文学作品をつくることを三人の友人と申し合わせた結果，クライストはこの喜劇をつくった．ゲーテによる初演は，彼が3幕に圧縮したため，この劇のすぐれた効果を台なしにしてしまい，失敗に終わった．以後10年間上演されなかった．ヘッベルはこの劇の着想と構成のすばらしさを絶讃した．現在ではドイツ三大喜劇のひとつとして，高く評価されている．

翻訳文献→361頁

フ ァ ウ ス ト　Faust（第1部1808/初演29，第2部1832/初演54）

ゲーテ作　悲劇

序　曲　冒頭には，「献げる言葉」，「舞台の前曲」，「天上の序曲」という三つの前置きがついている．「天上の序曲」では，天上界で悪魔メフィストーフェレスが神に向かって，神の最もすぐれた被造物である人間をけなし，神が愛しているファウストを誘惑して神の手から奪ってもよいかとたずねるのに対し，神は「人間は努力する限り迷うものであり，よい人間は暗い衝動に動かされることがあっても，正しい道を忘れることはない」と答え，ファウストが地上に生きているあいだは悪魔の自由に任せることを承認する．

第 1 部　哲学・法学・医学・神学などすべての学問を究めつくした大学者ファウスト教授が書斎にすわっている．50代の半ばをすぎた彼が学問の結果知り得たことといえば，結局「何も知ることができない」ということだけであった．研究生活に失望した彼は魔法で地霊をよびだし，宇宙を支配する力の秘密を探ろうとする．しかし，彼の招きに応じて地霊が姿を現わすと，そのあまりにも偉大な姿に打ちのめされてしまう．自己の無限の知的欲求を満たすには，有限の肉体から解放される道しかないと感じた彼は，毒を飲んで死のうとする．その時，復活祭の鐘の音と聖歌の合唱が聞こえてくる．その若々しい生命の調べに感動して，ファウストは死を思いとどまる．

翌日は復活祭である．ファウストが，助手のヴァーグナーと郊外を散歩していると，ムク犬に姿を変えた悪魔メフィストーフェレス（略称メフィスト）がついて来て，書斎に入り込む．この散歩でおだやかな気分になったファウストは，方向をかえて，宗教の領域から宇宙の秘密に迫ろうと試みる．そして，ヨハネ福音書の冒頭の句「初めにロゴスありき」をドイツ語に訳そうとして，ロゴスという言葉を，「言葉」，「意味」，「力」などと解釈してみたあげく，「行為」という訳語を得て得心する．さて聖書に没頭しているファウストに不安を感じたムク犬のメフィストが騒ぎたてたため，ファウストは魔術を使ってムク犬の正体を見破る．メフィストは，とりあえずその場をのがれた．

数日後，騎士の姿をかりてファウストの書斎を訪ねたメフィストは，彼を「広い世界」に誘い，あらゆる歓楽を味わわせてやろうと申し出る．彼はそれを承知し，メフィストと賭をして，この世ではメフィストがファウストの奴隷として仕える代わりにファウストがメフィストの誘惑によって満足を見出したら，すなわちファウストがある瞬間に対して「とどまれ，お前は美しい！」と言ったら，その時，ファウストは死んでメフィストに魂をやってもよいという契約を結ぶ．メフィストは，ファウストを20代の美青年に若返らせる．

青年ファウストは往来でマルガレーテ（愛称グレートヒェン）に会う．一目でグレートヒェンに魅せられたファウストは，メフィストの助けで彼女に近づいたが，清純な彼女を誘惑することに良心の苛責を感じて森のほら穴に引きこもってしまう．そのファウストを慕うグレートヒェンは,「糸車の歌」をうたいながら,思い悩む.ふたたびメフィストにそそのかされてグレートヒェンに会ったファウストは,彼女と愛し合うが,あいびきするために,グレートヒェンの母に飲ませた睡眠薬の分量を誤ってしまい,母は死んでしまう.グレートヒェンの堕落を憤った兄は,ファウストと決闘して殺される.さらに,ファウストの子供を生んだグレートヒェンは,さまざまな苦悩に耐え切れず,気が狂ってわが子を殺し,牢獄につながれる.ファウストは,メフィストの力を借りてグレートヒェンを救い出そうとするが,グレートヒェンはファウストの背後にいるメフィストを嫌って,牢獄にとどまり,神の裁きを受ける決心をする.「女は裁かれた」というメフィストの叫びに対して,「救われた」という声が天上からひびく.ファウストの立ち去る後から,グレートヒェンの悲しげな「ハインリヒ,ハインリヒ!」と呼ぶ声が聞こえる.

第 2 部 ファウストは,疲れ果てて花の咲く野に横たわる.大自然の妖精たちは,昏睡するファウストのまわりを漂いながら,苦悩と疲労をしずめてやる.新しい生を得て目覚めたファウストは,滝のしぶきにかかる七色の虹を見て,「人生は彩られた映像としてのみ把握しうるのだ」と悟り,晴れやかな気分で,現象の世界にふたたび歩み寄る.

宮廷の道化に化けたメフィストの協力で神聖ローマ帝国の窮迫した財政を立て直したファウストは,皇帝の厚い信任を得た.財政上の不安から解放された皇帝は,ファウストにギリシア神話の美女ヘーレナと,美男パリスを呼び出すことを命じる.そのためには,ファウストは,「空間も時間もない母たちの国」へ行って三本脚の香炉をもって来なくてはならない.その未知にして「絶対」の境に行って,無事に彼が帰って来られるかどうかメフィストは,不安を抱く.しかし,「戦慄は,人間性に与えられた最高の徳である」と信じるファウストは,虚無の中に砕け散ることもおそれず,勇んで出発した.

祭司の服装をし,香炉をもったファウストが,皇帝や貴族たちの居並ぶ広間にあらわれ,灼熱する鍵で香炉に触れる.すると,ヘーレナとパリスがあらわれる.ヘーレナの美しさに魅せられた彼は,ヘーレナを連れ去ろうとするパリスに我を忘れて追いすがり,魔法の鍵でパリスにさわる.その途端,大爆発が起こってヘーレナとパリスは消え去り,ファウストは気を失って倒れる.

メフィストはファウストをかついで宮廷をのがれ,眠り続ける彼を,彼の書斎に連れ帰る.すでにファウストの出奔以来,何年も経っていて,以前の助手ヴァーグナーは,立派な教授になり,化学の力で人間を創造する実験をしている.メフィストはそれを手伝って,ガラス瓶の中で,小人間ホムンクルスをつくりあげることに成功する.そのホムンクルスの案内で,メフィストは眠ったままのファウストを自分のマントに乗せて,ギリシアのテッサリアの野へ飛んで行く.

昔,ポンペーイウスとカエサルが,運命的な戦いをしたこの野には,毎年その合戦の夜になると,ギリシア伝説のあらゆる人物や魔物が寄りあつまると言われている.ちょうどその夜,ファウストたちはここに到着する.そして,メフィストの提案で,三人は別れてそれぞれの目的を追求することになった．ファウストはヘーレナを探して，ギリシア伝説の諸地方をさまよい，冥界の女王に会って，ヘーレナと会わせてくれるように頼む．

ヘーレナは女王の許しを得て，地上の生を得，トロイア戦争に勝ったギリシア軍にともなわれて，もとの夫メネラーオスのもとに帰るが，メネラーオスの嫉妬のために殺されそうになる．それをのがれて，国境の北方民族の首領のもとへ行く．その首領がファウストである．ファウストとヘーレナは結婚して，二人の間に，オイフォーリオンという美しい子供が生まれる．このオイフォーリオンは，ギリシアの独立戦争に参加するために空へ飛び立つが，墜落して死んでしまう．死んだオイフォーリオンを追って，ヘーレナも冥界に去る．ヘーレナが消え失せたのち，ヘーレナの衣裳がファウストの手に残る．その衣裳は雲となって，ファウストを高山の頂に運ぶ．

美の理想の追求によっても満たされなかったファウストに，メフィストは，今度は王者の生活を送らせようと誘惑するが，ファウストは承知しない．反乱のために窮地に陥ったローマ皇帝を，メフィストの協力で助けたファウストは，恩賞として，広大な海浜の領土を与えられる．ファウストは干拓事業をはじめ，新しい国土建設をめざす．しかし，見晴らしのよい丘の上に住む老夫婦が，ファウストの悩みの種となる．ファウストは，その場所に高い足場を造って，自分のなしとげた事業を一目で見渡したいと思い，適当な代替え地と住居を提供して，老夫婦に立ち退きをすすめるが，老夫婦は承知しない．メフィストは，彼らを強引に立ち退かせることをファウストに提案し，許可を得ると，ファウストの意に反して，彼らを惨殺し小屋を焼く．ファウストがメフィストをなじり呪うと，メフィストは反抗の言葉を吐いて去る．

深夜，灰色の女「憂愁」が，鍵穴からファウストの住居にしのびこみ．ファウストと言葉をかわす．ファウストは「憂愁」に向かって，いままで自分は，ものごとを願望し，享受しながら「世の中を駆け抜け」てきたにすぎないが，今では，「この大地をしっかりとふみしめ」，地上で与えられた時を，有為な人間として過ごしたいという心境に到達したと語る．「憂愁」は，呪いの言葉とともに，ファウストに息を吹きかけて退散する．その息でファウストは失明する．しかし，ファウストの心の中には，明かるい火が，輝きを増して燃え上がり，生涯をかけた事業を完成しようという新たな意欲が湧き起こる．

今度は人夫の監督として，メフィストが，登場する．山沿いの沼沢地を干拓して，そこに大胆で勤勉な人びとの住む国を作ることを思いついたファウストは，そのための工事をメフィストに命じた．しかし，メフィストは死霊たちをあつめて，宮廷の中庭で，ファウストの墓穴を掘らせている．目の見えないファウストはその工事の音を聞きながら，人びとが互いに助け合う美しい国を築くことを思い浮かべて感動し，思わず「そうなったら，私は瞬間に向かってこう呼びかけてもよかろう．とどまれ，お前は実に美しい！」と洩らす．そして遂に「私の地上の日のあとは，永劫滅びることはあり得ない．そういう高い幸福を予感して，私はいま，最高の瞬間を味わうのだ」という言葉を発し，その場に倒れて死ぬ．

賭に勝ったと思い込んだメフィストは，死霊たちを呼んで，ファウストを地獄へ運ばせようとする．その時天使たちがあらわれて，空からバラの花をまき散らす．悪魔たちは，そのバラの花に体を焼かれて退散する．天使たちは，ファウストの魂を天上に運ぶ．

魂が，地上を離れるにつれ，昇天した聖者や聖女や贖罪の女たちが現われる．その群にまじって，かつての愛人グレートヒェンが現われ，ファウストの魂の救いを聖母に願い，聖母の許しを得て，彼の魂を天国へ導いて行く．そして，美しく荘厳な神秘の合唱が，「すべて無常のものは映像にすぎず，人間が希求する完全なものは天上において実現される．われわれは永遠に女性的なものの導きによって，そこに到達しうるのだ」と歌ううちに幕がおりる．

付　記　15，16世紀のドイツに実在したといわれる魔術師ヨハネス・ファウスト博士の伝説を素材とした作品は，ゲーテ以前にも多くの詩人たちによって試みられた．ゲーテも，少年時代に見た人形劇のファウストに強く心を惹かれ，20歳頃この作品化を計画した．彼はこの作品の構想を生涯もち続け，26歳のとき『初稿ファウスト』を，次いでイタリア旅行を経て『ファウスト断片』を書いたが，ゲーテの人間的成長とともにファウスト像も発展して，58歳のとき『ファウスト第１部』を書き上げた．さらに，28年後の死の前年に『ファウスト第２部』がついに完成した．ゲーテの生涯をかけた大作で，世界文学における不朽の名作である．

翻訳文献→355頁

悪魔の霊液　Die Elixiere des Teufels（第1部1815，第2部1816）

ホフマン作　長篇小説

あらすじ　「悪魔の霊液」とは，昔，聖アントニウスを誘惑しようとたくらんだ悪魔が，聖アントニウスに贈った飲み物である．聖者はそれを洞窟に隠しておいた．後年，メダルドゥスというドイツの青年僧が，ふとした機会にそれを手に入れ，ひと口飲んだとたん，魔力のとりこになる．僧は日夜みだらな夢にさいなまれ，その夢の中に現れる未知の女性に恋い焦がれるようになった．ついに自制心をなくした僧は，その女性を探すために僧院の脱出をはかったが，折よく僧院長からローマへの出張を命じられた．

ローマへ向かう途中，「悪魔の淵」と呼ばれる難所にさしかかったとき，僧は人影を認めて声をかけた．するとその人は，驚いたひょうしに，断崖から墜ちて死んでしまった．死人は，ヴィクトリン伯爵といって，僧の姿に身をやつして恋人に会いに行く途中であった．伯爵と自分とが瓜二つであることに気づいた僧は，伯爵になりすまして，伯爵の恋人である男爵夫人を訪ねた．夫人は，夫と二人の養女との四人で暮らしていた．僧は養女のアウレーリエを一目見て驚いた．彼女こそ，かつて自分が夢に見た未知の女性だったからである．僧は誰にも気づかれずに夫人と密通をつづけた．やがて夫人は，夫の殺害を僧に依頼したが，僧は拒んだ．夫人は立腹して僧を毒殺しようと図ったが，僧に気づかれ，逆に自分の方が毒殺されてしまった．浮気の相手を失った僧は，アウレーリエに言い寄った．そこをもう一人の養女に見つかってしまったので，密告されることを恐れた僧は，その養女を殺して逃走した．

山小屋にたどり着いたとき，僧は，自分とそっくりの狂気の僧とめぐりあった．やがて首都に着くと，ある侯爵の宮廷に身を寄せた．人びとは彼を歓迎したが，侯爵夫人だけは僧を嫌った．それは，彼がかつて夫人の姉を裏切った男に酷似していたためである．その男は，イタリアの公女と密通して一子を生ませたが，その子はヴィクトリンと言う名であるという．その男の肖像画を見た僧は，驚かずにはいられなかった．自分の父親だったのである．その夕方，新たに雇われた侍女が来たが，意外にもそれはアウレーリエだった．彼女は僧を告発し，僧は逮捕された．彼は死を覚悟したが，その時例の分身のような妖僧が現われて，身替りを引き受けてくれたので事なきを得た．

やがて僧は，アウレーリエを口説いて，結婚を承知させた．ところが，婚礼の当日に，あの分身の妖僧が処刑されることを知った僧は，突然恐怖に襲われ，花嫁を刺し殺して逃走した．そして数カ月後，イタリアの僧院に着いた僧は，ようやく正常な自分に返った．僧は罪業を懺悔しつつ，ひたすら修業に精進した．しばらくして故郷の僧院に帰った彼は，自叙伝を執筆しながら他界した．彼の死を最後に，呪われた彼の一族の血統は絶えた．

翻訳文献→360頁

サッポー　Sappho (1818)

グリルパルツァー作　5幕の悲劇

あらすじ　オリュンピアの詩のコンクールにおいて栄誉ある月桂冠を獲得した女流詩人サッポーは，歓呼しつつ迎える人びとの中を，美青年の夫パオーンを伴って故郷レスボス島に帰ってくる．今や敬仰の念やみがたい偉大な女流詩人の愛を得たパオーンは，思いがけない境遇の変化に夢見心地の陶酔にひたっている．サッポーは，盛りをすぎつつある自分が，若々しいパオーンの心をながくとらえうるか否かを心配し，アプロディーテーに祈りをささげる．

しかし不幸にも，彼女の懸念は現実となる．パオーンは，わが身にひきくらべて地位や才能にあまりにも差がありすぎるサッポーを敬遠し，素朴でつつましい彼女の侍女メリッタを愛するようになる．ある日，メリッタを抱擁し，口づけをかわしている夫を目撃したサッポーは，嫉妬に駆られてメリッタを追放しようとし，パオーンにメリッタを誘惑しないよう抗議する．沈黙して耐えていたパオーンは，サッポーが立ち去るや輾転としてもだえ苦しむ．

やがて憂愁に沈んだサッポーが，パオーンを起こそうとすると，彼はうわごとにメリッタの名を呼ぶ．驚愕したサッポーは，身を切るような嫉妬にさいなまれる．呼び声を聞きつけてメリッタが来る．サッポーはパオーンの与えたバラを捨てよと命ずるが，メリッタは応じない．サッポーは短刀を抜く．パオーンは飛びついて少女をかばい，サッポーへの絶縁を宣言し，うちしおれたメリッタを連れて去る．パオーンの背信に激怒し，悲嘆にくれたサッポーは，家臣に命じてメリッタの追放を命ずる．が，いち早く察したパオーンは，メリッタを奪ってカヌーで連れ去る．激昂したサッポーは，追手を派遣して二人を捕える．

二人はサッポーの前に引き出される．しかしパオーンが，サッポーを崇高な使命に恵まれた女神として崇め，それにひきかえて，卑俗な世界にしか生きられない自分たちをあわれみたまえと懇願するのを聞いたとき，サッポーはようやく自尊心を回復し，相愛の二人を祝福する．しかし，もはや詩人としての使命だけに生きる自信を失ったサッポーは，断崖から海に身を投げてしまう．

付　記　紀元前6世紀頃のギリシアの女流詩人サッポーの史実を素材として，作者自身が直面していた芸術の理想と現実生活との相剋を描いた古典的な格調高い作品である．筋，場所，時間の三統一が守られ，しかもすばらしい劇的効果をあげることに成功した．1817年ブルク劇場での初演に際して絶讃を浴び，作者は長く「サッポーの詩人」と呼ばれた．

翻訳文献→362頁

◇重 要 作 品◇

のらくら者の生活から

Aus dem Leben eines Taugenichts (1826)

アイヒェンドルフ作　小説

あらすじ　ある美しい春の日曜日，タウゲニヒツは父の水車小屋に別れを告げた．タウゲニヒツとは，「役立たず」という意味で，のらくら者の彼に，父がつけたあだ名である．彼はヴァイオリンを片手に，歌をうたいながら放浪する．幸せなことにこの若者は，自然のあらゆる美をさぐり出す感受性に恵まれていた．

旅の途中，二人の貴婦人と知り合った．それは伯爵夫人とその令嬢で，彼は，ヴィーン行きの二人の馬車に同乗させてもらった．ヴィーンに着くと，伯爵夫人の城の園丁となり，ついで収税吏にとりたてられた．令嬢にひそかに思いを寄せるようになった彼は，彼女のために，この上もなく美しい花々を庭いっぱいに造った．

あるとき，立派な青年士官とテラスにいる令嬢の姿を見て，彼女が結婚したものと思いこんだ彼は，何もかも放り出してイタリアへ向かって旅に出た．ある日二人の画家と出会った．彼らは実は恋の逃避行のため変装している貴族の男女であったが，彼はそれに気づかない．画家たちと別れたのち，彼は画家の一人と間違えられてある城に連れて行かれ，手厚いもてなしを受ける．事情を知らない彼は，狐につままれたような気持ちで王子のような生活を送る．そうしたある日，彼のもとに熱烈な恋文がとどく．差出人のイニシャルから，てっきりあこがれの伯爵令嬢から来たものと思いこんで狂喜した彼は，手紙の指示通りローマに向かう．しかし，手紙の主はすでにドイツへ旅立っていた．

そこでさらにドイツへ向かったが，その途中，あのなつかしい伯爵夫人の城に立ち寄った彼は，思いがけなく庭園で伯爵夫人や，夢にも忘れなかった令嬢にめぐりあった．さらに意外なことに，例の画家の一人もそこに居合わせていた．そこで彼は，あの恋文が実は，この画家の恋人（男装していたもう一人の画家）からこの画家に宛てて書かれたものであることを知った．彼が伯爵令嬢と思いこんでいた人は，伯爵夫人が養女として引きとったみなし児であり，彼女の方もひそかに彼を慕っていたことがわかって，二人はめでたく結ばれる．

付　記　自然と融合した非市民的な生活へのあこがれを，比類なく純粋に表現した明るく楽しい物語で，後期ロマン派の代表的作品に数えられている．作者は，あこがれという決して充足されることのない不断の衝動に駆り立てられるロマン的生活を描きながら，同時にある距離をおいて，この生活をイローニッシュに眺めている．作品中には，珠玉の抒情詩がちりばめられており，そのいくつかは，シューベルトやシューマンによって作曲され，民謡として親しまれている．

翻訳文献→362頁

画家ノルテン　Maler Nolten (1832)

メーリケ作　小説

あらすじ　才能にめぐまた若い画家ノルテンは，以前の召使にかかわる奇妙な事件から，ティルゼン画伯と知りあうようになった．画伯はノルテンの人柄と才能とを愛してさまざまな助言を与え，芸術愛好家として高名なツァルリーン伯爵の邸へ彼をつれて行った．伯爵邸へ出入りするようになった彼は，伯爵の妹コンスタンツェ未亡人を愛慕するようになったが，彼にはすでに，林務官の娘アグネスという許婚（いいなずけ）があった．

しかし，ノルテンとアグネスとのあいだに，精神錯乱のジプシー娘エリーザベトが割り込んできた．エリーザベトは，ノルテンの伯父とジプシーとのあいだに生まれた娘でノルテンに恋していた．そこで，ノルテンを独占したい思いに駆られて，アグネスをそそのかし，アグネスが不実をはたらいたように見せかけようとたくらむ．この計略は成功し，ノルテンはアグネスに絶望して，彼女を忘れようと努力した．

一方，ノルテンの親友であった俳優ラルケンスは，ノルテンが幸福になる道は，アグネスとの結婚以外にはありえないと判断して，彼の筆跡をまね，彼の身代わりとなって，アグネスと文通をつづけた．そしてノルテンと未亡人との仲を割くために，アグネスとの往復書簡が未亡人の目に触れるように仕組んだ．未亡人はノルテンに失望し，ちょうどその頃求愛されていた王弟アドルフ侯に心を移しはじめた．

たまたまノルテンとラルケンスとは，二人の共作による幻燈劇を伯爵邸で上映して好評を博した．が，劇の内容が宮廷で問題になり，二人は捕えられた．長い年月ののち，彼らは釈放された．しかし，二人は伯爵邸に出入りすることは禁止された．ノルテンは未亡人の狭量をうとましく思い，彼女への愛を断念した．

一方，外国へ行ったラルケンスは，ノルテンにアグネスとの文通の秘密を手紙で告白した．ノルテンはその友情に感動してアグネスと結婚した．あるとき，偶然，彼は自分たちの住む町で落ちぶれたラルケンスにめぐりあう．見つかったラルケンスは謎の自殺を遂げる．そしてアグネスは夫から手紙の秘密を告白されたり，ふたたび現われたジプシー女の脅迫を受けたりした結果，狂乱して泉に身を投げた．悲嘆と絶望にやつれはてたノルテンは，一夜不可解な幻影におびやかされ，驚愕のあまり呼吸が絶えた．

付　記　ゲーテの『マイスター』を模範として書かれたが，教養小説というよりは，一人の画家の運命を，恋愛感情の葛藤を通して描いたものである．全体に構成は雑然としているが，精緻な文章による心理描写に，独自のものがある．幾度か改作が試みられたが，未完に終わり，親友が遺稿を集めて出版した．

翻訳文献→364頁

ダントンの死　Dantons Tod（1835，初演1902）

ビューヒナー作　4幕の戯曲

あらすじ　火の手が上がってから4年の歳月を経た現在，なおあくなき殺戮をくりかえしつつあるフランス大革命は，すでに泥沼の様相を呈している．この時にあたり，はからずも権力の座についた革命の大立者ダントンは，皮肉にも，今や自分自身が，かつての王侯貴族にも比すべき豪奢な生活を享受している．由来，享楽的な耽美主義者であった彼は，ひとたび欲望を充足すべき境遇をかちとるや，たちまち酒色に溺れ，この魅力ある生活を維持するために，もはや流血革命に終止符を打つべきだと考えている．

一方つねに急進的に革命を指導してきたロベスピエールは，一切の妥協を排して徹底的に粛清運動を推進しようとし，目的達成を妨げる者がある場合には，たとえ相手が肉親であれ兄弟であれ，容赦なく裁かねばならぬと考えている．

このようなロベスピエールにとって，すでに革命への情熱を失ったばかりか，個人の自由な生活と，民衆の要求するデモクラティクな生活との融合を考えることによって，自己の贅沢な生活を正当化しようと腐心しているようなダントンの態度は，面白く思われるわけがない．かくして二人は対決するが，依然として反省の色を示さぬダントンの姿勢に業を煮やしたロベスピエールは，ダントンを抹殺しなければならぬと決意する．ダントンは，いち早くわが身の危険をさとるが，かつて自分が成し遂げた革命への功績を思い，かつは自分に対する民衆の支持を確信しつつ，悠然と情勢を楽観視している．

ところが，二人が対決した翌日，ロベスピエールの報告を受けた公安委員会は，ダントンの処刑を決定する．ダントンは即日逮捕され，ただちに革命裁判の法廷に引き出された．が，雄弁をふるって自己を弁護するダントンは，聴衆のさかんな拍手を浴びた．あまりにも多くの民衆がダントンに同調するので，急進派の革命家たちは，判決を下しかねてとほうにくれる．その時，だれかが大声でダントンの豪奢な生活ぶりを暴露してしまう．すると，たちまち興奮した群集は「裏切り者を殺せ！」と，口々に怒号するのだった．

付　記　これは，革命運動に失敗した23歳のビューヒナーが，逃亡の費用をつくるためにわずか1カ月で書き上げた作品であるが，透徹したリアリズム手法と，ずば抜けた近代性とによって，文学史上に燦然と輝いている．フランス革命を研究した作者は，許婚（いいなずけ）に宛てた手紙に，「私は歴史の宿命論に打ちひしがれたような気がします……個人は波のまにまに浮かぶ泡にすぎず，偉大さは単なる偶然で，天才の支配は人形芝居であり，鉄の掟に抵抗する笑止な闘争のような気がします．この鉄の掟を認識することが最高のことであり，この掟を支配しようとすることは不可能です」と書いているが，これがこの作品の基調をなす思想である．

翻訳文献→367頁

マリーア・マグダレーネ　Maria Magdalene (1844, 初演1846)

ヘッベル作　3幕の悲劇

あらすじ　頑固一徹な指物師アントーンの娘クラーラは，つまらないいきさつから，愛してもいない許婚者のレーオンハルトに身をまかせてしまう．勘定高く，典型的な小役人根性を身につけているレーオンハルトは，持参金目当てにいったんは結婚を約束するが，義理がたい彼女の父が昔の親方の窮状を救うために財産を使いはたしてしまったこと，そして，彼女の弟のカールが窃盗の嫌疑をかけられて拘置されたことを知ると，手のひらを返すように婚約の解消を申し出る．

この二重の不幸によって，クラーラの母はショックのあまり死に，昔気質の父は，日夜耐えがたい恥辱の思いにさいなまれる．しかし，やがてカールの無実が判明する．この頃クラーラのもとに，幼なじみの書記が訪れて，彼女に結婚を申し込む．かねて書記を心にくからず思っていた彼女は激しく動揺するが，すでに懐妊しているわが身を省みて，やむなく申し出を辞退する．そして，恥をしのんでレーオンハルトに会い，結婚を早めるよう哀願するが，彼はすでに消費されてしまった持参金の件を露骨に言い，すげなく彼女を追い返す．

やがてすべての事情を知った書記は，決闘によってレーオンハルトを倒し，自分も重傷を負う．書記はクラーラを探すが，世間に広まる醜聞と，それによって傷つく父の自尊心とを恐れた彼女は，わが身を井戸に投げてしまう．クラーラを死へ追いこんだ最大の原因が，世間体のみを重んずる父にあることを知った書記は，はげしくアントーンを非難する．アントーンは，うなだれて独白する．「もうおれには，世の中ってものがわからなくなった」と．

付　　記　ヘッベルが，ミュンヒェンの指物師の家に寄寓していた時に起こった事件に取材したもので，彼の戯曲作品中，市民社会に取材した唯一のものである．標題は新約聖書の「罪ある女」の名をかりた象徴的なものである．主として貴族と市民との対立を描いた従来の市民悲劇とは異なり，この作品は，父親の道徳観や名誉心の犠牲となる娘の悲劇，つまり市民社会そのものに内在する悲劇を扱った点に近代性が見られる．このようなモチーフと客観的・写実的描写は，イプセンの社会劇や自然主義の戯曲の先駆となった．

翻訳文献→366頁

ギューゲスとその指輪　Gyges und sein Ring（1856，初演1889）

ヘッベル作　5幕の悲劇

あらすじ　ヘーラクレースの後裔リューディアー王カンダウルスは，客人ギューゲスから贈り物を受けた．それは，はめればたちまち姿が見えなくなるという不思議な魔力をもつ指輪である．ところで王は，かねてから王妃ロドペの美しさに誇りをもっていた．が，きびしい掟のもとに育った東洋人の王妃は，夫以外の男性に素顔を見せてはならぬという古い伝統的慣習を守っていたため，王は，その美しさが，「他人に見せるわけにはいかない宝石」であることに対して，いささかの不満を抱いていた．

そこで王は，匿身の指輪を手に入れたのを幸いに，ギューゲスに命じて，指輪を利用して寝室の王妃を観察させようと思い立つ．美青年ギューゲスをして，王妃の美しさの証人たらしめたいと願ったためである．ギューゲスは，ロドペの裸身を目のあたりにし，そのあまりの美しさに心をうたれて，醜い自己の行為を悔いた．そして思わず洩らした嘆息をロドペに聞きとられてしまう．

ギューゲスは，王と自分自身をはげしく責める．王は彼をなだめ，美しい女奴隷レスビアを与えて慰めようとする．しかし彼はそれを拒み，彼女を自由の身にしてやった．そして，すでに王妃に慕情を抱いてしまった自分は，もはやこの地にとどまることはできぬ，と考え，王に別れを告げる．

王妃はその夜の出来事に不安を感じている．王は彼女をあざむき，安心させたいと願うが，ギューゲスが立ち去ろうとしていることを知った彼女は，懸念していたことがまぎれもない事実であったことを確信する．急ぎギューゲスを呼び寄せた王妃は，彼に死を要求する．そしてついに，一切が王の意図によって行なわれたことを知るに至った．

かくて王妃は，ギューゲスに王を亡きものにするよう頼み，その後に結婚しようと言う．そしてそれができぬならば，自分は自殺するほかはない，と．ギューゲスは王妃の言葉に従って，決闘の末，王を倒す．そしてギューゲスは王位を継承し，ロドペと婚礼の儀式を挙げる．その直後，王妃は「これで，私は夫以外の人に肌を見せたことにはならない．私は清められた」と叫び，自刃してしまう．

付　記　ギリシアの歴史家ヘーロドトスによって語られた伝説に取材，尊厳を傷つけられて死を選ぶ古い伝統に束縛された王妃と，その伝統を打破しようとして破滅する王の姿とにおいて，歴史の発展の犠牲となる個人を描いた．形式・内容ともに円熟し，ヘッベルの劇作品中，最も完成度の高いものである．

翻訳文献→366頁

晩　　　　夏　Nachsommer（1857）

シュティフター作　長篇小説

あらすじ　ハインリヒ・ドゥレンドルフは，首都の市民階級の家で育った．父は商人であったが，教養を重んじ，かねがね子どもに対して，自己の才能を充分に伸ばすよう望んでいた．そこで，学問に精励したハインリヒは，さまざまな分野に分け入った末に，地質学に対して格別の興味をおぼえるに至った．以来，夏が訪れるたびに高山におもむき，岩石や地形について，収集や計測や作図等に熱中することが，例年の彼のならわしとなった．

ある日，アルプス山麓で嵐に遭い，烈風を避けようとして一軒の家をめざして行った彼は，その家にたどりついたとき，突如として眼前に展開した光景に，息をのんで茫然と立ちつくした．そこには，色とりどりに咲き匂うバラの花が，いちめんにひろがっていたのである．場所が場所であるだけに，それは異様な光景であった．が，不思議なことにそのバラ園は，人工のものであるにもかかわらず，周囲の自然と，まったき調和を見せていた．この矛盾を含んだ荘麗な風景が，ハインリヒの心を強くとらえた．やがてこの家のあるじである白髪の老人（リーザハ男爵）が現れ，彼を親切にもてなしてくれた．

庭に案内されたハインリヒは，ふたたび驚異の目を見張る．そこには，実に豊富な種類の花々が洪水のように咲きみだれ，その上をおびただしい数の小鳥たちが，さえずりながら飛び交っている．これら動植物の管理について説明する老男爵の話には，博物に対する並々ならぬ造詣の深さが感じられて，ハインリヒは強い感銘を受ける．話し合ううちに，二人の胸中には，年齢の差を越えた親しい感情があふれてくる．

若者は，この家にしばらくの滞在を願い出て許される．質素ながら雅致に富んだ家具調度類をはじめとして，邸内にはすみずみに至るまで，洗練された高雅な趣向が感じられる．そして科学研究用の収集物や器具類，ぼう大な量の蔵書，あるいはすぐれた絵画等，およそ学芸探究のために必要なものは，ことごとくといってよいほど備えられている．特に若者の目をひいたものは，広間の床と壁であった．そこにはめこまれたこの地方特産の大理石からは，絶妙なニュアンスが感じられた．

若者はこれらのものに接するうちに，この家のあるじが，深い芸術的教養を積んだ職人であることに思い至った．彼は邸内のいたるところに，今までは夢や空想でしか思い描くことのできなかった真に美しいものの姿が，現実のものとして，具現されているのを見たのである．かくて三日の後，老人に別れを告げたとき，若者は，老男爵との邂逅によって，自分の心がかつてないほど高められたことを痛感し，快い興奮に身をゆだねた．

翌年の春と夏，若者はふたたび男爵を訪問し，歓迎される．この二度にわたる滞在中，男爵に親炙しつづけた若者は，予期した以上に自己が深められたことを悟る．特に若者が男爵を敬仰してやまなかった理由は，彼の所有する知性や感性そのものが，豊かな人間性にもとづくものであり，その上，芸術はもとより，ひろく学問の諸分野にわたっての実に広汎な知識に裏づけられていることにあった．

若者は，ここで教育を受けている養子のグスタフとも親しくなった．ある日，グスタフの母マティルデと，妹ナターリエとが訪れる．若者はひと目見てナターリエの美しさに心を打たれる．そして程なく彼女たちの領地シュテルネンホーフへ招待される．親しみを増すにつれてしだいにナターリエを愛するようになったハインリヒは，やがて彼女のうちに理想の女性の姿を見るようになった．ある日，泉のほとりのニンフの像の下で，ためらいがちに思いを打ち明けた彼は，彼女の方も自分をひそかに慕いつづけていたことを知った．彼らの仲は急速に発展し，二人はそれぞれの家族に結婚の希望を告げた．

結婚の前に，できるかぎり深い教養を身につけるよう父からさとされた彼は，父と一緒に旅に出る．旅からもどると，山荘に男爵を訪れ，男爵の秘められた過去の話を聞いた．男爵とマティルデとはかつて恋人同士であったが，事情があって結婚することができなかった．マティルデはタローナ伯と結婚し，男爵は官吏となって高官の地位についたが，自己の天分を考慮して職を辞し，この地に隠棲した．そしてそれから現在に至るまで，二人は老人同士の純粋な清い友情で結ばれ,「先立つ夏のなかった人生」の晩夏の日々を送っているのである．――この回顧談を聞いて，ハインリヒは心から感動した．

やがて二年間にわたるヨーロッパ旅行から帰ったハインリヒは，人びとの祝福を受けてナターリエと結婚する．そして男爵とマティルデとは，自分たちの青春の季節にはみたされなかったしあわせを，若い二人の姿に見出すのであった．

付　記　このぼう大な教養小説は，ゲーテの『ヴィルヘルム・マイスター』を範とし，1848年の３月革命の政治的影響に対する意識的な反論として書かれたものである．ここに描かれた世界は，激しい生存競争とは無縁の，いわば19世紀ヨーロッパの台風の目のような静かな世界である．ここでは，自然の法則が道徳律として，美と調和に満ちあふれた高い倫理的世界を形成し，情熱は浄化され，おだやかな魂の共同体をつくりあげている．

ささやかな自然や，つつましい人生が，比類なく美しい文章で描かれている．発表当時この作品は，退嬰的で退屈なものとして退けられた．同時代の巨匠ヘッベルでさえ，これをシュティフターの世界観の狭さとして非難し，この書を終わりまで読み通した者にはポーランドの王冠を呈す，とまで酷評した．しかし，しだいに真価が認められ，これを愛読したニーチェは，くり返して読まれるべきドイツ散文の至宝と絶讃した．

翻訳文献→366頁

ユルク・イェナッチュ　Jürg Jenatsch (1876)

マイヤー作　長篇小説

あらすじ　主人公ユルク・イェナッチュは，30年戦争時代に，祖国スイスの侵略を狙っていたフランス，オーストリア，スペイン諸国に対抗して，スイス独立のために献身した勇士である．スイス東南のグラウビュンデン州に新教の牧師の子として生まれた彼は，幼時から大胆で誇り高く，強い正義感の持ち主であった．青春時代は，のちにツューリヒの市長となったハインリヒ・ヴァーゼルや，郷士ポンペイウス・プランタの娘ルクレツィア等を友として過ごした．

彼が父のあとを継いでまもなく，郷士ポンペイウスに率いられたカトリック教徒たちが，オーストリア，スペイン両軍をうしろ盾にして，新教徒たちを圧迫しはじめた．新教徒は信仰の自由と祖国の独立のために立ち上がり，ひとまずこれを撃退したが，ポンペイウス軍は再び来襲し，ユルクの妻を含む多数の新教徒を虐殺した．復讐の念に燃えたユルクは，新教徒を率いて反撃に転じ，ポンペイウスを斧で打ち殺してしまう．

この頃，かねてローマ帝国の勢力縮小を企てていたフランスは，自国が旧教国であるにもかかわらず，あえてグラウビュンデンと同盟を結び，アンリ・ロワン公を隊長とする部隊を援軍として派遣した．ユルクは郷土部隊を率いてロワン公に合流し，幾多の輝やかしい戦果をあげた．が，やがてスイスの独立も間近いと思われた頃，フランスは独立条約の調印を拒否する．このためユルクはロワン公のもとを去り，旧教に改宗までしてスペイン側に寝返る．

こうして，目的達成のためには手段を選ばぬユルクの術策が成功して，スイスは独立の日を迎える．1639年1月末，グラウビュンデン州は，ユルクの表彰式を挙行する．この時，ひそかに報復の機会をねらっていたポンペイウスの残党が式場に乱入する．一味の陰謀を知ったユルクの幼なじみのルクレツィアがそれを告げるために駆けつけるが，時すでに遅く，ユルクは暴徒に囲まれている．もはやこれまでと思った彼女は，かつてユルクが彼女の父を殺した斧を，ユルクの頭上に打ちおろす．ユルクは慈愛を込めたまなざしで彼女を見つめ，やがて息絶える．

付　　記　30年戦争時代の，スイスのグラウビュンデン州独立史に取材した作品で，磨きぬかれた重厚な文章で書かれている．作者は，主人公の英雄的行為を讃美する一方，目的達成のためには手段を選ばぬ生き方を許すことができなかった．ルクレツィアの斧は，主人公の宗教的，倫理的な罪に対する天の裁きである．発表と同時に大きな成功を収め，流行小説となった．

翻訳文献→370頁

◇重 要 作 品◇

緑のハインリヒ　Der grüne Heinrich（決定稿版1879-80）

ケラー作　長篇小説

あらすじ　スイス北部の村に生まれたハインリヒは，少年の頃から，父の形見の緑色の服を着せられていたので，「緑のハインリヒ」と呼ばれていた．父は有能な建築技師であったが，仕事の無理がたたって，ハインリヒが5歳の時に亡くなっていた．12歳の時に上級実業学校に入り，金持ちの子どもたちと交際するようになったが，貧しかった彼は，たえずお金に不自由しなければならなかった．こうした欲求不満に耐えられなくなった彼は，ある日，自己顕示欲にかられて反動的な教師の排斥運動に加わり，その首謀者と誤解されて，学校を退学させられてしまった．

故郷に帰った彼は，絵を描くたのしみに熱中するようになった．両親ともこの村の生まれであったため，ここには親戚がたくさん住んでおり，彼はしばしば親戚を訪ねて，楽しい時を過ごした．なかでも特に彼の気に入っていたのは，遠縁にあたるユーディットの家であった．彼女は22歳の未亡人であったが彼女に会うたびに，彼はあやしい官能的魅力を感じた．ある日，恩師を訪問する伯父に伴われて，湖畔に住む哲学者をたずねた彼は，そこで美しい少女アンナと知り合いになった．姿ばかりでなく，人がらも優しく上品な彼女に，彼は激しくあこがれるようになった．いくたびか湖畔の家をたずねるうちに，アンナと彼とはしだいに親しくなった．そしてある日ダンスをしているときに，生まれて初めてのキスをかわした．

まもなく再び町に出てきたハインリヒは，画工ハーベルザルト親方のもとに弟子入りをした．ここで職人的な技法を学んだ彼は，安易な気持ちで悪達者な絵を書くようになった．まもなくハーベルザルトの流儀にいや気がさした彼は，親方のもとを去り，自分のアトリエにこもった．この頃彼はアンナに宛てて，愛の告白の手紙を書いた．まもなく謝肉祭の劇にアンナと共演した彼は，その帰りがけ，森の中でアンナと甘美なキスに我を忘れた．

その後彼は，ユーディットを誘惑しようとしている不良仲間に加わった．ユーディットは，彼らの誘いを拒んだが，ある日彼を部屋につれて行くと，突然あらあらしく熱烈な口づけをした．が，彼の胸は，アンナへの思慕で満たされていた．

しばらくしてアンナが病気にかかった．彼は一週間アンナの家に滞在して，アンナをなぐさめた．ユーディットが毎日訪れて彼を誘った．アンナはまもなくこの世を去った．以後彼は，二度とユーディットに会おうとはしなかった．

やがて，伯父の管理下にあった父の遺産を手にした彼は，ドイツの美術都市ミュンヒェンにおもむいた．不充分な学資のために，一流の師につけぬうらみはあったが，活気にあふれた都会生活に触れて，彼の世界観は大きく変わった．学資を使いはたした彼は，ひどい貧困に陥り，三日間食事にありつけぬこともあった．しまいには大切なフルートも古物商に売った．ところがその古物商シュマールヘーファーは，彼の才能をみとめ，彼の絵やデッサンを買ってくれた．この頃，たまたま出会った故郷の人から，母がしきりに彼に会いたがっていることを聞いて，故郷に帰る決心をした．帰郷の途中，嵐にあって，とある墓地でとほうにくれていると，一人の娘が現われて，家に入れてくれた．彼女は伯爵家の養女であった．伯爵は彼の才能を高く評価し，作品を高い値段で買い取ってくれた．あたたかい伯爵の庇護を受けて，長期間城に滞在した彼は，伯爵のすすめでミュンヒェンにもどり，故郷に帰ることを忘れて制作に没頭した．伯爵のおかげで，作品は好評を博し，彼は多額の収入を得ることができた．その上，彼に好意的であった古物商が死に，遺言に従ってその遺産が彼のものとなった．

金持ちになった彼は，母を喜ばせようと故郷へ向かった．しかし，家にたどりついた時，危篤状態にあった母は，彼を見つめたまま，もはや口をきくことができず，そのまま息をひきとった．母のまぶたを閉じてやった彼は，放心状態でいつまでも母の枕もとにすわっていた．そしてつくづくと人生に疲れはてた自分を感じた．

その後，絵を描く才能に限界を感じた彼は，公共の福祉に奉仕する政治的な活動が，芸術的創作活動と同様に，高い価値をもつものであると確信するに至り，絵筆を捨てて，村役場の官吏となり，のちに郡長になった．

ある夕方，昔なじみのユーディットに出会った．移民団に加わって，10年前アメリカに渡った彼女は，ハインリヒへの思慕に耐えきれず，単身帰国したのであった．彼らは再び交際をはじめ，以後20年のあいだ友だちとして愛し合い，助け合って，意義深い生活を送った．

付　記　教養小説の代表的傑作であるこの作品は，ゲーテの『ヴィルヘルム・マイスター』の影響を受けたものであるが，芸術家としての個人の発展から，市民として社会活動への奉仕に生きがいを見出すという近代的自覚に到達している点に，大きな意義がある．この小説はすでに作者が23歳のとき計画され，さまざまな変更を経て，1855年に4巻の長篇として一応の完成を見た．その後も改作が続けられ，25年後の1880年にようやく決定稿が完成した．初稿では，あくまでも芸術家として生きようとした主人公が，自己の才能の限界を知って絶望し，さらに，母を自己の生活の犠牲にして死に至らしめた罪をつぐなうために自殺することになっていたが，決定稿では，そのような苦悩を克服して故郷に帰り，公人として市民社会のために奉仕する平凡な生活に，より大きな人生の意義を見出すように変更されている．ここに現実主義者である作者の人生観がうかがわれる．また，初稿では一人称小説と客観小説の手法とが混用されていたが，決定稿では全体が一人称に統一された．

翻訳文献→369頁

ツァラトゥストラはこう語った

Also sprach Zarathustra (1883-85)

ニーチェ作　思想の書

内　容　故郷を捨てて山にこもったツァラトゥストラは，10年間孤独な生活を送ったのち，そのあいだに培った思想を広く世に伝えようとして下山する．途中キリスト教の聖者に出会って問答したのち，ツァラトゥストラは「彼はまだ神が死んだことを知らない」とつぶやく．この独白が，この作品の重要なモチーフとなっている．「神が死んだ」ということは，ヨーロッパ文化の根源をなしてきたキリスト教が，すでにその権威を失墜したこと，そのために人びとは一切の拠りどころを失い，ニヒリズムの支配する時代が来たということを意味している．つまり神を権威とする従来の思想と道徳等が，完全に否定されたのである．

そしてツァラトゥストラは，神の失われたこのニヒリズムの時代を超克し得るものは，「超人」のみであると説く．超人とは，天国が否定された今，神に代わってこの地上に真に新しい文化を創造する者である．神が死んだ現在，頼るべき何ものもない代わりに，もはやいかなる束縛もない．超人は将来に向けて全く自由に自己自身を創造する．そしてこのたゆまぬ創造活動のうちに，生の意義を見出そうとするのである．そのような創造は「末人」(凡人)のなしうるものではなく，このためには，どんな苦難にも動ぜぬ凡俗を超えた精神力が要請される．すなわちツァラトゥストラは，真の創造を志す者は，ラクダのように忍耐づよい精神と，ライオンのように強固な意志とを兼ね備え，さらにつねに幼児のように純真無垢な心情を持ち続けなければならないと説く．そのような者こそ「超人」なのである．ツァラトゥストラは次のように言う，「古い神々はとうの昔に死んでいる……このことは，ある一人の神自身の口から，それこそ神自身を無(な)みする語，すなわち『神はただ一人のみ！　汝，われのほかにまた神をもつなかれ』という語の告げられたときにすでに起こっていたのだ」「すべての神々は死んでいる．今こそわれらは超人の誕生を切望する．……私は君たちに超人を教えよう．人間は超克されるべきものである．人間を超克するために君たちはいかなる努力をなしたか？」「献身の理由を天空の彼方に求めようとせず，この地上にいつの日か超人の生まれ出る日を期待しつつ，自身を大地のために棒げようとする人びとを私は愛する．……今こそ人間は人間自身の目標を樹立すべき時である．今こそ人間がその至高の希望の種子を播くべき時である．……兄弟たちよ，私に告げよ，もしも人類にまだ目標がないとするならば，人類自体もまた，存在するとは言えないのではないか？……」

このように，前半のテーマは超人の思想である．後半では主として，いわゆる「永劫回帰」の思想が展開されている．この思想は，本書を執筆する前年に発表された『よろこばしき知識』(82，増補第二版87)にすでに表明されており，その第4書の中では次のように言われている.「最大の重圧. ――もしもある日，またはある夜，悪魔が君の淋しさ極まる孤独の境涯につきまとい，こう君に告げたとしたら，どうだろう――『お前はお前自身が生きてきたこの人生を，もう一度，いや，幾度となく繰り返さなければならないだろう. そこには新しいものは何もなく，あらゆる苦悩，快楽，思想，嘆息等，お前の人生における無数の大小の事件の一切が，お前自身に回帰してくるのである. しかも一切が同じお膳立てと順序とに従って――つまり，この蜘蛛も，あの木の間をもれる月光も，さてはこの瞬間も，この自分自身も，また同様に回帰しなければならないのである. 存在の永遠の砂時計は，たえず巻きもどされる――それと共に微塵にすぎないお前もひとしく回帰するのだ！』――このような言葉を耳にした時，君は地上に輾転とし，歯ぎしりして悪魔を呪わないだろうか？　それとも君はこの一瞬に恐怖におののき，悪魔に向かって，『お前は神だ，自分はかつてこれほど神々しい言葉を聞いたことがない！』と答えるだろうか. もしもこの思想が君を圧倒したならば，おそらくそれは現在の君自身の姿勢を変革し，粉砕するにちがいない. 何をするにせよ必ず，『お前はこのことをもう一度，いや幾回となく繰り返すことを望むか？』という問いが，最大の重圧となって君の行方に立ちはだかるだろう！……」――このように，「永却回帰」とは，意味もなく，目標もなく，終焉もない人生が，そのままの姿で永遠に回帰することを意味する. まさに徹底したニヒリズムである. 本書の後半では，この虚無の実相を直視し，「これが人生であったのか，よし，それならばもう一度！」と叫んで，虚無をを超克する決意を固めるツァラトゥストラの姿が描かれている.

付　記　古代ペルシアの賢人で，ゾロアスター教の開祖と伝えられるツァラトゥストラの思想的な発展過程を，比喩や逸話によって描いたこの作品は，超人，永却回帰などニーチェの根本思想を，格調高い詩的言語で語った哲学的散文詩ともいうべきものである. 20世紀の思想界・文学界に，はかりしれないほど大きな影響を与えた. 全体は4部から成り，第1部は「神の死」を，第2部は「権力への意志」を，第3部と第4部は，「永却回帰」をそれぞれ中心テーマとしている. 第1部は1883年2月，イタリアのジェノヴァに近いラパロで，第2部はその年の7月にスイスのズィルス・マリーアで，第3部は翌84年1月に南仏のニースで，それぞれ10日程度で一気に書き上げられた. 第4部は，その続編として84年秋に構想され，翌年2月にニースで完成された. なお，本書には「万人のための，そして何人のためでもない書物」という副題がつけられている.

翻訳文献→371頁

白馬の騎者　Der Schimmelreiter (1888)

シュトルム作　小説

あらすじ この小説の作者は，ある嵐の夕ぐれ，馬に乗って北フリースラントの堤防付近を散策していた．そのとき，白馬にまたがり黒い外套を風になびかせた人物の幻影が，音もなく何度も通りすぎるのを目撃した．酒場に入ってその話をすると，地元の人びとは驚愕して，「それは白馬の騎者だ」と言った．やがてその土地の校長が，くわしい経緯をつぎのように語った．

18世紀の中頃，この土地にハウケという少年が住んでいた．早くから幾何学に通じていた少年は，土地の堤防の構造上の欠陥を見抜いていた．長じて堤防総督の下男となった彼は，堤防設備についての，さまざまな欠陥を具申した．やがて彼は，総督の令嬢エルケと親しくなり，二人の愛情は日ましにつのった．やがて総督が老衰で死に，後任の人選が行なわれたとき，ハウケは家柄の低さから，あやうく除外されかかったが，エルケがハウケとの婚約を発表し，財産を彼に譲渡したため，首尾よく総督のあとを継ぐことができた．

以後，自己の職務に全精力をそそいだハウケは，やがて堤防の新設を計画した．長期にわたる審議の末計画案が採択された日，その会議から帰る途中で彼は，格安のやせおとろえた白馬を買った．その馬は，彼の親身も及ばぬ世話をうけて，やがて見違えるような駿馬となった．新堤防は着工された．が，反対者たちの悪意にみちた妨害を受けた上，設計があまりにも斬新であったため，施工者たちも疑惑を抱き，工事は遅々としてはかどらなかった．ハウケは白馬に乗って，連日労働者を督励し，乱れ飛ぶ中傷と戦った．そして妻が長女を出産した翌年，堤防はようやく完成を見た．

数年後の秋，大暴風雨がこの地方を襲った．ハウケは，以前から改築を具申しながら，審議会に否決されてそのままになっていた旧堤防を心配して，白馬に乗って巡回に出かけた．新堤防は微動だにしなかったが，旧堤防はついに決壊し，折しも夫の身を気づかってあとを追ってきたエルケの馬車を，荒れ狂う波が一挙にの飲み込んだ．もはやこれまでと思ったハウケは，「神よ，私をお召しください．そして，ほかの人びとをお救いください」と祈りつつ，白馬もろともわが身を怒濤にゆだねた．

付　記 シュトルム最後の作品で，質量ともに彼の作品中最高のものである．幻影と現実とが，作者の根源的自然感情に溶け込み，造形的で情感にあふれた作品となっている．ハウケの悲劇には，有能な人物を変人扱いして認めようとしない俗物根性に対する作者の激しい怒りが込められている．

翻訳文献→368頁

日の出前　Vor Sonnenaufgang (1889)

ハウプトマン作　5幕の戯曲

あらすじ　シュレージエンに優秀な石炭の鉱脈が掘り当てられて以来，地元の農民たちは一躍俄か成金となった．農村は炭鉱の町と化し，大金をつかんだ農民たちは，あるいは投機に手を出し，あるいは遊興にふけって，風紀は頽廃のきわみに達した．が，農民たちとは正反対に，苛酷な搾取にあえぎつつ，連日重労働を強いられる炭鉱夫たちの生活は正視するにしのびない悲惨な状態であった．搾取の元凶は，技師のホフマンである．

莫大な財産を目当てに，大地主クラウゼの長女——すでに彼女には婚約者があった——を誘惑して，強引に婿の座にすわりこんだホフマンは，今では炭鉱の権利をほとんど握っているのである．このホフマン一家の頽廃ぶりには，目をおおわしめるものがある．当のホフマンは言うに及ばず，養父のクラウゼは過度の飲酒のためにアルコール中毒にかかっており，廃人同様になっていて，ときには実の娘にさえ手を出すほどの狂態ぶりである．一方，彼の後妻も夫に劣らぬ色情狂で，自分の甥にあたる白痴の青年——その甥にはヘレーネ（クラウゼの先妻の娘）という許婚（いいなずけ）があるのを承知の上で——と平然と情交を結んでいる．

このような恐るべき環境に，ある日，ホフマンの学生時代の友人ロートが訪れる．社会改良の理想を抱くロートは，この地方の労働者の窮状を伝え聞いて，実態を調べにきたのである．やがて実情を視察したロートは，かつては社会主義の理念について語り合った友が，今では，彼の信条にとって敵対する立場にあることを知る．ロートは坑夫たちに社会主義思想を説き，彼らの境遇の不当さを自覚させようと努めるが，成果はあがらない．

こうしたロートの人道主義的な生き方に接して，ホフマンの義妹ヘレーネ——汚濁にまみれた一家の中で，彼女だけは清純さを失っていない——は，敬慕の念を抱く．この気持ちはやがて恋に変わる．ヘレーネから愛の告白をうけたロートは，自分も彼女を愛していることに気づき，二人は将来を誓い合う．一方，炭坑の経営状態の調査をはじめたロートによって搾取の実態が暴露されることを恐れていたホフマンは，今またロートが，自分のかねてから誘惑しようと狙っていた義妹と相愛の仲にあることを知って，この土地からロートを追い出そうとする．が，ロートは動ぜず，ヘレーネを一層深く愛するようになる．

たまたま出産を迎えたヘレーネの姉のもとに医師が来診する．その医師は，ロートと旧知の間柄であった．陣痛に苦しみながらなおウオッカをあおりつづける産婦を目前にした医師は，この一家の救いがたい頽廃ぶりをつぶさにロートに説明する．赤児は死んで生まれてくる．今やアルコール中毒の遺伝の恐ろしさを思い知らされたロートは，ついにヘレーネとの結婚を断念する．ヘレーネは絶望して，自殺する．外からは，泥酔した農夫たちの割れ鐘のような歌声がひびいてくる．

翻訳文献→372頁

◇重 要 作 品◇

春のめざめ　Frühlingserwachen (1891, 初演1906)

ヴェーデキント作　3幕の戯曲

あらすじ　満14歳になったヴェンドラは，母から裾の長い懺悔服を着るようにとすすめられるが，短いスカートでないと自由に遊べないとだだをこねるほどの子供である．その反面，漠然と大人の世界にあこがれ，性に関して興味を抱きはじめている．姉のお産に際して彼女は，子どもはどうして生まれるのかと母に質問する．が，母はあいまいなことしか教えてくれない．

少年モーリッツは，内向的な性格で，たえず性の妄想に悩まされながら学校の勉強に苦しみ，落第の不安におびえている．彼の親友メルヒオールは，成績優秀な少年であるが，早熟で，学校の教育や信仰に対して懐疑的である．メルヒオールは，書物から得た性の知識を，図解入りの手紙でモーリッツに教えてやる．大人たちも学校もこうした思春期の少年少女の性の悩みに対しては無理解で，規律や厳罰主義をもって抑えつけようとするだけである．ある嵐の日，干草小屋で，ヴェンドラはメルヒオールに抱かれる．ヴェンドラはその行為がどんな意味をもつのか全く知らず，自分の身体に何が起こったか気づかない．しかし，翌日花園でスミレをつむ彼女の姿には，以前の快活さが失われている．

モーリッツはとうとう落第した．アフリカへ逃亡しようとした彼は，その費用をメルヒオールの母に無心して断わられ，絶望してピストル自殺をする．モーリッツの遺品から，メルヒオールの図解入りの手紙が発見されたため，メルヒオールは放校された上，感化院に入れられる．ヴェンドラは妊娠した．そして，世間体をはばかる母親に堕胎薬を飲まされたために命を失ってしまう．

ある日メルヒオールは．感化院を脱走して墓地へ逃げた．彼はそこに真新しいヴェンドラの墓を見つけて愕然とし，「ぼくが殺したんだ」と叫ぶ．そのとき首のないモーリッツの幽霊が，首を小脇に抱えて現れ，悲嘆にくれているメルヒオールを死の国へといざなう．そこへ黒づくめの服装をした仮面の紳士が現れて，三人は問答をする．結局メルヒオールは，紳士に連れられて生の世界へもどることになる．

付　記　出版後15年を経てようやく上演されたが，その反響はすさまじく，作者は一躍世界的に有名になった．思春期の性の問題をはじめて社会問題としてとり上げ，当時の誤った教育と偽善的な市民道徳を弾劾した．手法もきわめて独創的で，表現主義の先駆的作品となった．わが国でも1917年（大正6年）に上演された．

翻訳文献→375頁

エフィ・ブリースト　Effi Briest (1895)

フォンターネ作　小説

あらすじ　ラーテノー近在の貴族の娘エフィは，17歳の時に親のすすめに従って，20歳あまりも年上の，郡長インシュテッテン男爵のもとに嫁いだ．夫は，尚武の人にふさわしく，その気性は活発で，言動はつねに方正であった．が，彼は，自己の立身出世のみを生き甲斐とする野心家であった．そのため，この種の男にしばしば見受けられるように，対世間的な交渉には熱情を注いでも，家庭内における夫婦間の愛情の機微といったようなものに対してはほとんど関心を持たなかった．そしてこのことが，ういういしい妻とのあいだに，いつとはなしに溝をつくった．エフィにとって夫は申し分のない「できすぎた人」なのであるが，にもかかわらず，心の底にわだかまるどこかなじめないよそよそしい感じをぬぐい去ることができなかった．

こうした彼女の前にクラムパスという好色な少佐が現われる．世慣れた少佐は，欲求不満の彼女の心のすきに乗じて彼女をやすやすと誘惑してしまう．が，マンネリズムに陥った夫婦生活に対して，格別の痛痒を感じなくなっている彼女は，このあやまちについてもそれほどに罪の意識を感じない．そのうちに省参事官に昇進した夫とともにベルリーンに移住することになった彼女は，暗い事件も忘れて，のびのびとした解放感を味わう．

しかしある時，エフィがエムスの保養所に出かけているあいだに，夫はたまたま妻にあてた一束の少佐の手紙を発見してしまう．少佐と関係のあった頃からはすでに6年余の歳月を経ており，しかも，当事者以外事件について知る者は誰もいなかったが，夫は少佐に決闘を申し込み，彼を倒す．エフィは一人娘を夫のもとに残して離婚する．が，実家ではエフィを歓迎しない．とほうにくれたエフィは老いた侍女とともにベルリーンに行き，やがて絵画の道に進んで画家として生計を立てる．けれども母子の絆は絶ち切れず，愛児に一目会いたいという思いは日増しにつのるばかりであった．

数年後，大臣の夫人を通して先夫の許しを得た彼女は，ようやく愛児と面会する機会を持ったが，結果は幻滅を感じただけだった．娘は父親そっくりの性格を身につけてしまっていたからである．エフィは生きる目標を失った上に，持病の神経痛は，年とともに悪化する一方である．今となっては彼女に真の安らぎをもたらすものは，死以外には何もなかった．

付　記　晩年の作品で，フォンターネの社会小説のうちでも，内容・形式ともに最も円熟した代表作である．因襲的結婚，倦怠，姦通，決闘という作者得意の題材を用いて，一女性が破滅するまでの過程を，淡々とした筆致で描きながら，無意味な因襲にとらわれて人間性を喪失したプロイセン貴族社会の危機を浮彫りにしてみせた．

翻訳文献→370頁

◇重 要 作 品◇

沈んだ鐘　Die versunkene Glocke (1896)

ハウプトマン作　5幕の戯曲

あらすじ　ドイツの山奥の村に，ハインリヒという鐘つくりの男がいた．彼は，山の魔物除けに鳴らす鐘を山頂の堂に運び上げる途中，森の精たちの妨害で，車もろとも，谷底の湖に墜落する．失神した彼を，エルベ河の妖精ラウテンデラインが介抱する．息を吹きかえしたハインリヒは，美しい妖精を見て心を惹かれる．そこへ村人たちが到着し，彼をふもとの村へ連れもどす．妖精の少女は，ハインリヒを慕って後を追う．

家に運び込まれたハインリヒは，湖底に沈んだ鐘を初めとして，今までに一つも名鐘をつくれなかったわが身の不甲斐なさを悔い，今また，すでに新しい鐘をつくることもできないような重傷を負うに至ったわが身の不運を嘆いて，ひと思いに死のうと考える．妻は施すすべを知らず，救いを求めて外に出る．そのすきに妖精の少女がしのび込む．少女は薬と呪文によって，奇跡的に彼を全快させる．

ハインリヒは村を捨てて山におもむき，少女と暮らす．彼は幸福感にあふれ，天与の魅力をたたえたこの少女のもとで，今こそ真に価値のある名鐘をつくろうと努める．そこへ村の牧師が訪れ，妖精を捨てて帰郷しなければ必ず後悔する日が来る，と説得する．が，ハインリヒは湖底に沈んだ鐘がふたたび鳴らないのと同様に，後悔などするはずがない，と答える．そして妖精たちと鐘づくりに専念し，迎えにきた村人たちを追い払う．

ある夜ハインリヒは，村に残してきた子供たちの幻影を見る．子どもたちは，お母さんは湖の底にいるよ，と告げる．その時，はるかな湖水の方から，愴然たる鐘の声がひびいてくる．それは，夫に捨てられて身投げした妻の手が湖底の鐘にふれて鳴る音であった．良心の痛みに耐えかねた彼は，妖精に別れを告げて村に帰るが，村人たちの虐待をうけ，みじめな思いで山にまい戻る．

彼はふたたび過ぎし日の幸福を取りもどそうとするが，妖精の少女ラウテンデラインは，すでに仲間の妖精のもとに嫁いでしまっている．ハインリヒは妖婆を訪ねて，ひと目彼女に会わせてほしいと懇願する．妖婆は彼に死の盃を渡す．彼がそれを飲み干したとき，ラウテンデラインが現われる．かくて妖精を抱擁した彼は，今こそ自分が俗界を離れ，理想の芸術境にたどりついたことを感じつつ，鳴りわたる入り日の鐘の音の中を昇天して行く．

付　　記　ドイツ自然主義をになう存在であったハウプトマンが，自然主義から新ロマン主義への大きな転換を，身をもって示した作品で，空前の舞台的成功を収めて，彼の作品中最もポピュラーなものとなった．芸術家の創作意欲と，自然の神秘的な力との関係を象徴的に描いたもので，ニーチェの影響が著しい．

翻訳文献→372頁

魂の一年　Das Jahr der Seele (1897)

ゲオルゲ作　詩集

解　説　〈収穫ののち〉11篇，〈雪のなかの巡礼〉10篇，〈夏の勝利〉10篇，〈表題と献辞〉29篇，〈悲しい舞踊〉32篇，合計92篇から成る詩集．

山毛欅(ぶな)の並木道のゆたかな金色のきらめきの中を
私たちは散策しつつ門のところにたどりつく
そして格子扉ごしにむこうの畑の
返り咲きの花をつけた巴旦杏(はたんきょう)をながめる．

人声におびやかされることのない場所に
日あたりのよいベンチを捜す，
夢見ながら互いの腕をからみあわせて
日あしの長いおだやかな光をたのしむ．

かすかな風のそよぎに梢から光のすじが
二人の上にしたたるのを感謝の思いで感じ
たまさか熟れた果実が落ちて大地をたたくのを
ひたすらみつめたり聞き入ったりする．

——〈収穫ののち〉より——

原詩のもつ美しいリズムと高い香気は伝えるすべもないが，この一篇からも推測されるように，この詩集には，人生の稔りの季節を迎えた作者の，自愛や，悲愁や，歓喜や，決意の念などが，秋・冬・夏のそれぞれの風景を背景に格調高く歌われている．なかでも，最も多く歌われているものは悲愁の念である．特に〈収穫ののち〉，〈雪のなかの巡礼〉および〈悲しい舞踊〉に収められた諸篇に，沈潜した悲愁のおもいが感じられる．この悲愁の念と秋・冬の風景とは緊密に融合しており，作者は風景の中にさえも自己の思いを読みとっているようである．この詩集を読むと，「歓喜は，美の最も俗悪な表現であり，暗愁こそは美の最も卓越した同伴者なのだ」というボードレールの言葉が思い出される．〈表題と献辞〉の諸篇はそれぞれ特定の友人たちに贈られた詩であるが，どの作品からも詩人の体験にもとづく深い省察を読みとることができる．

1897年に出版されるや，大きな反響を呼び，のちの詩人たちに深い影響を与えた．

翻訳文献→375頁

ベルタ・ガルラン夫人　Frau Berta Garlan (1901)

シュニッツラー作　中篇小説

あらすじ　少女時代のベルタは，「女流ピアニストになるか，芸術家の妻になって世界を遍歴したい」という夢を抱いていた．しかし，父の意向によって音楽学校を退学させられたため，この志は果たせなかった．26歳の時に両親を失った彼女は，40歳の保険会社員ガルランと結婚するが，夫に対しては，「結婚の当初から」愛情を感じることができなかった．その夫は，わずか3年後に病死してしまう．一人息子を抱えたベルタは，ピアノの家庭教師をして生計を立てつつ，安隠な日々を過ごす．そして3年後，美しい未亡人ベルタのもとには，近所の好色な中年男クリーゲマンが執拗に訪れて誘いをかける．ベルタはもちろん応じない．けれども，女ざかりの身体で暇をもてあまし気味の彼女は，時として，「処女時代の初めの頃のように，血液が体中を循環してゆく」ような悩ましさに襲われる．

あるとき，新聞を読んでいたベルタは，著名なヴァイオリニストのエーミルがヴィーンに演奏旅行に来たことを知る．エーミルはベルタの幼なじみであった．音楽学校時代には，幼い愛の手紙を交換したり，口づけをかわしたりしたこともあった．やがて新聞は，演奏会で大成功を収めたエーミルが，女王から救世主勲章を授与された旨を報道する．この記事に接したベルタは，こみあげる懐旧の情に駆られて，エーミルに手紙を書いた．折り返し，返事がとどく．さっそくヴィーンにおもむいたベルタは，巧みなエーミルの誘いに乗って，ホテルで一夜を明かしてしまう．ベルタは引きつづいて逢いたいと望むが，エーミルは仕事の都合を口実に言い逃れる．町に帰ったベルタは，二度三度と熱烈な手紙を書いた．が，その返事には，「およそ4週間ないし6週間毎に一日と一晩だけ」逢いたいという旨が書かれてあった．

付　　記　倦怠をもてあましているうちに有名になったかつての同級生に誘われてよろめき，やがて情事のむなしさに思い至るまでの寡婦の心理の推移が，おどろくべき迫真性をもって描かれている．この作品はオーストリアの『ボヴァリー夫人』と呼ばれて好評を博し，わずかな期間に80版を重ねた．

翻訳文献→374頁

トーニオ・クレーガー　Tonio Kröger (1903)

トーマス・マン作　短篇小説

あらすじ　北ドイツの豪商クレーガー家の息子14歳のトーニオは，勉強よりも詩や音楽が好きな夢想的な少年である．彼は，クラスの優等生で快活な金髪の美少年ハンス・ハンゼンを，理想像としてあがめるほどに熱愛している．が，詩や音楽と無縁の世界に住むハンスは，トーニオの心を理解することができず，当惑と軽蔑との入りまじった無関心な態度でデリケートなトーニオの心をいつも傷つける．こうしてトーニオは，「最も多く愛する者は敗者であり，苦しまなければならない」ことを早くも知った．

16歳になったトーニオは，ダンスの講習会で知りあった陽気な金髪の美少女インゲボルク・ホルムに熱烈な思いを寄せるようになった．しかし，彼女もハンスと同じ世界に住む人間であった．そしてトーニオの無器用で憶病な愛情の表現を笑いものにして，彼を傷つけるだけであった．それでもトーニオは幸福だった．「幸福とは愛することであり，ときおり愛の対象へおずおずと近づいてゆく機会をとらえること」であると，身にしみて感じたからである．

少年時代に早くも愛の苦悩とよろこびとを知ったトーニオは，やがて自分なりに生きて仕事をしてゆこうと決意する．そのころ，謹厳で身だしなみのよい，ものしずかな父が亡くなり，一家は破産した．南国生まれの芸術家肌で情熱的な母は，音楽家と再婚して町を去った．トーニオは作家としてしだいに世に認められるようになった．しかし，「すぐれた作品は，ただ苦しい生活の圧迫のもとでしか生まれず，生きる者は創る者ではなく，創造者となるには死んでいなければならない」ことを身をもって体験した彼は，「人間的なものにあこがれ，人間的なものを描きながら，それとは無縁の生活」をしなくてはならない芸術家の孤独と苦悩とを，いやというほど味わわなければならなかった．

トーニオは，ミュンヒェンで知り合ったロシア生まれの女流画家リザヴェータ・イヴァノーヴナに，文学は天職などというものではなく，呪いだ，芸術家のいとなみには，「認識の嘔吐」と言いたいようなものがある，と自分の苦悩を訴える．そして，人間的な幸福へのあこがれ，平凡なもののもたらす数々の快楽へのひそかな，身を焼くようなあこがれと無縁の人間は，まだまだ芸術家とはいえない，というトーニオに対して，リザヴェータは一言で答えた．「あなたは道に迷った俗人です」と．

休養のためデンマーク旅行の途中，故郷の町を訪れたトーニオは，かつてのクレーガーの邸が大衆図書館になっているのを見た．さらにバルト海沿岸に旅した彼は，ある海水浴場のホテルで，ハンス・ハンゼンとインゲボルク・ホルムの姿を目撃した．この晴れやかで幸福そうな恋人同士を見ているうちに，あの少年の日の思い出がよみがえり，甘美でせつない郷愁が彼の胸をしめつけた．彼らこそは，健全な市民性の化身，幸福な凡庸性の象徴であった．彼らこそは「生命」であり，「魂の故郷」であった．トーニオはもう彼らの世界に帰ることはできないのだ．苦い悔恨のような思いが彼の心にしのびよった．

ホテルに帰ったトーニオは，リザヴェータにあてて手紙を書いた．「私は明朗で生き生きとして，幸福で平凡な人たちを愛します．そしてそれが私の幸福であり，創作活動の原動力ともなるのです．幸福な市民へのあこがれが創作活動の原動力となる芸術家も，この世にいるということを理解して下さい」と．

解　説　健全で幸福な生の世界にあこがれつづけながら，その中に溶け込むことのできない芸術家の宿命的な孤独と苦悩とを，音楽的な文体で甘美に描きあげたこの作品は，ドイツ文学の，いや世界文学の短篇中の屈指の名作であろう．市民は生活を生きるが，芸術家はそれを自己の創作の対象として観察し，理解し，表現しなくてはならない．すなわち，生活を生きるのではなくて，生活の外に立っていなくてはならない．南国生まれで，芸術の申し子のような母と，北ドイツの実直で謹厳な父とのあいだに生まれたトーニオは，母から受け継いだ芸術に向かう素質と，父から受け継いだ健全な市民性へのあこがれとの相剋に苦しむ．リザヴェータは，彼を「芸術の世界へ迷いこんだ俗人」ときめつけたが，トーニオは，やはり自分が芸術家であること，そして正常で，秩序正しい，愛すべき生への満たされ得ぬあこがれこそ，彼の芸術の母体であるという認識に到達して，はれやかな心になる．――この短篇には，マンが半生をかけて追求した文学上の諸問題がすべて，萌芽として盛りこまれている．音楽を愛したマンは，この作品に意識的に音楽性を付与した．個々の文章のリズムに心をくばることはもちろん，作品全体の構成の上でも音楽形式をとり入れたのである．これは，翻訳で読む場合は感じとりにくいことであるが，それでも注意深い読者ならば，同じ語句や同じ表現があたかもメロディーが反復されるように繰り返され，ヴァリエーションを加えて展開するのに気がつくであろう．作者自身もこの作品に強い愛着をもち，自分の心に最も近いものだと告白している．

翻訳文献→378頁

ペーター・カーメンツィント　Peter Camenzind (1904)

ヘッセ作　小説

あらすじ　スイス高地の湖畔の村ミニコンに生まれたペーターは，アルプスの山々や湖や動植物などの自然を友として成長した．そして森や牧草地を放浪したり，雲のうつりかわる姿をながめたりして夢想にふけるのが，なによりも好きな少年であった．

ふとしたことから，村の神父に文才を認められたペーターは，町の高等学校に学ぶことになった．17歳のとき，彼はレーズィー・ギルタンナーという弁護士の娘に恋をした．そして高山に咲くアルペンローゼを彼女に捧げるため，危険をおかして岩壁をよじ登ったりした．また，それまで文学などには関心のなかった彼が，ハイネやゲーテやケラーなどの作品に熱中し，自分でも詩や物語を書くようになった．高等学校を終えて帰郷した彼は，母の死に会わなければならなかった．

ツューリヒの大学に進んだペーターは，同じ家に住む明朗な青年音楽家リヒャールトと美しい友情で結ばれた．彼を通じて，多くの芸術家たちとも知り合いになった．ペーターは，文筆によっていくばくかの収入を得るようになったが，女流画家アリエッティへの愛は実らなかった．失恋の痛手をいやすため，彼は飲酒にふけるようになった．ペーターは，リヒャールトとともにイタリアへ旅立ち，海で泳いだり，遺蹟を訪ねたりした．この旅行は，彼の青春時代を記念する楽しい思い出となった．イタリアから帰って２週間後，ペーターは，リヒャールトが溺死したという悲報を受けた．かけがえのない友を失った彼は，はげしい不安と孤独に陥った．

新聞社の通信員としてパリへおもむいたペーターは，この見知らぬ都会の生活が耐えがたく，２週間でバーゼルに移った．しかし，憂鬱はつのるばかりであった．医師のすすめで社交界に入った彼は，気品のあるエリーザベトと知り合った．浮薄な社交界には溶け込めなかったが，いつしかエリーザベトを愛するようになった．しかし，彼女がすでに婚約していることを知ったペーターは，傷心を抱いて故郷へ帰った．この苦しい体験を通して，彼は，どんな人間をも軽蔑せずに愛することを学んだ．

ペーターはふたたび思い出の地イタリアに行き，素朴で健全な人びとの心にふれて，精神的な明るさをとりもどした．バーゼルにもどった彼は，結婚したエリーザベトに会った．ふとしたことからペーターは，だれからもかえりみられない病弱なせむしのボピーを引きとるが，この人生の苦悩に耐えぬいてきた男から，真実の生を教えられた．ペーターは彼を献身的に世話したが，その甲斐もなく，ボピーは死んでしまう．ボピーの死後大作の執筆にとりかかろうとしたとき，老父の病気の知らせを受け，ペーターは故郷に帰る．美しい自然にかこまれた村で働くうちに，ペーターは，この故郷こそ自分の帰るべき世界であったことを悟り，村のために働く決意をする．

翻訳文献→380頁

マルテ・ラウリッツ・ブリッゲの手記

Die Aufzeichnungen des Malte Laurids Brigge (1910)

リルケ作　手記

内　　容　「人びとは生きるためにこの都会に集まってくるらしい．しかし，私にはむしろ，ここではみんなが死んでゆくとしか思えない」――マルテはパリに来て3週間になる．街をあるいて目につくのは，病院，よろめき倒れる男，もの憂げな足どりで産院へ向かう妊婦，乞食，敗残者等，大都会の裏面にひそむ貧困と腐敗と孤独の姿ばかりである．マルテは詩人で28歳になる．デンマークの古い貴族の出であるが，今は一個のトランクと一箱の書物とともに，うらぶれたアパートの一室で孤独な生活を送っている．感じやすい彼の神経は，都会の喧騒の中で異常に張りつめている．パリでの3週間の生活は，彼の内面をゆさぶり，彼をすっかり変えてしまった．彼はあらたな出発を決意する．そしてまず，見ることから学びはじめる．あらゆるものを見なければならない，あらゆるものを感じとり，理解しなければならない．そして忍耐強い待望ののち，それら一切の思い出が自分自身とほとんど区別ができないほどになったとき，はじめてほんとうの詩が生まれるのだ，と彼は思う．――こうして彼はあるいはパリの町での見聞を書き記し，あるいは回想の世界へと入ってゆく．少年時代の孤独の世界，それは不安と不可解な謎とに満ちていた．ある夜，机の下に落ちた赤鉛筆を拾おうと手でさぐった．すると闇の中に，赤鉛筆に向かってゆく自分の手のほかに，もうひとつの「異常に痩せた」手が動いているのが見えた．――こんな驚きを，いったい誰が理解してくれるだろう．この時から彼の孤独は始まったのだ．母の思い出，幼な友だちエーリクのこと，叔母アベローネへの慕情……回想の世界はつぎつぎとくりひろげられ，クリュニ美術館にある6枚のゴブラン織りの絵「女と一角獣」の描写をもって第1部が終わる．

第2部は，さまざまな「愛する女たち」への讃歌が記されている．第1部を死の書とすれば，第2部は愛の書である．母とながめたレースの手芸品，シューリン家訪問，贈り物への幻滅，カール豪勇公のこと等，多種多様のことが述べられているが，主題は，愛に生きる女たちへの讃歌である．エロイーズ，ベッティーナ，サッポーなどの大いなる愛が讃美される．「愛されることは燃えつきること，愛することは長い夜にともされたランプの光だ．愛されることは消えること，愛することは長い持続だ」――そして，聖書の放蕩息子の物語さえも，彼には，他人から愛されることを拒絶し，神の愛のみを求める男の物語だと思われてくる．

付　　記　この作品は，筋も事件もなく，断片的な風物描写や過去の回想などを綴った手記であるが，完成までに7年の歳月を費した．パリ時代の総決算ともいえるもので，リルケ文学の秘密を知る上で最も貴重なものである．

翻訳文献→377頁

イェーダーマン　Jedermann (1911)

ホーフマンスタール作　寓話劇

解　説　中世末期頃，「信仰」とか「悪」といった人間の性格や道徳観念などを人格化した勧善懲悪劇が流行した．特に，死んで神の裁きを受ける裕福な男を主人公とする『イェーダーマン』（英語ではEveryman）という題名の劇が，オランダ，イギリス，ドイツなどヨーロッパの各地で作られ，上演された．主人公のイェーダーマンは，友人や恋人，地位や金に見捨てられ，「業績」だけにつきそわれて神の裁きの庭にゆくのである．ドイツでは，ハンス・ザックスもこの素材を用いて戯曲を書いた．ホーフマンスタールは，15世紀のイギリスの道徳劇『エヴリマン』を素材とし，ハンス・ザックスの『臨終の金持ちの喜劇』をも参考にしてこの神秘的な寓話劇を書いた．これは，1920年のザルツブルクの祝祭劇として，マックス・ラインハルトのすぐれた演出によって上演されて以来，毎年謝肉祭にはザルツブルクのドーム前の野外劇場で必ず上演されるようになった．また，ヴィーンのブルク劇場でも常演の演目となったほか，各地でひんぱんに上演されて，しろうと芝居にもとり入れられているほどである．また，各国語に翻訳されて，今や汎ヨーロッパ的な民衆の財産となっている．

内　容　主なる神が，「イェーダーマンを連れてまいれ」と死神に命ずる．死神はさっそくイェーダーマンを連れに行く．――イェーダーマンは，恋人や友人たちといっしょに御馳走を食べているところである．彼は非常に裕福な男で，財力にまかせて贅沢な暮らしをしており，日夜友人たちを集めて饗宴を催している．しかし彼は平凡な男で，悪人でもなければ，善人でもなく，親不孝者でも孝行者でもない．――饗宴がたけなわになったころ，鐘の音とともに，イェーダーマンを呼ぶ声が聞こえて，突然死神が姿を現わす．イェーダーマンは驚き，宴会の場は大騒ぎになる．

死神は彼を神の裁きの庭に連れて行こうとする．あわてた彼は，友人や恋人に一緒に行ってくれと哀願する．友人たちはそれを拒絶し，恋人さえも彼を見捨てる．イェーダーマンは，死神に懇願してしばらくの猶予をもらう．そしてこれまで彼につかえてくれた「お金」に同行を頼む．が，お金は人の姿となって，金庫の中から逃げてしまう．最後に，彼の「業績」だけが，弱々しい声でつきそって行きたいと申し出る．しかし「業績」は，神の裁きの庭でイェーダーマンの弁護をするには，自分の力が弱すぎることを知って，「信仰」に加勢をたのむ．――イェーダーマンは，朝のミサに行く母の姿を遠くから見て，「信仰」のなぐさめを受ける．そこで彼はわずかに「信仰」に力を得て「業績」を伴い，白衣を着，杖をついて墓地に向かう．やがて審判の場に連れ出された彼を，「業績」が熱心に弁護する．そのおかげで彼の魂は救われて天国へ行くことができた．

翻訳文献→376頁

◇重 要 作 品◇

変　　　身　Die Verwandlung (1916)

カフカ作　短篇小説

あらすじ　ある朝，グレゴール・ザムザが不安な夢からさめると，自分が一匹の巨大な毒虫に変身しているのを見いだす．身体は固い甲冑のような外皮に包まれ，胴体からは細い足が何本も生えている．夢ではないかと思うが，まぎれもない現実なのである．窓の外に目をやると，雨の降る陰鬱な天気だ．もう少し眠ろうと思って身体の向きを変えようとするが，何度試みても身体がゆれるだけで，そのたびにもとの仰向けの姿勢にもどってしまう．眠るのをあきらめた彼は，仕事のことを考える．

グレゴールは，布地のセールスマンとしてあわただしい毎日をすごしてきた．彼は一家を養い，両親の借金を返すために休む間もなく働いてきた．すっかり神経をすりへらした彼は，苦労の多い現在の職をうとましく思い，将来に希望をかける．いろいろな思いにふけっているうちに出勤の時間が迫ってきて，母が起こしにくる．彼は起き上がって仕度をしようとするが，身体が思うように動かず，大変な苦労をする．彼がなかなか起きてこないので，両親や妹は，病気ではないかと思う．そのうちに店の支配人までもグレゴールを呼びにくる．

室内に入った者たちは，そこに巨大な毒虫を発見して驚愕する．支配人はあとずさりし．母は声もなくすわりこみ，父は泣きはじめる．やがてグレゴールは一室に閉じ込められる．妹が食事の世話をしてくれたが，あれほど可愛がってきた妹も，今では逃げ出すことしか考えていないようである．母に会いたいというグレゴールの願いはかなえられる．が，グレゴールを見るやいなや，母はソファーに倒れてしまう．怒った父親が果物皿のリンゴを投げつけると，その一つがグレゴールの背中にのめり込んで，彼は重傷を負う．

唯一の働き手を失った一家は，大きな打撃を受ける．父は働きに出，母は内職をし，音楽学校に入りたがっていた妹は，売子になる．変身して以来グレゴールは数々のつらい体験をするが，家族の者も彼のために不快な思いをしなければならなかった．彼らは，今ではグレゴールがいなくなることだけを願っている．怪我の悪化と，こうした家族の敵視の中で，グレゴールは，彼自身この世から姿を消さなければならないと覚悟する．

変身後数カ月を経たある夜明け方，一室に閉じ込められていた大きな褐色の虫けらは，虫けらのまま死ぬ．朝になって，その干からびた死骸を見いだした家族の者たちは，ほっとする．父親は，神に感謝して十字を切り，女たちもそれにならう．そして親子そろって，早春の日ざしを浴びながら，散歩に出かける．両親は，とみに美しくふくよかになった娘をながめて，婿探しのことなどを考えている．

翻訳文献→389頁

スィッダールタ　Siddhartha (1922)

ヘッセ作　小説

あらすじ　バラモンの家に生まれ，恵まれた環境で大切に育てられたスィッダールタは，将来バラモンの王者となることが期待されていた．が，バラモンの教えによっては真の悟りに到達しえないことを知った彼は，友人ゴヴィンダとともに巡礼の僧の群れに加わり，煩悩(ぼんのう)の解脱(げだつ)を求めて，さまざまな苦行を試みる．しかし，苦行によって官能の欲望を抑制することは，結局逃避にすぎぬと感じた彼は，3年後に苦行生活を打ち切ってしまう．その頃仏陀が悟りをひらいたという噂がひろまった．彼はゴヴィンダとともに仏陀を訪れる．ゴヴィンダは仏陀に心から敬仰の念を覚え，ただちに仏弟子となる．が，スィッダールタは，仏陀の説く縁起観には全面的な共感を覚えながらも，仏陀がこの偉大な思想を徹底させようとせず，正覚(しょうがく)を煩悩の解脱によって得させようとする点に納得できぬものを感ずる．彼は仏陀のもとを去る．自由になった彼の目に，自然は限りなく美しいものに映る．

思想も感覚もともに美しいものであると感じた彼は，還俗(げんぞく)し，美女カマーラとの愛欲生活にふける．けれども，スィッダールタは，ついに世俗の生活に浸りきることはできない．程経て歓楽のむなしさを知った彼は，富も愛人も棄てて，ふたたび家を出てしまう．ひとたびは絶望のあまり死を決意するが，生の尊さに思い至って船頭ヴァズデーヴァの助手となった彼は，河を相手に日々をすごすうちに，諸行無常の理法をさとり，「空」の思想を認識する．そして一切の煩悩が「現在」にのみ固執しようとする小我に由来することを知った彼は，我意我執を放下(ほうげ)することによって得た自然・自己一元の全き諧和の中で，安らかな日々を送るようになる．彼は慈悲の尊さに思い至り，それを実践にうつして悩める人びとに安らぎを与える．この頃彼は，かつての愛人カマーラとめぐり逢う．カマーラは仏陀のもとへおもむく途中，毒蛇にかまれて苦しんでいるところを，船頭に助けられたのである．スィッダールタはカマーラを看護するが，彼女はスィッダールタとのあいだに出来た11歳の子を残して死ぬ．

スィッダールタは息子を愛育する．が，富裕な生活の中でわがままいっぱいに育てられた息子は，つねに父親を困らせた上，金を盗んで逃げてしまう．父親としての愛に盲いたスィッダールタは，息子のあとを追う．この苦悩を通して，彼は，煩悩即菩提(ぼんのうそくぼだい)の理法に悟達する．最後は，スィッダールタが旧友ゴヴィンダに会う場面である．仏弟子となりながら，なお安心立命(あんじんりつめい)の境地に達しえぬ旧友に，彼は，真の知恵は体得すべきものであって，言葉によっては語りつくせぬものである，と前置きして，自己の悟入しえた縁起観や，空観について語る．語り終えたスィッダールタの顔に，仏陀のような清浄な微笑を見たゴヴィンダは，涙を流しながら，スィッダールタの前に深く頭を垂れた．　**翻訳文献→383頁**

ア　モ　ク　Amok (1922)

ツヴァイク作　短篇集

解　説　この短篇集は，『最初の体験』(11)，『感情の混乱』(26) とともに，「鎖(ケッテ)」と呼ばれている．ツヴァイクは，人間の運命をあやつる魔的な力が，偉大な人物においては創造的な力となって発現し，平凡な人間の場合には主として恋愛の情熱となって働くと考えた．そして前者を，偉大な文人の伝記を扱った『世界をつくる巨匠たち』において追求し，「精神の類型学」を樹立しようとした．一方「鎖」においては，後者を扱って，「感情の類型学」をつくりあげようと試みた．つまり，年令，境遇，時代などによってそれぞれ異なる感情や情熱の類型を描き出して，ひとつの世界を創造することを目ざしたのである．ここには次の5篇が収められており，いずれも情熱に駆られた人間の姿がたくみに描かれている．

アモクロイファー　Der Amokläufer

みずから希望してジャワの奥地におもむき，長年現地民の健康管理に専念してきた医者のもとに，ある日上流階級の白人の女性が訪れる．夫のヨーロッパ旅行中に浮気をして身ごもった彼女は，夫に知られぬように堕胎手術を受けようと思い，この奥地まで来たのである．久しいあいだ白人に接したことのなかった医者は，夫人の白い肌を見るとにわかに激しい欲情を覚えて，交換条件として彼女のからだを要求する．夫人は拒絶して町へ帰る．が，今や欲望のとりこになった医者は，この地方の住民にしばしば見られる「疾駆病患者(アモクロイファー)」のように，執拗に夫人のあとを追う．医者を避けた夫人は，現地の老婆に堕胎を頼んで，その結果無残な死をとげる．医者は夫人の棺を追って密航する．ナポリに入船したとき，積荷おろしのどさくさにまぎれて，ついに棺を手に入れた医者は，彼女の秘密を守るために死体とともにわが身を海中に投げてしまう．

女と風景　Die Frau und die Landschaft

何十年ぶりという記録的な日照りの夏のことである．この物語の語り手は，ある高原の避暑地に滞在していた．きびしい暑さのために，何もかも狂ってしまったかのようであった．ある夜，彼の部屋にうら若い夢遊病の女があらわれた．彼女は眠ったまま彼に抱かれて，はげしいくちづけを交わした．彼は，女を目ざめさせてくちづけをしたいという欲望に駆られて彼女を揺り起こす．目ざめた女は驚愕して走り去った．折から待望の雨が降り出して，絶え間ない雨の音が彼の狂燥をしずめた．ぐっすりと眠った翌朝，食堂で両親のあいだにすわって食事をしている女の姿を見かけた．女は明るく笑いさざめき，昨夜のことなど全然覚えていないようであった．

幻想的な夜　Phantastische Nacht

R男爵は人生に退屈しきっていた．彼の感情は，凍結してしまっていて，もはや何を見，何に接しても，すこしも感興をしめさない．ある日彼は競馬場へ出かけた．彼の席の近くに美しい婦人がいた．彼は退屈しのぎにさまざまな空想にふけりながら，その婦人を観察した．やがて彼女の夫があらわれた．ハゲ頭の肥った男で，手に馬券の束を握りしめていた．男爵は，とっさの悪意からその男を転倒させ，飛び散った馬券の一枚を踏みつけて知らん顔をしていた．レースの結果，偶然にもその券が当たった．彼はさっそく金に替え，あらためてその金で当てずっぽうに馬券を買った．ところがそれが大穴となり，彼は莫大な金をつかんだ．その金を持って盛り場へ行った彼は，したいほうだいのことをする．やがて凍結していた感情がほぐれ，幸福感にあふれた彼は，有り金全部をまき散らしてしまう．

見知らぬ女の手紙　Der Brief einer Unbekannten

41歳の誕生日に旅から帰った作家Rは，「見知らぬ女」からのぶ厚い手紙を受けとる．彼女は，愛児を流行性感冒で失い，自分も感染して，高熱にあえぎながらこの手紙を書いたのである．子供の頃，作家と同じアパートに住んでいた彼女は，ひそかに作家に思いを寄せていた．その後，彼女は家の事情でよその土地に移ったが，成人してから勤め口を見つけてヴィーンにもどってきた．そしてひと目作家に会いたいと，夜ごとにアパートの前に立った．そうしたある夜，彼女は作家と出合い，街の女と間違えられて一夜を共にした結果，男の子を生んだ．しかし，名乗り出て彼の自由を束縛し，作家としての生活を乱すことを恐れた彼女は，ただひとりで子どもを育て，作家の誕生日にひそかに白バラを贈ることで満足していた．そして，いつかは作家の方で彼女のことに気づいてくれるだろうとひたすら待ちつづけながら，彼女は高級娼婦となって愛児を育てた．その後ふとしたことから，彼女はふたたび作家にめぐりあった．そして思い出の部屋で一夜を明かしたが，作家は，以前に一度夜を共にしたことさえ思い出さなかった．「……私はあなたを愛しています……ごきげんよう……」と手紙は結ばれていた．——作家はふるえる手で手紙をわきへおいた．この女性のことは，何ひとつとして思い出せなかった．が，誕生日の白バラが，今日は机の上にないことに気づいたとき，彼は慄然とした．

月夜の路地　Die Mondscheingasse

主人公は，金を貯めることだけを生き甲斐にして，日頃妻を虐待しすぎたため，妻はたまりかねて他の男と駈け落ちしてしまう．妻に逃げられてみると，彼は，彼女なしでは一日も生きてゆけないことに気がついた．彼は営々として貯めた金を惜しげもなく使って，妻の行方を探し出し，小さな港町のいかがわしい居酒屋の女に落ちぶれた妻のもとに通いつづける．女は彼を嫌って拒否し，侮辱しつづけるが，愛欲に盲いた男は，すげなくされればされるほど，執拗に女を追いまわす．やがて財産を使い果たしてしまい，土下座して憐れみを乞うが，冷笑されるばかりである．行きずりの旅人にまで，女へのとりなしを哀願するようになった男は，ある日ついに狂乱して，女を殺害しようと決意する．

翻訳文献→388頁

◇重 要 作 品◇

ドゥイノの悲歌　Duineser Elegien (1923)

リルケ作　10篇の悲歌

解　　説　10篇から成るこの悲歌は，1912年の冬，ドゥイノの城に滞在していたリルケが，海ぞいの断崖の上を散歩していたとき，突然，天の啓示のように詩想を得たという事情から，『ドゥイノの悲歌』と名づけられた．しかし，これを完成するまでには，第一次大戦とその後の苦難の時代とをはさむ前後10年の歳月を要した．

純粋な思想的体験を動機として，死，愛，仕事，日常生活，苦悩など人間存在のあらゆる問題をうたったこの悲歌は，20世紀ヨーロッパの最高の詩業のひとつにかぞえられている．第二次大戦前後の実存主義の哲学および文学運動に大きな影響を与えた．

内　　容　第1の悲歌は，「ああ，たといわたしが叫んでも，並び立つ天使の中の誰がそれを聞いてくれよう？」という書き出しではじまる．人間を天使と対比することによって，人間の非力さ，また人間存在のはかなさを嘆くこの冒頭の詩句は『ドゥイノの悲歌』全篇のモチーフとなっており，そして，はかなく非力な人生に，詩人としての自己がいかに対処すべきかという問題が全篇の主題となっている．第2の悲歌では人間の美と愛のはかなさを嘆き，天使の永遠で完全な愛をはげしく求めつつ，そのような自己を戒めて，つつましい人間の世界への憧れをうたう．第3の悲歌では，人間存在の最も明白な証と感じられる「性の衝動」についてうたい，人間存在と同様に孤独で，絶望的な苦悩にみちた人間の内面的世界を象徴的に描き出している．

第4の悲歌は，自己と世界との対立を意識せずにはいられない人間の宿命や，人間存在の無常と永遠への思慕との背反を嘆く．第5の悲歌は，機械的に特技を繰り返す大道の軽業師の姿から，人間の習慣化したうつろな日常生活の惨めさを感じとり，心情を扱う芸術家でさえも技能の習慣化という危険にさらされていることを反省して，純粋で弾力性のある心情をもち続けたいと希求している．第6の悲歌は，無常を超克し得た英雄を，充実した生存の典型として讃美し，その中に自己の理想を見出している．

第7の悲歌は，無心にさえずるヒバリの姿に感動して，無償の愛を歌いつづけることの尊さに思いを致し，さらに「どこにも世界は存在しないであろう．内部に存在する以外には」という省察のもとに，一切の存在を肯定するに至る．第8の悲歌では，死の恐怖から解放され得ない人間の宿命を嘆き，第9と第10の悲歌では，人間と万物との関連を定義し，事物を言葉でうたい，表現することによって，事物に永遠で完全な内面的存在を与えることが，詩人としての自己の使命であるとうたっている．

翻訳文献→377頁

ルーマニア日記　Rumänisches Tagebuch (1924)

カロッサ作　従軍日記

あらすじ　北フランスのベルモントに駐屯していた私たちの軍隊は，1916年10月のある日，突然行く先も告げられず，東方に移動を命じられた．兵士たちを乗せた汽車は，ドイツを横切ってルーマニアに近づいた．私は軍医としての職務のほかに，手紙の検閲を手伝っていたが，いつのまにか若い兵士グラヴィーナの手紙を読むのが楽しみになった．私の部隊にいる友人たちに宛てた彼の手紙には，いくつかの心に残る言葉があった．なかでも「蛇の口から光を奪え！」という言葉は，深く私の心を動かした．

部隊はルーマニアに入った．悲惨な戦禍の土地に暗い冬が来ていた．大戦はすでに3年目を迎え，兵士たちは長い行軍と栄養失調に疲れ果て，物資は欠乏しはじめていた．絶え間なく行軍，戦闘，露営を繰り返しながら，戦線に近いキシュハヴァシュの山に着いた私たちはそこに陣を敷いた．ある日，観測将校から借りた望遠鏡に，塹壕(ざんごう)の中でくつろいでいるルーマニア兵たちの姿が映った．私がそれを告げれば，何も知らない敵兵たちを殺すことになる．しかしそのままにしておけば，明日は彼らのために味方が殺されることになるのだ．私は動揺したが，将校にそれを告げることはついに出来なかった．

戦闘は激しくなった．ある日，山の中で私は瀕死のルーマニア兵に，すそをつかまれた．軍服の胸を開くと内臓がとび出していた．モルヒネを注射してやると，彼は気持ちよさそうに白樺に頭をもたせかけて眼を閉じた．その眼に花びらのような雪が舞い落ちた．

山を下りてある農家に泊まったときのことである．その家ではたくさんの仔猫が生まれたが，食糧がないため，そこで働く少年が，仔猫たちを壁に叩きつけて殺していた．食事のとき，一匹だけ生き残った仔猫が，よろめきながらやって来て少年にすり寄った．おどろきのあまり，すっかり人柄が変わってしまった少年は，自分の食べ物を与えてやさしく仔猫をいたわってやったが，翌日その仔猫は，苦しみながら死んでいった．その最後の姿は，目撃者を深く感動させた．

部隊はロシア軍と激しい戦闘をくりかえす．グラヴィーナは，11月16日の戦闘で死んだ．彼のポケットから落ちた手記を拾った私は，ロシア軍の激しい砲撃にさらされながら，それを仲間たちに読み聞かせてやった．それは，戦禍を越えて，きたるべき偉大な霊の世界の先駆者となろうという決意をうたった生の讃歌であった．

翻訳文献→385頁

◇重 要 作 品◇

魔　の　山　Der Zauberberg (1924)

トーマス・マン作　長篇小説

あらすじ　第一次大戦の勃発する７年前のこと，ハンブルクの町に，ハンス・カストルプという青年がいた．大学で造船工学を修めた23歳の平凡な青年である．ハンスは，いとこを見舞うために，３週間の予定でスイスのダヴォスに旅立った．いとこはヨアヒム・ツィームセンという若い軍人であったが，長いあいだダヴォスのサナトリウムで療養生活を送っているのである．ところが，サナトリウムに着いてみると，ハンスも肺を病んでいることがわかり，いとこと一緒に療養することになった．ハンスは，しだいにこの高原療養所の魔的な雰囲気に引きこまれ,病気や死に対して深い親近感を抱くようになる．そして，以後７年間も療養生活を続けることになってしまう．

彼は療養所「ベルク・ホーフ」で幾人かの知人を得た．なかでも心を惹かれたのは，クラウディア・ショーシャというロシアの女性であった．彼女は夫を国に残してヨーロッパ各地の療養所や湯治場を転々と渡り歩いている頽廃的な女性であるが，不思議な魅力をたたえていた．また，イタリアの文士，セテムブリーニとも知り合った．何よりも病気と死とを敵視し，西欧的な合理主義を尊重し，人道主義的モラリストをもって任ずる彼は，絶えず理性と道徳とを振りかざしながらハンスを訓戒し，病気と死の国へ引きこまれそうな危険のあるこの「単純な」青年の教育の役を買って出て，ハンスに山を下りるようにすすめる．しかし，死に興味を抱き，頽廃的なショーシャ夫人に心惹かれているハンスは，文士の忠告を受けつけようとしない．７カ月後の謝肉祭の夜，ハンスはショーシャに愛を告白し，その夜彼女と結ばれる．彼女は翌日山を去る．

やがてハンスは，醜い小男のユダヤ人ナフタと知り合う．彼は，鋭い理論を縦横に駆使して，独裁をたたえ，テロを肯定し，一切の反個人主義的な専制政治を擁護し，共産主義的な神の国の到来を待ち望む狂信的なジェズイト派の一員である．したがって，個性を尊重する進歩主義者セテムブリーニとは，当然衝突しないわけにはいかない．二人のあいだに交わされる執拗な論戦にハンスといとこは固唾をのむ．ほどなく，好転しない病状にしびれを切らしたいとこは，ハンスの制止を振りきって山を下り，軍務につく．山にとどまったハンスは，スキーを習い覚える．ある日，吹雪にとじこめられたとき，今までの体験を軸として，自己の生き方について考える．そして，人間は真に生きるためには，死への共感を脱脚して，愛による生への奉仕に向かわなければならないということを確信する．

いとこは，病状を悪化させて山にもどり，まもなく死ぬ．ショーシャ夫人は，今度は引退したコーヒー王ペーパーコルンを伴って戻ってくる．この現世的な生の巨人ともいえるオランダ人からも，ハンスは多大の教訓と感動とを受ける．この生の王者の前では，ナフタと文士の論争などは，つまらない無駄話同然になってしまう．彼は，概念的ではなくて，感覚的な現在的な生に生きる「生そのもの」とも言える人間である．だが彼も，人生に敗れて自殺を遂げ，ショーシャもふたたび山を下りる．

ショーシャが去った後，ハンスは救いがたい無気力状態に陥る．そのとき，レコードで聴いたシューベルトの「菩提樹」の歌が，強くハンスの心をとらえる．療養所には，ヒステリー患者が続出する．ナフタは文士と自由について大論争を行なった末，文士に決闘を申し込む．決闘の場で，文士は空に向けて発砲する．それを見たナフタは，卑怯者と罵倒し，ついに自分の頭をピストルで撃ち抜く．

世間から隔絶された山地で，ハンスが7年目の無為な生活を迎えつつあった時，突如として第一次世界大戦が勃発する．ハンスは「罪深い魔の山の洞窟」から平地へともどり，「菩提樹」の歌を口ずさみつつ戦場へと向かう．

付　記　1912年，マンは妻が療養しているダヴォスのサナトリウムを訪れ，3週間ほど滞在した．この時の見聞をもとにして，はじめは喜劇風の短篇を書くつもりであったが，それがしだいにふくれあがり，第一次大戦をはさんで，12年後に完成されたときには，1200ページに及ぶぼう大な作品となっていた．マンの代表作ともいうべきこの作品は，伝統的な教養小説の形式で書かれている．「魔の山」はいわば『ヴィルヘルム・マイスター』の「教育州」であり，主人公ハンス・カストルプがここで出会う特異な人物たちは，それぞれ時代の精神や思想の体現者である．ハンス・カストルプは，これらの人物やさまざまな事件の影響を受け，感化されながら自己を形成してゆき，ついに生と死との対立を克服し，真の生の意味を悟った愛のヒューマニストとして人生に奉仕する決意を固める．ここでも，マンの文学の一貫した主題である生と死，生活力と芸術性，自然と精神などの対立がみごとに描き出されている．

翻訳文献→379頁

審　　　判　Der Prozeß (1925)

カフカ作　長篇小説

あらすじ　銀行員ヨーゼフ・Kは，30歳の誕生日を迎えた朝，刑事の来訪を受け，突然逮捕を宣告される．全く身におぼえのないKは，逮捕の理由をたずねるが，相手の男は，「君は逮捕されているのだ．すでに訴訟手続きが始まっている．時がくれば万事分かるようになる」と言うばかりである．この不可解な逮捕は，日常生活を拘束しなかったので，Kはふだんと変わらずに銀行勤めをつづける．

ある日電話がかかってきて，Kの事件の審理が行なわれることが通告される．日曜日に，指定された場所へ出かけてみると，そこは場末の裏長屋で，Kには裁判官の実体さえわからない．Kはもちろんこの奇妙な法廷で無罪を主張するが，何の効果もない．ついにKは予審判事をののしって，この法廷をとび出してしまう．

次の日曜日にもKは法廷へ出かけて行く．こうして彼はしだいにこのえたいの知れない法廷の魔力に引きこまれてゆく．同時に彼の生活は，破壊されてゆく．いぜんとして彼の法廷闘争は何の効果もあらわさない．法廷と裁判所の役人たちに手蔓をもっている伯父の紹介で，Kは弁護士フルトを訪ねる．しかし，Kは弁護士の秘書レーニと情事を始めたので，この訪問は台なしになってしまう．ある工場主の紹介で知り合った画家ティトレリもKを助けようとするが，結局Kを救うことはできない．

ある日，寺院のうす暗い内陣の中で，一人の僧侶に会う．僧侶はKに，「掟」についての伝説を語る．「掟」の門の前までやってきたある男が，門番に中へ入れてくれと頼む．門番は，「今はだめだ」と答える．男は生涯門番を観察しつつ待ちつづける．死ぬまぎわに男は最後の力を振りしぼって門番に質問する．すると門番は，「この入口はお前のために開かれていたのだ」と答えて，門を閉ざしてしまう．Kは，彼自身の運命を象徴するこの伝説の意味を正しく理解しようとせず，誤った解釈ばかりする．

逮捕の宣言以来１年を経た誕生日の前夜，Kはフロックコートにシルクハットを着けた二人の男に連れ出され，刑場である石切り場に引き立てられた．そして正式の裁判もないまま，誰とも知れぬ陰の人物の命令によって，死刑の判決が下される．Kはその判決に逆らうこともなく，まるで「犬」のように肉切り包丁で刺し殺されてしまう．

付　　記　現代人の諸問題，特に罪や掟をテーマとしたカフカの作品は，非現実的で不条理な事件を，簡潔・平易な文章で日常の事件のように淡々と描くことによって，それらの事件に異様な現実感を与えている．はっきりした罪なくして逮捕され処刑されるKの物語は，万人が犯しながら気づかないでいる現代人の原罪を追求したもので，カフカの「罪」に対する思想をよくあらわしている．

翻訳文献→390頁

三文オペラ　Die Dreigroschenoper（完成・初演1928，刊行1929）

ブレヒト作　3幕のオペラ

あらすじ　第1幕，第1景は乞食の首領ピーチャムの家．ロンドン一帯の乞食たちの首領であるピーチャムは，ぼろぼろの着物や義手や車椅子などを高い料金を取って乞食たちに貸し，また彼らに物乞いをする場所を指定している．やがて細君が登場し，娘のポリーが結婚したがっていることを首領に告げる．首領は，娘の相手が泥棒の大親分メッキー・メッサーであることを知って驚愕する．娘はすでに家出していて見つからない．第2景はからっぽの馬小屋．メッキーとポリーとの結婚式が行なわれる．泥棒たちが婚礼の贈り物として盗品を運んでくる．この町の警視総監タイガー・ブラウンも祝いに来る．彼とメッキーとは軍隊時代の戦友であって，メッキーから賄賂を受けとっている総監は，たびたびメッキーを援助してやっているのである．第3景はピーチャムの家．娘から結婚の報告を受けて怒った乞食の首領夫妻は，メッキーを絞首台に送ってやるぞ，と娘をおどす．が，ポリーはメッキーと共に生活することを決心している．

第2幕，第4景は馬小屋．ポリーがメッキーに大至急逃げるよう勧める．メッキーに対する世論がこんなに悪化した今となっては，もはや警視総監といえどもほどこす手立てがない．メッキーは後事を妻に託して姿を消す．彼は，一味の者を密告することによって自分の安全を図りたいと思っている．第5景は娼家．メッキーは木曜日ごとにこの娼家を訪れる．それを知っているポリーの両親は，警官に通報して彼を逮捕させる．第6景は監獄．かねてメッキーと婚約の仲にあった警視総監の娘ルースィが面会に来る．ルースィは，ポリーと結婚したメッキーを問い詰める．が，メッキーは言葉巧みに，自分のルースィへの愛が変わらぬことを納得させる．そこへポリーが登場したため，嫉妬に駆られた女同士のすさまじい喧嘩がはじまる．ポリーは迎えに来た母親に引きずられ，連れもどされる．メッキーは，ルースィに助けられてブタ箱をずらかる．彼は歌う，「食べるが先さ，道徳はお次」．

第3幕，第7景はピーチャムの家．ピーチャムは警視総監に，メッキーを逮捕しないならば，乞食のデモで女王戴冠式の行列を妨害してやるぞとおどす．第8景は監獄．再び逮捕されたメッキーは，絞首刑に決まり，絞首台に連行される．その時，女王からの急使が到着して，恩赦状をわたす．メッキーは貴族に列せられ，皮肉なハッピーエンドとなる．

付　　記　ジョン・ゲイの『乞食オペラ』に取材し，ブルジョアも実は泥棒とかわりがないものであることを示しながら，腐敗したブルジョア階級をするどく諷刺した作品．クルト・ヴァイルの作曲がこの作品にマッチして，非常な好評を博した．上演や映画化に際して，さまざまなスキャンダルをまき起こしたが，これはブレヒトの名をいっそう高める結果となった．

翻訳文献→391頁

医師ビュルガーの運命　Die Schicksale Dr. Bürgers (1930)

カロッサ作　日記体短篇

あらすじ　主人公ビュルガーは，結核の治療に専念する青年医師である．医師としての本分を，単なる診察や施薬や手術等の技術面にのみ置くことをいさぎよしとしない彼は，患者の内面に秘められた願いや不安まで理解して，精神面での治療をも実践しようと努力する．しかし，ささやかな開業医にすぎぬ彼の医院を訪れる人たちは，おおむね生活困窮者か，ほかの医者に見放された重傷患者たちばかりである．しかも患者の数は日を追って増えてくるので，医師は身心ともに困憊してしまう．――「患者の数も少なく，ひとりひとりその深く秘められた願いや不安まで理解することができた頃は，私はこの使命の清らかな幸福を感じた……だが，数えきれぬ人びとが私を求めるようになってから，私は何の意欲もなく自分自身を注ぎ出す人間のひとりになってしまった」．

そうした彼に，ある日ハンナ・コルネートという女性が診察を求める．いくたびか往診を重ねるうちに，美しいハンナに魅惑された医師は，暗澹たる現在の境遇に，ようやくひとすじの光明をさぐりあてたように感ずる．やがてハンナへの憧憬の念は，やみがたい恋慕の情と化し，一夜抱擁した二人は，熱い口づけをかわす．しかし，二人が恋に陶酔しているあいだに，病状は急激に悪化して，ハンナは，息を引きとってしまう．医師の本分を忘れてハンナに近づき，あまつさえ怠慢から彼女を死なせてしまった医師は，はげしい自責の念に駆られて，一気に毒杯をあおぐ．

付　　記　この作品は，1913年に発表したカロッサの最初の散文作品『医師ビュルガーの最期』を全面的に書き改めたもので，巻末には，主人公の遺稿の形で，長詩「逃走」が添えられている．作者自身も「『ヴェルター』的に苦悩する医者の手記」と言っているように，この作品はしばしばゲーテの『若きヴェルターの悩み』と比較される．形式的にも似ているし，内容的にもそれぞれの作者の分身である主人公を自殺せしめて，作者自身が危機を克服するという，いわゆる自己救済の文学だからである．しかし，『ヴェルター』では，作者の苦悩が外部的事件に託して描かれており，その苦悩が，シュトウルム・ウント・ドラング時代特有の爆発的なはげしさでむき出しに表現されているのに対して，『ビュルガー』では，作者の実生活そのものが作品の内容となっており，その苦悩が極度に抑えた筆致で書かれている点などに顕著な相違が認められる．また，両者の苦悩の質的な相違にも，はっきりと時代の差が感じられる．ありあまる善意を持ちながら，かえってそのために，果たしきれぬ責任の大きさに打ちひしがれて破滅するビュルガーの苦悩は，単に医師という職業にたずさわる者だけの苦悩ではなく，誠実に生きようとする者なら必ず一度は体験するものであろう．

翻訳文献→386頁

特性のない男　Der Mann ohne Eigenschaften (1930-52)

ムーズィル作　長篇小説

あらすじ　1913年の夏，カカーニエン(オーストリア=ハンガリー帝国を作者はこう呼んでいる)の首都ヴィーンに，ウルリヒという32歳の男がいた．父は大学教授で母は早く世を去った．アガーテという妹がいるが，彼女はすでに結婚している．ウルリヒは，古めかしい小邸宅で，富裕な，しかし無為の生活を送っている．青年時代の彼は，軍人や技師として活躍したが，それらが自分の性に合わぬことを悟って辞めてからは，もっぱら数学の研究に没頭している．高度の創造力と実践力とを兼備していながら，現実的には，あえて無為の生活を送っている彼にとっては，数学の世界ほど好ましく思われるものはない．一歩踏みこめば，そこには，現実の世界でもなく，可能の世界でもない，まったく新しい抽象の世界が展開される．そのユニークな抽象の世界が，日頃現実の世界に違和感を抱きつづけている彼に，こよない安らぎをもたらすのである．この世界の魅力に比べれば，単なる「現実」の魅力などはとるにたりないものである．したがって彼は，「現実」のみを目標とし，「現実」のみに適応すべく育成された，あらゆる「特性」を軽視する．なぜなら，それは「現実」という限定された時空のみを基盤としてつちかわれた，卑俗な小我にすぎないからである．かくしてウルリヒは，何物にもとらわれることのない，透明な眼を所有するに至る．この種の眼ほど恐るべきものはない．世に氾濫するいかなる「文化」も，ひとたびこの眼に触れるやいなや，さながら陽光がプリズムによって分析されるように，根本的な再吟味と再検討とを免れることはできないのである．

ウルリヒの幼い頃からの友人にヴァルターがいる．彼はピアニストで，かたわら役所に勤めているが，ウルリヒに対しては，つねづね羨望と嫉妬の入りまじった複雑な感情を抱いている．その妻クラリッセもウルリヒと親しくしている．彼女は気性が激しく，精神錯乱の傾向があるため，夫は彼女の発狂を恐れている．彼女は，当時世間を騒がした精神分裂症の強姦殺人犯モースブルッガーに対して，異常な関心と同情とを寄せている．

そのころ，カカーニエン帝国においては，皇帝ヨーゼフ一世即位70周年記念祝典を，挙国一致で大規模に催す計画が立てられる．これは，1918年に予定されているドイツ皇帝ヴィルヘルム二世の即位30周年記念祝典に対抗して計画されているため，「平行運動」と呼ばれている．この運動の中心人物は，ラインスドルフ伯爵，シュタールブルク伯爵，「ディオティーマ」と呼ばれる外務省局長夫人エルメリンダ等である．シュタールブルク伯爵が父の旧友であり，ディオティーマが遠縁に当たるところから，父のすすめもあって，ウルリヒはこの計画に参加することになる．この運動の本拠地ともいうべきディオティーマの家には，大実業家アルンハイムをはじめとして，さまざまな人物が出入りするようになる．

ところで，国民の民族意識の高揚と大同団結とを企てる国粋主義者たちによって計画されたこの運動には，どうしても明確な指導理念が見いだされない．いくたびとなく準備の打ち合わせ会が開かれるが，具体的な計画は生まれず，難航するばかりである．しだいにこの運動を空虚なものと感じるようになったウルリヒの眼には，国家や国民の精神的に頽廃した姿までがありありと露呈されてくる．

父の訃報に接して故郷に帰ったウルリヒは，久しぶりに妹アガーテと再会する．二人は容貌はもちろん，好みや物の見方に至るまで互いに酷似していることを知って驚く．アガーテは，ギムナーズィウムの教師で優等生タイプの夫に幻滅を感じ，離婚したいと考えている．平行運動に失望して身を引こうと考えているウルリヒは彼女に共鳴し，二人は一種独特の雰囲気の中で，急速に接近してゆく．ヴィーンにもどったウルリヒは，運動関係者の呼び出しにも応じず，隠者のような生活を送る．が，アガーテが到着すると，彼女を別な男と結婚させたいという気持ちから，彼女とともにふたたび社交界に出て行く．兄を熱愛するアガーテは，夫から帰省をうながす手紙を受け取って動揺し，幾度か自殺を試みる．ある日，兄妹は当然の帰結であるかのように肉体関係を結ぶ．それ以来二人は社交界から身を引き，ついに地中海の島に逃避して，異常な，しかしある意味では最も自然な兄妹愛における「愛の奇蹟」を成就しようとする．しかし，この情熱は永続きせず，ウルリヒは不安になり，アガーテも幻滅を感じて彼のもとを去る．

さて，クラリッセは，精神病院に収容されているモースブルッガーに面会し，ウルリヒの助けで彼を脱出させる．そして，ディオティーマに解雇されて，ウルリヒの保護を受けている女中ラヘルにその身柄をあずける．しかし，すきを見て逃亡した彼は，またもや殺人を犯したために，処刑される．クラリッセにも精神錯乱の徴候があらわれて病院に入院するが，たびたび脱走し，かねてから思いを寄せていたウルリヒを誘って同棲する．ウルリヒはこの生活に再び情熱を感じるが，ある夜錯乱したクラリッセに殺されそうになったため，途方にくれて，彼女の夫ヴァルターを呼び寄せた．そのようなウルリヒに失望したクラリッセは，再び精神病院にもどった．一時は離婚を決意したヴァルターも，思いなおしてクラリッセを自分のもとに引きとった．そしてウルリヒはアガーテのもとに帰る．まもなく，第一次大戦が勃発すると，ウルリヒは，確固たる信念ももたぬまま従軍する．

付　記　この1650ページにおよぶぼう大な長篇は，作者が20歳の頃から構想を抱き，生涯書き続けられたが，ついに未完に終わった．全体は4部から成り，第3部の後半と第4部は，作者の死後，43年に遺稿として出版された．第一次大戦勃発前夜のオーストリアの精神状況を再現し，分析した小説であるが，19世紀的なロマンとは大いに趣を異にして，筋の展開に重点をおかず議論や会話がその大部分を占めている．

翻訳文献→387頁

ファービアン　Fabian (1931)

ケストナー作　小説

あらすじ　すぐれた知性と，ユーモアを解する心に恵まれたファービアンは，清潔な人がらのモラリストである．文学博士の称号を持ちながら，ベルリーンの広告会社に勤める彼は，つねに現代社会の退嬰的な風潮を慨嘆し，悪徳にまみれた人びとを救済したいと念願している．が，実行力にとぼしい彼は，人生の傍観者をもって自任し，積極的に願望を実現しようとはせず，32歳になっても，妻帯しようともしない．

そんな彼に，ある日親友のラブーデが，確固たる目的と意志をもって人生を生きるよう忠告する．ファービアンは忠告を聞きいれ，やがて知り合った娘コルネリアを愛し，結婚して身を固めようと思う．そして，生きがいを感じはじめた矢先に，不況のために失業してしまう．一方恋人のコルネリアは，映画会社の支配人にスカウトされて女優になるが，まもなくその支配人の情婦となってしまう．ちょうどその頃，親友のラブーデは，五年越しの恋人に裏切られ，政治運動にも行きづまった上に，彼の才能をねたんだ大学助手の，「君の学位論文は却下されたよ」という悪質な冗談を真にうけて，ピストル自殺を遂げてしまう．

恋人に裏切られた上に，無二の親友にまで置き去りにされて疲れはてたファービアンは，大都会を見かぎって，逃げるように両親の住む故郷に帰る．ある日，「ハルツの山にでも登って，大自然に抱かれながら静養し，生きる目的を発見するまで待とう」と決心した彼は，にわかに元気をとりもどす．が，こう決意した直後，たまたま川に落ちた子どもを目撃した彼は，救助しようとして，やみくもに飛び込む．子どもは泣きながら岸に泳ぎつくが，泳げもしないのに飛び込んだファービアンは，たちまちのうちに溺死してしまう．

付　　記　「あるモラリストの生涯」という副題をもつこの作品は，発表当時「アスファルト文学」という悪評も受けたが，ケストナーの代表作であると同時に，新即物主義の代表的傑作でもあって，数カ国語に翻訳されて広く読まれた．

1930年代のベルリーンを舞台として，第一次大戦の痛手からようやく立ち直ったものの「東には犯罪，中央には詐欺，北には貧困，西には淫売，どちらを向いても破滅が住んでいた」当時のドイツの大都会の様相と，ひとりのインテリ青年の運命を戯画的に描いたこの作品は，背景の暗さ，悲劇的なストーリーにもかかわらず，作者独自の風格ある文体と，諷刺の才能とによって，ユーモラスで朗らかな雰囲気をかもしだしている．

翻訳文献→392頁

肝っ玉おっ母とその子どもたち

Mutter Courage und ihre Kinder（完成1939，初演1941）

ブレヒト作　戯曲

あらすじ　何よりも貧困を忌み嫌うアンナ・フィーヤリングは，かつてリガの砲火の中を50本のパンを車に積んで従軍したことから，「肝っ玉おっ母」とあだ名されている．酒保を営む彼女は，二人の息子アイリフとシュヴァイツァーカースに車を引かせ，唖の娘カットリンを伴ってスウェーデン軍について行く．

戦争によってもうけることだけを考えているおっ母は，息子たちが兵隊にとられないように努力するが，そのかいもなく，長男アイリフは徴兵される．スウェーデン軍の輜重隊（しちょうたい）に従って，ポーランドで大もうけをした彼女は，偶然に，農家から家畜を徴発して表彰を受けた長男にめぐりあい，よろこぶ．が，まもなく二人は別れ別れになる．

一方，次男の方は，その正直さが買われて軍の主計に任ぜられる．が，攻略してきたカトリック教徒によって捕えられ，わいろで助命しようと試みたおっ母の奔走もむなしく，射殺される．戦争はますます激化する．おっ母は炊事係をつとめる従軍僧と行を共にする．ある時，おっ母は娘を町に買い物に出すが，馬鹿にされたばかりか虐待されて帰ってきた娘を見て，はじめて戦争の狂気を意識する．彼女は，行方不明の長男，死んだ次男，虐待された娘らの身の上を悲しみ，戦争をのろう．

しかし，その悲しみの念以上に戦争による利益に幻惑された彼女は，つぎのように放言する．「戦争は弱い者を抹殺するというが，平和だって弱い者を根絶してしまうさ」．やがてスウェーデン王が死ぬ．和平は避けられないといううわさに彼女は驚愕する．そんな彼女を従軍僧は「戦場のハイエナ」とののしって彼女と別れる．つかの間の平和が来たとき，長男は，家畜を強奪した罪で射殺されるが，それをおっ母は知らない．

ふたたび戦争が始まる．疲労困憊しきった軍隊について行くおっ母は，落ちぶれはてている．そしてただ一人残された肉親の娘も，敵の来襲を告げる太鼓を鳴らしていた時に射殺される．仕入れから帰って娘の死骸を見たおっ母は，車を置いて大きく背伸びをすると，ふたたびおんぼろ車を引いて前進する．

付　記　30年戦争を舞台として，酒保のおかみとその子どもたちの運命を年代記的に描いた作品である．肝っ玉おっ母は，戦争による利益に目がくらみ，平和になることを恐れている．そしてつぎつぎに子どもたちを失っても，戦争があれば金がもうかるという妄信からついにさめることがない．作者は，彼女の愚かな姿を観客に示して，それによって戦争と無知な人間への批判を呼びさますことをめざしている．が，物欲に目がくらんだこの主人公があまりにもみごとに描かれているため，作者の意図に反して，観客の同情をよび起こすという逆効果を生むおそれもある．いくつかのいわゆるブレヒト・ソングが挿入され，効果を高めている．

翻訳文献→391頁

ガラス玉遊戯　Das Glasperlenspiel (1943)

ヘッセ作　長篇小説

あらすじ　この作品は，200～300年後の時代を想定して書かれた未来小説である．2200年の時点から振りかえってみると，20世紀は凋落の時代であった．それは，個人尊重の名のもとに，人びとを自由を超えて放縦へと導いた時代であり，さらに，政治や道徳の頽廃，あるいは恐るべき戦争などによって，多くの人びとを享楽生活に逃避させ，時には虚無の深淵へと追いやった暗黒の時代であった．

やがてこの荒廃の中から，現代の文化の再建を志ざす人びとが現れ，カスターリエンと呼ばれる「教育州」を建設した．カスターリエンは，学者国家で，反世俗的な宗教的雰囲気を持ち，結社的な階級制度によって統制されている．ここに属する人は，学問の自由を享受しうるが，禁欲生活を送り，精神に奉仕する義務をもつ．このカスターリエンの高度の精神的遊戯が「ガラス玉遊戯」であって，これは，音楽と数学にもとづく特殊な符号と式とを用いて，あらゆる学問や芸術の内容を理解したり表現したりするものである．(発明者は，人道主義者で音楽理論家のペロットであり，文字や符号のかわりにガラス玉を用いたため，ガラス玉を用いなくなってからも，この遊戯はガラス玉遊戯と呼ばれている)．これを行なうには，均衡のとれた高度の知性と感性とが必要なため，この遊戯は，神の礼拝と同様に神聖なものと見なされた．そして，カスターリエンの試みが，着々と成果をあげるにつれ，遊戯は世界中で注目されるようになり，遊戯に用いられる符号は広く国際的に採用されるようになった．この遊戯はカスターリエンの非常に盛大な年中行事として，名匠によって全国に公開される習わしとなった．

第3代目のガラス玉遊戯の名匠ヨーゼフ・クネヒトは，ラテン語学校生であった12歳の時に，カスターリエンの12名の指導者の一人である古代音楽担当の師匠に認められて，カスターリエンの名門校に入学した．4年の課程を終了した彼は，休暇を利用して，「遊戯」入門の準備のために，冥想の練習と旅行とを命じられた．そののち彼はさらにヴァルトツェルの上級学校へ進学した．この学校は，カスターリエンの他の学校とくらべて最も芸術的な学校であり，ここでは，ほとんどすべての生徒がガラス玉遊戯の研究に没頭していた．しかし音楽を非常に愛好していたクネヒトは，最初は，ガラス玉遊戯に対して，冷淡な態度をとっていた．この学校で，彼はまた，臨時聴講生デスィニョーリと知り合った．デスィニョーリは，カスターリエンの「高慢なスコラ派的精神」をきびしく批判した．クネヒトは，彼の意見に反撥を感じながらも，強く惹かれずにはいられなかった．自己の危機を自覚したクネヒトは，音楽と瞑想に没頭することによってそれを克服した．

ヴァルトツェルの卒業とともに，修業時代は終わった．さらに3年間の自由研究ののち，幹部の一員として認められた彼は，マリアフェルスのローマ教会に，ガラス玉遊戯の教師として派遣され，カスターリエンとヴァチカン法皇庁との友好条約締結に力をつくし，これを成功させた．そして，ヴァルトツェルに帰った彼は，そこで，壮厳なガラス玉遊戯の祭典に参加したが，遊戯の最中に，２代目の名匠トーマスが病気でなくなったため，３代目の名匠に選ばれた．そのとき彼は，40歳になっていた．

名匠の位についた彼は，忠実に職務にはげんだが，次第に，カスターリエンと，ガラス玉遊戯を脅かす危険を自覚するようになった．形式的に洗練されすぎたガラス玉遊戯は，生命を失いつつあり，名人気質，虚栄，表面化の弊害がきざしていた．その頃，カスターリエンのために設置された政府の委員会の一員として，旧友デスィニョーリが彼を訪ねた．マリアフェルスの牧師ヤコープとの出会いやデスィニョーリとの交際によって，次第にカスターリエンの外部の世界に惹かれていった彼は，カスターリエンとガラス玉遊戯の危機を説いた廻状を幹部たちに送る一方，広く世間の人びとが真理に対する畏敬を失わないように，カスターリエンの奉仕を世俗の学校においても成就したいと願い，世俗の学校で教育の任につきたいと首脳部に上申した．しかし，この希望は拒絶された．デスィニョーリから，息子ティトーの教育を依頼されたのを機に，彼は，カスターリエンを去って，ティトーのもとに赴いた．しかし，到着の翌朝，山の湖水に飛びこんだティトーを追って冷たい水に入ったクネヒトは，心臓麻痺で溺れ死ぬ．ティトーは悲しみの中で，クネヒトの死が自分の生涯を大きく作り変えるであろうという厳粛な予感に襲われて，身をふるわせた．

解　説　1931年から11年の歳月をかけて書かれたこの大作は，形式的には伝統的教養小説であり，内容的には，未来小説またはユートピア小説ともいうべきものである．全体は，「ガラス玉遊戯」とそれが行なわれるカスタリーエンとを説明した序章，主人公ヨーゼフ・クネヒトの伝記をなす12章の本文，クネヒトの残した13篇の詩と３篇の履歴書などから成り，これらをヘッセが編集した形をとっている．

序章においては，ヘッセ独自の現代文明批判がうかがわれる．しかし，『ヴィルヘルム・マイスター』の「教育州」を思わせるカスターリエンは，現代文明を否定する理想郷ではなく，その良質の部分を生かし，発展させることによって，頽廃した現代文明を克服して確立された精神の国である．ここに，ヘッセのヒューマニズムに基づく人間精神の発展への願いと信仰が込められている．ヨーゼフ・クネヒトは，きびしい精進ののちにガラス玉遊戯の名匠となりながら，カスターリエンの生活の真実性を疑い，ついにこの国を去るが，これは，カスターリエンの精神を否定したためではなく，むしろカスターリエンの精神に最も忠実に生きようとしたためにほかならない．これは，ヘッセ自身が切実な問題として体験した，国家と真の国家精神との対立を象徴的に表現したものである．なお，「クネヒト」（「下僕」の意）という名は，ゲーテの「マイスター」（「親方」の意）に対して，意識的に選ばれたものである．

翻訳文献→384頁

ウェルギリウスの死　Der Tod des Vergil (1945)

ブロッホ作　長篇小説

あらすじ　紀元前19年9月20日，皇帝軍が帰港した．船には，重病の桂冠詩人ウェルギリウスが乗っている．彼は皇帝の命により，ホメーロスの太陽の下で作品『アエネーイス』を完成させるために，ギリシアへ旅行してきたのである．無慮幾千の大群集が歓呼しつつ出迎える中を，詩人は担架にのせられて宮殿に到着する．瀕死の詩人は，すでに冥界に入りかけている．が，翌朝友人たちが見舞いに来ると，詩人の意識は回復し，文芸や時局等の問題について話し合う．そのとき詩人は，自作『アエネーイス』は未完の作品であって，名作の名に値しないから燃やしてしまいたいという意向をもらしたので，友人たちは驚愕する．やがて医者の手当で，死を免れた詩人は，翌日，皇帝に謁見する．この時の皇帝と詩人との対話が，この書物の中心となっている．そこでは，皇帝の義務と，詩人の使命とについての問題が，死に直面した詩人の口から明確に語られる．対談の終わりに，皇帝は詩人を説得して，『アエネーイス』を後世に伝えることを承諾させる．かくして，自己の使命を果たした詩人は，今や言葉によってはとらえることのできない世界の中へ静かに入ってゆく．

解　説　1938年ナツィスに逮捕され投獄されたブロッホは，死を免れ得ないものと思い，死に直面した自己の心境を，ローマの詩人ウェルギリウスに託して，獄中でこの作品を書きつづけた．その後幸運にも釈放され，亡命地アメリカでこれを完成した．ギリシアの旅から帰ったウェルギリウスの船が港に着いてから，彼が死ぬまでの18時間を描いたものであるが，瀕死の詩人の内面的モノローグと，作者の説明とが区別がつかないほど入りまじり，もつれあって，熱っぽい緊迫感を生み出している．文章は独特のリズムをもってすばらしい．作者が敬愛していたジェイムズ・ジョイスの影響を受けている．

ブロッホは，ウェルギリウスの口を借りて，危機の時代にあっては，人間性を守るために行動することこそ必要で，創作は人間存在を正当化するためには充分でないことを主張している．トーマス・マンは，この作品を世界に誇り得るものと激賞し，ブロッホをノーベル賞候補に推薦した．

翻訳文献→390頁

◇重 要 作 品◇

悪魔の将軍　Des Teufels General (1946)

ツックマイヤー作　3幕の戯曲

あらすじ　1941年のある日，騎士十字章を受賞した数名の士官たちを招待したドイツ空軍大将ハラスは，ふと壁の中から聞こえてくる微かな音に気づいて不審を抱く．ボーイが，ベンチレーターの音ですよと言って安心させる．が，実は盗聴器の音なのである．将軍は，飛行機への愛着から空軍の要職に身を置いてはいるが，ナツィスに強い反感を抱き，日頃から不信の念を表明しているため，秘密警察に睨まれ，将軍の言動は，文化指導官シュミット・ラウズィッツによってたえず監視されているのである．秘密警察は，最近前線において続発している原因不明の飛行機事故に不審を抱き，ハラス将軍が謀略を用いて自分の管理下にある飛行機工場にサボタージュを行なわせているためではないかと疑っている．一方ハラス将軍の方では，責任者である自分を失脚させるために，ナツィスがスパイを工場に潜入させ，製造工程の一部に手を抜かせているためではないかと疑っている．——やがて，士官たちに出撃命令が下って，パーティーは散会する．

査察のために前線におもむいたはずのハラス将軍は，実は2週間ものあいだ，工場のサボタージュ事件に関し，秘密警察の喚問を受けていたのであった．警察から帰ると，シュミット・ラウズィッツが来訪し，10日以内に事件の真相を報告して善後策を講じるようにという厳命を伝える．入れ替わって資材局長モールンゲンが訪れる．事情を聴取した局長は，事件を円満におさめるために，空軍省をナツィス親衛隊の管轄下にゆだねるよう勧告する．しかし将軍は応じない．この時，局長の娘婿アイラース大佐が墜死したという報告が届き，一同は愕然とする．局長は血相を変えて将軍の責任を追求する．とほうにくれた将軍が，ふと窓外に視線を移すと，彼の室のまわりはすでに親衛隊によって厳重に警固されている．やがて，将軍が最も信頼している主任技師のオーダーブルッフが訪れる．将軍はかすかに安堵し，彼とともに工場の書類の検閲をはじめる．

いよいよ事件究明のために与えられた期間の最後の日を迎えた．将軍は，親衛隊に監視された飛行場の事務室で調査に没頭しているが，真相はいぜんとして解明されない．そこへアイラース大佐の未亡人が現れ，夫を墜死させた責任者として，激しく将軍を弾劾する．将軍は甘んじてその悪罵を受ける．やがて主任技師オーダーブルッフが来訪し，彼の告白によってついに事件の全貌が明らかになる．首謀者は，将軍の信頼を一身に担うオーダーブルッフ自身だったのである．君だったのか——啞然とする将軍に技師は答える．ナツィスが勝利を収めれば，世界が破滅することは明白である．それを避けるには，同胞の犠牲もやむを得なかったのだと．そして彼は将軍に，亡命してナツィスと戦うよう懇願する．彼を告発すれば自分が救われることを知りながら，悪魔に仕える身ではあっても，僚友の志操の正しさを理解することができた将軍は，今となっては自分が死ぬ以外に道がないことを悟って，墜落した飛行機の姉妹機に塔乗し，はてしない空に向かって飛び立ってゆく．

凱　旋　門　Arc de Triomphe (1946)

レマルク作　長篇小説

あらすじ　第二次世界大戦前夜のパリには，パスポートを持たない各国からの逃亡者が，人目をしのぶ不安な生活を送っていた．40歳をすぎる主人公ラヴィックもそのひとりで，彼はナツィスの強制収容所を脱走して不法入国した敏腕のオーストリア人外科医である．現在は無能な病院長に雇われ，昼はもぐりの手術や娼婦の検診をし，夜は酒場でカルヴァドスをあおる希望のない生活を送っている．このような生活は，いやでも彼をシニカルな刹那主義者にしてしまっていた．彼の唯一の心の支えは，彼を逮捕し，拷問にかけ，愛人を虐殺したゲシュタポ(ナツィス秘密国家警察)のハーケに復讐することである．

ある夜彼は，セーヌ川に身を投げようとした女優ジョアンを救う．二人はやがて愛し合うようになる．が，ラヴィックは心の奥底ではジョアンを愛していながら，いつも冷たく彼女を突き放し，彼女から逃げようとばかりする．ジョアンはそんな彼にますます惹かれて狂おしく彼を愛し，追い求める．ラヴィックは人目をしのぶ境遇と，過去に受けた痛手のためにジョアンのいちずな愛に素直に応えることができないのだ．希望のない，それだけにいっそう激しい恋に二人はさいなまれる．ある日，人助けをしたことから不法入国が露見して，ラヴィックはジョアンに会うひまも，連絡をとるひまもなく国外へ追放されてしまう．

二カ月ぶりにパリに舞い戻ったラヴィックは，ついに仇敵ハーケをつかまえる機会を得る．ラヴィックはハーケをブローニュの森に誘い出して殺害し，復讐をとげる．一方ラヴィックの不在中，孤独に耐えかねて若い俳優と同棲していたジョアンは，その男にラヴィックのことで嫉妬され，ピストルで撃たれる．手術をしたラヴィックは，彼女が助からないことを知り，瀕死の彼女にようやく真実の愛を告白する．折から宣戦布告の報が流れる．その日，ラヴィックのホテルには警察の手がまわり，彼はほかの不法入国者とともにいずこかへ連れ去られる．

付　記　第一次世界大戦に取材した『西部戦線異状なし』で大ベストセラー作家となったレマルクが，　亡命先のアメリカで発表して，ふたたび200万部以上のベストセラーとなった作品．恋と復讐に生きる主人公ラヴィックは，女性の心をとらえて離さぬ魅力がある．主人公が愛飲したカルヴァドスも世界的に流行した．「おれは復讐をし，恋をした．これで充分だ．すべてというわけではないけれど，人間としてこれ以上は望めないほどだ」．これは，最悪の時代と境遇の中で精いっぱいに生きて，望みを果たし，ついに心の動揺が鎮まったときの主人公ラヴィックの心の底からの感慨である．ルイス・マイルストン監督，シャルル・ボワイエ/イングリット・バーグマン主演の同名の映画(1948米)も大評判となった．

翻訳文献→411頁

◇重 要 作 品◇

選ばれし人　Der Erwählte (1951)

トーマス・マン作　小説

あらすじ　あるキリスト教国に，グリマルトという君主がいた．妃バードゥヘナは，40歳を過ぎてから双生児の兄妹ウィーリギスとズィビュラを生んで世を去った．一つの部屋で大切に育てられた兄妹は，成長するにつれて深く愛し合うようになり，ついには自分たちにふさわしい相手はお互い以外にないと思うようになった．二人が17歳になったとき，父王が亡くなった．その悲しみの夜，ウィーリギスは，異常な興奮に駆られて妹のからだを求めた，

ウィーリギスが君主となったのちも，二人は深く愛し合って，夫婦同様の生活を続けた．ほどなくズィビュラは懐妊した．途方にくれた二人は，父王の忠臣アイゼングライン男爵に助けを求めた．男爵の提案でウィーリギスは，贖罪のために十字軍の遠征に参加した．ズィビュラは，男爵の補佐のもとに国政を行なうという口実で男爵の城にひきとられ，そこで極秘裏に一人の男児を生んだ．その子は，男爵の提言により，生後17日で堅固な樽に入れられ，小船に乗せられて海へ捨てられた．樽の中には，絹布と黄金と出生の由来を記した書字板とがそえられた．

愛児と別れて悲嘆にくれているズィビュラのもとに，なれない旅の疲れと妹との別離の悲しみからウィーリギスが行き倒れて死んだという知らせがとどいた．兄のあとを継いで女王となったズィビュラは，度重なる運命の苛酷な仕打ちに，男爵を恨み，神を呪って海辺の城にひきこもり，きびしい禁欲の生活を送った．こうして6年が過ぎたとき，隣国の王子ロージャーに求婚された．彼女はあいまいな返答をして相手があきらめるのを待った．

ロージャーは，ズィビュラの冷淡さにかえって恋情をかき立てられ，7年の間執拗に求婚し続けた．しかし，ついにしびれを切らした彼は，軍隊をひきいて彼女の国に侵入した．ここにいわゆる「恋愛合戦」と呼ばれる戦いが始まり，5年のあいだ続いた．国土は荒廃し，人民は困窮して，誰もが女王の結婚を望んだが，女王は聞き入れなかった．

一方海に流された子どもは，一日二晩の後に，聖ドゥンスタン島の漁師と僧院長グレゴリウスにひろわれた．僧院長は子どもに洗礼を授け，グレゴリウスと命名した．子どもは僧院長の後見のもとに，漁師の家で無事に育てられた．そして6歳のとき僧院に引きとられて学問を受け，すぐれた素質をあらわした．また高貴で優雅な容姿をもつ彼は，いつしか自分の中に流れる高貴な血を予感し，ひそかに騎士にあこがれるようになった．彼は華奢な身体に似合わず武技に秀でていた．17歳になったとき，彼をねたむ乳兄弟の挑戦を受けて決闘した彼は，乳兄弟の鼻柱をへし折ってしまった．養母は怒りのあまり彼を「捨て児」とののしった．非常な衝撃を受けた彼は，僧院長のもとへゆき書字板を読んで，自分の出生の秘密を知った．彼は自分の罪深い出生を嘆いたが，高貴な血を引くことをよろこび，騎士となって旅に出て，父母を探したいと願った．そして僧院長に別れを告げて島を出た．

彼が旅の途上，偶然に母ズィビュラの国に来たとき，恋愛合戦は5年目を迎えていた．彼はズィビュラの家来となり，求婚者を一騎討ちで倒した．戦争は終わった．兄以外の男を愛すまいと誓ったズィビュラであったが，不思議にグレゴリウスに惹かれ，臣下のすすめもあってグレゴリウスと結婚した．二人は深く愛し合い，9カ月後に女児が生まれた．そして3年後に女王は再び懐妊した．結婚以来二人はそれぞれ自分の秘密を相手に隠していたが，グレゴリウスは幸福の絶頂にあって，自分の出生とまだ見ぬ父母の苦しみを思い，毎朝ひそかに書字板を読んでは涙を流して懺悔した．これを侍女から聞いた女王は，夫の留守に書字板を見つけ，夫がわが子であったことを知って，愕然とし，運命を呪った．

グレゴリウスは，母に王位をおりて子どもとともに難民の世話をするようにすすめ，自分はぼろ服をまとって贖罪の旅に出た．(彼が旅立ったのち，母は二人目の女児を生んだ)．ある湖畔の一軒家で宿を求めた彼に，宿主の漁師が，湖の中の岩の上に鉄の足かせをはめて坐り，贖罪の生活をするように提案した．漁師はそこへ彼を案内して足伽をはめ，鍵を湖に放り込んで，「あの鍵がまた見つかったら，お前を信じよう」と言って去った．この岩の上で彼は17年間，神を信じつつ苛酷な試練に耐えた．17年の後，ローマ法王が歿したが，適当な後継者が見つからなかった．これを心配していたローマの有力者プローブスと，その友で僧侶のリベリウスが，同時に同じ夢を見て，「岩の上のグレゴリウスこそ法王である．彼を探しに行け」という神の声を聞いた．二人は旅をして，湖畔の漁師の家にたどり着いた．その夕方，漁師が釣った魚の腹から，足枷の鍵が出てきた．――こうしてグレゴリウスは法王となった．彼の名声はあまねく知れわたった．ほどなく彼は，母や二人の娘とも再会し，彼女たちのために修道院を建ててやった．その後彼らは心安らかな日々を送り，母は80歳，グレゴリウスは90歳の天寿を全うした．

付　記　中期以後のマンの作品には，人間の典型を古い伝説の世界に求め，それに託して時代の状況やドイツ民族の運命などを，暗示的，象徴的に描く傾向が著しい．聖者伝説『グレゴリウス』に取材した『選ばれし人』もこの系列の作品で，二重の近親相姦の罪を負ったグレゴリウスが，17年にわたる贖罪ののちに，神の恩寵によってローマ法王に選ばれるという物語の筋は，中世の叙事詩人ハルトマン・フォン・アウエの『グレゴリウス』と全く同じである．ハルトマンは，純粋に宗教的な立場から，教化の目的でこの作品を書いたが，マンは，ドイツ民族の運命と，ドイツ民族に対する彼の愛と願いをこの作品に託したと見られる．すなわち，二つの近親相姦という罪は，今世紀ドイツが犯した二つの大きな罪――第一次大戦と第二次大戦を暗示している．17年間の贖罪は，ドイツ民族への作者の要求であり，同じドイツ人の一人である作者自身の反省である．そしてこの贖罪の後にこそ，ドイツ民族の輝かしい未来が開けるのだという作者の期待が込められている．これは筆者の一解釈にすぎず，ほかにもいろいろな解釈が可能であろうが，それはともかく，この作品はマンのストーリー・テラーとしての才能をいかんなく発揮した傑作である．

翻訳文献→379頁

旅人よ，汝スパルタに至りなば…

Wanderer, kommst du nach Spa…（1950）　**ベル作　短篇集**

解　説　『列車は定時に発車した』(49)に続く2冊目の短篇集で，標題の作品を含めて25篇が収録されている．これらは，戦争の残忍さとそれに対する恐怖，その中で人間の温かさを求める下級兵士の物語と，物質的にも道義的にも廃墟となった戦後の世界で再出発を求める人びとの物語という二つの系列に分けることができる．ほとんどが一人称の語り手によって語られる形式，つまり「虫けらの視線」（このタイトルの短篇も収録されている）で書かれている．作者はこの視線を選ぶことによって，自身の体験を明確に表現することができたし，読者もそれを自分の体験として追体験できる．ベルはすぐれた長篇も書いたが，このような短篇にこそ本領がある．事実，この短篇集は戦後ドイツ文学の最も重要な財産のひとつで，これによってベルはドイツで最もよく読まれる作家となった．ここでは標題作のみ紹介しておくにとどめる．

旅人よ，汝スパルタに至りなば…　Wanderer, kommst du nach Spa…

屍体と重傷者を運ぶ車の中で，学徒動員された私は意識を取り戻す．車は爆撃で燃えさかるある都市のギムナーズィウム(高等学校)に着く．「死んでいるのはこっちだ．そのほかは階段の上の図工室へ運べ」という声が聞こえる．私は，死んでいないので自分が「そのほか」の方であることを知る．運ばれる途中，階段ホールにカエサル，キケロー，ニーチェなどの像が見える．ヨードチンキと糞とタバコの臭いのする図工室に入って下に降ろされる．腕に激しい痛みを感じて大声でわめく．わめくと気持ちがいい．水とタバコを頼み，ここがどこかと尋ねる．そして故郷の町だと知る．町にはギムナーズィウムが3校ある．もし自分の学校にいるのだとすれば，自分の名前も記念碑に刻まれるのだ，と思う．手術台に運ばれる．頭上の電球に自分の姿が映っているのが見える．包帯でぐるぐる巻きにされた胎児のようだ．手当がすんで黒板の前に運ばれる．そのとき心臓がドキンとする．黒板にWanderer, kommst du nach Spa•••と書かれており，それはまぎれもなく自分が書かされた文字ではないか！　字が大きすぎて「スパルタ」の「スパ」までしか書けなかったのだ．

太ももに注射を打たれる．包帯が外された身体を見る．両腕がない．右脚もない．悲鳴を上げて後ろへ倒れた．介抱してくれていたのは，以前その部屋によくミルクを飲みにいった用務員のビルゲラーだった．「ミルクを」と，私は小声で言った……

［注］Wanderer, kommst du nach Sparta, verkündige dorten,
du habest uns hier liegen gesehen, wie das Gesetz es befahl.
旅人よ，汝スパルタに至りなば，その地の人に告げ知らせよ，
われらが法の命ずるままにこの地に斃れるを見たりしと．
これは，テルモピュライの戦いでペルシアの大軍を相手に全員戦死したレオニダス王以下三百のスパルタの勇士をたたえて石碑に刻んだヘーロドトスの詩の一部で，シラーの独訳（詩「逍遥」）による．

翻訳文献→392頁

ブリキの太鼓　Die Blechtrommel (1959)

グラス作　長篇小説

あらすじ　精神病院に入れられた主人公オスカルの回想という形でこの長篇は始まる.1899年の10月のある日，ジャガイモ畑で焚き火をしていた主人公の祖母アンナ・ブロンスキーは，逃走中の男に懇願されて大きなスカートの中にかくまう.彼はヨーゼフ・コリヤイチェクといい,警察に追われている放火犯であった.このときアンナは身ごもり，ヨーゼフと結婚して主人公の母アグネスを生むことになる.ヨーゼフは名前を変えて筏師となって身を隠すが,14年後に警察に突きとめられ,川に飛び込んだまま行方不明となる.1923年，アグネスは看護婦時代に知り合ったラインラント出身のアルフレート・マッツェラートと結婚する.その立ち会い人であるアグネスの従兄ヤン・ブロンスキーは以前からアグネスと恋愛関係にあり，この結婚第一日目から二人は密通していた.こうして翌年の9月に主人公オスカルが誕生する.オスカルは生まれたときから精神の発育が完成しており，「この子には商売を継いでもらおう」という父の言葉や，「3歳になったらブリキの太鼓を買ってやろう」という母の言葉を完全に覚えていた.

3歳の誕生日に約束どおりブリキの太鼓を贈られたオスカルは，自らの意志で地下室へ転落し，それが原因で成長が止まり，身体は95センチの3歳のままで頭脳や精神は人より3倍も成長するようになる.あるとき金切り声をあげてガラスを粉砕する能力があることがわかる.オスカルは，時計のガラスや電球やコップやビールビンや香水のビンなどを叫び声や歌で粉々にすることができた.

1934年，父マッツェラートはナツィスに入党し，制服を着て外出することが多くなる.母とサーカスを見に行ったオスカルは，音楽道化師で小人たちのリーダーであるベブラと知り合い，意気投合する.オスカルはサーカス場を照らす三個の電球を破壊する技を見せて認められるが，契約してほしいという要請は断る.「五月の原」ではしばしばナツィスの演説会が開かれる.演壇の下に隠れたオスカルは，ブリキの太鼓を叩いて鼓笛隊のリズムを狂わせ，ファンファーレ隊の演奏をウィンナワルツに変えさせてしまったりする.

母と従兄のヤンとの密会は続いている.オスカルは自分の本当の父はヤンだと確信する.ある雪の日，ヤンがショーウィンドウ越しにルビーの首飾りを見ている.オスカルは音を発しない叫びをあげてガラスに穴を開ける.ヤンはその穴からルビーの首飾りを盗み取り，それをオスカルの母にプレゼントする.

聖金曜の休業日にオスカル一家とヤンはバルト海に出かける.沖仲仕が海に沈めた腐乱した馬の頭を引き上げ，馬の口からたくさんのウナギを取り出すのを見た母は，激しく嘔吐する.ウナギも魚も金輪際食べないと言った彼女は，2週間ほどすると，憑かれたように魚を食べ始める.彼女は妊娠3カ月であった.彼女は黄疸と魚の中毒で死ぬ.

3年ぶりにオスカルは小人団のリーダー，ベブラに会う.オスカルは母の死を報告し，「小人が母を殺した」という.オスカルは同行のロスヴィータ夫人に惹かれて，グラスに声でハートの形と署名を刻んで進呈する．

第二次大戦の発端となる1939年のドイツ軍ポーランド侵略の日，郵便局が攻撃され，ポーランド郵便局員であったヤンは連行されて銃殺される．オスカルは自分のせいだと思う．

オスカルの家に，同じアパートの３階に住むトルツィンスキーの娘マリーアが住み込む．彼女はオスカルと同じ年の16歳で，オスカルの初恋の人となる．オスカルは子供扱いされるが，同じベッドに寝たときに，一度だけ男女の関係ができる．のちにマリーアはオスカルの父と結婚し息子クルトを生むが，オスカルはクルトが自分の子どもだと確信する．

オスカルは前線慰問団の指導者となったベブラ大尉とロスヴィータに再会し，団員としてドイツ占領軍慰問のためにパリへ行くことを承諾する．オスカルはロスヴィータと愛し合う．が，終戦の日，ロスヴィータが直撃弾にやられるのを目撃する．

終戦とともにオスカルはソ連軍が侵入した故郷ダンツィヒに帰る．ナツィス党員であった父は，階級証を飲み込もうとして発覚し，ソ連兵に射殺される．父親の埋葬のとき墓穴に太鼓を投げ入れて「成長しよう」と決意する．が，そのとき義弟クルトの投げた石つぶてに当たって墓穴に落ち，病臥する．回復すると，故郷（祖母のスカートの中）に別れを告げて，継母のマリーアとともに，彼女の故郷西ドイツのデュッセルドルフへ移住する．石工，美術学校のモデルなどをして暮らすうちに，ジャズ演奏家として「たまねぎ亭」に出演して成功する．アパートの隣室に住む看護婦ドロテーアに恋をして，思いを遂げようとするが失敗する．後日ドロテーアの屍体が発見され，オスカルが犯人とされるが，責任無能力者と見なされて，精神病院に入れられる．この病院はオスカルにとって祖母のスカートの中と同じ避難所であり，ようやくたどり着いた目的地である．彼はこの病院で心安らかに生活するが，二年後真犯人が逮捕されて，釈放の可能性が生じたため，せっかくたどり着いた避難所から出て行かなければならない．折しも三十歳の誕生日で，イエスの受難を暗示する記述をもって物語は終わる．

付　記　この作品は，「戦後ドイツの小説界の空白を一挙に埋めた」と評価され，作者は「トーマス・マンの真の後継者」，「現存する世界の最も偉大な作家のひとり」と称讃された．犯罪，破廉恥，不倫，不具などありとあらゆるマイナスイメージを背負った主人公が，ガラスを粉砕する声とブリキの太鼓と冷徹な知性を武器に，ナツィスの台頭，第二次世界大戦の勃発と終戦，敗戦後の混乱という未曾有の激動の時代をしたたかに生きて行く．主要な舞台であるダンツィヒは，ドイツが第一次大戦の敗戦によって失い，国際連盟の管理下に置かれていた自由都市で，第二次大戦の勃発と同時にドイツ軍が最初に侵入した都市であり，世界大戦，ポーランド問題，ユダヤ人問題，ナツィス問題等を考える上でまたとない重要な都市である．この作品は，作者の故郷でもあるこの都市を舞台とした小説『猫と鼠』，『犬の年』とともに『ダンツィヒ３部作』を成しており，特にノーベル文学賞受賞の対象となった．また，作者自身が脚本を担当し，シュレーンドルフ監督によって映画化された『ブリキの太鼓』は，1979年度カンヌ映画祭でグランプリを獲得した．

翻訳文献→393頁

モ モ MOMO (1973)

ミヒャエル・エンデ作 童話小説

あらすじ ある大都市の郊外に古代の円形劇場の廃墟があった．そこにいつからかモモという名前の女の子が住みついた．背が低く，やせて，髪はまっ黒いもじゃもじゃの巻き毛で，目は大きくまっ黒で，だぶだぶの男ものの上着を着て，つぎはぎだらけのスカートをはき，いつもはだしである．8歳か12歳くらいに見えるけれど，年を聞くと「100歳」とか「102歳」と答える．近所の人たちが食べ物を運んだり，部屋を整えたりいろいろめんどうをみて，モモと仲良しになる．

モモは不思議な魅力と能力をもっていて，モモに話を聞いてもらうだけで，よいアイデアが浮かんだり，けんかばかりしていた夫婦が仲直りしたりする．子どもたちも，モモといっしょのときほど楽しく遊べるときはないという．

まったく性格の違う無口な道路掃除夫ベッポじいさんと，おしゃべりな観光ガイドの若者ジジもモモとは特別な親友になる．この三人の友情にやがて暗い影がさすことになる．それは，全身灰色で，灰色づくめの服装をして，灰色の葉巻をふかし，灰色のカバンを抱えた男たちのことで，この大都会を影のようにうろつく彼らの数は日ごとに増える一方であった．彼らは「時間貯蓄銀行員」と称し，まじめに働いている人びとを「あなたは時間を無駄遣いしている」とだまして，彼らの時間を節約させ，その時間を盗み取っているのである．

時間を節約するようになった人間の生活はますます余裕がなくなり，子どもと遊ぶこともなくなって，みんなとげとげしくなるばかりであった．灰色の男はモモのところにもやって来て，精巧な人形を使ってモモをたぶらかそうとするけれど，モモはその手には乗らず，逆に相手の正体を見破ってしまう．モモとその親友や子どもたちは，奪われた時間の秘密と灰色の男たちの正体を大人たちに知らせる集会を円形劇場で開く計画を立てるが，暇のない大人たちは一人も集まらない．

灰色の男たちは大集会を開いて，モモに秘密を漏らして正体をあばかれてしまった仲間を裁判にかけ，被告に時間供与停止の判決を下し，葉巻を奪い取る．すると罪人はみるみる透明になって消えてしまう．灰色の男たちは，大部隊を派遣して彼らの天敵であるモモを捕まえることを決議する．この一部始終を目撃したベッポじいさんが危険を知らせるためにモモを探す．一方モモは，カシオペイアという名前の予知能力のあるカメに導かれ，灰色軍団の追跡をかわして，「さかさま小路」から「どこにもない家」に到着する．

そこは，この世の時間をつかさどるマイスター・ホラの住む「時間の国」である．見たこともない大広間にはありとあらゆる時計が時を刻み，太陽，月，星などの天体儀もある．モモはマイスター・ホラから，時間のみなもとを見せてもらう．巨大な丸天井の頂点に丸い穴があり，そこから光の柱が垂直に降下しており，その下に丸い池がある．星の振り子が池に近づくと，大きな花のつぼみが現れ，信じられないような美しい色彩の花が開き，振り子が遠ざかると花はしおれ始め，花びらが散って池に沈んでゆく．すると振り子の動きに合わせてまた別の花のつぼみが現われ，前よりももっとすばらしい花を咲かせる．このくりかえしをモモは感嘆して眺め，あきることがない．

モモが眠りから覚めると，円形劇場にもどっている．時間の国の一日は，実はこの世の一年間にあたり，そのあいだに状況はすっかり変わっている．子どもたちの姿もない．子どもたちも灰色の男たちに支配された大人たちの命令で，戸外で遊ぶことが禁じられ，楽しいことや，夢中になれることや，夢見ることを忘れてしまっている．モモの親友ジジはマスコミの寵児になっていて，なかなか会えない．困りはてたモモは，「マイスター・ホラのところに案内すれば仲間たちを返してやる」という灰色の男たちの取引に，「その道を知っているのはカメのカシオペイアだけだ」と答えてしまう．

ふたたび時間の国のマイスター・ホラのところへ行くカシオペイアとモモを，灰色の男たちの大群が追いかけてくる．しかし灰色の男たちが「さかさま小路」から中に入ろうとすると，そのとたんに身体が消えてなくなってしまう．モモはマイスター・ホラの説明で，さかさま小路では時間が逆流しているため，人間から盗んだ時間だけでできている灰色の男たちはたちまち時間を吸い出されて，跡形もなく消えてしまうということや，灰色の男たちが，どこかに大量の時間の花の貯蔵庫をもっていて，そこからたえず時間を補給し，その花びらを乾燥させて葉巻にしたものを吸って生きていることを知る．

マイスター・ホラはモモに「時間の花」を一輪与えて，自分が眠っている一時間のあいだに灰色の男たちの時間貯蔵庫の場所を突き止め，彼らが時間を取り出せないようにし，彼らが最後の一人まで消えてしまったら，盗まれた時間をすべて人間に返すように，と依頼する．モモはカシオペイアと協力して，数々の危険と困難を危機一髪で乗り越えて，灰色の男たちを残らず消すことに成功する．

自由になった時間は嵐のように巻き起こって，本来の居場所である人間の心の中に帰ってくる．その瞬間に，一時間のあいだ完全に停止していた時間が時を刻み始め，すべてのものがまた動き出した．ただ一時間前と違っていることは，すべての人びとに時間の余裕が生まれて，みんなニコニコしていることであった．モモはベッポじいさんやジジをはじめ昔の仲間たちや子どもたちと再会して，円形劇場で楽しくお祝いをするのであった．

付　記　「時間どろぼうと，人間から盗まれた時間を取り返してくれた女の子の不思議な物語」という副題がついている．文明が発達するにつれてますます人間らしく生きる時間が失われてゆく現代の病根を鋭く諷刺・警告し，しかも時間の国というすばらしく美しい夢幻的な描写を配しながら，冒険小説か推理小説のようなスリルとサスペンスをもって展開される大人と子どものための童話小説である．世界中で評判になり，わが国でも百万部を越えるベストセラーとなった．

翻訳文献→415頁

第 五 部

ドイツ文学史表覧

中世(9世紀)～現代(20世紀)

中世初期の文学（800-1050）

ドイツ文学の黎明期　僧侶階級による宗教文学が主流．現存する文献は，当時の言語，信仰，生活様式などを知る資料として重要であるが，文学的価値の高いものはない．

◆古高ドイツ語の文献　① ゲルマン時代に発生した口誦文学を僧侶が筆写したもの．『メルゼブルクの呪文』．『ヒルデブラントの歌』．② キリスト教布教の目的で書かれたもの．『ヴェッソブルンの祈禱』．『ムスピリ』．オトフリート作『福音書』．

◆古低ドイツ語の文献　宗教叙事詩『ヘーリアント』．

◆ラテン語の文献　ゲルマン的内容をラテン語で書いたもの．エックハルト作，英雄叙事詩『ヴァルターの歌』．騎士叙事詩『ルーオトリープ』．

中世中期の文学（1050-1250）

前期　① 僧侶階級による世俗文学．ランプレヒト作『アレクサンダーの歌』．コンラート作『ローラントの歌』．② 吟遊詩人の英雄叙事詩『ローター王』．『エルンスト公』．

後期　騎士階級による宮廷文学の隆盛期．特にシュタウフェン古典期（1190—1250）は，ドイツ文学最初の黄金時代．

◆民族的英雄叙事詩　ゲルマン民族移動時代の英雄伝説に取材．異教的要素が濃い．『ニーベルンゲンの歌』，『クードルン』ともに作者不明．

◆宮廷叙事詩　主としてフランスの原典をもとにして，諸候や貴族の宮廷に仕える騎士によって作られた．汎ヨーロッパ的題材のものが多い．

ハインリヒ・フォン・フェルデケ作『エネイーデ』．ハルトマン・フォン・アウエ作『エーレク』，『グレゴリウス』，『あわれなハインリヒ』，『イーヴェイン』．ヴォルフラム・フォン・エッシェンバッハ作『パルツィヴァール』．ゴットフリート・フォン・シュトラースブルク作『トリスタンとイゾルデ』．

◆ミンネザング　宮廷的，騎士的恋愛歌．フランスで発生した．はじめは既婚の貴婦人への思慕（高きミンネ）をうたったが，のちに身分にかかわらず思慕の情のかなえられる女性への愛，いわゆる「対等のミンネ」もうたわれるようになった．

ラインマル・フォン・ハーゲナウ　ドイツにおけるミンネザングの創始者．

ハインリヒ・フォン・モールンゲン　ミンネザングに宗教性・音楽性を付与．

ヴァルター・フォン・デル・フォーゲルヴァイデ　ミンネザングの完成者．

中世後期の文学（1250-1500）

騎士文学の衰退．市民文学の台頭．文学的価値はともかく，新しいジャンルが発生．① 職匠歌　ミンネザングが都市の職人に受け継がれたもの．② 散文物語　宮廷叙事詩を大衆向きに散文化したもの．③ 韻文短篇物語．④ 演劇　民衆の教化のための宗教劇と市民の中から生まれた世俗劇（特に謝肉祭劇）．⑤ 神秘主義者の散文の宗教書．

中世初期の文学

年	参考事項	(古高ドイツ語)		(古低ドイツ語)	(ラテン語)
750		8世紀頃 メルゼブルクの呪文			
800	カール大帝 西ローマ皇帝となる	800年頃 ヒルデブラントの歌	9世紀初頭 ヴェッソブルンの祈禱		
			830年頃 ムスピリ	830年頃 ヘーリアント	
	ヴェルダン条約				
50	メルセン条約		868年頃 福音書		
900	『古今集』				930年頃 ヴァルターの歌
50	オットー一大帝 神聖ローマ帝国創立				
1000	『源氏物語』				1030年頃 ルーオトリープ

中世中期の文学

年	参考事項	騎士文学	英雄叙事詩
	コンラート三世即位 (38-52)		
1140		40? ハインリヒ・フォン・フェルデケ 1200以前 (エネイーデ)	
	パリ大学創立		
60	フリードリヒ一世 (バルバロッサ) 即位 (52-90)	60? ラインマル・フォン・ハーゲナウ 06? 60? ハインリヒ・フォン・モールンゲン 22? 65? ハルトマン・フォン・アウエ 10? (グレゴーリウス、エーレク、イーヴェイン、あわれなハインリヒ) 70? ヴォルフラム・フォン・エッシェンバッハ 20? (パルツィヴァール) 70? ゴットフリート・フォン・シュトラースブルク 10? (トリスタンとイゾルデ) 70? ヴァルター・フォン・デル・フォーゲルヴァイデ 30?	
80	ハインリヒ四世即位 (90-97)		
	オットー一四世即位		
1200	『新古今集』		1200年頃 ニーベルンゲンの歌
	フリードリヒ二世即位 (12-50)		
	マグナカルタ発布		
20	『平家物語』		
40			1240年頃 クードルン
	コンラート四世即位 (50-54)		
60			

ルネサンス　Renaissance (1470-1600)

人文主義と宗教改革の時代　イタリアに起こったルネサンス運動，人文主義思潮がドイツに波及．現世肯定の風潮が起こり，教会の権威を否定し，個人の自由を尊重する気運が高まった．これがルターの宗教改革運動となって爆発した．知識階級がラテン語を常用したため一般に文学は低調であったが，ハンス・ザックスを代表とする市民文学が着実に発展した．

マルティーン・ルター　宗教改革運動を通してドイツ人の思想の自由の基礎を築いた．宗教的著作や聖書の翻訳によって，新高ドイツ文章語を創始した．すぐれた讃美歌を作った．

市民文学の発展

① **職匠歌**　ハンス・ザックスによって4000篇以上の作品が書かれた．

② **謝肉祭劇**　H・ザックスによって，『阿呆の切開手術』をはじめ多くの傑作が書かれた．

③ **散文物語**　外国物の流行のほかに，『ファウスト博士』，『ティル・オイレンシュピーゲル』など，ドイツ固有の伝説や市民生活に取材したものが生まれて隆盛をみた．またフランスやイタリアから流入したロマン形式を用いて，ヴィクラムはドイツ散文小説の先駆となった．

④ **諷刺文学**　現実的・批判的時代精神を反映して隆盛をみた．フィッシャルトの『奇想天外記』，低地ドイツ語で書かれた動物叙事詩『ラインケ狐』など．

バロック　Barock (1600-1720)

三十年戦争と不安の時代　暗い世相を反映して，すべてが調和と均衡を失い，厭世思想や神秘主義が起こった．個性尊重と個人蔑視，現世享楽と来世信仰など二元的対立が顕著．王候の保護を受けた学者階級の文学が主流となった．文化的，政治的に立ちおくれたドイツは，もっぱら先進国の文物を受容して近代的な文学ジャンルを確立した．

マルティーン・オーピッツ　国語浄化運動，詩学の創始，外国詩形の輸入，演劇論などによって，ドイツ文学の振興につくした．

◆抒情詩　バロック時代の特徴を強く反映している．宗教的内容のものが主流をなすが，愛や現世のよろこび，自然の讃美などをうたったものも多い．アレクサンドラン，ソネットなどの外国の詩形が取り入れられた．代表的詩人は，S. ダッハ，P. ゲールハルト，P. フレーミング，A. グリューフィウス，アンゲルス・ズィレーズィウスなど．

◆散文　フランス系の「英雄恋愛小説」，イタリア系の「牧人小説」，スペイン系の「悪漢小説」などが流入した．グリンメルスハウゼンの『ズィンプリツィスィムスの冒険』は，悪漢小説の流れを汲むもので，バロック時代の最大・最高の小説である．

◆戯曲　グリューフィウスによって，5幕の本格的な戯曲が書かれた．『カルデニオとツェリンデ』はドイツ最初の市民悲劇であり，『ペーター・スクヴェンツ氏』はドイツ最初の喜劇である．

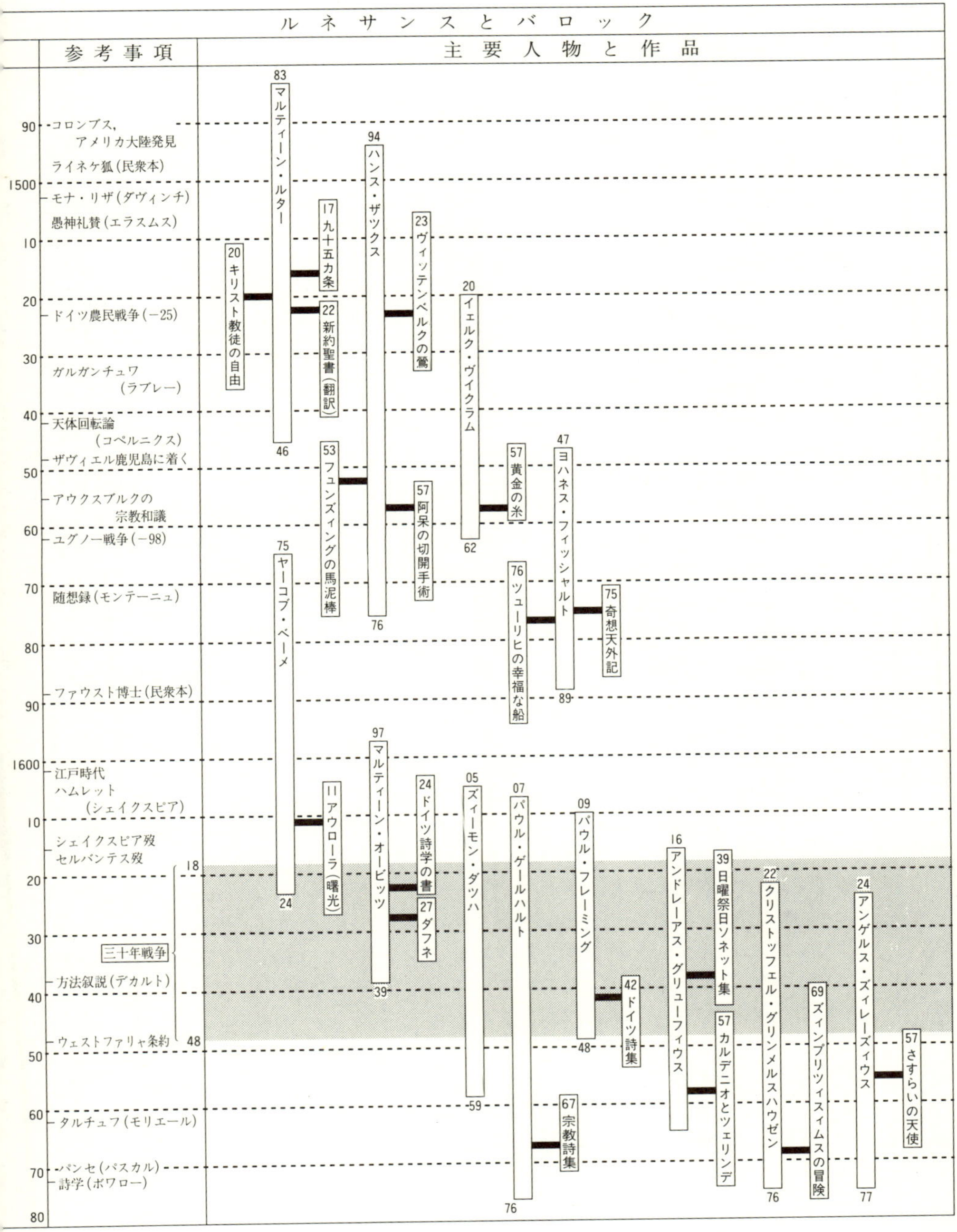
ルネサンスとバロック
参考事項
主要人物と作品
90 コロンブス，アメリカ大陸発見
ライネケ狐（民衆本）
1500 モナ・リザ（ダヴィンチ）
愚神礼賛（エラスムス）
10
20 ドイツ農民戦争（−25）
30 ガルガンチュワ（ラブレー）
40 天体回転論（コペルニクス）
ザヴィエル鹿児島に着く
50 アウクスブルクの宗教和議
60 ユグノー戦争（−98）
70 随想録（モンテーニュ）
80
ファウスト博士（民衆本）
90
1600 江戸時代
ハムレット（シェイクスピア）
10 シェイクスピア歿
セルバンテス歿
20
三十年戦争 18 48
30
方法叙説（デカルト）
40
ウェストファリャ条約
50
60 タルチュフ（モリエール）
70 パンセ（パスカル）
詩学（ボワロー）
80
83 マルティーン・ルター 46
20 キリスト教徒の自由
17 九十五カ条
22 新約聖書（翻訳）
94 ハンス・ザックス 76
23 ヴィッテンベルクの鶯
53 フュンズィングの馬泥棒
57 阿呆の切開手術
20 イェルク・ヴィクラム 62
57 黄金の糸
47 ヨハネス・フィッシャルト 89
76 ツューリヒの幸福な船
75 奇想天外記
75 ヤーコプ・ベーメ 24
11 アウローラ（曙光）
97 マルティーン・オーピッツ 39
24 ドイツ詩学の書
27 ダフネ
05 ズィーモン・ダッハ 59
07 パウル・ゲールハルト 76
67 宗教詩集
09 パウル・フレーミング 48
42 ドイツ詩集
16 アンドレーアス・グリューフィウス
39 日曜祭日ソネット集
57 カルデニオとツェリンデ
22 クリストッフェル・グリンメルスハウゼン 76
69 ズィンプリツィスィムスの冒険
24 アンゲルス・ズィレーズィウス 77
57 さすらいの天使

啓 蒙 主 義　Aufklärung (1720-1785)

合理主義と市民文化の時代　イギリスに発生した啓蒙思潮（ロック，ヒューム）がフランス（ヴォルテール，百科全書派など）を経て，ドイツに伝来した．ドイツ啓蒙思潮の先駆者はライプニッツ（予定調和説）で，ヴォルフが彼の思想を平俗化して国内に普及させた．フランス文化に心酔したフリードリヒ大王も啓蒙思潮の機運を助長した．文化の中心地は，ハンブルク，ライプツィヒ，ツューリヒなどの大商業都市に移った．

啓蒙主義の特徴　啓蒙とは，人間が自己の悟性にめざめ，それによって周囲の無知・蒙昧な人間や考え方を啓発することで，この時代の啓蒙主義は，教会の権威に逆って理性的人間による近代的市民社会の創造をめざした．フランスではこれが政治的エネルギーとなって大革命を準備する役割を果たしたが，ドイツでは神秘主義・敬虔主義の伝統が強かったため，政治的な力とはならなかった．

啓蒙主義の文学の特徴　文学は自然の模写．明析な形式と表現の尊重．文学の目的は教化と娯楽．

◆ライプツィヒ派　中心人物はゴットシェート．啓蒙主義文学の創始者．ヴォルフの哲学理論を文学に応用．フランス古典主義（ボワローの詩学）の模倣．文壇の大御所となり，ドイツ語を整理・統一し，ドイツ演劇に品格を与える功績はあったが，理性を文学の本質と見なす極端な合理主義が反発を買った．主要著作『批判的作詩法の試み』．

◆スイス派　中心人物はボードマー，ブライティンガー．ゴットシェートの理論に対立し，文学の本質は感情と空想にあると主張．ミルトン，シェイクスピア等イギリス文学を範とする．中世ドイツ文学に注目．ゴットシェートとの論争の結果，スイス派が優勢となり，感情尊重の機運が高まった．

◆アナクレオン派　中心人物はハーゲドルン，グライム．フランスのルイ十五世時代の芸術ロココ様式を模倣．優雅・軽妙な作風．ギリシア詩人アナクレオーンを範として，愛と酒と社交をうたった．

ヴィーラント　ドイツ・ロココ文学の完成者．　教養心理小説『アーガトン物語』，社会批判小説『アブデラの人びと』，叙事詩『オーベロン』，シェイクスピアの翻訳．

◆「ブレーメン寄与」派　スイス派の影響を受けて反ゴットシェートをモットーとし，文学を心情の発露と見なす．感傷的，教訓的色彩が濃い．中心人物はゲラート．

クロップシュトック　感傷的主観主義の文学．深い心情をもつ宗教文学を完成．『救世主（メスィアス）』宗教叙事詩，現世肯定と敬虔主義的情熱をうたう．『頌歌』18世紀ドイツ抒情詩の傑作．神と自然，恋愛と自由，祖国と英雄などをうたう．

◆レッスィング　ドイツ啓蒙主義文学の代表者・完成者であるとともに，その克服者．イギリスのリロの市民劇に学び，シェイクスピアを讃美して，ドイツ国民演劇を確立．主要著作，戯曲『サラ・サンプソン嬢』，『ミンナ・フォン・バルンヘルム』，『エミーリア・ガロッティ』，『賢者ナータン』，『ハンブルク演劇論』，芸術論『ラオーコオン』．

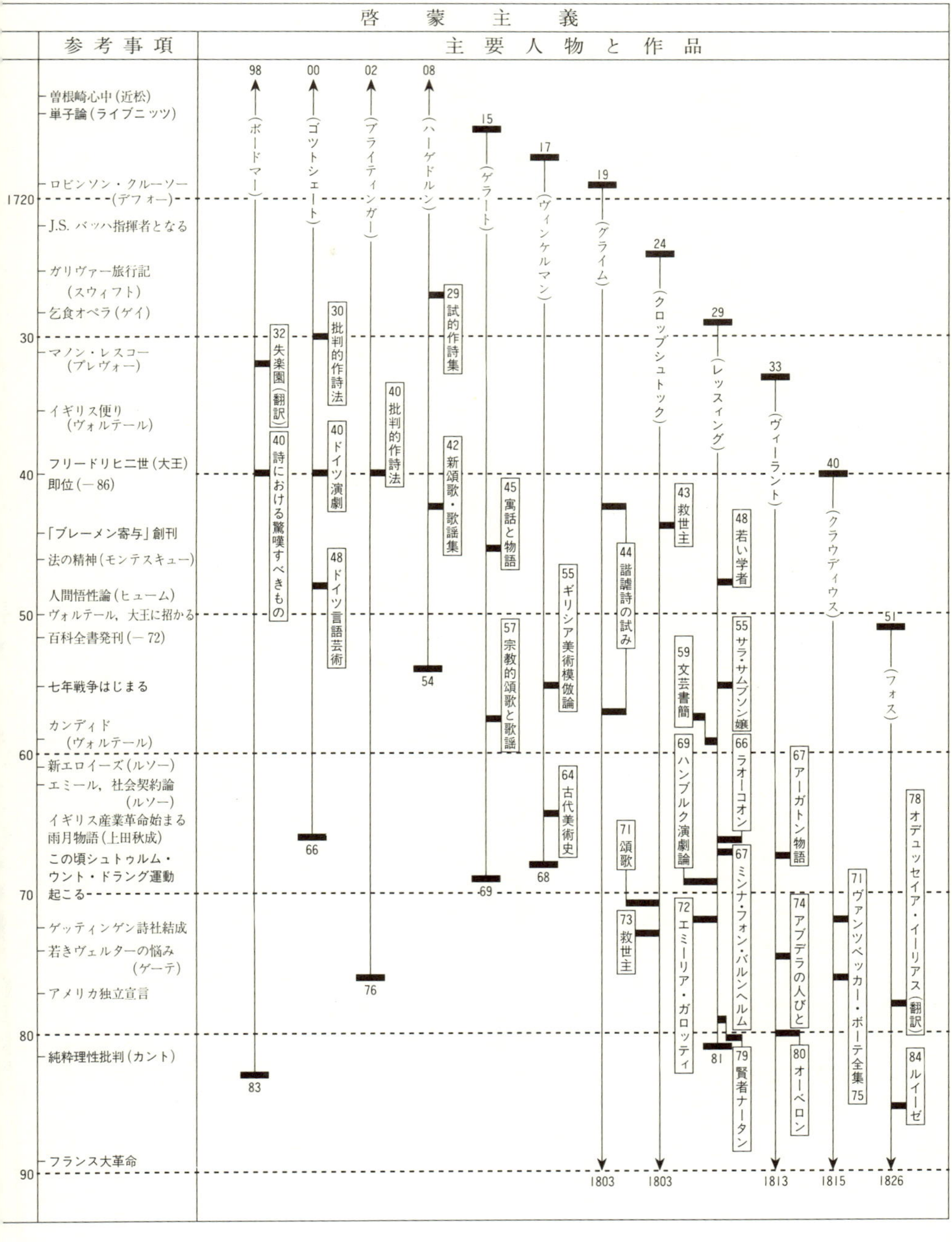
啓蒙主義
参考事項
主要人物と作品
曽根崎心中(近松)
単子論(ライプニッツ)
ロビンソン・クルーソー(デフォー)
1720
J.S. バッハ指揮者となる
ガリヴァー旅行記(スウィフト)
乞食オペラ(ゲイ)
30
マノン・レスコー(プレヴォー)
イギリス便り(ヴォルテール)
フリードリヒ二世(大王)即位(—86)
40
「ブレーメン寄与」創刊
法の精神(モンテスキュー)
人間悟性論(ヒューム)
ヴォルテール，大王に招かる
50
百科全書発刊(—72)
七年戦争はじまる
カンディド(ヴォルテール)
60
新エロイーズ(ルソー)
エミール，社会契約論(ルソー)
イギリス産業革命始まる
雨月物語(上田秋成)
この頃シュトゥルム・ウント・ドラング運動起こる
70
ゲッティンゲン詩社結成
若きヴェルターの悩み(ゲーテ)
アメリカ独立宣言
80
純粋理性批判(カント)
フランス大革命
90
98 (ボードマー) 83
32 失楽園(翻訳)
40 詩における驚嘆すべきもの
00 (ゴットシェート) 66
30 批判的作詩法
40 ドイツ演劇
48 ドイツ言語芸術
02 (ブライティンガー) 76
40 批判的作詩法
08 (ハーゲドルン) 54
29 試的作詩集
42 新頌歌・歌謡集
15 (ゲラート) 69
45 寓話と物語
57 宗教的頌歌と歌謡
17 (ヴィンケルマン) 68
55 ギリシア美術模倣論
64 古代美術史
19 (グライム) 1803
44 諧謔詩の試み
71 頌歌
24 (クロップシュトック) 1803
43 救世主
73 救世主
29 (レッシング) 81
48 若い学者
55 サラ・サムプソン嬢
59 文芸書簡
66 ラオーコオン
67 ミンナ・フォン・バルンヘルム
69 ハンブルク演劇論
72 エミーリア・ガロッティ
79 賢者ナータン
33 (ヴィーラント) 1813
67 アーガトン物語
74 アブデラの人びと
80 オーベロン
40 (クラウディウス) 1815
71 ヴァンツベッカー・ボーテ全集 75
51 (フォス) 1826
78 オデュッセイア・イーリアス(翻訳)
84 ルイーゼ

シュトゥルム・ウント・ドラング　Sturm und Drang（1767-1785）

革命的国民文学運動　若い文学者たちが，理性万能の啓蒙主義に抗して，感情の解放をとなえ，外国の模倣でない国民文学の創造をめざした．自然と天才とを讃美し，個性的なもの，異常なもの，非合理なもの，情熱的なもの，民族的なものなどを重視して，それらの自由な表現をはばむ規則や形式を敵視した．この時代の文学の主要ジャンルは戯曲で，天才（独創的人間）と社会の因襲との相剋をテーマとしたものが多い．

外国からの影響　シェイクスピア（人間的スケール，性格描写），オスィアン（感傷的雰囲気，吟遊詩人的性格），パースィー（民衆文学，郷土の伝説），ルソー（自然と情熱）．

◆ハーマン　思想的先駆者．啓蒙主義に反対して，感情や空想の創造力を説く．

◆ヘルダー　理論的指導者．シェイクスピア，オスィアンを讃美．民族性（母国語，民謡）を尊重．国民文学の方向を指示．ゲーテとの出会い（1770）は大きな意義をもつ．

◆ゲーテ　戯曲『鉄手のゲッツ』．小説『若きヴェルターの悩み』．抒情詩．

◆シラー　戯曲『群盗』，『フィエスコの叛乱』，『たくらみと恋』．

◆ゲッティンゲン林苑同盟　北ドイツの詩人たちによる市民的感傷主義の文学．クロップシュトックを師として，自然や愛国的情熱をうたった．クラウディウス，フォスなど．

◆その他の劇作家　J. レンツ，クリンガー，ライゼヴィッツなど．

ドイツ古典主義　Klassik（1786-1805）

ドイツ文学の黄金時代　シュトゥルム・ウント・ドラング的熱狂を克服したゲーテとシラーとによって，ヴァイマルを中心に展開された文学運動．啓蒙主義の知性的・合理的・静的・形式的要素と，シュトゥルム・ウント・ドラングの情感的・非合理的・動的・無形式的要素など，18世紀の多様な傾向を融合して，内容と形式が一致した，高度な，調和ある美的世界を築きあげた．これは，ヴィンケルマンによって発見された古代ギリシアを模範とし，カント哲学の批判的理想主義を支えとしている．ゲーテはイタリア旅行を経て，シラーは歴史，哲学研究を経てこの境地に達した．この時期は一応シラーの死の年（1805）までとされているが，ゲーテに関してはその歿年（1832）までと考える方が妥当である．

◆ゲーテの作品　戯曲『イフィゲーニエ』，『タッソー』，『ファウスト』．小説『ヴィルヘルム・マイスター』，『親和力』．叙事詩『ヘルマンとドロテーア』など．

◆シラーの作品　戯曲『ヴァレンシュタイン』，『メアリ・ステュアート』，『オルレアンの少女』，『メッスィーナの花嫁』，『ヴィルヘルム・テル』．

過渡に立つ作家　古典主義からロマン主義時代にかけて活躍し，流派から孤立した存在．

◆ジャン・パウル　ドイツ文学史上最も多作な作家で，後世に甚大な影響を及ぼした散文の巨匠．形式を尊重する古典主義と相容れず，現実的性格は，ロマン主義とも異質である．

◆ヘルダーリーン　ギリシアへの憧れ，ドイツへの愛を歌った純粋，孤高の抒情詩人．

シュトゥルム・ウント・ドラングと古典主義

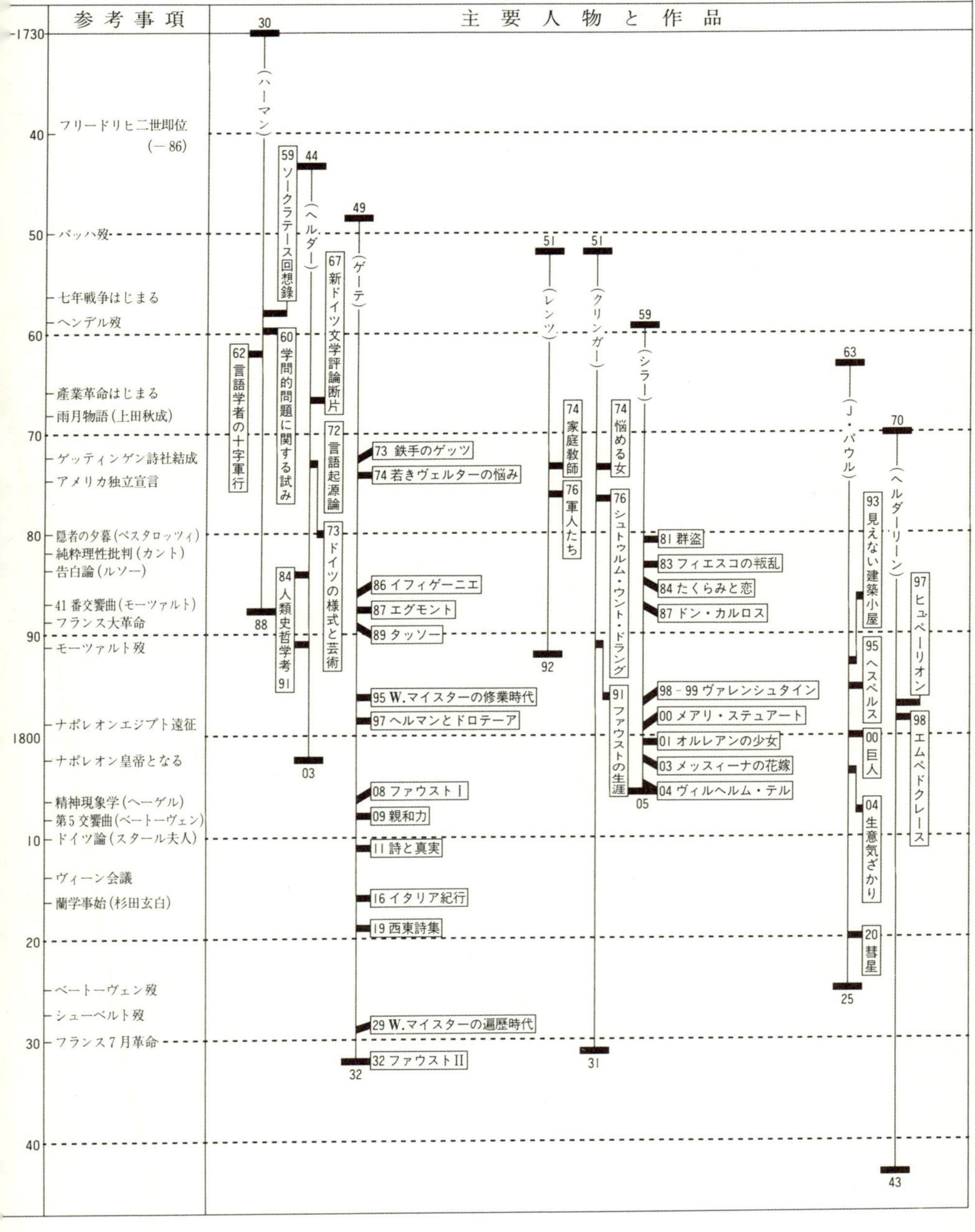
参考事項
主要人物と作品
1730
40 フリードリヒ二世即位(—86)
50 バッハ歿
七年戦争はじまる
ヘンデル歿
60
産業革命はじまる
雨月物語(上田秋成)
70
ゲッティンゲン詩社結成
アメリカ独立宣言
80 隠者の夕暮(ペスタロッツィ)
純粋理性批判(カント)
告白論(ルソー)
41番交響曲(モーツァルト)
フランス大革命
90
モーツァルト歿
ナポレオンエジプト遠征
1800
ナポレオン皇帝となる
精神現象学(ヘーゲル)
第5交響曲(ベートーヴェン)
10 ドイツ論(スタール夫人)
ヴィーン会議
蘭学事始(杉田玄白)
20
ベートーヴェン歿
シューベルト歿
30 フランス7月革命
40
30 (ハーマン) 88
59 ソークラテース回想錄
60 学問的問題に関する試み
62 言語学者の十字軍行
44 (ヘルダー) 03
67 新ドイツ文学評論断片
72 言語起源論
73 ドイツの様式と芸術
84 人類史哲学考 91
49 (ゲーテ) 32
73 鉄手のゲッツ
74 若きヴェルターの悩み
86 イフィゲーニエ
87 エグモント
89 タッソー
95 W.マイスターの修業時代
97 ヘルマンとドロテーア
08 ファウスト I
09 親和力
11 詩と真実
16 イタリア紀行
19 西東詩集
29 W.マイスターの遍歴時代
32 ファウストII
51 (レンツ) 92
74 家庭教師
76 軍人たち
51 (クリンガー) 31
74 悩める女
76 シュトゥルム・ウント・ドラング
91 ファウストの生涯
59 (シラー) 05
81 群盗
83 フィエスコの叛乱
84 たくらみと恋
87 ドン・カルロス
98–99 ヴァレンシュタイン
00 メアリ・ステュアート
01 オルレアンの少女
03 メッスィーナの花嫁
04 ヴィルヘルム・テル
63 (J・パウル) 25
93 見えない建築小屋
95 ヘスペルス
00 巨人
04 生意気ざかり
20 彗星
70 (ヘルダーリーン) 43
97 ヒュペーリオン
98 エムペドクレース

ロマン主義　Romantik (1798-1835)

最もドイツ的な精神運動　ヴァイマル古典主義時代とほぼ同じ頃，シュレーゲル兄弟を中心として，イェーナに起こったロマン主義文学運動は，フィヒテの絶対自我の哲学，シュライアーマッハーの感情的宗教哲学，シェリングの自然哲学などを拠りどころとして，自我と創造的空想力とを至上のものと見なし，哲学と芸術（真と美，思考と創作）との一致をめざすものである．ドイツ国内にとどまらず，全ヨーロッパの文化に深い影響を与えた．
ロマン主義文学の特徴　運動・発展の無限性，永遠なものへのあこがれ，夢と現実との交錯，自我の無限的拡大，ロマン的イロニーなど．これらを表現するのにふさわしいジャンルとして詩，童話，散文断片などが好まれた．
◆前期ロマン派　イェーナを中心とする．ロマン主義理論の確立に大きな貢献をしたが，文学作品は少ない．ノヴァーリスの夭折を機として解体．
シュレーゲル兄弟　理論的指導者．機関誌「アテネーウム」創刊．
ノヴァーリス　実作での前期ロマン派の代表者．『夜によせる讃歌』，『青い花』など．
ヴァッケンローダー　ドイツ中世美術の発見．ティークへの影響．
ティーク　初期にはヴァッケンローダーとの合作『フランツ・シュテルンバルトの放浪』．前期ロマン派解体後も長く創作活動を続けた．『長靴をはいた牡猫』など．
◆後期ロマン派　フランス革命とナポレオンの勃興，神聖ローマ帝国の没落を体験した作家たちは，民族意識にめざめ，民謡・民話・童話などに目を向けるとともに愛国的情熱をうたった．一般に，理論より実作に力を注いだため多彩な作品を残している．ハイデルベルク，ベルリーン，シュヴァーベンを中心とするいくつかのグループに分かれている．
ホフマン　特異な幻想的怪奇文学によって世界に影響を与えた．『悪魔の霊液』など．
ブレンターノ，アルニム　民謡収集『少年の魔法の角笛』．
グリム兄弟　童話・民話・伝説の集大成，中世研究，語学研究に大きな業績を残す．
フケー　小説『ウンディーネ』．
シャミッソー　小説『ペーター・シュレミールの不思議な物語』．
ウーラント　バラードにすぐれた作品を残した．
アイヒェンドルフ　民謡調の抒情詩．小説『のらくら者の生活から』など．
◆愛国詩人　アルント，シェンケンドルフ，Th. ケルナーなど．
◆シュヴァーベン詩派　J. ケルナー，シュヴァーブ，ハウフなど．
◆異色の存在クライスト　ロマン的天性をもちながら，リアリスティックな傑作を残した劇作家．近代リアリズム文学の先駆．悲劇『シュロッフェンシュタイン家』，『ペンテズィレーア』，喜劇『こわれがめ』，小説『ミヒャエル・コールハース』など．

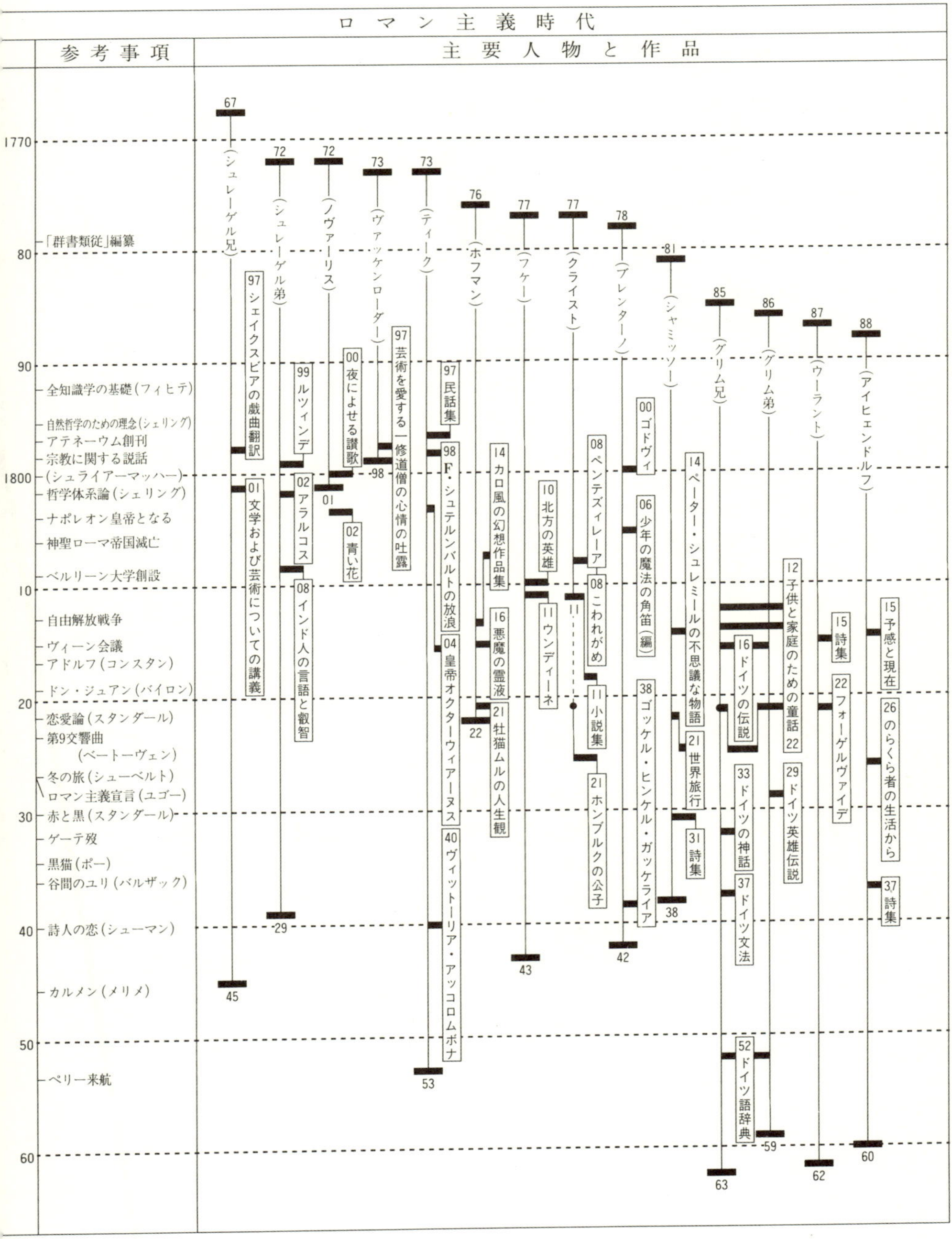
ロマン主義時代
参考事項
主要人物と作品
1770
80
90
1800
10
20
30
40
50
60
「群書類従」編纂
全知識学の基礎(フィヒテ)
自然哲学のための理念(シェリング)
アテネーウム創刊
宗教に関する説話
(シュライアーマッハー)
哲学体系論(シェリング)
ナポレオン皇帝となる
神聖ローマ帝国滅亡
ベルリーン大学創設
自由解放戦争
ヴィーン会議
アドルフ(コンスタン)
ドン・ジュアン(バイロン)
恋愛論(スタンダール)
第9交響曲
(ベートーヴェン)
冬の旅(シューベルト)
ロマン主義宣言(ユゴー)
赤と黒(スタンダール)
ゲーテ歿
黒猫(ポー)
谷間のユリ(バルザック)
詩人の恋(シューマン)
カルメン(メリメ)
ペリー来航
67 (シュレーゲル兄) 45
97 シェイクスピアの戯曲翻訳
01 文学および芸術についての講義
72 (シュレーゲル弟) 29
99 ルツィンデ
02 アラルコス
08 インド人の言語と叡智
72 (ノヴァーリス) 01
00 夜によせる讃歌
02 青い花
73 (ヴァッケンローダー) 98
97 芸術を愛する一修道僧の心情の吐露
73 (ティーク) 53
97 民話集
98 F・シュテルンバルトの放浪
04 皇帝オクターヴィアーヌス
40 ヴィットーリア・アッコロムボナ
76 (ホフマン) 22
14 カロ風の幻想作品集
16 悪魔の霊液
21 牡猫ムルの人生観
77 (フケー) 43
10 北方の英雄
11 ウンディーネ
77 (クライスト) 11
08 ペンテズィレーア
08 こわれがめ
11 小説集
21 ホンブルクの公子
78 (ブレンターノ) 42
00 ゴドヴィ
06 少年の魔法の角笛(編)
38 ゴッケル・ヒンケル・ガッケライア
81 (シャミッソー) 38
14 ペーター・シュレミールの不思議な物語
21 世界旅行
31 詩集
85 (グリム兄) 63
86 (グリム弟) 59
12 子供と家庭のための童話 22
16 ドイツの伝説
33 ドイツの神話
37 ドイツ文法
29 ドイツ英雄伝説
52 ドイツ語辞典
87 (ウーラント) 62
15 詩集
22 フォーゲルヴァイデ
88 (アイヒェンドルフ) 60
15 予感と現在
26 のらくら者の生活から
37 詩集

写実主義 I　Realismus (1820-1890)

19世紀の文学の主流　詩的・空想的・非現実的なロマン主義に対立して，現実を直視し，事象を客観的に描こうとする傾向が，19世紀ヨーロッパ文学の主流となった．これは，科学の進歩とともに発達した実証主義の精神と，近代社会の担い手である市民階級の現実的感覚との反映である．ドイツ写実主義文学は，オーストリア演劇の隆盛に貢献した劇作家たち，政治，社会の変革をめざす「青年ドイツ派」の作家グループ，小市民的生活感情にもとづくリアリズム文学を生み出した「ビーダーマイアー」の作家たち，理想主義的，内省的色彩の濃い「詩的リアリズム」の作家たちなどに分けて考えるのが便利であろう．

◆ヴィーン演劇の隆盛

グリルパルツァー　オーストリア最大の劇作家．リアリズム演劇の先駆．

ライムント　バロック以来の粗野な演劇を，芸術的に洗練した．

ネストロイ　ライムント劇の模倣から，リアリズムに向かう．喜劇，時事劇など．

◆「青年ドイツ派」　パリの七月革命以来ヨーロッパ各地に発生した自由主義的国家主義運動の一環として文学的自由主義革命を志すドイツの青年作家たちの一群をいう．古典主義の観念論やロマン主義の主観論を排し，政治と社会の現実を写実的に描いて批判・攻撃し，民主主義的国家の実現を志す．この派に属するヴィーンバルク，ハイネ，グツコー，ムント，ラウベ等は，1835年ドイツ連邦議会によって著書の出版を禁じられた．

ハイネ　『歌の本』などロマン的傾向の抒情詩人として出発したが，社会批判的リアリズムに向かう．パリ亡命後マルクスらと親しく交わり，革命的ジャーナリストとして活躍．

ラウベ　ジャーナリストとして政治活動，演出家としてヴィーン演劇の発展に貢献．

グツコー　創作の面でもジャーナリストとしても「青年ドイツ派」の代表的人物．

◆政治詩人　ホフマン・フォン・ファラースレーベン，ヘルヴェーク，フライリヒラート．

ビューヒナーは「青年ドイツ派」に属さないが，卓越した近代性をもつ異色の革命作家．

インマーマン，グラッベは，この時期に活躍したが，政治的傾向が少ない．

◆「ビーダーマイアー」政治や社会の改革運動に参加せず，孤独と平安とを愛して，身辺のささやかなものを愛情込めて観察し，写実的に描いた作家たちを，一括して「ビーダーマイアー」の作家と呼んでいる．「ビーダーマイアー」とは，元来「質素な環境の素朴な描写」を旨とする工芸上の様式をあらわす言葉である．

ドロステ=ヒュルスホフ　鋭い観察眼をもって，郷土の風物を写実的に描いた女性詩人．

レーナウ　自然の風物を写実的に描きつつ，孤独や愛の苦悩を歌ったペシミズムの詩人．

メーリケ　ロマン主義からリアリズムへの過渡的存在．典雅な形式，写実的手法，豊かな抒情性，機智とユーモアを特徴とする個性的な文学．多彩な抒情詩を残している．

なおシュティフターは，次頁の表で扱う．

写　実　主　義　時　代　I

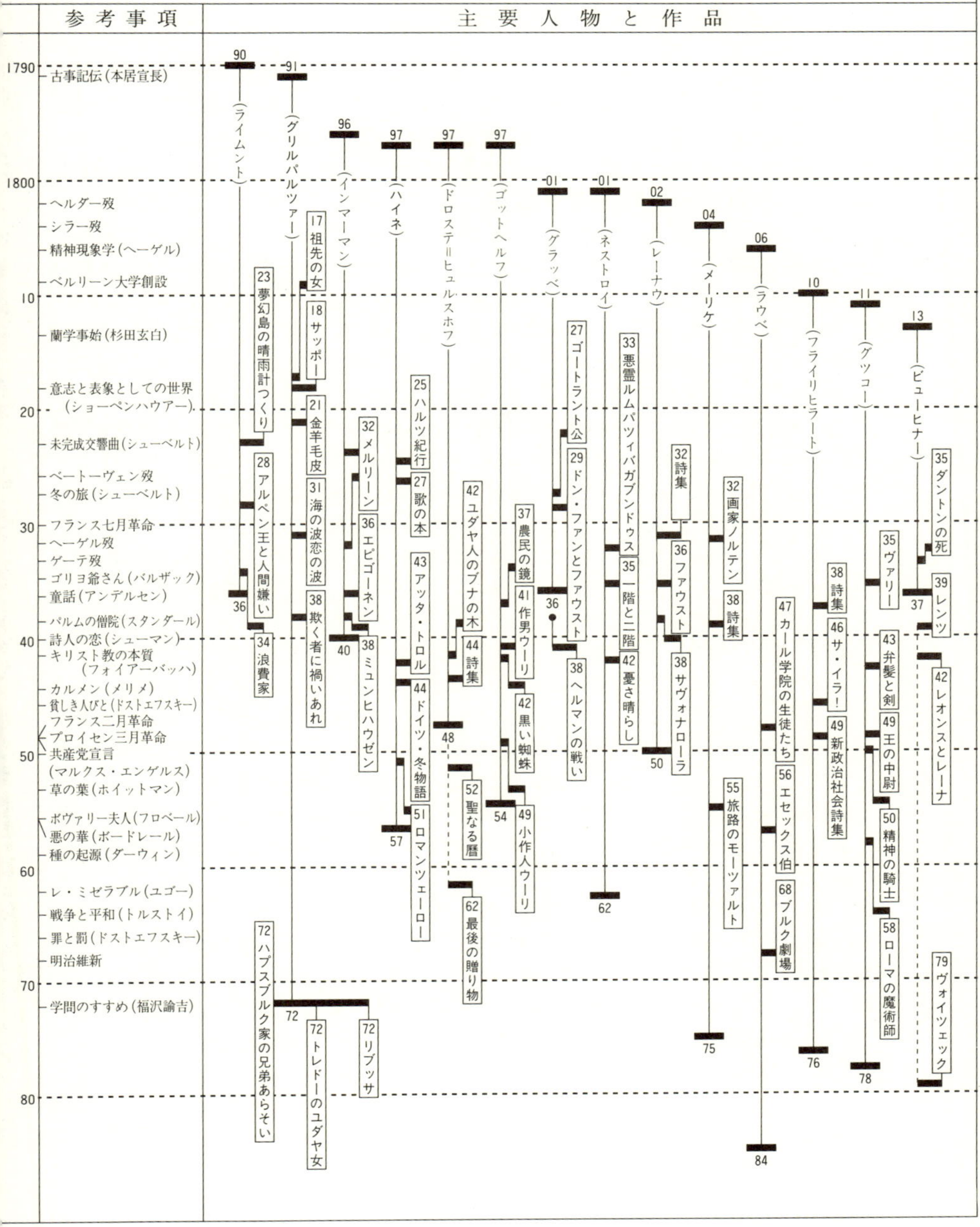
参考事項
主要人物と作品
1790
古事記伝（本居宣長）
1800
ヘルダー歿
シラー歿
精神現象学（ヘーゲル）
ベルリーン大学創設
10
蘭学事始（杉田玄白）
意志と表象としての世界（ショーペンハウアー）
20
未完成交響曲（シューベルト）
ベートーヴェン歿
冬の旅（シューベルト）
30
フランス七月革命
ヘーゲル歿
ゲーテ歿
ゴリヨ爺さん（バルザック）
童話（アンデルセン）
パルムの僧院（スタンダール）
40
詩人の恋（シューマン）
キリスト教の本質（フォイアーバッハ）
カルメン（メリメ）
貧しき人びと（ドストエフスキー）
フランス二月革命
プロイセン三月革命
共産党宣言（マルクス・エンゲルス）
50
草の葉（ホイットマン）
ボヴァリー夫人（フロベール）
悪の華（ボードレール）
種の起源（ダーウィン）
60
レ・ミゼラブル（ユゴー）
戦争と平和（トルストイ）
罪と罰（ドストエフスキー）
明治維新
70
学問のすすめ（福沢諭吉）
80
90 （ライムント） 36
23 夢幻島の晴雨計つくり
28 アルペン王と人間嫌い
34 浪費家
91 （グリルパルツァー） 72
17 祖先の女
18 サッポー
21 金羊毛皮
31 海の波恋の波
38 欺く者に禍いあれ
72 ハプスブルク家の兄弟あらそい
72 トレドーのユダヤ女
72 リブッサ
96 （インマーマン） 40
32 メルリーン
36 エピゴーネン
38 ミュンヒハウゼン
97 （ハイネ） 57
25 ハルツ紀行
27 歌の本
43 アッタ・トロル
44 ドイツ・冬物語
51 ロマンツェーロー
97 （ドロステ＝ヒュルスホフ） 48
42 ユダヤ人のブナの木
44 詩集
52 聖なる暦
62 最後の贈り物
97 （ゴットヘルフ） 54
37 農民の鏡
41 作男ウーリ
42 黒い蜘蛛
49 小作人ウーリ
01 （グラッベ） 36
27 ゴートラント公
29 ドン・ファンとファウスト
38 ヘルマンの戦い
01 （ネストロイ） 62
33 悪霊ルムパツィバガブンドゥス
35 一階と二階
42 憂さ晴らし
02 （レーナウ） 50
32 詩集
36 ファウスト
38 サヴォナローラ
04 （メーリケ） 75
32 画家ノルテン
38 詩集
55 旅路のモーツァルト
06 （ラウベ） 84
47 カール学院の生徒たち
56 エセックス伯
68 ブルク劇場
10 （フライリヒラート） 76
38 詩集
46 サ・イラ！
49 新政治社会詩集
11 （グツコー） 78
35 ヴァリー
43 弁髪と剣
49 王の中尉
50 精神の騎士
58 ローマの魔術師
13 （ビューヒナー） 37
35 ダントンの死
39 レンツ
42 レオンスとレーナ
79 ヴォイツェック

写実主義 II　Realismus（1820-1890）

詩的リアリズム　19世紀後半のドイツ・リアリズム文学は，オットー・ルートヴィヒの命名による「詩的リアリズム」の名で総称することができる．1848年の3月革命の坐折によってプロイセンの反動政策が強化され，自由主義的な風潮が衰退したため，文学も「青年ドイツ派」に見られたような政治的・革命的な傾向から離反し，自己中心的・内省的なものが多くなった．この時代の作家たちは，自然と風景，歴史と民族，個人と運命などを好んで題材として，それらを現実的に，かつ詩的に表現しようとした．

多様な傾向　詩的リアリズムの文学は，写実的，現実的な面では共通しているが，人間的なものを尊重し，個人を国家的・社会的条件に順応させようとする点で，古典主義につながるものをもち，ファンタジーや情緒をかなり取り入れている点では，ロマン主義の伝統を受け継ぎ，また，環境描写を重視する点では，のちの自然主義につながるなど，多様な傾向をもっている．

思想的影響　特にフォイアーバッハの唯物論的世界観やショーペンハウアーの厭世哲学などから大きな影響を受けている．

◆小　説　詩的写実主義文学に最もふさわしい形式で，この時期の代表的ジャンルとなった．多くのすぐれた小説家が輩出して，多彩な作品を残している．ゴットヘルフの農民生活に取材した『ウーリ』3部作，ケラーの長篇教養小説『緑のハインリヒ』や短篇集『ゼルトヴィーラの人びと』など，シュティフターの長篇教養小説『晩夏』や短篇集『石さまざま』，ルートヴィヒの『天と地のあいだ』，フライタークの『貸借』，シュトルムの『白馬の騎者』や抒情的短篇，マイヤーの歴史小説群，ハイゼのイタリアに取材した短篇群，エッシェンバッハの郷土色豊かな短篇集，ラーベのペシミスティックな，あるいはユーモアにあふれた長篇などである．またロイターは，低地ドイツの方言を用いて多くの傑作を書いている．なお，この時期の最後に活躍したフォンターネは，『エフィ・ブリースト』をはじめ多くのすぐれた社会小説を書き，自然主義への橋渡しの役割を果たした．

◆戯　曲　この時代最大の劇作家ヘッベルは，全体的なものの意志と個人の意志との相剋によって生ずる悲劇を扱って，多くの傑作を残した．ルートヴィヒには，『世襲林務官』などがある．フライタークの『新聞記者』は，ドイツに数少ない喜劇の佳作の一つである．また音楽・詩歌・演劇を一体化した総合芸術「楽劇」を創始したヴァーグナーはこの時期に活躍した異色の存在で，ニーチェや新ロマン派の作家たちに大きな影響を与えた．

◆抒情詩　この時期の抒情詩では，哀愁と香気にみちた北方的なシュトルムの作品と，それとは対象的に南方的で，重厚なマイヤーの作品とが特に目立っている．また，ヘッベルやケラーにもすぐれた作品があり，フォンターネはバラードを書いた．

写実主義時代 II

参考事項	主要人物と作品

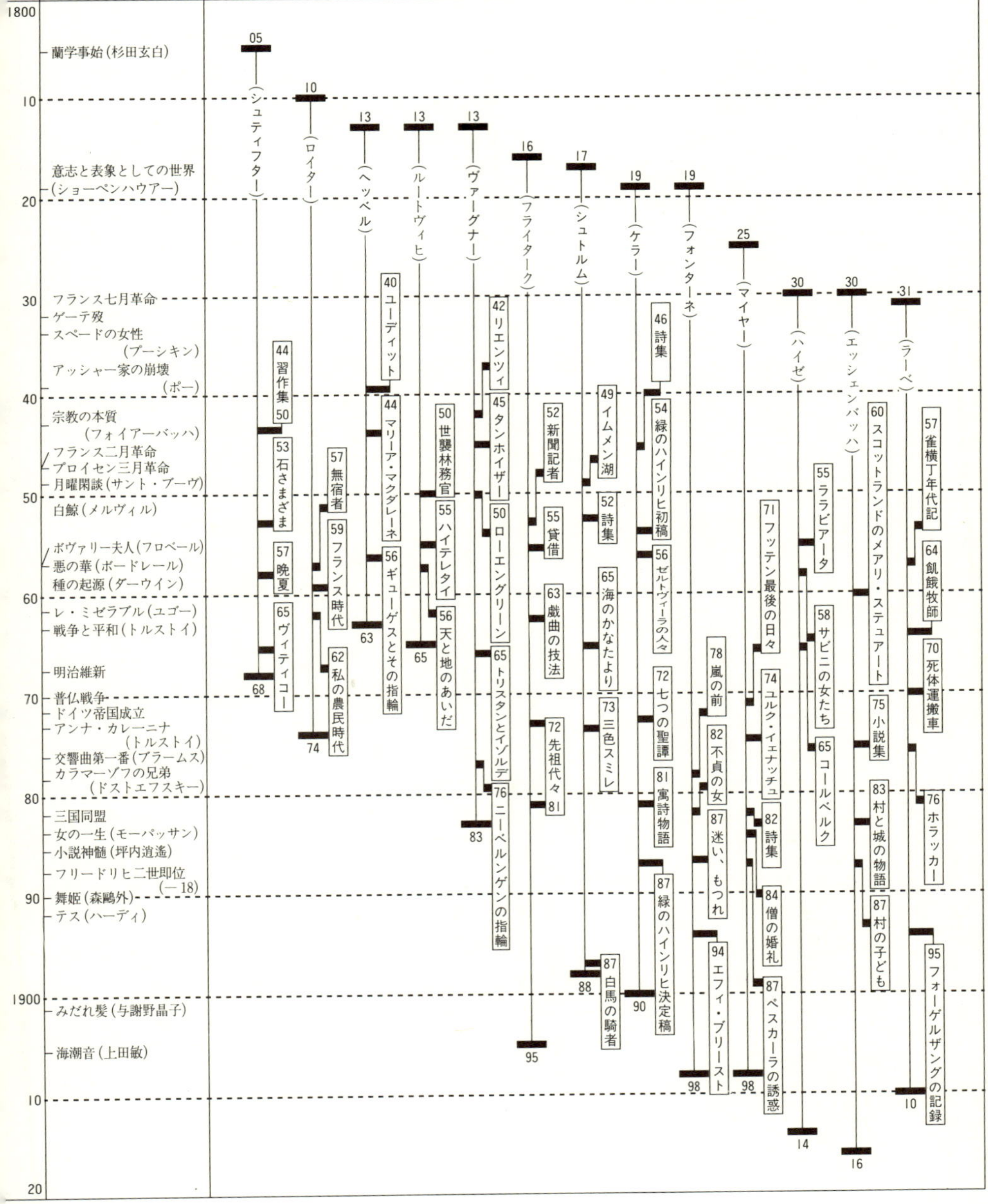

1800
蘭学事始(杉田玄白)
10
意志と表象としての世界(ショーペンハウアー)
20
30
フランス七月革命
ゲーテ歿
スペードの女性(プーシキン)
アッシャー家の崩壊(ポー)
40
宗教の本質(フォイアーバッハ)
フランス二月革命
プロイセン三月革命
月曜閑談(サント・ブーヴ)
50
白鯨(メルヴィル)
ボヴァリー夫人(フロベール)
悪の華(ボードレール)
種の起源(ダーウイン)
60
レ・ミゼラブル(ユゴー)
戦争と平和(トルストイ)
明治維新
70
普仏戦争
ドイツ帝国成立
アンナ・カレーニナ(トルストイ)
交響曲第一番(ブラームス)
カラマーゾフの兄弟(ドストエフスキー)
80
三国同盟
女の一生(モーパッサン)
小説神髄(坪内逍遙)
フリードリヒ二世即位(—18)
90
舞姫(森鷗外)
テス(ハーディ)
1900
みだれ髪(与謝野晶子)
海潮音(上田敏)
10
20
05 (シュティフター) 68
44 習作集 50
53 石さまざま
57 晩夏
65 ヴィティコー
10 (ロイター) 74
57 無宿者
59 フランス時代
62 私の農民時代
13 (ヘッベル) 63
40 ユーディット
44 マリーア・マグダレーネ
56 ギューゲスとその指輪
13 (ルートヴィヒ) 65
50 世襲林務官
55 ハイテレタイ
56 天と地のあいだ
13 (ヴァーグナー) 83
42 リエンツィ
45 タンホイザー
50 ローエングリーン
65 トリスタンとイゾルデ
76 ニーベルンゲンの指輪
16 (フライターク) 95
52 新聞記者
55 貸借
63 戯曲の技法
72 先祖代々 81
17 (シュトルム) 88
49 イムメン湖
52 詩集
65 海のかなたより
73 三色スミレ
87 白馬の騎者
19 (ケラー) 90
46 詩集
54 緑のハインリヒ初稿
56 ゼルトヴィーラの人々
72 七つの聖譚
81 寓詩物語
87 緑のハインリヒ決定稿
19 (フォンターネ) 98
78 嵐の前
82 不貞の女
87 迷い、もつれ
94 エフィ・ブリースト
25 (マイヤー) 98
71 フッテン最後の日々
74 ユルク・イェナッチュ
82 詩集
84 僧の婚礼
87 ペスカーラの誘惑
30 (ハイゼ) 14
55 ララビアータ
58 サビニの女たち
65 コールベルク
30 (エッシェンバッハ) 16
60 スコットランドのメアリ・ステュアート
75 小説集
83 村と城の物語
87 村の子ども
31 (ラーベ) 10
57 雀横丁年代記
64 飢餓牧師
70 死体運搬車
76 ホラッカー
95 フォーゲルザングの記録

世紀末から20世紀初頭の文学

さまざまな潮流　世紀末から20世紀にかけてのドイツ文学は，自然主義と反自然主義の二つの傾向に大別することができる．反自然主義とは，印象主義，新ロマン主義，象徴主義，新古典主義など，さまざまな傾向の総称である．

自然主義　19世紀後半になると，フランスの作家たちを中心として，従来の写実主義の方向を極端におしすすめた自然主義文学運動が起こった．何よりも真実を尊重する彼らは，実験科学の方法を意識的に文学にとり入れて，人間の性格を決定する環境や遺伝などの問題を重要視した．そして，美化・理想化を排して，好んで社会や人間の醜悪な面を赤裸々に描いた．ドイツでも，フランスの自然主義作家のほか，北欧のイプセン，ロシアのドストエフスキーやトルストイなどの影響を受けて，自然主義文学運動が起こった．まず，ホルツとシュラーフは，ゾラの理論を極端化した「徹底自然主義」を唱え，『パパ・ハムレット』，『ゼーリケ一家』などの実験的作品を発表した．そしてハウプトマンの『日の出前』が演劇グループ「自由劇場」によって上演されて以来，彼の戯曲『寂しき人びと』，『織工たち』，『運送屋ヘンシェル』などのほか，ズーダーマンの戯曲『名誉』，『故郷』，小説『憂愁夫人』，ハルベの戯曲『青春』などが続々と発表され，ドイツ自然主義文学は最盛期を迎えた．しかし，自然主義は，内面的で主情的なドイツ人の性格にそぐわないものであったため，ほとんど時期を同じくして，さまざまな反自然主義的傾向を呼び起こした．そしてハウプトマン自身も自然主義から象徴主義に転向した．

印象主義　自然主義的手法が外界の感覚的表現に向かうと印象主義の傾向を帯びる．ホルツの抒情詩作品などはすでにこの傾向をよくあらわしている．リーリエンクローンは，意識的にこの手法を用いて成功した最初の印象派の詩人である．さらにこの手法が，独自の個性のもとに内面に向かい，独自の感情や思想を表現しようとするとき，象徴主義的傾向が生まれる．シュニッツラーやホーフマンスタールなどヴィーンの作家たちは，象徴的印象派の大家である．デーメルも印象主義から出発して，象徴主義に向かい，生命の躍動を力強くうたって表現主義の先駆となった．

新ロマン主義　象徴的印象主義をも含めた，反自然主義的傾向を，新ロマン主義と呼ぶこともある．すなわち反自然主義の文学は，特に自然主義の純粋客観的な描写や宿命論的人間観に抗して，詩的創造力を重んじ，人間の主体性の回復をめざすという点で，ロマン主義的特徴をもっているからである．新ロマン主義の作家たちに大きな影響を与えたのは，ニーチェの哲学とフロイトの心理分析などである．独自の理想主義文学を完成したシュピッテラー，性愛の根源的な力を描いた劇作家ヴェーデキントのほか，フーフ，ヴァッサーマン，Th. マン，ヘッセなど多くの作家がここに属する．

新古典主義　エルンストやショルツらによって提唱された文学運動で，自然主義の醜悪な描写や新ロマン主義のデカダンス的傾向に対して，古典的形式と高い倫理を主張し，これを戯曲や短篇小説に表現した．

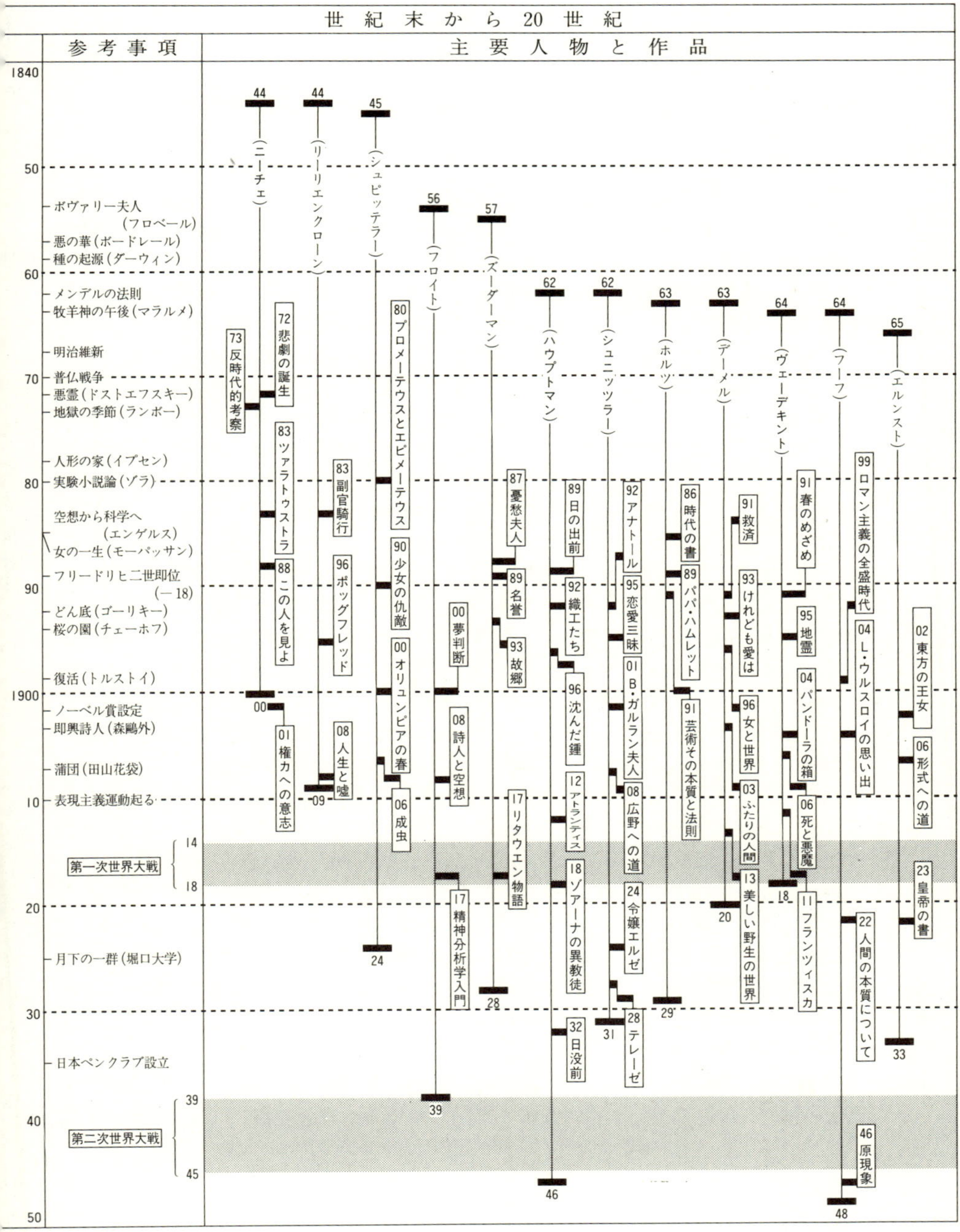

世紀末から20世紀
参考事項
主要人物と作品
1840
50
60
70
80
90
1900
10
20
30
40
50
ボヴァリー夫人(フロベール)
悪の華(ボードレール)
種の起源(ダーウィン)
メンデルの法則
牧羊神の午後(マラルメ)
明治維新
普仏戦争
悪霊(ドストエフスキー)
地獄の季節(ランボー)
人形の家(イプセン)
実験小説論(ゾラ)
空想から科学へ(エンゲルス)
女の一生(モーパッサン)
フリードリヒ二世即位(―18)
どん底(ゴーリキー)
桜の園(チェーホフ)
復活(トルストイ)
ノーベル賞設定
即興詩人(森鷗外)
蒲団(田山花袋)
表現主義運動起る
第一次世界大戦 14 18
月下の一群(堀口大学)
日本ペンクラブ設立
第二次世界大戦 39 45
44 (ニーチェ) 00
73 反時代的考察
72 悲劇の誕生
83 ツァラトゥストラ
88 この人を見よ
01 権力への意志
44 (リーリエンクローン) 09
83 副官騎行
96 ポッグフレッド
08 人生と嘘
45 (シュピッテラー) 24
80 プロメーテウスとエピメーテウス
90 少女の仇敵
00 オリュンピアの春
06 成虫
56 (フロイト) 39
00 夢判断
08 詩人と空想
17 精神分析学入門
57 (ズーダーマン) 28
87 憂愁夫人
89 名誉
93 故郷
17 リタウエン物語
62 (ハウプトマン) 46
89 日の出前
92 織工たち
96 沈んだ鐘
12 アトランティス
18 ゾアーナの異教徒
32 日没前
62 (シュニッツラー) 31
92 アナトール
95 恋愛三昧
01 B・ガルラン夫人
08 広野への道
24 令嬢エルゼ
28 テレーゼ
63 (ホルツ) 29
86 時代の書
89 パパ・ハムレット
91 芸術その本質と法則
63 (デーメル) 20
91 救済
93 けれども愛は
96 女と世界
03 ふたりの人間
13 美しい野生の世界
64 (ヴェーデキント) 18
91 春のめざめ
95 地霊
04 パンドーラの箱
06 死と悪魔
11 フランツィスカ
64 (フーフ) 48
99 ロマン主義の全盛時代
04 L・ウルスロイの思い出
22 人間の本質について
46 原現象
65 (エルンスト) 33
02 東方の王女
06 形式への道
23 皇帝の書

20世紀の文学Ⅰ

抒情詩の三巨匠　19世紀末から20世紀初頭にかけて，ドイツの抒情詩を世界的水準に高めた三人の詩人があらわれた．ゲオルゲとホーフマンスタールとリルケである．ゲオルゲは，高踏的な詩誌「芸術草紙」を刊行して，芸術至上主義運動を行ない，言葉と形式とを最高度に重んじる求道的ともいえるきびしい詩作を通して，現代の虚無を克服しようとした．早熟の天才ホーフマンスタールは，1冊の詩集と，初期の韻文劇とにその比類ない言語感覚をあますところなく表現した．中期以後は，真に20世紀的な作家として再出発し，戯曲や散文に新しい表現を求めた．リルケは，印象派風の抒情詩から出発し，神を求める『時禱集』，事物の中に深く沈潜してその真の存在に触れた『新詩集』などを経て，目に見えない世界，純粋な内面空間を描き出した『ドゥイノの悲歌』へと，言葉による表現に無限の可能性を与えた．

散文界の三巨匠　マンとヘッセとカロッサは，ともに第一次大戦以前から創作活動をはじめ，それぞれ時代の苦難と戦いながらすぐれた作品を生み出して，第二次大戦後まで活躍した．この意味で彼らは20世紀前半のドイツ文学を最もよく代表する巨匠たちである．マンは，20代でノーベル賞の対象となった長篇『ブッデンブローク家の人びと』や短篇『トーニオ・クレーガー』など，市民性と芸術性との相剋を描いた名作を発表した．第一次大戦後は政治評論などを発表しつつ，しだいに初期の芸術主義的・新ロマン主義的傾向を脱し，大作『魔の山』によってヒューマニズムの思想を確立した．ナツィス時代にはアメリカに亡命して抵抗運動を行なうかたわら，主として伝説に取材した大作を発表した．戦後も，創作を続けながら平和運動に努力した．ヘッセは，初期にみずみずしい青春文学の傑作をつぎつぎに発表したが，第一次大戦を機として，内面の世界に沈潜し，『デーミアン』，『スィッダールタ』，『ナルツィスとゴルトムント』など，自己内面の最も切実な問題を追求した作品を発表した．大戦後には大作『ガラス玉遊戯』を発表し，ノーベル賞を受けた．カロッサは，生涯医者を続けながらすぐれた自伝的小説を書き続けた．第一次大戦には軍医として従軍し，その体験から『ルーマニア日記』を書いた．ナツィス時代は政治的に利用されるという不幸な目にあいながら，高貴なゲーテ的態度を守り通した．

現代的な三作家　上記の人びとが，19世紀的教養を身につけた最後の世代の代表者であったのに対して，カフカ，ムーズィル，ブロッホは，純粋に現代的な作家たちである．彼らはいずれも生前にはほとんど認められなかったが，第二次大戦後，にわかに脚光を浴びて世界的に有名になった．特にカフカの作品は世界の文学界に大きな衝撃を与え，実存主義の流行と相まってカフカ・ブームが起こり，おびただしい研究書が書かれた．ムーズィルの長篇『特性のない男』，ブロッホの諸作品も高く評価された．

世界的伝記作家　印象派の抒情詩人として出発したS. ツヴァイクは，フロイト流の心理分析を用いて，多くの傑作を書いたが，特に伝記・評伝文学にすぐれた技量を発揮し，モーロワ，ストレイチーとともに20世紀の三大伝記作家の一人に数えられている．

20 世紀の文学 I

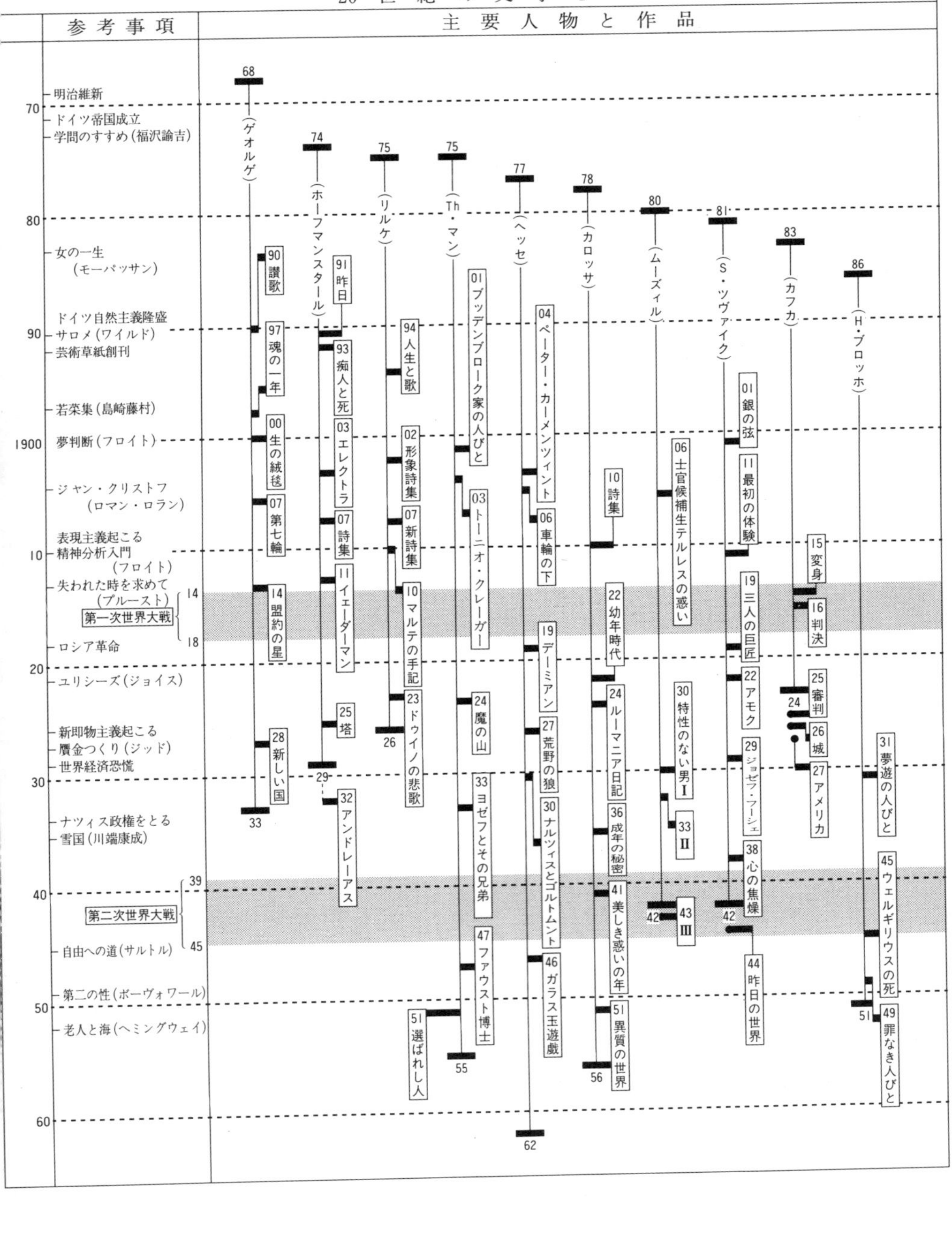

参考事項
主要人物と作品
明治維新
ドイツ帝国成立
学問のすすめ(福沢諭吉)
女の一生
(モーパッサン)
ドイツ自然主義隆盛
サロメ(ワイルド)
芸術草紙創刊
若菜集(島崎藤村)
夢判断(フロイト)
ジャン・クリストフ
(ロマン・ロラン)
表現主義起こる
精神分析入門
(フロイト)
失われた時を求めて
(プルースト)
第一次世界大戦
14
18
ロシア革命
ユリシーズ(ジョイス)
新即物主義起こる
贋金つくり(ジッド)
世界経済恐慌
ナツィス政権をとる
雪国(川端康成)
第二次世界大戦
39
45
自由への道(サルトル)
第二の性(ボーヴォワール)
老人と海(ヘミングウェイ)
70
80
90
1900
10
20
30
40
50
60
68
(ゲオルゲ)
90 讃歌
97 魂の一年
00 生の絨毯
07 第七輪
14 盟約の星
28 新しい国
33
74
(ホーフマンスタール)
91 昨日
93 痴人と死
03 エレクトラ
07 詩集
11 イェーダーマン
25 塔
29
32 アンドレーアス
75
(リルケ)
94 人生と歌
02 形象詩集
07 新詩集
10 マルテの手記
23 ドゥイノの悲歌
26
75
(Th・マン)
01 ブッデンブローク家の人びと
03 トーニオ・クレーガー
24 魔の山
33 ヨゼフとその兄弟
47 ファウスト博士
51 選ばれし人
55
77
(ヘッセ)
04 ペーター・カーメンツィント
06 車輪の下
19 デーミアン
27 荒野の狼
30 ナルツィスとゴルトムント
46 ガラス玉遊戯
62
78
(カロッサ)
10 詩集
22 幼年時代
24 ルーマニア日記
36 成年の秘密
41 美しき惑いの年
51 異質の世界
56
80
(ムーズィル)
06 士官候補生テルレスの惑い
30 特性のない男 I
33 II
43 III
42
81
(S・ツヴァイク)
01 銀の弦
11 最初の体験
19 三人の巨匠
22 アモク
29 ジョゼフ・フーシェ
38 心の焦燥
42
44 昨日の世界
83
(カフカ)
15 変身
16 判決
25 審判
24
26 城
27 アメリカ
86
(H・ブロッホ)
31 夢遊の人びと
45 ウェルギリウスの死
49 罪なき人びと
51

20世紀の文学II

表現主義　外界の印象を受動的に模写する印象主義に対して，人間の内面を積極的に「表現」しようとする表現主義文学運動が，1910年から1920年代にかけて，第一次大戦前後の社会不安や時代の危機感を内面的に克服しようとする若い文学者たちのあいだから起こった．彼らは，既成の芸術理念に反抗し，伝統や形式の束縛を脱して，内面からほとばしり出る叫びによって，人間の本質や存在の根源的なものを表現しようとした．この文学運動はまず抒情詩をもって開始された．存在の不安や没落の感情を痛切にうたったトラークルをはじめとして，ハイム，シュタードラー，トラー，ヴェルフェル，ベン，ベッヒャーなど多くの抒情詩人が活躍した．

第一次大戦を境として，資本主義文明に対する攻撃，社会改革，平和主義が強く叫ばれるようになり，戯曲が支配的なジャンルとなった．代表的劇作家は，カイザー，シュテルンハイム，ウンルー，ハーゼンクレーファー，ヴェルフェル，ブレヒト，トラーなどである．小説家では，ヴェルフェル，デーブリーン，フランクなどがあげられる．

新即物主義　第一次大戦後の混乱がようやくおさまった1923年頃，激情的な表現主義は急激に衰退して，作家の思想的立場や芸術理念のいかんにかかわらず事実を冷静に観察し，ありのままに描こうとする傾向が一般的なものとなった．このような傾向は，新即物主義，別名20世紀リアリズムと呼ばれている．

まず，この時期の大きな特徴は，第一次大戦に取材した小説やルポルタージュがおびただしくあらわれたことである．その中で特に有名なものは，E.ユンガーの戦記物，レマルクの『西部戦線異状なし』，カロッサの『ルーマニア日記』，A.ツヴァイクの『グリーシャ軍曹』などである．その他の小説では，ケストナーの諷刺小説『ファービアン』，デーブリーンの『ベルリーン・アレクサンダー広場』，フォイヒトヴァンガーやコルベンハイヤーの歴史小説，ゼーガースの社会主義的小説などがある．

戯曲の分野では特にブレヒトとツックマイヤーの活躍がめざましい．抒情詩人としては特異な諷刺的抒情詩を書いたブレヒト，ケストナーらのほかにヴァインヘーバー，リンゲルナッツなどが挙げられる．

ナツィス時代と第二次大戦後　右頁の表にあげた作家たちの多くは，ナツィス時代から第二次大戦後まで活躍した．早世したトラークルは別として，ナツィス時代に国内にとどまったのはベン，ユンガー，ケストナーの三人だけで，ほかはすべて国外に亡命した．はじめナツィスに共鳴したが，のちに失望して従軍したベン，親ナツィスと誤解されたまま国内にとどまり，のちに従軍したユンガー，沈黙の抵抗を続けたケストナーらは，戦後再び脚光をあびて世界的名声を博した．亡命作家のうち，トラー，ヴェルフェル，カイザーは亡命地で客死した．A.ツヴァイク，ベッヒャー，ブレヒト，ゼーガースは，戦後東ドイツに帰って第一線に立って活躍した．西ドイツに帰ったツックマイヤーも，精力的に活躍した．

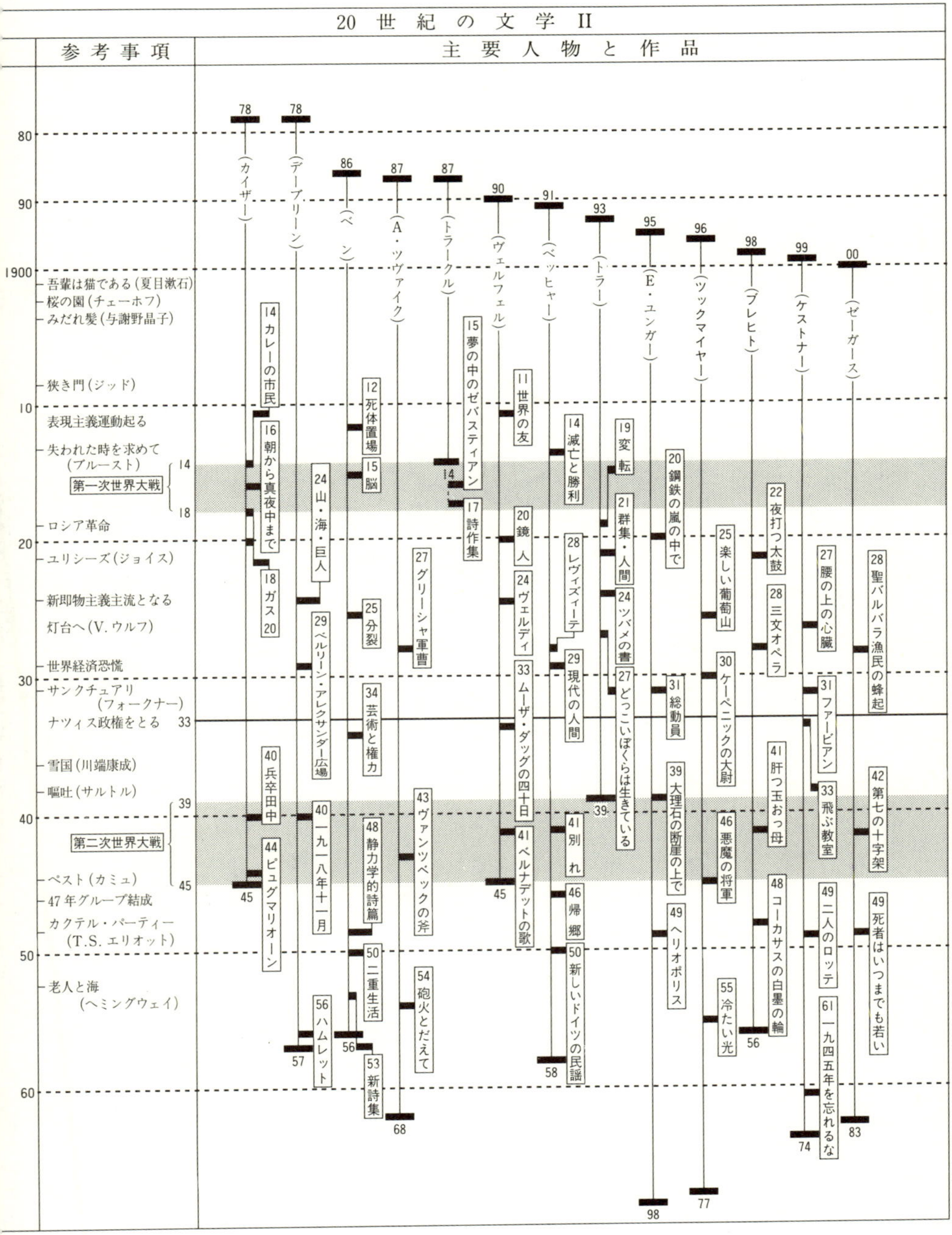
20世紀の文学II
参考事項
主要人物と作品
80
90
1900
吾輩は猫である(夏目漱石)
桜の園(チェーホフ)
みだれ髪(与謝野晶子)
狭き門(ジッド)
10
表現主義運動起る
失われた時を求めて(プルースト)
第一次世界大戦 14 18
ロシア革命
20
ユリシーズ(ジョイス)
新即物主義主流となる
灯台へ(V.ウルフ)
世界経済恐慌
30
サンクチュアリ(フォークナー)
ナツィス政権をとる 33
雪国(川端康成)
嘔吐(サルトル)
39
40
第二次世界大戦
45
ペスト(カミュ)
47年グループ結成
カクテル・パーティー(T.S.エリオット)
50
老人と海(ヘミングウェイ)
60
78 (カイザー) 45
14 カレーの市民
16 朝から真夜中まで
18 ガス 20
40 兵卒田中
44 ピュグマリオーン
78 (デーブリーン) 57
24 山・海・巨人
29 ベルリーン・アレクサンダー広場
40 一九一八年十一月
56 ハムレット
86 (ベン) 56
12 死体置場
15 脳
25 分裂
34 芸術と権力
48 静力学的詩篇
50 二重生活
53 新詩集
87 (A・ツヴァイク) 68
27 グリーシャ軍曹
43 ヴァンツベックの斧
54 砲火とだえて
87 (トラークル) 14
15 夢の中のゼバスティアン
17 詩作集
90 (ヴェルフェル) 45
11 世界の友
20 鏡人
24 ヴェルディ
33 ムーザ・ダッグの四十日
41 ベルナデットの歌
91 (ベッヒャー) 58
14 滅亡と勝利
28 レヴィズィーテ
29 現代の人間
41 別れ
46 帰郷
50 新しいドイツの民謡
93 (トラー) 39
19 変転
21 群集・人間
24 ツバメの書
27 どっこいぼくらは生きている
95 (E・ユンガー) 98
20 鋼鉄の嵐の中で
31 総動員
39 大理石の断崖の上で
49 ヘリオポリス
96 (ツックマイヤー) 77
25 楽しい葡萄山
30 ケーペニックの大尉
46 悪魔の将軍
55 冷たい光
98 (ブレヒト) 56
22 夜打つ太鼓
28 三文オペラ
41 肝っ玉おっ母
48 コーカサスの白墨の輪
99 (ケストナー) 74
27 腰の上の心臓
31 ファービアン
33 飛ぶ教室
49 二人のロッテ
61 一九四五年を忘れるな
00 (ゼーガース) 83
28 聖バルバラ漁民の蜂起
42 第七の十字架
49 死者はいつまでも若い

20 世 紀 の 文 学 Ⅲ

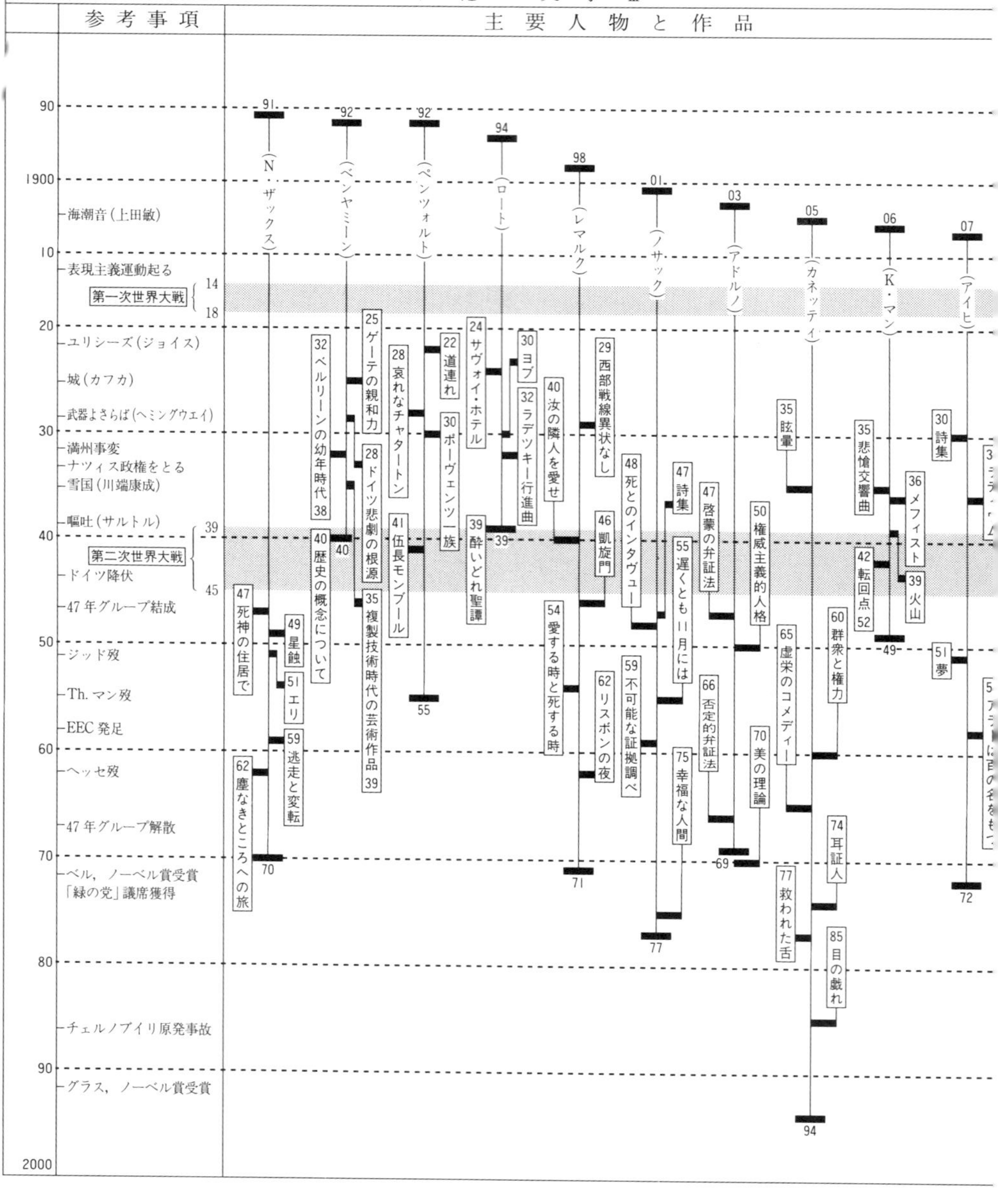

参考事項
主要人物と作品
90
1900
海潮音(上田敏)
10
表現主義運動起る
14
第一次世界大戦
18
20
ユリシーズ(ジョイス)
城(カフカ)
武器よさらば(ヘミングウェイ)
30
満州事変
ナツィス政権をとる
雪国(川端康成)
嘔吐(サルトル)
39
40
第二次世界大戦
ドイツ降伏
45
47年グループ結成
50
ジッド歿
Th. マン歿
EEC発足
60
ヘッセ歿
47年グループ解散
70
ベル, ノーベル賞受賞
「緑の党」議席獲得
80
チェルノブイリ原発事故
90
グラス, ノーベル賞受賞
2000
91
(N・ザックス)
47 死神の住居で
49 星蝕
51 エリ
59 逃走と変転
62 塵なきところへの旅
70
92
(ベンヤミーン)
32 ベルリーンの幼年時代 38
25 ゲーテの親和力
28 ドイツ悲劇の根源
40 歴史の概念について
35 複製技術時代の芸術作品 39
40
92
(ペンツォルト)
28 哀れなチャタートン
22 道連れ
30 ポーヴェンツ一族
41 伍長モンブール
55
94
(ロート)
24 サヴォイ・ホテル
30 ヨブ
32 ラデツキー行進曲
39 酔いどれ聖譚
39
98
(レマルク)
40 汝の隣人を愛せ
29 西部戦線異状なし
46 凱旋門
54 愛する時と死する時
62 リスボンの夜
71
01
(ノサック)
48 死とのインタヴュー
47 詩集
55 遅くとも11月には
59 不可能な証拠調べ
75 幸福な人間
77
03
(アドルノ)
47 啓蒙の弁証法
50 権威主義的人格
66 否定的弁証法
70 美の理論
69
05
(カネッティ)
35 眩暈
65 虚栄のコメディー
60 群衆と権力
74 耳証人
77 救われた舌
85 目の戯れ
94
06
(K・マン)
35 悲愴交響曲
36 メフィスト
42 転回点 52
39 火山
49
07
(アイヒ)
30 詩集
51 夢
72

20 世紀の文学 Ⅳ

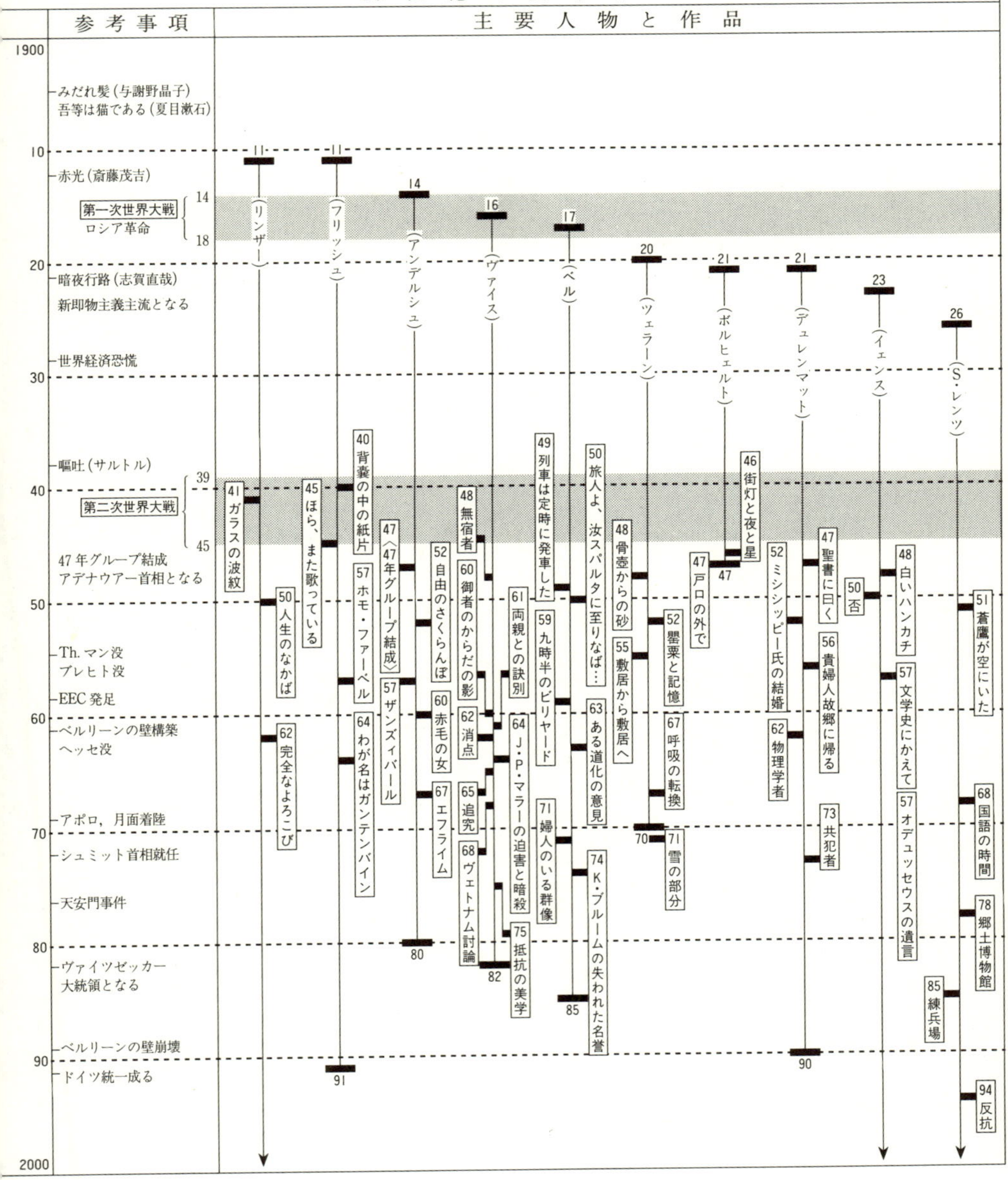
参考事項
主要人物と作品
1900
みだれ髪（与謝野晶子）
吾等は猫である（夏目漱石）
10
赤光（斎藤茂吉）
14 第一次世界大戦 ロシア革命 18
20
暗夜行路（志賀直哉）
新即物主義主流となる
世界経済恐慌
30
嘔吐（サルトル）
39 第二次世界大戦 45
40
47年グループ結成
アデナウアー首相となる
50
Th. マン没
ブレヒト没
EEC 発足
60
ベルリーンの壁構築
ヘッセ没
アポロ，月面着陸
70
シュミット首相就任
天安門事件
80
ヴァイツゼッカー大統領となる
ベルリーンの壁崩壊
90
ドイツ統一成る
2000
11 （リンザー）
41 ガラスの波紋
50 人生のなかば
62 完全なよろこび
11 （フリッシュ） 91
45 ほら、また歌っている
40 背嚢の中の紙片
57 ホモ・ファーベル
64 わが名はガンテンバイン
14 （アンデルシュ） 80
47 〈47年グループ結成〉
57 ザンズィバール
52 自由のさくらんぼ
60 赤毛の女
67 エフライム
16 （ヴァイス） 82
48 無宿者
60 御者のからだの影
62 消点
65 追究
68 ヴェトナム討論
61 両親との訣別
64 J・P・マラーの迫害と暗殺
75 抵抗の美学
17 （ベル） 85
49 列車は定時に発車した
59 九時半のビリヤード
71 婦人のいる群像
50 旅人よ、汝スパルタに至りなば…
63 ある道化の意見
74 K・ブルームの失われた名誉
20 （ツェラーン） 70
48 骨壺からの砂
55 敷居から敷居へ
52 罌粟と記憶
67 呼吸の転換
71 雪の部分
21 （ボルヒェルト） 47
46 街灯と夜と星
47 戸口の外で
21 （デュレンマット） 90
52 ミシシッピー氏の結婚
62 物理学者
47 聖書に曰く
56 貴婦人故郷に帰る
73 共犯者
23 （イェンス）
50 否
48 白いハンカチ
57 文学史にかえて
57 オデュッセウスの遺言
26 （S・レンツ）
51 蒼鷹が空にいた
68 国語の時間
78 郷土博物館
85 練兵場
94 反抗

20 世紀の文学 V

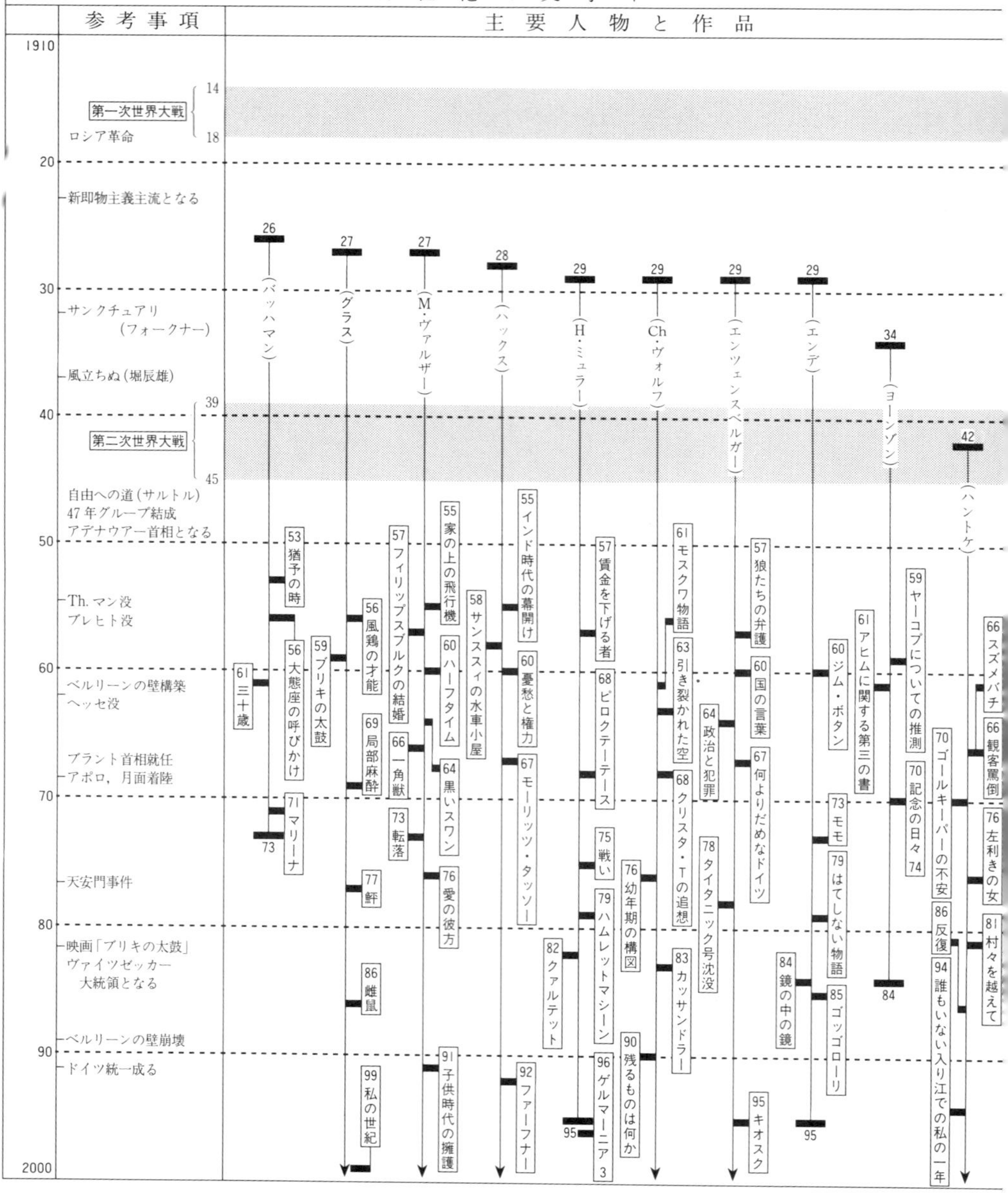

参考事項
主要人物と作品
1910
14
第一次世界大戦
ロシア革命
18
20
新即物主義主流となる
30
サンクチュアリ（フォークナー）
風立ちぬ（堀辰雄）
39
40
第二次世界大戦
45
自由への道（サルトル）
47 年グループ結成
アデナウアー首相となる
50
Th. マン没
ブレヒト没
60
ベルリーンの壁構築
ヘッセ没
ブラント首相就任
アポロ，月面着陸
70
天安門事件
80
映画「ブリキの太鼓」
ヴァイツゼッカー大統領となる
ベルリーンの壁崩壊
90
ドイツ統一成る
2000
26（バッハマン）73
53 猶予の時
56 大熊座の呼びかけ
61 三十歳
71 マリーナ
27（グラス）
59 ブリキの太鼓
56 風鶏の才能
69 局部麻酔
77 鮃
86 雌鼠
99 私の世紀
27（M・ヴァルザー）
57 フィリップスブルクの結婚
55 家の上の飛行機
60 ハーフタイム
66 一角獣
64 黒いスワン
73 転落
76 愛の彼方
91 子供時代の擁護
28（ハックス）
58 サンスゥィの水車小屋
55 インド時代の幕開け
60 憂愁と権力
67 モーリッツ・タッソー
92 ファーフナー
29（H・ミュラー）95
57 賃金を下げる者
68 ピロクテーテース
75 戦い
79 ハムレットマシーン
82 カルテット
96 ゲルマーニア 3
29（Ch・ヴォルフ）
61 モスクワ物語
63 引き裂かれた空
68 クリスタ・T の追想
76 幼年期の構図
83 カッサンドラー
90 残るものは何か
29（エンツェンスベルガー）
64 政治と犯罪
57 狼たちの弁護
60 国の言葉
67 何よりだめなドイツ
78 タイタニック号沈没
95 キオスク
29（エンデ）95
60 ジム・ボタン
73 モモ
79 はてしない物語
84 鏡の中の鏡
85 ゴッゴローリ
34（ヨーンゾン）84
61 アヒムに関する第三の書
59 ヤーコプについての推測
70 記念の日々 74
42（ハントケ）
70 ゴールキーパーの不安
86 反復
94 誰もいない入り江での私の一年
66 スズメバチ
66 観客罵倒
76 左利きの女
81 村々を越えて

ドイツ文学主要作家一覧

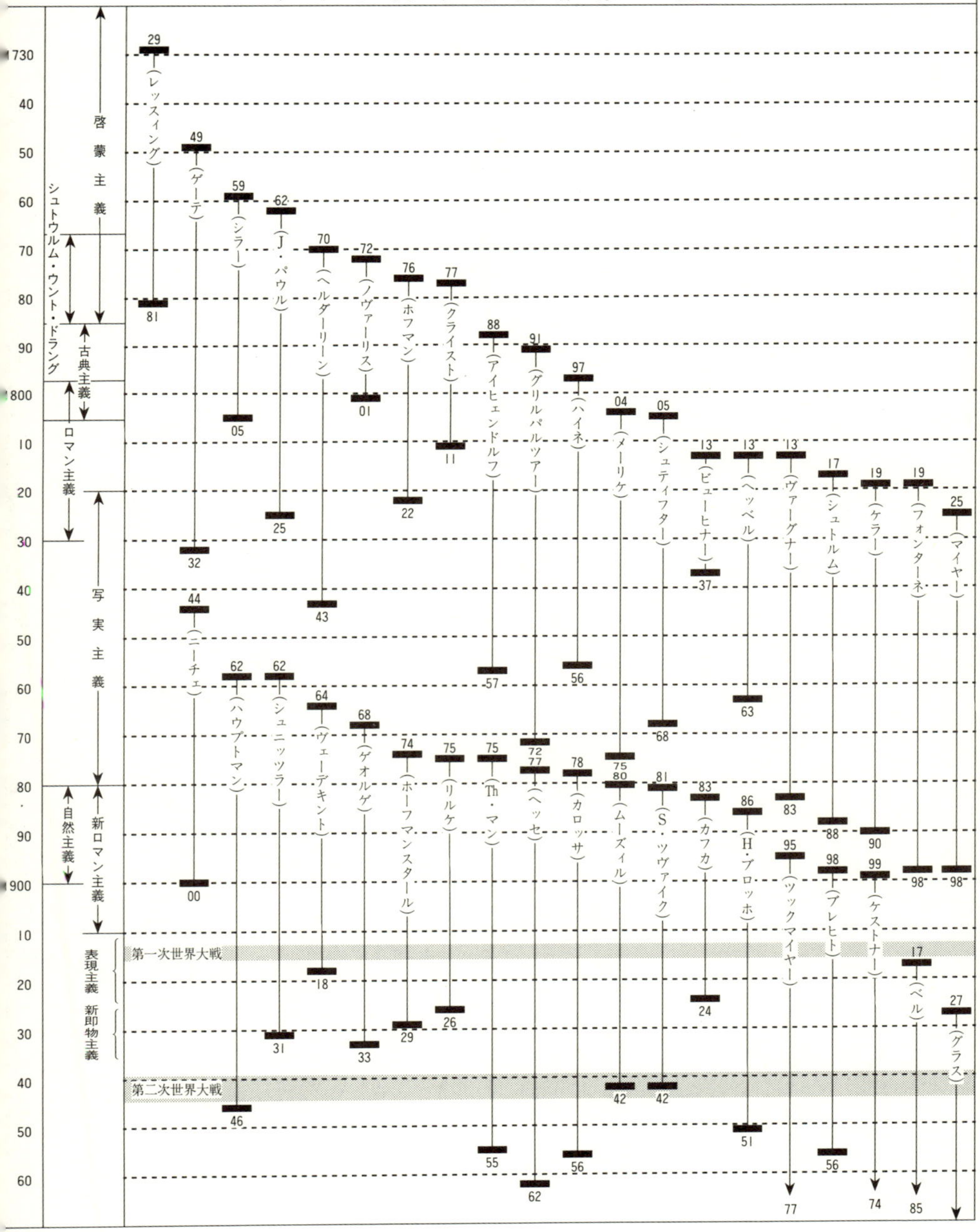

第六部

翻訳文献

訳書名・訳者・版元・刊行年

レッスィング（本文32頁）

「レッシング篇」　野島正城ほか
（「ミンナ・フォン・バルンヘルム」
「エミリア・ガロッティ」「賢者ナータン」
「ユダヤ人」「フィロータス」）
（河出・世界文学全集24）　河出書房　昭27
「レッシング名作集」有川貫太郎
白水社　昭47
Miss Sara Sampson
「ミス・サラ・サムプソン」　野村　行一
岩波書店　大13
Philotas
「俘」森　鷗外
（鷗外全集11）　刊行会　大12
「俘」森　鷗外　岩波書店　昭30
「フィロータス」　高橋　義孝
（世界文学全集　24）　河出書房　昭27
Laokoon
「画趣及び詩味－ラオコオン－」湯原元一
金港堂　明36
「ラオコン」　柳田　泉　春秋社　大11，昭２
「ラオコオン」　高橋義孝，呉茂一
筑摩書房　昭17
「ラオコン」　桜井　和市　生活社　昭23
「ラオコオン」　斎藤　栄治　岩波文庫　昭45
Minna von Bernhelm
「ミンナ・フォン・バルンヘルム」　野村　行一
（独逸文学叢書）岩波書店　大15
「ミンナ・フォン・バルンヘルム」　関口　存男
（世界戯曲全集）　刊行会　昭03
「ミンナ・フォン・バルンヘルム」　井上　正蔵
（世界文学全集）　河出書房　昭02
「ミンナ・フォン・バルンヘルム」　井上　正蔵
（世界古典文庫）　日本評論社　昭24
Hamburgische Dramaturgie
「ハンブルク演劇論」抄　奥住　綱男
玄海出版社　昭28
「ハンブルク演劇論」　奥住　綱男
現代思潮社　昭47
Emilia Galotti
「折薔薇」　森　鷗外
（鷗外全集11）　刊行会　大12
「エミリア・ガロッティ」　野村　行一
岩波書店　大13
「エミリア・ガロッティ」　関口　存男
（世界戯曲全集）　刊行会　昭03
「エミリア・ガロッティほか」　野島　正城ほか
（世界古典文庫）　日本評論社　昭24
「エミリア・ガロッティ」　野島　正城
（世界戯曲全集）　河出書房　昭27
「折薔薇」　森　鷗外
（鷗外全集３）　岩波書店　昭30

Nathan der Weise
「賢者ナータン」　大庭米治郎　岩波書店　大09
「賢人ナータン」　篠田　英雄　岩波文庫　昭02
「賢者ナータン」　大庭米治郎　増進社　昭23
「賢人ナータン」　浅井　真男　日本評論社　昭23
「賢人ナータン」　浅井　真男
（世界文学全集）　河出書房　昭27
「賢人ナータン」　浅井　真男
（世界文学大系14）　筑摩書房　昭36
【その他】
「寓話と寓話論」　中川　良夫　八雲書店　昭22
「寓話　諷刺詩集」　山下　肇　日本評論社　昭24

ゲーテ（本文34頁）

「ゲーテ全集」　高橋　五郎　有倫堂　大02
「ゲーテ全集」1－13　聚英閣　大13
「ゲーテ全集」1－19　大村書店　大14-昭04
「ゲーテ全集」1－12（欠9）
ゲーテ全集刊行会　昭10
「ゲーテ全集」1－32　改造社　昭10-14
「ゲーテ全集」1－20　大東出版社　昭16-19
「ゲーテ全集」1－8　佐藤通次　丁子屋書店　昭22
「ゲーテ全集」1－20　育生社　昭22-24
「ゲーテ全集」1－12　人文書院　昭35-36
「ゲーテ全集」1－15別巻１
1　詩集１　山口四郎，今井寛
2　詩集２　山口四郎，生野幸吉
3　ファウストほか　山下肇，前田和美
4　戯曲１　内垣啓一，中田美喜
5　戯曲２　辻　瑆，小栗　浩
6　若きヴェルターの悩み　親和力
神品芳夫，前田和美
7　ヴィルヘルム・マイスターの修業時代
前田敬作，今村　孝
8　ヴィルヘルム・マイスターの遍歴時代
登張正實
9　詩と真実　1，2部　河原忠彦，山崎章甫
10　詩と真実　3，4部　河原忠彦，山崎章甫
11　イタリア紀行ほか　高木久雄
12　スイスだより，滞払陣中記ほか
永井　博，野村一郎ほか
13　文学論，芸術論ほか　芦津丈夫，関　楠生
14　色彩論，動物・植物・地質・気象学
木村直司，野村一郎，高橋健二
15　書簡，西東詩集ほか
小栗　浩，生野幸吉ほか
潮出版社　昭54-平04
「ゲーテ選集」全８巻　高橋健二　創元文庫　昭28
「ゲーテ傑作集」　村上　静人　佐藤出版部　大06
「ゲーテ集」　石川　曽平　中央出版社　昭03
「ゲーテ名作選」1－6　中央公論社　昭25
「ゲーテ作品集」1－8　高橋　健二
創元社　昭26-27

「ゲーテ小説集」 菊地 栄一 郁文堂 昭18
「ゲーテ」 大山 定一ほか (世界古典文学全集50) 筑摩書房 昭39
「ゲーテ 1」
　「若きウェルテルの悩み」 高橋義孝
　「ウィルヘルム・マイスターの修業時代」 高橋義孝
　「ヘルマンとドロテーア」 国松孝二
　「詩」 大山定一 (新潮世界文学 3) 新潮社 昭45
「ゲーテ 2」
　「ファウスト」 高橋義孝
　「親和力」 望月市恵
　「詩と真実（抄）」 高橋健二 (新潮世界文学 4) 新潮社 昭46
「ゲーテ」 高橋 義孝ほか (新潮社世界文学全集24) 新潮社 昭46
「ゲーテ」全4巻 大山 定一ほか (筑摩世界文学大系24－27) 筑摩書房 昭47
「ゲーテ」 関 泰祐ほか (筑摩世界文学大系25) 筑摩書房 昭48
「ゲーテ」 柴田 翔ほか (世界文学全集15) 集英社 昭55
「ゲーテ」 手塚富雄ほか (世界文学セレクション7) 中央公論社 平06

Götz von Berlichingen

「ギョッツ」 森 鷗外 三田文学会 大05
「ギョッツ」 森 鷗外 (鷗外全集11) 刊行会 大12
「ギョッツ・フォン・ベルリヒンゲン」秦 豊吉 (全集 2) 聚英閣 大14
「ゲッツ・フォン・ベルリヒンゲン」関口 存男 (世界戯曲全集11) 刊行会 昭02
「ギョッツ」 森 鷗外 (世界名作文庫) 春陽堂 昭07
「ゲッツ・フォン・ベルリッヒンゲン」 新関 良三 改造文庫 昭11
「ギョッツ」 森 鷗外 (鷗外全集，翻 1) 岩波書店 昭14
「ゲッツ・フォン・ベルリヒンゲン」関口 存男 (全集 5) 大東出版社 昭17
「ゲッツ・フォン・ベルリッヒンゲン」 新関 良三 改造文庫 昭16
「鉄手のゲッツ・フォン・ベルリヒンゲン」 高橋 義孝（全集 4） 育生社 昭23
「鉄手のゲッツ」 高橋 義孝 中央公論社 昭24
「鉄手のゲッツ・フォン・ベルリヒンゲン」 高橋 健二 (作品集 4) 創元社 昭27
「鉄手のゲッツ・フォン・ベルリヒンゲン」 高橋 健二 (選集 4) 創元社 昭28
「ギョッツ」 森 鷗外 (鷗外全集，翻 3) 岩波書店 昭30

Die Leiden des jungen Werthers

「ヱルテル」 久保 天随 金港堂 明37
「若きヱルテルの悲しみ」 秦 豊吉 新潮文庫 大03
「ヱルテルの悲哀」村上 静人 佐藤出版部 大06
「若きヱルテルの悲しみ」 秦 豊吉 新潮社 大13
「若きヱルテルの悩み」 鼓 常良 (全集 6) 大村書店 大14
「若きヱルテルの悲しみ」 秦 豊吉 聚英閣 昭02
「若きヱルテルの悲しみ」 秦 豊吉 (世界文学全集 9) 新潮社 昭02
「若いヱルテルの悩み」 茅野 蕭々 岩波文庫 昭02
「若きヴェルテルの悩み」 阿部 六郎 (全集15) 改造社 昭10
「若きヱルテルの悲しみ」 秦 豊吉 新潮文庫 昭11
「若きウェルテル悩み」 中島 清 三笠書房 昭11
「若きウェルテルの悩み」 木村 謹治 (独逸文学叢書) 共栄書房 昭13
「ヱルテルの悩み」 鼓 常良 大東出版社 昭16
「若きヴェルテルの悩み」 沢西 健 白水社 昭18
「若いヱルテルの悩み」 渡辺 格司 富士出版 昭22
「若きヴェルテルの悲しみ」秋山六郎兵衛 金鈴社 昭22
「若いヱールテルの悩み」 佐藤 通次 (全集 1) 丁子屋書店 昭22
「若きヴェルテルの悩み」 高橋 健二 郁文堂 昭22
「若きヴェルテルの悩み」 高橋 健二 蒼樹社 昭22
「若きヴェルテルの悩み」 阿部 六郎 改造社 昭22
「若きヴェルテルの悩み」 鼓 常良 桃山書林 昭22
「若きヴェルテルの悩み」 友成 行吉 晃文社 昭23
「若きヴェルテルの悩み」 木村 謹治 第三書房 昭23
「若きヴェルテルの悩み」 国松 孝二 (全集 8) 育成社弘道閣 昭23
「若きヴェルテルの悩み」 吉井 晃 泰尚社 昭23
「若きウェルテルの悩み」 渡辺 格司 富士出版 昭24
「若きヴェルテルの悩み」 沢西 健 白水社 昭24
「若きヴェルテルの悩み」 高橋 健二 (世界文学全集) 河出書房 昭24
「若きヴェールテルの悩み」佐藤 通次 角川文庫 昭24

「若きヴェルテルの悩み」　実吉　捷郎
（思索選書）　思索社　昭24
「若きウェルテルの悩み」　芳賀　檀
創元選書　昭24
「若きエルテルの悩み」　秦　豊吉
小山書店　昭24
「若きヴェルテルの悩み」　川崎　芳隆
創芸社　昭25
「若きウェルテルの悩み」　国松　孝二
養徳社　昭25
「若きウェルテルの悩み」　高橋　義孝
（ゲーテ名作選）　中央公論社　昭25
「若きウェルテルの悩み」　高橋　義孝
新潮文庫　昭26
「若きヱルテルの悩み」　竹山　道雄
岩波文庫　昭26
「若きヴェルテルの悩み」　高橋　健二
創元社　昭26
「若きヴェルテルの悩み」　高橋　健二
（世界文学全集学生版）　河出書房　昭27
「若きヴェルテルの悩み」　芳賀　檀
創元文庫　昭27
「若きウェルテルの悩み」　川崎　芳隆
（近代文庫）　創芸社　昭27
「若きウェルテルの悩み」　宇田　五郎
早川書房　昭28
「若きヴェルテルの悩み」　沢西　健
白水社　昭28
「若きヴェルテルの悩み」　高橋　健二
（世界文豪名作全集２）　河出書房　昭28
「若きウェルテルの悩み」　高橋　健二
（世界文学全集２）　河出書房　昭29
「若きウェルテルの悩み」　高橋　健二
市民文庫　昭29
「若きウェルテルの悩み」　国松　孝二
三笠書房　昭29
「若きウェルテルの悩み」　高橋　義孝
（青春文学叢書）　新潮社　昭29
「若きヱルテルの悩み」　実吉捷郎　芸術社　昭30
「若きエルテルの悩み」　秦　豊吉
小山書店　昭30
「若きヴェルテルの悩み」　川崎　芳隆
（近代文庫）　創芸社　昭30
「若きウェルテルの悩み」　手塚　富雄
（新版世界文学全集１）　新潮社　昭34
「若きウェルテルの悩み」　高橋　健二
平凡社　昭34
「若きウェルテルの悩み」　前田　敬作
人文書院　昭35
「若きウェルテルの悩み」　秋山　英夫
（現代教養文庫）　社会思想社　昭35
「若きヴェルテルの悩み」　国松　孝二
白水社　昭35
「若きウェルテルの悩み」　手塚　富雄
（世界文学全集２）　河出書房新社　昭35
「若きウェルテルの悩み」　高橋　義孝
（世界文学全集１）　新潮社　昭37
「若きウェルテルの悩み」　佐藤　通次
角川文庫　昭38
「若きウェルテルの悩み」　井上　正蔵
旺文社文庫　昭40
「若きウェルテルの悩み」　内垣　啓一
（世界の文学５）　中央公論社　昭40
「若いウェルテルの悩み」　高橋　義孝
（豪華版世界文学全集２）　河出書房新社　昭37
「若きウェルテルの悩み」　佐藤　晃一
（ドイツの文学１）　三修社　昭45
「若きヴェルテルの悩み」　芳賀　檀
潮文庫　昭45
「若きウェルテルの悩み」　斎藤　栄治
講談社文庫　昭46
「若きウェルテルの悩み」　斎藤　栄治ほか
（世界文学ライブラリー）　講談社　昭46
「若きウェルテルの悩み」　立風書房編集部
（世界青春文学館２）　立風書房　昭48
「若きウェルテルの悩み」　斎藤　栄治ほか
（世界文学全集18）　講談社　昭46
「若きウェルテルの悩み」　高橋　義孝
（世界文学全集21）　学習研究社　昭53
「若きウェルテルの悩み」　竹山　道雄
岩波文庫　昭53
「若きウェルテルの悩み」　佐藤　通次　昭53
「若きウェルテルの悩み」　柴田　翔
（世界文学全集15）　集英社　昭55
「若きヱルテルの悲しみ」　高橋　義孝
新潮文庫　平07
「若きウェルテルの悩み」　柴田　翔
（集英社ギャラリー世界の文学10 ドイツⅠ）　平11

Iphigenie auf Tauris
脚本「イフィヂニエ」　増富　平蔵　玄黄社　大03
「イフィゲニエ・アウフ・タウリス」　村上　静人
佐藤出版部　大06
「タウリスのイフヰゲーニエ」　舟木　重信
岩波書店　大12
「タウリスに於けるイフィゲニー」　内山貞三郎
聚英閣　大13
「タウリスのイフィゲーニエ」　山岸　光宣
大村書店　大14
「タウリス島のイフィゲーニエ」　成瀬　無極
改造社　昭11
「イフィゲーニェ」　舟木　重信　岩波文庫　昭17
「イフィゲーニェ」　舟木　重信　岩波文庫　昭23
「タウリス島のイフィゲーニエ」　番匠谷英一
育生社　昭23
「タウリス島のイフィゲーニエ」　片山　敏彦
岩波文庫　昭26
「タウリスのイフィゲーニエ」　桂　芳樹
鹿島出版社　昭54

Egmont
「エグモント」　小池　堅治　南江堂書店　大04
「エグモント」　秦　豊吉　聚英閣　大13
「エグモント」　秦　豊吉
(世界文学全集9)　新潮社　昭02
「エグモント」　関口　存男
(世界戯曲全集11)　同刊行会　昭02
「エグモント」　秦　豊吉
(世界名作文庫)　春陽堂　昭10
「エグモント」　木下杢太郎
(全集14－2)　改造社　昭13
「エグモント」　関口　存男
(全集5)　大東出版社　昭17
「エグモント」　高橋　義孝
(全集4)　育生社　昭23
Torquato Tasso
「タッソー」　関口　存男　以文社　大08
「トルクワトー・タッソー」　内田　貢
(全集4)　聚英閣　大13
「トルクワトー・タッソー」　関口　存男
(全集4)大村書店　大14
「トルクワート・タッソー」　関口　存男
(世界戯曲全集11)　同刊行会　昭02
「トルクワート・タソー」　内田　貢
(全集5)　ゲーテ全集刊行会　昭10
「トルクワートー・タッソオ」　成瀬　無極
改造社　昭11
「トルクワトー・タッソー」　関口　存男
(全集5)　大東出版社　昭17
「トルクワートー・タッソー」　実吉　捷郎
(全集5)　育生社　昭23
「タッソオ」　実吉　捷郎　岩波文庫　昭25
「トルクワトー・タッソー」　高橋　健二
(作品集4)　創元社　昭27
「トルクワト・タッソー」　飯吉　光夫
(世界文学全集15)　集英社　昭55
Reineke Fuchs
「ライネケ狐」　松村　正俊
(全集3巻)　聚英社　大14
「ライネケ・フックス」　三浦吉兵衛
(全集9巻)　大村書店　昭02
「ラインケ狐」　伊東　勉　岩波文庫　昭11
「狐ライネケ」　舟木　重信
(全集16)　改造社　昭12
「狐ライネケ物語」舟木　重信　改造文庫　昭17
「ライネケ・フックス」　三浦吉兵衛
(全集10巻)　大東出版社　昭19
「狐ライネケ物語」　舟木　重信　創芸社　昭22
「ライネケ・フックス」　常木　実　地平社　昭23
「狐物語」　常木　実　河出書房　昭23
「きつねの裁判」　伊東　勉
(世界児童名作文庫)　晃文社　昭24
「狐のたくらみ」　手塚　富雄　中央公論社　昭25
「ライネケ狐」　佐藤　通次
(全集29)　丁子屋書店　昭28
「狐物語」　常木　実　市民文庫　昭29
「狐ライネケ物語」舟木　重信　中公文庫　昭？
「ラインケ狐」　伊東　勉　岩波文庫　昭47
Wilhelm Meisters Lehrjahre
「ギルヘルム・マイステルの修業時代」
中島　清　(全集5，6)　聚英社　大13
「ウィルヘルム・マイステルの修業時代」上下
森田草平
(世界名作大観1・2)　国民文庫刊行会　大14
「ギルヘルム・マイスターの修業時代」
林　久男　岩波書店　大15
「ギルヘルム・マイステルの徒弟時代」上下
益田国基
(全集8，9)　大村書店　大15-昭02
「ギルヘルム・マイステルの修業時代」
中島　清　(全集6，7)　刊行会　昭10
「ギルヘルム・マイステルの徒弟時代」
小宮　豊隆　(全集6，7)　改造社　昭13
「ギルヘルム・マイステルの徒弟時代」益田　国基
(全集9，10)　大東出版社　昭18-19
「ギルヘルム・マイステルの修業時代」
佐藤　通次(全集4～6)丁子屋書店　昭23
「ヴィルヘルム・マイステルの修業時代」1，2
関　泰祐
(全集10，11)　育生社弘道閣　昭14
「ヴィルヘルム・マイステルの修業時代」1-3
関　泰祐
(ゲエテ名作選)　中央公論社　昭23-24
「ヴィルヘルム・マイステルの修業時代」浅井真男
(世界古典文庫)　日本評論社　昭25
「ヴィルヘルム・マイステルの修業時代」関　泰祐
(世界文学全集11)　河出書房　昭26
「ヴィルヘルム・マイスターの修業時代」
高橋　健二
(作品集7)　創元社　昭26
「ヴィルヘルム・マイステルの徒弟時代」上中下
小宮　豊隆　岩波文庫　昭28
「ヴィルヘルム・マイステルの修業時代」関　泰祐
(世界文学大系)　筑摩書房　昭33
「ウィルヘルム・マイスターの修業時代」
高橋義孝，近藤圭一(全集5)　人文書院　昭35
「ウィルヘルム・マイスターの修業時代」
高橋　健二
(世界文学全集Ⅲ－7)　河出書房　昭41
「ウィルヘルム・マイスターの修業時代」上中下
山崎　章甫　岩波文庫　平12
Wilhelm Meisters Wanderjahre
「ヰルヘルム・マイステル遍歴時代」
石倉小三郎(全集10)　大村書店　大15
「ヰルヘルム・マイステルの遍歴時代」
中島　清　(全集12)　聚英閣　大15
「ヰルヘルム・マイステルの遍歴時代」
中島　清　三笠書房　昭09

「ヰルヘルム・マイスター遍歴時代」１－３
阿部次郎
（全集８，９）　改造社　昭11
「ヰルヘルム・マイスター遍歴時代」１－３
阿部次郎　角川書店　昭23-24
「ウィルヘルム・マイスター遍歴時代」１－３
関　泰祐　中央公論社　昭25
「ウィルヘルム・マイスター遍歴時代」関　泰祐
（世界文学全集19世紀篇－12）　河出書房　昭28
「ウィルヘルム・マイステルの遍歴時代」上中下
関　泰祐　岩波文庫　昭39,40
「ヴィルヘルム・マイスターの遍歴時代」
登張　正實　郁文堂　昭61
Wilhelm Meisters theatralische Sendung
「ヰルヘルム・マイスターの演劇的使命」１－３
渡辺　格司　大丸出版印刷株式会社　昭23
Hermann und Dorothea
「ヘルマン・ウント・ドロテヤ」草野柴二
東北図書出版社　明34
「へるまん」　水谷弓彦　東京堂　明42
「ヘルマンとドロテア」西岡俊雄　現代社　大02
「ヘルマンとドロテア」村上静人
佐藤出版部　大06
「ヘルマン・ドロテア」久保正夫　新潮社　大07
「ヘルマンとドロテア」小笠原昌斎
精華書院　大12
「ヘルマンとドロテア」　久保正夫　新潮社　大13
「ヘルマンとドロテア」　秦　豊吉
（全集２）　聚英閣　大14
「ヘルマンとドロテア」橋本忠夫
（全集２）　大村書店　大15
「ヘルマンとドロテア」　秦　豊吉　聚英閣　昭02
「ヘルマンとドロテア」　秦　豊吉　新潮社　昭02
「ヘルマンとドロテア」　秦　豊吉
（世界大衆文全集71）　改造社　昭06
「ヘルマンとドロテア」　秦　豊吉
（世界名文庫２）　春陽堂　昭07
「ヘルマンとドロテア」佐藤通次　岩波文庫　昭07
「ヘルマンとドロテア」秦　豊吉　新潮社　昭10
「ヘルマンとドロテア」秦　豊吉　新潮文庫　昭10
「ヘルマンとドロテア」中島　清　三笠書房　昭11
「ヘルマンとドロテーア」高橋　健二
（全集16）　改造社　昭12
「ヘルマンとドロテア」高橋　健二
改造文庫　昭17
「ヘルマンとドロテア」橋本忠夫
（全集２）　大東出版社　昭18
「ヘルマンとドロテーア」高橋　健二
郁文堂　昭22
「ヘルマンとドロテーア」佐藤通次
（全集28））　丁字屋　昭23
「ヘルマンとドロテーア」米田　巍
富士出版　昭23
「ヘルマンとドロテーア」国松　孝二
（全集８）　育生社弘道閣　昭23
「ヘルマンとドロテーア」国松　孝二
養徳社　昭24
改訳「ヘルマンとドロテーア」佐藤通次
岩波文庫　昭24
「ヘルマンとドロテア」高橋　健二
河出文庫　昭24
「ヘルマンとドロテーア」高橋　健二
（世界文学全集Ｉ－8）　河出書房　昭24
「ヘルマンとドロテーア」奥津　彦重
（世界文庫）　日本教文社　昭24
「ヘルマンとドロテーア」藤原　定
角川文庫　昭24
「ヘルマンとドロテーア」川崎　芳隆
白水社　昭25
「ヘルマンとドロテーア」高橋　健二
創元社　昭26
「ヘルマンとドロテーア」高橋　健二
羽田書店　昭26
「ヘルマンとドロテーア」高橋　健二
（世界文学全集学生版）　河出書房　昭27
「ヘルマンとドロテーア」国松　孝二
新潮文庫　昭27
「ヘルマンとドロテア」　高橋　健二
（世界文豪名作全２）　河出書房　昭28
「ヘルマンとドロテーア」高橋　健二
（選集７）　創元社　昭28
「ヘルマンとドロテア」　高橋　健二
（世界文学全集Ｉ－2）　河出書房　昭29
「ヘルマンとドロテーア」国松　孝二
若草文庫　三笠書房　昭29
「ヘルマンとドロテーア」高橋　健二
市民文庫　昭29
「ヘルマンとドロテーア」国松　孝二
新潮文庫　昭42
「ヘルマンとドロテア」　圓子　修平
（世界文学全集15）　集英社　昭55
Wahlverwandschaften
「親和力」　森田　草平　国民文庫刊行会　大02
「親和力」　久保　正雄　新潮社　大13
「親和力」　倉田　潮　（全集７）　聚英閣　大13
「親和力」　益田　国基
（全集７）　大村書店　大14
「親和力」　茅野　蕭々（全集15）　改造社　昭10
「親和力」　倉田　潮　（全集８）　刊行会　昭10
「親和力」　沢西　健　白水社　昭16
「親和力」　益田　国基
（全集７）　大東出版社　昭17
「親和力」　角　信雄　青磁社　昭23
「親和力」　望月　市恵（全集９）　育生社　昭23
「親和力」　望月　市恵（思索選書）思索社　昭24
「親和力」　阿部　六郎　改造社　昭24
「親和力」　高橋　健二（作品集６）創元社　昭27
「親和力」　沢西　健（世界名選）　白水社　昭28

「親和力」　高橋　健二
（文庫ゲーテ８）　創元社　昭28
「親和力」　望月　市恵　河出文庫　昭30
「親和力」　実吉　捷郎　岩波文庫　昭31
「親和力」　望月　市恵
（世界文学全集Ⅰ－20）河出書房　昭31
Aus meinem Leben. Dichtung and Wahrheit
「我が生活より」（所作と真実）
生田　長江　内田老鶴圃　大03
「わが生活より」（作為と真実）前後　生田　長江
（全集８，９）　聚英閣　大13-昭02
「我が生活より」　生田　長江　内田老鶴圃　大13
「わが生涯から」（詩と真実）上下　雪山　俊夫
（全集12，13）　大東出版社　大14
「我が生涯から」（詩と真実）雪山　俊夫
大村書店　大14-15
「詩と真実」　増富　平蔵
（世界名作大観３，４）国民文庫刊行会　大14-15
「詩と真実」（私の生涯から）１～４　小牧　健夫
（全集20～22）　改造社　昭12
「詩と真実」上中　小牧　健夫　岩波文庫　昭16
「詩と真実」１～３　斎藤　栄治
（全集17～19）　育英社　昭23-24
「詩と真実」　斎藤　栄治
（思索選書）　思索社　昭24
「詩と真実」１～４　小牧　健夫
岩波文庫　昭24-26
「詩と真実」　藤森　秀夫
（知識人叢書）　近藤書店　昭26
「詩と真実」抄（わが生活から）　高橋　健二
（作品集８）　創元社　昭27
「詩と真実」抄（わが生活から）　高橋　健二
新潮文庫　昭29
「詩と真実」１～４　山崎　章甫　岩波文庫　平09
Italienische Reise
「伊太利紀行」　高木敏雄（全１）　隆文館　大03
「伊太利紀行」　岩崎真澄（全１）　聚英閣　大14
「伊太利紀行」　吹田順助
（全13））　大村書店　大14
「伊太利紀行」　岩崎真澄（全11）　刊行会　昭10
「伊太利紀行」上下　相良守峯
（全13，18））　改造社　昭11
「伊太利紀行」上中下　相良守峯　岩波文庫　昭17
「イタリア紀行」上中下　相良守峯
岩波文庫　昭35,平12
「伊太利紀行」吹田順助
（全14））　大東出版社　昭16
「イタリアの旅」１～３　相良守峯
（全14－16）　育生社　昭23
「イタリア紀行その他から」高橋健二
（作品集８）　創元社　昭27
Faust
「ファウスト」　高橋　五郎　前川文栄閣　明37
「ファウスト」　町井　正路　東京堂　明45
「ファウスト」１，２　森　鷗外　冨山房　大02
「ファウスト」１，２
村上　静人　佐藤出版部　大06
「ファウスト」森田草平，東新　文武堂書店　大07
「ファウスト」
中内　（世界文芸叢書）　鐘美堂　大07
「ファウスト」高橋　五郎　文栄閣　大07
「ファウスト」森　鷗外
（鷗外全集）　刊行会　大12
「ファウスト」櫻井　政隆
（全集）　大村書店　大14
「新訳ファウスト」　秦　豊吉　聚英閣　大15
「ファウスト」秦　豊吉
（全集13）　聚英閣　大15
「ファウスト」秦　豊吉
（世界文学全集９）　新潮社　昭02
「ファウスト」北　玲吉
（万有文庫）　潮文閣　昭02
「ファウスト」森　鷗外
（世界戯曲全集11）　刊行会　昭02
「ファウスト」１，２　中島　清
（世界文豪代表作全集６，７）　刊行会　昭02,03
「ファウスト」１，２　森　鷗外　岩波文庫　昭03
「ファウスト」１，２　石川　曽平
（袖珍世界文学叢書２）　中央出版社　昭03
「ファウスト」　小林　鶯里　文芸社　昭08
「ファウスト」　櫻井　政隆　大村書店　昭09
「ファウスト」１，２　阿部　次郎
改造社　昭12-14
「ファウスト」　秦　豊吉　新潮文庫　昭13
「ファウスト」１，２　森　鷗外
（鷗外全集）　岩波書店　昭14
「Faust」　北野　邦雄　光画社　昭16
「ファウスト」　櫻井　政隆
全集３，４）　大東出版社　昭17
「全訳ファウスト」櫻井　政隆　大東出版社　昭18
「ファウスト」１，２　森　鷗外　岩波文庫　昭22
「ファウスト」１　相良　守峯
（全集１）　育生社　昭22
「ファウスト」１，２　阿部　次郎
国立書院　昭22-23
「ファウスト」２部１　相良　守峯
（全集２）　育生社　昭23
「ファウスト」１　久保　栄　中央公論社　昭23
「ファウスト」１　久保　栄
（ゲエテ名作選）　中央公論社　昭24
「ファウスト」　野口　優　岩波書店　昭24
「ファウスト」１，２　阿部　次郎　羽田書院　昭24
「ファウスト」　櫻井　政隆　大東出版社　昭24
「ファウスト」１　高橋　健二
（世界文学全集１期　19世紀篇８）河出書房　昭24
「ファウスト」２　高橋　健二
（世界文学全集１期　19世紀篇８）河出書房　昭25
「ファウスト」１，２　相良　守峯　思索社　昭25

「ファウスト」　鼓　常良　三笠書房　昭25
「ファウスト」1，2部
附ファウスト図録（レッチュ筆）
高橋　健二　河出書房　昭26
「ファウスト」1，2　高橋　健二
（世界文学豪華選）　河出書房　昭24
「ファウスト」1，2　高橋　健二
（作品集2）　創元　昭24
「決定訳ファウスト」相良守峯
ダヴィット社　昭25
「ファウスト」1，2　森　鷗外
（鷗外全集）　岩波書店　昭29
「ファウスト」　高橋　健二
（世界文学全集1期　19世紀篇8）河出書房　昭24
「ファウスト」　高橋　健二
（河出文庫特製版）　昭30
「ファウスト」　相良　守峯　岩波文庫　昭33
「ファウスト」　高橋　健二
（世界文学全集2）　河出書房新社　昭35
「ファウスト」　大山　定一
（世界文学大系）　筑摩書房　昭37
「ファウスト」　高橋　義孝
（世界文学全集1）　新潮社　昭37
「ファウスト」第1部　手塚　富雄
（世界の文学5）　中央公論社　昭40
「ファウスト」　高橋　健二
（豪華版世界文学全集2）　河出書房新社　昭41
「ファウスト」1，2　佐藤　通次
旺文社文庫　昭42
「ファウスト」　高橋　健二　角川文庫　昭42
「ファウスト」　高橋　義孝　新潮文庫　昭42
「ファウスト」第2部高橋　義孝　新潮文庫　昭44
「ファウスト」　手塚　富雄　中央公論社　昭46
「ファウスト」上下　手塚　富雄　中公文庫　昭50
「ファウスト」　井上　正蔵
（世界文学全集7）　集英社　昭51
「ファウスト」ⅠⅡ　井上　正蔵
（世界文学全集14）　集英社　昭55
「ファウスト」　高橋　義孝
（世界文学全集21）　学習研究社　昭53
「ファウスト」Ⅰ　手塚　富雄　中央公論社　平06
「ファウスト」　小西　悟　大月書店　平10
「ファウスト」全2冊相良　守峯　岩波文庫　平11
「ファウスト」ⅠⅡ　井上　正蔵
（集英社ギャラリー世界の文学10）　平11
「ファウスト」Ⅰ，Ⅱ　柴田　翔　講談社　平11
「ファウスト」Ⅰ，Ⅱ　池内　紀　集英社　平11-12

Gedichte

「ゲーテ詩集」　松山　敏　文英堂書店　大13
「ゲーテ名詩選集」　松山　敏
（泰西詩人叢書）　大13
「詩　集」　藤森　秀夫　聚英閣　大14
「詩　集」　三浦吉兵衛　大村書店　大14
「ゲエテ詩集」生田　春月　新潮文庫　昭08
「ゲーテ詩集」森山　啓　白楊社　昭09，24
「小　曲」　片山　敏彦　改造社　昭11
「維新詩集」　片山　敏彦　改造社　昭12
「ゲーテ詩集」和田　黎三　京文社　昭13
「詩　集」　三浦吉兵衛　大東出版社　昭13
「ゲーテ詩集」高橋　健二　新潮社　昭13
「初期の詩作抄」竹山　道雄　改造社　昭13
「ゲーテ詩集」藤森　秀夫　綜合出版　昭14
「ゲーテ詩集」茅野　蕭々　岩波文庫　昭16
「ゲーテ詩集」森山　啓　東西文庫社　昭23
「新訳ゲーテ詩集」高橋　健二　蒼樹社　昭23
「詩　集」　手塚　富雄　育生社　昭23
「ゲーテ詩選」大倉小三郎　堀書店　昭24
「ゲーテ恋愛詩集」高橋　健二　郁文堂　昭24
「ゲーテ詩集」大山　定一　創元選書　昭24
「ゲーテ詩集」竹山　道雄　角川書店　昭24
「ゲーテ詩集」手塚　富雄　筑摩書房　昭24
「詩　集」　高橋　健二　河出書房　昭24
「ゲーテ詩集」松山　敏　人生社　昭25
「ゲーテ詩抄」佐藤　通次　酣燈社　昭25
「ゲーテ詩集」高橋　健二　新潮社　昭25
「ゲーテ詩集」高橋　健二　新潮文庫　昭26
「ゲーテ恋愛詩集」川崎　芳隆　創芸社　昭26
「詩　集」　高橋　健二　創元社　昭26
「詩集　遠き恋人に寄す」
片山敏彦　角川書店　昭26
「詩　集」　高橋　健二　河出書房　昭27
「ゲーテ詩集」片山　敏彦　岩波文庫　昭27
「ゲーテ詩抄」村上総一郎　文海社　昭27
「詩　集」　高橋　健二　河出書房　昭28
「ゲーテ詩集」高橋　健二　新潮社　昭28
「ゲーテ詩集」竹山　道雄　岩波文庫　昭28
「詩　集」　高橋　健二　河出書房　昭29
「ゲーテ詩集」星野　慎一　市民文庫　昭29
「ゲーテ詩集」星野　慎一　三笠書房　昭42
「ゲーテ詩集」大山　定一　角川書店　昭42
「ゲーテ詩集」高橋　健二　新潮社　昭42
「ゲーテ詩集」井上　正蔵　白鳳社　昭44
「ゲーテ詩集」井上　正蔵　白鳳社　昭49
「ゲーテ詩集」三浦　靭郎
独和対訳叢書　郁文堂　昭45
「ゲーテ詩集」小塩　節　講談社文庫　昭49
「ゲーテ詩集」高橋　健二　彌生書房　昭53
「ゲーテ詩集」手塚　富雄
（世界文学全集15）　集英社　昭55
「詩集」　山口　四郎
カラー版世界の詩集1　角川書店　昭61
「ゲーテ詩集」高橋　健二　新潮文庫　平01
「ゲーテ詩集」大山　定一　小沢書店　平08

Römische Elegien

「羅馬哀歌」　竹山　道雄　改造社　昭12
「羅馬哀歌」　竹山　道雄　角川書店　昭24

West-östlicher Divan

「西東詩集」　奥津　彦重　大村書店　大13

「西東詩集」　茅野　蕭々　改造社　昭12
「西東詩集」　奥津　彦重　大東出版社　昭18
「西東詩集」　小牧　健夫　岩波文庫　昭37
「西東詩集」　井上　正蔵
(世界文学全集15)　集英社　昭55
「西東詩集」　平井　俊夫　郁文堂　平01
Triologie der Leidenschaften
「情熱の三部作」芳賀　檀　改造社　昭13
「情熱の形成　ゲーテ詩集」
竹山道雄　育英書院　昭19
「詩集　情熱の三部作」片山敏彦　角川書店　昭26
【その他】
「ゲーテ箴言集」　石中　象治
冨山房百科文庫　昭13
「ゲーテ箴言集」　石中　象治　日本書院　昭23
「ゲーテ箴言と省察」上下　奥津　彦重
宝文館　昭22
「ゲーテ箴言抄」　土井虎賀寿　壮文社　昭23
「ゲーテ箴言と反省」小口　優　春秋社　昭23
「ゲーテの言葉」　石中　象治　山本文庫　昭19
「ゲーテ格言集」　高橋　健二　新潮文庫　昭18,27
「ゲーテ格言集」　高橋　健二　大泉書店　昭23
「格言集」　高橋　健二　創元社　昭26
「滞佛陣中記」　小牧　健夫　改造文庫　昭15
「恋人の気まぐれ・同罪者」番匠谷英一
岩波文庫　昭18,25
「美しき魂の告白」　相良　守峯　羽田書店　昭23
「美しき魂の告白」　服部　正己　養徳社　昭23
「美しき魂の告白」　高橋　健二　郁文堂　昭24
「美しき魂の告白」　川崎　芳隆　講談社　昭24
「美しき魂の告白」佐藤　通次　日本教文社　昭24
「美しき魂の告白」　高橋　健二　河出書房　昭25
「美しき魂の告白」　関　泰祐　新潮文庫　昭26
「美しき魂の告白」　藤本　直秀
独和対訳叢書　郁文堂　昭55
「美しき魂の告白」井上　正蔵　旺文社文庫　昭46
「ウルファウスト」　高橋　健二　郁文堂　昭23
「ウルファウスト」　高橋　健二
(「ゲーテ作品集３」)　創元社　昭26
「色彩論」　菊地　栄一　岩波文庫　昭27
「ミニヨン」　関　泰祐　角川文庫　昭28
「自然と象徴」　高橋義人，前田富士男
冨山房　昭57
「詩と真実・教育州・箴言」浜田　正秀
玉川大学出版部　昭59

シラー(本文40頁)

「シラー選集」(全６冊)　新関　良三ほか
冨山房　昭16-19
「シラー」新関　良三ほか
(世界文学大系18)　筑摩書房　昭34
Die Räuber
「悲劇　群盗」堀田　正次　古今書院　大13
「盗賊」　関口　存男
(古典劇大系11)　近代社　大15
「盗賊」　関口　存男
(世界戯曲全集12)　刊行会　昭03
「群盗」　秦　豊吉
(世界文学全集10)　新潮社　昭05
「群盗」　久保　栄　春陽堂文庫　昭11
「群盗」　秦　豊吉　新潮文庫　昭13
「群盗」　久保　栄　日本評論社　昭23
「群盗」　秦　豊吉
(世界文学全集1期9)　河出書房　昭25
「群盗」　久保　栄　角川文庫　昭29
「群盗」　久保　栄　岩波文庫　昭33,60
「群盗」　実吉　捷郎
(世界文学大系18)　筑摩書房　昭34
Die Verschwörung des Fiesko zu Genua
「フィエスコの叛乱」野島　正城
岩波文庫　昭28,平11
Kabale und Liebe
「たくみと恋」実吉　捷郎　岩波文庫　昭24
「たくみと恋」実吉　捷郎
(世界文学全集９)　河出書房　昭26
「たくらみと恋」野島　正城
(世界文学全集 I －20)　河出書房　昭31
「たくらみと恋」番匠谷英一
(世界文学大系18)　筑摩書房　昭34
Don Carlos
「ドン・カルロス」佐藤　通次　岩波書店　昭02
「ドン・カルロス」佐藤　通次
岩波文庫　昭15,32
「ドン・カルロス」山下　秩光　桜門出版社　昭24
「ドン・カルロス」野島　正城
(世界文学全集)　河出書房　昭31
「ドン・カルロス」北　通文
(世界文学大系18) 筑摩書房　昭34
Wallenstein
「ワレンシュタイン」新関　良三
東京堂書店　大11
「ワルレンシュタイン」関口　存男
(古典劇大系11)　近代社　大15
「ワルレンシュタイン」関口　存男
(世界戯曲全集12)　刊行会　昭03
「ワレンシュタイン」　鼓　常良　岩波文庫　昭05
「ワレンシュタイン」　新関　良三　冨山房　昭17
「バアレンシュタイン」鼓　常良　積善館　昭22
「ヴァレンシュタイン」海老澤君夫　溪水社　平06
Maria Stuart
「マリア・スチュアルト」小池　堅治
南江堂　大04
「マリア・スチュアルト」相良　守峯
岩波書店　昭03
「マリア・スチュアルト」茅野　蕭々
冨山房　昭19
「マリア・ストゥアルト」相良　守峯

岩波文庫　昭32,58
Die Jungfrau von Orleans
「オルレアンの少女」　藤原　古雪　冨山房　明36
「オルレアンの少女」　藤原　古雪　冨山房　明37
「オルレアンの少女」　藤澤　周次　冨山房　明45
「オルレアンの少女」　佐藤　通次
世界文献刊行会　大15
「オルレアンの少女」　佐藤　通次
岩波書店　昭02,13
「オルレアンの少女」佐藤　通次　岩波文庫　昭26
「オルレアンの処女」　関　泰祐　冨山房　昭19
「オルレアンの処女」　野島　正城
（世界文学大系18）筑摩書房　昭34
Die Frau von Messina
「メッシーナの花嫁」　相良　守峯　冨山房　昭13
「メッシーナの花嫁」相良　守峯　岩波書店　昭25
Wilhelm Tell
「瑞正独立自由の弓弦」斎藤鉄太郎
三余蔵堂　明13
「哲爾自由譚」　山田　郁治　泰山堂　明15
「回天之弦声」　蘆田　束雄　一光堂　明20
「うゐるへるむてる」佐藤　芝峰　秀文書院　明38
「ヰルヘルム・テル」関口　存男
（古典劇大系11）近代社　大15
「ヰルヘルム・テル」関口　存男
（世界戯曲全集12）　刊行会　昭03
「ヴィルヘルム・テル」桜井　国隆
岩波文庫　昭04,27,37
「ウィルヘルム・テル」秦　豊吉
（世界文学全集10）　新潮社　昭05
「ウィルヘルム・テル」秦　豊吉
（世界名作文庫）　春陽堂　昭07
「ウィルヘルム・テル」秦　豊吉
新潮文庫　昭12
「ウィルヘルム・テル」新関　良三　冨山房　昭19
「ヴィルヘルム・テル」新関　良三
（世界文学全集Ⅰ－19）　河出書房　昭26
「ウィルヘルム・テル」野島　正城
（世界文学全集47）　新潮社　昭34
Über naive und sentimentalische Dichtung
「素朴文学と有情文学とについて」高橋　義孝
冨山房　昭13
「素朴文学と情感文学について」野島　正城
日本評論社　昭24
「素朴文学と情念文芸」竹内　敏雄
角川文庫　昭26
「素朴文学と情感文学について」高橋　健二
岩波書店　昭32
「素朴文学と有情文学について」桜井　和市
（世界文学大系18）　筑摩書房　昭34
Gedichte
「シルレル詩集」　秋元　蘆風　東亜堂書房　明39
「シラー詩集」　小栗　孝則　改造文庫　昭05
新編「シラー詩抄」小栗　孝則　改造文庫　昭12

「シルレル詩全集」上下　大野　敏英ほか
白水社　昭19,23
「瞑想詩集」　小栗　孝則　小石川書房　昭23
【その他】
「美と芸術の理論」草薙　正夫
岩波文庫　昭11,49
「三十年戦史」上下　渡辺　格司
岩波文庫　昭18,19
「人間の美的教育について」島村　教次
改造文庫　昭15
「人間の美的教育について」小栗　孝則
創元文庫　昭27
「招霊妖術師」石川　実　国書刊行会　昭55
「美的教育」　浜田　正秀　玉川大学出版部　昭57

ジャン・パウル（本文44頁）

「ジャン・パウル文学全集」全１，２，６，７巻
鈴木　武樹　創土社　昭49-51
「ジャン・パウル／クライスト」種村，岩田ほか
（ドイツロマン派全集11）　国書刊行会　平02
Leben des vergnügten Schulmeisterlein Maria Wuts in Auenthal
「ヴーツ先生万歳」　山下　肇
（世界文学大系77）　筑摩書房　昭38
Vorschule der Ästhetik
「美学入門」　古見　日嘉　白水社　昭40
Titan
「巨人」ⅠⅡ　古見　日嘉
（古典文庫）現代思潮社　昭49
「巨人」　古見　日嘉　国書刊行会　昭53
「巨人」新装版　古見　日嘉　国書刊行会　平09
Levana, ein Erziehungsbuch
「レヴァーナ　あるいは教育論」恒吉法海
九州大学出版会　平04
Hesperus oder 45 Hundsposttage
「ヘスペルス　あるいは四十五の犬の郵便日」
恒吉法海　九州大学出版会　平09
Flegeljahre
「生意気盛り」　恒吉法海　九州大学出版会　平11
【その他】
「気球乗りジャノッキオ」古見　日嘉
現代思潮社　昭42

ヘルダーリーン（本文46頁）

「ヘルダーリーン全集」全41巻　手塚　富雄ほか
河出書房新社　昭41
「ノヴァーリス／ヘルダリーン」
登張正実，野村一郎
（世界文学全集20）　講談社　昭52
Der Tod des Empedokles
悲劇「エムペードクレス」谷　友幸
岩波文庫　昭28

Hyperion
「思想するヒュペリオン」陶山　務
第一書房　昭10
「ヒューペリオン」　渡辺　格司　岩波文庫　昭11
「ヒューペリオン」　吹田　順助　青木書店　昭18
「ヒューペリオン」　吹田　順助　鎌倉文庫　昭22
「ヒューペリオン」　吹田　順助
新潮文庫　昭26,34
「ヒューペリオン」　手塚　富雄
(世界文学大系77)　筑摩書房　昭38
「ヒューペリオン」　手塚　富雄
河出書房新社　昭38
「ヒューペリオン」　神子　博昭
(集英社ギャラリー世界の文学10)　平11
Gedichte
「ヘルデルリーン詩集」吹田　順助　蒼樹社　昭24
「ヘルダーリン詩集」小牧　健夫　吹田順助
角川文庫　昭34
「詩集」　手塚富雄，片山敏彦，谷友幸
(世界名詩集大成)　平凡社　昭35

ノヴァーリス(本文48頁)

「ノヴァーリス全集」(全３巻)　牧神社　昭53
「ノヴァーリス」　薗田宗人，今泉文子
(ドイツロマン派全集２)　国書刊行会　昭59
「ノヴァーリス／ヘルダリーン」
登張正実　野村一郎
(世界文学全集20)　講談社　昭52
Hymnen an die Nacht
「夜の讃歌　他３」笹沢　美明
岩波文庫　昭34,60
「夜の讃歌」　斎藤　久雄
(世界名詩集大成)　平凡社　昭35
「夜の讃歌」　生野　幸吉
(世界文学大系77)　筑摩書房　昭38
Heinrich von Ofterdingen
「青い花」　小牧　健夫　角川書店　昭04
「青い花」　田中　克己　第一書房　昭11
「青い花」　小牧　健夫　岩波文庫　昭14
「青い花」　小牧　健夫　青木書店　昭18
「青い花」　坂本　越郎　蒼樹社　昭22
「青い花」　斎藤　久雄　鳳文書林　昭23
「青い花／ザイスの学徒」小牧　健夫
角川文庫　昭24
「青い花」　小牧　健夫　岩波文庫　昭25
「青い花」　小牧　健夫
(世界文学全集第一期19)　河出書房　昭25
「青い花」　福田　宏年
(世界文学全集22)　学習研究社　昭53
「青い花」　青山　隆夫　岩波文庫　平01
Geistliche Lieder
「讃美歌」　笹沢　美明
(世界名詩集大成)　平凡社　昭35

Der Lehrlinge zu Sais
「ザイスの学徒」　小牧　健夫　青木書店　昭18
「ザイスの学徒」　小牧　健夫　角川書店　昭24
Das Märchen von Hyacinth und Rosenblühte
「ヒヤシンスと花薔薇」田中・服部
山本書店　昭11,18
「ヒヤシンスと花薔薇」田中　克己
山本書店　昭24
「ヒヤシンスと薔薇の花の物語」大久保和郎
(ドイツ小説集)　みすず書房　昭25
Fragmente
「断片」　飯田　安　第一書房　昭06
「続断片」　飯田　安　第一書房　昭09
「断片」　飯田　安　第一書房　昭14
「断章」上中　小牧健夫，渡辺格司
岩波文庫　昭16,17
「断章」　小牧　健夫　夏目書店　昭21
「日記・花粉」　前田　敬作　現代思潮社　昭45
【その他】
「ノヴァーリス詩集」笹沢　美明　青磁社　昭24

ホフマン(本文50頁)

「ホフマン全集」２，４巻　三笠書房　昭11
「ホフマン全集」全10巻　深田　甫
創土社　昭46-50
「ホフマン選集」1集　吉田　六郎　白山書房　昭22
「ポオ・ホフマン集」江戸川乱歩
(世界大衆文学全集30)　改造社　昭04
「ホフマン音楽小説集」武川　寛海
(音楽文庫)　音楽之友社　昭26
「ホフマン」　前川道介・鈴木　潔
ドイツロマン派全集３　国書刊行会　昭58
「ホフマン」Ⅱ前川道介・鈴木　潔・伊狩　裕
ドイツロマン派全集13　国書刊行会　平01
「セラーピオン朋友会員物語」Ⅰ　深田　甫
創土社　昭57
「セラーピオン朋友会員物語」Ⅱ　深田　甫
創土社　昭63
「セラーピオン朋友会員物語」Ⅲ　深田　甫
創土社　平02
「セラーピオン朋友会員物語」Ⅳ　深田　甫
創土社　平04
「ホフマン短編集」　池内　紀　岩波文庫　昭59
Phantasiestücke in Callots Manier
「幻想物語」　大久保和郎　新人社　昭23
「カロー風の幻想曲」石丸　静雄　弘文堂　昭24
Don Juan
「ドン・ジュアン」　相良　守峯
(全集)　三笠書房　昭11
「ドン・ジュアン」　大久保和郎
(ドイツ小説集)　みすず書房　昭25
「ドン・ジュアン」　武川　寛海
(音楽文庫)　音楽之友社　昭26

「ドン・ジュアン」相良　守峯
（市民文庫）　河出書房　昭28
Der goldene Topf
「黄金宝壺」　石川　道雄　南宋書院　昭02
「黄金宝壺」　石川　道雄　岩波文庫　昭09,15
「黄金の壺」　吉田豊吉・藤原肇
（全集）　三笠書房　昭11
「黄金の壺」　舟木　重信　三笠書房　昭14
「黄金宝壺」　石川　道雄　世界社　昭23
「黄金の壺」　神品　芳夫　岩波文庫　昭49
「黄金の壺」他　大島かおり　旺文社文庫　昭51
「黄金のつぼ」　塩谷　太郎　金の星社　昭59
Ritter Gluck
「楽聖グルック」　舟木　重信
（全集）　三笠書房　昭11
「騎士グルック」　武川　寛海
（音楽文庫）　音楽之友社　昭26
Die Elixiere des Teufels
「悪魔の霊薬」上下　国松　孝二　冨山房　昭14
「悪魔の酒」１部　浜野　修　改造文庫　昭15
「悪魔の霊液」　木暮　亮　松竹事業部　昭26
「悪魔の美酒」　石川　道雄
（世界文学全集）　河出書房　昭26
「悪魔の美酒」　中野　孝次
（世界文学全集）　河出書房新社　昭26
「悪魔の霊液」　深田　甫　創土社　平05
Nachtstücke
「小夜物語」　石川　道雄
（新世界文学全集）　河出書房　昭15
「夜景集」１，２部
奥津　彦重　東西出版社　昭23
Sandmann
「砂男」野上　巌
アルス・ポピュラー・ライブラリー　大14
「砂男」藤原　肇　森北書店　昭18
「砂男」木暮　亮　青磁社　昭22
「砂鬼」石川　道雄　角川文庫　昭27
「砂鬼」石丸　静雄　新潮文庫　昭27
「砂男」木暮　亮　創芸社　昭28
「砂鬼」石丸　静雄
（「ホフマン物語」）　青銅社　昭35
「砂男」中野　孝次
（世界文学全集46）　学習研究社　昭54
「砂男，ブランビラ王女ほか」種村　季弘ほか
（世界文学全集）　集英社　昭54
「砂男，不気味なもの」種村　季弘
河出書房新社　平07
「砂男」種村　季弘
（集英社ギャラリー世界の文学10　ドイツⅠ）平11
Majorat
「古城物語」平井　呈一　春陽堂　昭08
「R世襲領家の人々」浦上后三郎
（全集）　三笠書房　昭11
「世襲領」　木暮　亮　白水社　昭16

「燈台――原名　長子相続地」吉田　六郎
（選集１）　白山書房　昭22
「燈台――原名　長子相続地」吉田　六郎
（ドイツ文学選）　白山書房新社　昭23
「長子領変化」　奥津　彦重　東西出版社　昭23
「R城奇譚」　石川　道雄　鎌倉書房　昭23
Fräulein Scudery
「玉を懐いて罪あり」森　鷗外
（鷗外全集16）　刊行会　大13
「スキュデリー嬢」　小森　三好
（全集）　三笠書房　昭11
「玉を懐いて罪あり」森　鷗外
（鷗外全集，翻訳９）岩波書店　昭13
「スキュデリー嬢」　木暮　亮　白水社　昭16
「怖しき告白」　角　信雄　蒼樹社　昭23
「スキュデリー嬢」武田鉄五郎　世界文学社　昭24
「玉を懐いて罪あり」森　鷗外
（鷗外全集，翻訳11）　岩波書店　昭13
「スキュデリー嬢」　吉田　六郎　岩波文庫　昭31
Naßknacker und Mäusekönig
「胡桃割と鼠の王様」永井　照徳
（全集２）　三笠書房　昭11
「胡桃人形と鼠の王様」佐藤　新一
改造文庫　昭17
「胡桃人形と鼠の王様」石川道雄，内藤吐天
青木書店　昭18
「くるみわり人形」　伊東　勉　晃文社　昭24
「クルミ割りとネズミの王様」国松　孝二
岩波少年文庫　昭26
「くるみわり人形」　秋山　淳　養徳社　昭26
「くるみわり人形」　石丸　静雄
（世界少年少女文学全集）　創元社　昭29
「くるみわり人形とねずみの王様」山本　定祐
冨山房　昭56
「くるみわり人形」渡辺　芳男　ほるぷ出版　昭60
「くるみわり人形」　植田　敏郎　集英社　平04
「くるみわり人形」　金原　瑞人　西村書店　平10
「くるみわり人形とねずみの王様」種村　季弘
河出書房新社　平08
Prinzessin Brambilla
「ブラムビラ姫」　石川　道雄　青木書店　昭18
「ブランビラ姫」　石川　道雄　柴金書店　昭23
「ブランビラ王女ほか」種村　季弘ほか
（世界文学全集）　集英社　昭54
「ブランビラ王女ほか」種村　季弘
（集英社ギャラリー世界の文学10　ドイツⅠ）平11
Lebensansichten des Katers Mull
「牡猫ムルの人生観」上下　秋山六郎兵衛
岩波文庫　昭10,11,32
「牡猫ムルの人生観」秋山六郎兵衛　世界社　昭23
「牡猫ムルの人生観」石丸　静雄　角川文庫　昭33
【その他】
「鏡影綺譚」　石川　道雄　山本文庫　昭11
「ちび助ツァッヒェス」石川　道雄

世界古典文庫　昭56
「ホフマン物語」　石丸　静雄
角川文庫　昭27,平06
「ホフマン物語」　石丸　静雄　青銅社　昭56
「ホフマン怪奇小説集」石川道雄
イブニングスター社　昭23
「ホフマン音楽小説集」武川寛海
音楽の友社　昭26

クライスト(本文52頁)

「クライスト全集」1　佐藤　恵三
小説・逸話・評論ほか　沖積社　平10
「クライスト全集」2　佐藤　恵三
戯曲1　沖積社　平06
「クライスト全集」3　佐藤　恵三
戯曲2　沖積社　平07
「シラー・クライスト」　手塚　富雄ほか
(新集世界の文学5)　中央公論社　昭47
「クライスト名作集」　中田　美喜ほか
白水社　昭47
「ジャン・パウル/クライスト」
種村，岩田，飯塚，金子
ドイツロマン派全集11　国書刊行会　平02
「全訳　クライストの手紙」中村　啓
東洋出版　昭54
Die Familie Schroffenstein
「シュロッフェンシュタイン家の人々」濱野　修
改造文庫　昭11
Amphitryon
「アンフィトリオン」手塚　富雄　要書房　昭24
「アンフィトリオン」手塚　富雄　創元文庫　昭27
Penthesilea
「悲劇ペンテジレーア」
吹田　順助　岩波書店　大15
「ペンテズィレイーア」　舟木　重信
(世界文学全集10)　新潮社　昭05
「悲劇ペンテジレーア」吹田　順助
岩波書店　昭08
「ペンテジレーア」　吹田　順助　岩波文庫　昭16
Der zerbrochene Krug
「壊れ甕」　手塚　富雄　岩波文庫　昭16,23
「毀れた甕」　福本喜之助　改造文庫　昭17
「こわれたかめ」高橋　健二　青磁文庫　昭23
「毀れた甕」　福本喜之助　改造選書　昭23
「こわれ甕」新訳　手塚　富雄　世界文学社　昭23
「こわれ甕」　手塚　富雄
(世界文学全集1−35)　河出書房　昭26
「こわれた甕」　高橋　健二　創元文庫　昭28
「こわれた甕」　高橋　健二　角川文庫　昭30
「こわれ甕」　手塚　富雄　岩波文庫　昭51
Robert Guiscard
「ノルマン王ロベルト・ギスカアル」浜野　修
改造文庫　昭11

Das Kätchen von Heilbronn
「ハイルブロンの少女ケートヒェン」手塚　富雄
岩波文庫　昭13,24
Michael Kohlhaas
「コールハース」　野村行一，加藤恂二郎
岩波書店　大11
「ミヒャエル・コールハース」田中　康一
白水社　昭16
「ミヒャエル・コールハースの運命」吉田　次郎
岩波文庫　昭16
「ミヒャエル・コールハース」芦田　弘夫
世界文学社　昭24
「ミヒャエル・コールハース」相良　守峯
(世界文学全集1−35)　河出書房　昭26
「ミヒャエル・コールハースの運命」吉田　次郎
岩波文庫　昭27
Die Marquise von O.
「O侯爵夫人」相良　守峯
(「聖ドミンゴの婚約」の内)　越山堂書店　大11
「O侯爵夫人」相良　守峯
(「聖ドミンゴの婚約」の内)　春陽堂　昭08
「O侯爵夫人」藤原　肇　叡知社　昭22
「O侯爵夫人」相良　守峯
(「聖ドミンゴの婚約」の内)　春陽堂文庫　昭23
「O侯爵夫人」山室　静
(思索選書「決闘」の内)　思索社　昭25
「O侯爵夫人」相良　守峯　岩波文庫　昭26
Das Erdbeben in Chili
「智利の地震」相良　守峯
(「聖ドミンゴの婚約」の内)　越山堂書店　大11
「地　震」森　鷗外
(鷗外全集16)　刊行会　大13
「地　震」森　鷗外
(世界短編小説大系　独逸篇)　近代社　大15
「智利の地震」相良　守峯
(「聖ドミンゴの婚約」の内)　春陽堂文庫　昭08
「チリの地震」新関　良三
(世界短編傑作全集3)　河出書房　昭11
「地　震」森　鷗外
(鷗外全集，翻訳9)　岩波書店　昭13
「智利の地震」田中　康一
(「ミヒャエル・コールハース」の内)白水社　昭16
「チリーの地震」藤原　肇
(「O侯爵夫人」の内)　叡知社　昭22
「智利の地震」相良　守峯
(「聖ドミンゴの婚約」の内)　春陽堂文庫　昭23
「地　震」春田伊久蔵
(中学生文学全集，ドイツ小説選)筑摩書房　昭25
「地　震」森　鷗外
(鷗外選集11)　東京堂　昭25
「チリの地震」山室　静
(思索選書「決闘」の内)　思索社　昭25
「チリの地震」相良　守峯
(「O侯爵夫人」の内)　岩波文庫　昭26

「地　震」森　鷗外
(鷗外全集，翻訳11)　岩波書店　昭29
Die Verlobung in St. Domingo
「聖ドミンゴの婚約」相良　守峯
越山堂書店　大11
「悪因縁」森　鷗外
(鷗外全集16)　刊行会　大13
「聖ドミンゴ島の婚約」ほか５篇　相良　守峯
(世界名作文庫)　春陽堂　昭08
「悪因縁」森　鷗外
(鷗外全集，翻訳９)　岩波書店　昭29
「サン・ドミンゴ島の婚約」藤原　肇
(「O侯爵夫人」の内)　叡知社　昭22
「聖ドミンゴ島の婚約」相良　守峯
春陽堂文庫　昭08
「聖ドミンゴの婚約」　山室　静
(思索選書「決闘」の内)　思索社　昭25
「聖ドミンゴ島の婚約」相良　守峯
(「O侯爵夫人」の内)　岩波文庫　昭26
「悪因縁」森　鷗外
(鷗外全集，翻訳11)　岩波書店　昭29
Das Bettelweib von Locarno
「ロカルノの乞食女」　相良　守峯
(「聖ドミンゴの婚約」の内)　越山堂書店　大11
「ロカルノの女乞食」　相良　守峯
(「聖ドミンゴの婚約」の内)　春陽堂文庫　昭08
「ロカルノの女乞食」　田中　康一
(「ミヒャエル・コールハース」の内)　白水社　昭16
「ロカルノーの乞食婆」藤原　肇
(「O侯爵夫人」の内)　叡知社　昭22
「ロカルノの女乞食」　相良　守峯
(「聖ドミンゴの婚約」の内)　春陽堂文庫　昭23
「ロカルノの女乞食」　山室　静
(思索選書「決闘」の内)　思索社　昭25
「ロカルノの女乞食」　相良　守峯
(「O侯爵夫人」の内)　岩波文庫　昭26
Die Hermannsschlacht
「ヘルマン戦争」　濱野　修　改造文庫　昭11
Prinz Friedrich von Homburg
「公子　ホンブルグ」大庭米次郎　岩波書店　大11
「公子フリードリヒ・フォン・ホンブルグ」
中島　清　(古典劇大系)　近代社　大11
「公子フリードリヒ・フォン・ホンブルグ」
中島　清　(世界戯曲全集３)　刊行会　昭04
「戯曲公子ホンブルグ」大庭米次郎
岩波書店　昭04
「ホムブルクの公子」　濱野　修　改造文庫　昭11

アイヒェンドルフ(本文54頁)

「アイヒェンドルフ」渡辺　洋子・平野嘉彦
(ドイツロマン派全集６)　国書刊行会　昭58
Gedichte
「アイヒェンドルフ詩集」沢西　健
(世界文庫)　弘文堂　昭17
「詩集」抄　石丸　静雄
(世界名詩集大成６)　平凡社　昭35
「アイヒェンドルフ詩集　愛の四季」石丸　静雄
彌生書房　昭52
Das Marmorbild
「大理石の像」　大久保幸次
(「のらくら者の生活より」の内)　春陽堂　大12
「大理石像」　関　泰祐　青木書店　昭13
「幻のヴィーナス」横川　文雄　中央出版社　昭27
「大理石像・デュランデ城悲歌」関　泰祐
岩波文庫　昭30,平02
Aus dem Leben eines Taugenichts
「なまけもの」　坂田霧山人　博文館　明27
「南国へ」　木村　恒　文芸社　大04
「愉しき放浪児」　関　泰祐　岩波文庫　昭13
「タウゲニヒツ　大理石像」関　泰祐
青木書店　昭18
「愉しき放浪児」　関　泰祐
(世界文学全集)　河出書房　昭26
「愉しき放浪児」　関　泰祐　岩波文庫　昭27
「のらくら者」　川村　二郎
(世界文学大系)　筑摩書房　昭38
「のらくら者日記」川村　二郎
(集英社ギャラリー世界の文学10　ドイツ I)平11
Das Schloß Dürande
「デュランデ城」　大久保幸次
(「のらくら者の生活より」の内)　春陽堂　大12
「デュランデ城物語」　関　泰祐　青木書店　昭18
「デュランデ城悲歌」　関　泰祐　岩波文庫　昭30
Entführung
「誘拐」　横川　文雄　中央出版社　昭27
Glücksritter
「幸福を追う人々」大久保幸次
(「のらくら者の生活より」の内)　春陽堂　大12
「幸運の騎士」　井手　賁夫　鎌倉文庫　昭24
「幸運の騎士」　横川　文雄　中央出版社　昭27
「愛の四季」　石丸　静雄　彌生書房　昭51

グリルパルツァー(本文56頁)

「グリルパルツァー自伝」佐藤　自郎
名古屋大学出版会　平03
Ahnfrau
「祖妣」　岡本　修助　岩波文庫　昭04
Sappho
「悲劇サッフォ」山本　重雄　聚英閣　大11
「悲劇サッフォー」中島　清
(古典劇大系12)　近代社　大14
「五幕悲劇サッフォー」
伊藤　武雄　岩波書店　大15
「悲劇サッフォー」中島　清
(世界戯曲全集20)　刊行会　昭03
「ザッフォー」伊藤　武雄　岩波書店　昭15

「ザッフォオ」実吉　捷郎　岩波文庫　昭28
Das goldene Vlies
「金羊皮」　相良　守峯　岩波書店　大15
「金羊毛皮」舟木　重信
(世界文学全集10)　新潮社　昭05
König Ottokars Glück und Ende
「オットーカール王の幸福と最後」中島　清
(古典劇大系12)　近代社　大14
「オットーカール王の幸福と最後」中島　清
(世界戯曲全集)　刊行会　昭03
Des Meeres und der Liebe Wellen
「海の波恋の波」番匠谷英一　岩波文庫　昭12,26
Das Kloster bei Sendomir
「ゼンドミイルの僧院」江間　道助　近代社　大15
「ゼンドミールの僧院」高橋　健二
河出書房　昭11,16
Der arme Spielmann
「哀れな音楽師」　生駒　佳年　南山堂書店　昭09
「維納の辻音楽師」石川　錬次　表現社　昭22
「維納の辻音楽師」石川　錬次　岩波文庫　昭23
【その他】
「ベートホーヴェンの思い出」中條　宗助
(語学文庫756)　大学書林　昭30

ハイネ(本文58頁)

「ハイネ全集」2，3巻　越山堂　大05
「ハイネ全集」1-3巻 生田　春月　春秋社　大15
「ハイネ全集」3，6，7，12巻　学芸社　昭08
「ハイネ選集」全14巻　舟木　重信ほか
解放社　昭22-23
「ハイネ集」　舟木　重信
(世界文学全集Ⅰ－19)　河出書房　昭25
「ハイネ」　井上　正蔵ほか
(世界文学大系78)　筑摩書房　昭39
「ハイネ」　大沢・石川・奈倉・立川
(ドイツロマン派全集16)　国書刊行会　昭59
「ハイネ散文作品集」全5巻　木庭　宏ほか
松籟社　平01-07
Reisebilder
「紀行(旅行断想)」木村　謹治
(全集6)　学芸社　昭08
Die Harzreise
「ハルツの旅」　古賀　竜視　聚英閣　大14
「ハルツ紀行」　内藤　匡　岩波文庫　昭09
「ハルツ紀行」　舟木　重信　解放社　昭23
「ハルツ紀行」　舟木　重信　河出書房　昭25,27
「ハルツ紀行」　舟木　重信
(世界文学全集Ⅲ－6)　河出書房新社　昭33
「ハルツ紀行」　内藤　好文　白水社　昭24
Die Nordsee
「北海観想」　石中　象治　春陽堂文庫　昭07,15
「北　海」第3部　高橋　健二　学芸社　昭08
「北　海」　中村　英雄　解放社　昭23
「北海随想」　角　信雄　白水社　昭24
Englische Fragmente
「イギリス断章」相良　守峯　学芸社　昭08
Italienische Reise
「伊太利紀行」　広崎　清郎　早稲田泰文堂　大13
「伊太利紀行」　藤村　義介　春陽堂　昭08
「伊太利」　木村　謹治，実吉　捷郎
(全集6)　学芸社　昭08
Das Buch der Lieder
「歌の本」　井上　正蔵　創元選書　昭24
「歌の本」上下　井上　正蔵　岩波文庫　昭26
「歌の本」　番匠谷英一
(「ハイネ恋愛詩集」の内)　羽田書店　昭26
「歌の本」　舟木　重信
(世界文学全集Ⅰ－19)　河出書房　昭25
「歌の本」　舟木　重信
(世界文学全集，学生版)　河出書房　昭27
「歌の本・ハルツ紀行」高橋，舟木
(世界文学全集Ⅲ－6)　河出書房　昭33
「歌の本」上下 井上　正蔵　岩波文庫　昭48,平11
Die romantische Schule
「ハイネ・浪漫派」　石中　象治　春陽堂　昭09
「浪漫派」　山下　肇　夏目書店　昭21
「ドイツ・ロマン派」　山崎　章甫　未来社　昭40
「ドイツ・ロマン派」　山崎　章甫　未来社　平06
Atta Troll
「アッタ・トロル（真夏の世の夢)」井汲　越次
(世界古典文庫)日本評論社　昭22
「アッタ・トロル」　舟木　重信
(世界文学全集Ⅰ－19)　河出書房　昭25
「アッタ・トロル（真夏の世の夢)」井汲　越次
岩波文庫　昭30
「アッタ・トロル（夏の世の夢)」井上　正蔵
岩波文庫　昭30
Neue Gedichte
「新詩集」　生田　春月（全集2）　越山堂　大09
「新詩集」　生田　春月（全集2）　春秋社　大15
「新詩集－時事詩抄」森山　啓　白楊社　昭08
「ハイネ新詩集」　番匠谷英一　岩波文庫　昭13,25
「新詩集」　井汲　越次　解放社　昭23
「新詩集」　井上　正蔵　創元社　昭24
「新詩集抄」　井上　正蔵
(世界名詩集大成　6)　平凡社　昭35
「新詩集抄」　番匠谷英一　羽田書店　昭26
「ハイネ新詩集」　三浦　逸雄　日本文芸社　昭43
Zeitgedichte
「時事詩集」生田　春月（全集2）　越山堂　大09
「時事詩篇」生田　春月（全集2）　春秋社　大15
「時事詩編　続時事詩編」
生田　春月　改造文庫　昭08
「新詩集－時事詩抄」森山　啓　白楊社　昭08
Deutschland ein Wintermärchen
「独逸国冬の童話抄」森山　啓　白楊社　昭08
「独逸冬物語」　小堀　甚二　改造文庫　昭12

「冬物語－ドイツ」　井汲　越次
岩波文庫　昭13,22,平12
「ドイツ冬物語」
井汲　越次　（全集６）　解放社　昭23
「ドイツ冬物語」　舟木　重信
（世界文学全集Ｉ－19）　河出書房　昭25
「ドイツ冬物語」　土井　義信
（世界文学全集，学生版）　河出書房　昭27
「ドイツ冬物語」　井上　正蔵
（世界名詩集大成６）　平凡社　昭35

Die Romanzero
「ロマンツェロ」生田　春月
（全集２）　越山堂　大09
「物語詩」　生田　春月（全集３）　春秋社　大15
「ロマンツェロー（譚詩集）」吹田　順助
（全集３）　学芸社　昭08
「ロマンツェロー――悲歌抄」森山　啓
白楊社　昭08
「ロマンツェロオ（譚詩集拾遺）」井上　正蔵
創元社　昭24
「譚詩集ロマンツェロ抄」井上　正蔵
（世界名詩集大成６）　平凡社　昭35
「ロマンツェーロー」上下　井汲　越次
岩波文庫　昭26

Gedichte
「ハイネの詩」　尾上　柴舟　新声社　明34
「ハイネの詩」　尾上　柴舟　渡辺書店　明38
「ハイネ詩集」　生田　春月　新潮社　大08
「ハイネの詩」　尾上　柴舟　崇文館書店　大11
「ハイネ名選」　松山　敏　八光社　大13
「ハイネ名詩選集」松山　敏　聚英閣　大13
「ハイネ小曲集」　松山　敏　緑陰社　大13
「ハイネ小曲集」　生田　春月　交蘭社　大14
「ハイネ小曲集」　松山　敏　三水社　昭02
「ハイネ詩集」　生田　春月　新潮文庫　昭08
「社会詩集」　生田　春月　改造文庫　昭08
「恋愛詩集」　生田　春月　改造文庫　昭08
「ハイネ詩集」　森山　啓　白楊社　昭09
「新訳ハイネ詩集」片山　敏彦　新潮社　昭13
「ハイネ詩集」　今中　秀信　文京社書店　昭14
「ハイネ詩集」　片山　敏彦　新潮社　昭21
「ハイネ詩集」　藤森　秀夫　西文庫　昭22
「ハイネ恋愛詩集」生田　春月　鎌倉書房　昭23
「社会風刺ハイネ詩集」森山　啓　白楊社　昭23
「ハイネ詩抄」　田中　克己　三興出版部　昭23
「ハイネ恋愛詩集」友成　行吉　晃文社　昭23
「ハイネ抒情詩集」高安　国世　世界文学社　昭23
「ハイネ詩集」　高橋　健二　蒼樹社　昭23
「ハイネ詩集」　大木　敦夫　世界社　昭24
「ハイネ詩集」　井上　正蔵　元選書　昭24
「ハイネ詩集」　田中　克己　酣燈社　昭25
「ハイネ恋愛詩集」田中　克己　角川書店　昭25
「ハイネ詩集」　高橋　健二　蒼樹社　昭25
「ハイネ恋愛詩集」高橋　健二　郁文堂　昭25
「ハイネ恋愛詩集」川崎　芳隆　創芸社　昭25
「ハイネ詩集」　松山　敏　人生社　昭25,28
「ハイネ詩集」　片山　敏彦　新潮文庫　昭26
「ハイネ恋愛詩集」番匠谷英一　羽田書店　昭26
「ハイネ詩集」　井上　正蔵　創元文庫　昭27
「ハイネ詩抄」　村上総一郎　文海社　昭27
「ハイネ恋愛詩集」番匠谷英一　教養文庫　昭28
「ハイネ恋愛詩集」田中　克己　角川文庫　昭28
「ハイネ詩集」　高橋　健二
河出文庫　昭28,29
「ハイネ詩集」　高橋　健二　近代文庫　昭29
「ハイネ名詩選」　満足　卓　大学書林　昭32
「ハイネ恋愛詩集」高安　国世　人文書院　昭40
「ハイネ詩集」　高安　国世
（ドイツの文学２）　三修社　昭41
「ハイネ詩集」　間野　藤夫　金園社　昭42
「ハイネ詩集」　山口　四郎　三修社　昭42
「ハイネ詩集」　井上　正蔵　角川書店　昭42
「ハイネ詩集」　高安　国世　河出書房　昭42
「ハイネ詩集」　辻　瑆　三笠書房　昭42
「ハイネ詩集」　大木　敦夫　金園社　昭42,46
「ハイネ詩集」　井上　正蔵　旺文社文庫　昭44
「ハイネ全詩集」全５巻　井上　正蔵
角川書店　昭47-48
「ハイネ詩集」　井上　正蔵　白鳳社　昭49
「ハイネ詩集」　高安　国世　彌生書房　昭53
「ハイネ詩集」　片山　敏彦　新潮文庫　平08
「ハイネ詩集」　井上　正蔵　小沢書店　平08

【その他】
「ドイツ古典哲学の進歩性」栗原　佑　高沖陽造
改造文庫　昭08
「抒情小曲」　阪本　越郎　山本文庫　昭11
「ルテツィア」全２冊　土井　義信
改造文庫　昭13,14
「回想・告白」　土井　義信　改造文庫　昭14
「ふるさと紀行」竹越　和夫　改造文庫　昭14
「回想記」木庭　宏　松籟社　平04
「ドイツ古典哲学の本質」伊東　勉
岩波文庫　昭26,48,61
「死せるマリア」小栗　孝則　創元文庫　昭27
「死せるマリア」（私家版）小栗　孝則　昭51
「シニョーラ・フランチェスカ－続死せるマリア」
小栗　孝則　創元文庫　昭27
「愛と情熱と真実」万足　卓　現代教養文庫　昭39
「流刑の神々・精霊物語」小沢俊夫
岩波文庫　昭55
「悲劇アルマンゾル」大久保　渡
朝日新聞西部本社編集出版センター　昭62

メーリケ（本文60頁）

「ハウフ／メーリケ」　前川道介・小沢俊夫ほか
ドイツロマン派全集　7　国書刊行会　昭59

Maler Nolten

「画家ノルテン」　手塚　富雄　筑摩書房　昭23
「画家ノルテン」　手塚　富雄　筑摩書房　昭36
Gedichte
「詩集」抄　富士川英郎，手塚富雄
（世界名詩集大成６）　平凡社　昭35
「メーリケ名詩集」　宮下　健三　大学書林　昭39
「メーリケ詩集」　森　孝明　三修社　平05
Lucie Gelmeroth
「ルーツィエ・ゲルメロオト」小野　浩
羽田書店　昭25
Das Stuttgarter Hutzelmännlein
「小男フツェルメンライン」山崎省吾
増進堂　昭19
Mozart auf der Reise nach Prag
「プラークへの旅路のモーツァルト」石川　錬次
岩波書店　大15
「旅の日のモーツァルト」石川　錬次
岩波文庫　昭14,25
「旅の日のモーツァルト」石川　錬次
東書房　昭23
「美はしき別離」　川崎　芳隆　蒼樹社　昭23
「旅の日のモーツァルト」石川　錬次
思索社　昭24
「旅の日のモーツァルト」石倉小三郎
堀書店　昭24
「旅路のモーツァルト」小野　浩　角川文庫　昭28
「旅の日のモーツァルト」浜川　祥枝
（世界文学全集47）　新潮社　昭32
「旅の日のモーツァルト」宮下　健三
岩波文庫　昭49,60
【その他】
「イエツェルテの手」　北村　喜八
（世界短篇小説大系）　近代社　大15
「エーツェルテの手」　熊井　一郎
（中学生全集７）　筑摩書房　昭25
「宝の小箱」小野　浩　羽田書店　昭25
「宝の小箱」小野　浩　角川文庫　昭35

シュティフター（本文62頁）

「シュティフター作品集」全４巻　高木　久雄ほか
1　習作集　Ⅰ
2　習作集　Ⅱ
3　石さまざま
4　昔日のウィーンより　ほか
松籟社　昭58-60
Kondor
「禿鷹」　加藤　一郎
（「男やもめ」の内）　岩波文庫　昭15,27
Feldblumen
「野の花」　麻生　種衛　三笠書房　昭18
Das Heidedorf
「荒野の村」　宇田　五郎　四季叢書　昭23
「荒野村」　本庄　実　養徳社　昭24
Der Hochwald
「森　林」　小島　貞介
（世界文庫）　弘文堂　昭15
「森林の恋」小島　貞介　（文庫）　青磁社　昭23
Brigitta
「ブリギッタ」　本庄　実　養徳社　昭24
「遅咲き（ブリギッタ）」宇田五郎
四季叢書　昭28
「ブリギッタ」　藤村　宏
（世界文学全集17）　新潮社　昭39
Hagestolz
「男やもめ」　加藤　一郎　岩波文庫　昭15,27
「ひとり者」　尾花　午郎　育生社　昭23
Der Waldsteig
「森の小径」　山室　静　大観堂　昭18
「森の小径」　山室　静　青磁社　昭22
「森の小径・水晶」山室　静　新潮文庫　昭26,33
「森の小径・家系」山室　静　創芸社　昭28
「森のこみち」　井上　修一
（世界文学全集22）　学習研究社　昭53
「森の小径」　山室　静　沖積舎　昭60
Granit
「みかげ石」　小野　浩　日本教文社　昭24
「みかげ石」他２篇　手塚富雄，藤村宏
岩波文庫　昭31
「みかげ石」　手塚　富雄
（世界の文学14）　中央公論社　昭40
Kalkstein
「石灰石」　吹田　順助　白水社　昭15
「石灰石」　手塚　富雄
（世界の文学14）　中央公論社　昭40
Turmalin
「電気石」　藤村　宏
（世界の文学14）　中央公論社　昭40
Bergkristall
「水晶」小島　貞介　（世界文庫）　弘文堂　昭15
「水晶」山室　静　大観堂　昭18
「水晶」小島　貞介　青磁社　昭23,24
「水晶」浅井　真男　八雲書店　昭24
「水晶」山室　静　新潮文庫　昭26,33
「水晶」手塚　富雄　岩波文庫　昭27
「水晶」手塚　富雄
（世界の文学14）　中央公論社　昭40
「水晶」井上　修一
（世界文学全集22）　学習研究社　昭53
「水晶」須永　恒雄
（集英社ギャラリー世界の文学10　ドイツⅠ）平11
Katzensilber
「白雲母」藤村　宏
（世界の文学14）　中央公論社　昭40
Bergmilch
「石乳」藤村　宏　岩波文庫　昭31
「石乳」藤村　宏
（世界の文学14）　中央公論社　昭40

Nachsommer
「晩夏」1，2　宇田　五郎　桜井書店　昭23,24
「晩夏」　藤村　宏
（世界文学全集）　集英社　昭54
Witiko
「ヴィティコー」全３巻　谷口　泰
書肆　風の薔薇　平02-04
【その他】
「バヴァリアの森から」高安　国世
（「ゼンツェ家の接吻」「森の泉」）
（養徳叢書1013）　養徳社　昭23
「ゼンツェ家の人々」　高安　国世
（中学生全集７）　筑摩書房　昭23
「樅の木のほとり」　山室　静　臼井書房　昭24
「牧師と村童」　吹田　順助　堀書店　昭24
「ゼンツェの接吻」　大城　功
（語学文庫810）　大学書林　昭38
「ナレンブルク」　竹内　康夫　林道舎　平06
「ユダヤの民」　吹田　順助　蒼樹社　昭23
「感想集」　高橋　幸雄　足利書院　昭23

ヘッベル（本文64頁）

「ヘッベル傑作集」　吹田　順助　洛陽堂　大05
「ヘッベル短編集　紅玉（他６篇）」
石中　象治　改造文庫　昭13
「ヘッベル短編集」　実吉　捷郎　養徳社　昭24
「ヘッベル短編集」　実吉　捷郎　岩波文庫　昭15
「ヘッベル短編集」　実吉　捷郎
（「アンナ」「仕立屋シュレエゲル」「マツテオ」
「妙な晩」「牝牛」「山番小屋の一夜」
「理髪師チッタアライン」「ルビィ」）
岩波文庫　昭30,46
Judith
「ユウディット」　中島　清　新潮文庫　大04
「ユーディット」　吹田　順助　洛陽堂　大05
「ユウディット」　中島　清　新潮社　大10
「ユウディット」　中島　清
（古典劇大系13）　近代社　大13
「ユーディット」　吹田　順助
（世界戯曲全集13）　刊行会　昭04
「ユーディット」　中島　清
（世界文学全集10）　新潮社　昭05
「ユーディット」　吹田　順助　春陽堂　昭07
「ユーディット」　吹田　順助　岩波文庫　昭26
Genoveva
「ゲノフェーファ」　吹田　順助　岩波書店　大13
「ゲノフェーファ」　吹田　順助　世界文庫　昭08
「ゲノヴェーファ」　吹田　順助　春陽堂　昭18
「ゲノヴェーファ」　吹田　順助　岩波文庫　昭26
Maria Magdalene
「マリア・マグダレネ」吹田　順助　警醒社　明43
「マリア・マグダレーネ」
吹田　順助　洛陽堂　大05
「マリア・マグダレナ」中島　清
（古典劇大系13）　近代社　大13
「マリア・マグダレーネ」吹田　順助
（世界戯曲全集　3）　刊行会　昭04
「マリア・マグダレーネ」吹田　順助
春陽堂　昭07
「マリーア・マグダレーナ」鼓　常良
岩波文庫　昭16
Herodes und Mariamne
「ヘロデとマリアムネ」上村　清延　南山堂　大03
「ヘロデスとマリアムネ」中島　清
（古典劇大系13）　近代社　大13
「ヘローデスとマリアムネ」上村　清延
岩波書店　昭03
「ヘロオデス王と王妃マリアムネ」中谷　博
（「ギイゲスと魔法の指輪」の内）　小峯書店　昭26
Agnes Bernauer
「アグネス・ベルナウエル」吹田順助
岩波書店　大09
「アグネス・ベルナウエル」中島　清
（古典劇大系13）　近代社　大13
「アグネス・ベルナウエル」吹田順助
岩波文庫　大15
Gyges und sein Ring
「ギイゲスと彼の指輪」吹田　順助　洛陽堂　大05
「ギイゲスと其の指輪」中島　清
（古典劇大系14）　近代社　大14
「ギイゲスと彼の指輪」吹田　順助
（世界戯曲全集３）　刊行会　昭04
「ギイゲスと魔法の指輪」中谷　博
小峯書店　昭26
「ギューゲスと彼の指輪」吹田順助
岩波文庫　昭28
Nibelungen
「ニーベルンゲン」　関口　存男　精華書院　大10
「ニーベルンゲン」　中島　清
（古典劇大系14）　近代社　大14
【その他】
「私の少年時代」吹田順助
（「アグネス・ベルナウエル」の内）岩波書店　大06
「わが幼年時代」大畑　末吉　岩波文庫　昭17
「わが幼年時代」青木　昌吉　郁文堂　昭24
「紅白」北村　喜八
（世界短篇小説大系）　大15
「紅玉物語」石川　錬次
（新世界文学全集18）　河出書房　昭16
「ルビー」実吉　捷郎
（中学生全集７）　筑摩書房　昭25
「紅玉物語」石川　錬次
民文庫「ドイツ短編集」）　河出書房　昭28
「紅玉」吹田　順助
（「ギューゲスと彼の指輪」の内）　岩波文庫　昭28
「紅玉」角　信雄
（世界少年少女文学全集15）　創元社　昭29

「くるみの中のマリア」塩谷太郎
アソカ書房　昭24
「画家の秘密」　片山敏彦，大久保和郎
（「ドイツ小説集」）　みすず書房　昭25

ヴァーグナー（本文66頁）

「ワグナー全集　楽劇」全5巻　小笠原　稔
（「さまよへる和蘭人」「タンホイザー」
「ローエングリーン」「トリスタンとイゾルデ」
「ニュルンベルクのマイスタージンガー」
「ラインの黄金」「ワルキューレ」
「ジークフリート」「神々の黄昏」
「パルジファル」）
河出書房　昭15-16
「ワグネル歌劇集」
（「タンホイゼル」「ロオエングリン」
「トリスタンとイゾルデ」）
中島　清　新潮社　大09
「古典劇大系」（「ニュルンベルクの歌の師匠」
「ニーベルンゲンの指輪」）
中島　清　近代社　大15
Eine Pilgerfahrt zu Beethoven
「ベエトオヴェンまゐり」高木　卓
岩波文庫　昭18,32
「ベートーヴェン詣り」高木　卓　目白書院　昭24
Die fliegende Holländer
「さすらひのオランダ人」高木　卓
岩波文庫　昭26
Tannhäuser und Sängerkönig auf Wartburg
「タンホイゼル」秋元　蘆風
精華書院　明44,大09
「タンホイゼル」中島　清　新潮社　大11
「タンホイザア」高木　卓　弘文堂　昭23
「タンホイザア」高木　卓　岩波文庫　昭26
「タンホイザー」高辻　知義　新書館　昭61
Lohengrin
「ロオエングリン」　中島　清　新潮社　大11
「ロオエングリイン」高木　卓　岩波文庫　昭28
「ローエングリーン」高辻　知義　新書館　昭60
Tristan und Isolde
「トリスタンとイゾルデ」中島　清　新潮社　大14
「トリスタンとイゾルデ」高木　卓
岩波文庫　昭28
「トリスタンとイゾルデ」高辻　知義
新書館　昭60
「トリスタンとイゾルデ」三光長治・高辻知義
ペーパームーン叢書　新書館　平02
Die Meistersinger von Nürnberg
「ニュルンベルクのマイスタージンガー」高辻知義
ペーパームーン叢書　新書館　昭62
Der Ring des Nibelungen
「ニーベルンゲンの指輪」1　ラインの黄金
寺山修司　ペーパームーン叢書　新書館　昭58
「ニーベルンゲンの指輪」2　ワルキューレ
高橋康也　ペーパームーン叢書　新書館　昭59
「ニーベルンゲンの指輪」3　ジークフリート
高橋康也　ペーパームーン叢書　新書館　昭59
「ニーベルンゲンの指輪」4　神々の黄昏
高橋康也　ペーパームーン叢書　新書館　昭59
「ニーベルンゲンの指輪」4　神々の黄昏
高橋康也　ペーパームーン叢書　新書館　昭59
「ニーベルングの指輪」対訳台本
天野　晶吉　新書館　平02
舞台祝祭劇「ニーベルングの指輪」第1日
ラインの黄金　三光長治ほか　白水社　平04
舞台祝祭劇「ニーベルングの指輪」第2日
ヴァルキューレ　三光長治ほか　白水社　平05
舞台祝祭劇「ニーベルングの指輪」第3日
ジークフリート　三光長治ほか　白水社　平06
舞台祝祭劇「ニーベルングの指輪」第4日
神々の黄昏　三光長治ほか　白水社　平08
「ニーベルンゲンの指輪」ワルキューレ
高橋康也　新書館　平07
「ニーベルンゲンの指輪」ジークフリート
高橋康也　新書館　平10
Parsifal
「パルジファル」　高辻　知義
ペーパームーン叢書　新書館　昭63
【その他】
「ヴァグナー　わが生涯」山田　ゆり
勁草書房　昭61

ビューヒナー（本文68頁）

「ゲオルク・ビュヒナー全集」全1巻
手塚富雄ほか　河出書房新社　昭45
「ビューヒネル作品集」
（「ダントンの死」「レンツ」「レオンツェとレーナ」
「ヴォイツェック」）　青木　重孝　白水社　昭16
Dantons Tod
「ダントンの死」　新関　良三
（近代劇全集6）　第一書房　昭03
「ダントンの死」　黒田　礼二
（世界戯曲全集3）　刊行会　昭04
「ダントンの死」　青木　重孝　白水社　昭16
「ダントンの死」　井汲　越次　日本評論社　昭24
Lenz
「レンツ」　手塚　富雄
（集英社ギャラリー世界の文学10　ドイツⅠ）平11
Woyzeck
「ヴォツェック」　黒田　礼二
（世界戯曲全集3）　刊行会　昭04
「ヴォイツェック」井汲　越次　日本評論社　昭24

シュトルム（本文70頁）

「シュトルム全集」1，2，3，7　柴田　斎

村松書館　昭59-60
「シュトルム選集」1－4　高橋　義孝ほか
郁文堂　昭24-25
「シュトルム選集」1－8　高橋　義孝ほか
清和書院　昭34-35
「シュトルム」　関　泰祐ほか
（世界文学全集）河出書房　昭27
Immensee
「湖　畔」　三浦　白水　独逸語発行所　大03
「イムメン湖」牧山　正彦　新潮社　大10
「蜜蜂湖」　新田　鳴爾　健文社　大15
「みずうみ」　関　泰祐　岩波文庫　昭11,25,平05
「湖」　渡辺　格司　矢代書店　昭21
「湖　畔」　岡本　修助　郁文堂　昭22
「イムメン湖」橋本　八男　山河書院　昭23
「みずうみ」　関　泰祐　養徳社　昭24
「湖と少女」　渡辺　格司　堀書店　昭24
「みずうみ」　川崎　芳隆　思索社　昭24
「みずうみ」　関　泰祐
（世界文学全集Ⅰ－12）　河出書房　昭25
「湖　畔」　高橋　義孝　郁文堂　昭25
「インメンゼー」対訳 星野　慎一 第三書房　昭25
「みずうみ他」川崎　芳隆　世界書房　昭26
「湖　畔」　角　信雄　羽田書店　昭26
「みずうみ・人形つかい」国松　孝二
角川文庫　昭26,43
「みずうみ」　塩谷　太郎　創元文庫　昭27
「みずうみ」　川崎　芳隆　創芸社　昭27
「みずうみ」　高橋　義孝　新潮文庫　昭28
「みずうみ」　川崎　芳隆　河出文庫　昭29
「湖　畔」　対訳叢書　三浦　靱郎　郁文堂　昭29
「みずうみ」　高橋　義孝
（新版世界文学全集１）　新潮社　昭30
「みずうみ」　関　泰祐　清和書院　昭33
「みずうみ」　高橋　義孝　新潮社　昭35
「みずうみ・三色すみれ」秋山　英夫
現代教養文庫　昭40
「みずうみ」　小塩　節
（「ドイツの文学」12）　三修社　昭41
「みずうみ」　石丸　静雄　旺文社文庫　昭41
「みずうみ」　立風書房編集部　立風書房　昭43
「みずうみ・三色すみれ」川崎　芳隆
潮文庫　昭46
「みずうみ」　松本　道介
（世界文学全集22）　学習研究社　昭53
「みずうみ」　関　泰祐　岩波文庫　昭54
「対訳みずうみ」中込忠三　佐藤正樹
同学社　昭63
「みずうみ」　高橋　義孝　新潮文庫　平02
「みずうみ　他四篇」関　泰祐
岩波文庫　昭54,平04,11
Gedichte
「シュトルム詩集」藤原　定　角川文庫　昭27,46
「シュトルム詩集」吉村　博次　彌生書房　昭41
「シュトルム詩集」藤原　定
カラー版世界の詩集5　角川文庫　昭42
「シュトルム詩集」五木田　浩
（世界の名詩）　講談社　昭43
「シュトルム詩集」石丸　静雄　旺文社文庫　昭44
「シュトルム詩集」藤原　定　白鳳社　昭50
Von jenseits des Meeres
「海の彼方より　聖ユルゲンにて」国松　孝二
岩波文庫　昭15,25
「海の彼方より」　岡本　修助　郁文堂　昭22
「海の彼方より」　辻本　金治　河原書房　昭23
「海のかなたより」　関　泰祐
（世界文学全集Ⅰ－12）　河出書房　昭25
「海の彼方から」　関　泰祐　角川文庫　昭31
Viola tricolor
「三色菫　溺死」伊藤　武雄　岩波文庫　昭10,26
「三色すみれ」　北　通文　郁文堂　昭23
「三色すみれ，ほか」北　通文　角川文庫　昭27
「三色すみれ」　関　泰祐
（世界文学全集Ⅰ－12）　河出書房　昭25
「三色すみれ」　関　泰祐
（世界文学全集　学生版）　河出書房　昭27
「三色すみれ　北の海」川崎　芳隆
創元文庫　昭27
「三色菫　溺死」高橋　義孝　新潮文庫　昭32
「三色菫」　伊藤　武雄　清和書院　昭33
「三色すみれ」対訳叢書　田川　基三
第三書房　昭35
「みずうみ・三色すみれ」秋山　英夫
現代教養文庫　昭40
「三色すみれ」　石丸　静雄　旺文社文庫　昭41
「三色すみれ」　立風書房編集部　立風書房　昭43
「三色すみれ」　松本　道介
（世界文学全集22）　学習研究社　昭53
Psyche
「美しきいざなひ」　国松　孝二　郁文堂　昭24
「美しき誘い」　国松　孝二　岩波文庫　昭26
「プシーヒェ」　関　泰祐
（世界文学全集Ⅰ－12）　河出書房　昭25
「プシーヒェ」　関　泰祐
（世界文学全集　学生版）　河出書房　昭27
Aquis submersus
「溺　死」　伊藤　武雄　岩波文庫　昭10,26
「水に沈む」北　通文　郁文堂　昭23
「水に墜つ」川崎　芳隆　思索社　昭25
「水に沈む」北　通文　角川文庫　昭27,43
「水に墜つ」川崎　芳隆　清和書院　昭34
「三色すみれ・溺死」高橋　義孝　新潮文庫　昭32
Zur Chronik von Grieshus
「グリースフース年代記」中村　政雄
白水社　昭16
Der Schimmelreiter
「白馬の騎手」茅野　蕭々　岩波文庫　昭12,26,63
「白馬の騎者」田内　静三　六芸社　昭12

「白馬の騎手」川崎　芳隆　思索社　昭23
「白馬の騎手」関　泰祐
（世界文学全集Ｉ－12）　河出書房　昭25
「白馬の騎者」関　泰祐
（中学生世界文学全集８）　筑摩書房　昭25
「白馬の騎者」関　泰祐　角川文庫　昭26
「白馬の騎者」関　泰祐
（世界文学全集　学生版）　河出書房　昭27
【その他】
「陽をあびて・アンゲリカ」堀内　明
（ドイツ名作対訳叢書）　第三書房　昭25
「少女ローレ」塩谷　太郎　創元文庫　昭27
「黄昏ゆく青春」川崎　芳隆　創元文庫　昭28
「大学時代・広場のほとり　ほか４篇」関　泰祐
岩波文庫　昭33
「大学時代」塩谷　太郎　金の星社　昭42
「メーリケの思い出」宮下　健三
（語学文庫824）　大学書林　昭44
「たるの中から生まれた話」矢川　澄子
ベネッセコーポレーション　平02
「人形つかいのポーレ」中山　知子
岩崎書店　平03
「ある画家の作品」　小山田　豊　林道舎　平06
「小さなヘーヴェルマン」池内　紀　太平社　平09

ケラー（本文72頁）

「ケラー作品集」全５巻
1「ゼルトヴィーラの人々　第１話」
高木　久雄ほか
2「ゼルトヴィーラの人々　第２話」林　昭ほか
3「チューリヒ小説集」白崎　嘉昭ほか
4「マルティン・ザランダー」佐野　利勝ほか
5「七つの聖譚」吉田　正勝ほか
松籟社　昭62-平04
「ケルレル情話集」　高坂　義之　春陽堂　大13
Der grüne Heinrich
「若き魂（緑のハインリヒ）」大淵　真雄
第一書房　昭14
「緑のハインリヒ」全４冊　伊藤　武雄
岩波文庫　昭14,24,45
「緑のハインリヒ」上下　伊藤　武雄
（世界文学全集Ｉ－13,14）　河出書房　昭27
Die Leute von Seldwyla
「ケルレル情話集」　高坂　義之　春陽堂　大13
「ゼルトヴィラの人たち」中村　政雄
白水社　昭14
「ゼルトヴィラの人々」１部　伊藤　武雄
角川文庫　昭26
Pankraz, der Schmoller
「おこりんぼのパンクラーツ」高坂　義之
（「ケルレル情話集」の内）　春陽堂　大13
「しかめ面のパンクラツ」伊藤　武雄
郁文堂　昭22
「ふくれっ面のパンクラーツ」関　泰祐
岩波文庫　昭26
「ふくれっ面のパンクラーツ」伊藤　武雄
角川文庫　昭28
Romeo und Julia auf dem Dorfe
「村のロメオとユリヤ」牧山　正彦
新潮社　大10,昭08
「村のロメオとユリア」高坂　義之
（「ケルレル情話集」の内）　春陽堂　大13
「村のロメオとユリア」草間　平作
岩波文庫　昭09,26,48
「村のロメオとユリア」米田　巍
世界文学社　昭24
「村のロメオとジュリエット」石川　道雄
思索社　昭24
「村のロメオとジュリエット」石川　道雄
羽田書店　昭26
「村のロメオとジュリエット」春田伊久蔵
創元文庫　昭27
「村のロメオとジュリエット」伊藤　武雄
角川文庫　昭28
Die drei gerechten Kammacher
「三人の櫛職人」中村　政雄　白水社　昭14
「櫛屋の三義人」伊藤　武雄　郁文堂　昭22
「三人の律義な櫛職人」関　泰祐　岩波文庫　昭22
Kleider machen Leute
「馬子にも衣裳」中村　政雄　白水社　昭14
「馬子にも衣裳」関　泰祐　岩波文庫　昭22
Die mißbrauchten Liebesbriefe
「艶書乱用」高坂　義之
（「ケルレル情話集」の内）春陽堂　大13
「恋文乱用　他３篇」関　泰祐　岩波文庫　昭26
「にせの恋文」伊藤　利男
（世界文学全集47）　新潮社　昭39
Das verlorene Lachen
「失われた笑い」中村　政雄
岩波文庫　昭12,15,28
Sieben Legenden
「七つの伝説」堀内　明　弘文堂　昭15
「七つの伝説」片山　尚　富士出版　昭22
「七つの伝説」堀内　明　岩波文庫　昭25
Züricher Novellen
「青春物語――グライフェンゼーの代官」
伊藤　武雄　世界文学社　昭23
「グライフェン湖の代官」堀内　明
岩波文庫　昭27,平11
Das Fähnlein der sieben Aufrechten
「射撃祭」　伊東　勉　岩波文庫　昭13,15,28
Ursula
「狂へる花　ウルズラー」国松　孝二
岩波文庫　昭13,27
「狂へる花」　国松　孝二　岩波文庫　昭29
Das Singgedicht
「白百合を紅い薔薇に」道家　忠道

岩波文庫　昭14,25,31
「白百合を紅い薔薇に」吉田　次郎　白水社　昭29
「白百合を紅い薔薇に」道家　忠道
（世界の文学14）　中央公論社　昭40
【その他】
「オイゲーニア」　江間　道助
（世界短篇小説大系）　近代社　大15
「オイゲニア」　新関　良三
（世界文学全集36）　新潮社　昭04
「若き魂」　大淵　真男　第一書房　昭14
「聖母と悪魔」　平野　武雄　明朗社　昭22
「聖母マリアとめぐみの話」堀内　明
（中学生全集７）　筑摩書房　昭25
「青春回想」　伊藤　武雄　世界文学社　昭23
「怪僧ヴィターリス」福本喜之助
（語学文庫801）　大学書林　昭35

フォンターネ（本文74頁）

「フォンターネ」小川　超
（新集世界の文学12）　中央公論社　昭47
Irrungen, Wirrungen
「迷路」　伊藤　武雄　岩波文庫　昭12,13
「迷誤あれば」　立川　洋三　三修社　平09
Grete Minde
「ある少女の一生」佐藤　新一　弘文堂　昭15
Die Poggenpuhls
「青春の構図」　佐藤　新一　弘文堂　昭16
「ポッゲンプール家」立川　洋三
（「迷誤あれば」の内）　三修社　昭09
Effi Briest
「罪なき罪」上下　加藤　一郎　岩波文庫　昭16,17
Cécile
「セシールの秋」　立川　洋三　三修社　平08
Stine
「スティーネ」　立川　洋三　三修社　平08
Der Stechlin
「シュテヒリン湖」立川　洋三　白水社　昭54
Unwiederbringlich
「北の海辺」　立川　洋三　晶文社　平10

C.F.マイヤー（本文76頁）

Huttens letzte Tage
「フッテン最後の日々」
浅井　真男　岩波文庫　昭16
Jürg Jenatsch
「愛国者」上下　岡村　弘　弘文堂　昭15
Der Heilige
「聖　者」　伊藤　武雄　岩波文庫　昭17
Die Leiden eines Knaben
「将軍の子」　高橋　和年　日本出版社　昭18
「少年の悩み」　春田伊久蔵　創元社　昭23
「鞭の下の青春」　春田伊久蔵　創元社　昭24
Die Hochzeit des Mönchs
「僧の婚礼」　伊藤　武雄　岩波文庫　昭11
Die Richterin
「女裁判官」　高橋　和年　日本出版社　昭18
Das Amulett
「護　符」　二宮　忠行　研究社　昭19
「護　符」　服部　正巳　高橋書院　昭24
「聖母像のメダル」古見　日嘉
（世界文学全集）　新潮社　昭39
Gedichte
「マイヤア抒情詩集」高安　国世　岩波文庫　昭26
「マイヤー名詩選」　新妻　篤　大学書林　昭47

ニーチェ（本文78頁）

「ニーチェ全集」全10巻　生田　長江
新潮社　大05,昭04
「ニーチェ全集」生田　長江
日本評論社　昭10,11
「ニーチェ全集」全９巻　創元社　昭25
「ニーチェ全集」全12巻　新潮社　昭25
「ニーチェ全集」全23巻　角川文庫　昭26
「ニーチェ全集」全６巻　三笠書房　昭25
「ニーチェ選集」　創元社　昭17
「ニーチェ全集」全12巻，別巻１
白水社　昭54-57
「ニーチェ全集」第２期　全12巻
白水社　昭57-60
「ニーチェ全集」２，３，５，14,25,16
理想社　昭54-55
「ニーチェ全集」全15巻，別巻４
筑摩学芸文庫　平04-06
「世界文豪読本ニーチェ篇」　阿部　六郎
第一書房　昭12
「ニーチェ人生の書」逸見　広篇　金星堂　昭13
「ニーチェ」浅井　真男ほか
（世界文学大系42）　筑摩書房　昭35
「ニーチェ」手塚富雄，西尾幹二
（世界の名著57）　中央公論社　昭53
「ニーチェ語録」生田　長江編　玄黄社　明44
「ニーチェ美辞名句集」山川　均編　京橋堂　大06
「ニーチェ箴言集」馬場　久治　青木書店　昭14
「ニーチェの言葉」後藤　平　実業の日本社　昭25
「愛と悩み――ニーチェの言葉」秋山　英夫
（教養文庫）　社会思想社　昭35
「ニーチェ書簡集」和辻　哲郎　岩波書店　大06
「ニーチェ書簡集」森　儁郎　新太陽社　昭18
「ニーチェ書簡集」Ⅰ　塚越　敏　筑摩書房　平06
「愛する人々に（書簡集）」和辻哲郎，手塚富雄
要書房　昭25
「ニーチェ芸術論抄」１，２　井汲　越次
改造文庫　昭12,13
「ニーチェ」　浅井　真男ほか
（世界文学大系44）　筑摩書房　昭47

「ニーチェ」　手塚　富雄ほか
(世界の名著57)　中央公論社　昭58
Die Geburt der Tragödie aus dem Geiste der Musik
「悲劇の誕生　善悪の彼岸」　早大出版部　大04
「悲劇の誕生」野中　正夫　木村書店　昭10
「悲劇の誕生」野中正夫，浅井真男
筑摩書房　昭25
「悲劇の誕生」阿部　賀隆
(世界文学大系27)　筑摩書房　昭38
「悲劇の誕生」西尾　幹二
(世界の名著)　中央公論社　昭40
「悲劇の誕生」秋山　英夫　岩波文庫　昭41
「悲劇の誕生」西尾　幹二　中公文庫　昭49
Unzeitgrmäße Betrachtungen
「反時代的考察」井上　政次　岩波文庫　昭10
「反時代的考察」秋山　英夫　角川文庫　昭25
「反時代的考察」氷上　英廣　新潮文庫　昭29
Meschliches, Allzumenschliches
「人間的，余りに人間的」戸田　三郎
岩波書店　昭12
「人間的な，あまりにも人間的なもの」
浅井　真男　角川文庫　昭27
「人間的な，あまりに人間的な」上下
阿部　六郎　新潮文庫　昭33
Also sprach Zarathustra
「ツァラトストラ」生田　長江　新潮社　明44
「ツァラトストラ如是説」山口小太郎
精華書院　大05
「ツァラトストラ斯く語る」加藤　一夫
(世界思想全集８)　春秋社　昭04
「ツァラトストラ解説」吹田　順助訳注
郁文堂　昭04
「ツァラトストラ」生田　長江　春陽堂文庫　昭07
「ツァラトストラ」生田　長江　新潮文庫　昭12
「如是説法ツァラトストラ」登張　竹風
山本書店　昭10,18
「ツァラトストラ」竹山　道雄
(世界文庫)　弘文堂　昭16
「ツァラツストラはかく語りき」佐藤　通次
角川書店　昭26-27
「ツァラツストラはかく語りき」佐藤　通次
角川文庫　昭46
「ツァラツストラかく語りき」上・下
竹山　道雄　新潮社　昭28
「ツァラトゥストラはかく語った」浅井　真男
(世界文学大系42)　筑摩書房　昭35
「こうツァラトストラ」高橋健二，秋山英夫
(世界大思想全集14)　河出書房　昭36
「ツァラトゥストラ」手塚　富雄
(世界の名著)　中央公論社　昭40
「ツァラトストラはこう語った」秋山　英夫
(世界の大思想 I －25)　河出書房　昭40
「ツァラトストラはかく語った」浅井　真男
(世界文学全集27)　筑摩書房　昭43
「ツァラトストラ」秋山　英夫
現代教養文庫　昭43
「このようにツァラトストラは語った」上下
吉沢伝三郎　講談社文庫　昭47,51
「ツァラトストラ」　手塚　富雄　中公文庫　昭48
「ツァラトストラはこう言った」上下
氷上　英廣　岩波文庫　昭42,45,平12
「ツァラトストラはこう言った」上下
氷上　英廣　ワイド版岩波文庫　平07
Jenseits von Gut und Böse
「悲劇の誕生　善悪の彼岸」　早大出版部　大04
「善悪の彼岸」竹山　道雄　新潮文庫　昭27
「善悪の悲願」木場　深定　岩波文庫　昭45,平11
「善悪の彼岸」竹山　道雄　新潮文庫　昭49
Zur Genealogie der Moral
「道徳系譜学」木場　深定　岩波文庫　昭15
「道徳の系譜」木場　深定　岩波文庫　昭40,平12
Götzendämmerung
「偶像の薄明」秋山　英夫　角川文庫　昭25,29
「偶像の黄昏」阿部，竹山，氷上　新潮社　昭33
「偶像の黄昏／アンチクリスト」西尾　幹二
白水社　平03
Der Antichrist
「反基督者」　木山　良吉　ロゴス社　大11
「この人を見よ，アンチ・クリスト」
秋山　英夫　角川文庫　昭25
Ecce homo
「この人を見よ」　安倍　能成　南北社　大02,08
「この人を見よ」　三井　信衛　太陽堂　大11
「この人を見よ」　安倍　能成　岩波書店　昭03
「ツァラツストラはかく語る，この人を見よ」
加藤　一夫（世界大思想全集８）　春秋社　昭04
「この人を見よ」　小栗　孝則　改造文庫　昭11
「わが哲学（この人を見よ)」平野　岩夫
大東出版社　昭14
「この人を見よ，アンチ・クリスト」秋山　英夫
角川文庫　昭25,29
「この人を見よ」　阿部　六郎　新潮文庫　昭33
「この人を見よ」　手塚　富雄
岩波文庫　昭44,平11
「この人を見よ」　川原　栄峰　講談社文庫　昭47
「この人を見よ」　西尾　幹二　新潮文庫　平02
Der Wille zur Macht
「権力への意志」　生田　長江
(社会思想全集25)　平凡社　昭04
「権力への意志」　原　佑　角川文庫　昭27
Gedichte
「ニーチェ詩集」　阿部　保　河出書房　昭16
「ニーチェ詩集」　浅井　真男　三笠書房　昭25
「詩集（全)」　原田　義人
(世界名詩集大成７)　平凡社　昭33
「ニーチェ詩集」　浅井　真男　彌生書房　昭42
「ニーチェ全詩集」秋山英夫，富岡近男
人文書院　昭43

【その他】
「夜の歌」登張　竹風　山本文庫　昭11
「ギリシャ悲劇時代の哲学」青木　巌
冨山房百科文庫　昭13
「ニーチェ箴言集」　馬場　久治　青木書店　昭16
「ニーチェ芸術論抄」井汲　越次
改造文庫　昭12,13
「わが生涯より」　小野　浩　角川文庫　昭27
「ギリシャ・悲劇時代の哲学」小野　浩
角川文庫　昭27
「若き人々への言葉」原田　義人　創元文庫　昭28
「華やかな知慧」　氷上　英廣　新潮文庫　昭33

ハウプトマン（本文80頁）

「ハウプトマン集」　小山　内薫
（世界戯曲全集14）　刊行会　昭04
Vor Sonnenaufgang
「日の出前」久保　栄
（世界戯曲全集４）　同刊行会　昭04
「日の出前」橋本　忠夫　岩波文庫　昭04
Einsame Menschen
「寂しき人々」楠山　正雄　早稲田文学　明42
「寂しき人々」楠山　正雄
（近代劇大系５）　同刊行会　大11
「寂しき人々」森　鷗外　読売新聞　明44
「寂しき人々」森　鷗外　金尾文淵堂　明44
「寂しき人々」森　鷗外
（鷗外全集12）　同刊行会　大12
「寂しき人々」森　鷗外
（世界名作文庫）　春陽堂　昭07
「寂しき人々」森　鷗外
（鷗外全集，翻）　岩波書店　昭13,29
「寂しき人々」森　鷗外
（近代文庫）　創芸社　昭28
「寂しき人々」成瀬　無極
（世界文学全集31）　新潮社　昭02
「寂しき人々」成瀬　無極　新潮文庫　昭12
Die Weber
「織匠」宮原晃一郎　叢文閣　大09
「織匠」宮原晃一郎
（近代劇大系５）　同刊行会　大11
「織匠」成瀬　無極
（世界文学全集31）　新潮社　昭02
「織工」久保　栄
（世界戯曲全集14）　同刊行会　昭04
「織匠」成瀬　無極　新潮文庫　昭12
「織工」成瀬　無極
（現代ドイツ文学全集１）　河出書房　昭29
「織工」久保　栄　岩波文庫　昭29
「はたおりたち」小宮　曠三
（世界文学全集26）　河出書房　昭37
Der Biberpelz
「獺の外套」　久保　栄，和田顕太郎
（世界戯曲全集14）　同刊行会　昭04
「喜劇　獺の外套」橋本　忠夫　岩波文庫　昭17
Hanneles Himmelfahrt
「ハンネレの昇天」小山内　薫　大日本図書　大02
「ハンネレの昇天」小山内　薫　金星堂　大10
「ハンネレの昇天」小山内　薫
（近代劇大系５）　同刊行会　大11
「ハンネレの昇天」小山内　薫
（世界童話大系21）　同刊行会　大15
「ハンネレの昇天」小山内　薫　金星堂　大10
（世界戯曲全集14）　同刊行会　昭04
「ハンネレの昇天」渡　平民
（世界童話劇選集）　船坂書店　大11
「ハンネレの昇天（幻想詩）」小栗　浩
（現代ドイツ文学全集１）　河出書房　昭29
Florian Geyer
「フローリアン・ガイエル」中島　清
（新興文学全集18）　平凡社　昭03
「フローリアン・ガイエル」大間知篤三
（世界名作文庫）　春陽堂　昭08
Fuhrmann Henschel
「馭者ヘンシェル」楠山　正雄　シバイ　明45
「馭者ヘンシェル」秦　豊吉
（近代劇大系５）　同刊行会　大11
「馭者ヘンシェル」秦　豊吉
（世界文学全集31）　新潮社　昭02
Die versunkene Glocke
「沈鐘」泉　鏡花，登張竹風　春陽堂　明41
「沈鐘」楠山　正雄
（近代劇選集１）　新潮社　大09
「沈鐘」楠山　正雄
（近代劇大系５）　同刊行会　大11
「沈鐘」楠山　正雄
（世界戯曲全集14）　同刊行会　昭04
「沈鐘」新関　良三
（近代劇全集５）　第一書房　昭05
「沈鐘」楠山　正雄
（世界名作文庫）　春陽堂　昭07
「沈鐘」阿部　六郎　岩波文庫　昭09,27
「沈鐘」相良　守峯
（現代ドイツ文学全集）　河出書房　昭23
Der Ketzer von Soana
「ゾアナの異教徒」　中島　清　金星堂　大12
「ゾアーナの異教徒」奥津　彦重　岩波文庫　昭03
「ゾアーナの異教徒」登張　正実
（現代ドイツ文学全集）　河出書房　昭28
【その他】
「僧房夢」森　鷗外
（一幕物の内）　籾山書店　大01
「僧房夢」森　鷗外
（鷗外全集12の内）　籾山書店　大12
「僧房夢」森　鷗外
（鷗外全集翻訳篇３の内）　岩波書店　昭13
「僧房夢」森　鷗外

(鷗外全集翻訳篇４の内)　岩波書店　昭29
「希臘の春」山口　左門　春秋社　大13
「希臘の春」城田　皓一　岩波文庫　昭04
「線路番ティール」　中島　清　金星堂　大12
「線路番ティール」　奥津　彦重　岩波文庫　昭03
「踏切路番ティール」佐藤　晃一
(現代ドイツ文学全集１)　河出書房　昭29
「ピッパが踊る」小山内　薫　原始社　大15
「ピッパが踊る」小山内　薫
(世界童話大系)　刊行会　大15
「ピッパが踊る」小山内　薫
(世界戯曲全集14)　刊行会　昭04
「哀れなるハインリッヒ」小山内　薫
(世界童話大系)　刊行会　大15
「使徒」小山内　薫
(世界短篇小説大系)　近代社　大15
「フローリアン・ガイエル」中島　清
(新興文学全集18)　平凡社　昭03
「フローリアン・ガイエル」大間知篤三
(世界名作文庫)　春陽堂　昭08
「鼠」池谷信三郎
(世界戯曲全集14)　刊行会　昭04
「平和祭り」秦　豊吉
(近代劇全集５)　第一書房　昭05
「映画ファストのタイトル」秦　豊吉
(近代劇全集５)　第一書房　昭05
「祝典劇」　新関　良三
(近代劇全集５)　第一書房　昭05
「情熱の書」上道直雄，伊藤武雄
(世界名作文庫)　春陽堂　昭08
「情熱の書」前後　上道直雄，伊藤武雄
春陽文庫　昭11
「情熱の書」　川崎　芳隆　萬里閣　昭15,21
「情熱の書」全２冊　秋山六郎兵衛　岩波文庫　昭17
「謝肉祭」　大野　俊一　山本書店　昭11
「基督狂」全２冊　橋本　忠夫　白水社　昭16
「アトランティス」角　信雄　河出書房　昭16
「女人島の奇蹟」　逸見　廣　今日の問題社　昭17
「魔霊」　橋本　忠夫　実業の日本社　昭17
「ハウプトマン随想集」角　英祐　カピロ　昭22
「ハウプトマン詩集」　小島　尚　第三書房　昭58

シュニッツラー(本文82頁)

「シュニッツラー選集」全５冊　相良　守峯ほか
実業の日本社　昭26
「シュニッツレル選集」楠山正雄，山本有三
新潮社　大11
「シュニッツラー短編全集」１－５
大野　俊一ほか　河出書房　昭11-12
「シュニッツレル短編集」伊藤　武雄
岩波書店　大10
「シュニッツラー短編集」藤本　直秀
三修社　昭57
「シュニッツレル戯曲集」三井　光弥
春陽堂　大13
「アルトゥール・シュニッツレル篇」山本　有三
(山本有三全集10)　岩波書店　昭15
「シュニッツラー篇」番匠谷英一ほか
(現代ドイツ文学全集２)　河出書房　昭28
「シュニッツラー・ダウテンダイ・ケストナー」
(世界風流文学全集，ドイツ篇)　河出書房　昭32
Anatol
「アナトオル情話集」秦　豊吉　新潮社　大07
「アナトール」楠山　正雄
(近代劇選集３)　新潮社　大09
「アナトールの結婚式の朝」楠山　正雄
(選集)　新潮社　大11
「アナトオル」秦　豊吉
(近代劇大系７－３)　同刊行会　大13
「アナトオル」秦　豊吉　新潮社　昭02
「アナトール」小宮　豊隆　岩波文庫　昭03
「アナトオル」秦　豊吉　新潮文庫　昭12
「アナトール」番匠谷英一
(選集５)　実業の日本社　昭26
「アナトール」番匠谷英一
(現代ドイツ文学全集２)　河出書房　昭28
「アナトール」角　信雄　新潮文庫　昭28
Liebelei
「恋愛三昧」森　鷗外
(森林太郎訳文集２)　春陽堂　大11
「恋愛三昧」森　鷗外
(鷗外全集13)　刊行会　大13
「恋愛三昧」森　鷗外
(近代劇全集12)　第一書房　昭03
「恋愛三昧」森　鷗外
(世界戯曲全集21－11)　同刊行会　昭04
「恋愛三昧」森　鷗外
(世界名作文庫)　春陽堂　昭07
「恋愛三昧」森　鷗外　岩波文庫　昭11
「恋愛三昧」森　鷗外
(鷗外全集，翻５)　岩波書店　昭14
「恋愛三昧」森　鷗外
(選集５)　実業の日本社　昭26
「恋愛三昧」森　鷗外
(鷗外全集，翻６)　岩波書店　昭30
「恋愛三昧」秦　豊吉
(世界文学全集３)　新潮社　昭02
「恋愛三昧アナトオル」秦　豊吉　新潮文庫　昭14
「恋愛三昧」　新関　良三
(世界短篇全集３)　河出書房　昭11
「恋愛三昧」　番匠谷英一
(現代ドイツ文学全集２)　河出書房　昭28
「恋愛三昧」　番匠谷英一
(世界文学全集Ⅲ－16)　河出書房新社　昭29
「恋愛三昧」　番匠谷英一　角川文庫　昭29
Sterben
「みれん」森　鷗外　籾山書店　明45,大05

「みれん」森　鷗外　岩波文庫　昭03
「みれん」森　鷗外　（鷗外全集，翻10）　岩波書店　昭14
「みれん」森　鷗外　（選集２）　実業の日本社　昭26
「みれん」森　鷗外　角川文庫　昭28
「みれん」森　鷗外　（鷗外全集，翻12）　岩波書店　昭29

Der grüne Kakadu

「緑の鸚鵡」楠山　正雄　（選集）　新潮社　大11
「緑の鸚鵡」茅野　蕭々　（独逸戯曲集）　玄文社　大12
「緑の鸚鵡」秦　豊吉　（世界文学全集31）　新潮社　昭02
「緑の鸚鵡」茅野　蕭々　（近代劇全集12）　第一書房　昭03
「緑の鸚鵡」北村　喜八　（世界戯曲全集21）　同刊行会　昭04
「緑の鸚鵡」茅野　蕭々　岩波文庫　昭11
「緑の鸚鵡」北村　喜八　新潮文庫　昭13
「緑の鸚鵡」番匠谷英一　（選集５）　実業の日本社　昭26
「緑の鸚鵡」番匠谷英一　角川文庫　昭29

Reigen

「輪舞」たかはし昌平　木星社　昭06
「輪舞」番匠谷英一　（選集５）　実業の日本社　昭26
「輪舞」番匠谷英一　角川文庫　昭27
「輪舞」秦　豊吉　三笠書房　昭27,33
「輪舞」高橋　健二　新潮文庫　昭27,39
「輪舞」番匠谷英一　（現代ドイツ文学全集２）　河出書房　昭28
「輪舞」中村　政雄　岩波文庫　昭29
「輪舞」岩淵　達治　現代思想社　平09

Frau Berta Garlan

「美しき寡婦」　三上於菟吉　新潮社　大10
「ベルタ・ガルラン夫人」伊藤　武雄　（選集）　岩波書店　大10
「ベルタ夫人」　島村　兌子　昭和書房　昭09
「ベルタ・ガルラン夫人」伊藤　武雄　岩波文庫　昭15
「美しき寡婦」　實吉　捷郎　新潮文庫　昭29

Leutnant Gustle

「グストル少尉」三井　光弥　春陽堂　大12
「少尉グストゥル」大槻　憲二　（海外文学新選14）　新潮社　大14
「グストゥル少尉」石川　錬次　（短篇全集３）　河出書房　昭11
「グストゥル少尉」石川　錬次　（新世界文学全集８）　河出書房　昭16
「グストル少尉」　野島　正城　（世界文学大系１）　筑摩書房　昭39

Der Wegins Freie

「広野乃道」　楠山　正雄　（短篇全集４）　博文館　大02

Frau Beate und ihr Sohn

「ベアーテ夫人とその息子」三井　光弥　春陽堂　大12
「ベアアテ夫人とその息子」実吉　捷郎　（世界短篇全集５）　河出書房　昭29
「ベアーテ夫人とその息子」手塚　富雄　（選集３）　実業の日本社　昭26
「ベアーテ夫人とその息子」手塚　富雄　（現代ドイツ文学全集２）　河出書房　昭28
「ベアアテ夫人とその息子」実吉　捷郎　新潮文庫　昭29

Fräulein Else

「令嬢エルゼ」　三井　光弥　（海外文学新選）　新潮社　大14
「令嬢エルゼ」　桜井　和市　（選集１）　実業の日本社　昭26
「令嬢エルゼ」　桜井　和市　角川文庫　昭29

Therese, Chronik eines Frauenlebens

「女の一生（テレーゼ）」福田　実　万里閣　昭15,23
「テレーゼ――ある女の一生の記録」福田　実　創元文庫　昭28
「テレーゼ」　高橋　健二　（選集４）　実業の日本社　昭26
「女の一生（テレーゼ）」高橋　健二　新潮文庫　昭28
「女の一生」竹内英之助　角川文庫　昭29,44
「女の一生」高橋　健二　（世界文学全集）　河出書房新社　昭33

【その他】

「カザノーファ」中島　清　集英社　大12
「盲目のゼロニモとその兄」山本　有三　春陽堂文庫　昭07
「めくらのジェロニモとその兄」藤原　肇　ドイツ名作対訳叢書　第三書房　昭37
「闇への逃走」　北村　義男　春陽堂文庫　昭10
「學者の妻」　廣谷千代造　春陽堂文庫　昭10
「希臘の舞姫・花」菅　博雄　山本文庫　昭11
「花ほか２篇」　番匠谷英一　岩波文庫　昭14
「ギリシアの踊子ほか４篇」番匠谷英一　岩波文庫　昭15
「花束・ギリシアの踊子」　高橋健二　相良守峯　新潮文庫　昭27,31
「情婦ごろし他３篇」山本　有三　新潮文庫　昭28
「利口者の妻」常木　実　独和対訳叢書36　郁文堂　昭41
「カザノヴァの帰還」　金井英一，小林俊明　集英社　平04
「夢小説・闇への逃走」池内紀・竹村知子　岩波文庫　平02,11
「死人に口なし」　岩淵　達治　（集英社ギャラリー世界の文学10ドイツＩ）　平11

ヴェーデキント(本文84頁)

Frühlingserwachen
「春のめざめ」菅藤　高徳
(近代劇大系6)　同刊行会　大12
「春のめざめ」柴田　咲二　新栄閣　大13
「春のめざめ」野上豊一郎　岩波書店　大13
「春のめざめ」野上豊一郎　岩波文庫　昭02
「春のめざめ」河原　万吉
(万有文庫)　潮文閣　昭02
「春の目ざめ」野上豊一郎
(世界文学全集)　新潮社　昭04
「春の目覚め」秦　豊吉
(近代劇全集8)　第一書房　昭04
「春のめざめ」菅藤　高徳
(世界戯曲全集6)　同刊行会　昭05
「春の目ざめ」野上豊一郎　学陽書房　昭24
「春の目ざめ」川崎　芳隆　三笠書房　昭26
「春のめざめ」野上豊一郎　角川文庫　昭27
「春のめざめ」菅藤　高徳　岩波文庫　昭30
Erdgeist
「地霊」楠山　正雄
(近代劇選集2)　新潮社　大09
「地霊」楠山　正雄
(泰西戯曲選7)　新潮社　大12
「地霊」楠山　正雄
(近代劇大系6)　刊行会　大15
「地霊」河原　万吉
(万有文庫)　潮文閣　昭02
「地霊」楠山　正雄
(世界戯曲全集16)　刊行会　昭05
「地霊・パンドラの箱」岩淵　達治
岩波文庫　昭59
Die Büchse der Pandora
「パンドーラの手筐」楠山　正雄
(近代劇選集2)　新潮社　大09
「パンドーラの箱」　田村初太郎
(世界戯曲全集16)　刊行会　昭05
Tod und Teufel
「死と悪魔」　久保　栄
(世界戯曲全集16)　刊行会　昭05
Franziska
「フランツィスカ」桜田　常久
(世界戯曲全集16)　刊行会　昭05

ゲオルゲ(本文86頁)

「ゲオルゲ全詩集」富岡　近雄　郁文堂　平06
「ゲオルゲ詩集」　小城　正雄　第三書房　昭32
「ゲオルゲ詩集」　手塚　富雄　岩波文庫　昭47
Hymnen・Pilgerfahrten・Algabal
「讃歌・巡礼・アルガバル」小川　正巳
(世界名詩集大成7)　平凡社　昭33
Die Bücher der Hirten- und Preisgedichte der Sagen und Sänge und der hängenden Gärten
「三つの書」(抄)　石川　道雄
(世界名詩集大成7)　平凡社　昭33
Das Jahr der Seele
「魂の一年」　手塚，富士川，大山
(世界名詩集大成7)　平凡社　昭33
「魂の四季」　西田　英樹　東洋出版　平04
Teppich des Lebens
「生の絨緞」高安　国世
(世界名詩集大成7)　平凡社　昭33
「生の絨毯」野村琢一監修　ゲオルゲ研究会
東洋出版　平05
Der siebente Ring
「第七輪」(私家版)上村　清延　昭33
「第七輪」　上村　清延　郁文堂　昭33
「第七輪」(抄)　上村　清延
(世界名詩集大成7)　平凡社　昭33
Der Stern des Bundes
「盟約の星」(抄)　氷上　英広
(世界名詩集大成7)　平凡社　昭33
Das neue Reich
「新しい国」(抄)　野村　琢一
(世界名詩集大成7)　平凡社　昭33
【その他】
「芸術について」　上村　清延　三笠書房　昭18

ホーフマンスタール(本文88頁)

「ホーフマンスタール選集」全4巻
富士川英郎ほか　河出書房新社　昭48
「ホーフマンスタール／ロート」大山定一ほか
(世界文学大系63)　筑摩書房　昭49
「ホフマンスタアル文芸論集」　富士川英郎
山本書店　昭17
「リルケ／ホーフマンスタール往復書簡」
塚越　敏　風信社　昭58
Der Toddes Tizian
「チチアンの死」木下杢太郎，新関良三
(近代劇全集，独逸篇)　第一書房　昭03
Der Tor und Tod
「痴人と死と」森　鷗外　籾山書店　大01
「痴人と死と」森　鷗外　春陽堂　大13
「痴人と死と」森　鷗外
(鷗外全集13)　刊行会　大11
「痴人と死と」森　鷗外
(世界戯曲全集20)　刊行会　昭03
「痴人と死と」森　鷗外
(鷗外全集)　岩波書店　昭14,30
Die Frau im Fenster
「窓中の夫人」茅野　蕭々　玄文社　大12
「窓に倚る夫人の独白」木下杢太郎
(近代劇大系7)　刊行会　大13
「窓の夫人」　木下杢太郎

（世界戯曲全集20）　刊行会　昭03
Der Brief des Lord Chandos
「チャンドス卿の手紙」富士川英郎
（「文芸論集」の内）　山本書店　昭17
「チャンドス卿の手紙」富士川英郎
（「詩についての対話」の内）　角川書店　昭22
「チャンドス卿の手紙他10篇」桧山　哲彦
岩波文庫　平03
「チャンドス卿の手紙アンドレアス」
川村　二郎　講談社文芸文庫　平09
Elektra
「エレクトラ」　松居　松葉　鈴木書店　大02
「エレクトラ」　楠山　正雄
（近代劇選集１）　新潮社　大09
「エレクトラ」　楠山　正雄
（近代劇大系７）　刊行会　大13
「エレクトラ」　楠山　正雄
（世界戯曲全集20）　刊行会　昭03
Gedichte
「詩集」　富士川英郎
（世界名詩集大成７）　平凡社　昭33
「詩集・拾遺詩集」　富士川英郎　平凡社　平06
「ホフマンスタール詩集」川村　二郎
小沢書店　平06
Jedermann
「人（富豪の死）」　木下杢太郎，新関良三
（近代劇全集２）　第一書房　昭02
Andreas
「アンドレアス」　大山　定一　筑摩書房　昭33
【その他】
「詩についての対話」富士川英郎　角川書店　昭22
「詩人と現代」　横山　滋　理想社　昭45
「影のない女」　高橋　英夫
（世界文学全集）　集英社　昭42
「影のない女」　高橋　英夫
（集英社ギャラリー世界の文学11ドイツⅡ）　平11

リルケ（本文92頁）

「リルケ全集」全13巻　富士川英郎ほか
彌生書房　昭35-40
「リルケ全集」全７巻
責任編集　富士川英郎　彌生書房　昭48-49
「リルケ全集」全７巻のみ刊行　塚越　敏監修
以文社　昭58
「リルケ全集」全９巻別巻１　塚越　敏監修
河出書房新社　平02-03
「リルケ選集」全４巻　新潮社　昭29
「リルケ選集」全13巻　創元社　昭28
「リルケ書簡集」全４巻　塚越　敏　後藤信幸ほか
国文社　昭52-63
「リルケ」（筑摩世界文学大系60）　筑摩書房　昭47
「リルケ」（新装世界の文学セレクション26）
中央公論社　平06

Gedichte
「リルケ詩抄」茅野　蕭々　第一書房　昭02
「リルケ詩集」（増補版）　茅野　蕭々
第一書房　昭15
「新訳リルケ詩集」　片山　敏彦　新潮社　昭17
「リルケ詩集」片山　敏彦　新潮社　昭21
「リルケ詩集」大山定一ほか　創元社　昭26
「リルケ詩集」手塚　富雄　河出書房新社　昭30
「リルケ詩集」星野　慎一　岩波文庫　昭30
「リルケ詩集」尾崎　喜八　角川書店　昭30
「リルケ詩集」片山　敏彦　みすず書房　昭37,51
「リルケ詩集」富士川英郎　新潮文庫　昭38
「リルケ詩集」富士川英郎　角川書店　昭42
「リルケ詩集」生野　幸吉　河出書房　昭42
「リルケ詩集」生野　幸吉　白鳳社　昭42
「リルケ詩集」生野　幸吉　思潮社　昭42,50
「リルケ詩集」斎藤　萬七　三笠書房　昭42
「リルケ詩集」尾崎　喜八ほか
（世界名詩集大成７）　平凡社　昭33
「リルケ詩集」石丸　静雄　旺文社文庫　昭46,53
「リルケ詩集」高安　国世
（世界文学ライブラリー）　講談社　昭47
「リルケ詩集」生野　幸吉　白水社　昭49
「リルケ詩集」高安　国世　講談社文庫　昭51
「リルケ詩集」河邨文一郎　河出書房　昭52
「リルケ詩集」武田　治郎　市井社　昭52
Erste Gedichte
「第一詩集」　星野　慎一
（世界名詩集大成７）　平凡社　昭33
Die frühen Gedichte
「旧詩集」　星野　慎一
（世界名詩集大成７）　平凡社　昭33
Geschichten vom lieben Gott
「愛する神様の話」　星野　慎一
（世界名作文庫）　春陽堂　昭29
「神の話」菊池栄一　（世界文庫）　弘文堂　昭15
「神様の話」　谷　友幸　白水社　昭15,22
「神さまの話」　谷　友幸　新潮文庫　昭28,48
「神さまの話」　菊池　栄一
（世界名作選）　白水社　昭28
「神様の話」　星野　慎一
（世界文学全集Ｉ－14）　河出書房　昭29
「神さまの話」　菊池　栄一　角川文庫　昭30
「神さまの話」　手塚　富雄　筑摩書房　昭34
Das Buch der Bilder
「形象詩集」　青木　宰敏　彌生書房　昭15,34
「形象詩集」（抄）富士川英郎，浅井真男
（世界名詩集大成７）　平凡社　昭33
August Rodin
「ロダン」石中　象治　弘文堂　昭15
「ロダン」高安　国世　岩波文庫　昭16,35
「ロダン」高安　国世　人文書院　昭27
「ロダン」石中　象治　新潮文庫　昭28
「ロダン」原　健忠　角川文庫　昭34

「オーギュスト・ロダン」生野　幸吉
(世界文学全集49)　筑摩書房　昭43
Das Stundenbuch
「時禱集」
(世界名詩集大成７)　平凡社　昭33
「時禱詩集」　尾崎　喜八　弥生書房　昭34
Neue Gedichte
「新詩集」　富士川英郎
(世界名詩集大成７)　平凡社　昭33
Die Aufzeichnungen des Malte Laurids Brigge
「マルテの手記」　大山　定一　白水社　昭14
「マルテの手記」　望月　市恵　岩波文庫　昭21
「マルテの手記」　大山　定一　養徳社　昭25
「マルテの手記」　大山　定一　新潮社　昭28
「マルテの手記」　大山　定一
(現代世界文学全集６)　新潮社　昭28
「マルテの手記」　大山　定一
(世界名作選)　白水社　昭25
「マルテ・ラウリヅ・ブリゲの手記」生野　幸吉
(界文学全集 I 19世紀篇)　河出書房　昭29
「マルテ・ロオリッツ・ブリッゲの手記」(仏文訳)
堀　辰雄　(堀　辰雄全集６)　新潮社　昭30
「マルテの手記」　望月　市恵　新潮文庫　昭30
「マルテの手記」　生野　幸吉　河出文庫　昭34
「マルテの手記」　生野　幸吉
(世界文学大系53)　筑摩書房　昭34
「マルテの手記」　芳賀　檀　角川文庫　昭34,43
「マルテの手記」　大山　定一　弥生書房　昭35
「マルテの手記」　杉浦　博
(世界の文学36)　中央公論社　昭40
「マルテの手記」　大山　定一
(世界文学全集48)　新潮社　昭40
「マルテの手記」　大山　定一　新潮文庫　昭41
「マルテの手記」　生野　幸吉
(世界文学全集Ⅲ－14)　河出書房　昭41
「マルテの手記」　竹内　豊治
(ドイツの文学４)　三修社　昭41
「マルテの手記」　生野　幸吉
(世界文学全集49)　筑摩書房　昭43
「マルテの手記」　高安　国世　講談社文庫　昭46
「マルテの手記」望月　市恵
岩波文庫　昭48,平12
「マルテの手記」　川村　二郎ほか
(世界文学全集30)　集英社　昭49
「マルテの手記」　星野　慎一　旺文社文庫　昭49
「マルテの手記」　神品　芳夫
(世界文学全集25)　学習研究社　昭49
「マルテの手記」　大山　定一　彌生書房　昭55
「マルテの手記」　川村　二郎
(集英社ギャラリー世界の文学11　ドイツⅡ) 平11
Duineser Elegien
「ドイノの悲歌」　芳賀　檀
ぐろりあ・そさえて　昭15
「ドイノの悲歌」　芳賀　檀　創元社　昭28
「ドゥイノの悲歌」　手塚　富雄
(世界文学全集14)　河出書房　昭29
「ドゥイノー悲歌」　浅井　真男　筑摩書房　昭29
「ドゥイノの悲歌」　手塚　富雄　岩波文庫　昭32
「ドゥイノの悲歌」　手塚　富雄
(世界名詩集大成７)　平凡社　昭33
「ドゥイノの悲歌」　富士川英郎
(全集４)　弥生書房　昭36
「ドゥイノの悲歌」　手塚　富雄
(世界の文学36)　中央公論社　昭39
「ドゥイーノ悲歌」　浅井　真男　筑摩書房　昭60
「ドゥイノの悲歌」　武田　治郎　市井社　昭62
Sonette an Orpheus
「オルフォイスのソネット」高安　国世
創元文庫　昭29
「オルフォイスに捧げるソネット」長谷川四郎
河出文庫　昭29
「オルフォイスに寄せるソネット」高安　国世
(世界名詩集大成７)　平凡社　昭33
「オルフォイスに寄せるソネット」高安　国世
(世界文学大系53)　筑摩書房　昭34
「オルフォイスへのソネット」　生野幸吉
(世界の文学36)　中央公論社　昭39
「オルペウスに捧げるソネット」加藤泰義
芸立出版　昭58
【その他】
「ぽるとがる文」　佐藤　春夫　竹村書房　昭09
「ぽるとがる文」　水野　忠敏　角川文庫　昭36
「恋する人」　茅野　蕭々　山本文庫　昭11
「愛と死の歌」　笹沢　美明　山本文庫　昭11
「ロダンへの手紙」祖川　孝　実業の日本社　昭15
「ミュゾットの手紙」高安　国世　甲鳥書林　昭18
「風景画論」　谷　友幸　三笠書房　昭18
「神について」　大山　定一　養徳社　昭21
「愛の手紙」　矢内原伊作　三笠文庫　昭26
「若き詩人への手紙」高安　国世　養徳社　昭25
「若き詩人への手紙」佐藤　晃一　角川文庫　昭27
「若き詩人への手紙／若き女性への手紙」
高安　国世　新潮文庫　昭28
「ある女性に与える手紙」斎藤萬七
(対訳叢書41)　郁文堂　昭58
「ロダンへの手紙」祖川　孝　市民文庫　昭28
「薔薇」　堀　辰雄ほか　人文書院　昭28
「果樹園」　堀口　大学　青磁社　昭21
「果樹園」　片山　敏彦　人文書院　昭27
「果樹園」　堀口　大学　角川文庫　昭28
「純白の幸福」　大山　定一　人文書院　昭29
「聖なる春」　山下　肇　ダヴィット社　昭29
「旗手クリストフ・リルケの愛と死の歌」
塩谷　太郎　四季社　昭29
「愛と死と祈り」菊池　栄一　角川文庫　昭31,47
「愛と死の歌」　藤原　定　角川文庫　昭31
「巴里の手紙」　矢内原伊作　角川文庫　昭30
「詩集果樹園」　堀口　大学　角川文庫　昭32

「若き日の真実」森　有正　角川文庫　昭33
「ポルトガル文」小野　忠敬　角川文庫　昭36
「美しき人生のために」秋山　英夫
教養文庫　昭39
「美しき人生のために」秋山　英夫
（人生と名言シリーズ）　社会思想社　平04
「三つの愛の手紙」　生野　幸吉　教養文庫　昭41
「鎮魂歌」　富士川英郎ほか
（世界名詩集大成）　平凡社　昭44
「フィレンツェだより」森　有正　筑摩書房　昭48
「二つのプラハ物語」石丸　静雄　彌生書房　昭55
「人生に沿って」　石丸　静雄　文泉　昭57
「愛と死の歌」　石丸　静雄　沖積社　昭59
「マリアの生涯」　塚越　敏国　文社　昭61
「芸術と人生」　富士川英郎　白水社　平09
「リルケの美術書簡」塚越　敏　みすず書房　平09

マン（トーマス）（本文96頁）

「トーマス・マン全集」
1，2，8，9，12　三笠書房　昭16
「トーマス・マン全集」全12巻別巻1
新潮社　昭45-47
「トーマス・マン」　高橋　義孝ほか
（世界文学全集33，34，35）　新潮社　昭46
「トーマス・マン」　佐藤　晃一ほか
（世界文学大系61）　筑摩書房　昭46,50
「トーマス・マン」　円子　修平
（新集世界の文学26）　中央公論社　昭47
「トーマス・マン」　高橋　義孝ほか
（世界の文学コレクション）　中央公論社　平06
「トーマス・マン」　高橋　義孝ほか
（世界の文学セレクション25）中央公論社　平06
「トーマス・マン短編集」日野　捷郎
岩波文庫　昭02,05
「トーマス・マン短編集」1－3
日野　捷郎　岩波文庫　昭05-10
「トオマス・マン短編集」1，2
実吉　捷郎　岩波文庫　昭24
改訳「トオマス・マン短編集」1，2
実吉　捷郎　岩波文庫　昭27-28
「トオマス・マン短編集」1，2
実吉　捷郎　岩波文庫　昭35
「トオマス・マン短編集」実吉　捷郎
岩波文庫　平11
「トーマス・マン日記」1933-34
浜川祥枝ほか　紀伊国屋書店　昭60
「トーマス・マン日記」1935-36
森川俊夫ほか　紀伊国屋書店　昭63
「トーマス・マン日記」1937-39
森川俊夫ほか　紀伊国屋書店　平11
「トーマス・マン日記」1940-43
森川俊夫ほか　紀伊国屋書店　平06
Buddenbrooks

「ブッデンブロオク一家」1，2　成瀬　無極
（世界文学全集Ⅱ－11，19）　新潮社　昭07
「ブッデンブロオク家の人々」1～3
吉良　良吉　改造文庫　昭12-14
「ブッデンブロオク一家」1～4
成瀬　無極　岩波文庫　昭12-26
「ブッデンブロオク一家」
成瀬　無極　思索社　昭24
「ブッデンブロオク家の人々」実吉　捷郎
（世界文学名作選8，9）　河出書房　昭29
「ブッデンブロオク家の人々」実吉　捷郎
（世界文学全集2－20）　河出書房　昭30
「ブッデンブローク家の人々」川村　二郎
（世界文学全集Ⅱ－18）　河出書房新社　昭43
「ブッデンブローク家の人々」望月　市恵
岩波文庫　昭44
Tonio Kröger
「トニオ・クレエゲル」日野　捷郎
（「トーマス・マン短編集」1）岩波文庫　昭02,05
「トニオ・クレーゲル」六笠　武生
改造文庫　昭05
「トニオ・クレーガー」竹山　道雄
（世界新名作選集6）　新潮社　昭16
「愛の孤独」　豊永　喜之　三笠書房　昭16
「トニオ・クレーゲル」高橋　義孝　今日社　昭24
「トニオ・クレエゲル」実吉　捷郎
岩波文庫　昭27,54,平11
「トニオ・クレーゲル」高橋　義孝
（現代世界文学全集27）　新潮社　昭28
「トニオ・クレーゲル」高橋　義孝
角川文庫　昭28
「トニオ・クレーガー」浅井　真男　白水社　昭30
「トニオ・クレーゲル」高橋　義孝
新潮文庫　昭31,42
「トーニオ・クレーガー」佐藤　晃一
（世界文学全集32）　河出書房新社　昭33
「トニオ・クレーゲル」　高橋　義孝
（世界文学全集48）　新潮社　昭39
「トニオ・クレーゲル」　福田　宏年
（世界の文学35）　中央公論社　昭40
「トニオ・クレーゲル」　森川　俊夫
（ドイツの文学3）　三修社　昭41
「トーニオ・クレーガー」佐藤　晃一
（世界文学全集20）　集英社　昭41
「トニオ・クレーゲル／ヴェニスに死す」
高橋　義孝　新潮文庫　昭42,11
「トーニオ・クレーガー」浅井　真男
（世界文学全集）　筑摩書房　昭43
「トニオ・クレーガー，ヴェニスに死す」
野島　正城
（世界文学ライブラリー）　講談社　昭46
「トニオ・クレーゲル，ヴェニスに死す」
野島　正城
講談社文庫　昭46

「トニオ・クレーガー」　野島　正城
講談社文庫　昭46
「トーニオ・クレーガー」植田　敏郎
旺文社文庫　昭50
「トーニオ・クレーゲル」高橋　義孝
（世界文学全集23）　学習研究社　昭53
「トーニオ・クレーゲル/ヴェニスに死す」
高橋　義孝　新潮文庫　平07
「トーニオ・クレーガー」圓子　修平
（集英社ギャラリー世界の文学11ドイツⅡ）　平11
Die Königliche Hoheit
「大公殿下」上下　竹田敏行，熊岡初弥
（全集８，９）　三笠書房　昭16
「薔薇よ香りあらば」上下　川崎　芳隆
リスナー社　昭24
「大公殿下」　野島　正城
（世界文学全集17）　河出書房　昭29
Der Tod in Venedig
「ベネチア客死」和田顕太郎
（世界名作文庫）　春陽堂　昭08
「ヴェニスに死す」実吉　捷郎
岩波文庫　昭14,26,36,平12
「ヱニスに死す」実吉　捷郎　思索社　昭24
「ヴェニスに死す」高橋　義孝
新潮文庫　昭33,42
「ヴェニスに死す」関　楠生
（世界の文学35）　中央公論社　昭41
「ヴェネツィアに死す」浅井　真男
角川書店　昭42
「ヴェニスに死す」野島　正城　講談社文庫　昭45
「ヴェニスに死す」植田　敏郎　旺文社文庫　昭45
「ベニスに死す」佐藤，浅井ほか　角川文庫　昭46
「ヴェニスに死す」佐藤　晃一
（世界文学全集28）　集英社　昭48
「ヴェニスに死す」高橋　義孝
（世界文学全集23）　学習研究社　昭53
「ヴェネツィア客死」圓子　修平
（集英社ギャラリー世界の文学11ドイツⅡ）　平11
Der Zauberberg
「魔の山」上・下　熊岡初弥　竹田敏行
三笠書房　昭13
「魔の山」１～６　関　泰祐，望月市恵
岩波文庫　昭14-16
「魔の山」上・中・下　関　泰祐，望月市恵
養徳社　昭25
「魔の山」上・下　関　泰祐　望月市恵
（世界文学全集16，17）　河出書房　昭26
「魔の山」　佐藤　晃一
（現代世界文全集22）　三笠書房　昭30
「魔の山」　佐藤　晃一
（世界文全集37，38）　筑摩書房　昭36
「魔の山」　高橋　義孝
（世界文学全集28，29）　新潮社　昭39
「魔の山」　佐藤　晃一
（世界文学全集51，52）　筑摩書房　昭43
「魔の山」１～４川崎　芳隆
旺文社文庫　昭43-45
「魔の山」全２冊　高橋　義孝　新潮文庫　昭44,48
「魔の山」全２冊　関　泰祐　望月市恵
岩波文庫　昭63,平11
Mario und der Zauberer
「マリオと魔術師」熊岡　初弥
（全集２）　三笠書房　昭16
「マリオと魔術師」竹山　道雄
（世界新名作選６）　新潮社　昭16
「マリオと魔術師」竹山　道雄　角川文庫　昭30
「マリオと魔術師」高橋　義孝
新潮文庫　昭26,39
「マリオと魔術師」高橋　義孝
（現代世界文学全集27）　新潮社　昭28
「マリオと魔術師」野島　正城
（世界文学全集Ｉ－17）　河出書房　昭29
「マーリオと魔術師」村田　経和
（ドイツの文学3）　三修社　昭41
Joseph und seine Brüder
「ヨゼフとその兄弟」　高橋　義孝　新潮社　昭31
「若いヨゼフ」　佐藤　晃一　新潮社　昭33
「エジプトのヨゼフ」　菊盛　英夫　新潮社　昭33
「養う人・ヨゼフ」　高橋，佐藤　新潮社　昭36
「ヨセフとその兄弟」Ｉ　望月市恵，小塩節
筑摩書房　昭60
「ヨセフとその兄弟」Ⅱ　望月市恵　小塩節
筑摩書房　昭61
「ヨセフとその兄弟」Ⅲ　望月市恵　小塩節
筑摩書房　昭63
Lotte in Weimar
「ロッテ帰りぬ」　平野威馬雄　新潮社　昭16
「恋人ロッテ」佐藤　晃一　中央公論社　昭26,33
「恋人ロッテ」佐藤　晃一　新潮文庫　昭33
「ワイマルのロッテ」２巻　望月市恵
岩波文庫　昭46
Die vertauschten Köpfe
「シータの死」　山西　英一　熊書房　昭21
「麗しきシーター」　高橋　義孝　新潮文庫　昭26
「すげかえられた首」井原　恵治
（ドイツの文学３）　三修社　昭41
Doktor Faustus
「ファウスト博士」　関泰祐・関楠生
（現代叢書）　岩波書店　昭27-29
「ファウスト博士」３巻
関　泰祐・関　楠生　岩波文庫　昭49
Der Erwählte
「選ばれし人」　佐藤　晃一
（現代世界文全集27）　新潮社　昭28
「選ばれた人，ほか」佐藤　晃一
（世界文全集64）　講談社　昭49
Die Betrogene
「欺かれた女」高橋　義孝　新潮社　昭29

「欺かれた女」高橋　義孝　　新潮文庫　昭33
Die Bekenntnisse des Hochstaplers Felix Krull
「詐欺師フェリックス・クルルの告白」
佐藤　晃一　　地平社　昭23
「詐欺師フェリックス・クルルの告白」
佐藤　晃一　新潮文庫　昭26,30,平06
「ある詐欺師の回想」高橋，森川，円子
新潮社　昭37
「詐欺師クルルの告白」佐藤　晃一
（世界文学全集32）　河出書房新社　昭38
「ある詐欺師の告白」　高橋　義孝
（世界の文学35）　中央公論社　昭41
「詐欺師フェリックス・クルルの告白」高橋　義孝
（世界文学全集23）　学習研究社　昭51
【その他】
「洋服箪笥」　六笠　武生　改造文庫　昭05
「トオマス・マン自傳」濱野　修
改造文庫　昭14
「巴里日記」　麻生　種衛　青木書店　昭15
「混乱と幼き悩み」竹山　道雄　新潮文庫　昭16
「シータの死」　山西　英一　熊書房　昭21
「自由の問題」　高橋　義孝　日本橋書店　昭21
「十誡」　加藤　子明　世界の日本社　昭23
「文明について」　大野　俊一　創元社　昭25
「政治について」　大野　俊一　創元社　昭26
「ゲーテとトルストイ」高橋　義孝
新潮文庫　昭26
「ファウスト博士誕生」佐藤　晃一　新潮社　昭29
「欺かれた女」　高橋　義孝　新潮社　昭29
「民主主義の勝利」　横山　靖　理想社　昭31
「ドイツとドイツ人」加藤　真二　大学書林　昭35
「ゲーテ論集」　山崎章甫　高橋重臣
未来社　昭46
「非政治的人間の考察」上中下　前田敬作・山口知三
筑摩書房　昭43,44,46
「ドイツとドイツ人他５篇」青木　順三
岩波文庫　平11

ヘッセ（本文100頁）

「ヘルマン・ヘッセ全集」全14巻
三笠書房　昭14-15
「ヘルマン・ヘッセ全集」全19巻
三笠書房　昭14-16
「ヘルマン・ヘッセ全集」全16巻
三笠書房　昭15-17
「ヘルマン・ヘッセ全集」決定版
三笠書房　昭16-18
「ヘルマン・ヘッセ全集」全15巻
高橋健二全訳　新潮社　昭32
「ヘルマン・ヘッセ全集」全19巻　三笠書房　昭32
「ヘルマン・ヘッセ著作集」全23巻
人文書院　昭25-51
「ヘッセ選集」　三笠書房　昭27
「ヘッセ選集」１－４　ダヴィット社　昭30
「ヘッセ選集」全４巻
芳賀　檀　ノーベル書房　平03
「ヘッセ」１　高橋　健二
（新潮世界文学36）　新潮社　昭43
「ヘッセ」２　高橋　健二
（新潮世界文学37）　新潮社　昭43
「ヘッセ」　高本　研一ほか
（集英社世界文学）　集英社　昭53
「ヘッセ」
（筑摩世界文学大系62）　筑摩書房　昭47

「ヘッセ」　辻　理ほか
（世界の文学セレクション27）中央公論新社　平06
【ヘルマン・ヘッセ詩文集（V.ミヒェルス編）】
「蝶」　岡田　朝雄　朝日出版社　昭59
「ヘルマン・ヘッセ　蝶」岡田　朝雄
（岩波同時代ライブラリー）　岩波書店　平04
「色彩の魔術」　岡田　朝雄
（岩波同時代ライブラリー）　岩波書店　平04
「ヘルマン・ヘッセと音楽」中島　悠爾
音楽の友社　平04
「人は成熟するにつれて若くなる」
岡田　朝雄　草思社　平07
「庭仕事の愉しみ」岡田　朝雄　草思社　平08
「わが心の故郷　アルプス南麓の村」
岡田　朝雄　草思社　平09
「愛することができる人は幸せだ」
岡田　朝雄　草思社　平10
【書簡集】
「ヘルマン・ヘッセ＝ロマン・ロラン往復書簡集」
片山敏彦，清水茂　みすず書房　昭34
「ヘッセ＝マン往復書簡集」
井手賁夫，青柳　筑摩書房　昭47
「ヘッセからの手紙　混沌を生き抜くために」
ヘルマン・ヘッセ研究会　毎日新聞社　平07
「ヘッセ魂の手紙」ヘルマン・ヘッセ研究会
毎日新聞社　平10
Hermann Lauscher
「青春時代」豊永　喜之
（全集５）　三笠書房　昭14,15,16
「青春時代」芳賀　檀　人文書院　昭28
「青春時代」大和邦太郎　三笠書房　昭28
「青春時代」大和邦太郎
（現代世界文学全集４）　三笠書房　昭28
「青春時代」大和邦太郎
（ヘッセ全集）　三笠書房　昭32
「青春時代」原　健忠　角川文庫　昭32,52
「青春時代」大和邦太郎　三笠書房　昭42
Peter Camenzind
「青春彷徨」関　泰祐　岩波文庫　昭12,21
「ペータア・カーメンチント」石中　象治
ユマニテ書園　昭12
「郷愁」　伊東鋲太郎　青年書房　昭14

「郷愁」　石中　象治
(全集4－4，16－4，19－4)
三笠書房　昭14,15
「郷愁」　石中　象治
(全集決定版3)　三笠書房　昭17
「郷愁」　芳賀　檀　人文書院　昭24
「郷愁」　原　健忠　角川文庫　昭27,31,43
「郷愁」　石中　象治
(ヘッセ選集)　三笠書房　昭27
「郷愁」　高橋　健二
(決定版世界文学全集18)　河出書房　昭29
「郷愁」　高橋　健二　河出書房　昭30
「郷愁」　高橋　健二
(現代世界文学全集1)　新潮社　昭30
「郷愁」　高橋　健二　新潮文庫　昭31,平04
「青春彷徨」　山下　肇
(世界文学大系55)　筑摩書房　昭33
「郷愁」　高橋　健二
(世界文学全集31)　河出書房新社　昭35
「郷愁」　高橋　健二
(豪華版世界文学全集16)　河出書房新社　昭40
「郷愁」　前田　和美
(ドイツの文学5)　三修社　昭40
「郷愁」　前田　和美
(デュエット版世界文学全集54)　集英社　昭40
「郷愁」　神品　芳夫
(新集世界の文学27)　中央公論社　昭43
「郷愁わが生の記」登張　正実　講談社　昭43
「郷愁」　佐藤　晃一　旺文社文庫　昭43
「郷愁」　秋山　英夫
(世界文学全集36)　講談社　昭45
「青春彷徨」　山下　肇　潮出版社　昭46
「郷愁」　登張正実
(世界文学ライブラリー)　講談社　昭46
「郷愁」　高本　研一
(世界文学全集32)　集英社　昭48
「郷愁」　登張正実
(世界文学全集79)　講談社　昭49
「青春彷徨」　山下　肇　現代教養文庫　昭52
「郷愁」　高橋　健二
(世界文学全集24)　学習研究社　昭52
「郷愁」　高橋　健二　新潮文庫　平04
Unterm Rad
「車輪の下」　高橋　健二　岩波文庫　昭13
「車輪の下に」　秋山六郎兵衛
(ヘッセ全集14－7,16－7,決定版7)三笠書房
昭15,17
「車輪の下」　高橋　健二　新潮社　昭25
「車輪の下」　高橋　健二　新潮文庫　昭26
「車輪の下」　高橋　健二　人文書院　昭27
「車輪の下に」　秋山六郎兵衛　角川文庫　昭28
「車輪の下」　秋山　英夫　三笠書房　昭29
「車輪の下」　高橋　健二
(世界文学全集Ⅱ－22)　河出書房新社　昭31
「車輪の下」　秋山　英夫
(ヘッセ全集2)　三笠書房　昭32
「車輪の下」　実吉　捷郎　岩波文庫　昭33,平11
「車輪の下」　西　義之　白水社　昭38
「車輪の下」　辻　瑆
(世界の文学)　中央公論社　昭38
「車輪の下」　岩淵　達治　旺文社文庫　昭41,53
「車輪の下」　登張　正実
(世界文学全集36)　講談社　昭42
「車輪の下に」　秋山六郎兵衛　角川文庫　昭42
「車輪の下」　秋山　英夫　講談社文庫　昭46
「車輪の下」　立風書房編集部　立風書房　昭48
「車輪の下」　高橋　健二
(世界文学全集24)　学習研究社　昭52
「車輪の下」　秋山　英夫　偕成社文庫　昭52
「車輪の下」　高橋　健二　新潮文庫　昭60
「車輪の下」　井上　正蔵　集英社文庫　平04
「車輪の下」　井上　正蔵
(集英社ギャラリー世界の文学11ドイツⅡ)　平11
Aus Kinderzeiten
「少年時代」　豊永　喜之
(ヘッセ全集7)　三笠書房　昭15
「少年時代から」　高橋　健二
(世界少年少女文学全集16)　創元社　昭28
「少年時代から」　高橋　健二　新潮文庫　昭30
Die Marmorsäge
「代理石製材工場」豊永　喜之
(ヘッセ全集17)　三笠書房　昭17,18
「代理石材工場」　高橋　健二　人文書院　昭27
「代理石材工場」　高橋　健二　新潮文庫　昭30
Heumond
「乾草の月」　国松　孝二　白水社　昭13
「乾草の月」　豊永　喜之
(ヘッセ全集7，決定版7)　三笠書房　昭17,18
「乾草の月」　高橋　健二　人文書院　昭25
「乾草の月」　国松　孝二　三笠書房　昭27
「乾草の月」　国松　孝二
(現代世界世界文学全集24)　三笠書房　昭28
「乾草の月」　国松　孝二　角川文庫　昭29
Der Lateinschüler
「ラテン語学校生」　国松　孝二　白水社　昭13
「古典高等学生」　石中　象治
(ヘッセ全集4)　三笠書房　昭14,15
「古典高等学校生」　石中　象治
(ヘッセ全集決定版3)　三笠書房　昭17
「ラテン語学校生」　高橋　健二　人文書院　昭25
「ラテン語学校生」　高橋　健二
(ドイツ恋愛小説集)　羽田書店　昭25
「ラテン語学校生」　高橋　健二　新潮文庫　昭29
「ラテン語学校生」　高橋　健二
(世界文学全集)　河出書房新社　昭31
Eine Fußreise im Herbst
「秋の徒歩旅行」　関　泰祐　岩波文庫　昭14
「秋の徒歩旅行」　豊永　喜之

（ヘッセ全集7，決定版7） 三笠書房 昭16,18
「秋の徒歩旅行」 関 泰祐 岩波文庫 昭28
「秋の徒歩旅行」 高橋 健二 新潮文庫 昭30
「秋の旅路」 石丸 静雄 旺文社文庫 昭42
Schön ist die Jugend
「美しき青春」 植村 敏夫 改造文庫 昭13
「青春は美はし」 関 泰祐 岩波文庫 昭14,28
「青春は美し」 豊永 喜之
（全集5） 三笠書房 昭14,15
「青春は美し」 高橋 健二 人文書院 昭25
「青春は美し」 国松 孝二 三笠書房 昭27
「青春は美し」 国松 孝二
（世界名作選集） 白水社 昭28
「青春は美し」 国松孝二 角川文庫 昭29,43
「青春は美し」 高橋 健二
（決定版世界文学全集18） 河出書房 昭29
「青春は美わし」 高橋 健二 新潮文庫 昭29,63
「青春は美わし」 高橋 健二
（現代世界文学全集1） 新潮社 昭30
「青春は美し」 国松 孝二
（選集2） ダヴィット社 昭30
「青春は美し」 国松 孝二
（ヘッセ全集5）三笠書房 昭32
「青春は美わし」 高橋 健二
対訳叢書 郁文堂 昭35
「青春は美わし」 高橋 健二 金の星社 昭42
「美しき青春」 北垣 篤 旺文社文庫 昭43
「青春はうるわし」立風書房編集部
（世界青春文学選） 立風書房 昭48
Der Zyklon
「旋風」 豊永 喜之
（ヘッセ全集5） 三笠書房 昭14,15
「旋風」 高橋 健二 人文書院 昭25
「旋風」 大和邦太郎 三笠書房 昭28
「旋風」 高橋 健二 新潮文庫 昭30
In der alten Sonne
「懐郷」 高橋 健二 新潮社 昭15
「懐かしき太陽軒」豊永 喜之
（ヘッセ全集7） 三笠書房 昭16,18
「流浪の果て」 高橋 健二 人文書院 昭25
「流浪の果て」 高橋 健二 新潮文庫 昭30
Gertrud
「孤独な魂」 秋山六郎兵衛 二見書房 昭14
「孤独な魂」 秋山六郎兵衛 三笠書房 昭14
「孤独な魂」 秋山六郎兵衛
（ヘッセ全集） 三笠書房 昭14
「春の嵐」 高橋 健二 新潮社 昭14,25
「孤独な魂」 秋山六郎兵衛
（ヘッセ全集7） 三笠書房 昭14,15
「ゲルトルート」 高橋 健二 新潮社 昭24
「春の嵐」 高橋 健二 新潮文庫 昭26,平01
「春の嵐」 高橋 健二 人文書院 昭27
「孤独な魂」 秋山六郎兵衛 角川文庫 昭29,43
「春の嵐」 高橋 健二
（現代世界文学全集1） 新潮社 昭30
「孤独な魂」 秋山六郎兵衛 白水社 昭31
「春の嵐」 高橋 健二
（世界文学全集Ⅱ－16） 河出書房新社 昭32
「春の嵐」 秋山六郎兵衛
（ヘッセ全集3） 三笠書房 昭32
「春の嵐」 高橋 健二
（世界文学全集27） 河出書房新社 昭36
「春の嵐」 石丸 静雄 旺文社文庫 昭42
Aus Indien
「印度」 佐藤 新一 改造社 昭13
「印度紀行」 石川 錬次 三笠書房 昭17
「蘭印紀行」 植村 敏夫 大沢築地書店 昭17
Roßhalde
「湖畔の家」 秋山六郎兵衛
（ヘッセ全集3，決定版8） 三笠書房 昭14-17
「湖畔の家」 芳賀 檀 人文書院 昭25
「湖畔の家」 秋山六郎兵衛 角川文庫 昭29,43
「湖畔のアトリエ」高橋 健二
（世界文学全集Ⅱ－22） 河出書房 昭31
「湖畔の家」 秋山六郎兵衛
（ヘッセ全集3） 三笠書房 昭32
「湖畔のアトリエ」高橋 健二 新潮文庫 昭34
Knulp
「クヌルプ」 植村 敏夫
（世界名作文庫） 春陽堂 昭08
「漂泊の魂」 相良 守峯 岩波文庫 昭13,27
「クヌルプ」 沢西 健
（ヘッセ全集8） 三笠書房 昭14
「さすらひ」 沢西 健
（ヘッセ全集8） 三笠書房 昭15,16
「惜春の賦」 植村 敏夫 万里閣 昭15
「漂泊の人」 芳賀 檀 人文書院 昭25
「クヌルプ」 植村 敏夫 創元社 昭28
「クヌルプ」 植村 敏夫 近代文庫 昭28
「漂泊の人」 芳賀 檀
（現代世界文学全集1） 新潮社 昭30
「漂泊の人」 芳賀 檀 新潮文庫 昭30
「漂泊の魂」 相良 守峯
（ヘッセ全集6） 三笠書房 昭32
「望郷－クヌルプ－」番匠谷英一 角川文庫 昭32
「クヌルプ」 高橋健二 新潮文庫 昭45,平06
「漂泊の人」 川崎 芳隆 潮文庫 昭47
「漂泊の魂」 北垣 篤 旺文社文庫 昭43
「漂泊の魂」 相良 守峯 岩波文庫 昭48
Demian
「夢魂さまよふ」相良 守峯
（ヘッセ全集2，決定版5） 三笠書房 昭14-17
「デミアン」 高橋 健二 岩波文庫 昭14
「デミアン」 高橋 健二 新潮社 昭25
「デミアン」 高橋 健二 新潮文庫 昭26,63
「デーミアン」 相良 守峯 角川文庫 昭27,43
「デーミアン」 相良 守峯 三笠書房 昭27
「デーミアン」 相良 守峯

(現代ドイツ文学全集2) 河出書房 昭28
「デーミアン」 相良 守峯
(現代世界文学全集24) 三笠書房 昭28
「デミアン」 高橋 健二 人文書院 昭29
「デーミアン」 相良 守峯 ダヴィット社 昭30
「デミアン」 実吉 捷郎
岩波文庫 昭31,34,平11
「デーミアン」 浜川 祥枝
(世界の文学37) 中央公論社 昭38
「デーミアン」 吉田 正己
(ドイツの文学5) 三修社 昭40
「デーミアン」 吉田 正己
(世界文学全集52) 筑摩書房 昭41
「デーミアン」 秋山 英夫
(世界文学全集36) 講談社 昭42
「デーミアン」 常木 実 旺文社文庫 昭42
「デーミアン」 秋山 英夫 講談社文庫 昭46
Märchen
「母に帰る」 尾崎 喜八
(全集10) 三笠書房 昭15,16
「童心」 相良 守峯 雄山閣 昭21
「メルヒェン」 高橋 健二 人文書院 昭27
「メルヒェン」 相良 守峯 河出書房 昭28
「童話」 尾崎 喜八 三笠書房 昭29
「メールヒェン」 高橋 健二 新潮文庫 昭47
Klein und Wagner
「クラインとワーグネル」三井 光弥
第一書房 昭08
「クラインとワグナー」 沢西健
(全集8, 9) 三笠書房 昭14,16
「クラインとワーグネルと」芳賀 檀
人文書院 昭27
「クラインとワグナー」 城山 良彦
(全集8) 三笠書房 昭33
Klingsors letzter Sommer
「クリングゾルの最後の夏」三井 光弥
(『内面への道』の内) 第一書房 昭08
「クリングゾルの最後の夏」沢西 健
(全集8, 全集9) 三笠書房 昭14,16
「クリングゾールの最後の夏」芳賀 檀
人文書院 昭27
「クリングゾルの最後の夏」 登張 正実
三笠書房 昭30
Wanderung
「さすらいの記」 尾崎 喜八
(全集10) 三笠書房 昭15
「放浪」 高橋健二 新潮社 昭15
「ワンデルング」 尾崎 喜八 朋文堂 昭27
「放浪」 高橋 健二 人文書院 昭28
「さすらいの記」 尾崎 喜八 三笠書房 昭29
「さすらいの記」 尾崎 喜八 講談社文庫 昭48
Siddhartha
「シッタルタ」 三井 光弥
(世界文学新選22) 新潮社 大14
「シッダルター」 園田 香勲 顕真学苑 昭05
「内面への道」 三井 光弥 第一書房 昭08,09
「悉達多」 手塚 富雄
(ヘッセ全集9, 19−16, 決定版11)
三笠書房 昭14,16,18
「悉達多(シッダルタ)」手塚 富雄
三笠書房 昭27
「シッタルターインドの譚詩−」芳賀 檀
人文書院 昭27
「シッダルタ」 手塚 富雄 角川文庫 昭28,44
「シッダルタ」 手塚 富雄
(現代ドイツ文学全集8) 河出書房 昭28
「シッダルタ」 手塚 富雄
(ヘッセ全集8) 三笠書房 昭33
「シッダルタ」 手塚 富雄
(世界文学大系55) 筑摩書房 昭33
「内面への道」 高橋 健二 新潮文庫 昭34
「シッダールタ」
高橋 健二 新潮文庫 昭46,平04
「シッダルタ」 手塚 富雄
(新集世界の文学27) 中央公論社 昭43
「シッダールタ」高橋 健二
(世界文学全集24) 学習研究社 昭52
Kurgast
「湯治客」 舟木 重信
(全集6, 全集12) 三笠書房 昭14,15,17
「湯治客」 佐藤 晃一
(全集8) 三笠書房 昭33
Nürnberger Reise
「ニュルンベルクへの旅」石川 錬次
(全集12) 三笠書房 昭14
「ニュルンベルクへの旅」石川 錬次
(全集15) 三笠書房 昭17
「ニュルンベルク紀行」 古見 日嘉
(全集8) 三笠書房 昭33
Der Steppenwolf
「荒野の狼」 秋山六郎兵衛, 手塚富雄
(世界長編小説全集10) 三笠書房 昭11
「荒野の狼」 秋山六郎兵衛, 手塚富雄
三笠書房 昭14
「荒野の狼」 手塚 富雄
(ヘッセ全集9, 決定版4) 三笠書房 昭15,17
「荒野の狼」 芳賀 檀 人文書院 昭26
「荒野の狼」 手塚 富雄
(現代世界文学全集4) 三笠書房 昭28
「荒野の狼」 手塚 富雄 角川文庫 昭29,43
「荒野の狼」 手塚 富雄 ダヴィット社 昭30
「荒野の狼」 手塚 富雄
(ヘッセ全集9) 三笠書房 昭32
「荒野のおおかみ」高橋 健二 新潮文庫 昭46
「荒野の狼」 永野 藤夫 講談社文庫 昭47
「荒野の狼」 秋山 英夫
(世界文学全集80) 講談社 昭50
Betrachtungen

「愛と反省」　手塚　富雄
（全集13，16）　三笠書房　昭14,17
「静かに想ふ」　満足　卓　弘文堂　昭29
「愛と反省」　手塚　富雄　三笠書房　昭29
「愛と反省」　手塚　富雄
（全集14）　三笠書房　昭33,40

Narziß und Goldmund
「ナルチスとゴルトムント」芦田　弘夫
建設社　昭11
「死と愛」　藤岡　光一
（ヘッセ全集11，決定版17）　三笠書房　昭16
「知と愛」　高橋　健二　人文書院　昭26
「友情の歴史」　藤岡　光一　三笠書房　昭28
「知と愛」　高橋　健二
（世界文学全集Ⅱ－22）　河出書房新社　昭31,35
「知と愛」　秋山六郎兵衛　角川文庫　昭33
「知と愛」　高橋　健二　新潮文庫　昭34,46
「ナルチスとゴルトムント」
西　義之　岩波文庫　昭34
「ナルチスとゴルトムント」
藤岡　光一　三笠書房　昭34
「聖母の泉」山下　肇
（世界の文学37）　中央公論社　昭38
「知と愛」　永野　藤夫　講談社文庫　昭47
「知と愛」　石丸　静雄　旺文社文庫　昭50

Die Morgenlandfahrt
「東洋紀行」石川　錬次
（全集12）　三笠書房　昭14
「暁の巡礼」石川　錬次
（全集12，15）　三笠書房　昭15,17
「光のふるさとへ」登張　正実　三笠書房　昭30

Glasperlenspiel
「ガラス玉演戯」高橋　健二
（決定版世界文学全集18）　河出書房　昭29
「ガラス玉遊戯」
井手　賁夫　角川文庫　昭30,平02
「ガラス玉演戯」高橋　健二
（ヘッセ全集11－12）　新潮社　昭33
「ガラス玉遊戯」登張　正実
（ヘッセ全集11－12）　三笠書房　昭34
「ガラス玉演戯」菊盛，高橋　新潮文庫　昭46

Gedichte
「詩集」　片山　敏彦
（ヘッセ全集１）　三笠書房　昭14,15,16
「新訳ヘッセ詩集」高橋　健二　新潮社　昭17
「ヘッセ詩集」　尾崎　喜八　三笠書房　昭17
「ヘッセ詩集」　高橋　健二　新潮社　昭25
「ヘッセ詩集」高橋　健二　新潮文庫　昭25,平03
「ヘッセ詩集」　高橋　健二
（世界名詩選）　新潮社　昭27
「青春詩集」　高橋　健二　人文書院　昭28
「孤独者の音楽」　高橋　健二　人文書院　昭28
「ヘッセ詩集」　高橋　健二
（青春文学叢書）　新潮社　昭29
「ヘッセ詩集　夜の慰め」
高橋　健二　人文書院　昭29
「ヘッセ詩集」　片山　敏彦　みすず書房　昭39
「詩集」（全）　尾崎　喜八
（ヘッセ全集17）　三笠書房　昭33
「ヘッセ詩集」　植村　敏夫　旺文社文庫　昭43
「ヘッセ新詩集」　山本，地栄　日本文芸社　昭42
「ヘッセ詩集」　高橋　健二　新潮社　昭42
「ヘッセ詩集」　片山，星野　角川書店　昭42
「ヘッセ詩集」　尾崎　喜八　三笠書房　昭42
「ヘッセ詩集」　山口　四郎　角川文庫　昭44
「ヘッセ詩集」　高橋　健二
（青春の詩集）　白鳳社　昭49
「ヘッセ詩集」　高橋　健二
対訳叢書　郁文堂　昭51
「ヘッセ詩集」　高橋　健二
世界詩人選３　小沢書店　昭51
「ヘッセ詩集」　高橋　健二　新潮文庫　平03
「ヘッセ詩集」新装版
片山　敏彦　みすず書房　平10

【その他】
「友」　茅野　蕭々　近代社　大15
「婚約」　植村　敏夫　山本文庫　昭11
「風物帖」　佐藤　新一　改造文庫　昭13
「ワンデルング」　尾崎　喜八　朋文堂　昭14
「ふるさと紀行」　竹越　和夫　改造文庫　昭14
「放浪と懐郷」　高橋　健二　新潮社　昭15
「世界文学をどう読むか」
高橋　健二　三笠書房　昭16
「赤道のかなた」植村　敏夫　大沢築地書店　昭11
「童心」　相良　守峯　雄山閣　昭21
「婚約」　伊藤　武雄　白山書房　昭22
「ゲーテへの感謝」笹本　駿二　朝日新聞社　昭24
「世界文学をどう読むか」
高橋　健二　新潮文庫　昭25
「若き人々へ」　高橋　健二　人文書院　昭26
「婚約」　高橋　健二　人文書院　昭27
「帰郷」　高橋　健二　人文書院　昭27
「知と愛の物語」　佐藤　晃一　三笠書房　昭28
「ふるさと紀行」　竹越　和夫　角川文庫　昭28
「夢のあと」　高橋　健二　人文書院　昭30
「婚約」　高橋　健二　新潮文庫　昭34
「若い日」　井手　賁夫　角川文庫　昭36
「笛の夢」　高橋　健二　みすず書房　昭34
「さすらいのあと」高橋　健二　新潮社　昭37
「人生の歌」　高橋　健二　新潮社　昭38
「若き人びとへ」　高橋　健二　角川文庫　昭44
「幸福論」　高橋　健二　新潮文庫　昭52
「メルヒェン」　高橋　健二　新潮文庫　平02
「ヘッセの言葉」
前田敬作・岩橋保　彌生書房　平09

カロッサ（本文104頁）

「カロッサ全集」全６巻　建設社　昭11-12
「ハンス・カロッサ全集」全７巻　別巻１
三笠書房　昭16
「カロッサ全集」全14巻　別巻１　養徳社　昭24-32
「ハンス・カロッサ全集」全10巻　田口義弘ほか編訳
1　カロッサ全詩集
2　幼年時代・序曲―『幼年時代』初稿　他
3　青春の変転・逃走　他
4　美しい惑いの年・学位授与　他
5　指導と信従・若い医者のあの日
6　医師ギオン・熟年の秘密
7　ルーマニア日記・イタリアの手記
8　狂った世界・1947年晩夏の一日　他
9　日記（抄）
10　書簡集（抄）付年譜
臨川書房　平08-09
「カロッサ作品集」全２巻　創元社　昭28-29
「カロッサ」（ドイツ文学全集）　角川書店　昭28
Gedichte
「詩集」　片山　敏彦
（カロッサ全集７）　三笠書房　昭17
「詩集」　片山　敏彦
（カロッサ全集１）　養徳社　昭25
「カロッサ詩集」　片山　敏彦　創元文庫　昭27
「詩集」　片山　敏彦
（カロッサ作品集）　創元社　昭28
「カロッサ詩集」　片山　敏彦　角川文庫　昭29
「詩集」　片山　敏彦
（世界名詩集大成８）　平凡社　昭34
「カロッサ詩集」　片山敏彦　みすず書房　昭40
「カロッサ詩集」　藤原　定　彌生書房　昭40,49
「詩集」抄　岡田　朝雄
（ドイツの文学６）　三修社　昭41
「カロッサ詩集」　藤原　定
（カラー版世界の詩集）　角川書店　昭47
「カロッサ詩集」（新装版）片山　敏彦
みすず書房　昭40
「カロッサ詩集」　田口義弘　小沢書店　平11
Eine Kindheit
「幼年時代」　石中　象治
（カロッサ全集３）　建設社　昭11
「幼年時代」　石中　象治
（「ルーマニア日記」の内）　冨山房百科文庫　昭13
「幼き日」　斎藤　栄治
（世界文庫）　弘文堂　昭15
「幼年時代」　石川　錬次
（カロッサ全集２）　三笠書房　昭16
「幼年時代」　斎藤　栄治
（カロッサ全集３）　養徳社　昭25
「幼年時代」　斎藤　栄治　岩波文庫　昭28,平11
「幼年時代」　芳賀　檀　新潮文庫　昭28
「幼年時代」　石川　錬次　角川文庫　昭28
「幼年時代」　手塚　富雄
（現代ドイツ文学全集28）　河出書房　昭28
「幼年時代」　芳賀　檀
（現代世界文学全集28）　新潮社　昭29
「幼年時代」　原田　義人
（作品集２）　創元社　昭29
「幼いころ」　手塚　富雄
（世界文学全集30）　河出書房　昭34
「ある幼年時代」　轡田　收
（語学文庫791）　大学書林　昭35
「幼年時代」　岡田　朝雄
（ドイツの文学６）　三修社　昭41
「おさないころ」　手塚　富雄
（世界文学全集20）　集英社　昭41
「幼年時代・少年時代」立風書房編集部
（世界青春文学館）　立風書房　昭48
Rumänisches Tagebuch
「従軍日記」片山敏彦　竹山道雄　山本書店　昭11
「ルーマニア日記」　高橋　健二
（カロッサ全集５）　建設社　昭11
「ルーマニア日記」
高橋　健二　冨山房百科文庫　昭13
「陣中日記」　高橋　健二　建設社　昭13
「ルーマニア日記」　高橋　健二
（カロッサ全集１）　三笠書房　昭16
「ルーマニア日記」　高橋　健二
（カロッサ全集３）　養徳社　昭24
「ルーマニア日記」　高橋　健二　岩波文庫　昭28
「ルーマニア日記」　高橋　義孝
（現代世界文学全集28）　新潮社　昭29
「ルーマニア日記」
高橋　義孝　新潮文庫　昭31,平06
「ルーマニア日記」　登張　正実
（世界文学大系55）　筑摩書房　昭33
「ルーマニア日記」　高橋　義孝
（世界文学全集30）　河出書房新社　昭36
「ルーマニア日記」　高橋　健二
（世界の文学38）　中央公論社　昭40
「ルーマニア日記」植田　敏郎　旺文社文庫　昭51
「ルーマニア日記」福田　宏年
（世界文学全集25）　学習研究社　昭54
Verwandlungen einer Jugend
「少年時代の変転」石中　象治
（カロッサ全集４）　建設社　昭11
「青春変転」石川　錬次
（カロッサ全集３）　三笠書房　昭16
「青春変転」国松，丸山
（カロッサ全集５）　養徳社　昭25
「青春変転」　国松　孝二　角川文庫　昭28
「青春変転」　石川　錬次　創元文庫　昭28
「青春時代」　芳賀　檀　新潮文庫　昭29
「若き日の変転」斎藤　栄治
（作品集２）　創元社　昭29

「若き日の変転」斎藤　栄治　　岩波文庫　昭30
「青春変転」　石川　錬次　ダヴィット社　昭30
「青春変転」　西　義之
（ドイツの文学６）　三修社　昭41
Die Schicksale Dr. Bürgers
「ドクトル・ビュルゲルの運命」高橋　健二
（カロッサ全集１）　建設社　昭10
「ドクトル・ビュルゲルの運命」高橋　健二
新潮文庫　昭13
「ドクトル・ビュルゲルの運命」高橋　健二
（カロッサ全集１）　三笠書房　昭16
「ドクトル・ビュルゲルの運命」手塚　富雄
（カロッサ全集２）　養徳社　昭25
「ドクトル・ビュルゲルの運命」手塚　富雄
岩波文庫　昭28，平11
「ドクトル・ビュルゲルの運命」高橋　健二
新潮文庫　昭28
「ドクトル・ビュルゲルの運命」山室　静
（作品集１）　創元社　昭28
「ドクトル・ビュルゲルの運命」石丸　静雄
角川文庫　昭28
「ドクトル・ビュルゲルの運命」大畑　末吉
（現代ドイツ文学全集11）　河出書房　昭28
「ドクトル・ビュルゲルの運命」高橋　健二
（現代世界文学全集28）　新潮社　昭29
「ドクトル・ビュルゲルの運命」大畑　末吉
（世界文学大系55）　筑摩書房　昭33
「ドクトル・ビュルゲルの運命」高橋　義孝
（世界文学全集30）　河出書房新社　昭37
「ドクトル・ビュルゲルの運命」高安　国世
（世界の文学38）　中央公論社　昭40
「ビュルガー先生の運命」　中山　誠
（世界文学全集35）　学習研究社　昭54
Der Arzt Gion
「医師ギオン」中島　勝
（カロッサ全集２）　建設社　昭11
「医師ギオン」石川　錬次
（カロッサ全集１）　三笠書房　昭16
「医師ギオン」石川　錬次
（世界文学選書えわ）　三笠書房　昭23
「医師ギオン」石川　錬次
（カロッサ全集６）　養徳社　昭25
「医師ギオン」石川　錬次　角川文庫　昭27
「医師ギオン」池田　猛雄
（現代世界文学全集25）　三笠書房　昭30
Führung und Geleit
「指導と信従」芳賀　檀
（カロッサ全集６）　建設社　昭12
「指導と信従」高橋　義孝
（カロッサ全集５）　三笠書房　昭16
「指導と信従」高橋　義孝
（カロッサ全集７）　養徳社　昭25
「指導と信従」高橋　義孝　新潮文庫　昭28
「指導と信従」芳賀　檀　角川文庫　昭28
「指導と信従」芳賀　檀
（現代ドイツ文学全集11）　河出書房　昭28
「指導と信従」高橋　義孝
（現代世界文学全集28）　新潮社　昭29
「指導と信従」国松　孝二
（世界の文学38）　中央公論社　昭40
Geheimnisse des reifen Lenens
「成年の秘密」高橋　義孝
（「ルーマニア日記」の内）
冨山房百科文庫　昭14
「成年の秘密」高橋　義孝
（カロッサ全集６）　三笠書房　昭16
「成年の秘密」高橋　義孝　今日社　昭23
「成年の秘密」高橋　義孝
（カロッサ全集８）　養徳社　昭25
「成年の秘密」高橋　義孝　新潮文庫　昭26
「成年の秘密」高橋　義孝
（現代ドイツ文学全集11）　河出書房　昭28
「成年の秘密」高橋　義孝
（現代世界文学全集28）　新潮社　昭29
Wirkungen Goethes in der Gegenwart
「現代に於けるゲーテの影響」石川　錬次
（カロッサ全集２）　三笠書房　昭16
「現代に於けるゲーテの影響」石中　象治
（カロッサ全集別巻）　養徳社　昭24
Das Jahr der schönen Täuschungen
「美しき惑いの年」手塚　富雄
（カロッサ全集９）　養徳社　昭24
「美しき惑いの年」手塚　富雄
（世界名作選）　白水社　昭28
「美しき惑いの年」手塚　富雄　岩波文庫　昭29
「美しき惑いの年」手塚　富雄
（世界文学全集Ⅰ，14）　河出書房　昭29
「美しき惑いの年」手塚　富雄
（世界文学全集30）　河出書房新社　昭37
「美しき惑いの年」手塚　富雄
（世界の文学38）　中央公論社　昭40
Stern über der Lichtung
「森の空き地に照る星」片山　敏彦
（世界名詩集大成８）　平凡社　昭34
Aufzeichnungen aus Italien
「イタリア紀行」　若林　光夫
（カロッサ全集10）　養徳社　昭25
Ungleiche Welten
「狂った世界」　若林　光夫
（カロッサ全集11）　養徳社　昭29
Ein Tag im Spätsommer 1947
「一九四七年晩夏の一日」杉山　産七
（カロッサ全集２）　養徳社　昭29
Der Tag des jungen Arztes
「若い医者の日」高橋　健二
（カロッサ全集13）　養徳社　昭31
Der alte Taschenspieler
「老手品師」　片山　敏彦

（カロッサ全集14）　養徳社　昭32

ムーズィル（本文108頁）

「ムージル著作集」全９巻　加藤　二郎ほか
1～6巻　特性のない男
7　テルレスの惑乱／静かなヴェロニカの誘惑／他
8　熱狂家たち／生前の遺稿無愛想な考察／黒ツグミ／十二宮／フィンツェンツ
9　日記／エッセイ／書簡
松籟社　平04-09
「ムージル／ブロッホ」古井　由吉ほか
（世界文学大系64）　筑摩書房　昭48
Die Verwirrungen des Zöglings Törles
「若いテルレスの惑い」吉田　正己
（世界の文学48）　中央公論社　昭41
Drei Frauen
「ポルトガルの女」　福田　宏年
（世界短編文学全集５）　集英社　昭38
「三人の女」　川村　二郎
（世界文学全集Ⅱ－23）　河出書房新社　昭39
「グリージャ」　吉田　正己
（世界の文学48）　中央公論社　昭41
「三人の女」　生野　幸吉
（世界文学全集49）　筑摩書房　昭43
「三人の女」　川村　二郎
（モダン・クラシックス）　河出書房新社　昭46
「三人の女」　川村　二郎
（集英社ギャラリー世界の文学12ドイツⅢ）　平11
Der Mann ohne Eigenschaften
「特性のない男」　1　高橋，円子　新潮社　昭39
2　高橋，浜川　新潮社　昭39
3　高橋，伊藤　新潮社　昭40
4　高橋，高本　新潮社　昭40
5　高橋，川村　新潮社　昭41
6　高橋，池田　新潮社　昭41
「特性のない男」
1　加藤，池田　河出書房新社　昭40
2　柳川，北野　河出書房新社　昭40
3　加藤　二郎　河出書房新社　昭41
4　加藤，柳川，北野　河出書房新社　昭41
Die Versuchung der stillen Veronika
「静かなヴェロニカの誘惑」　古井　由吉
（世界文学全集49）　筑摩書房　昭43
Die Vollendung der Liebe
「ヴェロニカ」　吉田　正己
（世界の文学48）　中央公論社　昭41
「愛の完成」他　古井　由吉
（世界文学全集49）　筑摩書房　昭43
Amsel
「黒つぐみ」　川村　二郎
（世界文学全集49）　筑摩書房　昭43
Die Schwärmer
「夢想家たち」円子　修平
（モダン・クラシックス）　河出書房新社　昭48
【その他】
「ぼくの遺稿集」森田　弘　晶文社　昭44

ツヴァイク（シュテファン）（本文110頁）

「ツヴァイク全集」全19巻　みすず書房　昭37-39
「ツヴァイク全集」全21巻　みすず書房　昭51
「ツヴァイク伝記文学コレクション」全６巻
1　マゼラン／アメリゴ　関楠生，河原忠彦
2　ジョゼフ・フーシェ　吉田，小野寺，飯塚
3　マリー・アントワネット　Ⅰ
藤本淳雄，森川俊夫
4　マリー・アントワネット　Ⅱ
藤本淳雄，森川俊夫
5　メリー・スチュアート　古見　日嘉
6　エラスムスの勝利と悲劇　内垣，藤本，猿田
みすず書房　平10
Erstes Erlebnis
「最初の体験－子供の国の物語－」川崎　芳隆
白水社　昭28
Geschichte in der Dämmerung
「黄昏」　川崎　芳隆　六花書房　昭22
「たそがれどきの物語」川崎　芳隆
（「最初の体験」の内）　白水社　昭28
「夏の夜の物語」川崎　芳隆　角川文庫　昭30
Die Gouvernante
「女家庭教師」川崎　芳隆　白水社　昭28
「女家庭教師」川崎　芳隆　角川文庫　昭30
「女家庭教師」関　楠生
（ツヴァイク全集２）　みすず書房　昭37
Brennendes Geheimnis
「燃える秘密」川崎　芳隆　角川文庫　昭28
「燃える秘密」川崎　芳隆
（「最初の体験」の内）　白水社　昭28
「燃える秘密」野村　琢一
（ツヴァイク全集２）　みすず書房　昭37
Sommernovellette
「夏日小品」川崎　芳隆
（「黄昏」の内）　六花書房　昭22
「夏の日に」川崎　芳隆
（「最初の体験」の内）　白水社　昭28
「ある夏のできごと」関　楠生
（ツヴァイク全集２）　みすず書房　昭37
「寝ざめ」　川崎　芳隆
（「たそがれの恋」　の内）　角川文庫　昭30
Drei Meister
「三人の巨匠」（バルザック，ディケンズ，ドストエフスキー）　竹内道之助，菅谷恒徳
三笠書房　昭11
「ドストエフスキー」
高橋　禎二　アテネ新書　昭25
「バルザック」　水野　亮　早川書房　昭35
Romain Rolland

「ロマン・ローラン」服部竜太郎　アルス　大15
「ロマン・ローラン」上下　大久保和郎
慶友社　昭21
「ロマン・ロラン」　大久保和郎　創元文庫　昭28
「情熱の人ロマン・ロラン」大久保和郎
角川文庫　昭29

Amok
Der Amokläufer
「情熱」　豊永　喜之　改造文庫　昭14
「情熱の海」川崎　芳隆　蒼樹社　昭24
「愛欲の海」川崎　芳隆　角川文庫　昭26
「愛欲の海」川崎　芳隆
（現代ドイツ文学全集10）　河出書房　昭29
「アモク」　辻　理
（ツヴァイク全集２）　みすず書房　昭37

Die Frau und die Landschaft
「女と風景」川崎　芳隆　蒼樹社　昭24
「女と風景」川崎　芳隆　角川文庫　昭28
「女と風景」川崎　芳隆
（現代ドイツ文学全集10）　河出書房　昭29

Phantastische Nacht
「異常な夜」関　楠生
（ツヴァイク全集２）　みすず書房　昭36

Brief einer Unbekannten
「白薔薇」　村井　啓二　万里閣　昭16
「見知らぬ女の手紙」川崎　芳隆
（「黄昏」の内）　六花書房　昭22
「見知らぬ女の手紙」川崎　芳隆　蒼樹社　昭24
「忘れじの面影」大久保和郎　三笠書房　昭29
「見知らぬ女の手紙」川崎　芳隆
（現代ドイツ文学全集10）　河出書房　昭29
「未知の女の手紙」内垣　啓一
（ツヴァイク全集２）　みすず書房　昭36,48

Mondscheingasse
「月夜の路地」川崎　芳隆　蒼樹社　昭24
「月夜の路地」川崎　芳隆　角川文庫　昭28
「月夜の露地」川崎　芳隆
（現代ドイツ文学全集10）　河出書房　昭29

Angst
「不安」村井　啓二
（「白薔薇」の内）　万里閣　昭16
「不安」大久保和郎
（「忘れじの面影」の内）　三笠書房　昭29
「イレーネ夫人の秘密」西　義之　角川文庫　昭32

Der Kampf mit dem Dämon
「篤実への情熱」神保光太郎　河出書房　昭14
「魔神との闘争」秋山　英夫　角川文庫　昭33

24 Stunden aus dem Leben einer Frau
「ある女の二十四時間」高橋　健二　蒼樹社　昭24
「運命の賭」　大久保和郎　みすず書房　昭26
「哀愁のモンテカルロ」高橋　健二　新潮社　昭28
「哀愁のモンテ・カルロ－女の二十四時間－」
辻　理　角川文庫　昭28
「女の二十四時間」　高橋　健二　新潮文庫　昭30

Untergang eines Herzens
「或る心の破滅」　大久保和郎　蒼樹社　昭24
「ある心の破滅」　川崎　芳隆　角川文庫　昭28
「或る心の破滅」　大久保和郎
（「忘れじの面影」の内）　三笠書房　昭29

Verwirrung der Gefühle
「感情の混乱－枢密顧問官R.V.D.氏の手記－」
（「ある女の二十四時間」の内）　高橋　健二
蒼樹社　昭24
「感情の混乱」高橋　健二
（「女の二十四時間」の内）　新潮文庫　昭30

Sternstunden der Menschheit
「白熱の歴史」　菅谷　恒徳　青磁社　昭16
「人生の星輝く時」芳賀　檀　三笠書房　昭27
「運命の星輝く時」芳賀　檀　角川文庫　昭31
「人類の星の時間」吾妻雄次郎　大和書房　昭43
「人類の星の時間」片山　敏彦　みすず書房　平08
「歴史の決定的瞬間」辻　理　白水社　平09

Joseph Fouché
「ジョゼフ・フーシェ」大野　俊一　春陽堂　昭06
「ジョゼフ・フーシェ」高橋禎二，秋山英夫
河出書房　昭14
「ジョゼフ・フーシェ」高橋禎二，秋山英夫
青磁社　昭23
「ジョゼフ・フーシェ伝」高橋禎二，秋山英夫
岩波書店　昭26
「ジョゼフ・フーシェ」大野　俊一
（世界文学全集 I －14）　河出書房　昭29
「ジョゼフ・フーシェ」川崎芳隆，大野俊一
（現代ドイツ文学全集10）　河出書房　昭29
「ジョゼフ・フーシェ」高橋禎二，秋山英夫
岩波文庫　昭54,平10
「ジョゼフ・フーシェ」福田　宏年
（世界文学全集26）　学習研究社　昭54
「ジョゼフ・フーシェ」吉田正己　小野寺和夫
（ツヴァイク伝記文学コレクション２）
みすず書房　平10

Drei Dichter ihres Lebens
「知性と感性」　青柳　瑞穂　河出書房　昭13
「知性と感性」　青柳　瑞穂　河出書房　昭23
「スタンダール」青柳　瑞穂　新潮文庫　昭26
「トルストイ」　高橋　禎二　弘文堂　昭26
「トルストイ」　桜井　成夫　創芸社　昭27

Die Heilung durch den Geist
「精神による治癒」高橋，中山，佐々木
（ツヴァイク全集10）　みすず書房　昭38

Marie Antoinette
「マリー・アントアネット」上下　高野弥一郎
大観堂　昭18
（カフカ全集３）　新潮社　昭28
「マリー・アントアネット」上下
高橋禎二，秋山英夫　青磁社　昭23
「マリー・アントワネット」上下
高橋禎二，秋山英夫　三笠書房　昭25

「マリー・アントワネット」上下
高橋禎二，秋山英夫　三笠書房　昭26
「マリー・アントワネット」上中下
高橋禎二，秋山英夫　岩波文庫　昭30,55
「マリー・アントアネット」
山下　肇　角川文庫　昭34
「マリー・アントワネット」関　楠生
河出書房新社　昭50
「マリー・アントワネット」関　楠生
河出文庫　平01
「マリー・アントワネット」藤本淳雄　森川俊夫
（ツヴァイク伝記文学コレクション３）
みすず書房　平10
「マリー・アントワネット」全２冊
高橋禎二，秋山英夫　岩波文庫　平11
Triumph und Tragik des Erasmus von Rotterdam
「エラスムスの勝利と悲劇」高橋　禎二
河出書房　昭18
「エラスムスの勝利と悲劇」高橋　禎二
青磁社　昭23
「エラスムスの勝利と悲劇」内垣啓一　藤本淳雄
（ツヴァイク伝記文学コレクション６）
みすず書房　平10
Maria Stuart
「メリー・スチュアート」上下
高橋禎二，西義之　新潮文庫　昭28
「メリー・スチュアート」古見　日嘉
（ツヴァイク伝記文学コレクション５）
みすず書房　平10
Mazellan
「マゼラン」　高橋　禎二　青磁社　昭24
「マジェラン航海記」　川崎　芳隆
（世界探検紀行全集３）　河出書房　昭29
マゼラン」高橋　禎二・藤井智瑛　角川文庫　昭33
「マゼラン／アメリゴ」関　楠生　河原忠彦
（ツヴァイク伝記文学コレクション１）
みすず書房　平10
Ungeduld des Herzens
「心の焦燥」上下　大久保和郎　慶友社　昭25
Schachnovelle
「西洋将棋奇譚」　西　義之　角川文庫　昭32
Die Welt von geatern
「昨日の世界－ヨーロッパ人の回想－」
原田　義人　慶友社　昭27
【その他】
「永遠の兄弟の眼」山本　有三
（「山本有三全集」の内）改造社　昭06
「永遠の兄の目」山本　有三
（「山本有三全集」の内）　岩波書店　昭15
「自由と独裁」　高橋　禎二　アテネ文庫　昭25
「たそがれの恋」川崎　芳隆　角川文庫　昭26,44
「レーニンの封印列車」
高橋　禎二　アテネ文庫　昭26
「スタンダール」青柳　瑞穂　新潮文庫　昭28
「魔神との戦い」秋山　英夫　角川文庫　昭33
「変身の魅惑」　飯塚　信雄　朝日新聞社　昭60
「未来の国ブラジル」宮岡　成次
河出書房新社　平05

カフカ（本文114頁）

「カフカ全集」全６巻　新潮社　昭28-35
「カフカ全集」決定版全12巻　新潮社　平04
「カフカ小説全集」全６巻　池内　紀
白水社　平12～
「カフカ自撰小品集」全３巻　吉田仙太郎
高科書店　平04-06
「カフカ」　高橋　義孝ほか
（新潮世界文学39）　新潮社　昭45
「カフカ」　辻　瑆
（世界文学大系65）　筑摩書房　昭47
「カフカ」　辻　瑆
（世界の文学セレクション）　中央公論新社　昭47
「カフカ／ヴァルザー」立川　洋三ほか
（世界文学全集）　集英社　昭54
「カフカ短編集」　池内　紀
岩波文庫　昭62,平11
「カフカの中短編」坂内　正
ベネッセコーポレーション　平04
「カフカ寓話集」　池内　紀　岩波文庫　平10
Betrachtung
「観　察」　高安　国世（全集３）　新潮社　昭28
「観　察」　高安　国世
（現代世界文学全集７）　新潮社　昭29
「観　察」　吉田仙太郎
（カフカ自撰小品集Ⅰ）　高科書店　平04
Die Verwandlung
「変　身」　高橋　義孝　新潮文庫　昭27,60
「変　身」　中井　正文　角川文庫　昭27
「變　身」　高橋　義孝
（カフカ全集３）　新潮社　昭28
「変　身」　中井　正文
（現代世界文学全集26）　三笠書房　昭28
「変　身」　高橋　義孝
（現代世界文学全集７）　新潮社　昭29
「変　身」　山下　肇　岩波文庫　昭33,平10
「変　身」　原田　義人
（世界文学全集29）　河出書房新社　昭37
「変　身」　高橋　義孝
（世界文学全集）　新潮社　昭39
「変　身」　辻　瑆
（世界の文学39）　中央公論社　昭41
「変　身」　高本　研一
（ドイツの文学７）　三修社　昭41
「変　身」　中井　正文　角川文庫　昭43
「変身・判決」他　高安　国世
（世界文学ライブラリー）　講談社　昭46
「変身・判決・断食芸人」他２編

高安　国世　講談社文庫　昭46
「変　身」　川崎　芳隆　晶文社　昭48
「変　身」(他４編)
川崎，浦山　旺文社文庫　昭48
「変　身」　立川　洋三
(世界文学全集33)　学習研究社　昭53
対訳「変　身」中井　正文　同学社　昭63
「変　身」　城山　良彦
(集英社ギャラリー世界の文学12ドイツⅢ)　平11
Das Urteil
「死刑宣告」大山　定一
(全集３)　新潮社　昭28
「判決」　辻　瑆
(世界の文学39)　中央公論社　昭41
「判決」　柏原　兵三
(集英社ギャラリー世界の文学12ドイツⅢ)　平11
In der Strafkolonie
「流刑地にて」谷　友幸
(全集３)　新潮社　昭28
「流刑地にて」谷　友幸
(世界文学全集７)　新潮社　昭29
「ある流刑地の話」本野　亮一　角川文庫　昭38
「流刑地にて」辻　瑆
(世界の文学39)　中央公論社　昭41
「流刑地にて」柏原　兵三
(集英社ギャラリー世界の文学12ドイツⅢ)　平11
Ein Hungerkünstler
「断食芸人」　岡村　弘
(現代世界文学全集26)　三笠書房　昭28
「断食行者」　山下　肇
(全集３)　新潮社　昭28
「断食行者」　山下　肇
(現代世界文学全集７)　新潮社　昭29
「断食術師　他２篇」長谷川四郎　河出文庫　昭29
「断食芸人」　吉田仙太郎
(カフカ自撰小品集Ⅰ)　高科書店　平04
「断食芸人」　城山　良彦
(集英社ギャラリー世界の文学12ドイツⅢ)　平11
Der Prozeß
「審　判」本野　亮一　白水社　昭15
「審　判」本野　亮一　角川文庫　昭28
「審　判」原田　義人
(全集２)　新潮社　昭28
「審　判」原田　義人
(世界文学全集７)　新潮社　昭29
「審　判」辻　瑆　岩波文庫　昭41，平11
「審　判」辻　瑆
(世界文学全集57)　筑摩書房　昭42，45
「審　判」飯吉　光夫
(ドイツの文学７)　三修社　昭41
「審　判」原田　義人　新潮文庫　昭46
「審判・変身」川村　二郎
(世界文学全集30)　集英社　昭49
「審　判」本野　亮一　角川文庫　平05

Das Schloß
「城」岡村　弘
(現代ドイツ文学全集)　河出書房　昭28
「城」辻　瑆
(全集１)　新潮社　昭28
「城・変身」原田　義人
(世界文学全集)　河出書房新社　昭37
「城」原田　義人　角川文庫　昭41
「城」辻　瑆
(世界の文学39)　中央公論社　昭41
「城」前田　敬作　新潮文庫　昭46
「城・アメリカ」谷　友幸
(世界文学全集66)　講談社　昭49
「城」立川　洋三
(世界文学全集33)　学習研究社　昭53
Amerika
「アメリカ」中井　正文
(現代世界文学全集26)　三笠書房　昭28
「アメリカ」原田　義人ほか
(全集２)　新潮社　昭28
「アメリカ」中井　正文　角川文庫　昭47
Beim Bau der chinesischen Mauer
「支那の長城」岡村　弘
(現代世界文学全集26)　三笠書房　昭28
「支那の長城がきずかれたとき」　大山　定一
(現代世界文学全集７)　新潮社　昭29
【その他】
「禿鷹」池内　紀　国書刊行会　昭63

ブロッホ(ヘルマン)(本文116頁)

「ムージル/ブロッホ」　大山　定一
(筑摩世界文学大系64)　筑摩書房　昭29
Die Schlafwandler
「夢遊の人びと」第３部　菊盛　英夫
(世界の文学)　中央公論社　昭41
「夢遊の人びと」　菊盛　英夫　中央公論社　昭46
Der Tod des Wergil
「ウェルギリウスの死」川村　二郎
(世界文学全集)　集英社　昭42
Die Schuldlosen
「罪なき人々」浅井　真男　新潮社　昭29
「罪なき人々」浅井　真男　河出書房新社　昭45
Der Versucher
「誘惑者」　古井　由吉
(世界文学全集56)　筑摩書房　昭42
Die unbekannte Größe
「知られざる偉大さ」入野田真右
河出書房新社　昭50
【その他】
「ホフマンスタールとその時代」菊盛　英夫
筑摩書房　昭46
「崩壊時代の文学」入野田真右
河出書房新社　昭50

「H・ブロッホの文学空間」
入野田真右　北宋社　平07

ツックマイヤー(本文118頁)

Der fröhliche Weinberg
「たのしいぶどう山」加藤　衛
（現代世界戯曲選集２）　白水社　昭27
Der Hauptmann von Köpenick
「ケペニックの大尉さん」加藤　衛
（現代世界戯曲選集10）　白水社　昭29
「ケーペニックの大尉」杉山　誠
（世界文学大系90）　筑摩書房　昭40
Herr über Leben und Tod
「生死を越えて」　吉田　六郎　角川文庫　昭32

ブレヒト(本文120頁)

「ブレヒト戯曲全集」全８巻　岩淵　達治
未來社　平10-11
「ブレヒト戯曲選集」全５巻　岩淵　達治ほか
白水社　昭36-37
「ブレヒト戯曲選集」全５巻　岩淵　達治ほか
白水社　平07
「ブレヒトの仕事」全集５巻　石黒　男
河出書房新社　昭47
「ベルトルト・ブレヒトの仕事」６　野村　修ほか
河出書房新社　昭48
「ブレヒト・コレクション」全４冊
野村修，長谷川四郎，石黒英男　晶文社　昭56
「ブレヒト作業日誌」１－４　岩淵　達治ほか
河出書房新社　昭51-52
「ブレヒト教育劇集」　千田，岩淵　未来社　昭42
「ブレヒト教育劇集」改訂版　千田，岩淵
未来社　昭63
「ベルトルト・ブレヒト演劇論集」
河出書房新社　昭48
「ブレヒト演劇論」
小宮　曠三　ダヴィット社　昭61
「ブレヒト全書簡」野村　修　晶文社　昭61
「ブレヒト」　岩淵　達治ほか
（世界の文学セレクション34）中央公論新社　平06
Baal
「バール・夜打つ太鼓・都会のジャングル」
石黒　英男　晶文社　昭43
Trommeln in der Nacht
「夜打つ太鼓」成瀬　無極
（近代劇全集10）　第一書房　昭04
「夜鳴る太鼓」北村　喜八
（世界戯曲全集19）　刊行会　昭05
Mann ist Mann
「男は男だ」　岩淵　達治
（世界文学全集Ⅲ－17）　河出書房新社　昭40
Die Dreigroschenoper
「三文オペラ」杉山　誠
（世界文学全集25）　河出書房新社　昭31
「三文オペラ」千田　是也　岩波文庫　昭39，平12
「三文オペラ」杉山　誠
（世界文学全集Ⅲ－17）　河出書房新社　昭40
「三文オペラ／遊蕩児の遍歴」岩淵　達治
（名作オペラブックス28）　音楽の友社　平01
Die Heilige Johanna der Schlachthöfe
「屠殺場の聖なるヨハンナ」加藤　衛
（ブレヒト選集１）　白水社　昭36
「屠殺場の聖ヨハンナ」岩淵　達治
（ドイツの文学８）　三修社　昭41
Dreigroschenroman
「小説三文オペラ」菊盛　英夫　日光書院　昭16
「三文オペラ」　菊盛　英夫
（現代ドイツ文学全集）　河出書房　昭27
Furcht und Elend des Dritten Reichs
「第三帝国の恐怖と貧困」千田　是也
（ブレヒト選集２）　白水社　昭36
Mutter Courage und ihre Kinder
「肝っ玉おっ母とその子供もたち」千田　是也
（現代世界戯曲選集２）　白水社　昭28
「肝っ玉おっ母とその子供もたち」千田　是也
（ブレヒト選集２）　白水社　昭36
Der gute Mensch von Sezuan
「セチュアンの善人」加藤　衛
（ブレヒト選集３）　白水社　昭39
Herr Puntila und sein Knecht Matti
「プンティラ旦那と下僕マッティ」内垣　啓一
（ブレヒト選集４）　白水社　昭39
Die Geschichte der Simone Machard
「シモーヌ・マシャールの幻覚」岩淵　達治
（ドイツの文学８）　三修社　昭41
Leben des Galilei
「ガリレイの生涯」千田　是也
（ブレヒト選集３）　白水社　昭39
「ガリレイの生涯」　岩淵　達治　岩波書店　昭54
Der Kaukasische Kreidekreis
「コーカサスの白墨の輪」内垣　啓一
（ブレヒト選集５）　白水社　昭39
Die Tage der Commune
「パリ・コミューン」
岩淵　達治　朝日出版社　昭45
Die Geschäfte des Herrn Jilius Caesar
「ユリウス・カエサル氏の商売」岩淵　達治
河出書房新社　昭48
Gedichte
「詩百篇」抄　手塚　富雄
（世界名詩集大成８）　平凡社　昭34
「ブレヒト詩集」野村　修　飯塚書店　昭34
「ブレヒト詩集」新装版　長谷川四郎
みすず書房　平10

ケストナー（本文124頁）

「ケストナー少年文学全集」全８巻別巻１
高橋　健二
岩波書店　昭37-39
Dr. E. Kästners lyrische Hausapotheke
「抒情的人生処方詩集」小松　太郎　創元社　昭27
「人生処方詩集」　小松　太郎
（世界名詩集大成８）　平凡社　昭34
「人生処方詩集」　小松　太郎　角川文庫　昭41
「ケストナア詩集」板倉　鞆音　思潮社　昭50
「人生処方箋」　飯吉　光夫　思潮社　昭60
「続人生処方箋」　飯吉　光夫　思潮社　昭61
「人生処方詩集」　小松　太郎　ちくま文庫　昭63
Emil und die Detektive
「少年探偵エミール」菊地重三郎　（不明）　昭09
「少年探偵団」　小松　太郎　新潮社　昭25
「エミールと探偵たち」小松　太郎
岩波少年少女文庫　昭28
「エミールと探偵たち」小松　太郎
岩波少年文庫2012　昭61
「エーミールと探偵たち」池田香代子
岩波少年文庫　平12
Pünktchen und Anton
「ケストナー氏の二三の意見
（点子ちゃんとアントン）」高橋　健二
（世界少年少女文学全集16）　創元社　昭28
「点子ちゃんとアントン」高橋　健二
岩波文庫　昭30
Fabian
「ファビアン」上下　小松　太郎　改造文庫　昭13
「ファビアン」　小松　太郎　文芸春秋新社　昭23
「ファビアン」　小松　太郎　新潮文庫　昭26
「ファービアン」小松　太郎　東邦出版社　昭48
「ファービアン」小松　太郎
（世界文学全集26）　学習研究社　昭54
Das fliegende Klassenzimmer
「飛ぶ教室」高橋　健二　実業之日本社　昭25
「飛ぶ教室」高橋　健二
（世界少年少女文学全集16）　創元社　昭27
「飛ぶ教室」高橋　健二　偕成社文庫　昭52
「飛ぶ教室」山口　四郎　講談社文庫　昭58
「飛ぶ教室」山口　四郎
（少年少女世界文学館15）　講談社　昭62
「飛ぶ教室」植田　敏郎
（世界の名作全集13）　国土社　平02
「飛ぶ教室」山口　四郎
（講談社青い鳥文庫）　講談社　平04
Drei Männer im Schnee
「雪の中の三人男」小松　太郎　白水社　昭29
「雪の中の三人男」小松　太郎　東京創元社　昭33
「雪の中の三人男」小松　太郎　筑摩書房　昭38
「雪の中の三人男」小松　太郎　東京創元社　昭46
Emil und die drei Zwillinge
「エーミイルと軽わざ師」
高橋　健二　新潮社　昭25
「エーミイルと軽わざ師」
（世界少年少女文学全集16）　創元社　昭30
「エーミールと三人のふたご」池田香代子
（岩波少年文庫）　岩波書店　平12
Die verschwundene Miniatur
「消え失せた密画」小松　太郎　白水社　昭29
「消え失せた密画」
小松　太郎　東京創元社　昭32,45
Die doppelte Löttchen
「ふたりのロッテ」
高橋　健二　岩波少年文庫　昭25
Die tägliche Kram
「現代の寓話」小松　太郎　文芸春秋社　昭25
Die Schule der Diktatoren
「独裁者の学校」吉田　正己　みすず書房　昭34
【その他】
「五月三十五日」高橋　健二　中央公論社　昭28
駸々堂出版　昭60
「一杯のコーヒーから」小松　太郎
（創元推理文庫）　東京創元社　昭50
「ケストナーの終戦日記」高橋　健二
駸々堂出版　昭60
「ケストナーの『ほらふき男爵』」
池内　紀　泉千穂子　筑摩書房　平05
「大きなケストナーの本」丘澤　静也
マガジンハウス　平07
「小さな男の子の旅」榊　直子　小峰書店　平08
「子どもと子どもの本のために」高橋　健二
（同時代ライブラリー）　岩波書店　平09
「動物会議」　池田香代子　岩波書店　平11

ベル（本文126頁）

「ノーベル賞文学全集25ネルーダ／ベル」
（「公用ドライブの果てに」他26篇収録
岩淵達治ほか）　主婦の友社　昭49
「ハインリヒ・ベル短編集」青木　順三
岩波文庫　昭63
Der Zug war pünktlich
「汽車はおくれなかった」桜井　正寅
三笠書房　昭31
「汽車は遅れなかった」
桜井　正寅　三笠書房　昭49
Wo warst du Adam?
「アダムよ，おまえはどこにいた」小松　太郎
講談社　昭33
「アダムよ，おまえはどこにいた」小松　太郎
講談文庫　昭47
「アダムよ，おまえはどこにいた」小松　太郎
（世界文学全集97）　講談社　昭51
Billard um halb zehn

「九時半の玉突き」佐藤　晃一
（新しい世界の文学23）　白水社　昭40
Ansichten eines Clowns
「道化師の告白」神崎　巖　冬樹社　昭41
改訳新版「道化師の告白」神崎　巖　冬樹社　昭48
Die verlorene Ehre Katharina Blum
「カタリーナの失われた名誉」藤本　淳雄
サイマル出版社　昭50
Als der Krieg zu Ende war
「戦争が終わったとき」横川　文雄　桂書房　昭43
Haus ohne Hüter
「保護者なき家」　小松　太郎　角川文庫　昭44
Gruppenbild mit Dame
「女のいる群像」　尾崎　宏次　早川書房　昭51
Der Mann mit den Messern
「短剣を投げる女」他　高辻　知義ほか
（ノーベル文学賞全集25）　主婦の友社　昭52
Und sagte kein einziges Wort
「そして一言も言わなかった」岩淵　達治
（キリスト教文学の世界６）　主婦の友社　昭49
Weggeflogen sind sie nicht
「飛び去りはしなかった」横川　文雄
（現代ドイツ作家集）　エンデルレ書店　昭49
Frauen vor Flußlandschaft
「河の風景に立つ女たち」
越智　和弘　同学社　平02
【その他】
「ムルケ博士の沈黙集」植田　敏郎
（世界ユーモア文学全集13）　筑摩書房　昭37
「夕ありき朝ありき」福田　宏年
（世界短編文学全集４）　集英社　昭38
「馬の蹄のとどろく谷で」青木　順三
（世界文学大系94）　筑摩書房　昭40
「廃墟文学の承認」　加藤　泰義　芸立出版　昭50
「見出し語〔日記抜粋〕」古沢　謙次
（『苛酷な伴侶との対話』の内）
法政大学出版会　昭58
「四台の自転車－息子たちへの手紙」好村富士彦
（『戦争は終わった』の内）ほるぷ出版　昭63

グラス（本文128頁）

「ギュンター・グラス詩集」飯吉　光夫
青土社　昭47
「ギュンター・グラス詩集」飯吉　光夫
（20世紀の詩人18）小沢書店　平07
「ギュンター・グラスの40年　仕事場からの報告」
高本　研一ほか　法政大学出版局　平08
Die Blechtrommel
「ブリキの太鼓」高本　研一
（世界文学全集９）　集英社　昭43
「ブリキの太鼓」高本　研一
（現代の世界文学）集英社　昭47
「ブリキの太鼓」１，２，３　高本　研一
集英社文庫　昭51，平11
「ブリキの太鼓」高本　研一
（集英社ギャラリー世界の文学11　ドイツⅡ）平11
Katz und Maus
「猫と鼠」高本　研一
（現代の世界文学）　集英社　昭43
「猫と鼠」高本　研一　集英社文庫　昭51
Örtlich betäubt
「局部麻酔をかけられて」高本　研一
（現代の世界文学）　集英社　昭47
Hundejahre
「犬の年」上下　中野　孝次　集英社　昭45
Über das Selbstverständliche
「自明のことについて」高本　研一・宮原　朗
集英社　昭45
Gelegenheitsgedicht
「即興詩」川村　二郎
（世界詩論大系４）　思潮社　昭52
Jungbürgerrede
「成人式の祝辞」人見　宏　エンデルレ書店　昭49
Aus dem Tagebuch einer Schnecke
「蝸牛の日記から」高本　研一
（現代の世界文学）　集英社　昭47
Der Butt
「ひらめ」（全２冊）
高本研一，宮原朗　集英社　昭56
Die Rättin
「女ねずみ　文学の冒険」高本　研一
国書刊行会　平06
Unkenrufe
「鈴蛙の呼び声」高本研一　依岡隆児
集英社　平06
Ein weites Feld
「はてしなき荒野」林　睦實，石井正人，市川　明
大月書店　平11
【その他】
「僕の緑の芝生」飯吉　光夫　小沢書店　平05

作者不詳(本文245頁)

Die Nibelungen
「ニーベルンゲン」　関口　存男　精華書院　大10
「ニーベルンゲン」　中島　清
(古典劇大系14)　近代社　大14
「ニーベルンゲンの歌」相良　守峯
岩波文庫　昭30,50,平11
「ニーベルンゲンの歌前編」岡崎忠弘
溪水社　平01
「ニーベルンゲンの歌」服部　正己
東洋出版　昭52

ハルトマン・フォン・アウエ(本文133頁)

「ハルトマン作品集」
「エーレク」　平尾　浩三
「グレゴーリウス」　中島　悠爾
「哀れなハインリヒ」相良　守峯
「イーヴェイン」　リンケ珠子
郁文堂　昭57

ヴォルフラム・フォン・エッシェンバッハ(本文133頁)

Parzival
「パルチヴァール」加倉井，伊東，馬場，小栗
郁文堂　昭50

ゴットフリート・フォン・シュトラースブルク(本文134頁)

Tristan und Isolde
「トリスタンとイゾルデ」石川　敬三
養徳社　昭33
「トリスタンとイゾルデ」石川　敬三
養徳社　昭34
「トリスタンとイゾルデ」石川　敬三
郁文堂　昭48,51

ヴァルター・フォン・デル・フォーゲルヴァイデ(本文134頁)

「愛の歌」山田　泰
(中高ドイツ語対訳)　大学書林　昭61
ヴァルターほか「ミンネザング」
高津　春久　郁文堂　昭53

【民衆本そのほか】

「ティル・オイレンシュピーゲルの愉快ないたずら」
藤代　幸一　法政大学出版会　昭54
「中世の笑い謝肉祭劇十三番」
藤代　幸一　法政大学出版会　昭58
「狐ラインケ」
藤代　幸一　法政大学出版会　昭60
「司祭アーミス」藤代　幸一
法政大学出版会　昭62

ルター(本文135頁)

「ルター」責任編集　松田智雄
(世界の名著18) 中央公論社　昭44
「ルター選集」1，2藤田孫太郎
新教出版社　昭23,24
Von der Freiheit eines Christenmenschen
「基督者の自由」他3篇　石原　謙
岩波文庫　昭08,22
「基督者の自由について」藤田孫太郎
新教出版社　昭24
「キリスト者の自由」徳沢得二，熊野義孝
小石川書房　昭24
「キリスト者の自由について」福山　四郎
ルーテル社　昭29
「新訳キリスト者の自由聖書への序言」石原　謙
岩波文庫　昭30
「キリスト者の自由」塩谷　饒
(世界の名著18の内) 中央公論社　昭44
Vorrede zum Römerbrief
「ドイツ語新約聖書ロマ書の序言」石原　謙
岩波文庫　昭08
「ドイツ語新約聖書——序言」石原　謙
岩波文庫　昭08
「ドイツ語新約聖書ヤコブ書及びユダ書の序言」
石原　謙(「基督者の自由」の内)
岩波文庫　昭22
Das Magnificat verdeutscht und ausgelegt
「マリアの讃歌」他1篇　石原謙・吉村善夫
岩波文庫　昭16
Von den guten Werken
「善行録」小島　潤　春光社　昭22
Die sieben Bußpsalmen
「七つの悔改の詩篇」藤田孫太郎
(選集1)　新教出版社　昭23
Der Heidelberger Disputation
「ハイデルベルヒの宣言」藤田孫太郎
(選集1)　新教出版社　昭23
Disputation pro dielarcatione virtutis indulgentiaum
「免罪符の効力に関する九十五箇條の宣言」
藤田孫太郎　(選集1)　新教出版社　昭23
Ein Sermon von der Bereitung zum Sterben
「死に対する準備についての説教」
藤田孫太郎(選集1)　新教出版社　昭23
Der kleine Katechismus u.a.
「信仰要義」石原　謙　岩波文庫　昭23
Ein Sermon von der Betrachtung des heiligen Leidens Christi
「キリストの聖なる受苦の考察についての説教」
藤田孫太郎(選集2)　新教出版社　昭24

Ein Sermon von dem heiligen hochwürdigen Sakrament der Taufe
「洗礼と聖餐の聖なるサクラメントについての説教」
藤田孫太郎（選集２） 新教出版社 昭24
Der große Katechismus
「大教理問答書」福山 四郎
ルーテル文書協会 昭28
Ein Sendbrief an den Papst Leo X.
「教皇レオ十世に奉る書」福山 四郎
（「キリスト者の自由について」の内）
ルーテル社 昭29
Ob Kriegsleute auch in seligem Stande sein können
「軍人もまた祝福された階級に属し得るか」
吉村 善夫
（「現世の主権について」の内） 岩波文庫 昭29
Von weltlicher Obrigkeit
「現世の主権について 他２篇」吉村 善夫
岩波文庫 昭29
【その他】
「洗礼論」内海 季秋 黎明社 昭14
「祈りと慰めの言葉」藤田孫太郎
新教出版社 平08
「祈りと励ましの言葉」湯川 郁子 教文館 平10

ザックス（ハンス）（本文136頁）

「謝肉祭劇集」永野 藤夫
（世界文学大系74） 筑摩書房 昭39
「ハンス・ザックス謝肉祭劇集」
藤代幸一 田中道夫
南江堂 昭54
「ハンス・ザックス謝肉祭劇集（続）」
藤代幸一 田中道夫 南江堂 昭55
「ハンス・ザックス謝肉祭劇全集」全１巻
藤代幸一 田中道夫 高科書店 昭59
「ザックス謝肉祭劇選」藤代幸一 田中道夫
明星大学出版部 昭59
「ザックス謝肉祭劇選」（続）藤代幸一 田中道夫
明星大学出版部 昭61
Der böse Rauch
「おそろしい煙り」久保 栄
（世界戯曲全集「謝肉祭狂言」の内）刊行会 昭03
Das Narrenschneiden
「莫迦の治療」久保 栄
（世界戯曲全集「謝肉祭狂言」の内）刊行会 昭03

ベーメ（本文137頁）

「大空の悲歌」浜野 修 八弘書店 昭16
「霊の命について」細谷 浩一 朝日出版社 昭39
「ヤーコプ・ベーメ」南原 実
（キリスト教神秘主義著作集13） 創文社 平01
「キリストへの道」福島 正彦 松籟社 平03
「ベーメ小論集」松山康国ほか
（ドイツ神秘主義叢書） 創文社 平06
「無底と根底」四日谷敬子 哲学書房 平06
「アウローラ」薗田 担
（ドイツ神秘主義叢書８） 創文社 平12

グリンメルスハウゼン（本文139頁）

Der abenteuerliche Simplicissimus
「阿呆物語」 関口 存男 東亜出版社 昭23,24
「阿呆物語」上中下 望月 市恵
岩波文庫 昭23,43
【その他】
「放浪の女ペテン師クラーシュ」
中田 美喜 現代思想社 昭42

ヴィーラント（本文143頁）

Die Abderiten
「アブデラの人びと」義則 孝夫 三修社 平05

ヘルダー（本文145頁）

「ヘルダー/ゲーテ」責任編集 登張正實
（世界の名著38） 中央公論社 昭54
Denkmal Johann Winckelmanns
「ヴィンケルマン記念碑」中野 康存
（「民族詩論」の内） 桜井書店 昭20
Auszug aus einem Briefwechsel über Ossian und die Lieder alter Völker
「オシーン及び古代諸民族の歌謡に関する往復書簡よりの抜粋」中野 康存
（「民族詩論」の内） 桜井書店 昭20
Shakespeare
「シェイクスピア」中野康存
（「民族詩論」の内） 桜井書店 昭20
Von Ähnlichkeit der mittlern und deutschen Dichtkunst, nebst Verschiedenem, das daraus folgt
「中世英独詩歌の類似について――附それより生ずる差異点――」中野 康存
（「民族詩論」の内） 桜井書店 昭20
Gotthold Ephraim Lessing
「レッシング追悼文」中野 康存
（「民族詩論」の内） 桜井書店 昭20
Ossian
「オシアン論」若林 光夫 養徳社 昭23
Der Hirtenknabe
「牧童」大久保和郎
（中学生全集 ドイツ小説集） 筑摩書房 昭25
「牧童」片山敏彦・大久保和郎
（ドイツ小説集） みすず書房 昭25
Abhandlung über den Ursprung der Sprache
「言語起源論」大阪大学ドイツ近代文学研究会

法政大学出版局　昭47
「言語起源論」木村　直司　大修館　昭47
【その他】
「民族詩論」中野　康存　桜井書店　昭20
「人間史論」鼓　常良　白水社　昭23
「神についての会話」植田　敏郎　第三書房　昭43

レンツ（本文146頁）

Die Soldaten
「軍人たち」岩淵　達治
（世界文学大系89）　筑摩書房　昭38

ヘーベル（本文147頁）

「ゼーグリンゲンの床屋の弟子」
「まわりくどいしらせ」
「夢をみるにも用心する人」
「わたしにはわかりません」植村　敏郎
（世界少年少女文学全集15）　創元社　昭29
「ドイツ炉辺ばなし」（58篇）木下　康光
岩波文庫　昭61，平09

シュレーゲル兄弟（本文149，151頁）

「シュレーゲル兄弟」薗田，山本，平野，松田
（ドイツロマン派全集12）　国書刊行会　平02
「ロマン派文学論」山本　定祐　冨山房　昭53

シュレーゲル（フリードリヒ）（本文151頁）

Lucinde
「ルチンデ」江沢　讓爾　春陽堂文庫　昭09
「ロマン的人間」飯田　安　第一書房　昭11

ヴァッケンローダー（本文152頁）

Herzensergießungen eines kunstliebenden Klosterbruders
「芸術を愛する一修道僧の真情の披瀝」
江川　英一　岩波文庫　昭14，63
Phantasie über die Kunst
「芸術幻想」江川　英一　七文書院　昭19
Der Tod des Francesco Francian
「フランチェスコ・フランチアの死」片山　敏彦
（ドイツ小説集）　みすず書房　昭25

ティーク（本文152頁）

「ティーク」深見茂・鈴木潔ほか
（ドイツロマン派全集１）　国書刊行会　昭58
Die blonde Eckbert
「金髪のエックベルト」田中　泰三
（「美しいマゲローネ」「ルーネンベルク」を含む）
（世界文庫）　弘文堂　昭15
「金髪のエックベルト」信岡　資生
（語学文庫）　大学書林　昭43
Die gestiefelte Kater
「長靴を穿いた猫」楠山　正雄
（世界童話大系21）　刊行会　大15
「長靴をはいた牡猫」小牧　健夫
（世界文全集Ⅰ期　ドイツロマン派）河出書房　昭26
「長靴をはいた牡猫」大畑　末吉　岩波文庫　昭27
Der Aufruhr in den Cevennen
「セヴェンヌの叛乱」神保　謙吾　青木書店　昭18
Die Elfen
「妖精」竹内英之助　世界社　昭22
Vittoria Accorombona
「うつくしきひと」第１部
石井　靖夫　生活社　昭23

フケー（本文154頁）

「フケー/シャミッソー」深見　茂　池内　紀
（ドイツロマン派全集５）　国書刊行会　昭58
Undine
「アンディン」藤沢　古雪　家庭読物刊行会　大09
「水妖記」柴田治三郎
岩波文庫　昭13，24，53，平11
「水の精ウンディーネ」角　英祐　弘文堂　昭23
「美しき水の精の物語」矢崎源九郎
アテネ出版社　昭24
「ウンディーネ」新装版　岸田　理生　新書館　平07

ブレンターノ（本文155頁）

「ブレンターノ/アルニム」Ⅰ　深田　甫ほか
（ドイツロマン派全集４）　国書刊行会　昭59
「ブレンターノ/アルニム」Ⅱ　矢川　澄子ほか
（ドイツロマン派全集14）　国書刊行会　平02
Geschichte vom braven Kasperl und schönen Annerl
「健気なカスペルルと美しいアンネルルの物語」
石川　練次（新世界文学全集20）河出書房　昭15
「短夜」伊東　勉
（ドイツ文学選２）　晃文社　昭23
「カスペルルとアンネルルの物語」渋谷　寿一
（ドイツの文学12）　三修社　昭41
「カスペルルとアンネルル」山口　四郎
（世界の文学54）　中央公論社　昭42
Gockel, Hinkel und Gackeleia
「ゴッケル・ヒンケル・ガッケライア」
中村　正　改造文庫　昭16
「ゴッケル物語」伊東　勉　岩波文庫　昭16，51
「ゴッケル物語」矢川　澄子　月刊ペン社　昭51
「ゴッケル物語」矢川　澄子　王国社　平07
Des Knaben Wunderhorn
「少年の魔法の角笛」（抄）中村　正

（世界名詩集大成６） 平凡社 昭35
「少年の魔法のつのぶえ」矢川 澄子，池田香代子
岩波少年文庫 平12
Die fünf Schöne des Schulmeisters Klopfstock
「先生と五人の息子」 戸川 敬一 増進社 昭19
「鈴の女王と五人の兄弟」他２篇 栗林 種一
（「三人の姫の物語」の内） ジープ社 昭26
Aus dem Chronika eines fahrenden Schülers
「天才・悪」 篠田 英雄 岩波文庫 昭11
「遍歴学生の手記」 原 健忠 青木書店 昭18
【その他】
「ばらになった王子」池田香代子 冨山房 昭58

アルニム（本文155頁）

「ブレンターノ/アルニム」Ⅰ
深田甫，矢川澄子，池田香代子
（ドイツロマン派全集４） 国書刊行会 昭59
「ブレンターノ/アルニム」Ⅱ
矢川，池田，佐藤，石川
（ドイツロマン派全集14） 国書刊行会 平02
Die tolle Invalide auf dem Front Ratonneau
「狂気の傷痍兵，ラトノオ砦の上に在り」深田 甫
（世界幻想文学大系４） 国書刊行会 昭50
Isabella von Ägypten
「エジプトのイザベラ」深田 甫
（世界幻想文学大系４） 国書刊行会 昭51

シャミッソー（本文156頁）

「フケー／シャミッソー」深見 茂・池内 紀
（ドイツロマン派全集５） 国書刊行会 昭58
Adelbert Fabel
「アーデルベルトの寓話」関 忠孝
（世界短編大系，独逸篇） 近代社 大15
Peter Schlemils wundersame Geschichte
「影を失した男」 井汲 越次 岩波文庫 昭11
「シュレミール奇譚」手塚 富雄 地平書店 昭22
「影を売った男」 大野 俊一 青磁社 昭23
「影を売った男」 手塚 富雄 筑摩書房 昭25
「影を売った男ペター・シュレミールの不思議な物語」
手塚 富雄 角川文庫 昭25
「影をなくした男」 池内 紀 岩波文庫 昭60
Reise um die Welt
「世界周航 南の島々」
大野 俊一 大学書林 昭23

グリム兄弟（本文156頁）

「グリム兄弟」小沢，谷口，寺岡，原，堅田
（ドイツロマン派全集15） 国書刊行会 昭59
Kinder- und Hausmärchen
「全訳グリム童話集」１－７ 金田 鬼一
岩波文庫 昭03,23
改稿「グリム童話全集」田中 梅吉 東京堂 昭24
「改訳グリム童話集」１－５ 金田 鬼一
岩波文庫 昭29
「グリム童話全集」１－36話 矢崎源九郎
37－70話 大畑 末吉
71－107話 植田 敏郎
108－162話 山室 静
163－210話 国松 孝二
河出書房 昭29
「グリム童話集」１～６ 関敬吾・川端豊彦
角川文庫 昭33-38
「グリム童話全集」全３巻 高橋 健二
小学館 昭51
「グリム童話集」１～５（完訳）金田 鬼一
岩波文庫 昭54
「グリム童話集」１矢崎源九郎 偕成社文庫 昭54
「グリム童話集」２大畑 末吉 偕成社文庫 昭54
「グリム童話集」３植田 敏郎 偕成社文庫 昭54
「グリム童話集」４山室 静 偕成社文庫 昭54
「グリム童話集」５国松 孝二 偕成社文庫 昭54
「グリム童話集」１～５（完訳）高橋健二
小学館 昭60
「グリム童話集」1～4 池田香代子 講談社 昭60
「グリム童話集」全２巻（完訳）小沢 俊夫
ぎょうせい 昭60
「グリム童話集」１～３ 池内 紀
新書館 昭60-61
「グリム童話集」上下 池内 紀
（ちくま文庫） 筑摩書房 平01
「グリムの昔話」全６巻
佐々木梨代子 野村 泫 こぐま社 平04
「グリムコレクション」1-5 天沼 春樹
1 魔法の森の女たち
2 ゆかいな動物たち
3 おかしな兄弟たち
（４，５続刊予定）
パロル舎 平08～
「グリム童話集」1-3 相良 守峯
（岩波少年文庫） 岩波書店 平09
「初版グリム童話集」全４巻 吉原高志・素子
白水社 平09
「完訳グリム童話集」全７巻 野村 泫
筑摩書房 平11～
「1812初版グリム童話」上下 乾 侑美子
小学館文庫 平12
「グリムお伽噺講義」上 小笠原昌斎
精華書院 大03
「グリム御伽噺」 中島 孤島 冨山房 大05
「グリム童話集」 森川憲之助 至誠堂書店 大10
「グリム童話」 本間富三郎 春秋社 大13
「グリム童話集」 東 桃太郎 日本出版社 大13
「グリム名著選」 童話研究会 博文館 大14
「グリム童話集」１，２ 金田 鬼一

（世界童話大系２，３）世界童話大系刊行会　昭02,03
「グリム童話集」中島　孤島　　冨山房　昭13
「グリム傑作童話集」上中下　相良　守峯
羽田書店　昭22
「グリムお伽」　掛川　長平　　民風社　昭22
「グリム童話集」所　勇　　高島屋出版部　昭22
「グリム童話集」水谷まさる　　企画社　昭22
「グリム童話」　原田　実　　寺本書房　昭23
「グリム童話集」上下　佐藤　通次
角川書店　昭24-25
「グリム童話集」続編　藤井　樹郎　七星社　昭24
「グリム童話」１　国松　孝二　刀江書院　昭25
「グリム童話選」上下　相良　守峯
岩波少年少女文庫　昭26-27
「グリム物語」　奈街　三郎　東光出版社　昭29
「グリム童話集」　相良　守峯
（世界少年少女文学全集14）　創元社　昭29
「グリム童話集」１，２　植田　敏郎
新潮文庫　昭29,30

「赤ずきん」（グリム上）　塚越　敏
旺文社文庫　昭57
「白雪姫」（グリム下）　塚越　敏
旺文社文庫　昭57
Deutsche Sagen
「グリム昔話集」１　関敬吾・川端豊彦
角川文庫　昭29

ウーラント（本文158頁）

Gedichte
「詩集」抄　国松　孝二
（世界名詩集大成６）　平凡社　昭35

ケルナー（テーオドーア）（本文159頁）

「伝奇トオニイ」森　鷗外
（鷗外全集翻訳篇５）　岩波書店　昭14
「伝奇トオニイ」森　鷗外
（鷗外全集翻訳篇３）　岩波書店　昭30
「つるぎの花嫁」武内　仁雄
（「ウォルデマアル」「駕篭の一夜」「シヤンダウの旅」「たてごと」「鳩」「薔薇」「ハンス・ハイリングの岩」「メルリッツの旅」を含む）
十一組出版社　昭17

シュヴァーブ（本文160頁）

「ドイツ民譚集」国松　孝二　　岩波文庫　昭23

プラーテン（本文161頁）

Gedichte
「詩集」抄　川村　二郎
（世界名詩集大成６）　平凡社　昭35

ドロステ=ヒュルスホフ（本文162頁）

Die Judenbuche
「呪ひの樹」小口　優　　モダン日本社　昭16
「運命の樹」永野　藤夫
（カトリック文芸叢書８）　甲文社　昭24
「ユダヤ人のブナの樹」番匠谷英一　岩波文庫　昭28
Briefe
「アンネッテ・フォン・ドロステ＝ヒュルスホフの書簡　抄」羽白　幸雄
（「愛の守神に憑かれた人々」の内）　新潮社　昭23
Ledwina
「レドヴィーナ」永野　藤夫
（カトリック文芸叢書９）　甲文社　昭24

ゴットヘルフ（本文163頁）

Die schwarze Spinne
「黒い蜘蛛」田中　泰三　　白水社　昭23,35
「黒い蜘蛛」田中　泰三
（世界の文学54）　中央公論社　昭42
「黒い蜘蛛」山崎　章甫　　岩波文庫　平07
Uli
「ウーリ物語」田中　泰三　　郁文堂　昭45

グラッベ（本文164頁）

Don Juan und Faust
「ドン・ジュアンとファウスト」小栗　浩
育成社　昭23
「ドン・ジュアンとファウスト」小栗　浩
現代思潮社　昭42

ネストロイ（本文164頁）

「ネストロイ喜劇集」ウィーン民衆劇研究会
行路社　平06
「ウィーンの茶番劇」ネストロイ研究会
同学社　平08

ハウフ（本文165頁）

「ハウフ童話全集」　塩谷　太郎　彌生書房　昭35
「ハウフ童話全集」Ⅰ～Ⅲ　塩谷　太郎
偕成社文庫　昭52-57
「ハウフ童話集」（「隊商」ほか18編）藤井　昭
（世界童話大系23）　刊行会　大15
「ハウフ童話集」角　信雄　　大地書房　昭24
「ハウフ/メーリケ」前川道介，小澤俊夫ほか
（ドイツロマン派全集７）　国書刊行会　昭59
Die Karawane
「キャラバン物語」藤井　秋夫

成蹊学園出版部　大12
「隊商」　藤井　昭
（世界童話大系23）　刊行会　大15
「隊商の旅」　黒田　礼二　武蔵書房　昭18
童話集「隊商」　高橋　健二　岩波文庫　昭23
「盗賊と隊商」　山田　純　千葉商事　昭23
「隊商」　戸沢　明　晃文社　昭24
「キャラバン」　谷友幸，高安国世　甲文社　昭24
「隊商」　角　信雄　大地書房　昭24
「隊商」　角　信雄
（世界少年少女文学全集14）　創元社　昭29
Abner der Jude, der nichts gesehen hat
「何も見なかった猶太人アブネル」藤井　昭
（世界短編小説大系，独逸篇）　近代社　大15
Das Bild des Kaisers
「皇帝の絵姿」　藤田　五郎　弘文堂　昭15
Der Zwerg Nase
「小人の鼻吉」　寺田　正二　中央公論社　昭22
「小人鼻助」　松室　重行　暁書房　昭24
【その他】
「オペラの女優」秋吉　無声　内外出版協会　大01
「ラウラの絵姿」谷　茂　ヱルテル叢書　大11
「皇帝の絵姿ほか」藤田　五郎　弘文堂書店　昭15
「リヒテンシュタイン」藤原　肇
富士出版　昭19
「にせ医者の冒険」塩谷　太郎　アソカ書房　昭21
「赤いマント」　塩谷　太郎　アソカ書房　昭22
「魔法のいちじく」塩谷　太郎　アソカ書房　昭22
「奴隷の秘密」　塩谷　太郎　実業之日本社　昭24
「ふしぎな笛」　塩谷　太郎　実業之日本社　昭25
「石の心臓」　高橋　健二
（世界少年少女文学全集14）　創元社　昭29
「アレッサンドリア物語」塩谷　太郎
学習研究社　昭45
「盗賊の森の一夜」池田香代子　岩波文庫　平10

レーナウ（本文165頁）

「レーナウ詩集」桜井　政隆　岩波書店　昭02
「詩集」抄　実吉　捷郎
（世界名詩集大成６）　平凡社　昭35
「レーナウ詩集」竹内英之助
昭森社　昭35

ロイター（本文167頁）

Ut de Franzosentid
「仏蘭西時代より」渡辺　格司　白水社　昭14

フライリヒラート（本文168頁）

Ça ira !
「フライリヒラート詩集」井上　正蔵
日本評論社　昭23
「サ・イラ！」　井上　正蔵
（世界名詩集大成６）　平凡社　昭35

ルートヴィヒ（本文169頁）

Der Erbförster
「山守」　中島　清　精華堂書院　明44
「代々山番」中島　清
（古典劇大系12）　近代社　大14
「悲劇世襲山林監督」関　泰祐　岩波書店　大15
「代々山番」中島　清
（世界戯曲全集13）　刊行会　昭04
Die Heiterethei
「陽気な娘（ハイテレタイ）」舟木　重信
（新世界文学全集48）　河出書房　昭16
「陽気な娘（ハイテレタイ）」舟木　重信
世界書房　昭25
Aus dem Regen in die Traufe
「一難去って又一難」伊東　勉　岩波文庫　昭14
Zwischen Himmel und Erde
「天と地との間」山田幸三郎　岩波書店　大09
「天と地の間」　高橋　和年　昭和刊行会　昭19
「天と地の間」　森永　隆　白水社　昭24

フライターク（本文170頁）

Soll und Haben
「アントン物語」小堀　甚二　有光社　昭18
Die Technik des Dramas
「フライターク戯曲論」菅原　太郎　春陽堂　昭13
「作劇法」上下　末吉　寛　改造文庫　昭14
「戯曲の技法」上下　島村　民蔵　岩波文庫　昭24

シュピーリ（本文171頁）

「スピリ少年少女文学全集」全12巻
国松孝二・植田敏郎・秋山英夫・前田敬作ほか
白水社　昭35,36
Heidi
「ハイヂ」野上弥生子
（世界少年少女文学名作集８）　家庭読物刊行会
大09
「アルプスの山の娘」野上弥生子
岩波文庫　昭09,12,22
「ハイヂ　アルプスの山の娘」永田　義直
嫩草書房　昭22
「アルプスの乙女」　野上弥生子　筑摩書房　昭25
「アルプスの少女」　馬場　正男
千代田書房　昭25
「アルプスの少女」　牧野恵美子　東和社　昭25
「バラの乙女」　小池　辰雄　新教出版社　昭25
「アルプスの少女ハイヂ」阿部　賀隆
アテネ出版社　昭26
「アルプスの少女」関泰祐・阿部賀隆

角川文庫　昭27,33,41
「ハイヂ」上下　竹山　道雄
(岩波少年文庫)　岩波書店　昭27,61
「アルプスの山の少女」植田　敏郎
(世界少年少女文学全集17)　創元社　昭28
「アルプスの少女」国松孝二・城山良彦
三笠書房　昭31
「アルプスの山の少女」植田　敏郎
新潮文庫　昭31,38
「アルプスの少女」　阿部賀隆・関泰祐
(世界名作全集9)　平凡社　昭35
「アルプスの山の娘」山口　四郎　文研出版　昭45
「ハイジ」1，2　国松孝二・鈴木武樹
偕成社　昭52
「ハイジ」　矢川　澄子
(福音館古典童話シリーズ13)　福音館　昭49
Cornelli wird erzogen
「コルネリの幸福」野上弥生子　愛宕書房　昭21
「コルネリの幸福」野上弥生子　角川文庫　昭34
Moni der Geißbub
「ひつじ飼いの少年モニー」植田　敏郎
(世界少年少女文学全集17)　創元社　昭28
Beim Weiden-Joseph
「リサちゃんとこひつじ」　宮下　健三
女子パウロ会　昭48
【その他】
「楓物語」　山本　憲美　福音書館　大14
「神はわが友」小池　辰雄　新教出版社　昭21
「マクサの子供たち」
中村　妙子　新教出版社　昭25
「小さな友情」国松　孝二　白水社　昭38

ハイゼ(本文171頁)

L'Arrabiata
「ララビアタ」他4篇　向坂　義之　春陽堂　大12
「ララビアータ」　江馬　道助
(世界短編小説大系，独逸篇)　近代社　大15
「ララビアタ」生田　春月
(世界文学全集36)　新潮社　昭04
「ララビアタ(片意地娘)」生田　春月
山本文庫　昭11
「片意地娘」　実吉　捷郎
(新世界文学全集18)　河出書房　昭11
「片意地娘」　実吉　捷郎
(世界短編傑作全集3)　河出書房　昭16
「片意地娘」他3篇　関　泰祐　岩波文庫　昭16
「ララビアータ」　関　泰祐　郁文堂　昭26
「改訳片意地娘」他3篇　関　泰祐
岩波文庫　昭28,52
「ララビアータ」　関　泰祐
(ドイツ短編集)　市民文庫　昭28
「ララビアータ」　常木　実
(ドイツの文学12)　三修社　昭41

Hochzeit auf Capri
「カプリ島の結婚」他3篇　舟木　重信ほか
(ノーベル賞文学叢書7)　今日の問題社　昭16
Der verlorene Sohn
「帰らぬ子」他2篇　高橋　健二　郁文堂　昭26
Andrea Delfin
「死に捧げられた人」角　信雄　郁文堂　昭26
Zwei Gefangene
「二人の捕らわれびと」他1篇　番匠谷英一
郁文堂　昭26
Unvergeßbare Worte
「忘れられぬ言葉」淵田　一雄　岩波文庫　昭11
「忘れられぬ言葉」他2篇　関　泰祐
郁文堂　昭26

エーブナー=エッシェンバッハ(本文172頁)

Der Vorzugsschüler
「優等生」他3篇　小森　三好　有光社　昭15
「少年の死」他　国松　孝二　郁文堂　昭16
Die erste Beichte
「最初の懺悔」山崎　八郎　モダン日本社　昭16

ラーベ(本文172頁)

Chronik der Sperlingsgasse
「雀横町年代記」伊藤　武雄　岩波文庫　昭12,27
Die schwarze Galeere
「黒い船」　斎藤　栄治
(世界の文学54)　中央公論社　昭42
【その他】
「ライラックの花」谷口　泰　林道舎　昭60

アンツェングルーバー(本文173頁)

Der Pfarrer von Kirchfeld
「キルヒフェルトの牧師」金田　鬼一
(世界戯曲全集20)　刊行会　昭03
Der Sündkind
「罪の子」　関　忠孝
(世界短編小説大系，独逸篇)　近代社　大15

マイ(本文174頁)

「カール・マイ冒険物語」全20巻のうち8巻刊行
1「砂漠への挑戦」　戸叶　勝也
2「ティグリス河の探検」戸叶　勝也
3「悪魔崇拝者」　戸叶　勝也
4「秘境クルディスタン」戸叶　勝也
13「アパッチの酋長ヴィネトゥー」1　山口　四郎
14「アパッチの酋長ヴィネトゥー」2　山口　四郎
19「シルバー湖の宝」1　伊藤　保
20「シルバー湖の宝」2　伊藤　保
エンデルレ書店　昭52-56

ローゼッガー(本文175頁)

「孤独」北村　喜八
(世界短編小説大系，独逸篇)　近代社　大15

リーリエンクローン(本文175頁)

Der alte Wachtmeister von Dragonerregiment Anspach Bayreuth
「老曹長」　森　鷗外
(鷗外全集16)　刊行会　大13
Eine Sommerschlacht
「夏の戦闘」橋本　八男
(「ドイツ戦話集」の内)　冨山房　昭14

シュピッテラー(本文176頁)

Die Mädchenfeinde
「少女嫌い」吹田　順助
(ノーベル賞文学叢書7)　今日の問題社　昭16

フロイト(本文177頁)

「フロイト著作集」全11巻
1　精神分析入門　懸田克躬，高橋義孝
2　夢判断　高橋　義孝
3　文化・芸術論　高橋義孝，池田紘一　他
4　日常生活の精神病理学
生松敬三，懸田克躬　他
5　性欲論・症例研究　懸田克躬，高橋義孝
6　自我論・不安本能論
小此木啓吾，吾井村恒郎　他
7　ヒステリー研究　懸田克躬，小此木啓吾
8　書簡集　生松敬三，池田紘一
9　技法・症例篇　小此木啓吾
10　文学・思想篇Ⅰ　高橋義孝，生松敬三　他
11　文学・思想篇Ⅱ　高橋義孝，生松敬三　他
人文書院　昭43-59
「フロイト」　懸田　克躬
(世界の名著60)　中央公論社　昭53
「夢判断」上下　高橋　義孝　新潮文庫　昭44
「夢判断」上下　高橋義孝，菊盛英夫
日本教文社　平06
「自らを語る」　懸田　克躬　日本教文社　昭44
「精神分析入門」懸田　克躬　公文庫　昭48
「精神分析入門」上下　高橋義孝，下坂幸三
新潮文庫　昭52
「精神分析入門」上下　井村恒郎，馬場謙一
日本教文社　平06
「性欲と自我」　金森　誠也　白水社　平07
「失語論批判的研究」　金関　猛　平凡社　平07
「自我論集」　中山　元　ちくま学芸文庫　平08
「グラディーヴァ/妄想と夢」
種村　季弘　作品社　平08
「エロス論学」　中山　元　ちくま学芸文庫　平09
「モーセと一神教」渡辺　哲夫
日本エディタースクール出版部　平10

ズーダーマン(本文178頁)

「ズウデルマン傑作集」村上　静人
(泰西名作集7)　佐藤出版部　大07
Frau Sorge
「フラウ・ゾルゲ」　小池　秋草　大倉書店　大03
「憂愁夫人」　村上　静人
(泰西名作集7)　佐藤出版部　大07
「憂愁夫人」　相良　守峯　春陽堂　大13
「フラウ・ゾルゲ」　池谷信三郎
(世界大衆文学全集4)　改造社　昭05
「憂愁夫人」池谷信三郎
(世界文学全集2期10)　新潮社　昭05
「憂愁夫人」相良　守峯
(世界名作文庫)　春陽堂　昭07
「憂愁夫人」相良　守峯　岩波文庫　昭13
「憂愁夫人」谷島　主馬　紫文閣　昭14
「憂愁夫人」池谷信三郎　新潮文庫　昭15
「憂愁夫人」相良　守峯　岩波文庫　昭26
「憂愁夫人」池谷信三郎　角川文庫　昭28
Katzensteg
「猫橋」村上　静人
(泰西名作集7)　佐藤出版部　大07
「猫橋」生田　春月
(世界文学全集2期10)　新潮社　昭05
「猫橋」生田　春月　創元文庫　昭27
Die Ehre
「栄誉」蘇武利三郎　山陽堂　大03
「名誉」村上　静人
(泰西名作集7)　佐藤出版部　大07
「名誉」木村　謹治
(近代劇全集6)　第一書房　昭02
Heimat
「故郷」島村　抱月　金尾文淵堂　明45
「故郷」村上　静人
(泰西名作集7)　佐藤出版部　大07
「故郷」島村　抱月
(「抱月全集」5)　天佑堂　大08
「故郷」藤沢　古雪
(近代劇大系6)　刊行会　大12
「故郷」舟木　重信
(世界文学全集35)　新潮社　昭02
「故郷」三好比呂作
(世界戯曲全集，独墺篇5)　刊行会　昭02
「マグダ」　(世界文芸叢書)　文芸社　昭08
Die Schuld
「罪」　小宮　豊隆
(近代西洋文芸叢書8)　博文館　大03
【その他】

「静かな水車場」馬場　睦夫　越山堂　大09
「静かな水車場」生田　春月
（世界文学全集２期10）　新潮社　昭05
「静かな水車屋の物語」大畑　末吉　弘文堂　昭15
「死の歌」　鈴木　悦　海外文芸社　大02
「死の歌」　安田　裸花
（世界文豪と其の傑作）　帝国教育研究会　大15
「再婚」　最上　白鷗　島田書店　大02
「父の罪」　井伏　鱒二　聚芳閣　大13
「罪の桟敷物語」
秦野　揚吉　課外読物刊行会　大15
「消えぬ過去」生田　長江　近代文庫　大06

マイヤー=フェルスター（本文178頁）

Alt-Heidelberg
「思ひ出　アルトハイデルベルク」
松井真玄・森本　謙ほか　大02
「アルト・ハイデルベルク」木村　謹治
第一書房　昭03
「アルト・ハイデルベルヒ」松居　松翁
（世界戯曲全集15）　刊行会　昭04
「思ひ出」　木村　謹治　春陽堂文庫　昭07
「アルト・ハイデルベルク」番匠谷英一
岩波文庫　昭10
「アルト・ハイデルベルク」番匠谷英一
角川文庫　昭29
「アルト・ハイデルベルク」植田　敏郎
旺文社文庫　昭41
「アルト・ハイデルベルク」井上　修一
（世界文学全集22）　学習研究社　昭53

デーメル（本文179頁）

「リッヒェルト・デェメルが澳地利労働者唱歌組合に投ぜし自記の略伝」森　鷗外　至誠堂　大04
「リッヒェルト・デェメルが澳地利労働者唱歌組合に投ぜし自記の略伝」森　鷗外
（鷗外全集16）　刊行会　大12
「リッヒェルト・デェメルが澳地利労働者唱歌組合に投ぜし自記の略伝」森　鷗外
（鷗外全集，翻訳）　岩波書店　昭33
Das Gesicht
「顔」森　鷗外　（鷗外全集16）　刊行会　大12
「顔」森　鷗外
（世界短編小説大系，独逸篇）　近代社　大12
「顔」森　鷗外　（世界名作文庫）　春陽堂　昭07
「顔」森　鷗外
（鷗外全集，翻訳）　岩波書店　昭14
「顔」森　鷗外
（鷗外全集，翻訳）　岩波書店　昭30
Aber die Liebe
「けれども愛は」（抄）井上　正蔵
（世界名詩集大成７）　平凡社　昭33

Weib und Welt
「女と世界」（抄）　井上・谷
（世界名詩集大成７）　平凡社　昭33
Schöne, wilde Welt
「美しい野蛮な世界」（抄）丸子　修平
（世界名詩集大成７）　平凡社　昭33

ホルツ（本文179頁）

「アルノー・ホルツ／ヨハネス・シュラーフ」
アルノー・ホルツ研究会　三修社　昭59
Ein Abschied
「わかれ」（シュラーフ共著）森　鷗外
（鷗外全集16）　刊行会　大13
「わかれ」（シュラーフ共著）森　鷗外
（世界短編小説大系，独逸篇）　近代社　大15
「わかれ」森　鷗外
（世界名作文庫，独逸短編集）　春陽堂　昭07
「わかれ」森　鷗外
（鷗外全集，翻訳）　岩波書店　昭13
「わかれ」森　鷗外
（鷗外全集，翻訳篇）　岩波書店　昭29
Das Buch der Zeit
「時代の書」（抄）　竹内英之助
（世界名詩集大成７）　平凡社　昭33
Phantasus
「ファンタズス」（抄）竹内英之助
（世界名詩集大成７）　平凡社　昭33

バール（本文180頁）

Die tiefe Natur
「奥底」森　鷗外　籾山書店　大01
「奥底」森　鷗外
（森林太郎訳文集２）　春陽堂　大11
「奥底」森　鷗外
（鷗外全集３）　刊行会　大13
「奥底」森　鷗外
（世界戯曲全集20）　近代社　昭03
「奥底」森　鷗外
（森鷗外全集，翻訳５）　岩波書店　昭14
「奥底」森　鷗外
（森鷗外全集，翻訳６）　岩波書店　昭30
Das Konzert
「演奏会」舟木　重信
（世界戯曲全集20）　近代社　昭03

シュテーア（本文180頁）

Peter Blindeisener
「薄氷」　国松　孝二
（ドイツ民族作品全集）　実業之日本社　昭18
「霧の沼」国松　孝二
（現代世界文学全集21）　三笠書房　昭30

Die Nachkommen
「後継者」藤原　肇　大観堂　昭17
Geschichten aus dem Mandel-Hause
「マンデル家物語」松田　又七　弘文堂　昭15

ハルベ(本文181頁)

Jugend
「青春」島村　民蔵　(近代劇大系６)　刊行会　大12
「青春」木村　謹治　第一書房　昭03
「青春」伊藤　武雄　(世界戯曲全集15)　刊行会　昭04
「青春」番匠谷英一　岩波文庫　昭27
「青春」番匠谷英一　角川文庫　昭31

フーフ(本文181頁)

Erinnerungen von Ludolf Ursleu dem Jüngeren
「ルードルフ・ウルスロイの回想」高橋・国松　(新世界文学全集５)　河出書房　昭16
Blühtezeit der Romantik
「独逸浪漫派」北　通文　岩波書店　昭07
Der Mondreigen von Schlaraffis
「月夜の踊り」岡田　幸一　郁文堂　昭16
「月夜の輪舞」関　泰祐　郁文堂　昭16
Der letzte Sommer
「最後の夏」　矢川　澄子　新書館　昭42
Ausbreitung und Verfall der Romantik
「ロマン主義の普及と衰亡」池田紘一ほか　鳥影社　近刊

エルンスト(本文182頁)

Die Vereinten
「結ばれた二人」小森　三好　冨山房　昭14
Geschichten
「幽霊部屋」　桜井　和市　弘文堂　昭15
R.Z.
「匿名」　角　信雄　中央公論社　昭16

シュトラウス(本文183頁)

Freund Hein
「暗い春」　国松　孝二　白水社　昭15
「春の調べ」　国松　孝二　角川文庫　昭27
Die Kreuzungen
「いのちの十字路」相良守峯・大和邦太郎　岩波文庫　昭27
Der Schleier
「ゔえーる」　高橋　健二　(世界短編傑作全集３)　河出書房　昭11
「ゔえーる」　高橋　健二　(世界文学全集６)　河出書房　昭17
「薄ぎぬ」　高橋　健二　生活社　昭18
「ヴェール」　相良守峯・大和邦太郎　(「いのちの十字路」の内)　岩波文庫　昭27
Hans und Grete
「あひよる魂」鼓　常良　白水社　昭15
Das Grab zu Heidelberg
「ハイデルベルクの墓」望月　市恵　(現代世界文学叢書８)　中央公論社　昭15
【その他】
「中幕」秦　豊吉　(近代劇全集)　第一書房　昭04

トーマ(本文184頁)

Die Lokalbahn
「枝線鉄道」　伊藤　武雄　(世界戯曲全集15)　刊行会　昭04
Lausbubengeschichten
「悪童物語」　実吉　捷郎　岩波文庫　昭10
「悪童物語」　植田　敏郎　(世界少年少女文学全集38)　創元社　昭30
「悪童物語」　浦山　光之　旺文社文庫　昭51
Tante Frieda
「新悪童物語」実吉　捷郎　白水社　昭15

ザルテン(本文184頁)

「ザルテン動物文学全集」実吉捷郎ほか　白水社　昭35
Bambi
「バンビの歌」　菊地重三郎　主婦之友社　昭15
「バンビの歌」　菊地重三郎　新潮文庫　昭18
「バンビー森の生活の物語」高橋　健二　岩波少年少女文庫　昭26
「子じかバンビ」吉田　正巳　(「ザルテン動物文学全集」の内)　白水社　昭35
【その他】
「白馬物語」　秦　一郎　東京堂　昭18

モルゲンシュテルン(本文185頁)

Alle Galgenlieder
「絞首台の歌」藤原　定　(世界名詩集大成８)　平凡社　昭33

マン(ハインリヒ)(本文185頁)

「ハインリヒ・マン短編集」全３巻　三浦淳ほか　松籟社　平10～12
Das Wunderbare
「不思議なもの」他４篇　青木　武雄　(海外文学新選)　新潮社　大13
Professor Unrat
「嘆きの天使」和田顕太郎　(世界文学全集２期)　新潮社　昭07

Der Untertan
「臣下」小栗　浩
（世界文学全集45）　筑摩書房　昭42
Die Jugend des Königs Henri Ⅳ
「アンリ四世の青春」小栗　浩　晶文社　昭48
Die Vollendung des Königs Henri Ⅳ
「アンリ四世の完成」小栗　浩　晶文社　平01
【その他】
「ヒッポ・スパーノ」渡辺　健
（世界文学全集45）　筑摩書房　昭42
「コーベス」　渡辺　健
（世界文学全集45）　筑摩書房　昭42
「地下の国からの帰還」佐藤　晃一
（世界文学全集45）　筑摩書房　昭42
「歴史と文学」小栗　浩　晶文社　昭46
「息吹き」　片岡　啓治
（東欧の文学）　恒文社　昭47
「息吹き　東ヨーロッパの文学」片岡　啓治
恒文社　昭53

モンベルト（本文186頁）

Der himmlische Zecher
「天井の酒客」（抄）吉村　博次
（世界名詩集大成７）　平凡社　昭33

ヴァッサーマン（本文187頁）

Die Geschichte der jungen Renate Fuchs
「若きレナーテの生活」国松　孝二
（新世界文学13）　河出書房　昭15
Das Gänsemännchen
「泉」上下　豊永　喜之　三笠書房　昭15
Christian Wahnschaffe
「欧羅巴の黄金」（前編エファ）八木　東作
大日本出版社・峯文荘　昭16
L'affaire Maurizius
「埋もれた青春」秘田余四郎　雄鶏社　昭30
Der Mann von vierzig Jahren
「四十の男」他　角　信雄　白水社　昭15
Sala Nalcolm
「黄金杯」森　鷗外
（鷗外全集16）　刊行会　大13
「黄金杯」森　鷗外
（世界名作文庫，独逸短編集）　春陽堂　昭07
「黄金杯」森　鷗外
（鷗外全集，翻訳10）　岩波書店　昭14
「黄金杯」森　鷗外
（鷗外全集，翻訳12）　岩波書店　昭29
Hilperich
「ヒルペリッヒ」北村　喜八　近代社　大15
Nie geküßter Mund
「接吻されたことのない唇」白旗　信
鱒書房　昭31

【その他】
「青春不死」木村　与作　大正書院　大12

クラウス（本文188頁）

「カール・クラウス著作集」全10巻
①「モラルと犯罪」
②「世界審判」
③「文学と虚偽」
④「不滅の機知」
⑤「アフォリズム」池内　紀
⑥「第三のワルプルギスの夜」佐藤，武田，高木
⑦⑧「言葉」（合巻）
武田昌一　佐藤康彦　木下康光
⑨⑩「人類最後の日々」（合巻）池内　紀
法政大学出版局　昭46-平05
「カール・クラウス詩集」池内　紀　思潮社　昭42
「モラルと犯罪」小松　太郎
（叢書ウニベルジタス16）　法政大学出版局　昭45

シュヴァイツァー（本文188頁）

J. S. Bach
「バッハの生涯」津川　主一　白水社　昭15
「バッハ」辻　荘一，山根銀二　岩波書店　昭30
「バッハ」全３巻　浅井真男，内垣啓一，杉山　好
白水社　昭32-33，平08
Verfall und Wiederaufbau der Kultur
「文化の衰退と再建」山室　静　みすず書房　昭21
「文化の没落と再建」石原　兵永
みすず書房　昭21
Zwischen Wasser und Urwald
「水と原生林のはざまにて」野村　実
向山社　昭07
「水と原生林のはざまにて」野村　実
長崎書店　昭16
「水と原生林のはざまにて」野村　実
新教出版社　昭28
「水と原始林のあいだに」　浅井真男，国松孝二
白水社　昭31，平08
Aus meinemLeben und Denken
「わが生活と思想より」　竹山　道雄
白水社　昭14，24，平07
Aus meiner Kindheit und Jugend
「わが幼年時代と少年時代」西郷　啓造
長崎書店　昭17
「私の幼少年時代」波木居斉二　新教出版社　昭25
【その他】
「宗教科学より見たる基督教」吉田源治郎
警醒社　大14
「ゲーテ」小栗　孝則　長崎書店　昭17
「ゲーテ」小栗　孝則　新教出版社　昭24
「イエス」野村　実　みすず書房　昭26
「アフリカ物語」中原　稔生　新教出版社　昭27

「水遠のゲーテ」小栗　孝則　　みすず書房　昭28
「文化と倫理」　横山　喜之　　新教出版社　昭28
「ドイツ・フランスのオルガン建造技術とオルガン芸術」　松原　茂　　シンフォニア　昭53

ユング(本文189頁)

「ユングコレクション」全15巻
1　心理学的類型Ⅰ　高橋義孝,森川俊夫,佐藤正樹
2　心理学的類型Ⅱ　高橋義孝,森川俊夫,佐藤正樹
3　心理学と宗教　村本　詔司
4　アイオーン　野田　倬
5　結合の神秘Ⅰ　池田　紘一
6　結合の神秘Ⅱ　池田　紘一
7　診断学的連想研究　高尾　浩幸
8　子どもの夢Ⅰ　氏原　寛ほか
9　子どもの夢Ⅱ　氏原　寛ほか
10　ツァラトゥストラ　(以下未刊)
11　ツァラトゥストラ
12　ツァラトゥストラ
13　夢分析
14　夢分析
15　分析心理学
人文書院　昭61～
Psychologie und Alchemie
「心理学と錬金術」２分冊　池田紘一，鎌田道生
人文書院　昭51
Über die Psychologie des Unbewußten
「無意識の心理」高橋　義孝　　人文書院　昭52
Die Beziehungen zwischen dem Ich und dem Unbewußten
「自我と無意識の関係」野田　倬　人文書院　昭57
Erinnerungen, Träume, Gedanken
「ユング自伝」１，２　河合隼雄，藤縄　昭ほか
みすず書房　昭47,48
【その他】
「心霊現象の心理と病理」
宇野昌人，岩堀武司，山本　淳
法政大学出版局　昭56
「分析心理学」　小川　捷之　みすず書房　昭51
「タイプ論」　林　道義　みすず書房　昭62
「ヨブへの答え」　林　道義　みすず書房　昭63
「個性とマンダラ」林　道義　みすず書房　平03
「変容の象徴」上下　野村美紀子
ちくま学芸文庫　平04
「空飛ぶ円盤」　松代　洋一
ちくま学芸文庫　平05

シュミットボン(本文190頁)

Mutter Landstraße
「街の子」森　鷗外
(三田文学別冊)「蛙」)　玄文社　大08
「街の子」森　鷗外
(鷗外全集２)　刊行会　大12
「街の子」森　鷗外
(世界名作文庫，独逸短編集)　春陽堂　昭07
「街の子」森　鷗外　　岩波文庫　昭13
「街の子」森　鷗外
(鷗外全集，翻訳４)　岩波書店　昭14
「街の子」森　鷗外
(鷗外全集，翻訳５)　岩波書店　昭30
Uferleute
「河畔の人々」川崎　芳隆　　弘文堂　昭15
Raben
「鴉」森　鷗外　(鷗外全集６)　刊行会　大13
「鴉」森　鷗外
(世界名作文庫，独逸短編集)　春陽堂　昭07
「鴉」森　鷗外
(鷗外全集，翻訳10)　岩波書店　昭14
「鴉」森　鷗外
(鷗外全集，翻訳12)　岩波書店　昭29
Graf von Gleichen
「グライヒェン伯爵」茅野　蕭々
(独逸戯曲集)　玄文社　大12
「グライヒェン伯爵」茅野　蕭々
(近代劇全集７)　第一書房　昭04
Der verlorene Sohn
「放蕩息子」秦　豊吉
(近代劇大系７)　刊行会　大13
Der Geschlagene
「負けた人」金田　鬼一
(近代劇大系６)　刊行会　大12
「負けた人」河原　万吉　　潮文閣　昭02
Hinter den sieben Bergen
「山の彼方」(短編集)関　泰祐　白水社　昭14
「山のかなた」川崎　芳隆　三笠文庫　昭26
「山のかなた　幸福の船」他　関　泰祐
岩波文庫　昭30
Das Glücksschiff
「幸福の船」　浦上后三郎
(海外文学新35選)　新潮社　大14
「幸福の船」他　川崎　芳隆　三笠文庫　昭27
Musikanntentod
「さすらい」　川崎　芳隆　三笠文庫　昭27

ル・フォール(本文190頁)

「ル・フォール全集」(全５巻)
前田敬作，船山幸哉ほか　　新潮社　近刊
Die Letzte am Schafott
「断頭台下の最後の女」小林　珍雄
(現代カトリック文芸叢書)　甲鳥書林　昭17
Die magdeburgische Hochzeit
「マグデブルクの婚宴」山村・吉田
中央出版社　昭34
Plus Ultra
「愛のすべて」前田　敬作　　人文書院　昭31

Am Tor des Himmels
「天国の門」 前田・船山 人文書院 昭33
【その他】
「手記と回想」前田・船山 ヴェリスタ書院 昭33

ボルヒャルト(本文191頁)

「ピサ」 小竹 澄栄 みすず書房 平04
「ダンテとヨーロッパ中世」小竹 澄栄
みすず書房 平07
Der leidenschaftliche Gärtner
「情熱の庭師」小竹 澄栄 みすず書房 平09

シュテルンハイム(本文192頁)

Die Hose
「ホオゼ」久保 栄 原始社 大15
「ホオゼ」久保 栄
(世界戯曲全集16) 刊行会 昭05
Bürger Schippel
「ブルジョア・シッペル」久保 栄 原始社 大15
「ブルジョア・シッペル」久保 栄
(世界戯曲全集16) 刊行会 昭05
【その他】
「カザノオファ物語」1，2 秦 豊吉
(近代劇全集８) 第一書房 昭04

カイザー(本文192頁)

Die judische Witwe
「ユーディットユダヤの寡婦」久保 栄
(世界近代劇叢書３) 金星堂 大15
「ユダヤの寡婦」 久保 栄
(世界戯曲全集17) 刊行会 昭05
Die Bürger von Calais
「カレーの市民附表現派解説」新関 良三
新潮社 大10
「カレーの市民」 新関 良三
(近代劇全集９) 第一書房 昭02
「カレエ市民」 久保 栄
(世界戯曲全集17) 刊行会 昭05
Von morgens bis mitternachts
「朝から夜中まで」 北村 喜八
(泰西戯曲選集10) 新潮社 大13
「朝から夜中まで」 秦 豊吉
(近代劇全集９) 第一書房 昭02
「朝から夜中まで」 北村 喜八
(世界文学全集38) 新潮社 昭04
「朝から夜中まで」 北村 喜八
(世界戯曲全集17) 刊行会 昭05
Nebeneinander
「平行」 北村 喜八
(世界戯曲全集17) 刊行会 昭05
「平行」 久保 栄 岩波文庫 昭09

Gats
「ガッツ」北村 喜八
(新興文学全集18) 平凡社 昭03
「ガッツ」北村 喜八
(世界戯曲全集17) 刊行会 昭05
Hölle, Weg, Erde
「地獄・道・大地」(三部作) 新居 格
(新興文学全集18) 平凡社 昭03
Claudius
「クラウディウス」北村 喜八
(「朝から夜中まで」の内) 新潮社 昭05
「クラウディウス」北村 喜八
(世界戯曲全集17) 刊行会 昭05
Zwei Krawatten
「二つのネクタイ」堀 正旗 第一書房 昭08
Zweimal Oliver
「二人のオリイフェル」久保 栄
(世界戯曲全集17) 刊行会 昭05

ヴァルザー(ローベルト)(本文193頁)

「散歩」渡辺 勝
(スイス二十世紀短篇集) 早稲田大学出版部 昭52
「ヤーコプ・フォン・グンテン」藤川 芳朗
(世界文学全集74) 集英社 昭53

デーブリーン(本文194頁)

Lusitania
「ルシタニア号」 秦 豊吉
(近代劇全集８) 第一書房 昭04
Hamlet
「ハムレット」上下 早崎 守俊 筑摩書房 昭45
Berlin Alexanderplatz
「ベルリン・アレクサンダー広場」全２巻
早崎 守俊
(モダン・クラシックス) 河出書房新社 昭46
「王倫の三跳躍」 小島 基 白水社 平03

コルベンハイヤー(本文195頁)

Monatsalvasch
「生命の城」浅井 真男
(現代世界文学叢書10) 中央公論社 昭17
Amor Dei
「神を愛す」手塚 富雄 筑摩書房 昭28

シュレーダー(本文195頁)

Achzig ausgewählte Gedichte
「詩八十篇」斎藤 久雄
(世界名詩集大成８) 平凡社 昭34

ボンゼルス(本文196頁)

Die Biene Maja und ihre Abenteuer
「蜜蜂マアヤの遍歴」長尾　宏也　竹村書店　昭10
「蜜蜂マアヤ」実吉　捷郎　岩波文庫　昭12
「ミツバチ・マアヤの冒険」実吉　捷郎
岩波少年少女文庫　昭26
「みつばちマアヤの冒険」高橋　健二
創元社　昭28
「みつばちマアヤの冒険」高橋　健二
国土社　平02
「みつばちマアヤの冒険」高橋　健二
集英社　平05
Himmelsvolk
「大空の種族」吉村　博次　創元社　昭35
「天国の民」　北垣　篤　朝日出版社　昭37
Indienfahrt
「美しき印度」中岡　宏夫　大日本出版　昭17
「インド紀行」実吉　捷郎　岩波文庫　昭20

レーマン(本文196頁)

Antwort des Schweigens
「沈黙のこたえ」神品　芳夫
(世界名詩集大成8)　平凡社　昭34

フォイヒトヴァンガー(本文198頁)

Jud Süß
「猶太人ジュス」谷　譲次　中央公論社　昭15
Die Judin von Toledo
「トレド風雲録」小栗　浩　晶文社　平03

レルケ(本文199頁)

Die Abschiedhand
「別れの手」　高橋　重臣
(世界名詩集大成8)　平凡社　昭34
Anton Bruckner
「ブルックナー」神品　芳夫　音楽之友社　昭43

ウンルー(本文199頁)

Louis Ferdinand, Prinz von Preußen
「プロシャの王子，ルイ・フェルディナント」
新関　良三　(近代劇全集1)　第一書房　昭02
「プロシャ王子，ルイ・フェルディナント」
伊藤　武雄　(世界戯曲全集17) 第一書房　昭05
Heinrich aus Andernach
「アンデルナハのハインリヒ」山口　悌治
(新興文学全集9)　平凡社　昭04
Eine Geschlecht
「一時代」伊藤　武雄
(世界戯曲全集17)　第一書房　昭05

ザイデル(本文200頁)

Das Wunschkind
「希はしき子供」上下　伊東鉄太郎　刀江書院　昭15
【その他】
「幸福な生活」　宇田　五郎　三笠書房　昭17

ベン(本文201頁)

「ゴットフリート・ベン詩集」
深田　甫　(ユリイカ)　青土社　昭34
「ゴットフリート・ベン作品集」
内藤　道雄ほか　三修社　昭47
「ゴットフリート・ベン著作集」全3巻
生野　幸吉ほか　社会思想社　昭47
Statische Gedichte
「静学的詩篇」浅井　真男
(世界名詩集大成8)　平凡社　昭34
Doppelleben
「二重生活」　原田　義人　紀伊国屋書店　昭33

トラークル(本文202頁)

「トラークル詩集」平井　俊夫　筑摩書房　昭42
「トラークル詩集」栗崎　了・滝田夏樹
同学社　昭43
「トラークル詩集」吉村　博次
(世界の詩51)　新潮社　昭50
「トラークル詩集」瀧田　夏樹　小沢書店　平06
Sebastian im Traum
「夢の中のセバスチアン」吉田・高本
(世界名詩集大成8)　平凡社　昭34
Die Dichtungen
「詩作集」　久保　和彦
(世界名詩集大成8)　平凡社　昭34

ヴィーヒェルト(本文203頁)

Die Magd des Jürgen Doskocil
「ドスコチルの女中」高橋　健二
(現代世界文学叢書4)　中央口論社　昭15
「愛すればこそ――ドスコチルの女中――」
高橋　健二　角川文庫　昭28,37
Die Majorin
「帰農兵」小島　貞介
(ドイツ民族作家集3)　実業之日本社　昭16
Hirtennovelle
「牧童図」小島　貞介
(新世界文学全集3)　河出書房　昭15
Wälder und Menschen
「森と人々」野島　正城
(ドイツ民族作家集5)　実業之日本社　昭17

「森と人々」　野島　正城
(現代ドイツ文学全集13)　河出書房　昭28
Das einfache Leben
「単純なる生活」加藤　一郎
(現代ドイツ国民文学7)　白水社　昭18
「単純なる生活」加藤　一郎　白水社　昭27
Der Totenwald
「死者の森」　加藤　一郎　白水社　昭27
Der schwarze Peter
「くろんぼのペーター」国松　孝二
岩波少年少女文庫　昭30
【その他】
「生の掟」　森　儁郎　青年書房　昭17

ツヴァイク(アルノルト)(本文205頁)

Westlandsaga
「西欧伝説」　長橋芙美子
(世界文学全集49)　講談社　昭51
【その他】
「聖女キクヂサ」登張　正実
(ドイツ文学20世紀)　集英社　昭41
「大食漢」　長橋芙美子
(世界文学全集49)　講談社　昭51
「幻想交響曲」　長橋芙美子
(世界文学全集49)　講談社　昭51

ヴォルフ(フリードリヒ)(本文205頁)

Die Jungens von Mons
「モーンス青年隊」遠藤　慎吾
(現代世界戯曲選集2)　白水社　昭28
Die Tiere des Waldes
「森の野獣」　遠藤　慎吾
(現代世界戯曲選集10)　白水社　昭29
Bummi
「わが友キキー」　北　通文
岩波少年少女文庫　昭29
Zwei an der Grenze
「国境のふたり」　小宮　曠三
(現代の文学)　岩波書店　昭30
Menetekel, oder die fliegenden Untertassen
「炎の文字——空飛ぶ円盤」上下
道家　忠道　白水社　昭38
「神々の会議」　中村　英雄　潮書房　昭31

シュナック(本文206頁)

Sebastian im Wald
「森のゼバスチアン」臼井竹次郎
(現代独逸国民文学4)　白水社　昭17
Der erfrorene Engel
「凍えた天使」　高橋　健二
(ドイツ民族作家全集)　実業之日本社　昭18

Das Leben der Schmetterlinge
「蝶の生活」　植村　敏夫　教材社　昭17
「蝶の生活」　岡田　朝雄　岩波文庫　平05
Im Wunderreich der Falter
「蝶の不思議の国で」岡田　朝雄　青土社　平09
【その他】
「天の歌声」　臼井竹次郎
(現代独逸国民文学4の内)　白水社　昭17

ハイデッガー(本文207頁)

Erläuterungen zur Hölderlins Dichtung
「ヘルダーリーンの詩の解明」手塚　富雄
(選集8)　理想社　昭30
「ヘルダーリンの詩作の解明」
濱田恂子，イーリス・ブッハイム
(ハイデッガー全集4)　創文社　平09

ハーゼンクレーファー(本文208頁)

Der Retter
「世の救済者」　麻生　義　至上社　大14
Antigone
「アンティゴーネ」舟木　重信
(近代劇大系6)　刊行会　大12
「アンチゴネ」　麻生　義　至上社　大14
「アンテイゴーネ」舟木　重信
(世界戯曲全集8)　近代社　昭02
Die Menschen
「人間」小山　内薫
(先駆芸術叢書)　金星堂　大13
「人間」小山　内薫　新潮社　大14
「人間」小山　内薫
(近代劇全集18)　近代社　昭02
Die Entscheidung
「決定」小山内　薫
(先駆芸術叢書)　金星堂　大13
「決定」小山内　薫
(近代劇全集18)　近代社　昭02
「決定」秦　豊吉
(近代劇全集9)　第一書房　昭02
Ein besserer Herr
「風采よき紳士」　保科　胤
(新興文学全集20)　平凡社　昭05
【その他】
「高利貸」麻生　義　至上社　大14
「黒死病」小山内　薫
(先駆芸術叢書)　金星堂　大13
「黒死病」麻生　義
(「世の救済者」の内)　至上社　大14

ヴェルフェル(本文208頁)

Die Weltfreund

「世界の友」(抄) 神保光太郎
(世界名詩集大成８) 平凡社 昭34
Der Spiegelmensch
「鏡人」高橋 健二
(近代劇全集13) 第一書房 昭02
「鏡人」桜田 常久
(世界戯曲全集21) 刊行会 昭04
Nicht der Mörder, der Ermordete ist schuldig
「罪は殺した者にあるか？殺された者にあるか？」
笹沢美明 (世界名作文庫) 春陽堂 昭07
「殺された者に罪がある」成瀬 無極
(世界文学叢書１) 世界文学社 昭21
「殺された者に罪がある」成瀬 無極
世界文学社 昭21
Das Lied von Bernadette
「ベルナデットの歌」 片山敏彦，田内静三
エンデルレ書店 昭26,26
Bocksgesang
「山羊の歌」 北村 喜八
(世界戯曲全集21) 刊行会 昭04
Der Tod des Kleinbürgers
「小市民の死」 倉田 潮
(新興文学全集19) 平凡社 昭04
「小市民の死」 阿部 六郎
(「喪愁の家」の内) 白水社 昭16
Geheimnis eines Menschen
「或人間の秘密」笹沢 美明
(世界名作文庫) 春陽堂 昭07,32
Kleine Verhältnisse
「小さな境遇」 阿部 六郎
(現代世界文学叢書８) 中央公論社 昭16
Das Trauerhaus
「喪愁の家 他一篇」阿部 六郎
(「喪愁の家」の内) 白水社 昭16
Der Abituriententag, die Geschichte einer Jugendschuld
「青春の罪」 吉田 正己 早川書房 昭27

ベッヒャー(本文210頁)

「ベッヒャー選集」10巻 篠原 正秀ほか
光文社 昭28
「ベッヒャー選集」井上・高原 創元社 昭29
「ベッヒャー選集」神崎 巌 飯塚書店 昭43
「ベッヒャー選集」井上 正蔵ほか
大東出版センター 昭49
「ベッヒャー詩集」井上正蔵 高原宏平
東京創元社 昭30
「ベッヒャー詩集」井上正蔵 高原宏平
(世界の詩69) 彌生書房 昭49
Ein Mensch unserer Zeit
「ぼくらの時代の人間」(詩集) 高原 宏平
創元社 昭30
Der große Plan
「偉大な計画」(詩集) 井上 正蔵 創元社 昭30
Heimkehr
「帰郷」(詩集) 高原 宏平ほか 創元社 昭30
Der Bankier reitet über das Schlachtfeld
「銀行家が戦場を馳駆する」辻 恒彦
(新興文学全集18) 平凡社 昭04
「銀行家が戦場を馳駆する」辻 恒彦
(世界プロレタリア文学傑作選５) 平凡社 昭05
Auf andere Art so große Hoffnung
「ここに希望が」篠原 正瑛
(選集４) 光文社 昭28
Neues Lebenslied
「新しい生活の歌」(詩集)
井上 正蔵 創元社 昭30
Zeit der Verachtung
「屈辱の時代」(詩集) 井上 正蔵 創元社 昭30
Glück der Ferne leuchtend nah
「遠い幸福近く輝き」 井上 正蔵
(世界名詩集大成８) 平凡社 昭34

ザックス(ネリー)(本文211頁)

「往復書簡 P.ツェラン vs N.ザックス」
飯吉 光夫 ビブロス 平08

ベンヤミーン(本文211頁)

「ベンヤミン著作集」
①暴力批判論 高原宏平・野村修 晶文社 昭44
②複製技術時代の芸術 佐々木基一
晶文社 昭45
③言語と社会 久野収・佐藤康彦 晶文社 昭56
④ドイツ・ロマン主義 大峯顕・高木久雄
晶文社 昭45
⑤ゲーテ親和力 高木 久雄 晶文社 昭47
⑥ボードレール 川村二郎・野村修
晶文社 昭50
⑦文学の危機 高木 久雄 晶文社 昭44
⑧シュルレアリスム 針生一郎 晶文社 昭56
⑨ブレヒト 石黒英男 晶文社 昭46
⑩一方通行路 幅健志・山本雅昭 晶文社 昭54
⑪都市の肖像 川村二郎 晶文社 昭50
⑫ベルリンの幼年時代 小野寺昭次郎
晶文社 昭46
⑬新しい天使 野村修 晶文社 昭54
⑭書簡Ⅰ 野村修 晶文社 昭50
⑮書簡Ⅱ 野村修 晶文社 昭47
「ベンヤミンの仕事１」「暴力批判論他十篇」
野村 修 岩波文庫 平06
「ベンヤミンの仕事２」「ボードレール他五篇」
野村 修 岩波文庫 平06
「ベンヤミン・コレクション１」「近代の意味」
浅井健二郎 久保 哲司 ちくま学芸文庫 平07
「ベンヤミン・コレクション２」「エッセイの思想」

浅井健二郎　ちくま学芸文庫　平08
「ベンヤミン・コレクション３」「記憶への旅」
浅井健二郎　久保　哲司　ちくま学芸文庫　平09
「ベンヤミン／ショーレム往復書簡」山本　尤
（叢書ウニベルシタス326）法政大学出版局　平03
「ベンヤミン／アドルノ往復書簡　1928-1940」
野村　修　晶文社　平08
「ドイツ悲劇の根源」川村二郎・三城満禧
（叢書ウニベルシタス62）法政大学出版局　昭50
「ドイツ悲劇の根源」上下　浅井健二郎
ちくま学芸文庫　平11
Deutsche Menschen
「ドイツの人びと」　丘澤　静也　晶文社　昭59
Über Kinder, Jugend und Erziehung
「教育としての遊び」丘澤　静也　晶文社　昭61
Aufklärung für Kinder Rundfunkvorträge
「子どものための文化史」小寺・野村
晶文社　昭63
Über Haschisch
「陶酔論」飯吉　光　晶文社　平04
【その他】
「ブレヒトの思い出」神崎　巌
法政大学出版局　昭61
「呼ぶ者と聴く者」　内田　俊一　西田書店　平01
「来るべき哲学のプログラム」道籏　泰三
晶文社　平04
「パサージュ論」山本尤，三島憲一ほか
Ⅰ「パリの原風景」　平05
Ⅱ「ボードレールのパリ」　平07
Ⅲ「都市の遊歩者」　平06
Ⅳ「方法としてのユートピア」　平05
Ⅴ「ブルジョワジーの夢」　平07
岩波書店　平05-07
「図説写真小史」　久保　哲司
ちくま学芸文庫　平08,10

ヴァインヘーバー（本文212頁）

Über alle Masse aber liebte ich die Kunst
「ひたぶるにわたしは芸術を愛した」小松　太郎
（世界名詩集大成8）平凡社　昭34

ベルゲングリューン（本文213頁）

Zwieselchen u.d. Osterhase
「ツィーゼルちゃん」植田　敏郎
岩波少年少女文庫　昭28
Der spanische Rosenstock
「スペインのバラ」　野島　正城
（独和対訳叢書34）　郁文堂　昭37
E.T.A.Hoffmann
「E.T.A.ホフマン」大森　五郎　朝日出版社　昭45

トラー（本文214頁）

Masse＝Mensch
「群衆＝人間」伊藤　武雄
（世界戯曲全集18）　近代社　昭02
「群衆＝人間」秦　豊吉
（近代劇全集９）　第一書房　昭02
Die Maschienenstürmer
「機械破壊者」藤井　清士
（海外文学新選）　新潮社　大13
「機械破壊者」藤井　清士
（世界戯曲全集18）　近代社　昭02
「機械破壊者」田村　俊夫
（世界名作文庫）　春陽堂　昭08
Der entfesselte Wotan
「解放されたウオタン」久保　栄　原始社　大15
「解放されたヲオタン」久保　栄
（世界戯曲全集18）　近代社　昭02
Das Schwalbenbuch
「つばくらの歌」小出直三郎
（世界名詩集大成８）　平凡社　昭34
Hoppla, wir leben
「どっこい生きている」黒田　礼二
（新興文学全集18）　平凡社　昭04
「どっこい生きている」黒田　礼二
世界プロレタリア文学傑作選６）　平凡社　昭05
「どっこいおいらは生きている」瀬木　達
改造文庫　昭05
Hinkemann
「ヒンケマン」田村　俊夫　青文カビネット　大14
「ヒンケマン」北村　喜八
（世界戯曲全集18）　近代社　昭02
「ヒンケマン」田村　俊夫
（「機械破壊者」の内）　春陽堂　昭08
Aus dem Gefängnis
「転度」黒田　礼二　大鐙閣　大11
「獄中からの手紙」内山　敏　芳書房　昭11

ロート（本文215頁）

「ヨーゼフ・ロート小説集」全４巻
①「優等生」「バルバラ」「立身出世」
「サヴォイホテル」「曇った鏡」
「ツィパーとその父」
平田達治・佐藤康彦　鳥影社　平06
②「ヨブ・ある平凡な男のロマン」
「タラバス・この世の客」
平田達治・佐藤康彦　鳥影社　平11
③「美の勝利」「殺人者の告白」「偽りの分銅」
平田達治・佐藤康彦　鳥影社　平05
④「皇帝廟」「第千二夜物語」「珊瑚商人譚」
平田達治・佐藤康彦　鳥影社　平09
「ホーフマンスタール/ロート」

（筑摩世界文学大系63）　筑摩書房　昭49
Radetzkymarsch
「ラデツキー行進曲」柏原　兵三
（世界文学全集57）　筑摩書房　昭43
「ラデツキー行進曲」平田　達治　鳥影社　近刊
Legende vom heiligen Trinker
「酔ひどれ聖譚」　小松　太郎
（「ホテル」，「レヴィアタン」を含む）
（市民文庫）　河出書房　昭27
「聖なる酔っぱらいの伝説」池内　紀
白水社　平07
【その他】
「放浪のユダヤ人」　平田・吉田
（叢書ウニベルシタス162）　法政大学出版局　昭60
「駅長ファルメライアー」　渡辺　健
（集英社ギャラリー世界の文学11　ドイツ II）平11

ヤーン（本文215頁）

Die Nacht aus Blei
「鉛の夜」佐久間　穆　現代思潮社　昭41
Die 13 unheimliche Geschichte
「十三の不気味な話」　種村　季弘　白水社　昭42
「十三の不気味な物語」種村　季弘　白水社　昭47

ユンガー（エルンスト）（本文216頁）

Auf dem Marmorklippen
「大理石の断崖の上で」相良　守峯
岩波書店　昭30
Über die Linie
「この線を越えて」　高橋　義孝
（「文明について」の内）　新潮社　昭30
Der Waldgang
「森の径」　江野専次郎
（「文明について」の内）　新潮社　昭30
Der gordische Knoten
「東西文明の対決」江野専次郎　筑摩書房　昭29
Helopolis
「へリオーポリス」上下　田尻三千夫
国書刊行会　昭60-61
Subtile Jagd
「小さな狩」　山本　尤　人文書院　昭57
【その他】
「文明について」高橋　義孝　新潮社　昭30
「言葉の秘密」　菅谷規矩雄
（叢書ウニベルジタス５）　法政大学出版局　昭43
「時代の壁ぎわ」今村　孝人　文書院　昭61

ドーデラー（本文217頁）

Die erleuchteten Fenster
「窓の灯」小川　超
（新しい世界の文学11）　白水社　昭39

カーザック（本文218頁）

Vincent
「画家ゴッホ」秦　豊吉
（近代劇全集11）　第一書房　昭02
Die Stadt hinter dem Strom
「流れの背後の市」上下　原田　義人
新潮社　昭29

レマルク（本文218頁）

Im Westen nichts Neues
「西部戦線異状なし」秦　豊吉　中央公論社　昭04
「西部戦線異状なし」蕗沢　忠枝
共和出版社　昭27
「西部戦線異状なし」秦　豊吉
（世界文学全集 I －25）　河出書房　昭29
「西部戦線異状なし」秦　豊吉　新潮文庫　昭30
Der Weg Zurück
「帰りゆく道」　岩淵　達治
（現代世界文学全集21）　三笠書房　昭30
Drei Kameraden
「三人の仲間」　柳田　泉　春秋社　昭12
Liebe deinen Nächsten
「汝の隣人を愛せ」　山西　英一　新潮社　昭34
Triumphbogen
「凱旋門」上下　井上　勇　板垣書店　昭22
「凱旋門」上下　前田　純敬　共和出版社　昭28
「凱旋門」　山西　英一
（世界文学全集 I －25）　河出書房　昭29
「凱旋門」　山西　英一　新潮文庫　昭30
「凱旋門」　山西　英一
（世界文学全集，別７）　河出書房新社　昭35
Der Funke Leben
「生命の火を」上下　山西　英一　潮書房　昭28
Zeit zu lieben und Zeit zu sterben
「愛するときと死するとき」山西　英一
（現代世界文学全集39）　新潮社　昭30
「愛するときと死するとき」（全２冊）
山西　英一　新潮文庫　昭33
Der schwarze Obelisk
「黒いオベリスク」　山西　英一
河出書房新社　昭35
Die Nacht von Lissabon
「リスボンの夜」　松谷　健二　早川書房　昭47
【その他】
「打ち解けぬ家」　神近　市子
（「銃後」の内）　鰒書房　昭15
「その後に来るもの」黒田　礼二
朝日新聞社　昭06

ケステン（本文220頁）

Die Kinder von Gernika
「ゲルニカの子供たち」鈴木　武樹
（新しい世界の文学四）　白水社　昭38
Die fremde Götter
「異国の神々」　小松太郎
（20世紀文学選集）　河出書房　昭27
「異国の神々」　小松　太郎　角川文庫　昭33
Casanova
「カザノーヴァ」　小松　太郎
角川文庫　昭38,39,43
【その他】
「ヨゼフの誕生日」小松　太郎　六興出版社　昭26
「性にめざめる頃」小松　太郎　角川文庫　昭28

ゼーガース（本文221頁）

「ゼーカース/A.ツヴァイク/ブレヒト」
（世界文学全集94）　講談社　昭51
Aufstand der Fischer von St. Barbara
「聖バルバラの漁民一揆」道家　忠道
（世界文学全集21）　集英社　昭40
Das siebte Kreuz
「第七の十字架」山下・新村　筑摩書房　昭27
「第七の十字架」山下　肇ほか
（モダン・クラシックス）　河出書房新社　昭47
Der Ausflug der toten Mädchen
「死んだ少女たちの遠足」上小沢敏博
朝日出版社　昭39
Die Toten bleiben jung
「死者はいつまでも若い」北　通文ほか
白水社　昭28
Die Entscheidung
「決断」道家・北・新村　三一書房　昭36
Die Hochzeit von Heiti
「ハイチの宴」　初見　昇　新泉社　昭45
Transit
「トランジット」藤本　淳雄
（世界の文学42）　中央公論社　昭46
Die schönsten Sagen von Räuber Woynok
「盗賊ヴォイノクのもっとも美しい伝説
死んだ少女たちの遠足　帰国　サボタージュの仲間」
長橋芙美子
（世界文学全集94）　講談社　昭51
Vierzig Jahre der Margarete Worf
「まるがれーて・ヴォルフの四十年」
新村　浩　新日本出版社　昭52
Grubetsch
「グルーベチュ」河野富士夫ほか　同学社　平08
【その他】
「奇妙な出会い」新村　浩　初見　昇　井上正篤
明星大学出版部　昭58
「ハイチの物語」野村　浩　初見昇　井上正篤
明星大学出版部　昭59

ノサック（本文222頁）

Interview mit dem Tode
「死に神とのインタヴュー」藤本　淳雄
（世界文学全集97）　講談社　昭51
Dorothea
「ドロテーア」松浦　憲作
（新しい世界の文学５）　白水社　昭38
Späteatens im November
「おそくとも十一月には」　野村琢一・河原忠彦
（新しい世界の文学38）　白水社　昭41
Der jüngere Bruder
「弟」中野　孝次
（世界文学全集21）　集英社　昭40
Kassandra
「カサンドラ」小栗　浩
（世界短編文学全集４）　集英社　昭38
「カサンドラ」小栗　浩
（集英社ギャラリー世界の文学11　ドイツⅡ）平11
Unmögliche Beweisaufnahme
「影の法廷」　川村　二郎
（新しい世界の文学５）　白水社　昭38
Dem unbekannten Sieger
「幻の勝利者に」　小島　衛　新潮社　昭45
Nekyia, Bericht eines Überlebenden
「死者への手向け」川村　二郎
（世界の文学42）　中央公論社　昭46
Die Schalttafel
「配電盤，標柱」　飯吉　光夫
（世界の文学42）　中央公論社　昭46
Die schwache Position der Literatur
「文学という弱い立場」青木　順三　晶文社　昭47
Die gestohlene Melodie
「盗まれたメロディー」中野　孝次
（新しい世界の文学69）　白水社　昭49
Das kennt man
「わかっているわ」中野　孝次
河出書房新社　昭45
「わかっているわ」中野　孝次
（河出海外小説選10）　河出書房新社　昭51
Bericht eines fremden Wesens über die Menschen
「人間界についてのある生物の報告」神品　芳夫
（世界文学全集27）　講談社　昭46
Das Testament des Lucius Eurinus
「ルキウス・エウリヌスの遺書」円子　修平
（世界の文学20）　中央公論社　昭52
Bereitschaftdient
「待機」小栗　浩
（世界の文学20）　中央公論社　昭52

アドルノ(本文223頁)

「ゾチオロギカ」三光長治・市村仁
イザラ書房　昭45
「プリズム」竹内豊治・山村直資・板倉敏之
(叢書ウニベルシタス19)　法政大学出版局　昭45
「批判的モデル集」Ⅰ，Ⅱ　大久保健治
(叢書ウニベルシタス27,28)法政大学出版局　昭46
「新音楽の哲学」渡辺　健　音楽の友社　昭50
「ミニマ・モラリア」三光　長治
(叢書ウニベルシタス87)　法政大学出版局　昭54
「社会科学の論理」城塚　登　河出書房新社　昭54
「権威主義的パーソナリティー」田中・矢澤
(現代社会学大系12)　青木書店　昭55
「アルバン・ベルク」平野　嘉彦
(叢書ウニベルシタス125)　法政大学出版局　昭58
「美の理論・補遺」　大久保健治
河出書房新社　平02
「啓蒙の弁証法」　徳永　恂　岩波書店　平02
「未来性という隠語」笠原　賢介　未来社　平04
「認識論のメタクリティーク」古賀・細見
(叢書ウニベルシタス489)　法政大学出版局　平07
「ヴァルター・ベンヤミン」大久保健治
河出書房新社　平07
「否定弁証法」木田・徳永ほか　作品社　平08
「プリズメン文化批判と社会」渡辺祐邦・三原弟平
(ちくま学芸文庫)　筑摩書房　平08
「ベンヤミン/アドルノ往復書簡　1928-1940」
晶文社　平08
「ベートーヴェン」大久保健治　作品社　平09
「不協和音管理社会における音楽」
三光長治・高辻知義　平凡社　平10
「キルケゴール美的なものの構築」
山本　泰生　みすず書房　平10
「マーラー」龍村あや子
(叢書ウニベルシタス628)　法政大学出版局　平11

カネッティ(本文224頁)

「群衆と権力」上下　岩田　行一
(叢書ウニベルジタス23,24)法政大学出版局　昭46
「もう一つの審判」　小松太郎・竹内豊治
法政大学出版局　昭46
「眩暈（めまい)」　池内　紀
法政大学出版局　昭47
「マラケシュの声」　岩田　行一
法政大学出版局　昭48
「断ち切られた未来」岩田　行一
法政大学出版局　昭49
「猶予された者たち」池内紀・小島康男
法政大学出版局　昭50
「断想1942-1948」　岩田　行一
(叢書ウニベルジタス74)　法政大学出版局　昭51
「救われた舌」岩田　行一　法政大学出版局　昭56
「耳証人」　岩田　行一　法政大学出版局　昭57
「酷薄な伴侶との対話」岩田行一，古沢謙次
法政大学出版局　昭58
「耳の中の炬火」　岩田　行一
法政大学出版局　昭60
「蝿の苦しみ」青木　隆嘉　法政大学出版局　平05
「眼の戯れ」　岩田　行一　法政大学出版局　平11
「黄色い街」　池内　紀　法政大学出版局　平11

マン(クラウス)(本文224頁)

Symphonie pathétique
「小説　チャイコフスキー」三浦　靭郎
音楽の友社　昭47,56
Wendepunkt
「黒い涙」土方　学洋　ダヴィット社　昭30
「転回点」小栗　浩・渋谷寿一・青柳謙二
晶文社　昭45,61
【その他】
「新婚夫婦の冒険」野中　正夫
(現代世界文学叢書８)　中央公論社　昭16
「メフィスト」岩淵達治ほか　三修社　昭58

アイヒ(本文225頁)

Die andere und ich. Die Mädchen aus Viterbo
「もう一人の私・ヴィテルボの娘たち」浅井　真男
(世界文学全集Ⅲ－17)　河出書房新社　昭40
「もう一人の私」(ギュンター・アイヒ放送劇集)
竹中克英　新津嗣郎　松籟社　平09
Allha hat hundert Namen
「アラーは百の名をもつ」手塚　富雄
(世界文学全集Ⅲ－17)　河出書房新社　昭40

リンザー(本文225頁)

Mitte des Lebens
「人生の半ば」稲木　勝彦
(ドイツの文学９)　三修社　昭41
「人生の半ば」稲木　勝彦　三修社　昭55
Die rote Katze
「赤ねこ」　吉田　正己
(ドイツ文学20世紀)　集英社　昭38
Abenteuer der Tugend
「美徳の遍歴」飯島　智子　朝日出版社　昭47
【その他】
「傷ついた扉」伊桑・リンザー　伊藤成彦
未来社　昭56
「なしのきの精スカーレル」遠山　明子
ベネッセコーポレーション　平01

フリッシュ(本文226頁)

Als der Krieg zu Ende war
「戦争が終わった時」加藤　衛　白水社　昭28
Don Juan
「ドン・ファン」　加藤　衛　白水社　昭29
Stiller
「ぼくではない」　中野　孝次　新潮社　昭34
「ぼくはシュティラーではない」
中野　孝次　白水社　昭45
Homo faber
「アテネに死す」　中野　孝次
(新しい世界の文学2)　白水社　昭39,平03
Mein Name sei Gantenbein
「わが名はガンテンバイン」中野　孝次
(ドイツの文学9)　三修社　昭41

ホルトフーゼン(本文227頁)

Labyrintische Jahre
「迷路の年々」富士川英郎
(世界名詩集大成8)　平凡社　昭34

アンデルシュ(本文228頁)

Sansibar
「ザンジバル」生野　幸吉
(世界文学全集21)　集英社　昭41
Die Rote
「赤毛の女」　高本　研一
(新しい世界の文学8)　白水社　昭39

ヴァイス(本文228頁)

Der Schatten des Körpers des Kutschers
「御者のからだの影」渡辺　健
(ドイツの文学10)　三修社　昭41
Fluchtpunkt
「消点」藤本　淳雄
(ドイツの文学10)　三修社　昭41
Ermittlung
「追究」岩淵　達治　白水社　昭41
Jean Paul Marats
「マラーの迫害と暗殺」内垣啓一・岩淵達治
白水社　昭42
Vietnam
「ベトナム討論」　岩淵　達治　白水社　昭43
Trotzki im Exil
「亡命のトロツキー」岩淵　達治　白水社　昭45
Abschied von den Eltern
「両親との別れ」柏原　兵三　河出書房新社　昭45
Gesang von lusitanischen Popanz
「ルシタニアの怪物の歌」岩淵　達治
(世界文学大系85)　筑摩書房　昭49
Hölderlin
「ヘルダーリン」岩淵達治・野村一郎
白水社　昭45
【その他】
「決闘・歩いている三人の会話」藤川芳朗ほか
白水社　昭51
「島　オイコス・島めぐり」今泉　吉晴
オイコス事務所　昭63

ツェラーン(本文230頁)

「パウル・ツェラン全詩集」(全3冊)
中村　朝子　青土社　平04
「パウル・ツェラーン詩集　雪の部位」
金子　章　三省堂　平07
「パウル・ツェラン/ネリー・ザックス往復書簡」
飯吉　光夫　青磁ビブロス　平08

ボルヒェルト(本文230頁)

「ボルヒェルト全集」2巻　小松　太郎
早川書房　昭28
Draußen vor der Tür
「戸口の外」藤本　淳雄
(世界文学全集97)　講談社　昭51

デュレンマット(本文231頁)

Die Ehe des Herr Mississippi
『ミシシッピー氏の結婚』加藤　衛
(現代世界戯曲選集　諸国編)　白水社　昭29
『ミシシッピー氏の結婚－喜劇』小島康男
早稲田大学出版部　昭59
Ein Engel kommt nach Babylon
『天使バビロンに来たる』宮下啓三
早稲田大学出版部　昭59
Der Besuch der alten Dame
『貴婦人故郷に帰る』岩淵達治
(世界文学大系85)　筑摩書房　昭49
Die Pysiker
『物理学者たち』岩村行雄
(スイス文学叢書5)　早稲田大学出版部　昭59
Das Versprechen
『約束』前川道介　早川書房　昭35
Der Verdacht
『嫌疑』前川道介　早川書房　昭37
『嫌疑』前川道介
(世界ミステリ全集12)　早川書房　昭47
Der Richter und sein Henker
『裁判官と死刑執行人』前川道介
(「嫌疑」)　早川書房　昭37
Pilatus
『ピラト』前川道介

（ドイツの文学12） 三修社 昭41
『ピラト』前川道介
（他名作短編集） 三修社 昭44
Die Panne (Erzählung)
『故障』岩淵達治
（現代ドイツ幻想小説） 白水社 昭45
Die Panne (Hörspiel)
『事故』種村季弘
（現代世界演劇15） 白水社 昭46
Die Stadt
『町』小島康男
（スイス20世紀短編集） 早稲田大学出版部 昭52
Der Hund
『犬』岩淵達治
（ドイツ幻想小説傑作集） 白水社 昭45
『犬』岩淵達治 （「犬物語」） 白水社 平04
Der Tunnel
『トンネル』種村季弘
（「飾られた真実 ドイツ作品群」）
学芸書林 昭44

イェンス（本文232頁）

「現代文学 文学史に代えて」高本 研一ほか
紀伊国屋書店 昭36
「ユダの弁護人」小塩 節，小槌 千代
ヨルダン社 昭55
「文学にとって神とは何か」山下 公子ほか
新曜社 昭63

レンツ（ズィークフリート）（本文233頁）

Deutschstunde
「国語の時間」丸山 匠 新潮社 昭46
Jäger des Spotts
「嘲笑の猟師」加藤 泰義 芸立出版 昭51
【その他】
「愉しかりしわが闇市」加藤 泰義
芸立出版 昭53

バッハマン（本文234頁）

Das dreißigste Jahr
「三十歳」 生野 幸吉
（新しい世界の文学29） 白水社 昭40
Marina
「マリーナ」神品芳夫，神品友子 晶文社 昭48
Simultan
「ジムルターン」大羅志保子 鳥影社 近刊

ヴァルザー（マルティーン）（本文235頁）

Der schwarze Schwan
「黒いスワン」岩淵 達治
（カラー版世界文学全集別巻２）
河出書房新社 昭44
Ein fliehendes Pferd
「逃亡する馬」内藤 道雄 同学社 昭63
【その他】
「自己意識とイロニー」洲崎 恵三
法政大学出版局 平09

ハックス（本文236頁）

Moritz Tassow
「モーリツ・タッソー」五十嵐敏夫
（全集・現代世界文学の発見５） 学芸書林 昭45
Die Sorgen und Macht
「憂愁と権力」五十嵐敏夫
（現代世界演劇11） 白水社 昭46
「シュタイン家における不在中のゲーテについての対話」岩淵 達浩，小栗 浩ほか
日本ゲーテ協会 平10

ミュラー（ハイナー）（本文236頁）

「ゲルマーニアベルリンの死」
市川・越部・吉岡 早稲田大学出版部 平03
「人類の孤独ドイツについて」照井日出喜
窓社 平04
「ハムレットマシーン」岩淵達治・谷川道子
未来社 平04
「メディアマテリアルギリシア・アルシーヴ」
岩淵達治・谷川道子 未来社 平05
「闘いなき戦い」谷川・石田 未来社 平05
「悪こそは未来」照井日出喜 こうち書房 平06
「カルテットほか」岩淵達治ほか 未来社 平06

ヴォルフ（クリスタ）（本文237頁）

「クリスタ・ヴォルフ選集」全７巻
1「残るものは何か」保坂 一夫
2「チェルノブイリ原発事故」保坂 一夫
3「カッサンドラ」 中込 啓子
4「ギリシアへの旅」中込 啓子
5「夏の日の出来事」保坂 一夫
6「どこにも居場所はない」保坂 一夫
7「作家の立場」 保坂 一夫
恒文社 平９-10
「幼年期の構図」保坂 一夫 恒文社 昭56

エンツェンスベルガー（本文238頁）

Politik und Verbrechen
「政治と犯罪」 野村 修 晶文社 昭41
Der kurze Sommer der Anarchie
「スペインの短い夏」野村 修 晶文社 昭48
Zupp

「ねこのアイウエオ」神品　友子　　晶文社　昭52
Der Menschenfreund
「人間好きディドロについての対話」野村　修
晶文社　昭62
Ach Europa!
「ヨーロッパ半島」　石黒・野村　　晶文社　平01
Der Zahlenteufel
「数の悪魔」　　　　丘澤　静也　　晶文社　平10
【その他】
「ブレンターノの抒情作品」飯吉　光夫
朝日出版社　昭62
「ドイツはどこへ行く」石黒・野村　晶文社　平03
「国際大移動」　　　野村　修　　晶文社　平05
「冷戦から内戦へ」　野村　修　　晶文社　平06

エンデ（本文239頁）

「エンデ全集」全19巻
1「ジム・ボタンの機関車大旅行」
2「ジム・ボタンと13人の海賊」
3「モモ」
4「はてしない物語」上
5「はてしない物語」下
6「いたずらっ子の本」
7「サーカス物語」「ゴッゴローリ伝説」
8「鏡の中の鏡」
9「遺産相続ゲーム
10「夢のボロ市」「ハーメルンの死の」他
11「スナーク狩り」
12「魔法のカクテル」
13「自由の牢獄」
14「メルヒェン集」
15「オリーブの森で語りあう」
16「芸術と政治をめぐる対話」
17「闇の考古学」
18「エンデのメモ箱」上
19「エンデのメモ箱」下
岩波書店　平08～10
「モモ」大島かおり　　　　　岩波書店　昭51
「カスペルとぼうや」矢川　澄子
ほるぷ出版　昭52
「ゆめくい小人」　佐藤真理子　偕成社　昭56
「はてしない物語」　上田真而子・佐藤真理子
岩波書店　昭57
「サーカス物語」　矢川　澄子　岩波書店　昭59
「鏡の中の鏡迷宮」　丘澤　静也　岩波書店　昭60
「ジム・ボタンの機関車大旅行」上田真而子
岩波書店　昭61
「ジム・ボタンの機関車大旅行」上田真而子
（岩波世界児童文学全集）岩波書店　昭61
「ジム・ボタンと13人の海賊」　上田真而子
岩波書店　昭61
「リルムラルムパルムおかしなおかしな物語」
人知学出版社　昭61
「おとなしいきょうりゅうとうるさいちょう」
虎頭恵美子　ほるぷ出版　昭62
「ゴッゴローリ伝説」岩淵　達治　岩波書店　昭60
「夢のボロ市」　　丘沢　静也　岩波書店　昭62
「闇の考古学」　　丘沢　静也　岩波書店　昭63
「スナーク狩り」　丘沢　静也　岩波書店　平01
「まほうのスープ」ささきたづこ　岩波書店　平03
「魔法のカクテル」川西　芙沙　　岩波書店　平04
「遺産相続ゲーム　地獄の喜劇」丘澤　静也
（同時代ライブラリー）　岩波書店　平04
「鏡の中の鏡迷宮」丘澤　静也
（同時代ライブラリー）　岩波書店　平02
「ハーメルンの死の舞踏」佐藤真理子・子安知美子
朝日新聞社　平05
「サンタ・クルスへの長い旅」ささきたづこ
岩波書店　平05
「自由の牢獄」　田村都志夫　　岩波書店　平06
「満月の夜の伝説」佐藤真理子　　岩波書店　平06
「テディベアとどうぶつたち」ささきたづこ
岩波書店　平06
「魔法の学校」　矢川　澄子　　岩波書店　平08
「M・エンデが読んだ本」丘澤　静也
岩波書店　平08
「エンデのメモ箱」　田村都志夫　岩波書店　平08

ヨーンゾン（本文240頁）

Mutmaßungen über Jacob
「ヤーコプについての推測」藤本　淳雄
（新しい世界の文学）　白水社　昭40
Das dritte Buch über Achim
「三冊目のアヒム伝」藤本　淳雄
（新しい世界の文学22）　白水社　昭40
「三冊目のアヒム伝」藤本　淳雄
（世界の文学22）　集英社　昭52
Zwei Ansichten
「二つの風景」大久保健治
（世界の文学22）　集英社　昭52

ハントケ（本文241頁）

Die linkshändige Frau
「左利きの女」信岡　資生　　　芸林書房　昭53
「左利きの女」池田香代子　　　同学社　平01
Wiederholung
「反復」　　　阿部　卓也　　　同学社　平07

参 考 文 献

1. Enzyklopädische Nachschlagewerke

1.1 Allgemeines

Brockhaus. 20. Aufl. Bd. 1-24. Leipzig/Mannheim : Brockhaus 1996-1999

Meyers enzyklopädisches Lexikon. Bd. 1-26. Mannheim/Wien/Zürich : Bibliographisches Institut 1971-1980

Lexikon des Mittelalters. Bd. 1-9, Register. München/Zürich : Artemis [ab Bd. 7:] München : Lexma, Register Stuttgart/Weimar : Metzler 1980-1990

Allgemeine deutsche Biographie. (Sigle: ADB) Bd. 1-56. Leipzig : Duncker & Humblot 1875-1912

Neue deutsche Biographie. (Sigle: NDB) Bd. 1-19 [A-Pag] Berlin : Duncker & Humblot 1953-1999

1.2 Deutsche Literatur

Kindlers neues Literaturlexikon. Hrg. Walter Jens. Bd. 1-22. München : Kindler 1988-1998

Literatur-Lexikon. Autoren und Werke deutscher Sprache. Hrg. Walter Killy. Bd. 1-15. Gütersloh/München : Bertelsmann 1988-1993

Kosch, Wilhelm : Deutsches Literatur-Lexikon. 3., völlig neu bearb. Aufl. Hrg. Bruno Berger und Heinz Rupp. Bd. 1-13 [A-Salz]. Bern/München : Francke 1968-1991

Kosch, Wilhelm : Deutsches Theater-Lexikon. Bd. 1-3 [A-Sin]. Klagenfurt/Wien : Kleinmayr, [ab Bd. 3:] Bern : Francke 1953-1992

Enzyklopädie des Märchens. (Sigle : EM), Handwörterbuch der historischen und vergleichenden Erzählforschung. Hrg. Kurt Ranke, Hermann Bausinger u.a. Bd. 1-9 [A-Ne] Berlin/New York : de Gruyter 1975-1999

Wilpert, Gero von : Deutsches Dichterlexikon. 3., erw. Aufl. (Kröners Taschenausgabe 288) Stuttgart : Kröner 1988

Die deutsche Leteratur des Mittelalters. Verfasserlexikon. (Sigle ^{2}VL) 2., völlig neu bearb. Aufl. Hrg. Kurt Ruh, [ab Bd. 9:] Burghart Wachinger. Bd. 1-10 [Nachtragsband in Vorbereitung]. Berlin/New York : de Gruyter 1978-1999

Kritisches Lexikon zur deutschsprachigen Gegenwartsliteratur. (Sigle: KLG) Hrg. Heinz Ludwig Arnold. 10 Ordner. München : edition text + kritik 1978ff. [Regelmäßig ergänzte und aktualisierte Loseblatt-Sammlung]

Handbuch der deutschen Gegenwartsliteratur. 2., verb. u. erw. Aufl. Bd. 1-3 München : Nymphenburger Verlagshandlung 1969-1970

Lennartz, Franz : Deutsche Schriftsteller der Gegenwart. 11. Aufl. (Kröners Taschenausgabe 151) Stuttgart : Kröner 1978

Kürschners Deutscher Literatur-Kalender München : K•G•Saur 1998

2. Deutsche Literatur

2.1 Fach-Überblick

Deutsche Philologie im Aufriß. 2., überarb. Aufl. Hrg. Wolfgang Stammler. Bd. 1-3, Register. Berlin : Schmidt 1966-1969

2.2 Bücherkunde

Hansel, Johannes : Bücherkunde für Germanisten. Studienausgabe. 8., neubearb. Aufl. von Lydia Tschakert. Berlin : Schmidt 1983

2.3 Literaturgeschichte

Könnecke, Gustav : Bilderatlas zur Geschichte der deutschen Nationalliteratur. Originalgetreue Wiedergabe der 2. Aufl. Marburg 1895. Graz : Akademische Druck- und Verlagsanstalt/Stuttgart : Stuttgarter Faksimile-Edition im Fachel-Verlag 1981

Wilpert, Gero von : Deutsche Literatur in Bildern. 2., erw. Aufl. Stuttgart : Kröner 1965

de Boor, Helmut und Richard Newald : Geschichte der deutschen Literatur von den Anfängen bis zur Gegenwart. Bd. 1-7 in 10.München : Beck 1949ff.

Fischer, Hanns : Studien zur deutschen Märendichtung. 2., durchges. u. erw. Aufl. besorgt von Johannes Janota. Tübingen : Niemeyer 1983

Linke, Hansjürgen : Vom Sakrament bis zum Exkrement. Ein Überblick über Drama und Theater des Mittelalters. In : Theaterwesen und dramatische Literatur. Hrg. Günter Holtus. S.127-164 Tübingen : Francke 1987 Aktualisierte amerikanische Fassung in : Comparative Drama 27 (1993) S.17-53

Schmitt, Fritz und Gerhard Fricke : Deutsche Literaturgeschichte in Tabellen. Bd. 1-3. Bonn : Athenäum 1949-1952

Frenzel, Herbert A. und Elisabeth : Daten deutscher Dichtung. 2., verb. und verm. Aufl. Köln/Berlin : Kiepenheuer & Witsch 1959

2.4 Zitatenlexika

Büchmann, Georg : Geflügelte Worte. Der Zitatenschatz des deutschen Volkes. 32. Aufl. Berlin : Haude & Spener 1972

Lipperheide, Franz Freiherr von : Spruchwörterbuch. Berlin : Lipperheide 1907

3. Aussprache Wörterbücher

Siebs : Deutsche Aussprache. Reine und gemäßigte Hochlautung mit Aussprachewörterbuch. 19., umgearb. Aufl. Hrg. Helmut de Boor, Hugo Moser und Christian Winkler. Berlin : de Gruyter & Co. 1969

Duden. Ausspracheworterbuch. Wörterbuch der deutschen Standardaussprache. 3., neu bearb. und erw. Aufl. Bearb. von Max Mangold. (Duden 6) Mannheim : Dudenverlag 1990

《辞典・事典》

世界文学辞典	手塚富雄ほか編	河出書房	昭25
ドイツ文学辞典	日本独文学会編	河出書房	昭31
岩波小辞典 西洋文学	桑原武夫編	岩波書店	昭31
岩波西洋人名辞典	岩波書店編集部編	岩波書店	昭31
世界文学鑑賞辞典 ドイツ・北欧・中欧篇	小口 優編	東京堂出版	昭37
新潮世界文学小辞典	高橋義孝，手塚富雄他編	新潮社	昭41
増補改訂 新潮世界文学小辞典	高橋義孝，川村二郎他編	新潮社	平02
集英社世界文学大事典	『世界文学大事典』編集委員会編	集英社	平08-10

《文学史》

ドイツ文學史概説	上村清延著	福村書店	昭26
ドイツ文學入門	原田義人著（市民文庫）	河出書房	昭27
ドイツ文學史（改訂版）	鼓 常良著	白水社	昭28
ドイツ文学史 全3巻	相良守峯著（角川全書17，32，33）	角川書店	昭29，37
ドイツ文学史	国松孝二，山下 肇他著	東大出版会	昭30

◇参　考　文　献◇

ドイツ文学案内	手塚富雄著（岩波文庫別冊３）	岩波書店	昭38
ドイツの文学	佐藤晃一編	明治書院	昭42
ドイツ文学史（初版，第２版）	藤本淳雄，岩村行雄，神品芳夫，高辻知義，石井不二雄，吉島茂共著	東大出版会	昭53，平07
増補　ドイツ文学案内	手塚富雄・神品芳夫著（岩波文庫別冊３）	岩波書店	平05
ドイツの文学	神品芳夫編	放送大学教育振興会	平10

《講座，作家・作品研究》

現代世界文学講座 ドイツ篇	竹山道雄編	新潮社	昭25
世界の名著	毎日新聞社編	毎日新聞社	昭26
現代世界文学講座　ドイツ篇	国松孝二，高橋義孝編	講談社	昭31
現代ドイツ文学	手塚富雄編	有信社	昭34
ドイツの文学（文学案内３）	国松孝二，高橋義孝編	新潮社	昭38
ドイツの文学	辻 瑆著	通信教育大学講座	昭41
現代演劇の展望	マリアンネ・ケスティング著　大島，越部，丸山 訳	朝日出版社	昭50
現代ドイツ文学素描	藤本淳雄著	大空社	平11

《翻訳文献調査資料》

明治・大正・昭和　翻訳文学目録	国立国会図書館編	風間書房	昭34
出版年鑑		出版ニュース社	昭40-平11
日本書籍総目録1999		社団法人　日本書籍出版協会	平11
ドイツ文学　寄贈文献目録	日本独文学会編	郁文堂	昭50-平11

以上のほか，個々の作家・作品に関して，多くの研究書・翻訳書・論文を参考にさせていただいた．

あ と が き

本書は，最初「立体・世界文学シリーズ」の一巻として『立体・ドイツ文学』の標題で1969年（昭和44年）に刊行された．このシリーズは，朝日出版社の創立10周年記念企画として，原雅久社長と先輩の仏文学者篠沢秀夫氏と私の三人で立案したものである．当初は，多くのすぐれた門下を育てられた大先生に執筆あるいは監修していただく予定で，『立体・ドイツ文学』の場合は，相良守峯先生に社長と同道でお願いに上がった．先生は，ご多忙とのことで引き受けては下さらなかったが，サンプル原稿を閲読されて，「きみがやってみたらどうですか，勉強になりますよ」と言われた．こうして，社長からも強引に説得されることになり，若さゆえの気負いも手伝って，今から見れば無謀としか思えないこの仕事を引き受けることになったのである．数年間の悪戦苦闘のすえにでき上がったものは，とても満足のいくような代物ではなく，その本が話題になるたびに私は恥ずかしさにいたたまれないような気持ちになった．それでも『立体・ドイツ文学』は1970年，1973年に改装重版され，1979年には『ドイツ文学案内』と改題された改訂版が発行された．

そののち文学の低調期に入って，品切れ状態のままになっていた本書のことをほとんど忘れかけていた一昨年，増補改訂2000年度版を出すという話がもち上がった．2000年は，私自身長年所属した教養課程から文学部に変わって，ドイツ語圏文学・文化に関する専門科目を担当することになった年でもあり，この機会に旧著の不備をいくらかでも改められるならば幸運であると思い，お引き受けした．ただし，改訂をするならば部分的手直しではなく，全面改訂をしたいと思ったので，旧著のフロッピー化を条件にお願いした．ところがこの新技術にかけていた期待はみごとに裏切られてしまった．最初韓国で作られたフロッピーはまったく使いものにならず，すべてが無駄になってしまった．新たに作りなおされたフロッピーは昨年秋に届いたが，これを開いてみて，愕然とした．スキャナで読み取ったらしく，ドイツ語のウムラウトやエスツェットはもちろん，漢字の一部や，濁点のあるひらがなや，音引き・カギカッコ等の記号に至るまで無数の「文字化け」があった上に，頁ごとの体裁もまったく違っていたのである．この校正以前の校正をなんとかやり終えてテキストファイルを提出したところ，出てきたゲラ刷りには，打ち込んだはずのウムラウトとエスツェットがすべて空白になっており，結局再度すべてひとつひとつ赤字で記入しなければならなった．わが国のコンピュータは，もっぱら英語のためにできていて，ドイツ語にはまったく役に立たないことをつくづく思い知らされた．一方，本来の改訂の作業を進めてゆくうちに，旧著の誤りや誤植や表記の不統一等が予想以上に多く見つかって，またもや汗顔の思いに苦しむ羽目になった．第四部に見られるやや古めかしい文体も，はじめは全部書き改めるつもりであったが，とてもその時間がなく，若干の修正をするにとどめなければならなかった．与えられた時間をオーバーして精一杯の努力をしたつもりではあるが，旧著の不備を完全に除去できたとは思えず，見逃した誤植もあるにちがいない．それらにお気づきになられた方々からご教示をいただくことができるならば，この上もなく幸せである．

この増補改訂版では，27名の詩人，作家，思想家と4作品を追加し，さらに数名分の作家解説を書き改めた．これらの増補改訂部分と中世文学の分野についての記述は，リンケ（ドイツ，ケルン市在住）からの詳細な報告を受け，それも参考にして岡田がまとめたものである．

幸運だったのは，私の勤務する大学にも長年出講されている埼玉大学講師岡田道程氏が校正を引き受けて下さったことである．氏は，単なる校正だけにとどまらず，とくに哲学者に関する記述やギリシア語の発音その他についても有益な助言を寄せて下さった．氏の多大のご尽力に対して心から謝意を表したい．また，お名前はさし控えさせていただくが，有益なご教示や，翻訳文献等についての情報を下さった恩師，先輩，同僚の方々に，そしてご多忙の中を私どもの問い合わせに快くお答え下さった多くの出版社の編集部の方々に厚くお礼を申し上げたい．

過日，東北大学名誉教授小栗浩先生にお目にかかった折，先生は旧著を褒めて下さり，増補改訂版の刊行を強く勧めて下さった．あの励ましのお言葉をいただくことがなかったら，この仕事を受ける勇気は湧かなかったと思う．ここに改めて感謝を申し上げたい．

最後に，出版事情の厳しい時期にこの機会を与えて下さった原雅久社長と，和文索引作成など大変お世話になり，ご苦労をかけた担当編集者稲穂保彦氏に深甚の謝意を表する次第である．

2000年7月3日

岡田朝雄

第七部

索引

人　　　名（和文）
書名・作品名（和文）
事項、新聞・雑誌（和文）
人　　　名（欧文）
書名・作品名（欧文）

人　名（和文）

ア

アイスキュロス ……37
アイヒ，ギュンター……29,55,**225**,344
アイヒェンドルフ，ヨーゼフ・フォン……24,45,**54**,70,71,155,225,272,332,333,347
アイヒンガー，イルゼ……225
アウグスト，カール……35,36
アドルノ，テーオドーア・ヴィーゼングルント ……30,**223**,344
アナクレオーン ……39,328
安部公房……114
アポリネール，ギヨーム……230
アラゴン，ルイ……186
アリストテレース ……33,146
アリストパネス……236
アルニム，ルートヴィヒ・ヨーアヒム（アヒム）・フォン……24,54,**155**,157,332
アルント，エルンスト・モーリッツ 24,**150**,157,332
アンゲルス・ズィレーズィウス ……22,**139**,326,327
アンツェングルーバー，ルートヴィヒ……**173**
アンデルシュ，アルフレート ……29,**228**,345
アンデルセン……124,165

イ

イェイツ，ウイリアム・バトラー…… 234
イェンス，ヴァルター ……29,**232**,345
イプセン，ヘンリク ……26,60,80,275,338
インマーマン，カール・レーベレヒト ……**161**,164,334,335

ウ

ヴァイス，ペーター……29,30,100,**228**,345
ヴァイゲル，ヘレーネ……121
ヴァイル，クルト……120,122,305
ヴァインヘーバー，ヨーゼフ……**212**,342
ヴァーグナー，リヒャルト……**66**,78,79,97,137,158,159,165,246,248,250,336,337,347
ヴァッケンローダー，ヴィルヘルム・ハインリヒ……**152**,153,332,333
ヴァッサーマン，ヤーコプ ……26,**187**,338
ヴァルサー，マルティーン……29,30,**235**,346
ヴァルザー，ローベルト……**193**
ヴァルター・フォン・デル・フォーゲルヴァイデ……20,132,**134**,324,325
ヴァレリー，ポール ……93,230,234
ヴィクラム，イエルク ……21,326,327
ヴィスコンティ，ルキノ ……98
ヴィーヒェルト，エルンスト……28,29,**203**
ヴィーラント，クリストフ・マルティーン ……22,41,43,52,**143**,148,328,329
ヴィルドニエ・ヘラント・フォン ……20
ヴィンケルマン，ヨハン・ヨーアヒム ……23,33,**141**,329,330
ヴィーンバルク，ルードルフ……334
上田　敏……186
ヴェーデキント，フランク……27,68,69,82,**84**,120,188,192,286,338,339,347
ヴェーバー，カール・マリーア・フォン……144
ヴェーバー，マックス……198
ヴェラーレン，エミール……110
ウェルギリウス ……142,195,313
ヴェルディ，ジュゼッペ……209
ヴェルフェル，フランツ ……27,28,177,180,**208**,342,343
ヴェルレーヌ，ポール・マリ ……26,86,110,202
ヴォルテール ……22,144,328
ヴォルフ，クリスタ ……30,**237**,346
ヴォルフ，クリスティアン……328
ヴォルフ，フーゴー……54,60,155
ヴォルフ，フリードリヒ ……29,**205**
ヴォルフラム・フォン・エッシェンバッハ ……19,**132**,**133**,134,247,324,325
ウーラント，ルートヴィヒ ……24,60,155,157,**158**,160,162,332,333
ヴルフィラ ……18
ウルリヒ・フォン・テュルハイム……134,250
ウンルー，フリッツ・フォン ……27,**199**,342

エ

エウリーピデース ……37,144
エックハルト，マイスター・ヨハネス …20,181,324
エーブナー＝エッシェンバッハ，マリー・フォン **172**,336,337
エラスムス，デスィデリウス……113,198
エリュアール，ポール……234
エリオット，T. S. ……227
エルンスト，パウル ……27,**182**,338,339
エンゲルス，フリードリヒ ……25,154,167,170,171
エンツェンスベルガー，ハンス・マグヌス ……29,30,**238**,346
エンデ，ミヒャエル ……30,**239**,321,346

オ

小山内　薫……208
オスィアン……330
オットー大帝……18
オッフェンバック……50,236
オーデン，ウィスタン，ヒュウ……227
オトフリート……18,163,324
オーピッツ，マルティーン……22,**138**,326,327

カ

カイザー，ゲオルク……27,**192**,342,343
ガイベル，エマヌエル……171
カウフリンガー，ハインリヒ……20
カーザック，ヘルマン……29,**218**
カザノヴァ，ジョヴァンニ・ジャコモ……113
カネッティ，エリアス……30,**224**,344
カミュ，アルベール……114,233
カフカ，フランツ……29,100,**114**,192,193,229,232,235,296,304,340,341,347
カール大帝……18
カルデロン・デ・ラ・バルカ……56,91,149,162
カロ，ジャック……51
カロッサ，ハンス……26,27,28,29,**104**,213,301,306,340,341,342,347
カント，イマヌエル……41,**142**,143,145,146,148,158,198

キ

キケロー，マルクス・トゥリウス……144,318
ギュータースロー，アルベルト・パリス……**204**,217
ギュンデローデ，K. フォン……237
キルケゴール，セーレン・オーピュエ……114,154,198,223
木下杢太郎……70,179

ク

グツコー，カール・フェルディナント……24,64,68,69,**168**,334,345
グーテンベルク，ヨーハン……136
クライスト，ハインリヒ・フォン……24,**52**,54,80,81,108,112,118,119,120,122,142,153,155,196,200,210,215,221,236,237,264,265,332,335,347
グライム……328,329
クラウス，カール……180,**188**,202
クラウディウス，マティーアス……55,**144**,146,329,330
グラス，ギュンター……29,30,**128**,233,319,346,347
グラッベ，クリスティアン・ディートリヒ……**164**,334,335
倉橋由美子……114
グリム，ヴィルヘルム……24,**156**,162,165,332,333
グリム，ヤーコプ……24,**156**,162,163,165,332,333
グリューフィウス，アンドレーアス……22,**138**,326,327
グリルパルツァー，フランツ……25,**56**,142,212,271,334,335,347
クリンガー，フリードリヒ・マクスィミーリアン……23,**147**,330,331
グリンメルスハウゼン，ハンス・ヤーコプ・クリストッフェル……22,**139**,251,326,327
クレチアン・ド・トロワ……133,134,248
クロップシュトック，フリードリヒ・ゴットリープ……22,43,46,47,140,**142**,146,148,212,328,329,330

ケ

ゲオルゲ，シュテファン……27,77,79,**86**,88,89,106,183,197,289,340,341,347
ゲイ，ジョン……236,305
ケステン，ヘルマン……**220**
ケストナー，エーリヒ……28,**124**,309,342,343,347
ゲーテ，ヨハン・ヴォルフガング・フォン……16,17,23,24,**34**,40,41,43,44,49,52,55,62,87,91,97,99,101,104,105,106,112,118,136,137,138,141,143,144,145,146,148,150,152,153,161,162,168,174,177,182,183,195,198,200,212,254,257,262,263,265,266,273,330,331,347
ケラー，ゴットフリート……25,70,**72**,167,191,231,280,336,337,347
ゲラート，クリスティアン・フェルヒテゴット……328,329
ケルナー，カール・テーオドーア……60,**159**,332
ケルナー，ゴットフリート……41,43,159
ケルナー　，ユスティーヌス……24,**157**,160,332
ゲーアハルト，パウル……22,326,327
ゲレス，ヨーゼフ……155

コ

コクトー，ジャン……230,250
ココシュカ，オスカー……202
ゴットシェート，ヨハン・クリストフ……

22,33,140,328,329
ゴットフリート・フォン・シュトラースブルク……19,132,**134**,249,324,325
ゴットヘルフ，イェレミーアス……25,**163**,335,336
ゴッホ，ヴィンセント・ヴァン……222
コーブレンツ，イーダ……179
コルベンハイヤー，エルヴィーン・ギード…**195**,342
コロンブス……236
コンラート・デル・プファッフェ……19
コンラート・フォン・ヴュルツブルク……19,20

サ

ザイデル，イーナ……**200**
斎藤茂吉……179
サッカレー，W. M.……173
ザックス，ネリー……30,**211**,344
ザックス，ハンス……21,67,**136**,295,326,327
ザルテン，フェーリクス……**184**
サルトル，ジャン=ポール……114,222
ザロメ，ルー・アンドレーアス……78,92

シ

シェイクスピア，ウィリアム……22,32,33,34,37,40,43,55,56,66,69,72,138,139,141,143,145,146,147,149,153,162,164,169,172,196,197,237,328,330
シェリング，フリードリヒ・ヴィルヘルム……46,48,138,148,149,150,151,**153**,154,332
シェンケンドルフ，マックス・フォン……332
ジッド，アンドレ……34,93,114,186
島村抱月……178
シャミッソー，アーダルベルト・フォン……24,54,**156**,160,332,333
ジャム……197
シャール，ルネ……230
ジャルー，エドモン……93
ジャン・パウル……24,**44**,62,63,161,173,330,331,347
シュヴァイツアー，アルベルト……**188**
シュヴァーブ，グスタフ……24,60,157,**160**,332
シュタイガー，エーミール……208
シュタイナー，ルードルフ……185
シュッキング，レーヴィン……162
シュタイン・シャルロッテ・フォン……35,36,39
シュタードラー，エルンスト……27,**197**,342
シュティフター，アーダルベルト……17,25,**62**,117,175,195,206,242,277,334,336,337,347
シュテーア，ヘルマン……**180**
シュテルンハイム，カール……27,114,**192**,342
シュトラウス，エーミール……**183**
シュトラウス，リヒャルト……89,91
シュトリッカー,デア……20
シュトルム，テーオドーア……25,60,**70**,155,284,336,337,347
シュナイダー，ルードルフ……185
シュナック，フリードリヒ……**206**
シュニッツラー,アルトゥーア……27,**82**,88,177,180,184,290,338,339,347
シューバルト，クリスティアン・フリードリヒ・ダニエル……43,47
シュピッテラー，カール……27,**176**,338,339
シュピーリ，ヨハンナ……**171**
シューベルト，フランツ……144,161,272,303
シューマン，ローベルト……54,55,152,272
シュミットボン，ヴィルヘルム……**190**
シュライアーマッハー，フリードリヒ……48,148,**149**,151,332
シュラーフ・ヨハネス……80,179,338
シュレーゲル，アウグスト・ヴィルヘルム・フォン……23,48,58,148,**149**,151,153,155,332,333
シューレーゲル，フリードリヒ・フォン……23,48,54,148,149,**151**,153,154,155,159,332,333
シュレーダー，ルードルフ・アレクサンダー……**195**
シュレーンドルフ，フォルカー……127,128,320
ジョイス，ジェイムズ……116,177,215,313
ショーパンハウァー，アデーレ……162
ショーペンハウアー，アルトゥーア……25,26,67,78,79,97,138,**158**,162,173,177,212,336
ショルツ，ヴィルヘルム・フォン……27,182,338
ジョンソン，ベン……112
シラー，フリードリヒ・フォン……16,23,36,39,**40**,44,46,47,48,54,64,68,97,136,142,143,147,149,167,169,171,256,261,263,330,331,347
ジロドゥー，ジャン……154

ス

スゥイフト，ジョナサン……144
スィールスフィールド，チャールズ……25,**160**
スコット，サー・ウォルター……74
ズーダーマン，ヘルマン……**178**,338,339
スタール夫人……149,261
スタンダール……113,141,185,222
ストリンドベルイ，J. A.……188,222
ストレイチー，リットン……111,340
スピノーザ，バールフ・デ……153,195
スペンサー，ハーバード……179

セ

ゼーガース，アンナ…………27,28,29,**221**,342,343
セネカ……………………………………………138

ソ

ソクラテス………………………………………143
ソポクレース……………………37,90,138,237
ゾラ，エミール……………26,80,179,185,338

タ

ダーウィン，チャールズ…………………80,81
ダウテンダイ，マックス………………………**183**
タウラー，ヨハネス……………………………20
タキトゥス………………………………………191
太宰　治……………………………………………43
立原道造………………………………………70,92
ダッハ，ズィーモン………………22,326,327
ダヌンツィオ，ガブリエーレ………………90,185
ダンテ・アリギエーリ…………87,149,191,222

ツ

ツヴァイク，アルノルト…………28,29,**205**,342,343
ツヴァイク，シュテファン……………………
27,28,88,105,**110**,177,298,340,341,347
ツェラーン，パウル……………………30,**230**,345
ツックマイヤー，カール………………………
28,**118**,314,342,343,347

テ

ティーク，ヨハン・ルートヴィヒ……………
23,48,54,138,148,149,151,**152**,153,155,161,
162,332,333
ディケンズ，チャールズ………………112,173
ディズニー，ウォルト…………………………184
ディートリヒ四世………………………………132
デーブリーン，アルフレート……27,29,**194**,342,343
デーメル，リヒャルト……………………………
26,96,110,112,**179**,183,187,193,338,339
デーモクリトス…………………………………144
デュヴィヴィエ，ジュリヤン…………………187
デューラー，アルブレヒト……………………152
デュレンマット，フリードリヒ…………29,**231**,345
デルフラー，ペーター…………………………26

ト

ドストエフスキー，フョードル・ミハイロヴィチ
26,50,112,187,202,229,233,338
ドーデラー，ハイミート・フォン………29,204,**217**
トマ・ド・ブルターニュ…………………134,250
トーマ，ルートヴィヒ……………………26,**184**
トラー，エルンスト………………27,28,**214**,342,343
トラークル，ゲオルク………………27,**202**,342,343
トルストイ，レフ・ニコラエヴィチ……………
26,80,92,113,338
ドロステ=ヒュルスホフ，アネッテ・エリーザベト
・フォン…………………………25,**162**,212,334,335

ナ

ナイトハルト・フォン・ロイエンタール…………20
ナポレオン，ボナパルト…………………………
24,36,50,52,54,57,156,159,162,200,255,332

ニ

ニーチェ，フリードリヒ…………………………
26,62,66,**78**,87,90,92,97,110,112,158,179,185,
187,202,212,216,260,278,282,288,336,338,339,
347
ニュートン，サー・アイザック……………………22

ネ

ネストロイ，ヨハン・ネーポムク…………………
25,159,**164**,173,334,335

ノ

ノヴァーリス……………………………………
24,**48**,54,67,138,148,151,153,262,332,333,
347
ノサック，ハンス・エーリヒ……………29,**222**,344

ハ

ハイゼ，パウル……………………25,70,**171**,336,337
ハイデッガー，マルティーン……………198,**207**,234
ハイネ，ハインリヒ………………………………
24,**58**,64,67,70,71,142,155,162,221,334,335,347
ハイム，ゲオルグ………………………………342
バイロン，ジョージ・ゴードン…………………59,74
ハインリヒ・フォン・フェルデケ……19,**132**,324,325
ハインリヒ・フォン・フライベルク…………134,250

ハインリヒ・フォン・モールンゲン ………………… 20,**132**,135,324,325
ハウフ，ヴィルヘルム……………24,67,157,**165**,332
ハウプトマン，ゲーアハルト ……………………… 26,27,68,69,**80**,84,119,181,244,285,288,338, 339,347
バーグマン，イングリット……………………112,315
ハーゲドルン，フリードリヒ・フォン ………328,329
パースィー，トマス………………………………330
パスカル，ブレーズ………………………………114
ハーゼンクレーファー，ヴァルター…………**208**,342
ハックス，ペーター ………………………30,**236**,346
バッハマン，インゲボルク …………29,227,**234**,346
ハーマン，ヨハン・ゲオルク ……………………… 23,138,**143**,145,330,331
バール，ヘルマン………………………27,88,**180**,188
バルザック，オノレ・ド ………50,112,185,187,197
ハルトマン・フォン・アウエ …19,**133**,244,324,325
バルビュス，アンリ………………………………186
ハルベ，マックス………………………………**181**,338
バールラハ，エルンスト…………………………222
バロー，ジャン・ルイ……………………………114
ハントケ，ペーター………………………30,**241**,346

ヒ

ビスマルク…………………………………………168
ヒトラー……………………………………28,97,105
ビューヒナー，ゲオルク …………………………… 25,**68**,69,120,230,238,274,334,335,347
ビュルガー，ゴットフリート・アウグスト ………43
ビンディング，ルードルフ・ゲオルク ……………27

フ

フィッシャルト，ヨハンネス ……………21,326,327
フィヒテ，ヨハン・ゴットリープ ………………… 23,44,46,48,**148**,153,332
フィールディング，ヘンリー………………………144
フォイアーバッハ，ルートヴィヒ・アンドレーアス 25,72,**166**,336
フォイヒトヴァンガー，リオン……120,122,**198**,342
フォークナー，ウィリアム…………………………233
フォス，ヨハン・ハインリヒ…144,**146**,147,329,330
フォルツ，ハンス …………………………………20
フォンターネ，テーオドーア ……………………… 25,70,**74**,103,114,192,204,218,287,336,337,347
フォンデル，ヨースト・ファン・デン……………139
フケー，フリードリヒ・ド・ラ・モット ………… 24,50,54,**154**,155,332,333
ブーヴ，サント……………………………………111
フーシェ，ジョゼフ………………………………112
フッサール，エトムント…………………207,223
ブッセ，カール……………………………………**186**
フーフ，リカルダ ………………27,**181**,338,339
フライターク，グスタフ………………**170**,336,337
ブライティンガー，ヨハン・ヤーコプ …………… 22,140,328,329
フライリヒラート，フェルディナント …………… **168**,334,335
ブラウン，フォルカー ……………………………30
プラーテン，アウグスト …………………………… 159,**161**,182,213
プラトーン ……………………46,144,153,158,191
ブラーム，オットー………………………180,181
ブラームス，ヨハネス……………………54,60,155
ブラント，ヴィリー………………………………128
フリッシュ，マックス …………28,**226**,231,234,345
フリードリヒ大王　…………………………22,236,328
ブルクハルト，ヤーコプ…………………154,176
ブレヒト，ベルトルト ……………………………… 27,28,29,30,68,118,**120**,198,226,236,237,305, 310,342,343,347
フレーミング，パウル ……………………22,326,327
ブレンターノ，クレーメンス・マリーア ………… 24,54,69,153,**155**,157,238,332,333
フロイト，ズィークムント ………………………… 27,101,113,176,**177**,187,189,205,338,339
ブロッホ，ヘルマン ………………………………… 28,29,**116**,204,233,313,340,341,347
フロベール，ギュスターヴ…………………………185
ブロート，マックス ………………………………114

ヘ

ヘーゲル，ゲオルク・ヴィルヘルム・フリードリヒ 24,25,46,58,137,138,**150**,153,154,166,198
ベーコン，フランシス ……………………………90
ヘッセ，ヘルマン …………………………………… 17,26,27,29,**100**,104,114,175,183,189,193,199, 225,229,235,293,297,311,338,340,341,347
ベッヒャー，ヨハネス・ローベルト ……………… 27,29,**210**,342,343
ヘッベル，クリスティアーン・フリードリヒ …… 25,62,63,**64**,158,165,169,222,246,265,275,276, 336,337,347
ベートホーフェン，ルートヴィヒ・ヴァン ………… 41,50,66,67
ヘーベル，ヨハン・ペーター………………………**147**
ヘミングウェイ，アーネスト………………………233
ベーメ，ヤーコプ……………………**137**,139,154,327
ベル，ハインリヒ…29,30,**126**,128,233,318,345,347

ベルク，アルバーン ……………………………69,223
ベルゲングリューン，ヴェルナー…………28,29,**213**
ヘルダー，ヨハン・ゴットフリート ……………………
23,34,35,39,44,45,141,143,144,**145**,155,330,331
ヘルダーリーン，フリードリヒ ……………………
24,**46**,87,112,143,150,153,157,207,212,218,
260,330,331,347
ベルネ，ルートヴィヒ……………………………24,58
ヘルマン・ボテ ……………………………………20
ペロー，シャルル…………………………………153
ヘーロドトス ……………………………………276
ベン，ゴットフリート ……………………………
27,28,29,**201**,227,233,342,343
ペンツォルト，エルンスト…………………**213**,344
ベンヤミーン，ヴァルター …………30,193,**211**,344

ホ

ポー，エドガー・アラン …………………………50
ホイットマン，ウォルト…………………………168,187
ボードマー，ヨハン・ヤーコプ ……………………
22,**140**,141,142,143,328,329
ボードレール，シャルル………26,50,51,66,110,289
ホフマン，インゲボルク…………………………239
ホフマン，エルンスト・テーオドーア・
アマデーウス ……………………………………
24,**50**,63,89,90,154,229,270,332,333
ホーフマンスタール，フーゴー・フォン …………
27,82,**88**,104,105,106,110,180,184,191,195,197,
211,232,295,338,340,341,347
ホフマン・フォン・ファラースレーベン，
アウグスト・ハインリヒ………………**163**,170,334
ボブロフスキー，ヨハネス ………………………30
ホメーロス ……………………34,41,43,146,195
ホラーティウス……………………………………195
ホラーツ……………………………………………143
堀　辰雄 …………………………………………92,106
ホルクハイマー……………………………………223
ホルツ，アルノー……………26,80,**179**,180,338,339
ホルトフーゼン，ハンス・エーゴン …………… **227**
ボルヒェルト，ヴォルフガング ……29,105,**230**,345
ボルヒャルト，ルードルフ…………………**191**,195
ボワイエ，シャルル………………………………315
ボワロー…………………………………………141,328
ボンゼルス，ヴァルデマル………………………**196**

マ

マイ，カール………………………………………**174**
マイヤー，コンラート・フェルディナント ………
25,70,**76**,182,279,336,337,347
マイヤー=フェルスター，ヴィルヘルム …………**178**
マイルストン，ルイス……………………………315
マーラー，アルマ…………………………………209
マーラー，グスタフ……………………………155,209
マラルメ，ステファーヌ…………………………26,86
マルクス，ハインリヒ・カール ……………………
25,58,68,80,167,168,**170**,334
マン，クラウス…………………………………**224**,344
マン，トーマス ……………………………………
17,27,28,29,66,74,**96**,104,128,133,158,174,177,
185,188,205,220,224,291,302,313,316,320,338,
340,341,347
マン，ハインリヒ……………………28,96,**185**,188

ミ

ミショー，アンリ…………………………………230
ミュッセ，アルフレッド・ド ……………………69
ミュラー，ヴィルヘルム…………………52,54,**161**
ミュラー，ハイナー ………………………30,**236**,346
ミルトン，ジョン…………………………140,142,328

ム

ムーズィル，ローベルト・エードラー・フォン………
28,29,100,**108**,114,204,233,307,340,341,347

メ

メーテルランク，モーリス………………………202,207
メーリケ，エードゥアルト …………………………
25,**60**,70,71,155,273,334,335,347
メンデルスゾーン，フェリックス(音楽家) …54,169
メンデルスゾーン，モーゼス(哲学者)……………151

モ

モーツァルト，ヴォルフガング・アマデーウス ……
51,61,101,212
モリエール………………………………………168,196
森　鷗外……………………………………58,82,179
モルゲンシュテルン，クリスティアン……………**185**
モーロワ，アンドレ………………………………111,340
モンベルト，アルフレート……………………105,**186**

ヤ

ヤコブセン，イェンス・ペーター …………………92
ヤスパース，カール………………………………**197**
ヤーン，ハンス・ヘニイ …………………………**215**

ユ

ユゴー，ヴィクトル……50,89,168
ユンガー，エルンスト……28,29,**216**,342,343
ユンガー，フリードリヒ・ゲオルク……**219**
ユング，カール・グスタフ……101,**189**
ユング＝シュティリング……**145**

ヨ

ヨーンゾン，ウーヴェ……29,**240**,346

ラ

ライゼヴィッツ，アントーン……330
ライプニッツ，ゴットフリート・ヴィルヘルム……**140**,328
ライムント，フェルディナント……25,**159**,164,173,334,335
ラインハルト，マックス……84,118,120,190,193,204
ラインマル・フォン・ハーゲナウ……19,**132**,135,324,325
ラウベ，ハインリヒ……24,**167**,334,335
ラシーヌ……37,196
ラーベ，ヴィルヘルム……25,**172**,200,203,336,337
ランゲッサー，エリーザベト……**220**
ランプレヒト……19,324
ランボー，アルチュール……26,110,202,230

リ

リスト，コーズィマ……66
リスト，フランツ……66
リヒター，ハンス・ヴェルナー……228
リュッケルト，フリードリヒ……161
リーリエンクローン，デートレフ・フライヘル・フォン……26,110,112,**175**,179,338,339
リルケ，ライナー・マリーア……27,77,**92**,100,106,110,112,188,195,201,212,227,232,234,294,300,340,341,347
リンザー，ルイーゼ……**225**,345

ル

ルソー，ジャン＝ジャック……40,45,144,148,330
ルター，マルティーン……16,21,78,**135**,137,139,195,326,327
ルートヴィヒ，オットー……25,**169**,336,337
ルートヴィヒ敬虔王……18
ル・フォール，ゲルトルート・フォン……29,**190**

レ

レッスィング，ゴットホルト・エフライム……22,**32**,141,144,145,148,206,252,253,328,329,347
レーナウ，ニコラウス……25,155,**165**,217,334,335
レマルク，エーリヒ・マリーア……28,**218**,342,344
レーマン，ヴィルヘルム……29,**196**,199
レルケ，オスカー……29,196,197,**199**,215,218
レンツ，ズィークフリート……28,**233**,345
レンツ，ヤーコプ・ミヒャエル・ラインホルト……**146**,330

ロ

ロイター，フリッツ……25,**167**,336,337
ローゼッガー，ペーター……**175**
ローゼンプリュート，ハンス……20,21
ロート，ヨーゼフ……**215**,344
ロダン，オーギュスト……93,94
ロッセリーニ，ロベルト……112
ロラン，ロマン……93,101,111,112,177

ワ

ワイルダー，ソーントン……226
ワイルド，オスカー……50

書名・作品名（和文）

ア

アイオーン……187
愛からの創造……191
哀愁のモンテカルロ……112
愛する人びと……213
愛する時と死する時……219,344
愛の彼方……235,346
愛の詩集……182
愛の成就……109
アインシュタインがハンブルク郊外のエルベ河を渡る……234
アウロラとパピリオ……207
アウローラ，または曙光……137,327
アヴァンギャルディズムと現代芸術の将来……227
青い翼……203
青い虎……194
青い花……24,48,49,259,262,332,333
蒼鷹が空にいた……233,345
赤毛の女……228,345
アーガトン物語……143,328,329
贖いがたく……172
秋……94
秋の徒歩旅行……102
秋の日……94
悪童物語……184
アグネス……61
アグネス・ベルナウアー……65
悪魔の覚え書……165
悪魔の三幅対の絵……220
悪魔の将軍……118,119,314,343
悪魔の霊液……50,51,270,332,333
悪霊(ドーデラー)……217
悪霊ルンパーツィバガブンドゥス……165,335
あこがれ……184
朝から真夜中まで……192,343
欺かれた女……99
欺くものに禍いあれ……56,57,335
葦の歌……166
アダムとエヴァ……236
アダム，おまえはどこにいた？……126,127
新しい愛，新しい生……39
新しい国……86,87,341
新しい原始林……194
新しい詩……103
新しいドイツの民謡……210,343
新しき年に……61
新しい春……59
圧制者に対する被圧制者の武力闘争の必然性の実例であるヴェトナムにおける長期にわたる解放戦争の前史と過程，ならびに革命の基礎を根絶せんとするアメリカ合衆国の試みについての討論……229
アッタ・トロル——夏の夜の夢……58,59,335
アトランティス……339
アナトール……82,83,88,339
アネッテ……39
アヒムに関する第三の書……240,346
アブディーアス……63
アブデラの人びと……144,328,329
アブ・テルファーレ，または月山からの帰還……173
阿呆の切開手術……137,326,327
アムピトリュオーン……53,236
アムライン夫人とその末子……73
アメリカ……114,115,341
アメリカ大使館への道で……221
アメリーゴ……113
アモク……111,112,298,341
嵐の前……74,75,102,337
アラーは百の名をもつ……225,344
アラルコス……151,333
現れよ，太古の日……206
アリスカンの戦い……134
蟻の生活……207
ありのままのオーストリア……160
ある愛の物語……186
ある犬の研究……115
ある王の任命……205
ある女の24時間……112
アルガバル……87
ある恋の物語……119
アルゴー号舟行……220
ある公用ドライブの果て……126,127
ある心の破滅……112
ある殺人者の告白……215
ある殺人者の父親……228
ある生涯の音楽……204
あるスイス人のバラード20篇……76
ある青春の物語……107
アルト=ハイデルベルク……178
ある道化の意見……126,127,345
アルヒペーラグス……47
アルペン王と人間嫌い……159,335
ある惑星のポートレート……232
アレクサンダーの歌……19,324
アレマン詩集……147

哀れなチャタートン……213,344
あわれな辻音楽師……57
あわれなハインリヒ……19,133,244,324,325
アングルのヴァイオリン……95
アンジェラ・ボルジャ……76
アンティ・クリスト……79
アンティゴネー……208
アンドラ……226
アンドレーアス……89,91,341
アンドレーアス・フェスト……184
アントーン・ブルックナー……199
アンリ四世の完成……186
アンリ四世の青春……186

イ

イーヴェイン……19,133,324,325
イヴァン，または獅子をつれた騎士……133
イエス伝研究史……188
イェーダーマン……89,91,295,341
イェニイ・トライベル夫人……75
家の上の飛行機……235,346
イェローミンの子ら……203
一角獣……235,346
怒りの日……214
生きのびる日……197
イギリス断章……58,59
憩いなき恋……39
異国の神々……221
異国の友に訴う……110
医師ギオン……106
石さまざま……62,63,336,337
異質の世界……29,105,107,341
意志と表象としての世界……158
医師ビュルガーの運命……104,106,306
医師ビュルガーの最期……104,306
椅子のあいだの歌……125
一世代……200
偉大な計画……210
偉大な母の島……80
イタリア紀行(カロッサ)……105,107
イタリア紀行(ゲーテ)……36,38,331
イタリア紀行(ハイネ)……58,59
一現代画家の告白……204
一時代の検討……186
一難去ってまた一難……169
いちばん長い昼……199
一枚の緑の葉……70
糸状の日光……230
一階と二階……165,335
田舎医者……115
否―被告たちの世界……233
犬の年……128,129,320
イフィゲーニエ……35,330,331
イービュクスの鶴……41,43
イーリアス(フォス)……146
イーリアス(シュレーダー)……195
イルメナウ……39
インド時代の幕開け……236,346
インド人の言語と叡知について……151,333
インドの旅……196
インメン湖……70,71,337

ウ

ヴァイオリン製作者……181
ヴァイマルのロッテ……97,99
ヴァリー，疑い深い女……168,335
ヴァルキューレ……67
ヴァルター・フォン・デル・フォーゲルヴァイデ……158,333
ヴァルターの歌……18,324,325
ヴァレンシュタイン(シラー)……23,41,42,330,331
ヴァレンシュタイン(デーブリーン)……194
ヴァンツベッカー・ボーテ全集……144,329
ヴァンツベックの斧……205,343
ヴィッテンベルクのウグイス……137,327
ヴィットーリア・アッコロムボナ……153,333
ヴィティコー……62,63,337
ヴィテルボの娘たち……225
ヴィーナスの廷臣……137
ヴィネタ……199
ヴィネトゥー……174
ヴィラ……191
ヴィーラントのシェイクスピア……197
ウィリアム・ロヴェル氏の話……152
ヴィルヘルム・テル……41,43,263,330,331
ヴィルヘルム・マイスターの修業時代……17,36,38,45,55
153,162,257,262,273,278,281,303,312,330,331
ヴィルヘルム・マイスターの遍歴時代……17,36
153,162,262,273,278,281,303,312,330,331
ヴィレハレム……19,134
ヴィーン・言葉のまま……212
ヴィンターシュペルト……228
ヴィンツェンツとお歴々の女友達……108,109
ヴェターシュタイン城……85
ヴェッソブルンの祈禱……18,324,325
ヴェトナム討論……229,345
ヴェネツィアに死す……96,98
ヴェネツィアのソネット……161
ヴェネツィアの夜……79

ヴェール……183
ウェルギリウスの死……116,117,313
ヴェルダン戦線の教育……205
ヴェロニカの聖骸布，オペラの小説……191
ヴェルディ……209
ヴォイツェック……68,69,335
ヴォーチェック……69
ヴォルプスヴェーデ……93,94
ヴォルポーネ……111,112
ウォロコラムスク街道……237
憂さ晴らし……165,335
潮の中の男……234
失われた笑い……73
埋もれた青春……187
埋もれた宝……200
歌の翼に……58,59
歌の本……58,59,334,335
歌姫ヨゼフィーネ……115
打たれた者……190
美しいマゲローネの不思議な愛の物語……152
美しい野生の世界……179,339
美しき水車小屋の娘……161
美しきマゲローネ……137
美しき惑いの年……105,107,341
美しいラウの話……61
うまくいった一日について……242
生まれなかった者たちの星……209
海のかなたより……71,337
海の裁き……191
海の波・恋の波……57,335
海の雰囲気……234
海辺の町……71
ウーリ……163,336
ウリエル・アコスタ……168
ウルズラ……73
美わしき灯火に……61
うるわしのヘレーネ……236
運送屋ヘンシェル……80,81,338
ウンディーネ……50,154,332,333
運命の旅……194
ウンラート教授……185

エ

永遠に叛乱の中で……210
永遠の婚礼……183
永遠の光……175
エグモント……35,37,331
エジプトのヨゼフ……99
エセックス伯……167,335
エチェンヌとルイーゼ……213
エーダーラント伯爵……226
エツェル・アンダーガスト……187
エッシュまたは無政府主義……117
エトナ山上のエムペドクレース……47
エネアス物語……132
エネイーデ……19,132,324,325
エピゴーネン……162,335
エピローグ……216
エフィ・ブリースト……75,287,336,337
エフライム……228,345
エミーリア・ガロッティ……22,32,33,253,328,329
エミール(ルソー)……45
エーミルと三人のふたご……125
エーミルと探偵たち……124,125
エムペドクレース……46,47,331
エムペドクレースの死……47
エラスムスの勝利と悲劇……111
選ばれし人……29,99,133,316,341
エリ．イスラエルの受難の神秘劇……211,344
エーリカ・エーヴァルトの恋……110
エリコのバラ……214
エーリヒ・ケストナー博士の抒情的家庭薬局……124,125
エルンスト公……19,324
エーレク……19,133,324,325
エレクとエニード……133
エーレクトラー……89,90,341
エロースの寓話……204
演劇覚え書……146
演劇の諸問題……232
エンツィクロペディー……151
鉛筆の話……242

オ

オイディプースとスフィンクス……89
老いるのを嫌った男……233
王冠の守護者……155
王冠をめぐって……221
O侯爵夫人……52,53
黄金の糸……327
黄金の鏡……144
黄金の壺……50,51
狼たちの弁護……238,346
王の中尉……168,335
掟の門……115
大きな網……218
大熊座の呼びかけ……234,346
オーギュスト・ロダン……93,94
オスヴァルト……19
牡猫ムルの人生観……50,51,333

オーゼル，ウルト，シュムマイ……200
おそい冠……212
遅くとも11月には……222,344
おそ咲きのバラ……70
オットカール王の栄華と最期……56,57
オデッセウスの弓……80
オデュッセイアー(フォス)……146,329
オデュッセイアー(シュレーダー)……195
オデュッセウスの遺言……233,345
汚点……173
弟……222
弟を悼む……227
男は男だ……120,122
男やもめ……184
思い出，夢，思い……190
オーベロン……144,329
オムパレー……236
オランダ離反史……41
折にふれて……87
オリュンピアーの春……176,339
オルフェウスに寄せるソネット……95,212,227
オルプリートへの航海……190
オルレアンの少女……41,42,330,331
オレンデル……19
愚かな踊り子……204
音楽の精神からの悲劇の誕生……78,79,339
女家庭教師……112
音響テスト……234
女裁判官……77
女村長アンナ……206
女と世界……179,339
女の愛と生涯……156
女の手……71

カ

諧謔詩の試み……329
諧謔的文学について……45
諧謔と諷刺と皮肉とより深い意味……164
凱旋門……219,315,344
外的生活のバラード……91
街灯と夜と星……231,345
解放されたヴォータン……214
外面生活の思い出……150
帰りゆく道……218
カオスの華……187
画家の詩……103
画家ノルテン……60,61,273,335
鏡の中の鏡……240,346
鏡の中のさわぎ……125
蝸牛の日記から……128,129
楽人の呪い……158
学問的問題に関する試み……143,331
影との決闘……233
影のない女……91
カッサンドラ(ノサック)……222
カッサンドラー(Ch. ヴォルフ)……237,346
カザノーヴァ……221
火山……224
貸借……170,336,337
菓子袋……173
果樹園　付・ヴァレの4行詩……95
カシワの木とアンゴラ兎……235
家神への供物……92,94
ガス……192,343
カステリオ対カルヴァン……111,113
カスパル……241
カスパル・ハウザー，または心の怠惰……187
風の中のアヤメ……219
ガゼール集……161
かたすみの幸福……178
カタリーナ・クニー……118,119
カタリーナ・ブルームの失われた名誉……126,127,345
ガチョウを抱く男……187
カッタロの水兵たち……206
ガッツ……192
家庭教師……146,331
家庭説教集……120,123
家庭の友……199
悲しい舞踊……289
ガニュメート……35,39
鐘の歌……41,43
カノッサ……182
河畔の人びと……190
火夫……114,192
カフェの詩人……221
花粉……48
神々とデーモンたちのあいだ……212
神々のたそがれ……69,79
神さまの話……92,94
神と遊女……39
神の愛……195
神のしもべ，アンドレーアス・ニーラント……203
歌謡……87
歌謡における諸民族の声……146
カラス……190
ガラス玉遊戯……29,101,103,259,311,340,341
ガラスの波紋……225,345
ガリレイの生涯……121,123
カール学院の生徒たち……167,335
カール・マイ全集……174
カール・マイ旅行物語全集……174

カルシェ，その他の散文……240
カールスバートの短編……195
カルデニオとツェリンデ……139,326,327
カール・ハインリヒ……178
瓦礫……201
カレーの市民……192,343
カロ風の幻想作品集……50,51,333
皮巾着の虐待……217
歓喜に寄す……41,43
玩具屋のクリック……206
観客罵倒……241,346
歓迎と別離……39
観察……114,115
感謝あふれる患者……213
感情の混乱……111,112,298
感心なカスパールと美しいアンナールの物語……155
完全なよろこび……226,345

キ

消えた微細画……125
消えない印……220
キオスク……239,346
機械のリズム……210
機械破壊者……214
飢餓牧師……173,337
危機……101,103
帰郷（ハイネ）……59
帰郷（ベッヒャー）……210,343
帰郷（ヘルダーリーン）……46,47
帰郷の星……200
戯曲試論……169
戯曲の技法……170,337
菊苦菜……92
期限……232
岸辺なき河……216
旗手クリストフ・リルケの愛と詩の歌……94
技術の完成……219
偽誓農夫……173
奇跡の樹……190
奇想天外記……326,327
来るべきデモクラシーの勝利……97
狐ラインハルト……20
機智について……45
記念の日々……241,346
昨日……88,90,341
昨日の世界……111,113,341
木の船……216
機は熟す……205
貴婦人故郷に帰る……232,345
希望の種子……183
気むずかしい男……89
肝っ玉おっ母とその子どもたち……121,123,310,343
客のある夜……229
キャラバン……165
ギューゲスとその指輪……65,276,337
求婚者たち……55
救済……179,339
救済者……208
旧詩集（リルケ）……94
95ヵ条……136,327
救出……221
救助の叫び……241
救世主（メスィアス）……23,142,328,329
宮廷歌人詞華集……161
ギュータースロー論……217
旧約聖書……136
驚異……186
饗宴（プラトーン）……46
教会への讃歌……190
共産党宣言……25,170
鏡人……209,343
郷土……181
郷土博物館……234,345
共犯者……232,345
喬木林……62,63
虚栄のコメディー……224,344
局部麻酔……129,346
御者のからだの影……229,345
巨人……44,45,331
巨人の玩具……183
漁夫マルティーン……61
ギリシア人の歌……161
ギリシアの神々……43
ギリシア美術模倣論……141,329
キリスト教会またはヨーロッパ……48
キリスト教の本質……166
キリスト教徒の自由……136,327
キルヒフェルトの牧師……173
銀アザミの森……199
ギングガンツ……185
近代ドイツ抒情詩人……186
銀の車……204
銀の弦……110,112,341
金髪のエクベルト……153
金羊毛皮……56,57,335

ク

クァルテット……237,346
寓詩物語……72,73,337
偶像のたそがれ……79

偶像破壊者……196
空中庭園……87
寓話と物語……329
砕ける波……235
苦痛の中国人……242
鎖……112,298
九時半のビリヤード……126,127,345
孔雀……219
愚者の城……63
グスターフ・アニアス・ホルンの記録……216
グスターフ・ヴァーザ……155
グストゥル少尉……82,83
クードルン……20,324,325
国の言葉……238,346
クヌルプ……101,102
首にかかる賞金……221
蜘蛛の巣……215
グミュントのヴァイオリン弾き……158
クライスラーの音楽的苦悩……50,51
クライスレリアーナ……51
グライヒェン伯爵……190
グライフェン湖の代官……72,73
クラウディアをめぐる物語……205
暗がりの道……217
クラーゲンフルトへの旅……241
グリージャ……109
グリーシャ軍曹をめぐる争い……205,342,343
クリスタ・Tの追想……237,346
クリスティアン・ヴァーンシャフェ……187
グリースフース年代記……70,71
クリスマスの歌……195
クリックと黄金の宝……206
グリム童話……157
くるみ割りとネズミの王様……51
グレゴリウス……19,133,317,324,325
黒いオベリスク……219
黒いカーテン……194
黒い河と風白い森……219
黒い蜘蛛……163,335
黒いスワン……235,346
黒い羊……126,127
黒いロバ……226
群衆・人間……214
群衆と権力……224,344
軍人たち……146,331
群像……87
群盗……36,40,42,147,256,330,331

ケ

形式について・カフカ試論……235
形式への道……182,339
形面上学……198
形而上学叙説……140
芸術を愛する一修道僧の心情の吐露……152,333
芸術家……43
芸術，その本質と法則……180,339
芸術と権力……201,343
芸術に関する幻想……152
形象詩集……93,94,341
啓蒙の弁証法……223,344
ゲオルクと偶然の出来事……125
罌粟と記憶……230
結構な紳士……208
結合の神秘……190
結婚式……224
結婚は天国で……208
ゲッツ……145
決闘……229
決定……208
ゲーテの親和力……211,344
潔白……204
ゲノフェーファ(ヘッベル)……65
ゲノヴェーファ(ハックス)……236
ケーペニックの大尉……118,119,343
ゲムパーライン男爵家の人びと……172
ゲルトルート……101,102
ゲルニカの子どもたち……221
ゲルマーニア　ベルリンーの死……237
ゲルマーニア3 死者にとりつく亡霊たち……237,346
けれども愛は……179
権威主義的人格……223,344
嫌疑……232
牽牛星……187
原現象……182,339
言語学者の十字軍行……143,331
言語起源論……145,331
賢者ナータン……32,33,328,329
献身……200
現代ドイツ文学……232
現代におけるゲーテの影響……106
現代の精神的状況……198
現代のたとえ話……235
現代の魂の問題……190
現代の人間……210,343
原発事故，ある一日の報告……238
権力への意志……79,339

コ

恋のいばら姫……139
好意なきフランス……199
幸運の鍛冶屋……73
航海……39
高貴と没落……212
紅玉……147
高原の村……63
恍惚の花粉……197
交錯……183
侯爵夫人の騎行……200
絞首台の歌……185
絞首台の歌全編……185
哄笑する真理……176
校長クライスト……192
皇帝オクターウィアーヌス……153,333
皇帝と魔女……89,90
皇帝の書……183,339
皇帝フリードリヒ・バルバロッサ……164
鋼鉄の嵐の中で……216,343
幸福な植木屋……207
幸福な人々……220
幸福な人間……223,344
幸福の騎士……55,225
幸福への狭い道……183
荒野の狼……101,103,341
広野への道……82,83,339
降臨節……92,94
小男フリーデマン……96
コーカサスの白墨の輪……121,123,343
五月の歌(クラウディウス)……144
五月の歌(ゲーテ)……35,39
呼吸の転換……230,345
故郷……178,338,339
国語の時間……233,345
国民の精神領域としての文学……89
ここに言葉あり……212
心の記録……212
心の焦燥……113,341
小作人ウーリ……163,335
コザック……213
腰の上の心臓……124,125,343
乞食オペラ……305
古代および近代の文学史に関する講義……151
古代美術史……141,329
国境の二人……206
伍長モンブール……213,344
滑稽な不合理，またはペーター・スクヴェンツ氏……139
滑稽なものについて……45
ゴッケル，ヒンケル，ガッケライア……155,333
ゴッゴローリ……240,346
骨壺からの砂……230,345
ゴドヴィ……155,333
孤独者の音楽……103
孤独な狩人……234
言葉の良心……224
子供時代の擁護……235,346
子供たちと子供を愛する人びとのための物語……171
子供と家庭のための童話(グリム童話)……157,333
言葉の格子……230
ゴートラント公……164,335
小猫シュピーゲル……73
この上ない不幸……241
この上なく深い夢……196
この時ここで……227
この人を見よ……79,339
この世……101,102
この世のあわれな虫けら……213
この世は夢……91
小羊の回帰線……220
子守歌……144
ゴヤ……199
孤立者……235
コリントの花嫁……39
コルネリの幸福……171
コールベルク……171,337
殺した者でなく，殺された者に罪がある……209
こわれがめ……52,53,80,81,265,332,333
コンドル……62,63
今日の世界における自由の問題……189
コンラート中尉……176

サ

歳月の輪……219
最後の贈り物……162,335
最後の護民官リエンツィ……66,67,337
最後の詩……102
最後の審判の日……209
最後の出合い……191
最後の叛乱の後に……222
最後の人ヤーコプ……175
最初の体験……110,112,298,341
最初の悩み……115
ザイスの弟子……48,49
西東詩集……36,39,161,331
裁判官とその死刑執行人……232
細目……238
サ・イラ！……168,335
サヴォイ・ホテル……215,344

サヴォナローラ……166,335
砂鬼……51
詐欺師フェーリクス・クルルの告白……97,99
作男ウーリが幸福になる話……163,335
昨日……88,90,341
作文集……193
ささやかな自由……125
さすらいの天使……140,327
雑詩集（ゲーテ）……39
雑詩集（ボルヒャルト）……191
サッポー……56,57,271,335
サッポーの追憶……61
サド侯爵の指導下にシャラントン精神病院の演劇グループによって演じられたジャン・ポール・マラーの迫害と暗殺……229,345
砂漠を通って……174
淋しい人……120
寂しき人びと……80,81,338
サビニの女たち……171
さまざまなこと……59
さまよえるオランダ人……66,67
サラ・サムプソン嬢……32,33,328,329
ザルツブルク大世界劇場……89,91
ザルマンとモーロルフ……19
讃歌……87,341
讃歌・巡礼・アルガバル……87
山岳小説……117
三角広場……190
サンズィバール……228,345
三十年戦争史……41
三十歳……234,346
三色スミレ……70,71,337
サンススィの水車屋……236,346
三人の女……108,109
三人の巨匠……111,112,341
三人の自伝作家……111,113
三人の戦友……219
三人の友の詩集……70
三羽の鷹……214
散文集……193
讃美歌……49
散歩……193
三文オペラ……120,122,305,343
三文小説……122
三夜……180

シ

死……82,83
思惟とは何か……208
ジェイムズ・ジョイズ……116
シェラン……193
紫外線……183
自我と無意識との関係……189
士官候補生テルレスの惑い……108,109,341
敷居から敷居へ……230
色彩……89
自己負罪……241
司祭アーミス……20
司祭物語……119
詩作集……202,343
獅子の天使たち……119
死者の日……202
死者の森……203
死者はいつまでも若い……222,343
詩十篇……191
詩集（アイヒ）……225,344
詩集（アイヒェンドルフ）……55,333
詩集（ウーラント）……158,333
詩集（カロッサ）……104,106,341
詩集（ケラー）……72,337
詩集（J. ケルナー）……158
詩集（ザイデル）……200
詩集（シャミッソー）……156,333
詩集（シュトルム）……71,337
詩集（シラー）……43
詩集（トラークル）……202
詩集（ドロステ＝ヒュルスホフ）……162,335
詩集（ニーチェ）……79
詩集（ノサック）……222,344
詩集（ハイネ）……58
詩集（ブッセ）……186
詩集（フーフ）……181
詩集（フライリヒラート）……168,335
詩集（ヘッセ）……103
詩集（ホーフマンスタール）……91,341
詩集（マイヤー）……77,337
詩集（メーリケ）……60,61,335
詩集（F. G. ユンガー）……219
詩集（ル・フォール）……191
詩集（レーナウ）……166,335
自叙伝（バール）……180
詩人と空想……177,339
詩人と現代……89
詩人とその時代……203
詩人とその仲間……55
詩人の生活……193
静かなヴェロニカの誘惑……109
沈んだ鐘……80,81,288,339
死せる友……76
詩選……91
自然主義の克服……180

自然哲学のための理念……153
子孫……181
時代の賦……87
七月……71
七人の正義派の小旗……73
70歳の誕生日……146
自著一覧……125
死体運搬車……173,337
死体置場……201,343
時代の書……179,339
時代の精神……150
失踪者……115
実践理性批判……142
実存照明……198
室内楽……212
室内の戦い……235
失楽園(原作・翻訳)……140,142,329
試的作詩集……329
死と悪魔……84,85,339
指導と信従……105,106
時禱集……92,94,340
時禱集第2部……93
死と乙女……144
詩と真実．わが生涯より……36,38,331
死とのインタヴュー……222,344
死と不死についての考察……166
使徒パウロの神秘主義……189
支那の長城の建設にあたって……115
詩における驚嘆すべきものについて……140,329
死神の住居で……211,344
詩についての対話……89
詩の原理……210
死の試練……158
死のない国……194
死とフーガ……230
死の舞踏……85
詩の擁護……210
資本論……121,170
市民の中の詐欺師……204
ジム・ボタンと機関手ルーカス……239,346
シモーヌ・マシャールの幻覚……123
灼熱の謎……211
灼熱の人……186
シャッハ・フォン・ヴーテノ……75
車輪の下……101,102,183,341
11月の夜……102
助手……193
拾遺詩集……91
収穫ののち……289
宗教詩集……195,327
宗教的頌歌と歌謡……329
宗教に関する説話……149
宗教の本質……72
終曲……202
修正……237
習作集……62,63,337
十字路(ツックマイヤー)……118
十字路(F. G. ユンガー)……219
自由な精神……79
十二宮詩……220
自由のさくらんぼ……228,345
自由への道……239
18世紀のドイツ小説……54
主君の忠僕……57
酒神……196
受胎告知……191
十戒……97
シュタイン男爵とのわが遍歴と変転……150
シュティラー……227
シュテヒリーン……75
シュテルンシュタイン屋敷……173
シュトゥットガルトの小人……61
シュトゥルードゥルホーフ階段……217
シュトゥルム・ウント・ドラング……147,331
首脳……186
主の受難の嘆き……138
出発……197
シュパルタクス……120,122
シュロッフェンシュタイン家……52,53,332
純粋理性批判……142
殉難の歌……119
巡礼……87
巡礼の書……94
頌歌(クロップシュトック)……143,328,329
将軍の息子……200
少佐夫人……203
少女の仇敵……176,339
小説集(エーブナー=エッシェンバッハ)……172,337
小説集(クライスト)……53
小説全集(ヘッセ)……103
消点……229,345
情熱の三部曲……39
情熱の庭師……191
少年の悩み……77
少年の魔法の角笛……54,55,61,155,157,332,333
小品集……193
書簡全集(ヘッセ)……103
序曲……87
食人鬼……199
曙光……79
抒情詩の革命……180
抒情詩の諸問題……202

叙情挿曲……58, 59
叙情的な旅……161
消点……229, 345
ジョゼフ・フーシェ……111, 112, 341
処置……122
織機……218
織工たち……80, 81, 338, 339
ジョルダーノ・ブルーノ……195
書物の世界……103
知られざる勝利者に……223
城……114, 115, 341
白い扇……89, 90
白いハンカチ……233, 345
臣下……186
信仰の告白……168
信仰論……190
新音楽の哲学……223
新詩集(ゲーテ)……39
新詩集(ハイネ)……58, 59
新詩集(ブッセ)……186
新詩集(フーフ)……182
新詩集(ベン)……202, 343
新詩集(リルケ)……93, 94, 340, 341
新詩集(レーナウ)……166
新詩集別巻……93, 94
新頌歌・歌謡集……329
新政治社会詩集……168, 335
人生と嘘……176, 339
人生と歌……92, 341
神聖な魂のよろこび……140
人生のなかば(シュレーダー)……195
人生のなかば(リンザー)……225, 345
死んだ少女たちの遠足……222
シンダーハネス……118, 119
シンデレラと白雪姫……193
新ドイツ文学評論断片……145, 331
新ドイツ論集……211
審判……114, 115, 304, 341
審判の日……209
神父エフライム・マグヌス……215
新聞記者……170, 336, 337
新約聖書……136, 275, 327
心理学と文学……190
心理学的類型……189
心理学と錬金術……190
真理について……198
森林……203
人類最後の日々……188
人類の運命の時……111, 112
人類の理想の讃歌……47
人類歴史哲学考……146, 331
親和力……36, 38, 330, 331

ス

水晶……63
彗星……45, 331
ズィークフリート……67
スィッダールタ……101, 103, 297, 340
ズィーベンケース……44, 45
ズィムルターン……234
ズィンプリツィスィムスの冒険……22, 139, 251, 326, 327
数奇者と歌姫……89
スキュデリー嬢……51
救われた舌……224, 344
すげかえられた首……97, 99
スコットランドのメアリ・ステュアート……172, 337
鈴蛙の呼び声……129
涼しき谷間に……55
スズメバチ……241, 346
雀横丁年代記……172, 173, 337
スティーヌ……75
ストゥーバルの波涛……225
砂時計の書……217
スペインのバラ……214
すみかなき人間……227
すべての啓示批判の試み……148
すべてを統べるドイツ……164
スモモの精……234
ズライカの巻……36, 39

セ

世紀半ばの歩み……210
聖ゲノフェーファの生と死……153
青酸カリ……206
政治と犯罪……238, 346
聖者……76, 77
聖者屋敷……180
青春……181, 338
青春詩集……191
青春の嵐……186
青春はうるわし……102
青春変転……105, 106, 107
聖書……21, 135, 136, 137, 326, 327
聖女……200
星蝕……211, 344
聖処女……209
聖書に曰く……231, 345
精神による治癒……113
精神の騎士……168, 335

精神の現象学……151,154
精神病理学総論……197
精神分析学入門……177,339
成虫……176,339
正統派と共和派……160
生と死の支配者……119
聖ドミンゴの婚約……53
聖なる暦……163,335
成年の秘密……105,106,341
生の絨毯……86,87,341
聖バルバラの漁民の蜂起……221,343
西部戦線異状なし……28,218,315,342,344
生への告別……159
生命の火花……219
静力学的詩篇……202,343
世界観の哲学……198
世界小劇場……89
世界創造の巨匠たち……112
世界の友……208,343
世界の森……199
世界文学史……186
世界旅行……156,333
石乳……63
世襲の領地……51
世襲林務官……169,336,337
セスィル……75
世俗詩集……195
セツアンの善人……121,123
石灰石……63
接近．麻薬と陶酔……217
切なる心……200
銭箱……192
セミ……234
セメント……237
セラピオーン同人集……50,51
ゼーリッケ一家……180,338
ゼルトヴィーラの人びと……72,73,336,337
セルビアの娘……234
善悪の彼岸……78,79
1918年11月……194,343
1914年の若妻……205
1900年頃のベルリーンの幼年時代……212,344
1900年の日記……102
1945年を忘れるな……125,343
1947年晩夏の一日……107
全詩集（ケラー）……72
船室の書……160
潜水者……41,43
戦争が終わったとき……226
前奏曲……197
戦争三部曲……227
先祖代々……170,337
全知識学の基礎……148
戦闘中の祈り……159
ゼンドミールの僧院……57
旋風……102
戦友……158
線を超えて……217

ソ

ゾアーナの異教徒……80,81,339
草原……147
草原の足跡……225
僧院生活の書……94
喪失……234
早春……88,91
双生児……147
創造……187
総動員……216,343
僧の婚礼……76,77,337
俗物……192
ソークラテース回想録……143,331
そしてひとことも言わなかった……126,127
訴訟……229
祖先の女……56,57,335
ゾベイーデの結婚……89
素朴文学と情感文学……41,43
存在と時間……207

タ

第一詩集……94
題歌……87
大学時代……70
待機中……223
大公殿下……96,98
第五学級教師フィックスライン……45
大佐と詩人……194
第三帝国の恐怖と貧困……122
第三のヴァルプルギスの夜……188
第七輪……86,87,341
第七の十字架……221,343
貸借……170,337
第千二夜物語……215
大地の英雄……187
タイタニック号沈没……239,346
大地の呼吸……199
滞仏陣中記……36
大暴君と審判……214
太陽と月……204
第四の戒律……173

大理石材工場……………………………………………102
大理石像 ……………………………………………55
大理石の断崖の上で……………………………216,343
タウヌスの農夫の話……………………………………119
タウリス島のイフィゲーニエ…………35,37,330,331
互いに……………………………………………………209
高潮………………………………………………………200
宝掘り ……………………………………………………39
たくらみと恋 ………………………36,41,42,330,331
たそがれの物語…………………………………………112
戦い……………………………………………237,346
闘う人……………………………………………………210
奪還の幻想………………………………………………242
竪琴と剣…………………………………………………159
竪琴弾き …………………………………………………39
ダニエラ…………………………………………………225
楽しい葡萄山………………………………118,119,343
旅の絵 ……………………………………………………59
旅の歌……………………………………………………158
旅の影……………………………………………………158
旅の日記…………………………………………………145
旅人の夜のうた …………………………………………39
旅人よ，汝スパルタに至りなば…………126,127,345
タブーへの道で…………………………………………238
タフネ……………………………………………138,327
魂の一年………………………………86,87,289,341
魂のエネルギー論………………………………………190
ダーミアン………………………………………………181
タルチェフの原型………………………………………168
ダルテ事件………………………………………………223
ダルマティアの夜………………………………………219
誰のものでもない薔薇…………………………………230
誰もいない入り江での私の一年，
　新時代のメールヒェン…………………………242,346
だれもが犯す殺人………………………………………217
断食芸人…………………………………………………115
単純な生活………………………………………………203
断章……………………………………………………48,49
ダンツィヒ三部作………………………………128,320
断頭台の最後の女………………………………………191
ダントンの死 ……………………25,68,69,274,335
タンナーきょうだい……………………………………193
短篇集（アイヒェンドルフ） …………………………55
短篇全集（ヘッセ）……………………………………103
タンホイザー（ヴァーグナー）………………66,67,337
タンホイザー（ネストロイ）……………………………165
タンポポ…………………………………………………231
タンポポ殺し……………………………………………194

チ

血…………………………………………………………196
小さい女…………………………………………………115
小さな狩…………………………………………………217
小さいよろこび…………………………………………103
チェスの話………………………………………111,113
力と物質 …………………………………………………64
痴人と死…………………………………………89,90,341
父と子……………………………………………………213
父ヤーコプの物語 ………………………………………99
チャンドス卿の手紙……………………………………89,90
蝶…………………………………………………………176
嘲笑の狩人………………………………………………234
蝶の生活（シュナック）…………………………………207
蝶の生活（メーテルランク）……………………………207
蝶のさなぎ………………………………………………196
蝶の不思議の国で………………………………………207
塵なきところへの旅……………………………211,344
著作集（レッスィング） …………………………………32
チリの地震 ………………………………………………53
地霊…………………………………………84,85,339
賃金を下げる者…………………………………237,346
沈黙のこたえ……………………………………………197

ツ

ツァラトゥストラはこう語った ……………………
　　　　　　　　　　　　　78,79,260,282,339
追究………………………………………………………229
ツィルンドルフのユダヤ人……………………………187
月に寄す …………………………………………………39
月の中の男………………………………………………165
ツバメの書………………………………………214,343
罪と罰……………………………………………………213
罪なき人びと………………………………116,117,341
冷たい光…………………………………………119,343
ツューリヒ小説集……………………………………72,73
ツューリヒの幸福な船…………………………………327
ツリニー…………………………………………………159
剣の歌……………………………………………………159

テ

抵抗の美学………………………………………229,345
帝国………………………………………………………186
ティツィアーンの死……………………………………88,90
ディーテゲン ……………………………………………73
ティートゥレル…………………………………………134
ティル・オイレンシュピーゲル……………20,21,326

溺死……70,71
擲弾兵……59
哲学(ヤスパース)……198
哲学改革のための暫定的提言……166
哲学体系私論……153
哲学的信仰……198
哲学的世界定位……198
哲学の偏見について……79
鉄手のゲッツ・フォン・ベルリヒンゲン……35,37,330,331
デーミアン……101,103,340,341
デメーター……117
デメートリウス(シラー)……41
デメートリウス(ヘッベル)……64
デーメートリオス(エルンスト)……182
デュランデ城……55
テルズィテス……110
テレーゼ，ある女の一生……83,339
転回点……224,344
電気石……63
点子ちゃんとアントン……125
天国の民……196
天国の門……191
天国の遍歴学生……137
点字……238
天使の花冠……191
天使バビロンに来たる……232
天上でも地上でも……214
伝説的人物……204
伝説と歌謡……87
天と地のあいだ……169,336,337
天のオルガン……206
天は寵児を知らない……219
転落(M. ヴァルザー)……235,346
転落(Th. マン)……96

ト

ドイツ英雄伝説……157,333
ドイツ演劇……329
ドイツ共和国……97
ドイツ近代ロマン主義文学の倫理的宗教的意義……54
ドイツ言語芸術……329
ドイツ国民に告ぐ……148
ドイツ古代伝説集……160
ドイツ語辞典……157,333
ドイツ語読本……89
ドイツ語の永遠の蓄え……191
ドイツ語の価値と栄誉……89
ドイツ語の歴史……157
ドイツ語訳聖書(ヴルフィラ)……18
ドイツ語訳聖書(ルター)……16,21,136
ドイツ讃歌……191
ドイツ詩学の書……138,327
ドイツ詩集……327
ドイツ詩文学史……54
ドイツ人として，またユダヤ人としての私の道……187
ドイツ人のための歌……150
ドイツの過去の諸像……170
ドイツの神話……157,333
ドイツの大戦争……182
ドイツの聴取者諸君！……97
ドイツの伝説……157,333
ドイツの様式と芸術……145,331
ドイツ万歳！……168
ドイツ・冬物語……58,59,335
ドイツ悲劇の根源……211,344
ドイツ文法……157,333
ドイツ法律古事誌……157
ドイツ民話集……160
塔……89,91,341
ドゥイノの悲歌……93,95,300,340,341
凍死した天使……206
燈船……234
盗賊……193
逃走……203
逃走と変転……211,344
道徳……184
道徳の系譜……78,79
動物会議……124,125
逃亡する馬……235
東方の王女……182,339
トゥーレの王……39
童話(ヴィーヒェルト)……203
都会のジャングルの中で……122
時の詩……59
独裁者たちの学校……124
特性のない男……108,109,307,340,341
戸口の外で……29,231,345
独白……149
時計は一時を打つ……119
屠殺場の聖ヨハンナ……121,122
どっこいぼくらは生きている……214,343
トーニオ・クレーガー……96,98,291,340,341
飛ぶ教室……124,125,343
トーマス・ヴェント……198
友ハイン……183
とりかえしのつかぬこと……75
トリスタン……96
トリスタンとイゾルデ(ヴァーグナー)……66,67,250,337
トリスタンとイゾルデ(ゴットフリート・フォン・

シュトラースブルク）…………19,134,249,324,325
トリスタンとイザルデ（ザックス）……………………137
トルクワト・タッソー…………………35,37,330,331
トレドーのユダヤ女…………………………56,57,335
ドロテーア……………………………………………222
ドロレス伯爵夫人の貧困と富裕と罪と償い………155
トンカ…………………………………………………109
ドン・カルロス…………………………41,42,331
ドン・キホーテ ………………………………45,143
ドレ・ジョヴァンニ……………………………51,61
ドン・ファン ……………………………50,51,61
どんな場所にもいない……………………………237
ドン・ファンとファウスト……………………164,335
ドン・ファンまたは幾何学への愛…………………226

ナ

内的体験としての戦闘……………………………216
長い夜の歌…………………………………………183
長靴をはいた牡猫……………………………153,332
長の別れへの短い手紙……………………………241
流れ…………………………………………………181
流れの背後の町……………………………………218
流星…………………………………………………232
ナクソスのアリアドネー（エルンスト）……………182
ナクソスのアリアドネー（ホーフマンスタール）…89
嘆き …………………………………………………59
嘆きの天使…………………………………………185
ナタナエル・メヒラー……………………………181
なつかしのレズライケン…………………………234
夏の小品……………………………………………112
夏の勝利……………………………………………289
夏のまひる …………………………………………71
夏の夜の夢 ………………………………………55,139
七つの聖譚……………………………………72,73,337
七つの山のかなた…………………………………190
何物も恐れるな……………………………………200
何よりだめなドイツ………………………238,346
何よりも私は芸術を愛した………………………212
ナポレオンは干渉する……………………………208
ナポレオン，または百日天下……………………164
生意気ざかり……………………………44,45,331
ナルツィスとゴルトムント…………101,103,340,341
汝の隣人を愛せ……………………………219,344

ニ

二月を通る道………………………………………221
肉……………………………………………………201
二重生活……………………………………201,343
贋物…………………………………………………218
日常生活の精神病理学……………………………177
日没前………………………………………………339
日曜祭日ソネット集……………………………138,327
日記　1946-1949（フリッシュ） …………………226
ニーベルンゲン（ヘッベル）…………………64,65,246
ニーベルンゲンの歌（作者不明） ……………………
20,65,149,154,245,324,325
ニーベルンゲンの指輪……………………66,67,246,337
ニュルンベルクの職匠歌人…………………66,67,137
ニュルンベルクの双生児…………………………221
庭と街路……………………………………………216
人間（カーザック）…………………………………218
人間（ハーゼンクレーファー）……………………208
人間好き……………………………………………239
人間性の限界 ………………………………………39
人間的自由の本質…………………………………154
人間的な，あまりに人間的な ……………………78,79
人間と神々…………………………………………195
人間になろう………………………………………204
人間の美的教育に関する書簡 ……………………41
人間の本質について………………………182,339

ヌ

盗まれた神…………………………………………215
盗まれたメロディー………………………………223
沼地を行く…………………………………………220

ネ

ネキヤ………………………………………………222
猫と鼠…………………………………128,129,320
猫橋…………………………………………………178
ネズミ ………………………………………………80
寝とられた王………………………………………192
ネバー・エンディング・ストーリー………………240
眠れぬ夜……………………………………………102
粘土の神……………………………………………198

ノ

脳……………………………………………………201
農民の鏡，またはイェレミーアス・ゴット
ヘルフの生涯……………………………163,335
残るものは何か……………………………238,346
野の花 ………………………………………………63
野の道………………………………………………208
野バラ ………………………………………………39
蚤の親方 ……………………………………………51
のらくら者の生活から ……………55,272,332,333

ハ

ハイティの婚礼……222
ハイディ……171
はいといいえ……227
背嚢の中の紙片……226,345
ハイルブロンのケートヒェン……52,53
ハインリヒ・シュテリングの少年時代……145
ハインリヒ・シュテリングの遍歴時代……145
ハインリヒ・シュテリングの幼年時代……145
ハインリヒ・フォン・オフターディンゲン……48
ハインリヒ六世……164
パウロ研究史……188
破壊された文学……188
白衣の侯爵夫人……94
白雲母……63
白色人種の大戦争……205
白痴……213
白昼の事件……232
白馬の騎者……70,71,284,336,337
走れメロス……43
ハスィントーの草原……160
パーゼノーまたはロマン主義……117
八歌集……136
パッサージュ論……212
バッハ，J. S(シュヴァイツァー)……189
バッハ，J. S(レルケ)……199
はてしない物語……30,240,346
はてしなき広野……128,129
果てしなき逃走……215
葉と石……217
パトモス……46,47
ハバナの審問……238
パパ・ハムレット……179,338,339
バビロンの放浪……194
ハーフィスの巻……39
ハプスブルク家の兄弟争い……56,57,335
ハーフタイム……235,346
ハムレット(デーブリーン)……194,343
ハムレットマシーン……237,346
早い花環……110,112
薔薇……193
パラケルスス……195
バラード集(ゲーテ)……39
バラード集(フォンターネ)……74
薔薇の騎士……89,91
バラのレースリ……171
バール……120,122
バルザック……111
パルズィファル……66,67,248
パルツィヴァール(ヴォルフラム・フォン・エッシェンバッハ)…19,67,133,134,247,324,325
ハルツ紀行……58,59,335
ハルツの旅……59
春に……61
春のめざめ……84,85,286,339
バルバラ……209
バルバラ・ブロムベルク……119
パルマ・クンケル……185
パルムシュトレーム……185
晩夏……62,63,242,259,336,337
パンクラーツはめざめる……118
判決……114,115,341
反抗……234,345
反時代的考察……78,79,339
ハンス・ザックスの詩的使命……137
ハンス・カロッサへの感謝の書……105
判断力批判……142
パンティー……192
パンデモニウム・ゲルマニクム……147
パンと競技……234
パンとブドウ酒……46,47
パンドーラーの箱……84,85,339
ハンニバル……164
ハンネレの昇天……80,81
晩年の詩……103
ハンネ・ニューテ……167
晩年のリルケ……227
バンビ……184
反復……242,346
ハンブルク演劇論……22,32,33,328,329
万里の長城……226

ヒ

控室での出会い……222
美学簡約……143
美学入門……44,45
光の威圧……230
引き裂かれた空……237,346
非キリスト者の破門状に反対して……136
悲劇的使命……218
ピサ……191
非政治的歌謡……163
非政治的人間の考察……97
悲愴交響曲……224,344
ビーダーマン氏と放火魔……226
左利きの女……241,346
ヒツジ飼いの少年モニー……171
否定的弁証法……223,344
美徳の冒険……225

火と血……216
人質……41,43
美と真実……227
ひとりの男が告知する……125
ひとり者……63
美の勝利……215
日の出前(ハウプトマン)……26,80,81,285,338,339
日の出前(メーリケ)……61
美の理論……223,344
ビーバーの毛皮……80,81
批判的作詩法の試み……141,328,329
批判的理解……227
日々の雑感……125
批評の森……145
秘めやかな都市……199
百詩選……123
ヒヤシンス……71
ヒヤシンスとバラの花……48,49
ピュグマリオーン……193,343
ヒュペーリオン……46,47,260,331
表現主義……180
表題と献辞……289
ピラトの妻……191
鮃……128,129,346
非理性的人間は死滅する……241
ヒルデブラントの歌……18,324,325
昼と夜……186
疲労について……242
ピロクテーテース……237,346
広場……200
琵琶湖八景……184
貧乏・富裕・人間および動物……216
貧民……186

フ

ファウスト(レーナウ)……166,335
ファウスト　第1部，第2部(ゲーテ)……17,23,34,36,39,266,330,331
ファウストの生涯……331
ファウスト博士(民衆本)……21,326
ファウスト博士(Th. マン)……29,97,99,341
ファービアン……28,124,125,309,342,343
ファーフナー，ジャコウネズミ……236,346
ファルーンの鉱山……89,90
ファンスとマクスィミリアン……209
不安……112
ファンタズィオ……69
ファンタズス……179
フィニスコの叛乱……41,42,330,331
フィックスライン……44
フィリップスブルクの結婚……235,346
フィレンツェの一夜……182
フィロータス……33
フィンケンローデの子供たち……173
風鶏の才能……128,346
フェルナンドとイサベ……221
フォーゲルザングの記録……173,337
不可能な証拠調べ……222,344
福音書(オトフリート)……18,163,324,325
副官騎行・その他の詩……175,339
複製技術時代の芸術作品……211,344
ふくれ面のパンクラーツ……73
不在……242
ふさわしくない恋人……191
不思議な街道……206
プシケ……71
婦人のいる群像……126,127,345
部隊からの離脱……126,127
二つの風景……241
ふたり……91
二人のアムピトリュオーン……193
ふたりの人間……179,339
二人の姉妹……63
二人のロッテ……124,125,343
フッテン最後の日々……76,77,337
ブッデンブローク家の人びと……96,98,340,341
物理学者……232,345
不貞の女……74,75,337
プトレマイオスの徒……201
船……228
不満……195
不滅の人間……194
冬の朝……61
冬の旅……161
フュンズィングの馬泥棒……137,327
扶養者ヨーゼフ……99
プラハへの旅路のモーツアルト……60,61,335
フランク五世，一私営銀行のオペラ……232
フランケンの黄金発掘者……206
フランス時代……167,337
フランツィスカ……85,339
フランツ・シュテルンバルトの放浪……153,332,333
ブランビラ姫……50,51
ブリギッタ……63
ブリキの太鼓……128,129,319,320,346
フリーダおばさん……184
フリッツ・コッハーの作文……193
フリードリヒ大王と大同盟……97
古い封印……63
古いものと新しいものとの幻想……204
ブルク劇場……167,335

ブルジョア・シッペル……192
プルス・ウルトラ……191
プロイセンの皇太子ルイ•フェルディナント……200
プロメーテウスとエピメーテウス……176,339
プロメーテウス……35,39
フローリアン・ガイヤー……81
フィレンツェの一夜……182
文学及び芸術についての講義……149,333
文学史にかえて……232,345
文学書簡(レッスィング)……33,141,329
文学ノート……223
文化と倫理……189
文化の没落と再建……189
分析心理学と文芸作品との関係……189
プンティラ旦那と下男マッティ……121,123
分裂……201,343

へ

ベアーテ夫人とその息子……83
ベアートゥスとザビーネ……206
平行……192
兵卒田中……192,343
平和(E. ユンガー)……216
平和(アリストパネス，ハックス訳)……236
ペスカーラの誘惑……76,77,337
ヘスペルス……44,45,331
ペーター•カーメンツィント……100,102,293,341
ペーター•シュレミールの不思議な物語……156,332,333
ペーター・スクヴェンツ氏……326
ペーター・プリントアイゼナー……180
ヘッセンの急使……64
ペテン師のメールヒェン……239
ベートホーフェン詣り……67
ペナルティキックを受けるゴールキーパーの不安……241,346
ヘブライのメロディー……59
ヘーリアント……18,324,325
ヘリオポリス……217,343
ペリュージャ……215
ベリンデに……39
ベルゲンのいたずら者……118,119
ペルスヴァル，または聖杯物語……134,248
ベルタ・ガルラン夫人……83,290,339
ヘルダーリーン……229
ヘルダーリーンの詩の解明……79,207
ベルナデットの歌……209,343
ヘルマンとドロテーア……36,38,146,330,331
ヘルマンの戦い(クライスト)……52,53
ヘルマンの戦い(グラッベ)……164,335
ヘルマン・ラウシャー……100,102
ヘルマン・ラウシャーの遺稿と詩……102
ベルリーン・アレクサンダー広場……194,342,343
ベルリーンのことども……241
ベルンハルディ教授……82
ペレグリーナに寄せる……61
ベレロポーン……193
ヘローデスとマリアムネ……64,65
ヘーローとレアンダー……41,43
変身……114,115,296,341
弁神論……140
ペンテズィレーア……52,53,264,332,333
変転……214,343
弁髪と剣……168,335
遍歴……199

ホ

ボヴァリー夫人……290
ポーヴェンツ一族……213,344
砲火とだえて……205,343
放射……217
放蕩息子……190
法の哲学……151
亡命のトロツキー……229
葬られた神……180
放浪のユダヤ人……215
牧人歌と讃歌……87
牧人歌と讃歌•伝説と歌謡•空中庭園……87
牧神の音楽……199
牧童物語……204
牧神パーンの笛……204
保護者なき家……126,127
乾草の月……102
菩提樹……303
ボツェーナ……172
牧歌……213
北海……58,59
ポッグフレード……176,339
ポッゲンンプール家……75
北方の英雄……154,333
ボーデン湖上騎行……241
ボーデン湖の牧歌……61
ホフマン物語……50
ホモ・ファーベル……227,345
ホラッカー……173,337
ほら，また歌っている……226,345
ポリー……236
ポルトガルの女……109
ボンクールの城……156
ポンス・ド・レオン……69

本の中の世界……103
ホンブルクの公子……52,53,333

マ

マインツ攻囲……36
マウリツィウス事件……187
魔王のダイヤモンド……159
マカベア一族……169
マクデブルクの婚礼……191
マクベス……237
マクスィミーン……87
馬子にも衣裳……73
魔神との戦い……111,112
マジェラン……111,113
貧しいコンラート……205
貧しさと死の書……94
まだ終わらない……200
まだ充分でない……197
町のうわさ……234
街の子……190
窓の女……89,90
窓の灯……217
魔の山……17,96,97,98,302,340,341
マハゴニー市の興亡……121,122
魔法(ゲーテ)……39
魔法使いの弟子……39
魔法のかかった家……108
魔法の自動車……206
魔法のパンチ……240
マホメット……205
まぼろしの城にて……185
マムロック教授……206
迷い，もつれ……75,337
真夜中すぎの一時間……100
マリーア・ヴーツの生涯……45
マリーア・マグダレーネ……64,65,275,337
マリー・アントワネット……111,113
マリーエンバートの悲歌……36,39,112
マーリオと魔術師……97,98
マリーナ……234,346
マルクス=エンゲルス芸術論……170
マルク・ブランデンブルク周遊記……74,75
マルティーン・ザランダー……72,73
マルテ・ラウリッツ・ブリッゲの手記……93,95,294,341
まわり道……217
マンハッタンの神様……234

ミ

見えない建築小舎……45
みかげ石……63
ミシシッピー氏の結婚……232,345
みずうみ……71,337
水と原生林とのあいだ……189
道連れ(ペンツォルト)……213,344
道づれ(ゼーガース)……221
未知の量……117
蜜蜂の生活……207
ミツバチ・マーヤの冒険……196
緑のオウム……82,83
緑の神……197
緑のハインリヒ……17,72,73,259,280,336,337
南と北……160
ミニョン……39
ミネ・ハハ……85
醜い公爵夫人マルガレーテ・マウルタウシュ……198
耳証人……224,344
耳の中の篝火……224
ミヒァエーラ……200
ミヒャエル・ウンガー……182
ミヒャエル・コールハース……52,53,332
ミュンヒハウゼン……162,335
未来音楽……239
未来の国ブラジル……111,113
観る者……94
民族と人類とのあいだ……179
ミンナ・フォン・バルンヘルム……32,33,252,328,329
民話集……152,333

ム

無意識の諸形態……190
無意識の心理学について……190
無為の術……103
昔の太陽軒で……102
夢幻島の晴雨計つくり……335
ムーザ・ダッグの四十日……209,343
無産階級の暴動稽古……129
無宿者(ヴァイス)……229,345
無宿者(ロイター)……167,337
無常の歌……88,91
息子……208
ムスピリ……18,324,325
無政府状態の短い夏……239
夢想家たち……108,109
無名のミサ……204

夢遊の人々……116,117,341
村と城の物語……172,337
村の子ども……172,337
村のローメオとユーリア……72,73
村々を越えて……242,346

メ

メアリ・ステュアート（シラー）……41,42,261,330,331
メアリ・ステュアート（ツヴァイク）……111,113
盟約の星……86,87,341
名誉……178,338,339
迷宮……240
迷路（ザイデル）……200
迷路（ランゲッサー）……220
迷路の年々……227
メスィアス（救世主）……23,142,328,329
雌鼠……128,129,346
メッスィーナの花嫁……41,43,330,331
メゼック夫人……181
メダル……184
滅亡と勝利……210,343
メドゥーサの筏……192
目の戯れ……224,344
メフィスト……224,344
眩暈……224,344
メランコリー……185
メルゼブルクの呪文……18,324,325
メルリーン……162,335
免罪符の効力を明らかにするための論争……136

モ

申し子……200
盲人……233
猛人……184
盲目の王……158
燃える愛……206
燃えるカレンダー……183
燃える秘密……112
もう一人の私……225
モスクワ……198
モスクワ物語……237,346
モーゼル銃……237
モッキンポット氏の災難撃退法……229
モナド論……140
物語詩（ハイネ）……59
物語と小品集……193
模範……234
モモ……30,239,346
森からきた人びと……173
モーリッツ・タッソー……236,346
森と人びと……203
森の空地に照る星……105,107
森の子供……206
森の小径……62,63
森の小学校長の手記……175
森のセバスティアン……206
森のふるさと……175
森の道……217
モーロッホ……187

ヤ

約束……232
ヤーコプについての推測……240,346
ヤーコプ・フォン・グンテン……193
ヤコボウスキイと連隊長……209
宿屋の娘……158
山・海・巨人……194,343
山師……220
山のあなたの空遠く……186
やよひのうた……144

ユ

唯一者……47
誘拐……56
憂愁と権力……236
憂愁夫人……178,338,339
優美と品位……41
夕べの星……147
猶予された人びと……224
猶予の時……234,346
幽霊船の話……67
誘惑者……116,117
雪の部分……230,345
雪の中の三人男……125
雪のなかの巡礼……289
ユグノーまたは即物主義……117
ユダヤ人ズュース……198
ユダヤ人の中のパウロ……209
ユダヤ人のブナの木……162,335
ユダヤの寡婦……192
ユーディット……64,65,337
ユーディットとホロフェルネス……165
夢……225,344
夢を売るノミの市……240
夢と死のうた……87
夢の暗闇……87
夢の中のゼバスティアン……202,343

夢はうつし世 ……57
夢判断……177,339
夢を冠に……92,94
ゆるやかな帰郷……241
百合……225
ユルク・イェナッチュ……76,77,279,337
ゆり動かされた存在……228
ユルゲン・ドスコツィルの女中……203

ヨ

酔いどれ聖譚……215,344
酔いどれ船……230
陽気な娘とその正反対……169,337
葉人とバラ……220
妖精 ……66
妖精界の少女，または百万長者になった農夫 ……159
幼年期の構図……237,346
幼年時代……104,106,341
幼年時代から……102
夜打つ太鼓……120,122,343
予感と現在……54,55,333
予言……241
ヨーゼフ・ケルクホーフェンの第三の生活……187
ヨーゼフは自由を求める……220
ヨゼフとその兄弟……97,99,341
ヨゼフ物語 ……97
四つの究極のもの……140
夜によせる讃歌……48,49,332,333
四人のハイモン兄弟の物語……152
夜の作品集……50,51
夜の慰め……103
ヨハネス……178
ヨブ……215,344
ヨーラムの書……191
よろこばしき知識 ……79
ヨーロッパに寄す……210

ラ

ライネケ狐……36,37
ライン河……46,47
ラインケ狐……326
ラインの黄金 ……67
ライン地方の家庭の友……147
ラインの家庭の友の宝の小箱……147
ラインはドイツの川にして，国境にあらず……150
ラオーコオン……32,33,145,328,329
落書きのあるモミの木 ……63
ラディウム……225,344
ラデツキー行進曲……215,344
ラテン語学校生徒……102
ラトノー砦の狂った廃兵……156
ララビアータ……171,337
ランバレーネからの手紙……189
乱用された恋文 ……73

リ

リスト卿への手紙……235
リスボンの夜……219,344
理性に訴える ……97
リタウエン物語……178,339
リーダー・クライス ……55
律義な三人の櫛職人 ……73
リッター・グルック ……51
リヒテンシュタイン……165
リビドーの変容と象徴……189
リヒャルト・ヴァーグナーの苦悩と偉大 ……97
リブッサ……56,57,335
両親との訣別……229,345
流刑地にて……115
竜との闘い ……43
リュッツォーの激しい襲撃……159
良心の虫……173
両半球の生活図絵……160
リンガム……184
隣人……101
輪舞……82,83

ル

ルイーゼ……146,329
ルイーゼ・ラウによるソネット ……61
ルーオトリープ ……18,324,325
ルスィタニアの怪物の歌……229
ルターの信仰……182
ルーツィエ・ゲルメロート ……61
ルツィンデ……151,333
ルテーツィア ……58
ルートヴィヒの歌……163
ルードルフ・ウルスロイの思い出……182,339
ルネとライナー……200
ルーマニア日記 ……28,105,106,301,340,341
ルルー……102

レ

令嬢エルゼ ……83,339
霊廟……239
レヴァーナ……44,45
レヴィズィーテ……210,343

レオノーレ・グリーベル……180
レオンスとレーナ……68,69,335
歴史哲学(ヘルダー)……146
歴史の概念について……212,344
歴史の起源と目標……198
歴史物語……59
列車は定時に発車した……126,127,318,345
レーニン廟で……210
レーマンの物語 —ある闇屋の告白— ……234
恋愛禁制……66
恋愛三昧……82,83,339
レンアッカー……200
レンツ……68,69,335
練兵場……234,345

ロ

老手品師……105,107
労働者……216
浪費家……159,165
ローエングリーン……66,67,337
ローカル線……184
ロカルノの女乞食……53
ロザルヴァのドン・スィルヴィオの冒険……143
ロスハルデ……101,102
ローター王……19,324
ロッテルダムのエラスムスの勝利と悲劇……113
ロベール・ギスカール……52,53
ロボズィッツの戦い……236
ローマ争奪戦……182
ローマの噴水(マイヤー)……76
ローマの噴水(ル・フォール)……191
ローマの防衛……182
ローマの魔術師……168,335
ローマ悲歌……39
ロマン主義の伸展と没落……182
ロマン主義の全盛時代……182,339
ロマンツェーロー……58,59,335
ロマン的歌集……100
ロマン的な歌……103
ロマン派(ハイネ)……59
ロマン・ロラン……112
ロミオとジュリエット……53
ロームルス大帝……232
ローラントの歌……19
ローレライ……58,59
論理学……151

ワ

若い医者の日……105,107
若い学者……32,33,329
わが祝いに……94
若きヴェルターの悩み……17,34,35,37,45,99,254
255,306,330,331
若きヨゼフ……99
若きレナーテ・フックスの物語……187
わが生涯と努力……175
わが少年時代の絵本……158
わが生活と思想より……189
わが友・詩人たち……221
わが名はガンテンバイン……227,345
わが流れ……61
若い悩み……59
わが幼年の体験……176
別れ……210,343
別れのたのしみ……197
別れの手……199
和合……108,109
忘れられた人びと……233
私の世紀……128,129,346
私の曾祖父の書類入れ……63
私の入獄時代……167
私の農民時代……167,337
私の幼年時代……102
われと汝……185
われは王者……221
われらはある……209
われらひとすじの小径を見出しぬ……185
ワン・ルンの三段跳……194

事項，新聞・雑誌

ア

悪漢小説……22,139,326
「アテネーウム」……48,149,151,332
アフリカの聖者……189
アナクレオン派……22,328
「嵐」……194
アンティ・ロマン……222

イ

イェーナ大学……41,46,48,80,142,144,148,149,150,153,155,167,210,222,237
偉大なる未知の人……160
「隠者新聞」……155
印象(派)主義……26,104,180,197,338,340
インスブルック大学……234

ウ

ヴァイマル……23,35,36,39,44,45,64,65,144,146,182,263,330,332
「ヴァンツベッカー・ボーテ」……144
「ヴェルト」……233
「ヴェルトヴォッヘ」……231
ヴィッテンベルク大学……48,135,148
ヴィーン劇……25,334
ヴィーン大学……62,82,89,110,116,165,177,180,188,195,202,212,215,217,224,234
ヴィーン陸軍工科大学……108

エ

エアフルト大学……135,144
エアランゲン大学……147,152,166,220,238
永劫回帰……78
英雄叙事詩……18,324

オ

「黄金の門」……194
オックスフォード大学……197,208

カ

楽劇……66,70,336
火曜会……86
カール・マイ出版社……174
感情の類型学……112
カント哲学……23,40,52,330

キ

騎士叙事詩……18,21,324
騎士文学……19,133
ギーセン大学……68
宮廷叙事詩……19,133,324
郷土文学……28,163
教養小説……17,22,91,183,281,303,336
キール大学……70

ク

グラーツ大学……234,241
「グレンツボーテン」……170
「クロイツ新聞」……74

ケ

「芸術草紙」……27,86,88,90,340
啓蒙主義……22,23,32,141,142,143,328,330
ゲーテの使徒……104
ゲオルゲ派……86,183
「ゲゼルシャフト」……96,183
「ゲッティンゲン文芸年鑑」……146
ゲッティンゲン林苑同盟……146,330
ゲッティンゲン大学……58,146,149,151,152,155,157,182,191,192,197
ゲッティンゲンの七教授……157
ケーニヒスベルク大学……141,145,146,178,203
ケルン大学……190,221

コ

後期ロマン派……24,54,155,156,165,332
高地ドイツ語……16,18,133
国内亡命(派)……28,124
告白小説……17
国民劇場……32,33
古高ドイツ語……16,18,133,324

古低ドイツ語 ……18,324
古典主義 ……
23,24,25,26,35,37,42,44,46,168,330,332,334,336
ゴート語 ……18

サ

「最後の審判の日」 ……209
「叫び」 ……228
作家同盟 ……28
サッポーの詩人 ……56,271
三十年戦争 ……22,42,55,139,182,326

シ

四季派 ……92
「時刻表」 ……238
自然主義 ……
25,26,27,74,75,80,84,104,179,180,181,182,275,288,336,338
自然抒情詩……17,29,197
詩的リアリズム ……25,169,334,336
社会主義的リアリズム ……29,222
写実主義 ……24,51,60,74,97,163,167,334,336
謝肉祭劇 ……21,137,324,326
シュヴァーベン詩派……158,161,165,166,332
宗教改革……16,21,135,136,326
自由劇場 ……80,180,338
十字軍遠征 ……19
シュトゥットガルト工科大学……108
シュトゥルム・ウント・ドラング（疾風怒濤） …
23,24,35,37,38,41,43,69,143,145,146,147,255,306,330
「シュプレー・トンネル」……74
シュルレアリスム……185,208,218,220,222,230,239
象徴主義……26,27,180,228,230,338
初期ロマン主義……149
職匠歌……20,21,137,324,326
人権協会 ……68
新高ドイツ(文章)語 ……16,136,326
新古典主義 ……27,182,338
「新新聞」 ……124
神聖ローマ帝国……18,23,332
新即物主義 ……27,118,124,194,214,220,309,342
「新ツューリヒ新聞」 ……176
新ロマン主義,新ロマン派……
27,80,84,89,180,182,197,288,336,338,340

ス

スイス派 ……22,328
「ズィンプリツィスィムス」 ……84,96,184,187
スターリン平和賞……210,222
ストラスブール大学 ……68,145,188,197

セ

精神の類型学……112
絶対詩……202
青年ドイツ派 ……
24,25,58,72,162,167,168,169,334,336
前期ロマン派……23,24,155,332,334

ソ

ソルボンヌ大学……225,238

タ

対等のミンネ ……20,135,324
高きミンネ ……20,132,133,135,324
短篇のシェイクスピア ……72

チ

中高ドイツ語……16,20,324
超人……78,79

ツ

ツューリヒ大学……68,72,176,181,189,226,231
ツューリヒ工科大学……226

テ

「ディー・インゼル」 ……195
低地ドイツ語 ……16,167
徹底自然主義……26,80,179,338
テュービンゲン大学 ……
46,60,61,143,150,157,158,195,196,227,232,235

ト

ドイツ学会……141
ドイツ座……121
ドイツ3大喜劇……265
ドイツ詩学の父 ……22,138
ドイツのシェイクスピア ……22
ドイツ標準語……16,21,136
ドイツ・プロレタリア革命作家同盟……210
「ドイツ・メルクーア」 ……144
動物叙事詩 ……20,326

「ドーナウラント」……110

ナ

ナツィス……28,29,30,86,87,97,101,105,106,108,111,114,118,121,124,127,128,129,177,181,182,184,186,188,192,194,195,198,199,200,201,203,204,206,208,209,210,211,212,213,214,216,218,220,221,222,223,225,227,228,231,313,314,315,319,320,340,342
ナツィス作家……200

ニ

20世紀のヴェルター……104

ノ

「ノイエ・ルントシャウ」……108
ノーベル文学賞……29,30,96,101,124,126,127,128,171,177,191,202,211,217,313,320,340

ハ

ハイデルベルク大学……54,61,72,118,145,146,147,151,165,166,167,176,186,190,197,198,221
ハイデルベルク・ロマン派……24,155,157
バーゼル大学……78,176,189,198
発展小説……45
ハプスブルク王朝……18
パリ大学……189
「バルティッシェ・ブレッター」……213
ハレ大学……54,152,155,161
バロック……21,91,138,251,326,334
「パーン」……179
反自然主義……26,27,338
ハンブルク大学……64,208,232,238

ヒ

ビーアマン事件……238
ビーダーマイアー……25,173,334
表現主義……27,84,113,180,187,192,194,195,200,201,204,205,208,209,210,214,215,286,342
百科全書派……22

フ

「ファッケル」……188
風刺文学……21,326
「フェーブス」……52
「フォス新聞」……74
「舞台」……198
フライブルク大学……194,207,211,232,238
プラハ大学……92,114,208
フランク王国……18
フランクフルト大学……118,211,220,223
フランケン王朝……18
フランス革命……24,36,46,55,58,68,274,332
フランス象徴(派)主義……86,87,179,180,228
ブリュン工科大学……108
プリンストン大学……97
ブレスブルク大学……165
ブレスラウ大学……163,170
「ブレーメン寄与」……142
ブレーメン寄与派……22,328
「ブレンナー」……202
文壇のカメレオン……180

ヘ

ベルリーナー・アンサンブル……29,121,236
ベルリーン大学……58,70,108,124,148,149,151,156,157,161,166,170,172,178,179,180,181,182,185,190,191,194,197,198,199,205,210,211,218,225,227
ベルリーン夕刊新聞……52
ベルン大学……211,231

ホ

亡命作家……29,344
亡命作家連盟……186
ホーエンシュタウフェン王朝……18,19,133
ホーエンシュタウフェン古典主義……19
「ホーレン」……149
牧人小説……22,326
北方の博士……143
ボン大学……58,78,149,170,191,205

マ

マイ財団……174
マイ博物館……174
マルクス主義……121,210,211,228,236
マールブルク大学……145,157

ミ

ミュンヒェン大学 ……………………………………
64,92,96,104,107,120,192,195,198,203,210,211,218,225,227,236
民衆本………………………………………………20,21
民族主義的国民文学 ……………………………………28
民族的英雄叙事詩……………………………………324
ミンネザング→恋愛抒情詩民謡………19,20,132,324

ヨ

「ヨーロッパ」 ………………………………………151
ヨーロッパの良心 ……………………………………97
47年グループ ……29,126,128,228,232,234,235,241

ラ

ライデン大学…………………………………………138
ライプツィヒ大学 ……………………………………
22,32,34,44,48,78,124,141,142,148,151,170,179
192,208,219,225,237,240
ライプツィヒ派………………………………………328
「ライン新聞」 ………………………………………170
ラテン語…………………………………18,21,324,326

リ

「リンクス・クルヴェ」 ……………………………210
リンツ大学……………………………………………180

ル

ルネサンス ……………………21,76,90,152,153,326

レ

レーゲンスブルク大学………………………………235
恋愛抒情詩（→ミンネザング） ……………………
19,20,132,135,324

ロ

ロココ ………………………………………22,143,328
ローザンヌ大学………………………………………208
ロストック大学………………………………………240
ローマ法王 ……………………………………………19
ロマン主義，ロマン派 ………………………………
23,24,25,26,44,46,48,50,51,52,54,58,59,60,61,
138,143,149,151,152,153,161,162,168,182,196,
262,326,330,332,334,336,338
ロマン派の王…………………………………………152
ロイヤル・ソサエティ………………………………177

ワ

若きヴィーン派……………………………27,82,180,184

人　名（欧文）

A

Adorno, Theodor Wiesengrund 223
Andersch, Alfred 228
Angelus Silesius 139
Anzengruber, Ludwig 173
Arnim, Ludwig Joachim (Achim) von 155
Arndt, Ernst Moritz 150

B

Bachmann, Ingeborg 234
Bahr, Hermann 180
Becher, Johannes Robert 210
Benjamin, Walter 211
Benn, Gottfried 201
Bergengruen, Werner 213
Bitzius Albert 163
Bodmer, Johann Jakob 140
Böhme, Jacob 137
Böll, Heinrich 126
Bonsels, Waldemar 196
Borchardt, Rudolf 191
Borchert, Wolfgang 230
Brecht, Bertolt 120
Brentano, Clemens Maria 155
Broch, Hermann 116
Büchner, Georg 68
Busse, Karl 186

C

Canetti Elias 224
Carossa, Hans 104
Chamisso, Adalbert von 156
Claudius, Mathias 144
Celan, Paul 230

D

Dauthendey, Max 183
Dehmel, Richard 179
Döblin, Alfred 194
Doderer, Heimito von 217
Droste=Hülshoff, Annette Elisabeth von 162
Dürrenmatt, Friedrich 231

E

Ebner=Eschenbach, Marie von 172
Eich, Günter 225
Eichendorff, Joseph von 54
Ende, Michael 239
Enzensberger, Hans Magnus 238
Ernst, Paul 182

F

Feuchtwanger, Lion 198
Feuerbach, Ludwig Andreas 166
Fichte, Johann Gottlieb 148
Fontane, Theodor 74
Fouqué, Friedrich de la Motte 154
Freiligrath, Ferdinand 168
Freud, Sigmund 177
Freytag, Gustav 170
Frisch, Max 226

G

George, Stefan 86
Goethe, Johann Wolfgang von 34
Gottfried von Straßburg 134
Gotthelf, Jeremias 163
Gottsched, Johann Christoph 141
Grabbe, Christian Dietrich 164
Grass, Günter 128
Grillparzer, Franz 56
Grimm, Jacob 156
Grimm, Wilhelm 156
Grimmelshausen, Hans Jacob Christoffel 139
Gryphius, Andreas 138
Gütersloh, Albert Paris 204
Gutzkow, Karl Ferdinand 168

H

Hacks Peter 236
Halbe, Max 181
Hamann, Johann Georg 143
Handke, Peter 241
Hartmann von Aue 133
Hasenclever, Walter 208
Hauff, Wilhelm 165

Hauptmann, Gerhart 80
Hebbel, Friedrich 64
Hebel, Johann Peter 147
Heidegger, Martin 207
Hegel, Georg Wilhelm Friedrich 150
Heine, Heinrich 58
Heinrich von Freiburg 134
Heinrich von Morungen 132
Heinrich von Veldeke 132
Herder, Johann Gottfried 145
Hesse, Hermann 100
Heyse, Paul 171
Hoffmann, Ernst Theodor Amadeus 50
Hoffmann von Fallersleben, August Heinrich 163
Hofmannsthal, Hugo von 88
Hölderlin, Friedrich 46
Holthusen, Hans Egon 227
Holz, Arno 179
Huch, Ricarda 181

I

Immermann, Karl Leberecht 161

J

Jahnn, Hans Henny 215
Jaspers, Karl 197
Jean Paul 44
Jens, Walter 232
Johnson, Uwe 240
Jung, Carl Gustav 189
Jünger, Ernst 216
Jünger, Friedrich Georg 219
Jung=Stilling 145

K

Kafka, Franz 114
Kaiser, Georg 192
Kant, Immanuel 142
Kasack, Hermann 218
Kästner, Erich 124
Keller, Gottfried 72
Kerner, Justinus 157
Kesten, Hermann 220
Kleist, Heinrich von 52
Klinger, Friedrich Maximilian 147
Klopstock, Friedrich Gottlieb 142
Körner, Karl Theodor 159
Kraus, Karl 188
Kolbenheyer, Erwin Guido 195

L

Langgässer, Elisabeth 220
Laube, Heinrich 167
le Fort, Gertrud von 190
Lehmann, Wilhelm 196
Leibniz, Gottfried Wilhelm 140
Lenau, Nikolaus 165
Lenz, Jakob Michael Reinhold 146
Lenz, Siegfried 233
Lessing, Gotthold Ephraim 32
Liliencron, Detlef Freiherr von 175
Loerke, Oskar 199
Ludwig, Otto 169
Luther, Martin 135

M

Magnus im Norden 143
May, Karl Friedrich 174
Mann, Heinrich 185
Mann, Klaus 224
Mann, Thomas 96
Marx, Heinrich Karl 170
Meyer, Conrad Ferdinand 76
Meyer=Förster, Wilhelm 178
Mombert, Alfred 186
Morgenstern, Christian 185
Mörike, Eduard 60
Müller, Heiner 236
Müller, Wilhelm 161
Musil, Robert Edler von 108

N

Nestroy, Johann Nepomuk 164
Nietzsche, Friedrich 78
Nossack, Hans Erich 222
Novalis 48

O

Opitz, Martin 138

P

Penzoldt, Ernst 213
Platen, August von 161
Platen=Hallermünde 161

Postl, Karl Anton 160

R

Raabe, Wilhelm 172
Raimund, Ferdinand 159
Reinmar von Hagenau 132
Remarque, Erich Maria 218
Reuter, Fritz 167
Rilke, Rainer Maria 92
Rinser, Luise 225
Rosegger, Peter 175
Roth, Joseph 215

S

Sachs, Hans 136
Sachs, Nelly 211
Salten, Felix 184
Salzmann, Siegmund 184
Scheffler, Johann 139
Schelling, Friedrich Wilhelm 153
Schiller, Friedrich von 40
Schlegel, August Wilhelm 149
Schlegel, Friedrich 151
Schleiermacher, Friedrich 149
Schmidtbonn, Wilhelm 190
Schnack, Friedrich 206
Schnitzler, Arthur 82
Schopenhauer, Arthur 158
Schröder, Rudolf Alexander 195
Schwab, Gustav 160
Schweitzer, Albert 188
Sealsfield, Charles 160
Seghers, Anna 221
Seidel, Ina 200
Spitteler, Carl 176
Spyri, Johanna 171
Stadler, Ernst 197
Stehr, Hermann 180
Stendal 141
Sternheim, Carl 192
Stifter, Adalbert 62
Storm, Theodor 70
Strauß, Emil 183
Sudermann, Hermann 178

T

Thoma, Ludwig 184
Tieck, Johann Ludwig 152
Trakl, Georg 202
Toller, Ernst 214

U

Uhland, Ludwig 158
Ulrich von Türheim 134
Unruh, Fritz von 199

V

Voß, Johann Heinrich 146

W

Wackenroder, Wilhelm Heinrich 152
Wagner, Richard 66
Walser, Martin 235
Walser, Robert 193
Walther von der Vogelweide 134
Wassermann, Jakob 187
Wedekind, Frank 84
Weinheber Josef 212
Weiss, Peter 228
Werfel, Franz 208
Wiechert, Ernst 203
Wieland, Christoph Martin 143
Winckelmann, Johann Joachim 141
Wolf, Christa 237
Wolf, Friedrich 205
Wolfram von Eschenbach 133

Z

Zuckmeyer, Carl 118
Zweig, Arnold 205
Zweig, Stefan 110

書名・作品名（欧文）

A

Abderiten, Die 144
Abdias............63
Abenteuer der Tugend............225
Abenteuer des Don Sylvio von Rosalva............143
abenteuerische Simplicissimus, Der............139,251
Aber die Liebe............179
Abhandlung über den Ursprung der Sprache ..145
Abschied............210
Abschiedshand............199
Abschiedslust............197
Abschied von den Eltern............229
Abstecher, Der............235
Absurda Comica, oder Herr Peter Squenz 139
Abu Telfan oder die Heimkehr vom Mondgebirge............173
Abwesenheit, Die............242
acht Gesichter vom Biwasee, Die............184
Achtliederbuch............136
Adel und Untergang............212
Adjutantenritte und andere Gedichte............175
Advent............94
Adversus execrabilem Antichristi bullam............136
Aeon............187
Aesthetica in nuce............143
Agnes Bernauer............65
Ahnen, Die............170
Ahnfrau............57
Ahnung und Gegenwart............55
Akten des Vogelsangs, Die............173
Alarcos............151
Alemannische Gedichte............147
Allah hat hundert Namen............225
Alle Galgenlieder............185
Allgemeine Psychopathologie............198
Alpenkönig und der Menschenfeind, Der............159
Als der Krieg zu Ende war............226
Also sprach Zarathustra............79,282
Altair............187
alte Siegel, Das............63
alte Taschenspieler, Der............107
Alt-Heidelberg............178
Amerigo............113
Amerka............115
Am Grabe Lenins............210
Am Himmel wie auf Erden............214
Amok............112,298
Amor Dei............195
Amphitryon (Kleist)............53
Amphitryon (Hacks)............236
Am Tor des Himmels............191
Anatol............83
andere und ich, Die............225
Andorra............226
Andreas............91
Andreas Vöst............184
An Europa............210
Annette............39
Angst............112
Angst des Tormanns beim Elfmeter, Die............241
Anmerkungen über das Theater............146
Annäherungen. Drogen und Rausch............217
Anrufung des Großen Bären............234
Ansichten eines Clowns............127
Antichrist, Der............79
Antigone............208
Anton Bruckner............199
Antwort des Schweigens............197
Aprèslude............202
Aquis submersus............71
Arbeiter, Der............216
Arc de Triomphe............219,315
Ariadne auf Naxos............182
arme Chatterton, Der............213
arme Heinrich, Der............133,244
arme Konrad, Der............206
arme Spielmann, Der............57
Armut, Reichtum, Mensch und Tier............216
Armen, Die............186
Armut, Reichtum, Schuld und Buße der Gräfin Doroles............155
Aschenbrödel und Schneewittchen............193
Ästhetik des Widerstands............230
Ästhetische Theorie............223
Arzt Gion, Der............106
Athenäum............149
Atta Troll—Ein Sommernachtstraum............59
Atem der Erde............199
Atemwende............230
Auf dem Wege zur amerikanische Botschaft............221
Auf dem Weg nach Tabou............238
Auf den Marmorklippen............216
Aufbruch, Der............197

Auflehnung 234
Aufsätze 193
Aufstand der Fischer von St. Barbara 221
Aufstieg und Fall der Stadt Mahagonny 122
Aufzeichnungen aus Italien 107
Aufzeichnungen des Malte Laurids Brigge, Die 95,294
Augenspiel, Das 224
August Rodin 94
Aurora, oder Morgenröthe in Aufgang 137
Aurora und Papilio 207
Ausbreitung und Verfall der Romantik 182
Aus dem Leben eines Taugenichts 55,272
Aus dem Regen in die Traufe 169
Aus dem Tagebuch einer Schnecke 129
Aus der Harzreise 59
Ausflug der toten Mädchen, Der 222
Ausgewählte Gedichte 91
Aus Kinderzeiten 102
Aus meinem Leben und Denken 189
Aus meinem Leben. Dichtung und Wahrheit 38
Austria, as it is 160
authoritarian Personality, The 223
Avantgardismus und die Zukunft der modernen Kunst 227

B

Baal 122
Babylonische Wandrung 194
Balladen (Goethe) 39
Bambi 184
Barbara Bromberg 119
Barbara oder die Frömmigkeit 209
Bauernspiegel oder die Lebensgeschichte des Jeremias Gotthelf, Der 163
Baumeister der Welt 112
Beatus und Sabine 206
Befristeten, Die 224
Begegnung im Vorraum 222
begrabene Gott, Der 180
Bei Durchsicht meiner Bücher 125
Beichte eines Mörders 215
Beil von Wandsbeck, Das 205
Beim Bau der chinesischen Mauer 115
Bekentnisse des Hochstaplers Felix Krull, Die 99
Bekenntnisse eines modernen Malers 204
Bellerophon 193
Bereitschaftdienst 223
Berge, Meere und Giganten 194
Bergkristall 63
Bergmilch 63
Bergroman 117
Bergwerk zu Falun, Das 90
Berlin Alexanderplatz 194
Berliner Kindheit um Neunzehnhundert 212
Berliner Sachen 241
beschriebene Tännling, Das 63
besserer Herr, Ein 208
Besuch der alten Dame 232
Betrachtung 115
Betrogene, Die 99
Bettelweib von Locarno, Das 53
Beziehung zwischen dem Ich und dem Unbewußten 189
Biberpelz, Der 81
Biene Maja und ihre Abenteuer, Die 196
Bilder aus deutscher Vergangenheit 170
Bilderbuch meiner Knabenzeit, Das 158
Bildstürmer, Der 196
Billard um halb zehn 127
Blätter aus dem Brotsack 226
Blätter und Steine 217
blaue Tiger, Der 194
blauen Schwingen, Die 203
Blechtrommel, Die 129,319
Blendung, Die 224
Blinde, Der 233
blinde König, Der 158
blonde Eckbert, Die 153
blindschrift 238
Blumen-, Frucht-, und Dornenstücke oder Ehestand, Tod und Hochzeit des Armenadvokaten F.ST. Siebenkäs 45
Blumenlese aus den Minnesingern 161
Blut 196
Blüte des Chaos, Die 187
Blühtezeit der Romantik 182
böse Geist Lumpacivagabundus, Der 165
Bozena 172
Brandung 235
Brandung vor Setúbal, Die 225
Brasilien, ein Land der Zukunft 113
Braut von Messina, Die 43
brennende Kalender, Der 183
brennende Liebe, Die 206
Brennendes Geheimnis 112
Brenner 202
Brief an Lord Liszt 235
Brief aus Lambarene 189

Brief des Lord Chandos, Der 90
Brigitta 63
Brot und Spiele 234
Bruderzwist in Habsburg, Ein 57
Buch der Bilder, Das 94
Buch der Lieder, Das 59
Buch der Zeit, Das 179
Bücher der Hirten- und Preisgedichte, der Sagen und Sänge und der hängenden Gärten, Die 87
Büchse der Pandora, Die 85
Buch vom mönchischen Leben, Das 94
Buch von der Armut und vom Tode, Das 94
Buch von der deutschen Poeterey 138
Buch von der Pilgerschaft, Das 94
Buddenbrooks 98
Bunte Steine 63
Bürgermeister Anna 206
Bürger Schippel 192
Bürger von Calais, Die 192
Burgtheater, Das 167
Butt, Der 129

C

Ça ira! 168
Canossa 182
Cardenio und Celinde 139
Casasnova 221
Caspar Hauser, oder die Trägheit des Herzens 187
Castellio gegen Calvin 113
Cécile 75
Cherubinischen Wandersmann 140
Chinese des Schmerzes, Der 242
chinesische Mauer, Die 226
Christian Wahnschaffe 187
Chronik der Sperlingsgasse 172
Colberg 171
Conrad der Leutnant 176
Cornelli wird erzogen 171
Cyankali 206

D

Dalmatinische Nacht 219
Damian oder das große Schermesser 181
Dämonen, Die 217
Daniela 225
dankbare Patient, Der 213
Dantons Tod 69,274
Darstellung meines Systems der Philosophie 153
Davor 129
Demeter 117
Demetrios 182
Demian 103
demolierte Literatur, Die 188
Deutsche Grammatik 157
Deutsche Heldensagen 157
Deutsche Literatur der Gegenwart 232
Deutsche Volksbücher 160
Deutscher Musenalmanach 160
Deutsche Mythologie 157
Deutsches Wörterbuch 157
Deutschland, Deutschland unter anderm 238
Deutschland. Ein Wintermärchen 59
Deutschland über alles 164
Deutsche Rechtsaltertümer 157
Deutsche Sagen 157
Deutschstunde 233
Dialektik der Aufklärung 223
Diamant des Geisterkönigs, Der 159
Dichter im Café 221
Dichter und das Phantasieren, Der 177
Dichter und ihre Gesellen 55
Dichter und seine Zeit, Der 203
Dichtungen, Die 202
Dies irae 214
Diesseits 102
Dietegen 73
Discours de métaphysique 140
Diskurs ... Viet Nam 229
Doktor Erich Kästners lyrische Hausapotheke 125
Doktor Faustus 99
Dokumente des Herzens 212
Don Carlos, Infant von Spanien 42
Don Juan 51
Don Juan oder Die Liebe zur Geometrie 226
Don Juan und Faust 164
Dopelleben 201
doppelte Löttchen, Das 125
Dorf- und Schloßgeschichten 172
Dramatische Studie 169
Draußen vor der Tür 231
Drei Dichter ihres Lebens 113
dreieckige Marktplatz, Der 190
drei Falken, Die 214

Drei Frauen......109
drei gerechten Kammacher, Die......73
Dreigroschenoper, Der......122,305
Dreigroschenroman......122
Drei Kameraden......219
Drei Männer im Schnee......125
Drei Meister......112
Drei Nächte......180
dreißigste Jahr, Das......234
drei Sprünge des Wang-lun, Die......194
dritte Buch über Achim, Das......240
dritte Walpurgisnacht, Die......188
Drothea......222
Duell, Das......229
Duell mit dem Schatten......233
Durch......182
Durch die Wüste......174
Duineser Elegien......95,300

E

Ecce homo......79
Effi Briest......75,287
Efraim......228
Egmont......37
Ehe des Herrn Mississippi, Die......232
Ehe in Philippsburg......235
Ehen werden im Himmel geschlossen......208
Ehre, Die......178
Eiche und Angora......235
Einander......209
Einen Jux will er sich machen......165
einfache Leben, Das......203
Einhorn, Das......235
einsame Jäger, Der......234
Einsame Menschen......81
Einsetzung eines Königs......205
Einstein überquert die Elbe bei Hamburg......234
Einzelheiten......238
Elektra......90
Eli. Ein Mysterienspiel vom Leiden Israels......211
Elixiere des Teufels, Die......51,270
Emilia Galotti......33,253
Emil und die Detektive......125
Emil und die drei Zwillinge......125
Empedokles auf dem Ätna......47
Ende einer Dienstfahrt......127
Eneide......132
Engel kommt nach Babylon, Ein......232
Engele von Loewen......119
Englische Fragmente......59
Entfernung von der Truppe......127
entfesselte Wotan, Der......214
Entführung, Die......55
Entscheidung, Die......208
Entzückter Staub......197
Enzyklopädie der philosophischen Wissenschaften......151
Epigonen, Die......162
Epilog......216
Erbförster......169
Erdbeben in Chili, Das......53
Erdgeist......85
Erec......133
erfrorene Engel, Der......206
Ergriffenes Dasein......228
Erinnerungen aus dem äußeren Leben......150
Erinnerungen, Träume, Gedanken......190
Erinnerungen von Ludolf Ursleu dem Jüngeren......182
Erläuterungen zur Hölderlins Dichtung......207
erleuchteten Fenster, Die......217
Eröffnung des indischen Zeitalters......236
Erlösungen......179
Ermittlung......229
Ermordung einer Butterblume......194
Erste Gedichte......94
Erstes Erlebnis......112
Erwählte, Der......99, 316
Erzählungen (Kleist)......53
Erzählungen (Ebner=Eschenbach)......172
Erziehung vor Verdun......205
Esch oder die Anarchie......117
Es geschah am hellichten Tag......232
Es kommnt ein Tag......213
Essais de Théodicée sur la bonté de Dieu......140
Es steht geschrieben......231
Es waren Habichte in der Luft......233
Etienne und Luise......213
Etzel Andergast......187
Europa......151
ewige Hochzeit, Die......183
ewige Licht, Das......175
Ewig im Aufruhr......210
Ewiger Vorrat deutscher Poesie......191
Exerzierplatz......234
Expressionismus......180

F

Fabeln vom Eros, Die 204
Fabian 125,309
Fackel 188
Fackel im Ohr, Die 224
Fadensonnen 230
Fafner, die Bisam-Maus 236
Fähnlein der sieben Aufrechten, Das 73
Fahrt ins Staublose 211
Fährten der Prärie 225
Fahrt nach Orplied, Die 190
Fall d'Arthez, Der 223
Fall Gütersloh, Der 217
Fall Maurizius, Der 187
Fälschungen 218
Familie Schroffenstein, Die 53
Familie Selicke, Die 180
farend Schüler in Paradeisz Der 137
Faust (Goethe) 39,266
Faust (Lenau) 166
Feldblume 63
Feldweg, Der 208
Ferdinand und Isabella 221
Feuerpause, Die 205
Feuerschiff 234
Feuer und Blut 216
Fischer Martin 61
Flegeljahre 45
Fleisch 201
fliegende Holländer, Der 67
fliegende Klassenzimmer, Das 125
fliehendes Pferd, Ein 235
Florian Geyer 81
Floß der Medusa, Das 193
Flöte des Pan, Die 204
Flucht, Die 203
Flucht ohne Ende, Die 215
Flucht und Wandlung 211
Fluchtpunkt 229
Flugzeug über dem Haus, Ein 235
Fluß ohne Ufer 216
Forschung eines Hundes 115
Fragmente 49
Fragmente über die neuere deutsche Literatur 145
Frank V., einer Oper Privatbank 232
Franziska 85
Franz Sternbalds Wandrungen 153
Frau Beate und ihr Sohn 83
Frau Berta Garlan 83,290
Frau des Pilatus, Die 191
Frauenliebe und -leben 156
Frau im Fenster, Die 90
Frau Jenny Treibel oder wo sich Herz zu Herzen find't 75
Fräulein Else 83
Fräulein Scudery 51
Frau Meseck 181
Frau ohne Schatten, Die 91
Frau Regel Amrain und ihr Jüngster 73
Frau Sorge 178
Freier, Die 55
Freiherrn von Gemperlein, Die 172
fremden Götter, Die 221
Freund Hein 183
Friede, Der 216
Frieden, Der 236
Frist Die 232
Fritz Kochers Aufsätze 193
fröhliche Weinberg, Der 119
fröhliche Wissenschaft, Die 79
frühen Gedichte, Die (Rilke) 94
frühen Kränze, Die 112
Frühlingserwachen 85,286
Fuhrmann Henschel 81
Führung und Geleit 106
95 Thesen, Die 136
Funke Leben, Der 219
Fürchtet nichts 200
Furcht und Elend des Dritten Reichs 122
Fürstin reitet, Die 200
Fußreise im Herbst, Eine 102

G

Galgenlieder 185
Gang durch das Ried, Der 220
Gänsemännchen, Das 187
Gärten und Straßen 216
Gas 192
Gasellen 161
Gatz 192
Gauklermärchen, Das 239
Geburt der Tragödie aus dem Geiste der Musik, Die 79
Gedanken über die Nachahmung der griechischen Werke in der Malerei und Bildhauerkunst 141
Gedanken über Tod und Unsterblichkeit 166
Gedichte (Busse) 186

Gedichte (Carossa)......106
Gedichte (Chamisso)......156
Gedichte (Droste=Hülshoff)......162
Gedichte (Eichendorff)......55
Gedichte (Freiligrath)......168
Gedichte (Hesse)......103
Gedichte (Huch)......181
Gedichte (F. G. Jünger)......219
Gedichte (Kerner)......158
Gedichte (Lenau)......166
Gedichte (le Fort)......191
Gedichte (Meyer)......77
Gedichte (Mörike)......61
Gedichte (Nietzsche)......79
Gedichte (Nossack)......222
Gedichte (Schiller)......43
Gedichte (Seidel)......200
Gedichte (Storm)......71
Gedichte (Trakl)......202
Gedichte (Uhland)......158
Gedichte des Malers......103
Gefährte......213
Gefährten, Die......221
Geheimnisse des reifen Lebens......106
Gehirne......201
Gehülfe......193
Geigenmacher, Der......181
Geiger zu Gmünd, Der......158
Geist der Mirabelle, Der......234
Geist der Zeit......150
geistige Situation der Zeit, Die......198
geistlichen Gedichte, Die......195
geistliche Jahr, Das......163
Geistliche Lieder......49
geliebte Dornrose, Die......139
Gemeindekind......172
Genoveva (Hebbel)......65
Genovefa (Hacks)......236
Georg und die Zwischenfälle......125
gerettete Zunge, Die......224
Gericht des Meeres, Das......191
Gerichtstag, Der......209
Germania 3. Gespenster am toten Mann......237
Germania. Tod in Berlin......237
Gertrud......102
Gesang im Feuerofen, Der......119
Gesang vom lusitanischen Popanz......229
Gesang zwischen den Stühlen......125
Gesammelte Gedichte (Hofmannsthal)......91
Geschichte der deutschen Sprache......157
Geschichte der jungen Renate Fuchs, Die......187
Geschichte der Kunst des Altertums......141
Geschichte der Leben-Jesus-Forschung......188
Geschichte der Paulinischen Forschung......188
Geschichte der Weltliteratur......186
Geschichte des Agathon, Die......143
Geschichte des Bleistifts, Die......242
Geschichte des Herrn William Lovell......152
Geschichte einer Jugend......107
Geschichte eines Bauern aus dem Taunus, Die......119
Geschichte in der Dämmerung......112
Geschichten für Kinder und auch solche, welche Kinder lieb haben......171
Geschichten Jaakobs, Die......99
Geschichte vom braven Kasperl und schönen Annerl......155
Geschichte von den vier Heymonskindern, Die......152
Geschichte von der schönen Lau......61
Geschichte von der 1002. Nacht, Die......215
Geschlagene, Der......190
Geschlecht, Ein......200
Geschwister Tanner......193
Gesellschaft......183
Gesichte der Simone Machard, Die......123
Gestaltungen des Unbewußten......190
Gestern......90
gestolene Melodie, Die......223
gestiefelte Kater, Der......153
gestohlene Gott, Der......215
gestundete Zeit, Die......234
geteilte Himmel, Der......237
Gewissen der Worte, Das......224
Gingganz......185
Giordano Bruno......195
gläsernen Ringe, Die......225
Glasperlenspiel, Das......103,311
Glaubensbekenntnis, Ein......168
Glück im Winkel, Das......178
Glückliche Menschen......220
glücklicher Mensch, Ein......223
glückselige Gärtner, Der......207
Glücksritter, Die......55
Glühende, Der......186
Glühende Rätzel......211
Godwi......155
Gockel, Hinkel und Gackeleia......155
Goethes Wahlverwandtschaften......211
Goggolori. Eine bairische Mär......240
goldene Spiegel, Der......144
goldene Tor, Das......194

Goldgräber in Franken 206
goldne Vlies, Das 57
Götterdämmerung 67
Göttinger Hainbund 146
Göttinger Musenalmanach 146
Götzendämmerung 79
Götz von Berlichingen mit der eisernen Hand 37
Gouvernante, Die 112
Goya 199
Graf Essex 167
Graf Oederland 226
Graf von Gleichen, Der 190
Granit 63
Gregorius 133
Grenzboten 170
Grigia 109
große Krieg der weißen Männer, Der 205
große Krieg in Deutschland, Der 182
große Netz, Das 218
große Plan, Der 210
Großtyrann und das Gericht, Der 214
Grundlage der gesamten Wissenschaftslehre 148
Grundlinien der Philosophie des Rechts 151
grüne Gott, Der 197
grüne Heinrich, Der 73,280
grüne Kakadu, Der 83
Gruppe 47 228
Gruppenbild mit Dame 127
Gustav Wasa 155
gute Gott von Manhatten, Der 234
gute Kamerad, Der 158
gute Mensch von Sezuan, Der 123
G'wissenswurm 173
Gyges und sein Ring 65,276

H

Hagestolz, Der 63
Halbzeit 235
Hamburgische Dramaturgie 33
Hamlet oder Die lange Nacht nimmt ein Ende 194
Hamletmaschine 237
Hanneles Himmelfahrt 81
Hanne Nüte 167
Hannibal 164
Harzreise, Die 59
häßliche Herzogin Margerete Maultausch, Die 198
Hauptmann von Köpenick 119
Hausfreunde 199
Haus ohne Hüter 127
Hauspostille 123
Hebräische Melodien 59
Heidedorf, Das 63
Heidis Lehr- und Wanderjahre 171
Heilige, Der 77
Heilige, Die 200
Heilige Johanna der Schlachthöfe, Die 122
Heiligenhof, Der 180
Heilige Seelenlust 140
Heilung durch den Geist, Die 113
Heimat 178
Heimatmuseum 234
Heimkehr (Becher) 210
Heimkehr, Die (Heine) 59
heimliche Stadt, Die 199
Heinrich Stillings Jugend 145
Heinrich Stillings Jünglings-Jahre 145
Heinrich Stillings Wanderjahre 145
Heinrich von Ofterdingen 49,262
Heiterethei und ihr Widerspiel 169
Held der Erde, Der 187
Held des Nordens, Der 154
Heliopolis 217
Herauf, uralter Tag 206
Hermann Lauscher 102
Hermannsschlacht, Die (Kleist) 53
Hermannsschlacht, Die (Grabbe) 164
Hermann und Dorothea 38
Herodes und Mariamne 65
Herr Biedermann und die Brandstifter 226
Herr Puntila und sein Knecht Matti 123
Herr über Leben und Tod 119
Herz auf Taille 125
Herzensergießungen eines kunstliebenden Klosterbruders 152
Herzog Theodor von Gothland 164
Hesperus oder 45 Hundposttage 45
Heumond 102
Hier in der Zeit 227
Hier ist das Wort 212
Hilferufe 241
Himmel kennt keine Günstling, Der 219
Himmelsvolk 196
Hinter den sieben Bergen 190
Hirtennovelle 204
Hiob 215
Historien 59
Hochwald, Der 63

Hochwasser 200
Hochzeit 224
Hochzeit des Mönchs, Die 77
Hochzeit von Heiti 222
hoffgesindt Veneris, Des 137
Hofmeister, Der 146
Hölderlin 229
Holzschiff, Das 216
Homo faber 227
Hoppla, wir leben 214
Horacker 173
Hornisse, Die 241
Hose, Die 192
Hotel Savoy 215
Huguenau oder die Sachlichkeit 117
Hundeblume, Die 231
Hundejahre 129
Hundert Gedichte 123
Hungerkünstler, Ein 115
Hungerpastor, Der 173
Hurra, Germania! 168
Huttens letzte Tage 77
Hyacinth und Roseblüte 49
Hymnen an Deutschland 191
Hymnen an die Kirche 191
Hymnen an die Nacht 49
Hymnen • Pilgerfahrten • Algabal 87
Hyperion 47,260

I

Ich, der König 221
Ich und Du 185
Ideen zu einer Philosophie der Natur 153
Ideen zur Philosophie der Geschichte der Menschheit 146
Idyllen 213
Idylle vom Bodensee, Die 61
Ilias 146
Imago 176
Im Dickicht der Städte 122
Immensee 71
Im Westen nichts Neues 218
Im Wunderreich der Falter 207
In den Wohnungen des Todes 211
In der alten Sonne 102
In der Strafkolonie 115
Indienfahrt 196
Innozenz oder Sinn und Fluch der Unschuld 204
In Phantas Schloß 185
In Stahlgewittern 216
Insel, Die 195
Interview mit dem Tode 222
Iphigenie auf Tauris 37
Iris im Wind 219
Irrungen, Wirrungen 75
Italienische Reise (Goethe) 38
Italienische Reise (Heine) 59
Iwein 133

J

Ja und Nein 227
Jacobowsky und der Oberst 209
Jäger des Spotts 234
Jahr der schönen Täuschungen, Das 107
Jahr der Seele, Das 87,289
Jahrestage 241
Jakob der Letzte 175
Jakob von Gunten 193
Jedermann 91,295
Jenseits der Liebe 235
Jenseits von Gut und Böse 79
Jerominkinder, Die 203
Jim Knopf und Lukas der Lokomotivführer 239
Johann Sebastian Bach 189
Johannes 178
Johannes Kreislers, des Kapellmeisters musikalisches Leiden 51
Joram, Das 191
Josef sucht die Freiheit 220
Josef der Ernährer 99
Joseph Fouché 112
Joseph in Ägypten 99
Joseph Kerkhovens dritte Existenz 187
Joseph und seine Brüder 99
Journal meiner Reise 145
Journalisten, Die 170
J. S. Bach 199
Juarez und Maximilian 209
Juden auf Wanderschaft 215
Juden von Zirndorf, Die 187
Judenbuche, Die 162
Judith 65
Judith und Holofernes 165
Jüdin von Toledo, Die 57
jüdische Witwe, Die 192
Jud Süß 198
Jugend 181
Jugend des Königs Henri Ⅳ, Die 186

Jugendgedichte 191
Jugendstürme 186
Junge Frau von 1914 205
junge Gelehrte, Der 33
jüngere Bruder, Der 222
junge Joseph, Der 99
Junge Leiden 59
Jungfrau von Orleans, Die 42
jüngste Tag, Der 209
Jürg Jenatsch 77,279

K

Kabale und Liebe 42
Kaiserbuch 183
Kaiser Friedrich Barbarossa 164
Kaiser Heinrich VI 164
Kaiser Octavianus 153
Kaiserreich, Das 186
Kaiser und die Hexe, Der 90
Kajütenbuch, Das 160
Kalkstein 63
kalte Licht, Das 119
Kammermusik 212
Kampf als inneres Erlebnis, Der 216
Kampf mit dem Dämon, Der 112
Kampf um Rom, Der 182
Kapital, Das 170
Karawane, Die 165
Karl Heinrich 178
Karl May's GESAMMELTE WERKE 174
Karlsbader Novelle 195
Karlsschüler, Die 167
Karsch und andere Prosa 240
Kaspar 241
Kassandra (Nossak) 222
Kassandra (Ch.Wolf) 237
Kassette, Die 192
Kätchen von Heilbronn, Das 53
Katharina Knie 119
Katzensilber 63
Katzensteg 178
Katz und Maus 129
Kaukasische Kreidekreis, Der 123
Kein Hüsing 167
Kein Ort, nirgends 237
Kette, Die 112
Ketzer von Soana, Der 81
Kinder- und Hausmärchen 157
Kinder von Finkenrode 173
Kinder von Gernika, Die 221
Kindheit, Eine 106
Kindheitsmuster 237
Kiosk 239
Kirschen der Freiheit, Die 228
Klangprobe, Die 234
Kleider machen Leute 73
kleine Freiheit, Die 125
Kleine Freude 103
Kleine Prosa 193
Kleiner Erdenwurm 213
Kleinere Novellen (Eichendorff) 55
Kleisleriana 51
Klick aus dem Spielzeugladen 206
Klick und der Goldschatz 206
Kloster bei Sendomir, Das 57
Knaben Wunderhorn, Des 155
Knecht Gottes, Andreas Nyland, Der 203
Knulp 102
Komödie der Eitelkeit 224
Komet 45
Konferenz der Tiere, Die 125
Kondor 63
König Hahnrei 192
Königliche Hoheit, Die 98
König Ottokars Glück und Ende 57
Königsleutnant, Der 168
Kopflohn, Der 221
Kopf, Der 186
Korporal Monbour 213
Korrektur Die 237
Kranz der Engel, Der 191
Kreuzungen, Die 183
Kreuzwege 219
Kreuzzüge des Philologen 143
Krisis 103
Kritik der parktischen Vernunft 142
Kritik der reinen Vernunft 142
Kritik der Urteilskraft 142
Kritische Abhandlung von dem Wunderbaren in der Poesie 140
Kritisches Verstehen 227
Kritische Wälder 145
Kronenwächter 156
Kultur und Ethik 189
Kunst des Müßiggangs, Die 103
Kunst, ihr Wesen und ihre Gesetze, Die 180
Kunst und Macht 201
Kunstwerk im Zeitalter seiner technischen Reproduzierbarkeit, Das 211
Kursbuch 238
kurze Briefe zum langen Abschied, Der 241

kurze Sommer der Anarchie, Der 239

L

Labyrinth (Langgässer) 220
Labyrinth, Das (Seidel) 200
Labyrinthische Jahre 227
Lachende Wahrheiten 177
L'Adultera 75
Lamentationen 59
Landarzt, Ein 115
Land ohne Tod, Das 194
Landvogt von Greifensee, Der 73
Landessprache 238
Langsame Heimkehr 241
längste Tag, Der 199
Laokoon 33
Larenopfer 94
Lärm im Spiegel 125
L'Arrabiata 171
Laßt uns den Menschen machen 204
Lateinschüler, Der 102
Laterne, Nacht und Sterne 231
Laubmann und die Rose. Der Ein Jahreskreis 220
Lausbubengeschichten 184
Leben der Schmetterlinge, Das 207
Leben des Galilei 123
Leben des Quintus Fixlein 45
Leben des vergnügten Schulmeisterlein Maria Wuts in Auenthal 45
Lebensansichten des Katers Mull 51
Lebensbilder aus beiden Hemisphären 160
Leben und Lüge 176
Leben und Tod der heiligen Genoveva 153
Legende vom Heiligen Trinker, Die 215
Legitime und die Republikaner, Der 160
Lehmanns Erzählungen. Aus den Bekenntnissen eines Schwarzhändlers 234
Lehrlinge zu Sais, Die 49
Leiden des jungen Werthers, Die 37,254
Leiden eines Knaben, Das 77
leidenschaftliche Gärtner, Der 191
Leier und Schwert 159
Lennacker 200
Lenz 69
Leonce und Lena 69
Leonore Griebel 180
Les Aliscans 134
Letzte am Schafott, Die 191
letzte Begegnung, Die 191
Letzte Gaben 162
letzten Tage der Menschheit, Die 188
Leute aus dem Wald, Die 173
Leute von Seldwyla, Die 73
Leutmant Gustl 83
Levana, ein Erziehungsbuch 45
Levisite oder der einzig gerechtige Krieg 210
Libussa 57
Lichtenstein 165
Lichtzwang 230
Liebe deinen Nächsten 219
Liebelei 83
Liebende, Die 213
Liebesgedichte 182
Liebesgeschichte, Eine (H. Mann) 186
Liebesgeschichte, Eine (Zuckmeyer) 119
Lied von Bernadette, Das 209
Lieder der Griechen 161
Lieder der langen Nächte 183
Lieder für Teutsche 150
Lilie, Die 225
Lingam 184
linkshändige Frau, Die 241
Litauische Geschichten 178
Literaturbrief 33
Lohengrin 67
Lohndrücker, Der 237
Lokalbahn, Die 184
Lotte in Weimar 99
Louis Ferdinand, Prinz von Preußen 200
Lucie Gelmeroth 61
Lucinde 151
Lügner unter Bürgern, Der 204
Luise 146
Luthers Glaube 182
Lyrische Intermezzo 59
Lyrische Reisen 161

M

Macbeth 237
Mädchen aus der Feenwelt oder Der Bauer als Millionär, Das 159
Mädchen aus Viterbo, Die 225
Mädchenfeinde, Die 176
Magd des Jürgen Doskocil, Die 203
magdeburgische Hochzeit, Die 191
Magellan 113
Mailied 144
Majorat 51
Majorin, Die 203

Makkabäer, Die......169
Maler Nolten......61,273
Manifest der Kommunistischen Partei......170
Mann, der nicht alt werden wollte, Der......233
Mann gibt Auskunft, Ein......125
Mann im Monde, Der......165
Mann in Strom, Der......234
Mann ist Mann......122
Mann ohne Eigenschaften, Der......109,307
Mappe meines Urgroßvaters, Die......63
Märchen (Wiechert)......203
Maria Antoinette......113
Maria Magdalene......65,275
Maria Stuart (Schiller)......42,261
Maria Stuart (S. Zweig)......113
Marie Stuart in Schottland......172
Marina......234
Mario und der Zauberer......98
Märkische Argonautenfahrt......220
Marmorbild, Das......55
Marmorsäge, Die......102
Marquise von O., Die......53
Martin Salander......73
Maschinenrhythmen......210
Maschinenstürmer......214
Masse-Mensch......214
Masse und Macht......224
Maßnahme, Die......122
Matrosen von Cattaro, Die......206
Mauser......237
Mausoleum......239
Medaille......184
Meeres und der Liebe Wellen, Des......57
Mein Jahr in der Niemandsbucht. 242
Mein Jahrhundert......129
Meine Freunde, die Poeten......221
Meine frühesten Erlebnisse......176
Meine Wanderungen und Wandelungen mit dem Reichsfreiherrn von Stein......150
Meineidbauer, Der......173
Mein Leben und Streben......175
Mein Name sei Gantenbein......227
Mein Weg als Deutscher und Jude......187
Meister Floh......51
Meistersinger von Nürnberg, Die......67
Melancholie......185
Mensch, Der......218
Menschen, Die......208
Menschen und Götter......195
Menschenfreund, Der......239
Menschliches, Allzumenschliches......79
Mensch unserer Zeit, Ein......210
Mephisto......224
Merlin......162
Messias, Der......142
Meteor, Der......232
Michaela......201
Michael Kohlhaas......53
Michael Unger......182
Minna von Barnhelm......33,252
Mine-Haha......85
Mir zur Feier......94
Missa sine nomine......204
mißbrauchten Liebesbriefe, Die......73
Miss Sara Sampson......33
Mitmacher, Der......232
Mitte des Lebens (Rinser)......225
Mitte des Lebens (Schröder)......195
Mitteilungen aus den Memoiren des Satan......165
Mohammed......205
Mohn und Gedächtnis......230
Moloch......187
MOMO......239,321
Monadologie......140
Moni der Geißbub......171
Monologen......149
Moral......184
Mord, den jeder begeht, Ein......217
Morgenröte......79
Morgue......201
Moritz Tassow......236
Moskau......198
Moskauer Novelle......237
Mozart auf der Reise nach Prag......61
Müller von Sanssouci, Der......236
Münchhausen......162
Musik des Einsamen......103
Musik zu einem Leben......204
Mutmaßungen über Jakob......240
Mutter Courage und ihre Kinder......123,310
Mutter Erde......181
Mutter Landstraße......190
Mysterium Coniunctionis......190
Mystik des Apostels Paulus, Die......189

N

Nach dem letzten Aufstand......222
Nachdenken über Christa T.......237
Nachkommen, Die......181
Nachlese der Gedichte......91

Nachsommer....63,277
Nacht in Florenz, Eine....182
Nacht mit Gästen....229
Nachtstücke....51
Nacht von Lissabon, Die....219
Napoleon greift ein....208
Napoleon oder die hundert Tage....164
Narrenburg, Die....63
Narrenschneyden, Das....137
Narziss und Goldmund....103
Nathan der Weise....33
Nathanael Mächler....181
Nebeneinander....192
Negative Dialektik....223
Nein —— Die Welt der Angeklagten....233
Nekyia....222
Neue deutsche Volkslieder....210
Neue Gedichte (Benn)....202
Neue Gedichte (Busse)....186
Neue Gedichte (Heine)....59
Neue Gedichte (Hesse)....103
Neue Gedichte (Huch)....182
Neue Gedichte (Rilke)....94
Neue Lieder....39
neuen Gedichte anderer Teil, Der....94
Neuer Frühling....59
Neuere deutsche Lyriker....186
Neuere Gedichte....166
neue Reich, Das....87
Neuere politische und soziale Gedichte....168
neue Staat und Intellektuellen, Der....201
neue Urwald, Der....194
Nibelungenlied....245
Nibelungen, Die....65
Nicht der Mörder, der Ermordete ist schuldig....209
Niederschrift des Gustav Anias Horn, Die....216
Niemandsrose....230
nie verlor, Der....200
Noch nicht genug....197
Nordsee, Die....59
Notabene 45....125
Noten zur Literatur....223
Novellen um Claudia....205
November 1918....194
Nun singen sie wieder....226
Nußknacker und Mäusekönig....51

O

Oberon....144
Oberst und der Dichter, Der....194
Oden....143
Odysseia....146
Oger, Der....199
Ohrenzeuge, Der....224
Olympischer Frühling....176
Opfergang....200
Orgel des Himmels, Die....206
Örtlich betäubt....129
Osel, Urd und Schummei....200

P

Palma Kunkel....185
Palmström....185
Pan....179
Pandemonium Germanicum....147
Pankraz, der Schmoller....73
Pansmusik....199
Papa Hamlet....180
Paracelsus....195
Parsifal....67
Parzival....133,247
Pasenow oder die Romantik....117
Passage-Werk, Das....212
Pastor Ephraim Magnus....215
Paulus unter den Juden....209
Peinigung der Lederbeutelchen, Die....217
Penthesilea....53,264
Perceval ou le Conte du Graal....134
Perrudja....215
Perfektion der Technik, Die....219
Peter Brindeisener....181
Peter Camenzind....102,293
Peter Schlemihls wundersame Geschichte....156
Pfauen, Die....219
Pfarrer von Kirchfeld, Der....173
Phantasie über die Kunst, für Freunde der Kunst....152
Pfantasien der Wiederholung....242
Phantasiestücke in Callots Manier....51
Phantasus....179
Phänomenologie des Geistes....151
Philoktet....237
Philosophie (Jaspers)....198
Philosophie der neuen Musik....223

Philosophie der Weltanschauungen 198
philosophische Glaube, Der 198
Philosophische Untersuchungen über das Wesen der menschliche Freiheit 154
Philotas 33
Physiker, Die 232
Pilgerfahrt zu Beethoven, Eine 67
Pisa...191
Platz 200
Plebejer proben den Aufstand, Die.....................129
Plus Ultra 191
Poetenleben 193
poetische Prinzip, Das..210
Politik und Verbrechen..238
Polly 236
Porträt eines Planeten 232
Poggenpuhls, Die 75
Poggfred...176
Portugiesin 109
Powenzbande, Die 213
Präludien..197
Prärie am Jacinto, Die..160
Prinzessin Brambilla 51
Prinzessin des Ostens, Die 182
Prinz Friedrich von Homburg 53
Probleme der Lyrik 202
Problem des Friedens in der heutigen Welt 189
Professor Mamlock 206
Professor Unrat 185
Prometheus und Epimetheus................................176
Prosastücke..193
Prozeß, Der (Kafka) 115,304
Prozeß, Der (Weiss)..229
Psyche...71
Psychologie und Alchemie 190
Psychologie und Dichtung 190
Psychologische Typen..189
Ptolemäer, Der 201
Publikumsbeschimpfung 241
Pünktchen und Anton...125
Pygmalion..193

Q

Quartett..237

R

Raben...190
Radetzkymarsch 215
Radium 225
Rättin, Die 129
Räuber, Die (Schiller) 42,256
Räuber (R.Walser)...193
Raubmenschen 184
Reden an die deutsche Nation.............................148
Reden über die Religion an die Gebildeten unter ihren Verächtern 149
Reigen 83
Reineke Fuchs 37
Reise nach Klagenfurt, Eine.................................241
Reisebilder 59
Reise um die Welt...156
Reiseschatten 158
Rektor Kleist 192
Renée und Rainer 200
Retter, Der 208
Rettung, Die..221
Revolution der Lyrik 180
Rheingold, Das 67
Rheinischer Hausfreund...148
Richterin, Die...77
Richter und sein Henker, Der..............................232
Rienzi, der Tribunen..67
Riesenspielzeug 183
Ring der Jahre..219
Ring des Nibelungen, Der 67
Ringende, Der 210
Ritt über den Bodensee, Der 241
Ritter Gluck 51
Ritter vom Geiste, Die...168
Robert Guiskard, Herzog der Normänner 53
Romain Rolland 112
Roman d'Eneas..132
Romantische Lieder 103
romantische Schule, Die 59
Romanzen 59
Romanzero, Der 59
Romeo und Julia auf dem Dorfe 73
römische Brunnen, Der 191
Römische Elegien 39
Romulus der Große...232
Rose, Die..193
Rosenkavalier, Der...91
Rosenresli 171
Rose von Jericho 214
Roßdieb zu Fünsing, Der.......................................137
Roßhalde..102
Rote, Die..228
Rumänisches Tagebuch 106,301

S

Saat auf Hoffnung 183
Sabinerinnen, Die 171
sagenhafte Figur, Eine 204
Salzburger große Welttheater, Das 91
Sämtliche Werke des Wandsbecker
Boten 144
Sand aus dem Urnen, Der 230
Sandmann 51
Sanduhrbuch, Das 217
Sängers Fluch, Des 158
Sansibar 228
Sappho 57,271
Savonarola 166
Schachnovelle 113
Schach von Wuthenow 75
Schandfleck, Der 173
Scharlatan, Der 220
Schatten des Körpers des Kutschers, Der 229
Schatzkästlein eines rheinischen
Hausfreundes 147
Schelm von Bergen, Der 119
Scherz, Satire, Ironie, und tiefere
Bedeutung 164
Schicksale Dr. Bürgers, Die 106,306
Schicksalsreise 194
Schiff, Das 228
Schilflieder 166
Schimmelreiter, Der 71,284
Schinderhannes 119
Schlacht 237
Schlacht bei Lobositz, Die 236
Schlafwandler, Die 117
Schleier, Der 183
Schloß, Das 115
Schloß Boncourt, Das 156
Schloß Dürande 55
Schloß Wetterstein 85
schmale Weg zum Glück, Der 183
Schmetterlingspuppe, Die 196
Schmetterlinge 176
Schmied seines Glückes, Der 73
Schneepart 230
Schön ist die Jugend 102
schöne Helena, Die 236
schöne Müllerin, Die 161
Schöne und das Wahre, Das 227
Schöne, wilde Welt 179
schön Magelone, Die 137
Schönsten Sagan des klassischen
Altertums, Die 160
Schöpfung, Die 187
Schöpfung aus Liebe, Die 191
Schriften des Waldschulmeisters, Die 175
Schritt der Jahrhundertmitte 210
Schüdderump, Der 173
Schuldlosen, Die 117
Schutt 201
Schwalbenbuch, Das 214
Schwärmer, Die 109
schwarze Esel, Der 226
schwarze Obelisk, Der 219
Schwarze Schafe 127
schwarze Schwan, Der 235
schwarze Spinne, Die 163
schwarze Vorhang, Der 194
Schwarzer Fluß und windweißer Wald 219
Schweißtuch der Veronika, Das 191
Sebastian im Traum 202
Sebastian im Wald 206
Seeland 193
Seelenbräu, Der 119
Seelenproblem der Gegenwart 190
Sehnsucht 184
Sein und Zeit 207
Selbstbezichtigung 241
Selbstbildnis 180
Serapionsbrüder, Die 51
serbische Mädchen, Das 234
Siddhartha 103,297
Sieben Legenden 73
siebente Ring, Der 87
siebte Kreuz, Das 221
siebzigste Geburtstag, Der 146
Siegfried 67
Silberne Saiten 112
silberne Wagen, Der 204
Silberdistelwald, Der 199
Simultan 234
Sinngedicht, Das 73
Sinnliche Beschreibung der vier letzten
Dinge 140
Snob 192
So zärtlich war Suleyken 234
Sohn, Der 208
Sohn des Generals, Der 200
Sokratische Denkwürdigkeiten 143
Soldaten, Die 146
Soldat Tanaka, Der 192
Soll und Haben 170

Sommernovellette......112
Sonne und Mond......204
Sonette an Orpheus......95
Sonette aus Venedig......161
Sonn- und Feiertagsonette......138
Sorgen und Macht, Die......236
Spaltung......201
spanische Rosenstock, Der......214
Spaziergang......193
Späte Gedichte......103
Späte Krone......212
späte Rilke, Der......227
Spätestens im November......222
Spiegel, das Kätzchen......73
Spiegel im Spiegel, Der......240
Spiegelmensch, Der......209
Spinnennetz, Das......215
Sprachgitter......230
Stadt hinter dem Strom, Die......218
Statische Gedichte......201
Statt einer Literaturgeschichte......232
Stadtgespräch......234
Stechlin, Der......75
Steppenwolf, Der......103
Sterben......83
Stern der Ungeborenen......209
Stern des Bundes, Der......87
Stern über der Lichtung......107
Sterne der Heimkehr......200
Sternsteinhof, Der......173
Sternstunden der Menschheit......112
Sternverdunkelung......211
Stiller......227
Stimmen der Völker in Liedern......146
Stine......75
Stimmungen der See......234
Stopfkuchen......173
Störfall. Nachrichten eines Tages......238
Strahlungen......217
Streit um den Sergeanten Grischa, Der......205
Strom, Der......181
Strudlhofstiege, Die......217
Studien......63
Stundenbuch, Das......94
Sturm......194
Sturm und Drang......147
Stürmer......197
Sturz, Der......235
Stuttgarter Hutzelmännlein, Das......61
Subtile Jagden......217
Süden und Norden......160
Symphonie pathétique......224

T

Tag des junngen Arztes, Der......107
Tagebuch 1946-1949......226
Tag im Spätsommer 1947, Ein......107
tägliche Kram, Der......125
Tag und Nacht......186
Tannhäuser (Nestroy)......165
Tannhäuser (Wagner)......67
Tante Frieda......184
tanzende Törin, Die......204
Technik des Dramas......170
Teppich des Lebens, Der......87
Testament des Odysseus, Das......233
Teufels General, Des......119,314
Teutsche Merkur, Der......144
Theaterprobleme......232
Therese. Chronik eines Frauenleben......83
Thomas Wendt......198
tiefste Traum, Der......196
Thor und der Tod, Der......90
Tierkreisgedichte, Die......220
Titan......45
Titurel......134
Tod des Empedokles, Der......47
Tod des Tizian, Der......90
Tod des Velgil, Der......117,313
Tod in Venedig, Der......98
Tod und Teufel......85
Todesprobe......158
tolle Invalide auf dem Fort Ratonneau, Der......156
tönerne Gott, Der......198
Tonio Kröger......98,291
Tonka......109
Torquato Tasso......37
totale Mobilmachung, Die......216
Toten bleiben jung, Die......222
Totentag......202
Totentanz......85
Totenwald, Der......203
tragische Sendung, Die......218
Tränen über das Leiden des Herrn......138
Traumdeutung, Die......177
Träume......225
Traum, ein Leben, Der......57
Traumgekrönt......94
treuer Diener seines Herrn, Ein......57
Triologie der Leidenschaft......39

Tristan und Isolde (Gottfried von Straßburg) 134,249
Tristan und Isolde (Wagner) 67
Tristan mit Ysalden 137
Triumph der Schönheit 215
Triumph und Tragik des Erasmus von Rotterdam 113
Trödelmarkt der Träume 240
Trotzki im Exil 229
Trommeln in der Nacht 122
Trost der Nacht 103
Tryptichon des Teufels 220
Turmalin 63
Turning Point, The 224
Turm, Der 91

U

Über alle Masse aber liebte ich die Kunst 212
Über den Begriff der Geschichte 212
Über die Beziehung der analytischen Psychologie zum dichterischen Kunstwerk ..189
Über die Dörfer 242
Über die Energetik der Seele 190
Über die Linie 217
Über die Psychologie der Unbewußten 190
Über die Sprache und Weisheit der Inder 151
Über naive und sentimentalische Dichtung 43
Überlebender Tag 197
Überwindung des Naturalismus, Die 180
Uferleute 190
Uhr schlägt eins, Die 119
Uli der Pächter 163
Ultra - Violett 183
Um die Krone 221
Umweg, Ein 217
unauslösliche Siegel, Das 220
unbehauste Mensch, Der 227
unbekannten Sieger, Dem 223
Unbekannte Größe 117
Undine 154
Und sagte kein einziges Wort 127
unendliche Geschichte, Die 240
Ungeduld des Herzens 113
Ungleich Welten 107
Unholdes Frankreich 199
Unkenrufe 129
Unmögliche Beweisaufnahme 222
Unmut 195
Unpolitische Lieder 163
unsichtbare Loge, Die 45
unsterbliche Mensch, Der 194
Unsühnbar 172
Untergang der Taitanic, Der 239
Untergang eines Herzens, Der 112
Unterm Rad 102
Untertan, Der 186
Unvernünftigen sterben aus, Die 241
Unwiederbringlich 75
unwürdige Liebhaber, Der 191
Unzeitgemäße Betrachtungen 79
Urbild des Tartüffe, Das 168
Uriel Acosta 168
Ursprung des deutschen Trauerspiels 211
Urteil, Das 115
Urphänomene 182
Ursula 73
Ut de Franzosentid 167
Ut mine Festungstid 167
Ut mine Stromtid 167

V

Vater eines Mörders, Der 228
Verdacht, Der 232
Verdi, Roman der Oper 209
Vereinigungen, Die 109
Verfall und Triumph 210
Verfall und Wiederaufbau der Kultur 189
Verfolgung und Ermordung Jean Paul Marats dargestellt..., Die 229
Vergers suivi des Quatrains Valaisans 95
Vergessene Gesichter 233
vergrabene Schatz, Der 200
Verhör von Habana, Das 238
Verkündigung 191
Verlobung in St. Domingo, Die 53
verlorene Ehre der Katharina Blum, Die 127
verlorene Lachen, Das 73
verlorene Sohn, Der 190
Verlust, Der 234
Vermischte Gedichte (Goethe) 39
Vermischte Gedichte (Borchardt) 191
Verschiedenes 59
Verschwender, Der 159
Verschwörung des Fiesko zu Genua, Die 42
verschwundene Miniatur, Die 125
Versprechen, Das 232

Versuch einer Kritik aller Offenbarungen 148
Versuch einer kritischen Dichtkunst..................141
Versuch über den geglückten Tag.....................242
Versuch über die Müdigkeit...............................242
Versucher, Der 117
Versuch über eine akademische Frage 143
Versuchung der stillen Veronika, Die...............109
Versuchung des Peskara, Die 77
versunkene Glocke, Die 81,288
vertauschten Köpfe, Die 99
Verteidigung der Kindheit 235
Verteidigung der Poesie 210
verteidigung der wölfe 238
Verteidigung Roms, Die......................................182
Verwandlung, Die 115,296
Verwandlungen einer Jugend 106
Verwirrung der Gefühle......................................112
Verwirrungen des Zöglings Törleß, Die...........109
vierte Gebot, Das..173
vierzig Tage des Musa Dagh, Die 209
24 Stunden einer Frau , Die 112
Villa 191
Vineta 199
Vinzenz und die Freundin bedeutender
　Männer 109
Viola tricolor 71
Vision von Alten und von Neuen, Die..............204
Vittoria Accorombona 153
Vogelfreie, Der..229
vollkommene Freude, Die 226
Volksmärchen..152
Vollendung des Königs Henri Ⅳ, Die...............186
Vollendung der Liebe, Die 109
Volpone 112
Vom lieben Gott und Anderes 94
Vom Ursprung und Ziel der Geschichte............198
Vom Wesen des Menschen 182
Von der Freiheit eines Christenmenschen 136
Von der Wahrheit 198
Von deutscher Art und Kunst............................145
Von jenseits des Meeres.......................................71
Von morgens bis mitternachts............................192
Von Schwelle zu Schwelle 230
Vor dem Sturm...75
Vorbild, Das...234
Vorläufige Thesen zur Reform der Philosophie.......166
Vorlesungen über die Geschichte der
　alten und neueren Literatur 151
Vorlesungen über schöne Literatur und
　Kunst...149
Vorlesungen zur Einführung in die
　Psychoanalyse..177
Vorschule der Ästhetik..45
Vor Sonnenaufgang 81,285
Vulkan, Der..224

W

Wahlverwandschaften, Die 38
Wald, Der 203
Wald der Welt, Der 199
Wälder und Menschen..203
Waldgang, Der 217
Waldheimat..175
Waldkind, Das...206
Waldsteig, Der...63
Walküre, Die..67
Wallenstein (Döblin)...194
Wallenstein (Schiller) 42
Wally, die Zweiflerin...168
Walther von der Vogelweide 158
Wandelungen und Symbole der Libido.............189
Wanderer, kommst du nach Spa... 127,318
Wanderlied 158
Wanderschaft...199
Wanderungen durch die Mark
　Brandenburg 75
Wandlung, Die...214
Wandsbecker Bote..144
Was bleibt ?...238
Was heißt Denken ? 208
Weber, Die...81
Webstuhl, Der..218
Weg durch den Februar, Der 221
Weg im Dunkeln, Ein...217
Weg ins Freie, Der (Schnitzler)............................83
Weg ins Freie, Der (Enzensberger)....................239
Weg zur Form, Der 182
Weg zurück, Der 218
Weh dem, der lügt 57
Weib und Welt 179
Weissagung 241
Weihnachtslieder 195
Weingott 196
Weise von Liebe und Tod des Cornets
　Christoph Rilke, Die 94
weiße Fächer, Der...90
weiße Fürstin, Die...94
weiße Taschentuch, Das.....................................233
weites Feld, Ein 129
Welt als Wille und Vorstellung, Die 158
Welt der Bücher, Die 103

Welt im Buch 103
Weltfreund, Der 208
Weltinnigkeit 200
weltlichen Gedichte, Die 195
Welt von gestern, Die 113
Wendekreis des Lammes, Der 220
Wendepunkt, Der 224
Wesen des Christentums, Das 166
West-östlicher Divan 39
Wie dem Herrn Mockinpott das Leiden ausgetrieben wird 229
Wie Uli der Knecht glücklich wird 163
Wiederholung 242
Wielands Shakespeare 197
Wien wörtlich 212
Wilhelm Meisters Lehrjahre 38,257
Wilhelm Tell 43,263
Willehalm 134
Wille zur Macht, Der 79
Winnetou 175
Winterreise, Die 161
Winterspelt 228
Wir fanden einen Pfad 185
Wirkungen Goethes in der Gegenwart 106
Wir sind 209
Wirtin Töchterlein, Der 158
Wissenschaft der Logik 151
Witiko. 63
Wittenbergisch Nachtigall, Die 137
Wittiber, Der 184
Worpswede 94
Wo warst du, Adam? 127
Wolokoramsker Chaussee 237
Woyzeck 69
Wozzeck 69
Wunderbare, Das 186
Wunderbaum, Der 190
wundersame Liebesgeschichte der schönen Magelone, Die 152
wundersame Straße, Die 206
Wunschkind, Das 200
Wunschloses Unglück 241
Wunschpunsch 240

Z

Zauberauto, Das 206
Zauberberg, Der 98,302
Zauberer von Rom, Der 168
Zehn Gedichte 191
Zeitalter wird besichtigt, Ein 186
Zeitgedichte 59
Zeit ist reif, Die 205
Zeit zu lieben und Zeit zu sterben 219
Zeitung für Einsiedler 155
Zement 237
zerbrochene Krug, Der 53,265
Zikaden 234
Zimmerschlacht, Die 235
Zopf und Schwert 168
Zriny 159
Zu ebener Erde und im ersten Stock 165
Zug war pünktlich, Der 127
Zukunftmusik 239
Zur Chronik von Grieshus 71
Zur Genealogie der Moral 79
Zur Psychopathologie des Alltagslebens 177
Züricher Novellen 73
Zwei an der Grenze 206
Zwei Ansichten 241
Zwei Menschen 179
Zwei Schwestern 63
Zweimal Amphitryon 193
Zwillinge, Die 147
Zwillinge von Nürnberg, Die 221
Zwischen Göttern und Dämonen 212
Zwischen Himmel und Erde 169
Zwischen Volk und Menschheit 179
Zwischen Wasser und Urwald 189
Zyklon, Der 102

著者紹介
岡田　朝雄（Asao OKADA）
1935年東京生まれ．学習院大学ドイツ文学科卒業，中央大学大学院独文専攻修士課程修了．現在　東洋大学文学部教授（日本文学文化学科）．
リンケ　珠子（Tamako LINKE）
1933年三重県生まれ．お茶の水女子大学理学部・学習院大学ドイツ文学科・東京大学独文学科卒業，東京大学大学院独文学科修士課程修了．元埼玉大学教授．ドイツ，ケルン市在住．

ドイツ文学案内　増補改訂版

1979年12月20日　第1版第1刷発行
2000年10月1日　増補改訂版第1刷発行

著　者　岡　田　朝　雄
　　　　リ　ン　ケ　珠　子
発行者　原　雅　久
発行所　株式会社　朝　日　出　版　社
101-0065　東京都千代田区西神田3-3-5
電　話　(03) 3263-3321(代)
FAX　(03) 3261-0532
振替口座　00140-2-46008
印刷・製本　凸版印刷株式会社

ISBN4-255-00040-9　C0098

田島俊雄
中島　斉
松本唯史

アメリカ文学案内

作家解説Ⅰ（34名）
アーヴィング～メイラー
作家解説Ⅱ（74名）
フランクリン～オーツ
重要作品（57作品）

野町　二
荒井良雄

イギリス文学案内

作家解説Ⅰ（52名）
チョーサー〜G・グリーン
作家解説Ⅱ（116名）
ラングランド〜ウェスカー
重要作品（85作品）

篠沢秀夫

フランス文学案内

作家解説Ⅰ（52名）
ヴィヨン～ブランショ
作家解説Ⅱ（226名）
クレチャン・ド・トロワ～デリダ
重要作品（64作品）